Glücklich, wer sich zuerst erzieht,
ehe er sich anmaßt, andere zu bessern.

Günther Posern

GROSSE PAUSE 9 UHR 30

Roman

Edition Gutenberg

Der Autor stellt ausdrücklich fest, daß sich die Handlung des Romanes nicht auf einen bestimmten Landkreis oder auf eine bestimmte Schule bezieht. Sie ist frei erfunden.

Eventuelle Ähnlichkeiten mit lebenden oder verstorbenen Personen oder tatsächlichen Begebenheiten sind nicht beabsichtigt und wären rein zufällig.

Michelfels ist ein fiktives Städtchen – irgendwo nördlich des Mains.

Die Deutsche Bibliothek – CIP-Einheitsaufnahme

Posern, Günther:
Große Pause 9.30 Uhr : ein Roman / Günther Posern.
– Moers : Brendow, 1992
(Edition Gutenberg)
ISBN 3-87067-461-X

ISBN 3-87067-461-X
Bestell-Nr. 62840
Edition Gutenberg im Brendow Verlag, D-4130 Moers 1

Einbandgestaltung: Kommunikations-Design Michael Buttgereit, Haltern am See
Satz: AbSatz, Klein Nordende
Druck und Bindung: Ebner Ulm
Printed in Germany

Die Luft war weich und frühlingsfrisch. Die Wiesen fingen an zu grünen. Weiße Lämmerwölkchen zogen über den Himmel, der so blau war, wie ein Himmel im März nur sein kann, und der das junge Blut unten auf dem Schulhof so übermütig machte, daß sich die aufsichtführende Lehrerin am liebsten die Augen zugehalten hätte. „Passen Sie auf, Frau Bott“, hatte Hausmeister Weller gesagt, als sie sich ihren Kakao geholt hatte, „heute liegt was in der Luft. Das ist mal wieder das Wetter ...“

Es war 9 Uhr 30.

9.30 Uhr an einem Mittwoch im März. Die Mütter der Schulanfänger brachten ihre Nesthäkchen gerade zur Untersuchung.

Da passierte es.

Es kam vor, daß Kinder sich beim Herumtollen fallen ließen und sich totstellten, um die anderen zu erschrecken. Aber dann sprangen sie quietschvergnügt wieder auf und lagen nicht in einer Blutlache. Und der Junge da auf dem Hof der Albert-Schweitzer-Schule in Michelfels lag in einer Blutlache und war alles andere als quietschvergnügt. Blut rann ihm übers Gesicht, aus dem Ohr über die Backe.

Auf den Armen trug der Hausmeister ihn ins Haus, hinauf ins Untersuchungszimmer. Dort standen die Aktenschränke mit dem Testmaterial, die Personenwaage und die Liege. Und dort hing die Meßlatte.

Die Wände waren mit Kinderzeichnungen beklebt, und an der Decke schwebte ein Perpetuum mobile aus Strohhalmen beim geringsten Lufthauch auf und nieder.

Zweimal im Jahr kam das Gesundheitsamt zum Impfen, da gab es Würfelzucker mit Tröpfchen gegen die Kinderlähmung. Zweimal kam der Schulzahnarzt.

Schulleiter Berkmann riß die Rote-Kreuz-Decke auseinander und deckte den Jungen damit zu. Es war Adnan Öksal, ein kleiner wilder Teufel mit schwarzen Augen aus der 4 a, der Klasse von Sigi Schomburg.

„Ich weiß nicht, was heute los ist, Weller. Sind sie alle übergeschnappt?“

„Das Wetter, Chef. Das Wetter“, seufzte der Hausmeister.

„Sieht nicht gut aus, der Junge. Wie ist es denn passiert?“

„Keine Ahnung, Chef. Ich war nicht dabei. Frau Bott hat ein Mädchen geschickt, es soll schnell jemand kommen. Da bin ich hinuntergelaufen und habe ihn da liegen sehen, den kleinen Öksal.“ Der Hausmeister wischte sich den Schweiß von der Stirn. „Die Mädchen sagen, es ist keiner gewesen. Er ist wieder zu wild gerannt. *Ich* hab's ihm gesagt. *Sie* haben's ihm gesagt. Lauf nicht so, du rennst dir noch den Schädel ein! Der Bengel hört ja nicht...“

„Frau Klein soll Dr. Bernhard rufen.“

„Den Doktor?“

Berkmann nickte. „In solchen Fällen geht man auf Nummer sicher. Holt mir jetzt jemand Frau Bott?“

Helga Bott war bei den Frauen die Dienstälteste. Eine Mutter mit Tochter, eine Frau ohne Mann. Grauhaarig, mit tiefen Halsfalten und reichlich Kummerspeck auf der Hüfte. Sie war mit den Nerven am Ende. Eine Lehrerin trägt Verantwortung. Bei einer guten Lehrerin stürzen Kinder nicht.

Tränen standen ihr in den Augen.

„Ach, Herr Berkmann, daß mir das aber auch passieren muß! Ich... ich...“

Berkmann dirigierte die Kollegin in sein Zimmer.

„Jetzt regen Sie sich erst mal ab, Frau Bott. Was Ihnen passiert ist, ist anderen auch schon passiert.“

Sie wollte sich nicht setzen.

„Ich muß zu Adnan! Wie geht es ihm?“

„Weller ist bei ihm. Verdammt nochmal, mehr weiß ich im Moment auch nicht.“

Helga Bott schluchzte auf. „Jetzt schimpfen Sie auch noch mit mir!“

„Ich schimpfe nicht mit Ihnen. Ich will nur, daß Sie die Dinge realistisch sehen. Kühler Kopf, Kollegin. Sie haben sich nichts vorzuwerfen. Sehen Sie mich nicht so ungläubig an! Sie haben getan, was Sie konnten. Sie haben nichts zu befürchten. Auch von der Versicherung nicht.“

Die am ganzen Leib zitternde Kollegin hielt sich am Schreibtisch fest. „Versicherung? Sie melden es der Versicherung?"

„Na ja, die üblichen Formulare. Ein paar Fragen. Wie es passiert ist. Was Sie gesehen haben. Reine Routine..."

„Gesehen...? Nichts hab' ich gesehen. Die Kinder haben es mir gesagt. Frau Bott, gucken Sie mal, der Adnan..."

Berkmann öffnete das Fenster. Vielleicht wurde es Helga Bott besser, wenn frische Luft hereinkam.

„Gut. Gesehen haben Sie nichts. Da standen einige von diesen großen Lackeln davor. Aber Sie haben reagiert, alles Nötige veranlaßt. Seitenlage, Kopf stützen...Hausmeister..."

Sie schüttelte verzweifelt den Kopf. „Nichts hab' ich. Nichts. Ich war gar nicht dazu fähig..." Ihre Stimme wurde von Schluchzen unterbrochen. „Ich war wie gelähmt. Ich – ich bin es noch. Am Boden das Kind – und ich konnte nicht helfen. Ich dachte, es ist... es ist... tot."

„Das haben Sie nicht gedacht. Wie können Sie so was denken, Frau Bott. Kinder fallen auf die Nase, solange es Schulhöfe gibt. Das ist völlig normal."

Helga Bott nahm ihr Taschentuch. „Wie geht – es ihm?"

In der Tür erschien die Sekretärin. „Er ist bewußtlos, Helga. Mehr wissen wir im Moment auch nicht. Aber der Doktor muß jeden Augenblick hier sein."

„Er ist – noch nicht wieder – bei sich?"

„Nein, Helga. Aber das sieht oft schlimmer aus, als es ist. Und jetzt komm! Gehen wir erst mal rüber zu mir. Ich koch' uns ein Täßchen Kaffee. Das können wir jetzt beide brauchen..."

Dr. Bernhard brauchte keine fünf Minuten.

Adnan hatte eine Gehirnerschütterung. Es konnte auch ein Schädelbruch sein, was der Arzt eher vermutete. Er fühlte dem kleinen Patienten den Puls.

Berkmann wagte kaum zu fragen. „Sie wollen den Jungen in die Klinik überweisen, Doktor – ?" Natürlich war Adnans Zustand ernster, als er es bei Helga Bott zugegeben hatte.

„Ich halte es für erforderlich", nickte der Arzt, Allgemeinmediziner mit Praxis unmittelbar neben der Schule. „Die Kollegin Wegener würde das auch tun. Sind die Eltern verständigt?"

Die Öksals kamen aus der Nähe von Istanbul. Der Vater vertrat eine türkische Export-Import-Firma.

„Die Eltern sind verständigt."

„In Ordnung." Dr. Bernhard reichte Berkmann die Hand. „Grüßen Sie die Kollegin Wegener von mir..."

Zehn Minuten später traf die Mutter von Adnan ein, mit einem Taxi. Fünf Minuten später kam der Krankenwagen.

Die Mutter, eine schwarzhaarige Frau Ende dreißig mit einem hellen, knöchellangen Gewand, blieb bei Christa Klein im Vorzimmer stehen und schüttelte ihr die Hand.

„Ich danke Ihnen, was Sie getan haben."

Dann ging sie auf Berkmann zu. „Auch Ihnen, Herr Direktor. Gott wird schon machen..."

Berkmann begleitete Mutter Öksal hinunter zum Krankenwagen. Die beiden Sanitäter schoben die Trage mit dem kleinen Adnan hinein. Die Mutter setzte sich neben ihn.

Christa Klein stand am Fenster und sah dem Krankentransport nach.

„Christen", sagte sie, als Berkmann wieder heraufkam, „haben Sie das gewußt? Türken, die zu Gott beten...?"

Morgens war Berkmann als erster in der Schule, und mittags verließ er sie als letzter. Er war verantwortlich für 13 Lehrer und 138 Schüler. Schüler, die mit der Schule ihre Probleme hatten, mehr Probleme als andere. Deshalb waren sie hier.

Hier, in der Albert-Schweitzer-Schule, der Schule für Lernbehinderte in Michelfels.

Die Doofenschule, wie sie der Volksmund nannte, lag auf der einen Seite des Schulneubaues, die Grundschule mit Förderstufe auf der anderen. Und das mußte die Objektivität dem Landesvater lassen: Er hatte beide Schulen vom gleichen Architekten erstellen lassen, zum gleichen Quadratmeterpreis, den gleichen Kostensätzen, mit der gleichen Innenausstattung und den gleichen Teppichböden. Worauf der Herr Ministerialrat bei der Einweihung vor fünf Jahren mit hehren Worten hingewiesen hatte. „Für die Zukunft unserer Jugend ist uns nichts zu gut und nichts zu teuer."

Gestern abend hatte Berkmann im Krankenhaus angerufen. Der Zustand des kleinen Adnan war unverändert. Er schlief den ganzen lieben Tag, was die Ärzte nicht sonderlich beunruhigte.

Es war Donnerstag.

Die Fensterputzer waren dagewesen.

Bevor Berkmann zu seinem Schreibtisch ging, sorgte er dafür, daß die Blumentöpfe, die im Flur auf dem Boden standen, wieder an ihren Platz kamen. Eigentlich war das Sache des Hausmeisters.

Der erste Anruf an diesem Morgen kam aus der Wohnung einer Kollegin.

Eine Krankmeldung.

„Jemand muß meine Aufsicht übernehmen, mich hat's erwischt, Herr Berkmann..."

„Frau Scholz! Machen Sie keine Geschichten."

„Ich bin total fertig. Es ist wieder unter den Leuten. Ich sitze nur noch auf dem... Sie wissen schon."

Der Schilderung nach handelte es sich um die Ruhr, nach Berkmanns Meinung um einen Fall von absentia ficta, einen Fall von erdichtetem Fernbleiben.

Beamte brauchen bis zu drei Tagen kein ärztliches Attest, und natürlich wissen das Lehrerinnen wie Birgit Scholz. So war unschwer abzusehen, wann die liebe Kollegin ihren Dienst wieder aufzunehmen gedachte. Spätestens an dem Tag, an dem sie zum Onkel Doktor mußte.

Und dagegen war kein Kraut gewachsen.

„Was diese Frau sich herausnimmt, geht auf keine Kuhhaut", klagte Christa Klein, als sie zum Dienst erschien und von der Krankmeldung hörte. „Guten Morgen erst einmal. Gut geschlafen, Chef?"

Berkmann nahm ihr den Mantel ab und holte einen Kleiderbügel aus dem Schrank. „Es ging..."

„Meinetwegen soll sie fehlen, soviel sie will. Aber dann soll man's ihr auch vom Gehalt abziehen. Achtmal im Jahr! Männergeschichten! Dienst ist Dienst, zum Donnerwetter, auch wenn sie die Tochter eines Millionärs ist. Für Extrabratwürste ist hier kein Platz."

Multimillionär war richtiger. Dem Vater von Birgit Scholz gehörte ein Touristikunternehmen im Norden mit mehreren Hotels am Mittelmeer. Das Mädchen hatte es nicht nötig zu arbeiten. Aber sie wollte. Und sie hatte eine Menge Geschick und einen Papa, der hin und wieder einen vierstelligen Scheck springen ließ.

Dank Birgit Scholz war der kleine Sogolla zu einem Paar neuer Winterstiefel gekommen und die kleine Wendler, deren Mutter von Sozialhilfe lebte, zu einer kompletten Sportgarnitur, ohne daß jemand den Namen des Spenders erfuhr.

Natürlich war das keine Rechtfertigung für das, was sich eben diese Birgit Scholz an Eskapaden leistete.

„Wenn das alle machten, die es gelegentlich – entschuldigen Sie – irgendwo juckt, können wir die Drei-Tage-Woche einführen. Oder den sexuellen Notstand auf Krankenschein."

Christa Klein hatte recht. Aber sie wußte auch, daß ihm, dem Schulleiter, die Hände gebunden waren. Und dem Schulamt und dem Regierungspräsidenten auch. Allen waren die Hände gebunden.

Berkmann war an die Stundentafel hinter seinem Schreibtisch getreten, eine Plastikwand voller schwarzer, grüner, gelber und orangener Symbole, die den Insider in Null Komma nichts informierte, wer, wann, wo, was in welcher Klasse unterrichtete.

Die Sekretärin verfolgte sein Tun voller Skepsis.

„Vertretungsplan! Wer soll denn heute vertreten? Es ist niemand frei. Sehen Sie jemanden?"

„Sie haben recht", sagte er, die Symbole nachdenklich betrachtend. „In den ersten drei Stunden müssen wir aufteilen. Sechs Schüler in die 4 b, sechs Schüler in die 5 a."

Eine Frau wie Christa Klein war immer auf dem neuesten Stand. Jede Abweichung vom Plan ging über ihren Schreibtisch.

„Daraus wird nichts, Herr Berkmann. Die beiden Vierer-Klassen sind zum Verkehrsunterricht."

Sie war eine große, schlanke Person, eine vorbildliche Hausfrau und Mutter mit zwei Buben, den Zwillingen Falko und Frank. Beide besuchten die Förderstufe im Trakt gegenüber.

„Dann müssen wir eben noch weiter runter, bis Klasse 3, Christa."

„Zehnjährige zu Dreizehnjährigen?" Sie kannte die Auswirkungen solcher Notlösungen und seufzte. „Die armen Kinder!"

Sie nahm die Brille ab, blickte ihren Chef mißbilligend an und setzte sie wieder auf. „Und wen hat die Scholz-Klasse in der vierten Stunde?"

„Na, wen wohl?"

„Sie! Soll ich Ihnen sagen, was auf Ihrem Terminkalender steht?" Christa Klein ging ins Sekretariat hinüber und kam mit dem Terminkalender zurück. „11 Uhr Vertreterbesuch, die neue Deutschlandkarte. Zum zweiten Mal bestellt. 11.15 Uhr Jugendamt. 12 Uhr der türkische Vertrauenslehrer, 12.30 Uhr Elterngespräch ..."

„Sagen Sie das Elterngespräch ab. Das Jugendamt auch. Sagen Sie alles ab. Verlegen Sie die Termine auf die nächste Woche."

„Alles nicht. Diese Mutter kommt!"

„Was für eine Mutter?"

„Sie haben diese Frau mit dem kleinen Kind bestellt, für die Vorklasse. Der Termin wurde schon zweimal umgelegt. Sie können die Frau nicht wegschicken", protestierte Christa Klein. „Sie hat sich extra frei genommen im Betrieb."

Im selben Moment drückte jemand den Türöffner.

Der Kollege Wagner kam herein und brachte den Lehrbericht. Der höfliche Empfang überraschte ihn.

„Einen schönen Donnerstagmorgen, Kollege Wagner. Sie kommen mir gerade recht."

„Was? Ich?" Wagner sah seinen Chef überrascht an. Er witterte sofort, daß Mißtrauen angebracht war.

„Ja, Sie", bestätigte Christa Klein in einem der Situation angepaßten Ton. Es freute sie, wenn Leute wie Wagner, denen sie ständig nachlaufen mußte, eine Zusatzbeschäftigung aufgebrummt bekamen. „Pausenaufsicht, meint der Chef. Frau Scholz ist krank."

„Ach nee." Das war nicht alles, was Wagner, der Herr Personalrat, sagte. Er brauchte nur einen Augenblick Zeit. „Krank? Ich hab' sie doch gestern abend noch gesehen." Er ließ die Zigarette, die er anzünden wollte, wieder verschwinden, als er Christa Kleins empörten Blick sah. Im Sekretariat wurde nicht geraucht. „Ich will Ihnen was sagen. Das Fräulein Scholz ist nicht krank, wenn es nachts zur Sache geht. Also steht sie auch morgens unten auf dem Hof und macht Aufsicht. Wir stehen morgens alle auf der Matte, ob Zweidrittelstelle oder reiches Töchterchen."

Berkmann runzelte die Stirn. „Kollege Wagner, Sie bezweifeln doch nicht, daß ich genauso denke?"

Der Kollege Wagner bezweifelte es nicht, aber einen Rat mußte er dem Chef noch geben.

Vielleicht, meinte er, sollte der Schulleiter der jungen Dame mal den Marsch blasen.

Zehn Minuten später hatte Ute Wolter die Sperre am Hofeingang durchbrochen und sich heulend die vierzig Stufen zum Verwaltungstrakt hinaufgearbeitet, eine Spur frischen Blutes hinter sich lassend, das ihr im runden, pickligen Gesicht fehlte; jedenfalls war es ganz weiß.

Als Berkmann, der sich im Arzt- und Untersuchungszimmer Testmaterial zusammensuchte, herauskam, legte Ute noch dreißig Phon zu.

„Der Heribert! Der He-ri-bert!"

„Ute", sagte Berkmann, aber Ute war nicht zu stoppen.

„Der He-ri-bert hat mich ge-schla-gen!"

Die Tränen füllten einen Wassereimer, und als Ute im Arztzimmer ihre aufgeplatzte Lippe im Spiegel sah, folgte der nächste Trompetenstoß.

„Ute", sagte Berkmann, „du bleibst hier sitzen. Frau Klein kommt gleich. Verstanden? Ich muß ins Lehrerzimmer. Laß die Lippe in Ruhe. Mach nichts dran! Hier ist ein Bonbon..."

Er drückte dem Mädchen den größten und buntesten Zukkerstein in die Hand, der im Glas mit den Süßigkeiten für Notfälle zu finden war, und ging hinüber ins Sekretariat.

Es war eine saubere, flotte Person, die vor Frau Kleins Schreibtisch saß: schlank, blond, in langen, hellen Hosen, mit einem dieser Köfferchen auf dem Schoß, wie es die Juwelendiebe in den Kriminalfilmen ins Bahnhofsschließfach schieben.

Und so klang Berkmanns Stimme auch ein bißchen so, als habe er eine Hochstaplerin vor sich, als er Frau Klein fragte, wer die Dame sei.

„Wer ist *sie* denn?" war jedenfalls eine höchst unglückliche Formulierung.

An der Art, wie seine Sekretärin ihre Einsachtzig vom Stuhl schraubte, erkannte er das und bekam es sogleich bestätigt.

„Das... das ist Frau Lutz. Die neue Leiterin der Grundschule..."

An jedem anderen Morgen hätte Berkmann seinen Ausrutscher mit ein paar charmanten Worten wettgemacht.

Nicht an diesem Morgen.

Es blieb ihm auch wenig Zeit angesichts des drohend auf ihn zuschnellenden Zeigefingers der auf dem Besucherstuhl herumwirbelnden Dame.

„Und wer ist – er?"

Fast so schnell wie Frau Lutz war Christa Klein. „Das ist unser Herr Berkmann, Frau Lutz. Der Leiter der Sonderschule."

Mit ungeheurer, geradezu kränkender Gelassenheit, hob Frau Lutz darauf die schmalen Augenbrauen. „Eine Sonderschule gibt es hier auch...?"

Das zu sagen war bei einem Mann wie Berkmann heller Wahnsinn. Die Sonderschule gab es nicht *auch*. Wenn es etwas *auch* gab, dann war es die Grundschule mit Förderstufe nebenan, auf der anderen Seite des Schulhofes. Für ihn gab es nur die Sonderschule. Sie war sein Werk. Dann kam alles andere.

Das der Dame klarzumachen, war er sich und seinen Schülern, die gerade mit dem üblichen Lärm vom Hof ins Schulhaus stürmten, schuldig.

„Ja, die gibt es auch, Frau Kollegin. Wissen Sie, als ich meine Schulleiterstelle antrat, war ich vorher informiert über die Verhältnisse am Ort. Deshalb befremdet mich Ihre Frage etwas."

Frau Lutz, Rektorin in spe, ließ die Augenbrauen voller Verachtung sinken, riß das Köfferchen an sich und überbrückte die drei Meter zur Tür mit zehn kleinen wütenden Schritten.

Christa Klein faßte sich zuerst wieder. „Ach, ich weiß nicht, Chef. Mußte das sein? Die beiden Schulleiter müssen doch zusammenarbeiten. Das gibt doch gleich wieder böses Blut."

Berkmann ging ebenfalls zur Tür. Nebenan wartete Ute, falls sie nicht an ihrem Bonbon erstickt war. „Warum haben Sie mir nicht gesagt, wer sie ist, Christa?"

„Hab ich das nicht?"

Achselzuckend setzte sich Christa Klein wieder an ihre Schreibmaschine.

Eine Stunde später ging Hausmeister Weller zum Telefon. So ging das nicht weiter. Diesen Zirkus machte er nicht länger mit.

Panik war Hans Weller fremd. Mit der Rettungsschere hatte er als Feuerwehrmann schon öfter seinen Mann gestanden und eingeklemmte Insassen aus brennenden Fahrzeugen befreit. So ein paar Lausejungens versetzten ihn nicht in Angst und Schrecken. Aber mit der Disziplin in der Schule hatte er nichts zu tun. Das war Sache der Lehrer.

In der Schule hatte sich ein Hausmeister um die Heizung, um die Bänke und das, was in seinen Vorschriften stand, zu kümmern.

„Herr Berkmann“, rief er also hinauf, „hier sind ein paar Kerle, die mir die Mülltonnen umkippen. Können Sie mal kommen …?“

„Wo?“

„Hier. Direkt vor meinem Fenster.“

An der Loge des Hausmeisters vorbei stürmte Berkmann auf den Schulhof. Er fand eine Klasse in offener Schlachtordnung vor.

Zwei Schüler saßen auf dem Zaun und versuchten ihn durch rhythmische Bewegungen dem Erdboden gleichzumachen. Davor hatte sich ein Halbkreis gebildet mit zwei aufeinander eindreschenden Faustkämpfern in der Mitte. Der Rest der Klasse erging sich in gymnastischen Übungen und ließ Schultaschen und Turnbeutel über den Köpfen kreisen.

„Wollt ihr wohl da runterkommen! Seid ihr noch zu retten? Runter, habe ich gesagt …!“

Die Stimme eines Rektors vollbrachte gelegentlich Wunder. Schlagartig bot die Klasse das Bild einer Gemeinschaft, die angetreten ist, den Friedensnobelpreis in Empfang zu nehmen.

„Wir haben Sport, Herr Berkmann. Wir warten …“

„Der Arne kommt nicht!“ beschwerte sich einer der beiden, die eben noch die Mülltonnen über den Hof gerollt hatten.

„Ja, Herr Berkmann. Wir müssen immer pünktlich sein. Der Arne kommt immer zu spät …“

Berkmanns Ohren wurden spitz. „Arne?“

„Klar. Bis der kommt, ist immer die halbe Sportstunde gelaufen“, unterstützte eins der Mädchen die Jungens, was einen der Faustkämpfer ermutigte, die Grundsatzfrage zu stellen:

„Warum müssen Lehrer eigentlich nicht pünktlich sein? Warum immer nur die Schüler?“

Es war die Frage, die den Nagel auf den Kopf traf und den Schulleiter vor den Kopf.

„Ja, Herr Berkmann. Warum dürfen Lehrer eigentlich zu spät kommen?“

Berkmann trat einen Schritt zurück, einen halben Schritt.

„Wer sagt denn, daß sie das dürfen?“

„Der Arne!"

Es war zum Verrücktwerden. Wie sollte er als Schulleiter den Kindern das erklären?

„Also, jetzt hört mal her! Hört mir mal alle zu! Lehrer haben auch pünktlich zu sein. Genau wie ihr."

„Und wenn sie nicht pünktlich sind...?"

„Wenn sie nicht pünktlich sind, bestelle ich sie zu mir. Genau wie euch."

Die Antwort war ein Riesenhallo, allerdings nur ein kurzes.

Ein knatterndes Ungeheuer näherte sich dem Schulhof, das Heck mit Aufklebern bepflastert. Am Steuer saß Arne Göttler.

Berkmann machte, daß er wegkam. Zur Rede stellen wollte er Arne Göttler vor den Kindern nicht.

Der Lehramtsreferendar streckte die ausgefransten Jeans aus seinem Automobil, ergriff den blaugelben Schulranzen und imitierte den Urwaldschrei des von Baumwipfel zu Baumwipfel schwingenden Tarzan.

Und die Klasse rannte johlend und kreischend hinter ihm her.

Am nächsten Morgen raffte sich Berkmann auf. Er hatte sich nicht schön benommen bei der Begrüßung der neuen Schulleiterkollegin. Christa Klein hatte ihm noch ganz schön den Kopf gewaschen.

Und das war der Erfolg von Christa Kleins Kopfwäsche, daß er all seinen Mumm zusammennahm und hinüberging zu ihr, in den Verwaltungstrakt der Grund- und Förderstufe Michelfels.

An der Tür stand noch der Name des Vorgängers: *Martin Müller.* Der Regierungspräsident hatte ihn wegen eines Herzleidens vorzeitig in den Ruhestand geschickt, vorzeitig und für alle überraschend.

Jetzt saß Frau Lutz an seinem Schreibtisch, die Dame mit dem Köfferchen. Diesmal trug sie Bundfaltenhosen.

„Ach, Sie!" sagte sie, ohne sich in ihrer Tätigkeit als Erbverwalterin Müllerschen Papierkrams unterbrechen zu lassen. „Kommen Sie rein! Setzen Sie sich!"

Berkmann blieb stehen. „Ich weiß nicht... Wenn ich störe? Ich platze manchmal mit der Tür ins Haus."

„Oh nein. Nein. Ich bin schon fertig."

Es waren noch zwei Unterschriften, die sie erledigte. Die Post sollte noch aus dem Haus.

„Wissen Sie, ich hab' mich bei Ihrem Empfang nicht gerade durch Höflichkeit ausgezeichnet", sagte er, als sie die Mappe schließlich beiseite schob. „Ich habe etwas gutzumachen."

„Vergessen wir's!"

Sie saß in dem schwarzen Ledersessel mit Rückenlehne, dem gleichen, den das Land seiner Schule zugestanden hatte, wobei erlaubt sei, darauf hinzuweisen, daß das Leder nicht Leder, sondern Kunstleder war.

„Mein Vorgänger war ein Mann, Kollege Berkmann", sagte sie, ein wenig kühl und distanziert klang es schon noch. „Jetzt nimmt eine Frau diesen Platz ein. Daran müssen sich viele erst gewöhnen, glauben Sie nicht?"

„Im Gegenteil, ein bißchen frischer Wind tut ganz gut", beeilte er sich zu versichern, bevor der Wind wieder umschlug.

Die Beine gekreuzt, die Augen auf Distanz, betrachtete sie ihn. „Den Eindruck hatte ich nicht. Als Sie hörten, wer ich bin, sind Sie ganz schön erschrocken."

„Mehr als entschuldigen kann ich mich nicht. Ich hoffe, der Fall ist damit erledigt." Berkmann streckte ihr die Hand hin. „Auf gute Zusammenarbeit, Frau Lutz."

Im ersten Moment sah es aus, als wollte sie seine Goodwilltour als Gelegenheit zum Gegenschlag nutzen. Aber ihr Schreibtisch, die Stundentafel an der Wand, die fremde Umgebung, die Konfrontation, die unausweichliche Konfrontation mit den Kollegen, das alles riet ihr zur Mäßigung. Kontrahenten würde sie genug haben. Was sie brauchte, waren Verbündete.

„Auf gute Zusammenarbeit, Herr Berkmann. Ich hab's nötig..."

„Falls Sie mich brauchen: der Apparat rechts. Der Hausapparat", lächelte er. „Knöpfchen drücken. Null wählen."

Auch das begriff Irina Lutz an ihrem neuen Arbeitsplatz schnell: daß man sich solche Angebote merken mußte.

Also ging sie mit zur Tür. „Vielen Dank für den Tip, Herr Kollege. Ich komme darauf zurück..."

„Guten Abend, meine Damen und Herren. Die Sportschau begrüßt Sie zu ihrer Live-Übertragung aus dem Stadion Roter Stern in Belgrad. Es geht um den Einzug in das Viertelfinale in einem der interessantesten europäischen Fußballwettbewerbe. Schafft es der deutsche Meister? Wir alle hoffen es. Sie draußen vor den Bildschirmen und wir hier in der Sprecherkabine. Ein wenig fußballerischer Patriotismus darf erlaubt sein..."

Nein, dachte Berkmann, als es klingelte. Jetzt nicht! Jetzt sehe ich mir das Spiel an.

Schließlich öffnete er doch.

Draußen stand ein junges Mädchen. Mehlgrauer, batikbemalter Leinenrock, himbeerrote Sandaletten, das Haar im Nacken von einer Klammer gerafft, überpudertes Gesicht. „Kann ich Sie einen Augenblick sprechen?"

„Im Moment schlecht. Kenne ich Sie? Ich meine, muß ich Sie kennen?"

„Sie kennen meine Mutter. Sie unterrichtet an Ihrer Schule. Ich bin Claudia Bott."

Die Tochter von Helga Bott? Bei ihm in der Wohnung? „Claudia Bott?"

Sie nickte. „Ich möchte meine Mutter verklagen. Haben Sie jetzt Zeit?"

„Kommen Sie rein!"

Das Fußballspiel hatte noch nicht begonnen, der Reporter war noch bei der Mannschaftsaufstellung. Fünf Minuten mußte er dem Mädchen geben. Soviel Zeit mußte sein für Helga Botts Tochter.

„Verklagen, sagen Sie? Warum wollen Sie Ihre Mutter verklagen?"

Sie winkte ab. „Das verstehen Sie nicht. Aber ich will's Ihnen erklären. Jeder Mensch hat das Recht auf Selbstverwirklichung. Meine Mutter begreift das nicht. Deshalb werde ich sie verlassen." Sie sah Berkmann an. „Sind Sie nicht auch der Meinung, daß meine Mutter genug verdient, um mir ein eigenständiges Leben zu ermöglichen?" Claudia Bott zog ein Päckchen heraus und fing an zu rauchen.

„Was verstehen Sie unter... eigenständigem Leben?"

„Ich möchte, daß Sie mit meiner Mutter darüber reden", sagte sie.

Claudia Bott!

Daß Helga Bott eine Tochter hatte, wußte er. Allerdings hatte er sie sich anders vorgestellt. Nicht so poppig, nicht so farbenprächtig. Weniger auffällig. Mehr Lehrerstochter.

„Ich? Ihre Mutter wird sich an den Kopf greifen. Eigenständiges Leben! Was soll der Quatsch?"

Das Mädchen folgte ihm in die Küche. „Das ist kein Quatsch. Wie soll ich's Ihnen erklären...?"

Der Abwasch stand immer noch da. Der Beutel mit dem Müll lag verknotet auf dem Küchenstuhl und wartete darauf, hinuntergebracht zu werden. Die Hausschuhe gehörten nicht unter den Küchentisch. Und warum stand die Pfanne noch da? Was hatten die Teebeutel auf der Spüle zu suchen? Was machte das alles für einen Eindruck?

Komisch, dachte er. Wenn kein Besuch kommt, fällt es einem gar nicht auf.

„Eigenständiges Leben, Claudia. Was stellen Sie sich darunter vor?"

„Was ich mir darunter vorstelle?" Ihre Art, über Unordnung hinwegzusehen, war souverän. „Tun, was einem Spaß macht, zum Beispiel. Theaterspielen. Theaterspielen dient der Selbstfindung. Gruppentherapie...unabhängig sein..."

Sie gehörte zu den Glücklichen, die wissen, was sie wollen, vor allem, was sie nicht wollen.

Berkmann, der den Aschenbecher suchte, sagte, ohne sich umzudrehen: „Wenn Sie sich bis jetzt nicht selbst gefunden haben, finden Sie sich auch in Zukunft nicht. Was soll's?"

„Sie wollen nicht mit Mutter reden?"

„Was soll ich ihr sagen?“

Ihre Zigarette schrumpfte unwahrscheinlich schnell zusammen. „Daß ich ausziehe. Ausziehen muß. Auf Sie hört sie. Schulleiter sind für meine Mutter Respektspersonen. Ihnen würde sie nie widersprechen.“

„Das sind Familienangelegenheiten, die mich nichts angehen, Fräulein Selbstfindung.“

„Na, hören Sie, ob Ihre Mannschaft frisch und munter zum Dienst erscheint, ist Ihnen doch nicht egal. Das können Sie mir doch nicht erzählen. Ihnen geht es doch nur gut, wenn alles läuft, hundertzehnprozentig möglichst. Oder?“

Sie wußte, daß Berkmann fragen würde: „Was wollen Sie damit sagen?“

Und daß ihr das Gelegenheit gab, ihm das Messer auf die Brust zu setzen.

„Sie wissen, wie sensibel Mutter ist, Herr Berkmann. Der geringste Riß in ihrer heilen Welt, und sie kippt um. Das wäre doch nicht gut für die Schule bei der angespannten Personalsituation.“

„Sie meinen?“

„Ich meine, Mutter war wegen einer ähnlichen Sache schon einmal zwei Monate außer Gefecht. Damals, als ich zu Gerd zog. Mit sechzehn. Irgendwie muß man schließlich den Mief der Erziehung abreagieren, wenn man sich weiterentwickeln will...“

„Natürlich.“ Am liebsten hätte er ihr eins hinter die Ohren gegeben. Das war noch so das Alter, in dem sie es manchmal verdienten. Aber es hätte kaum geholfen und an dem schiefliegenden Mutter-Tochter-Verhältnis auch nichts geändert. Nein, eine Claudia Bott mußte man überzeugen. Einer Claudia Bott mußte man klarmachen, wie ihre Mutter an ihr hing.

Auch dieser Versuch ging daneben.

Claudia lachte nur. „Oh ja. Und wie! Als Kind die schönste Puppe. Als Schülerin das neueste Fahrrad, das teuerste Spielzeug und das schickste Kleidchen. Alles unter Verschluß. Und das kleine Schlüsselchen fest in einer Hand. In der Hand...

dreimal dürfen Sie raten. In der Hand meiner Mutter. Nie kann ich tun und lassen, was ich will..."

Jetzt reichte es ihm. „Wollen Sie wissen, ob ich das kann? Tun und lassen, was ich will? Ich kann es nicht. Keiner kann tun und lassen, was er will. Mit einer Ausnahme, dem Fräulein Bott." Berkmann zeigte zur Tür. „Tut mir leid. Ziehen Sie aus! Wandern Sie aus! Spielen Sie Theater! Was juckt's mich, zum Teufel! Und jetzt möchte ich mein Fußballspiel sehen..."

Töchterchen Claudia hörte sich das an. Nicht ein einziges Wimperchen zuckte in ihrem überpuderten Gesichtchen. Sie sagte nur ein einziges Wort – und das allerdings saß.

Spießer, Kleinkarierter, Spinner, das alles hätte er ihr verziehen. Aber „Grufti... typisch Grufti!" Das war zuviel...

Es mußte zwischen eins und zwei in der Nacht gewesen sein, als Berkmann das Telefon klingeln hörte. Es klingelte wie die Alarmanlage einer Bank.

Müde schob er die Beine aus dem Bett und tappte barfuß hinüber in sein Arbeitszimmer.

Das Erbstück seiner Großmutter, die wuchtige Pendeluhr zwischen den Regalen, ernüchterte ihn.

Es war 6.35 Uhr.

„Hallo?"

„Herr Rektor Berkmann?"

„Nun sagen Sie schon! Warum holen Sie mich aus dem Bett, mitten in der Nacht?"

„Hier ist Frau Goblatscheck, Herr Berkmann. Ich muß den Rainer entschuldigen. Ich brauche ihn fürs Feld. Meiner liegt mit Grippe im Bett." Sie meinte ihren Mann. „Lassen Sie mir heute den Jungen mal..."

Sie trug flache Schuhe, einen champagnerweißen Pulli und eine Nickelbrille. Sie merkte Termine vor und schrieb Briefe. Sie mahnte Entschuldigungsschreiben an und kochte Kaffee, ohne den sie morgens nicht auf die Beine kam.

Sie wußte, was fehlte, überbrückte Meinungsverschiedenheiten, verfolgte, was im Haus vorging, verband Platzwunden, telefonierte mit dem Arzt, verfügte über Tropfen gegen Liebeskummer und diverse Tabletten gegen Frauenbeschwerden. Sie sortierte die Post, warf die Reklame in den Papierkorb, schrieb Gutachten, verhandelte mit den Busunternehmen und brachte das Schiff bei Flaute in Fahrt: Frau Klein, mit Vornamen Christa, Mutter von zwei schulpflichtigen Buben, Sekretärin der Albert-Schweitzer-Schule. Vierzig Jahre alt, verwitwet. Mit Einsachtzig der lebendige Beweis für die Bedeutung der Größe im menschlichen Dasein.

Christa Klein wußte, wann der Schulleiter anwesend war und wann nur für bestimmte Leute. Sie war ein Teil des Pendels, das alles in Bewegung hielt, ohne das nichts lief zwischen 7 Uhr 30 und 14 Uhr.

Sie hatte Vollmacht, den Schulleiter in wichtigen Sitzungen zu stören und dafür zu sorgen, daß der kleine Bernhard Wächter in Kur ging, wenn sein Vater in den Knast ging. Und darauf zu sehen, daß ein Lehramtsreferendar nicht über die Stränge schlug.

Was den Chef betraf, da verschwammen die Kompetenzen schon ein wenig. Er hatte das letzte Wort, Schulleiter müssen nun mal das letzte Wort haben. Das Wort nach ihm hatte der Konrektor, und dann kam sie.

Sie duzten sich nicht, sie und der Chef. Außer mit seinem Vereinskameraden Müller-Kronach duzte er sich mit niemandem. Er war strikt gegen jede Form von Kumpanei. Das galt auch für das Rektorzimmer und das Sekretariat.

Daß er „Christa" zu ihr sagte, wie das gekommen war, wußte sie noch recht gut. Frau Klein war ihm zu steif gewesen, Christa und „du" – wie gesagt – zu kumpelhaft, also blieb's beim Christa und „Sie", eine Lösung, mit der sie beide leben konnten nach ihrer Weigerung, Michael und „Sie" zu ihm zu sagen. Ein bißchen mußte man die Kirche schon im Dorf lassen. Ein Schulleiter mußte sich absichern gegen zuviel Vertraulichkeit.

Absichern gegen Kollegen, die gleich die ganze Hand nahmen, wenn man ihnen den kleinen Finger reichte – und gegen Kollegen wie den Lehramtsreferendar Arne Göttler.

Christa Klein wurde von Minute zu Minute unruhiger. Für zwölf Uhr hatte der Chef den Lehramtsreferendar bestellt – und jetzt war es wieder fünf Minuten über der Zeit.

Berkmann und Göttler, das waren zwei Welten. Dabei lagen sie altersmäßig gar nicht so weit auseinander, der Schulleiter und der Lehramtsreferendar.

Daß sie zu Berkmann hielt, lag in der Natur der Sache. Sekretärinnen halten immer zu ihren Chefs. Außerdem hatte sie nichts übrig für Menschen, die ihr Äußeres so vernachlässigten wie Göttler.

Der Lehramtsreferendar trug immer die gleiche Kluft. Im Unterricht, im Theater. Immer denselben schnuddligen Pullover und dasselbe abscheuliche Hemd.

Auch jetzt, als er endlich kam.

Hätte er sich wenigstens die Haare gekämmt!

Göttler ging ohne zu grüßen bis zur Tür zum Rektorzimmer. „Sie wollen mich sprechen, Herr Berkmann?"

Natürlich verließ der Chef sofort seinen Sessel.

„Ja. Und zwar zu etwas Grundsätzlichem, Herr Göttler, falls es Sie nicht stört. Sie wissen, bestimmte Dinge stehen bei uns außer Diskussion. Zum Beispiel, die dritte Stunde beginnt 9 Uhr 45. Einverstanden?"

„Okay. Ich war 9 Uhr 45 hier..."

„Ich rede von gestern, Herr Göttler. Gestern waren Sie zehn Minuten zu spät. Die Schüler haben sich beschwert."

Die Hände in den Taschen der Jeans, den fünfmarkstückgroßen Ring im rechten Ohr, trat der Lehramtsreferendar, der aussah, als könnte er niemandem etwas zuleide tun und der auch niemandem etwas zuleide tat, einen Schritt vor.

„Die Schüler?"

Berkmann nickte. „Wissen Sie, was sie sagten? Warum müssen wir immer da sein, wenn die Stunde anfängt und Arne nicht? Sie sagten nicht: unser Lehrer. Sie sagten nicht: Herr Göttler. Sie sagten: Arne..."

Na und? Göttler lehnte sich salopp gegen den Schrank mit den Amtsblättern. Warum sollten sie nicht Arne sagen? Das löste Hemmungen. Wann kapierte der Alte das endlich?

Hoffnungsloser Fall. Jetzt kam er auch noch mit seinem Pünktlichkeits-Tick!

„Mein Dienst, Kollege Göttler, beginnt halb acht. Ihr Dienst beginnt Viertel vor zehn. Und zwar pünktlich. Diese Pünktlichkeit sind die Schüler gewöhnt. Sie brauchen sie im späteren Leben, also herrscht Pünktlichkeit. Damit kennen Sie bereits einen Faktor, den Sie bei Ihrer Prüfung zu berücksichtigen haben und können nicht mehr sagen, Sie hätten von nichts gewußt."

Göttler zog die Mundwinkel herunter.

„Wie soll ich das verstehen?"

„Verstehen Sie es, wie Sie wollen. Aber verstehen Sie es! Sie sind der Mann, der die Prüfung bestehen will, Herr Göttler, nicht ich. Ich bin ein Mann, der sich vorgenommen hat, Ihnen das nicht schwer zu machen. Wenn Sie mich allerdings von morgens bis abends mit Positionen attackieren, die ich nicht vertreten kann, weiß ich nicht, wie es ausgeht. Mit anderen Worten, Herr Göttler, ich lege Ihnen nichts in den Weg. Aber machen Sie es mir nicht so schwer."

Durch die offene Tür sah Christa Klein den Referendar vor seinem Schulleiter stehen.

Schön hatte er das gesagt, der Chef. Immer wollte er den jungen Leuten helfen. Aber der Göttler, was würde er dazu sagen? Dieser harte Zug um die Mundpartie gefiel ihr gar nicht. Zu allem Unglück lief ihm auch noch die Nase. Und kein Taschentuch natürlich! Das sah ihm ähnlich.

Aber das Mundwerk, das funktionierte.

„Herr Berkmann, ich kann das so nicht akzeptieren. Genau davor hat man mich gewarnt."

Berkmann fuhr herum. „Gewarnt? Wer? Wer hat Sie gewarnt?"

„Die Gewerkschaft."

„Vor wem? Vor was?"

Noch verlor keiner die Fassung. Aber man brauchte nur zu schnuppern, dann roch man den Pulverdampf, der sich ausbreitete.

Dieser verrückte Kerl schien mit dem Kopf durch die Wand zu wollen.

„Vor wem? Vor Leuten, die es darauf anlegen, jede meiner Ideen kaputtzureden, Herr Berkmann…"

Berkmann bewahrte Haltung. „Ich…unterdrücke Ihre Ideen? Haben Sie dafür so was wie ein Beispiel, Herr Göttler?"

Nicht eins, nicht zwei. Drei Dutzend Beispiele hätte der Lehramtsreferendar aus dem Ärmel schütteln können. Aus seiner Sicht funktionierte Schule nun mal anders.

Aber da war noch die Prüfung. Deshalb mäßigte er sich in seinen Formulierungen.

„Ich weiß, Sie haben etwas dagegen, daß ich mich mit Schülern duze. Ihr gutes Recht. Vergessen wir die pädagogische Freiheit. Sie steht eh nur auf dem Papier…"

„Inwiefern?" fragte Berkmann lauernd.

„Na, Sie verbieten mir etwas, womit ich die besten Erfahrungen gemacht habe."

„Ich verbiete Ihnen gar nichts. Ich sage nur: was Kinder brauchen, sind Vorbilder. Sie als Lehrer haben mit gutem Beispiel voranzugehen, klar?"

Christa Klein, die jedes Wort mitbekam, nickte zufrieden. Endlich ein Machtwort!

„Die Kinder wollen nicht, daß wir uns zu ihnen in die Bank setzen, Herr Psychologe. Damit lösen Sie keine Probleme. Kinder wollen nicht, daß der Lehrer einer von ihnen ist. Sie wollen jemand, der ihnen zeigt, wo's langgeht." Berkmann blieb vor dem Lehramtsreferendar stehen. „Es ist die Intensivphase Ihrer Ausbildung, Kollege. Nutzen Sie die Zeit. Die Hälfte Ihres Referendariats haben Sie hinter sich, Kollege Göttler."

Eine Frechheit, dieses „Gott sei dank"! Christa Klein hätte aus der Haut fahren können. Warum hielt dieser Mensch nicht den Schnabel? Ein Glück, daß er es mit einem Mann zu tun hatte, der sich von solchen Unverschämtheiten nicht provozieren ließ.

Nein, der Chef zog sich die Unterschriftenmappe heran und tat, als hätte er nichts gehört.

Die Aussprache war beendet.

Ein paar Sekunden blieb Christa Klein noch stehen. In seiner Mappe lag eine Notiz. Jetzt fand er sie.

Es war die Handschrift von Frau Uhlmann.

„Ute hat Ihnen ein Briefchen geschrieben, Herr Berkmann. Sie möchte sich für das Bonbon bedanken, das Sie ihr geschenkt haben, als ihre Lippe blutete."

Das Briefchen war ein Zettelchen. Darauf stand in klaren, exakt strukturierten Buchstabenformen:

„Meine Libbe ist wider guht. Ich habe den Bonbon nicht gekessen. Frau Ulmann sakt, Sissigkeiden sind nüzlich, um die Zäne zu zerstören. Deshalb habe ich ihn meiner besden Freindin gekeben. Ute."

Die sechste Stunde zog sich gewöhnlich wie Kaugummi hin. Wenn es von der Kirchturmuhr zwölf schlug, ließen die Schüler die Rolläden herunter. Dann wurde es dunkel in den Köpfen. Dann legten sich die kleinen grauen Zellen wieder schlafen.

Dann konnte man sich als Lehrer abstrampeln, wie man wollte, man sah in leere, abwesende Augen hinein, in erschöpfte, gerötete Gesichter und hatte selbst nichts mehr zuzusetzen.

Berkmann rollte das Epidiaskop neben Christa Kleins Schreibmaschinentisch, klemmte sich Wagners Lehrbericht unter den Arm und fragte nach Konrektor Volkmann.

„Nein", sagte Christa Klein, „im Lehrerzimmer ist er nicht. Was soll er da? Die Konferenz beginnt doch erst in einer Stunde."

„Ist er im Lehrmittelzimmer?"

Christa Klein schüttelte den Kopf. „Der Schlüssel ist hier. Im Lehrmittelzimmer hält sich zur Zeit niemand auf. Nun lassen Sie doch mal den Volkmann. Das Krankenhaus hat angerufen. Ein Professor Heymann..."

„Und?"

„Sie haben bei Adnan innere Blutungen festgestellt. Es hörte sich gar nicht so gut an."

„Was sagen Sie?“

Seine Betroffenheit übertrug sich auf ihre Stimme, die plötzlich zu schwanken begann. „Ich hatte das Gefühl, daß die Sache nicht so einfach ist. Sagen wir mal so. Aus diesen Ärzten wird man ja selten klug.“

Christa Klein mußte ihrem Chef noch etwas beibringen, so spät am Mittag und so kurz vor der Konferenz. Drüben war schon wieder dieser Herr. Irgend so ein Mensch von der Zeitung. Was sollte sie ihm sagen? Er war vor einigen Tagen schon hier gewesen. Es ging um das Jubiläum.

Aber der Chef war nicht ansprechbar.

Sie mußte den Mann wieder wegschicken.

Als es auf 14 Uhr zuging, war der Papierkram geschafft, die Portoabrechnung, die Schülerüberweisung, der Urlaubsnachweis für den Hausmeister, die Vorschläge für die beweglichen Ferientage, die Krankmeldung von Fräulein Scholz.

Berkmann sah Christa Klein über die Schulter.

„Ich denke, die Scholz kommt wieder. Sie fehlt nie länger als drei Tage. Neulich...“

„Neulich, Chef. Neulich! Da hat so ein kleiner Fiat unter ihrem Schlafzimmerfenster gestanden. Da gehen Sie heute mal hin. Was da für ein Schlitten steht.“

Berkmann war entzückt. „Und das soll ich unterschreiben?“

„Das müssen Sie wohl. Ein Attest von Frau Doktor, Herr Berkmann.“

Babsie? Mit Babsie war so was nicht zu machen. Wenn Babsie jemanden krank schreibt, dann ist er krank, dachte er. Also zögere nicht, Berkmann. Unterschreibe!

Als der Schreibtisch endlich sauber war und er sich die Unterlagen für die einzelnen Tagesordnungspunkte zurechtlegte, klingelte das Telefon.

Die Lutz, diese reizende Kollegin. Zehn Minuten vor Konferenzbeginn! Den ganzen Vormittag hatte sie Zeit.

Ihre Stimme war von Zorn erfüllt.

„Ihre Kinder haben meine Kinder verprügelt, Herr Kollege. Ich erwarte eine Erklärung.“

„Moment mal! So was kann man doch nicht einfach behaupten.“

„Ich kann es, denn ich habe es mit eigenen Augen gesehen.“

Beherrsche dich, Berkmann! Ihre Nerven sind noch nicht so gut wie deine. Sie ist Anfängerin.

„Gut. Bringen Sie mir die Burschen. Ich nehme sie mir vor, Frau Lutz.“

„Bringen? Ich dachte, das wäre Ihre Aufgabe?“

„Meine Aufgabe? Entschuldigen Sie. Mir liegen zuverlässige Aussagen vor, daß Ihre Kinder angefangen haben.“

Immer die Sonderschüler! Das war schon unter Müller so gewesen. Das wollen wir gar nicht wieder einführen, dachte er. Wer nahm diese Kinder schon in Schutz, wenn nicht er? Mit solchen Vorurteilen biß sie bei ihm auf Granit, da konnte sie Gift nehmen.

„Meine Kinder? Lachhaft! Wer hat Ihnen das erzählt?“

„Frau Lutz, machen Sie doch deswegen nicht so ein Theater. Haben Sie früher nie gerauft? Sagen Sie bloß, Sie waren das brave, fromme Lamm.“

„Lassen Sie Ihre Ablenkungsmanöver! Bleiben Sie sachlich!“ rief sie, es war der perfekte Schulmeisterton. „Sorgen Sie dafür, daß meine Kinder in Ruhe gelassen werden! Das ist alles, was ich von Ihnen verlange, und das ist ja wohl nicht zuviel.“

„Nein. Meine Kinder werden die Hände kreuzen, und ich werde sie ihnen mit Stricken zusammenbinden. Eigenhändig!“ schrie er zurück.

Es kam nicht mehr im Rektorat der Grund- und Förderstufe an. Frau Lutz hatte den Hörer hingedonnert.

Sechs Tagesordnungspunkte waren abgehakt. Müdigkeit machte sich breit im dreizehnköpfigen Kollegium der Albert-Schweitzer-Schule zu Michelfels. Sechs Stunden Unterricht, eine halbe Stunde Pause. Zwei Stunden für einen einzigen Tagesordnungspunkt: das Schulfest vor den Sommerferien.

Und noch vier Tagesordnungspunkte unerledigt.

Berkmann griff sich erschöpft an den Kopf. Frau Gutowski begründete gerade ihren Antrag, die Außenwände der Schule zu begrünen.

„Sie müssen zugeben, Kollegen und Kolleginnen, daß wir heute in einer Schule sitzen, die trotz einiger moderner baulicher Nuancen die Backsteinepoche kaiserlicher Zeiten nicht überwunden hat und sich den Vorwurf der Kinderfeindlichkeit gefallen lassen muß."

Kinderfeindlichkeit! So ein Quatsch. Elke Uhlmann dachte es, Konrektor Volkmann dachte es. Sigi Schomburg dachte wohl Schlimmeres. Aber keiner sagte etwas.

„Die von mir beantragte Begrünung ist eine billige Möglichkeit, der Bevölkerung die Notwendigkeit ökologischen Handelns vor Augen zu führen. Deshalb bitte ich Sie, dem Vorschlag zuzustimmen und in diesem Sinne auf die Schulleitung einzuwirken ..."

„Frau Gutowski ...", Berkmann hörte den Vorschlag zum sechsten Mal, und zum sechsten Mal bezog er dazu Stellung. „Ich sagte Ihnen doch, ich bin die falsche Adresse. Zuständig ist der Kreis."

Elke Uhlmann blickte gelangweilt auf ihre Zigarette. Detlev Frauenfeld, genannt Frauenheld, blätterte noch gelangweilter die Prüfungsexemplare der Schulbuchverlage durch, die im Lehrerzimmer auslagen.

„Aber Herr Berkmann, an anderen Schulen hat man das Problem längst gelöst. Das muß ich Ihnen doch nicht sagen. Was an anderen Schulen möglich ist, sollte auch bei uns möglich sein. Für alles ist Geld da. Nur wenn es um die Umwelt geht, ist plötzlich keiner zuständig."

Sigi Schomburg rührte provozierend langsam in ihrem Kaffee. „Umwelt? Retten Sie die, wenn Sie auf diese zugegebenerweise triste Fassade Grün aufpinseln?"

Das ermunterte den sonst so vorsichtigen Günther Volkmann, den weißhaarigen Konrektor. „Ich will Ihnen sagen, was dabei herauskommt, Kollegin Gutowski. Wir stellen Gerüste auf für Tausende von Mark, bepinseln alles grün und lassen uns fotografieren. Am Ende findet der eine oder andere das sogar schön. Ich meine, ein wenig sparsamer wirtschaften sollten wir schon. Dieses Geld brauchen wir woanders nötiger."

„Nötiger?"

Rosel Gutowski wollte aufspringen. Doch der Verlauf der Ereignisse nahm eine unvorhergesehene Wendung.

Ein schlanker, nicht schlecht aussehender Mann mit ordentlich gestutztem Schnurrbart hatte sich Zugang zum Konferenzraum verschafft.

„Egon!" rief Rosel Gutowski außer sich. „Du?"

Der Eingetretene blickte um sich, als würde er jeden Augenblick eine Pistole ziehen – und zum Schluß blickte er finster auf Rosel Gutowski, die sich am liebsten unter den Tisch verkrochen hätte.

„Ich will das Kind!"

Rosel Gutowski lachte hysterisch auf. „Du bist reif für den Psychiater."

In den Köpfen der anderen schaltete es.

Die Gutowski lebte mit einem Mann namens Schäfer zusammen, dem Vater ihres zweiten Kindes.

Der Herr mit dem Schnurrbart war der Vater ihres ersten Kindes und – Elke Uhlmanns Augen drückten es unverhohlen aus – ein Vater, der sich sehen lassen konnte, an der Gutowski gemessen.

„Ich hol' mir das Kind!" rief der Vater Nummer eins.

„Das werden wir sehen!" rief die zweifache Mutter.

Sie war mit ihrer Stimmlage zwei Stufen höher gegangen. Also noch mehr Dramatik für die Damen und Herren des Kollegiums. Nun zahlte sich die lange Sitzung doch noch aus.

Rosel Gutowski schrie: „Verschwinde! Du hast hier nichts verloren! Warum bist du überhaupt hier?"

„Weil ich wieder mal jemand sehen wollte, der so lügt wie du!" schrie Ehepartner Nummer eins zurück.

„Wenn du was willst, kannst du mich ja anrufen."

Dafür hatte ihr Ehemann nur ein zynisches Lächeln übrig, wie Günther Volkmann, der Konrektor, mit sichtlicher Genugtuung registrierte.

„Warum soll uns jetzt gelingen, was uns drei Jahre nicht gelungen ist? Mit dir kann niemand vernünftig reden, außer deiner Mutter, und die hat es inzwischen auch aufgegeben", brüllte Vater Nummer eins.

Die Demontage ihres sozialen Images, auf das sie soviel Wert legte, konnte nicht so weitergehen. Rosel Gutowski mußte eingreifen, mußte versuchen, die Angriffe auf ihre Person in eine andere Richtung zu lenken.

„Warum kommst du nicht in meine Wohnung, Egon?"

„Weil das, was ich dir zu sagen habe, jeder hören kann. Damit deinen Kollegen endlich die Augen aufgehen."

Die Tür schlug ein erstes Mal zu.

Rosel Gutowski enteilte.

Die Tür schlug ein zweites Mal zu. Ihr Ehemann, der Vater ihres ersten Kindes, eines reizenden blauäugigen Mädchens, stürzte ihr nach.

Das Zittern der Wände blieb nicht ohne Eindruck auf den Leiter der Konferenz, den Junggesellen Berkmann, was seine Gedanken über Väter und Mütter nichtehelicher Kinder betraf.

„Hat noch jemand eine Frage, liebe Kolleginnen und Kollegen?" versuchte er wieder Linie in die Tagesordnung zu bringen.

Sigi Schomburg strich schmunzelnd über ihre Satinbluse. „Ja. Ich. Begrünen wir nun die Hauswände oder nicht?"

Die junge Frau mit dem kurzen, schwarzen Haar und dem schicken royalblauen Kostüm blieb im Treppenhaus stehen, legte etwas Rouge auf und begutachtete sich im Spiegel, bevor sie klingelte.

Michael Berkmann öffnete die Tür.

„Babsie! Komm rein. Leg ab!"

Dr. Barbara Wegener schüttelte den Kopf. „Nicht so stürmisch, mein Lieber. Ich muß raus zu meinen Patienten..."

„Patienten!“ Manchmal hätte Berkmann sie am liebsten alle vergiftet. „Patienten! Ich sehe dich kaum noch...“

„Ach, Micha, du weißt doch, wie das ist. Einer um zwölf die Nacht, wenn du kaum die Augen zu hast, einer um vier, wenn du gerade eingeschlafen bist. Und um acht Sprechstunde.“ Sie seufzte. „Und jetzt die Küche eines Junggesellen, die aussieht wie nach einem Bombenangriff.“

Berkmann kratzte sich verlegen am Ohr. „Ich hätte dich ja ins Wohnzimmer geführt, aber da räume ich gerade auf. Deshalb steht auch das Geschirr hier noch herum. Eine einzelne Person, weißt du? Man läßt immer ein paar Tage zusammenkommen. Das ist praktischer...“

„Hast du deine Frau Freitag nicht mehr?“

„Doch, doch.“

Eigentlich war Babsie alles andere als das, was man sich unter einer Landärztin vorstellte, die ein Kalb zur Welt bringen muß, wenn der Tierarzt Urlaub macht. Sie war dafür nicht robust genug, körperlich jedenfalls.

Das war sein erster Eindruck gewesen, als er vor ihr gelegen hatte mit einem akuten Blinddarm und sie dem Professor assistierte mit diesem häßlichen Mundschutz. Nur ihre schwarzen Augen hatte er sehen können, und in diese schwarzen Augen hatte er sich Knall und Fall verliebt.

Inzwischen hatte es Babsie auf tausend Krankenscheine gebracht, und wen man hörte, Michelfels war über seine Frau Doktor des Lobes voll.

„Willst du dich nicht setzen, Babsie? Du nimmst mir die Ruhe.“

„Fünf Minuten“, sagte sie, und wenn sie das sagte, konnte man wetten, daß nicht sechs Minuten daraus wurden.

„Babsie, ich muß dich etwas fragen. Weißt du, dieses Attest für Birgit Scholz – bitte sei nicht beleidigt – ich will dich nicht mit deiner Schweigepflicht in Konflikt bringen. Ich weiß, du schreibst niemand leichtfertig krank. Ich weiß auch, wie schwer es ist, zwischen Kranken und Simulanten zu unterscheiden.“

Darauf wollte er hinaus. Er wollte wissen, zu welcher Sorte diese Birgit Scholz, seine Lehrerin, gehörte. Er zog in Zweifel, daß sie krank war.

„Sag mal, Michael", sagte sie befremdet, „wie lange kennen wir uns eigentlich?"

„Babsie, so hab' ich das nicht gemeint", sagte er sofort. „Ich will eins wissen und weiter nichts: Ist die Scholz krank, oder handelst du in ihrem Fall nach dem Grundsatz, dem Patienten mehr zu glauben als deiner Diagnose?"

Als er ihr Gesicht sah, wußte er, was er angerichtet hatte.

„Hör zu, Micha! Meine Patienten kommen in die Sprechstunde und schildern ihre Leiden, und ich fälle mein Urteil auf Grund der Symptome. Und wehe, ich tue es nicht! Diese Symptome kannst du nachlesen – überall. Und wenn sie dir als Arzt jemand schildert, mußt du sie ernst nehmen, sonst zahlst du."

„Babsie, ich..."

„Nur einen Satz noch: Mich kränkt nicht, daß du mich fragst. Mich kränkt, daß du mir etwas unterstellst, wenn auch nur ein bißchen."

„Babsie, mein Gott!"

„Du hast gar nicht so unrecht. Einen Eid leisten kann ich auf die Scholz nicht. Aber die Symptome stimmen – und richtig ist auch, daß es nicht das erste Mal ist. Die Verantwortung allerdings, ob ich sie mit diesen Symptomen in die Schule schicke, trage ich. Ich ganz allein. Nicht du!"

„Also, jetzt komm aber...!"

„Nein! Ich komme nicht." Babsie war aufgestanden und sah ungeduldig auf die Armbanduhr. „Ich gehe. Ich muß..."

Einen Kuß bekam er noch, den Hauch von einem Kuß. Schon war sie draußen im Flur.

„Wenn du mal Lust hast, nicht über andere zu reden, ruf mich an, Micha! Tschüs..."

Bürgermeister Michelau wollte die Schule in die Mitte seines Städtchens haben, der Kultusminister neben das Feuerwehrhaus, das Staatliche Schulamt in die Nähe der Sportplätze, und der Regierungspräsident setzte sich schließlich durch.

Und so stand sie nun, wo sie wirklich nicht hingehörte, an der Peripherie des Städtchens, zwischen kleinen, buckligen Häusern, einer Handvoll Schrebergärten und an einer Hauptstraße natürlich.

Zwei mächtige Schilder links und rechts warnten die Autofahrer vor plötzlich heranbrausenden Kindern und die Kinder vor plötzlich heranbrausenden Autos. Für alle Fälle war da noch dieser praktische Arzt, Dr. med. Bernhard, zweihundert Meter oberhalb.

Der Gebäudekomplex entspricht den neuesten Erkenntnissen der modernen Architektur, sagten die einen. Schrecklich, sagten die anderen, Festung Ehrenbreitstein. Und weil das wohl das Zutreffendere war und der Volksmund für Zutreffendes immer ein Ohr hat, wurden die beiden Schulen diesen Spitznamen nicht mehr los. Und das, obwohl es seit der Einweihung mit Ministerialrat und Feuerwehrkapelle inzwischen viermal Sommer und fünfmal Winter gewesen war.

Mit anderen Worten: in wenigen Monaten war es soweit. Dann feierte die Albert-Schweitzer-Schule von Michelfels ihr fünfjähriges Bestehen. Wieder mit Kapelle und wieder mit der Grund- und Förderstufe gegenüber. Mit Bürgermeister und der kommunalen Prominenz. Mit Erbsensuppe, einigen kleinen und größeren Schecks und den Preisen der Michelfelser Geschäftswelt, die für die Tombola herhalten mußte.

Es war zwei Tage nach der Gesamtkonferenz, am Ende der großen Pause. Die Schüler suchten ihre Klassenräume auf. Die Jungens der 8 b hinter den Mädchen der 7 a, die eine Traube bildeten und eins der Mädchen in die Mitte genommen hatten.

Das Mädchen, dem die Anteilnahme der anderen galt, preßte das Taschentuch zusammen und blickte mit großen, vorwurfsvollen, verweinten Augen zu seinem Schulleiter hinauf, der oben am Ende der Treppe auf die Ankunft des Trauerzuges wartete.

Die Gruppe blieb stehen. Die Anteilnahme mit dem Mädchen – es war Heike – wurde zur Anklage gegen Gewalt und Willkür.

„Herr Berkmann...!" Große, dicke Tränen kullerten. „Der Wagner...! Der Wagner hat mir eine geschmiert..."

Ja, potz Blitz! Diese Raufereien aber auch auf dem Schulhof. Wann würden sie es denn einmal lernen?

„Welcher Wagner? Der Toni?"

„Nicht der Toni. Der Lehrer...! Der Lehrer...Wagner!"

Der Vorwurf hätte für eine standrechtliche Erschießung gereicht, sofort und auf der Stelle. Das war auch die Meinung von Nicole, die Heike beistand bei der Bloßstellung dieses Wüstlings von Pädagogen.

Aber zunächst kam es anders.

„Heike", mahnte der Schulleiter, „benimm dich gegenüber Herrn Wagner, wie sich das gehört. Reiß die Klappe nicht so weit auf! Herr Wagner hat sich über dich beschwert. Vorgestern in der Konferenz."

„Ich hab' die Klappe nicht aufgerissen, Herr Berkmann. Manchmal hab' ich ja ein großes Maul, das weiß ich. Aber ich hab' wirklich nichts gesagt. Sie können Nicole fragen..."

Nicole sagte jeden Tag für jemanden gut, dic geborene Kronzeugin. „Sie hat wirklich nichts gesagt, Herr Berkmann. Sie hat nur gesagt, er soll nicht soviel rauchen. Das hat ihm Heike schon gestern gesagt", beteuerte Nicole, „und das sagt sie anderen auch. Und überhaupt..."

Was fiel ihr denn jetzt noch ein, der Nicole? Sie überlegte und überlegte...

„Ich find' es blöd, wenn Lehrer in der Schule rauchen. Erst halten sie uns Vorträge, wie schädlich das ist, und dann gehen sie zum Zigarettenautomaten und holen sich Marlboro."

Die geborene Anklägerin! Einen gewaltigen Eindruck machte sie auf ihre Mitschülerinnen. Es den Lehrern einmal geben, das wollte jeder. Aber das konnten eben nur Heike und Nicole.

„Und das ist alles, was du zu Herrn Wagner gesagt hast?" wandte sich Berkmann an Heike. Die Mädchen hatten recht. So waren die Lehrer. Menschen mit Schwächen wie andere auch. Aber so einfach war es nicht. So leicht ging das nicht in die Köpfe dieser Kinder hinein.

„Das ist wirklich alles, Heike?"

„Ja", schwor Nicole, „das ist alles. Das hat sie ihm vorgestern gesagt und das hat sie ihm heute gesagt. Vorgestern hat er gesagt: Halt die Klappe, freche Gans! Und heute hat er ihr eine gescheuert..."

Drei Minuten später kam der Kollege Wagner die Treppe herauf – heraufgeschlichen. Auf seiner Halbglatze standen Schweißperlen. Seine Augen wirkten leicht verstört.

„Kann ich Sie einen Moment sprechen, Herr Berkmann...?"

Berkmann nahm den Kollegen mit hinauf in sein Zimmer. Das Treppenhaus leerte sich. Als letzter verließ Eckart Sedlatschek das Lehrerzimmer.

„Setz dich, Wagner", sagte Berkmann, als er die Tür geschlossen hatte. „Mach dir nicht in die Hose. Es wird schon nicht den Kopf kosten."

Der Kollege konnte mit dem Trost nicht viel anfangen. Unruhig rutschte er vor Berkmann auf dem Sessel herum. „War sie schon hier? Hat sie sich schon beschwert?"

„Ja. Sie war hier. Das kennen wir doch alle. Einmal rutscht einem die Hand aus." Berkmann sah den Klassenlehrer der 7 a prüfend an. „Was hat sie denn gesagt?"

„Was? Ich bin mehr für *wie.* Wie sie es gesagt hat. Vor all den Kindern. Man muß sich doch nicht alles gefallen lassen, oder?"

Nein. Mußte er nicht. Aber sich in seine Schüler hineinversetzen können, das mußte er, und das konnte er nicht.

„Kennen Sie Heikes Mutter? Ich meine, ihren Vater können Sie nicht kennen..."

„In der Schule hat er sich noch nicht blicken lassen", antwortete Wagner vorwurfsvoll.

„Nein. Hat er nicht. Heikes Vater ist tot, Kollege Wagner."

„Tot?"

„Seit einem Dreivierteljahr."

Wagner schwieg eine Weile betroffen. „Das habe ich nicht gewußt."

„Deshalb ist es gut, wenn man ab und zu einen Blick in die Schülerakte wirft", sagte Berkmann und ging auf den zwei Meter hohen Aktenrollschrank zu. „Besonders, wenn man eine Schülerin neu übernimmt. Dann ist man immer auf dem laufenden, Kollege Wagner."

„Woran ist er denn gestorben?"

Berkmann schob die Unterlippe vor. „An Krebs. Lungenkrebs, Kollege."

„An?"

„Lungenkrebs. Zuviel geraucht."

Wagner schlug die Augen nieder. „Davon hat sie mir nichts gesagt."

„Dafür sage ich es Ihnen jetzt."

Wagner wußte nicht recht, wo er hinsehen sollte. „Tut mir leid, Herr Berkmann."

„Vielleicht sollten Sie auch das noch wissen, Kollege. Heikes Vater ist nicht plötzlich gestorben. Es war ein langsamer, qualvoller Tod. Ich weiß nicht, was in einem Kind vorgeht, das so etwas miterlebt. Jedenfalls bin ich mir über eins klar: Heike hat es nicht bös gemeint. Vermutlich macht sie sich sogar ehrlich Sorge um Sie. Wegen Ihrer Raucherei."

Der leicht in sich zusammengesunkene Wagner machte den Griff nach der Zigarettenpackung schnell wieder rückgängig.

„Meinen Sie ... wirklich?"

„Ich bin davon überzeugt", antwortete Berkmann, „und jetzt sehen Sie zu, wie Sie da wieder rauskommen. Enttäuschen Sie das Mädchen nicht!"

Damit waren Wagners Befürchtungen allerdings noch nicht zerstreut. „Es wird doch nicht noch ein ... Disziplinarverfahren auf mich zukommen? Was meinen Sie?"

„Keine Sorge, da kann ich Sie beruhigen. Wenn Heike sich

beschwert, daß sie von Ihnen eine gefangen hat, kriegt sie von der Mutter gleich noch eine hinterher. Und jetzt entschuldigen Sie mich..." Berkmann bekam von Christa Klein durch die Tür ein Zeichen. „Ach so, Ihr Lehrbericht fehlt noch, Kollege." Er drückte Wagner Heikes Schülerakte in die Hand. „Man muß nicht immer unbedingt der erste sein, aber auch nicht immer der letzte!"

Wagner nickte flüchtig, stand auf und verließ das Zimmer.

Abgelöst wurde er von Frau Bott, die sich mit einem Stoß Bücher auf dem Weg zum Rektorat befand, den sie offenbar nur als Vorwand benutzte, um in den Skandal mit der Ohrfeige eingreifen zu können.

Helga Bott, die Mutter des Nestflüchters, der sich selbst verwirklichen wollte, kam mit deutlich geröteten Bäckchen und dem typischen Schulmeisterblick. Leicht hatten es Töchter solcher Mütter nicht.

„Herr Berkmann", sagte sie, ihrer Empörung Ausdruck gebend, „was sagen Sie zu diesem Menschen? Diese Gewalttätigkeit! Als Personalrat! Ist das nicht schrecklich?"

„Sie bringen die Bücher zurück, Frau Bott. Geben Sie her! Oder – hier. Der Stuhl. Legen Sie alles auf den Stuhl!"

Berkmann tat, als hätte er die Frage überhört, aber Helga Bott ließ nicht locker.

„Da müssen Sie ein Machtwort sprechen, Herr Berkmann. Unbedingt. So geht das nicht. Was denkt sich dieser Mensch? Kommt fünf vor acht, geht zwei Minuten nach zwölf. Und immer die großen Sprüche."

Da Berkmann es weiter vorzog, sich jeder Äußerung zu enthalten, setzte Helga Bott noch einen obendrauf.

„Und die Ehe, Herr Berkmann! *Sie* Koordinatorin in Birkenau an der Gesamtschule mit A 15, *er* A 13. Natürlich geht jeder seiner Wege. Ich glaube, er weiß nicht einmal, ob er Kinder hat."

In diesem Ton hatte er Helga Bott noch nicht erlebt. Was war nur zwischen ihr und Wagner gewesen?

Fragen wollte er nicht, sie lenkte auch rasch zu etwas anderem hin. Die Angst um Adnan, den kleinen Türkenjungen, beschäftigte sie noch Tag und Nacht.

Ob er, Berkmann, etwas Neues wisse? Aus der Klinik oder von den Eltern? Es müsse dem Jungen doch jetzt besser gehen.

Nein, sagte er, nichts. Aber es würde schon werden. Kinder in diesem Alter erholten sich bekanntlich schneller als Erwachsene.

Am Wochenende machte Irina Lutz, Rektorin in spe der Grundschule mit Förderstufe in Michelfels, erste Bekanntschaft mit der Stadt. Sie sah sich die alte Barockkirche an mit den Apostelbildern zwischen den Fenstern und den kunstvollen Malereien alter Meister, bummelte durch das alte, romantische Stadtzentrum und ging auf Wohnungssuche. Der *Stadtanzeiger* erschien samstags mit einer entsprechenden Rubrik.

Berkmann verbrachte die eine Hälfte des Wochenendes mit Dr. Barbara Wegener, die andere im Hause eines Schulfreundes in der Nähe von Eltville. Nebenher erledigte er, was in der Woche liegengeblieben war. Zum Entzücken seiner Sekretärin, der er den Stoß am Montagmorgen vor Schulbeginn in die Hand drückte.

„Was Neues, Kleinchen?“

„Sagen Sie nicht Kleinchen. Das sagt der Wagner immer, und das kann ich nicht leiden. Das wissen Sie, Chef. Aber wenn Sie schon fragen: unser Fräulein Scholz. Ist krank und bleibt krank. Und am Wochenende fliegt sie nach Florida. Mit dem Geld ihres Papas. Was sagen Sie nun?“

„Tja, dann werden wir uns wohl an den Vertretungsplan machen müssen“, kam es kleinlaut. „Damit habe ich nicht gerechnet.“

Frau Bott war die Dumme.

Siebenundzwanzig Stunden unterrichten Lehrer an Sonderschulen für Lernbehinderte, siebenundzwanzig Stunden pro Woche.

Diese Woche mußte Helga Bott zwei, vielleicht drei Stunden mehr machen. Vertretungsstunden für Frau Scholz. Unbezahlt.

Der nächste, den es erwischte, war Konrektor Günther Volkmann. Konrektoren erwischte es bei Vertretungen immer. Konrektoren haben weniger Pflichtstunden und damit mehr Zeit für Vertretungsunterricht in Klassen von Lehrerinnen wie Frau Scholz.

In der großen Pause kam Christa Klein mit dem Terminkalender. Sie laborierte an einem grippalen Infekt, ging aber nicht zum Arzt. Keine Rücksicht auf sich selbst.

„Sie wissen, wo Sie hinzugehen haben", sagte sie. „Der Junge ist für 10 Uhr bestellt. Es kann losgehen. Vorher müssen Sie nur noch mit der Mutter fertigwerden."

Die Mutter war eine stabile Frau, so etwa das Dreifache des Idealgewichts der Weight-Watchers. Die Bluse sperrte, der Rock stammte aus einem Geschäft für Übergrößen. Der Hüftumfang fiel unter die Geheimnisse des Datenschutzes, und der Junge tat es ganz der Mutter nach.

Berkmann wurde von Mutter und Sohn im Stehen empfangen und ging – wie es sich für einen Pädagogen gehörte – freundlich auf den Jungen zu.

„Das ist also der Werner..."

„Hans-Werner", korrigierte die Mutter, schließlich war es auch ein Unterschied.

„Der Hans-Werner", wiederholte Berkmann, während er wie aus Zauberhand den viereckigen Tisch mit Bauklötzen, Papierstreifen, Bleistiften und allen möglichen bunten Figuren füllte.

„Die Bauklötze sind nicht für dich, Hans-Werner. Dafür bist du schon zu groß. Du bist mindestens fünf. Wenn nicht sechs."

Die Antwort bestand aus einem einzigen Wort, und das kam sehr stolz heraus. „Sieben..."

„Da ist es ja Zeit für die Schule. Wann hast du Geburtstag?"

Ein Blick zur Mutter, die aufmunternd nickte.

„Wann hast du Geburtstag, Hans-Werner? Sag es dem Herrn Rektor!"

Wieder ein Blick zur Mutter, die jetzt nicht mehr ganz so freundlich aussah.

„Weiß ich nicht. Hat mir meine Mama noch nicht gesagt", erklärte Hans-Werner zu dem Rektor hinauf.

Jetzt nickte die Mama nicht mehr. Die letzte Spur von Freundlichkeit war aus ihrem Gesicht gewichen. Jetzt fluchte sie. „Verdammt, zu Hause weiß er alles. Nur hier..." Dann bekam Hans-Werner einen Klaps auf den Hinterkopf, das bekannte Rezept, das in solchen Fällen helfen soll. „Dein Geburtstag, Hans-Werner! Du kannst mich doch hier nicht so blamieren."

Hans-Werner konnte.

Seine Gedächtnisschwäche stellte sich als hochgradige zeitliche Desorientierung heraus. Das war noch nicht alles.

Als die Mama draußen war, vor der Tür, machte Berkmann mit dem Jungen noch ein paar Spielchen. Vorher fragte er ihn, was denn heute für ein Tag sei.

Ein strahlender Hans-Werner meinte strahlend und ohne jeden Zweifel: „Sonntag."

Aber Sonntag konnte nicht sein. Das wußte jedes Kind. Sonntags ging man nicht in die Schule.

„Nein, Hans-Werner. Jetzt überleg mal. Warum kann denn nicht Sonntag sein?"

Wieder ein strahlendes Kind: „Weil Mittwoch ist..."

„Mittwoch, sagst du? Was ist dann morgen für ein Tag?"

Hans-Werner sah Berkmann an wie einen Menschen, der von ihm die Erklärung der Relativitätstheorie verlangt. „Freitag..."

Berkmann fing an zu schwitzen. „Hans-Werner, wieviel Finger hab ich an dieser Hand?"

Er hielt dem Jungen die rechte Hand hin. Eine der elementarsten, aber auch wirklich elementarsten Überprüfungen des Mengenbegriffes bei vier- und fünfjährigen Kindern. Nur war

Hans-Werner inzwischen sieben. Vierjährige beantworteten beim Vorhalten der Hand auf diese Frage spontan.

„Wieviel Finger, Hans-Werner?"

Vor der Tür stand mit großem Körperumfang die Mutter. An der Tür stand in großen Druckbuchstaben BITTE NICHT STÖREN!

Christa Klein hielt sich nicht daran. Sie klopfte und holte Berkmann zum Telefon.

Der Bürgermeister.

Immer, wenn er nichts zu tun hatte, kümmerte sich dieser Michelau um Dinge, die ihn nichts angingen.

Die Schulen waren Sache des Kreises. Früher hatten die Gemeinden den Daumen drauf. Das war lange her.

Wann begriff Bürgermeister Michelau das endlich?

Gegen elf traf im Sekretariat die Post ein. Der Stoß war doppelt so groß wie sonst. Christa Klein brauchte eine Viertelstunde, um das Feine vom Groben zu trennen.

Schließlich hielt sie einen Umschlag in der Hand, den sie neugierig von allen Seiten betrachtete.

„Ein Brief für Sie, Chef. Herrn Direktor Berkmann. Berkmann mit ‚g'. Von einem... einem Herrn Kraft."

„Machen Sie ihn auf, Christa!"

„Ach, ich glaube, das machen Sie besser selber."

Berkmann nahm den Brief, öffnete ihn und lehnte sich in seinem Sessel zurück.

„Sehr geehrter Herr Direktor!"

Der Brief war mit Maschine geschrieben, einem Typ älterer Bauart. Zeilenrand nicht eingehalten, einfach drauflosgetippt.

„Nach meinen Informationen unterrichtet an Ihrer Schule eine gewisse Frau Gutowski, der ich vor vier Monaten ein Kündigungsschreiben geschickt habe, was Sie vielleicht interessiert..."

Mit der Rechtschreibung stand er auch auf Kriegsfuß, der Herr Kraft. Aber was er schrieb, schien genau das anzusprechen, was einen Schulleiter an seinen Lehrern schon mal interessierte – ihr Privatleben. Was den Lehrern, das Privatleben ihrer Schulleiter betreffend, ähnlich ging.

Was also wollte bewußter Herr Kraft? Was schrieb er?

„Ich habe das Haus vor vier Jahren gebaut, zusammen mit meinem Schwager, der mir dabei geholfen hat. Ich bin ein einfacher Arbeiter und konnte mir damals nicht leisten, selbst darin zu wohnen. Deshalb ich das Haus vermietet habe. Ich dachte, bei einer Frau Lehrerin ist es in guten Händen. Das war ein Irrtum.

Wie es dort aussieht, kann sich niemand vorstellen, der nicht dort gewesen ist. Aber hinein in das Haus kommt man nicht, weil die Frau Gutowski wirft jeden hinaus und beschimpft ihn noch dazu.

Vielleicht können Sie auf die Frau Druck ausüben. Sie ist doch eine öffentliche Person. Ich verzichte auf die Miete der letzten vier Monate, wenn diese Frau auszieht. Ich will nur, was ich mir geschaffen habe, daß es nicht verkommt.

Sie sind der Schulleiter. Sie können in dieser Sache ein Machtwort sprechen. Zählt denn in diesem Land das Recht eines einfachen Arbeiters weniger als das einer studierten Frau Lehrerin?

Hochachtungsvoll
Herr Kraft"

Nach dem Gespräch mit der Klinik gingen Berkmanns Gedanken immer wieder zu dem kleinen Adnan. Jedesmal, wenn das Telefon läutete, gab es ihm einen Stich ins Herz.

Er hatte mit Babsie darüber gesprochen, deren gute Beziehungen zu den Professoren ihm wenigstens die Hoffnung gab, an detaillierte Befunde heranzukommen.

Gemeldet hatte sie sich noch nicht.

Dafür meldete sich Frau Sommer, die Sekretärin der Grund- und Förderstufe.

„Herr Berkmann, haben Sie nicht mal einen Augenblick Zeit für unsere Chefin?"

Berkmann hatte sich vorgenommen, alle Kontakte zu dieser

Frau Lutz auf das Notwendigste zu beschränken. Auf ein Mindestmaß an dienstlicher Zusammenarbeit war er angewiesen, dazu verpflichtete ihn die Dienstordnung, die Erwartungen des Schulelternbeirates und das Wohl der Schule. Auf mehr nicht.

„Sagen Sie Frau Lutz, ich bleibe dabei. Meine Kinder haben ihre Kinder nicht verprügelt. Sagen Sie ihr das!"

Zurück kam eine ruhige, beschwichtigende Stimme.

„Darum geht es nicht, Herr Berkmann. Es geht um eine andere Sache. Frau Lutz ist sehr betroffen. Man hat ihr übel mitgespielt. Vielleicht braucht sie einen Rat. Wir haben doch am Anfang auch nicht alles gleich gewußt, Herr Berkmann."

Sie, die im alleinigen Besitz der Wahrheit war, welche Kinder welche Kinder verdroschen, auf so leisen Sohlen?

In der Tat, es war eine andere Irina Lutz. Mit hängendem Kopf kam sie über den Schulhof, eine Demonstration des Unglücks.

Berkmann rollte den Besuchersessel heran, den mit den fünf Beinen, und sie fiel wie ein Stein hinein, ohne Christa Klein, die ihr im Vorzimmer einen guten Morgen gewünscht hatte, eines Blickes zu würdigen.

„Ich hätte in Frankfurt bleiben sollen. Ich bin dem allen nicht gewachsen. In der Großstadt fällt soviel Dummheit nicht auf", schoß sie los. „Wie bin ich nur auf die Idee gekommen, hierher zu gehen?"

„Was ist passiert, um Himmels willen?"

Sie sah ihn an. „Ich will keinen Streit. Glauben Sie mir. Ich habe genug um die Ohren. Wenn es so weitergeht, sind Sie mich bald wieder los."

Dann kam es Stück für Stück heraus.

Es ging um die Statistik. Damit hatte jemand, der neu in diesem Geschäft war, immer seine Last. Aber die April-Statistik hatte Müller noch gemacht.

„Er ist dafür verantwortlich. Was haben Sie damit zu tun? Und warum regt Sie das so auf?" wollte er wissen.

„Ich...ich habe die Statistik mit der Schülerzahl verglichen."

„Wo liegt das Problem?"

Sie hatte schöne Augen. Blaue Augen, die ungemein viel ausdrückten, im Augenblick das unglückliche Gefühl, vom Pech verfolgt zu sein.

„Wir haben keine siebenundachtzig Schüler im ersten Schuljahr, wie in der Statistik steht. Es sind nur fünfundsiebzig. Ich habe mir Zugänge und Abgänge der letzten Monate angesehen. Wir sind nie über achtzig Schüler gekommen."

„Aber das ist doch kein Grund. Da ist einfach irgendwo ein Fehler", sagte er. „Wir gehen das Ganze nochmal zusammen durch."

Irina Lutz schüttelte den Kopf. „Wir haben fünfundsiebzig Schüler im ersten Schuljahr und keinen einzigen mehr. Ich habe alles verglichen. Aber nach Müllers Statistik sind es siebenundachtzig. Mit Namen und Vornamen. Ich kann machen, was ich will. Laut Statistik habe ich zwölf Schüler zuviel." Sie sprang auf. „Aber ich habe die Statistik nicht gemacht. Ich habe sie nicht weggeschickt. Trotzdem wird man mich dafür verantwortlich machen. Eine schöne Schlampe, die Neue, wird es heißen. Was werde ich zu hören bekommen!"

„Haben Sie das Schulamt schon verständigt?"

Sie lachte bitter auf. „Das Schulamt! Was wird das Schulamt von einer Schulleiterin halten, die nicht einmal weiß, wieviel Schüler sie hat?"

„Ich habe noch von keiner Schulübergabe gehört, bei der die Schüler zum Abzählen antreten mußten", sagte Berkmann. Ärgerlich war die Sache schon, aber auch nicht mehr. „Machen Sie sich deswegen keine Kopfschmerzen. Sie haben sich auf Zahlen verlassen, die Ihnen vorgelegt wurden. Wenn Müller manipuliert hat, kann es nur einen Grund geben..."

„Und der wäre?"

„Mit siebenundachtzig Schülern kann er drei Klassen aufmachen, mit fünfundsiebzig nur zwei. Schülerphantome, Frau Lutz! Man meldet mehr Schüler, als man hat und bekommt dafür mehr Lehrer und folglich kleinere Klassen. Das ist des Rätsels Lösung." Ein anderer Gedanke kam ihm. „Haben Sie schon mit Frau Sommer darüber gesprochen?"

„Sie hat damit nichts zu tun. Müller hat die Statistik immer allein gemacht. Allein ausgefüllt und selbst abgegeben." Irina Lutz ging zur Tür und wieder zurück. „Was mache ich nur? Ich kann schließlich nicht so tun, als wäre nichts gewesen."

Ihr gegenüber stand plötzlich ein grinsender Lausbub, der sich in die Hände schlug und sich aus nichts etwas machte.

„Genau das werden Sie tun, Frau Lutz. Genau das..."

In den Klassenräumen wurde geschrubbt und geputzt. Heute waren die Schränke und die Fensterbänke dran. Hausmeister Weller war vom Mittagstisch zurück und füllte Waschmittel ab. Die Fenster standen weit auf, und jedesmal, wenn eine Tür geöffnet wurde, schlug eine andere zu.

Als Berkmann das Schulgebäude verließ, stand Petra Lerch dort, wo sonst sein Wagen stand. Sie stand auf einem Bein, das andere beschrieb in der faszinierenden Verträumtheit, der sich nur Kinder hingeben können, einen Halbkreis auf dem Asphalt. Als sie Berkmann kommen sah, lief sie ihm entgegen.

„Na, Petra, was machst du denn noch hier? Die anderen sind doch schon lange zu Hause."

„Du hast doch gesagt, wenn wir was nicht raffen, sollen wir in der Pause zu dir kommen..."

„In der Pause. Nicht mittags viertel vor zwei. Also gut..." Berkmann legte die Hand auf die Schulter des Mädchens, das seine Schultasche aufhob und ein Stück mit ihm ging. „Ist es die Mathematik, Petra?"

Ihr Kopfnicken erübrigte weitere Fragen. „Mit der Bruchrechnung, das hab ich nicht verstanden. Wenn zehn Zehntel ein Ganzes sind, wie können dann sieben Siebtel auch ein Ganzes sein? Ein Liter ist ein Liter. Da kann ich nicht einmal zehn Zehntel und einmal sieben Siebtel dazu sagen."

Kinder hatten öfter recht, als man glaubte. Nur in Mathematik gab es den Unfug, daß zwei verschiedene Dinge ein und dasselbe sind. Und das sollte man den Kindern erklären! Das war schon in der Grundschule ein Problem. Was für eine Aufgabe erst in einer Schule für Lernbehinderte!

„Petra", sagte Berkmann, „du wohnst nicht weit von hier. Du kommst morgen ein paar Minuten früher, dann erklär' ich dir alles, ja?"

Am liebsten hätte er es ihr gleich erklärt, aber der langsam heranrollende Wagen auf der anderen Straßenseite war der Wagen Babsies. Sie kurbelte die Scheibe herunter und rief herüber.

„Kein Auto, Herr Direktor?"

„Alles für die Gesundheit, Frau Doktor!"

„Kann ich Sie ein Stück mitnehmen?"

Berkmann blickte zu dem Mädchen aus der 5 b, der Klasse von Frau Scholz, hinab. „Wenn Petra mich läßt?"

Petra ließ ihn. „Du kannst es mir ja dann morgen sagen", nickte sie kurz, warf einen Blick auf Frau Doktors Wagen und klemmte ihre Schultasche unter den Arm.

Dr. Barbara Wegener fuhr in Richtung Stadt, eine Gürtelrose besuchen. Ein Magenkrebs und zwei Injektionen standen auch noch an. Sie fuhr mit offenem Verdeck. Auf dem Rücksitz lag ein Stoß Jacken, für jede Witterung eine, und die Einkaufstasche, ebenfalls immer griffbereit.

„Micha", sagte sie, „ich habe eine Neuigkeit. Nicht aus der Klinik. Den Professor habe ich noch nicht erwischt. Es ist wegen... deiner Frau Klein."

„Meiner Frau Klein? Ist sie krank?"

„Ich muß es dir sagen. Aber du mußt es für dich behalten. Versprich mir das, Micha."

„Warum machst du so ein Geheimnis draus?"

„Deine Sekretärin hat Leukämie..."

„Das kann nicht sein. Christa ist kerngesund."

„Sie war bei mir. Der Befund ist eindeutig."

Die Sicherheit, mit der sie das sagte, verstärkte seine Verwirrung. „Eindeutig! Was heißt eindeutig? Befunde müssen nichts heißen. Ärzte irren sich. Frau Klein war nie in ärztlicher Behandlung."

„Doch."

„Warum hast du mir nichts davon gesagt?"

„Also, bitte. Das muß ich dir ja nun wirklich nicht erklären."

Es traf ihn schwerer, als sie angenommen hatte. Eine neue Sekretärin zu finden war nicht allzu schwer. Christa Klein schien ihm mehr zu bedeuten.

„Sie hat zwei Kinder, Babsie. Elf Jahre."

„Ich weiß."

„Nicht auszudenken, wenn..."

Sie steuerte den Wagen in die Altstadt, sie wollte noch Medikamente für einen Patienten mitnehmen.

„Manchmal wäre das Leben wirklich leichter ohne euch Ärzte", sagte er. „Warum muß man vorher immer alles wissen? Warum ist an einem bestimmten Punkt nicht einfach Schluß, ohne daß man es vorher weiß?"

„Das mußt du mich nicht fragen."

„Wie groß ist ihre Chance?"

Dr. Barbara Wegener hielt vor der Stadtapotheke. „Drei bis vier Jahre. Nach Auftreten der ersten Symptome. Fünf Jahre bei 20 Prozent der Patienten... Bin gleich wieder da."

Nach fünf Minuten kam sie mit einer Plastiktüte wieder aus der Apotheke heraus.

„Den alten Beck mit seinen fünfundachtzig kriege ich wieder hin. Und diese junge Frau..." Unvermittelt drückte Babsie Berkmanns Hand. „Wenn ich fertig bin, komme ich bei dir vorbei..."

Schulamtsdirektor Dickmann war der erste Anrufer am nächsten Morgen.

Christa Klein stellte den Apparat aufs Rektorat um. Auch ihr war der frühe Termin nicht geheuer.

Schulamtsdirektoren riefen nicht zu halb nachtschlafener Zeit an. Der Chef der Dienststelle, Leitender Schulamtsdirektor Warbitz, meldete sich während der Ferien, Glockenschlag zehn, um die Anwesenheit der Schulleiter zu kontrollieren. Der Chef des Staatlichen Schulamtes rief an, wenn eine Akte verschwand. Akten verschwanden bei Warbitz grundsätzlich in Schulleiterzimmern, nie in Zimmern von Schulamtsdirektoren.

Dickmann war mehr der kooperative Typ, mehr Kollege als Vorgesetzter. Der Chef, der sich vor seine Lehrer stellte und ihnen nicht ständig im Nacken saß.

Warum, zum Kuckuck, meldete er sich heute so früh?

„Guten Morgen, Kollege Berkmann..." Die Stimme des Mannes mit der Generalia für Sonderschulen, die Stimme aus dem dritten Stock des neuen Staatlichen Schulamtes, hob sich durch Temperament von ihrer sonstigen Behäbigkeit ab.

„Haben Sie die Zeitung schon gelesen? Den *Stadtanzeiger?*"

„Tut mir leid, Herr Dickmann. Ich habe die Zeitung nicht hier. Sagen Sie mir, worum es geht."

„Sagen wir mal so, Herr Berkmann: Mir wäre lieber gewesen, der Unfall, wenn er sich so zugetragen hat, wie es in der Zeitung steht, wäre zuerst über meinen Schreibtisch gegangen. Sie wissen doch, wer nachzieht, ist der Dumme. Jetzt müssen wir uns verteidigen. Der Regierungspräsident wartet auf Ihre Stellungnahme, Herr Kollege."

Er meinte, der Regierungspräsident tobt.

„Herr Dickmann, reden wir nicht um die Sache herum. Was ist los?"

„Was los ist?" Der Schulamtsdirektor schien kein Verständnis für diese Frage zu haben. „Ich will Sie nicht zu übereilten Äußerungen provozieren, Kollege Berkmann. Ich dachte, das wissen Sie. Also, dann schicken Sie jemanden zum Kiosk, nein! Lassen Sie sich den *Stadtanzeiger* vom Hausmeister besorgen. Ihre Stellungnahme erwarte ich in einer Stunde. Telefonisch. Den ausführlichen Bericht brauche ich heute nachmittag. Schriftlich. Ich will sehen, was ich für Sie tun kann..."

Noch vor der kleinen Pause lag der *Stadtanzeiger* auf Berkmanns Schreibtisch. Christa Klein schlug den Lokalteil auf.

Die Meldung trug das Zeichen „ky".

Berkmann las.

„Unruhe hat in der Elternschaft ein Unfall auf dem Schulhof der Albert-Schweitzer-Schule, der Schule für Lernbehin-

derte in Michelfels, ausgelöst. Sorgt das Land hinreichend für die Sicherheit unserer Kinder? Im Augenblick scheint sich für diese Frage niemand zuständig zu fühlen. Dem Regierungspräsidenten ist von dem Unglück nichts bekannt, der Schulleiter war für unseren Mitarbeiter nicht zu sprechen.

Was ist geschehen? Ein Junge schlägt mit dem Kopf aufs Pflaster, bleibt bewußtlos liegen. Notarzt! Klinik! Lebensgefahr! Die Eltern, beide aus der Türkei, nehmen es mit Fassung auf. In gutem Glauben an die Sicherheitsvorkehrungen an deutschen Schulen vertrauen sie nun ebenso unerschütterlich der Kunst der Ärzte, die Tag und Nacht um das Leben ihres Sohnes ringen. In Kreisen des Elternbeirates allerdings wird nach dem schrecklichen Unfall Kritik an den Aufsichtsmaßnahmen der Albert-Schweitzer-Schule laut und eine strengere Handhabung der entsprechenden Erlasse gefordert. Gerade in Zeiten wachsender Ausländerfeindlichkeit ist eine gründliche Untersuchung des Vorfalles dringender denn je.“

Eine Stunde später ging der Bericht an Schulamtsdirektor Dickmann hinaus.

Telefonisch.

Drei Stunden später lag er dem Leitenden Regierungsschulamtsdirektor beim Regierungspräsidenten vor.

Schriftlich.

Noch vor Schulschluß begann die Suche nach dem Mann, der diesen haarsträubenden Unsinn in die Welt gesetzt hatte. Berkmann leitete sie von seinem Zimmer aus ein.

Er brauchte den Mandler, den Elternbeiratsvorsitzenden. Christa Klein hatte die Zusammenhänge wie immer durchschaut und entsprechende Erkundigungen eingezogen.

Mandler war im Außendienst. Auf Montage.

„Sind Sie sicher, Christa? Haben Sie in der Firma angerufen?“

„Wenn ich nicht sicher wäre, hätte ich die Suche nicht aufgegeben. Mandler ist im Außendienst. Die Firma hat es bestätigt.“ Christa Kleins Ton hob sich. „Herr Berkmann, Sie wollen weg? Das geht nicht. Die Frau Doktor ist da. Soviel Zeit müssen Sie sich schon nehmen."

Die Frau Doktor?

Gestern hatte sie zu ihm in die Wohnung kommen wollen. Wo hatte sie die ganze Zeit gesteckt?

Babsie sah übermüdet aus. Erschöpft saß sie auf einem der Stühle im Besucherzimmer. Ihre schwarzen Augen waren ohne jeden Glanz. Die lieben Patienten hatten sie die Nacht wohl mal wieder auf Trab gehalten.

„Grüß dich, Babsie!"

Sie lächelte, halb Schuldgefühl, halb Erschöpfung.

„Grüß dich, Micha. Ich hab' dich lange warten lassen."

„Hör auf! Ich weiß doch, was du um die Ohren hast."

Sie schob die Bücher auf dem Tisch mit einer unwirschen Bewegung beiseite. „Es ist wegen Adnan. Ich habe den neuesten Befund."

„Das klingt nicht sehr beruhigend, Babsie."

„Ist es auch nicht", sagte sie leise.

„Frau Klein hat mir so was gesagt. Ich dachte, sie übertreibt."

Babsie fuhr sich mit den Fingern über das kurz geschnittene Haar. „Mach dich auf Rückfragen gefaßt, Micha. Suche Zeugen! Nichts mündlich, alles schriftlich niederlegen. Alles, was für eventuelle Regreßforderungen wichtig ist..."

„...Kinder ausquetschen. Was bewiesen und was nicht bewiesen ist. Wie sagt man doch so schön? Aktenkundig machen. Die Helga Bott trifft der Schlag."

„Ich kann dir nur raten. Es kann eine komplizierte Sache werden. In jeder Hinsicht. Sie bereiten eine Trepanation vor..."

„Was ist das?"

„Man bohrt den Schädel an, um so den Hirndruck herabzusetzen."

Berkmann spürte, wie sich ihm die Brust zusammenschnürte. „Konkreter!"

„Oh, Micha, was hast du davon, wenn ich es dir sage? Also gut..." Nach langem Zögern überwand sie sich schließlich.

„Konkret. Ganz konkret: In der Klinik geht man davon aus, daß Adnan ein Pflegefall wird..."

„... mache ich Sie darauf aufmerksam, daß Sie nach dem Schulpflichtgesetz verpflichtet sind, für den regelmäßigen Schulbesuch Ihrer Tochter Yvonne Sorge zu tragen..."

Christa Klein konnte Liegengebliebenes aufarbeiten. Der Chef war aus dem Haus. Endlich kam sie dazu, die Mahnungen hinauszuschicken.

Fast wäre sie dazu gekommen. Denn die Klassensprecherin der 5 b, der Klasse von Frau Scholz, der noch immer nicht anwesenden Frau Scholz, erschien.

„Was willst du denn, Susanne? Hast du keinen Unterricht?"

Das picklige Streichholz in braunen, schlotternden Hosen: „Doch."

„Kommst du von Frau Bott?"

Susanne hatte eine sehr bestimmte Art, nicht Zutreffendes durch Kopfschütteln zum Ausdruck zu bringen.

„Kommst du von Herrn Wagner?"

„Herr Wagner ist doch nicht mein Klassenlehrer."

„Hast du selbst etwas, das du Herrn Berkmann sagen willst?"

Das war genau der Punkt, auf den Susanne hinauswollte.

„Ich soll fragen, was er jetzt mit Arne macht?"

„Mit Herrn Göttler? Was soll er machen?"

„Er war schon wieder zu spät..."

Christa Klein schluckte. „Das...wird Herrn Berkmann aber gar nicht recht sein." Sie schwenkte auf ihrem Drehstuhl herum. „Das werde ich ihm sagen."

Susanne hatte die Hoffnung noch nicht aufgegeben, daß noch mehr dabei herauskam. „Herr Berkmann sagt, wenn Lehrer nicht pünktlich sind, müssen sie zum Rektor. Genau wie die Schüler. Und jetzt...", sagte Susanne, „muß der Arne zum Rektor..."

Christa Klein nickte.

Recht hatte das Mädchen. Wie waren diese Kinder heutzutage aufgeweckt!

„Yvonne... Yvonne!“ Wie ging es doch gleich weiter im Text? ... „Andernfalls sehen wir uns gezwungen...“

Christa Klein schaltete die Schreibmaschine wieder ein.

„...von unserem Recht Gebrauch zu machen, Ihre Tochter der Schule zwangsweise zuzuführen. Dabei kann die Schule die zuständige Verwaltungsbehörde in Anspruch nehmen...“

So wurde um die Dinge herumgeredet.

Und das war der Erfolg: dreihundert Bußgeldbescheide bei der Städtischen Berufsschule. In einem einzigen Jahr. Von denen zweihundertachtzig im Papierkorb landeten, wegen Zahlungsunfähigkeit der Erziehungsberechtigten.

Und die Polizei? Die Verwaltungsbehörde?

Welcher Schulleiter hetzte den Eltern schon die Polizei auf den Hals? Welcher Richter schickte einen Vater ins Gefängnis, weil er sein Kind zu Hause ließ? So viele Gefängnisse gab es in ganz Deutschland nicht.

Was war von den hundert Formularen im Schrank noch ernst zu nehmen? Alles stand nur auf dem Papier.

„Ja, Theo?“

Christa Klein hatte in Gedanken den Türöffner betätigt und unterbrach den Brief an Yvonnes Eltern zum dritten Mal.

Ein Berufsboxer in Kühlschrankgröße schob die linke Hand in die Tasche und den rechten Zeigefinger zum Nasenloch.

„Frau Klein?“

„Ja, Theo?“

„Morgen kann ich nicht zur Schule kommen. Die Mutti und ich – wir heiraten nämlich.“

„Ach. Und wen, Theo?“

„Den Harald...“ Theo sah zu der großen Tante neben sich auf. Sie hatte schöne weiße Zähne und einen großen offenen Mund. „Vom richtigen Papa haben wir uns gescheiden gelassen. Im Februar. Und jetzt heiraten wir neu. Sagst du es dem Herrn Berkmann...?“

„Ja. Ich sag's ihm. Ich glaube nicht, daß er etwas dagegen hat. Und jetzt wünsche ich dir eine schöne Hochzeit, Theo.

Eine wunderschöne Hochzeit... Geh jetzt wieder in deine Klasse. Ich muß ans Telefon."

Der Ruf kam über den Hausapparat. Die Sekretärin der Grundschule mit Förderstufe war dran.

„Karin! Ich wollte mich die ganze Zeit schon melden. Hast du es gelesen?"

„Gelesen ist gut. Es hängt am schwarzen Brett, Christa. Eine Unverschämtheit, dieser Artikel. Frau Lutz mußt du mal hören."

„Frau Lutz?"

Karin Sommer und Christa Klein kannten sich von Kind auf. Sie hatten zusammen die Schulbank gedrückt und später bei der Kreisverwaltung in der gleichen Abteilung gelernt.

„Na ja, offenbar fühlt sie sich vom Schulamt etwas im Stich gelassen, die Chefin. Herr Berkmann war ihr die einzige Hilfe."

„Ach ja?" Das hatte Christa Klein bisher allerdings etwas anders gesehen.

„Na ja, es ist nicht so ganz einfach mit ihr. Man kommt nicht leicht an sie heran", gab Karin Sommer zu, „sie ist etwas verschlossen, wenn du weißt, was ich meine. Daß man über seine Probleme spricht oder so, das ist bei ihr nicht drin. Ich glaube, sie hat einiges hinter sich. Aber ich hab' nichts gesagt..." Damit schaltete Karin Sommer auf ihr Anliegen um. „Eigentlich wollte ich deinen Chef. Ist er zu sprechen?"

„Nein. Herr Berkmann ist bei der Zeitung", sagte Christa Klein. Sie brach das Gespräch in diesem Augenblick ab.

In der Tür stand Ulrich Wagner, der Personalrat, und bei Ulrich Wagner wußte man nie...

Der *Stadtanzeiger* war eine Zeitung unterhalb der magischen 80 000-Auflage, eine Zeitung mit eigenem Verlag am Rande der Kreisstadt.

Zweiter Stock, Zimmer 105 war ein Chefzimmer à la carte, mit exotischen Pflanzen, Bürowänden, Teppichen und Schreibtisch. Hinter dem Schreibtisch ein kariertes Sportsakko, das sich erhob und dem Gast entgegenging.

Chefredakteur Hellmann.

„Herr Berkmann, nehmen Sie Platz. Ich muß mich entschuldigen, daß man Sie hat warten lassen. Es geht um diesen Bericht, nicht wahr? Setzen wir uns, im Sitzen spricht es sich besser." Herr Hellmann ließ eine einladende Handbewegung folgen und eine Reihe weiterer Floskeln. „Sehen Sie, Koschyk ist ein junger Mann. Junge Menschen nutzen ihre Chance. Ich habe sie ihm gegeben, und er hat sie genutzt."

Berkmann blieb vor dem massiven Schreibtisch mit dem Bürgerlichen Gesetzbuch und den dazugehörenden Kommentarbänden stehen.

„Herr Hellmann, damit wir klarsehen. Ich bin nicht das Versuchskaninchen Ihrer Zeitung und schon gar nicht der Sozialhelfer Ihres Herrn Koschyk, der von mir aus so jung sein kann, wie er will, wenn er die einfachsten Regeln journalistischer Sorgfaltspflicht beachtet, und das hat er nicht. Wenn mich an diesem Herrn etwas interessiert, dann sind es die Beweise, die er hoffentlich vorlegen kann. Sonst nehme ich ihn auseinander, Stück für Stück..."

„Aber ich bitte Sie! Natürlich kann er das. In dieser Hinsicht kann ich Sie ganz beruhigen. Da ist einmal dieser Elternbeirat. Dagegen ist wohl nichts zu sagen. Und dann sind da diese Eltern. Sie hielten sich während des Unfalls auf dem Schulhof auf. Die Namen hat er natürlich notiert."

Der Chefredakteur holte den Kognak heraus.

„Ebenso klar ist etwas anderes, Herr Berkmann. Koschyk hat einen Fehler gemacht. Er hätte sich vorher noch einmal mit Ihnen in Verbindung setzen müssen."

Hellmann ließ Kognak in die Gläser gluckern.

„Sehen Sie, Herr Berkmann, meine Reporter arbeiten rund um die Uhr. Zeitungsleute kennen keine Vierzig-Stunden-Woche. Und sollte sie es eines Tages geben, wären Zeitungen wie wir nicht mehr da."

„Herr Hellmann!" Langsam wurde es Berkmann zuviel. „Wenn ich Ihren Vortrag über Ihre Existenzsorgen einmal unterbrechen darf: Ich stehe mit dem Rücken zur Wand. Ich habe dem Regierungspräsidenten zu berichten. An meiner Amtsführung wird gezweifelt. Und das wegen eines Schmierfinken, dem nicht in den Kopf will, daß mir meine Kinder wichtiger sind als Interviews. Er kann schreiben, was er will. Ich bin jemandem verpflichtet. Meinen Schülern, meinen Lehrern, meinen Eltern, dem Ruf der Schule und mir! Mir selber. Denn es ist meine Arbeit. Die lasse ich von niemandem in den Schmutz ziehen."

„Bitte, Herr Berkmann. Ich verstehe Ihre Erregung. Deshalb wollen wir die Sache aus der Welt schaffen. So schnell wie möglich."

„Genau das will mein Anwalt auch..."

„Sie wollen uns auf eine Gegendarstellung verklagen?" Chefredakteur Hellmann legte überrascht die Hand ans Kinn. „Darf ich Sie etwas fragen?"

Berkmann nickte.

„Warum haben Sie unserem Mitarbeiter nicht von Anfang an gesagt, worum es ging? Warum haben Sie ihm nicht Einblick gegeben in die Situation? Warum diese...diese Geheimniskrämerei? Er war zweimal bei Ihnen, stimmt doch?"

„Na und?"

„Jedesmal haben Sie ihn vor die Tür gesetzt. Nie hatten Sie Zeit. Na gut! Koschyk ist über das Ziel hinausgeschossen. Das weiß er inzwischen. Es wird ihm eine Lehre sein. Aber schuld daran ist nicht nur er. Er lebt von Informationen, nur dann kann er sachgerechte Berichte liefern. Nicht wenn er auf Indizien angewiesen ist...Bleiben Sie doch hier, Herr Berkmann! Wo wollen Sie denn hin...? Man kann doch über alles reden. Herr Berkmann!"

Der Chefredakteur lief Berkmann nach. Als er den Flur erreichte, sah er das grüne Licht über der Lifttür.

Zähneknirschend fuhr Berkmann ins Parterre.

Es wurde Zeit, daß jemand diese Zeitung in die Luft jagte.

Christa Klein liebte Störungen nicht, wenn sie an der Schreibmaschine saß, schon gar nicht von Männern wie Ulrich

Wagner, dem Personalrat, dem sie ständig nachlaufen mußte. Lehrer, die drei Minuten nach Unterrichtsbeginn kamen und zwei Minuten nach dem Unterricht sang- und klanglos verschwanden, hätten besser einen anderen Beruf erlernt. Sie war auch immer pünktlich, sie, die kleine Sekretärin.

Und diese plumpen Vertraulichkeiten! Tippen Sie mir das mal, Kleinchen. Der Chef kann von Glück sagen, daß er Sie hat... Die Mutter der Kompanie und so einen Quatsch. Oder daß sie immer jünger würde...

Solche Menschen hielt man sich auf Abstand.

So blickte Christa Klein nicht von der Schreibmaschine auf, sondern sagte so ganz nebenbei, während sie mit ihrem Brief fortfuhr:

„Was sagen wir denn, Herr Personalrat? Sind wir für oder gegen?"

„Für oder gegen was?"

„Für oder gegen die Zeitung."

„Aber Kleinchen..."

„Für – oder gegen?"

Wagner rieb sich kichernd die Hände. „Die Stellungnahme des Personalrates ist fertig. Sie werden sich wundern..."

„Allerdings. Das wundert mich." Christa Klein nutzte jede freie Minute, Berkmann – falls er sie noch nicht hatte – die nötige Hausmacht zu verschaffen. Aufklärung im Kollegium und so. Mit dem Mund waren sie immer alle dabei, aber wenn es darauf ankam... was hatte sie da schon alles erlebt mit der lieben Lehrerschaft! Wenn es ernst wurde, hatten sie die Hosen voll.

„Wenn ihn jetzt einer im Stich läßt, Herr Wagner, das hat der Chef nicht verdient", sagte sie, auch mit dem Personalrat hatte sie schon die tollsten Dinge erlebt. „Zu mir braucht dann keiner mehr zu kommen. Merken Sie sich das!"

„Aber – ich sage Ihnen doch –" Wagner hielt ihr die DIN-A 4-Seite mit seiner Stellungnahme hin. „Der Fall ist klar. Meine Stellungnahme geht noch heute raus. Noch heute."

„Ach, das ist ja schön, Herr Wagner. Da wird er sich aber freuen."

„Dieser Schmierfink hat nicht Berkmann angegriffen. Er hat uns alle angegriffen, Kleinchen. Solchen Burschen muß man das Handwerk legen.“

Sympathisch wurde ihr Wagner deshalb noch nicht, doch beeindruckt war Christa Klein jetzt schon ein wenig.

„Jedem ist er gerecht geworden. Und jetzt setzt man ihm so zu. Das hat er nicht verdient, bei Gott nicht, Herr Wagner.“

„Mit meiner Unterstützung kann er rechnen“, versicherte Wagner noch einmal. „Wenn mich jemand sucht, ich bin in der Bücherei.“

Überrascht sah Christa Klein ihm nach. „Ihr Lehrbericht, Herr Wagner! Ihr Lehrbericht fehlt noch!“

Die Bücherei war das Revier vom Kollegen Kiefer.

Jede Schule hat ihren Lehrmittelverwalter. Und der Lehrmittelverwalter der Albert-Schweitzer-Schule war Manfred Kiefer, dreiundvierzig Jahre, Herr über einige Tausend Bücher, zwanzig technische Apparate, Hunderte von Karten und das gesamte Übungsmaterial. Dafür hatte er zwei Wochenstunden Ermäßigung aus dem Schuldeputat und ein kleines Nebenzimmer, das es in sich hatte.

Kiefer trank.

Beim ersten Mal war er mit einer Verwarnung davongekommen, das zweite Mal hatte es ihn den Führerschein gekostet. Zum Glück gab es in staatlichen Dienststellen noch keine Polizei mit Tüten zum Blasen.

Verurteilt wurde er immer nur wegen Trunkenheit am Steuer, nie wegen Trunkenheit am Pult. Und damit ließ es sich leben.

Kiefer war ein tüchtiger Lehrer, die Kinder mochten ihn. Aber bei ihm zu Hause, da herrschte ein strenges Regiment.

Die alte Dame, die für ihn wusch und kochte, war über achtzig. Eine Frau, die ihn noch immer behandelte wie ein Kind.

Seine Mutter.

Am Vormittag hatte Berkmann dem Chefredakteur die Meinung gesagt. Am Nachmittag hatte er die Stellungnahme der

Schulleitung ins Schulamt gebracht, und jetzt stand er vor der Tür seines Elternbeiratsvorsitzenden und klingelte.

Mandlers Ältester schrie: „Unser Rektor...!"

Der Jüngste kroch unter den Küchentisch, weil er nicht wußte, was ein Rektor war, und Mutter Mandler fiel die Gabel aus der Hand, weil sie wußte, was ein Rektor war.

Die Großfamilie saß beim Abendessen.

Der Geruch frisch gebratener Kartoffeln zog durch die Wohnung, und im Zimmer hinten links, dessen Tür offenstand, kämpfte der Fernseher gegen den Radiorecorder im Zimmer gegenüber.

„Herr Berkmann!" rief Mandler, indem er die Küchentür zuschlug. Der Schulleiter hatte schon zuviel gesehen. „Kommen Sie rein, Herr Berkmann. Wir sind noch beim Essen... es ist etwas spät geworden heute abend..."

„Lassen Sie sich nicht aufhalten", sagte Berkmann.

„Nein, nein. Im Gegenteil, jetzt brauche ich nicht zu Ihnen zu kommen. Jetzt können wir hier offen über alles reden. Wir gehen ins Wohnzimmer."

Zuerst stellte Mandler den Fernseher ab, dann schaltete er die Beleuchtung für sein Aquarium ein. Zierfische waren sein Hobby.

Dann fegte er die Versandhauskataloge von den braunen Cordsesseln, und dann bot er Berkmann Platz an.

„Sie kommen wegen der Sache mit Thorsten, Herr Berkmann. Das ist gut. Der Junge..."

„War Thorsten dabei, als der Reporter hier war?"

„Was für ein Reporter, Herr Berkmann? Ich habe keinen Reporter gesehen", antwortete Mandler vorsichtig, nachdem Berkmann ihn unerwartet schroff unterbrochen hatte. „Bei uns war niemand von der Zeitung. Wie kommen Sie darauf?"

Berkmann öffnete den Verschluß seiner Lederjacke und sah Mandler vorwurfsvoll an. „Haben Sie den *Stadtanzeiger?* Haben Sie den Bericht gelesen, Herr Mandler?"

„Welchen Bericht? Ich lese die Zeitung mit meinem Schwager zusammen. Ich bekomme sie meist einen Tag später."

„Der Zeitung zufolge haben Sie einem Reporter Auskunft gegeben, einem gewissen Koschyk. Sie halten die Aufsichtsmaßnahmen der Schule für unzulänglich. Gut, darüber kann man reden. Aber warum kommen Sie damit nicht zu mir, Herr Mandler? Dieser Zeitungsfritze dreht Ihnen doch das Wort im Mund herum."

Nun begriff Mandler gar nichts mehr. „Herr Berkmann, ich habe mit niemandem darüber gesprochen, wie käme ich dazu? Ein Reporter der Zeitung war nicht bei mir."

„Vielleicht hat er sie angerufen?"

„Es hat mich auch niemand angerufen." Ruhig, ganz ruhig versuchte der Elternbeiratsvorsitzende seine Glaubwürdigkeit zu beweisen. „Herr Berkmann, wie lange kennen wir uns jetzt? Fünf Jahre. Fünf Jahre ist Thorsten bei Ihnen an der Schule. Und seit wir Thorsten an Ihrer Schule haben, ist er ein anderer Mensch. Das werde ich Ihnen nie vergessen. Dafür bin ich Ihnen ewig dankbar ... Ich würde nie etwas gegen unsere Schule sagen. Wenn ich etwas auszusetzen hätte, käme ich zu Ihnen, wie wir es immer gehalten haben ..."

Mandler blickte ihm so offen ins Gesicht, daß Berkmann unsicher wurde und, je länger Mandler seinem Blick standhielt, anfing, sich Vorwürfe zu machen, diesem Mann etwas unterstellt zu haben.

„Sie kennen Koschyk nicht, es hat Sie auch niemand angerufen ...? Herr Mandler, nehmen Sie's mir nicht übel, ich bin ein bißchen durcheinander nach dieser ... Schmiererei." Berkmann zog den Lokalteil aus der Lederjacke und gab ihn Mandler zu lesen.

Der fiel aus allen Wolken, las den Artikel ein zweites Mal und beschimpfte die Zeitung.

Endlich hatte Berkmann etwas gegen Koschyk in der Hand. Mandler, daran zweifelte er nun nicht mehr, sagte die Wahrheit.

Koschyk war an allem schuld, dieser kleine gekränkte, gelackte Reporter mit seiner Kamera.

Aber was war mit Thorsten? Warum nahm Mandler an, daß er wegen seinem Jungen kam?

Mandler kam Berkmanns Fragen zuvor.

Thorsten hatte Schwierigkeiten. Er ging nicht mehr gern in die Schule. Er wurde erpreßt. Wenn er nicht tat, was von ihm verlangt wurde, gab es Prügel.

„Von einem Schüler unserer Schule?“ Berkmann setzte den Bembel mit dem Apfelwein, den Frau Mandler ihm in die Hand gedrückt hatte, überrascht ab.

Mandler nickte. „Thorsten muß Geld mitbringen. Eine ganze Menge. Das geht wohl schon eine ganze Weile so.“

„Und was haben Sie unternommen?“ wollte Berkmann wissen.

„Unternommen? Ich habe es erst gestern erfahren. Meiner Frau fehlten zehn Mark. Da hab ich mir Thorsten vorgeknöpft. Vielleicht haben wir etwas falsch gemacht. Ich kenne mich in den modernen Erziehungsmethoden nicht aus...“

Es fiel Mandler schwer, darüber zu sprechen. Das waren Probleme, die man unter sich ausmachte, in der Familie. Aber wenn er nun schon mal mit einem Fachmann reden konnte...

„Hat Thorsten Namen genannt, Herr Mandler?“

„Nein. Namen nicht. Dazu werden sie ihn auch nicht bringen. Ein Junge, der sich wehrt, wenn es darauf ankommt, ist unser Thorsten nicht. Lieber läßt er sich alles abnehmen.“

„Aber er ist der einzige, der uns weiterhelfen kann. Der einzige Zeuge.“

Schließlich wurde der Junge herbeizitiert.

Wie Vater Mandler schon gesagt hatte, ein Junge, der sich wehrte, war Thorsten nicht. Kein Wort war aus ihm herauszubringen.

„Ich werde allein mit ihm reden, Herr Mandler“, sagte Berkmann, als sie den Jungen wieder hinausgeschickt hatten. „Morgen früh...“

„Wie wollen Sie das anstellen?“

„Oh!“ Verschmitzt lächelnd leerte Berkmann den Bembel mit dem Apfelwein. „Ich habe da so meine Methoden...“

Er sah auf die Uhr. Es war noch nicht zu spät. Er konnte noch bei Babsie vorbeischauen.

Michael Berkmann stand mit Dr. Barbara Wegener vor der kleinen Hausbar, die ihr Vorgänger, der selige Dr. Mayhöfer, zehn Jahre vor seinem Tod hatte installieren lassen. Jener Dr. Mayhöfer, dem Babsie ihre Praxis verdankte und einen Haufen Schulden. Über eine halbe Million einschließlich Labor, EKG, Ultraschall und Bestrahlungsraum. Eine Summe, die Babsie schlaflose Nächte bereitete.

Die vielen kleinen Zimmer entsprachen nicht ihrer Vorstellung von „Schöner wohnen", abgesehen davon, daß sie für das Riesengrundstück mit dem Bienenhaus wenig Verwendung hatte, obwohl Elisabeth, die Seele des Hauses in Kittelschürze, ein Beet nach dem anderen anlegte, mit Salat und Kräutern für den Hausgebrauch, unterstützt von Sprechstundenhilfe Lucia, die ein Eckchen für ihre italienischen Lieblingstomaten herausgeschunden hatte.

Berkmann trank Kognak, Babsie hatte sich von Elisabeth einen Cinzano mixen lassen und etwas davon auf ihre Bermudas geschüttet. Sie hatte es geschafft, aus der Not eine Tugend zu machen und dem Thema Christa Klein dadurch vorübergehend zu entkommen, daß sie sich umziehen mußte.

Aber wie sagte er doch gleich? Sie war ihm ein „nahestehender Mensch". Eine Mitarbeiterin, „die mich nimmt, wie ich bin, ohne es mir jemals vorzuwerfen, weil ich sie auch so nehme."

Na bitte!

Erst kam er, dann die Schule, die vom Schicksal heimgesuchten Kolleginnen, von denen es an Schulen offenbar nur so wimmelte. Und dann sie, Barbara Wegener, zu guter Letzt.

Wie er meinte!

Dann ist es eben Christa Klein, über die wir reden in den paar Minuten, die wir zusammen sind, bevor man mich wieder herausklingelt, dachte sie und schilderte ihm noch einmal genau, was sie ihm in Kurzfassung schon gesagt hatte.

„Es wird dir schon aufgefallen sein: Sie sieht blaß aus. Sie ißt kaum. Der Druck im Oberbauch! Dadurch bin ich überhaupt erst darauf gekommen. Das hat sie sich bei dir nicht anmerken lassen."

„Das ist es ja, was ich nicht verstehe."

„Wieso? Zu verstehen ist das schon, Micha. Die erste Behandlung mit Zytostatica waren durchaus erfolgversprechend. Ihr Zustand hat sich gebessert."

„Babsie, ich will nicht wissen, wie du sie behandelst. Ich will wissen, was es ist und wie man ihr helfen kann. Wie heißt die Krankheit?"

Babsie tat sich schwer mit dem Cinzano. Sie war ununterbrochen mit dem Glas beschäftigt. „Frau Klein leidet unter chronischer myeloischer Leukämie. Über kurz oder lang kommt es zu einem neuen Rückfall. Mit erneutem Fieber." Babsies Näschen wurde plötzlich spitz. „Wie du ihr helfen kannst, fragst du sie am besten selber."

„Ihr Ärzte wißt wieder einmal nichts."

„Wir sind weiter auf diesem Gebiet. Weiter als vor zehn Jahren. Aber die Heilungschancen, Micha... Machen wir uns nichts vor!"

„Unheilbar?"

Babsie ging mit ihrem Glas zu den braunen Ledersesseln, die ebenfalls zum Nachlaß des verstorbenen Dr. Mayhöfer gehörten. „Sagen wir – drei bis vier Jahre. Mehr nicht."

„Weiß sie es?"

„Ja."

„Warum hat sie dann nicht mit mir darüber gesprochen?"

„Ach, ihr Männer. Was versteht ihr schon von Frauen! Unterdrückt hat sie es. Vor sich, vor den Kindern. Nur nichts anmerken lassen, durchhalten. Das ist deine Frau Klein."

Babsie wurde ungeduldig. Das war der Blick, mit dem es immer anfing, wenn sie entschlossen war, ihm die Meinung zu sagen.

Daß er an nichts anderes mehr dachte, immer nur an seinen Beruf, an den kleinen Türkenjungen Adnan, Christa Klein und alle möglichen Leute, die den Kram hinschmeißen wollten, weil sie der Sache nicht gewachsen waren...

Babsie nahm kein Blatt vor den Mund.

„Und jetzt läßt du dich auch noch von dieser Zeitungsmeldung verrückt machen und sprichst nicht mal mit mir darüber...“

Was sollte er dazu sagen?

„Dafür mußt du doch Verständnis haben, gerade du. Stell dir vor, morgen steht in der Zeitung, Frau Dr. Wegener ist nicht rechtzeitig bei einem Patienten gewesen, und dieser Patient ist deshalb gestorben. Würde dir das gefallen?“

Ihre schwarzen Augen sahen ihn einige Sekunden ratlos an. Dann wanderten sie hinüber zum Telefon.

Telefone haben die Eigenschaft, im unpassenden Augenblick zu klingeln, so unentbehrlich sie sind und so sehr sie sich bei der Quartalsabrechnung für die Arztpraxis positiv bemerkbar machen.

Babsie ging zum Apparat. „Frau Lenz!“ Sie warf einen Blick auf Berkmann, der die Störung offenbar als persönliche Beleidigung empfand. „Was ist los? Schmerzen im Brustkorb!“ Schon war sie mit den Gedanken wieder woanders, ganz weit weg. Mitten in ihrer Verantwortung, voll in ihrem Beruf.

„Ich komme, Frau Lenz. Er soll sich nicht bewegen. Ich bin gleich da...“

Zu Hause angekommen, schlug Berkmann zwei Eier in die Pfanne. Er gab Salz dazu und zerschnitt den Rest der Kartoffeln vom Mittagessen. Während es brutzelte, ließ er die Rolläden herunter.

Mit der Pfanne, die er auf einen Untersatz stellte, setzte er sich an den Küchentisch. Die Augen fielen ihm schon zu, als das Telefon im Wohnzimmer klingelte.

Der Anrufer meldete sich nicht mit Namen. Es war eine männliche Stimme mit fränkischem Dialekt.

„Kümmern Sie sich nicht um die Türken! Kümmern Sie sich um die deutschen Schüler! Wir wollen keine Ausländerkinder an unseren Schulen...“

Berkmann brauchte eine Weile, um von dem, was er gehört hatte, Abstand zu gewinnen. Er blieb mit dem Hörer in der Hand stehen und preßte das Ohr fest an die Muschel, als könnte er bei entsprechender Geduld noch etwas über den Anrufer preisgeben. Aber die Leitung war längst tot.

Wahrscheinlich einer, der zuviel getrunken hat, dachte Berkmann. Es war ja nicht der erste anonyme Anruf, den er bekam.

Die Feststellung, mit der Christa Klein ihren Chef am nächsten Morgen empfing, traf den Nagel auf den Kopf.

Er hatte nicht gut geschlafen.

Verdrossen war er hereingekommen, noch verdrossener saß er nun an seinem Schreibtisch.

„Warum soll ich nicht gut geschlafen haben?"

„Na, sehen Sie mal in den Spiegel!" Christa Klein zupfte an der Kordel ihrer champagnerweißen Bluse. „Sie müssen sich nicht alles so zu Herzen nehmen, Herr Berkmann. Ab und zu gibt es auch gute Nachrichten." Sie zupfte nochmal. „Unser Millionärstöchterchen ist wieder da."

„Halten Sie das für die Chronik fest!"

„Für die Chronik? Genau. Es wird Zeit, daß Sie mal wieder eintragen, Herr Berkmann. Das haben wir ganz vergessen in letzter Zeit..."

Nein, dachte er, schlecht sieht sie nicht aus, die gute Christa. Nicht wie eine kranke Frau. Vielleicht geht sie jetzt häufiger zur Kosmetikerin.

Er hatte sich vorgenommen, dieses Thema zu meiden, so zu tun, als wisse er von nichts. Dann rutschte es ihm doch heraus.

„Christa, ist das nicht alles ein bißchen viel für Sie? Sieben Stunden in dieser Tretmühle und der Haushalt. Und die Kinder!"

„Warum? Wollen Sie mich los sein?" Entrüstung blitzte durch ihre Nickelbrille. „Mir und zuviel! Ich bin doch nicht krank. Der Pfarrer ist krank. Sehen Sie, das hätte ich fast verbummelt. Eine eitrige Angina..."

„Halten Sie das auch für die Chronik fest. Es ist das erste Mal." Sein Gesicht wurde ernst. „Und – Adnan?"

„Adnans Zustand ist unverändert."

„Darf er Besuch empfangen?"

„Nein, Besuche nicht. Aber zu Ihrer Beruhigung..." Auch das hätte sie beinahe vergessen. „Der Regierungspräsident gewährt Rechtsschutz. Abgesichert sind wir also. Übrigens... Ich habe mit Karin Sommer gesprochen. Wissen Sie, wer gegen uns ausgesagt hat?"

„Fragen Sie diesen Reporter, der weiß es. Eltern, die sich zur Zeit des Unfalles auf dem Schulhof aufhielten. Namen und Anschriften rückt der Bursche nicht heraus. Unser Mandler war es jedenfalls nicht..."

„Ich weiß, wer es war." Christa schien zu genießen, daß Berkmann sie wie eine Wunderheilerin ansah. „Die Eltern von Gerolf Stumpf. Ja, die Eltern von Gerolf Stumpf sind es. Frau Sommer hat sie mit diesem komischen Reporter auf dem Schulhof gesehen."

„Gerolf Stumpf aus der 8 b! Dem wir das Jugendamt geschickt haben?"

„Dem wir das Jugendamt geschickt haben", bestätigte Christa Klein. Und weil sie eine gute Sekretärin war, brauchte sie nur auf den Schreibtisch zu greifen. Die Schülerakte Stumpf lag bereits da.

„Hier... Unser Antrag vom 28. Januar. Wegen Kindesmißhandlung. Striemen von Lederriemen. Festgestellt beim Sportunterricht am 25. Januar. Würgemale am Hals. Meldung des Sportlehrers vom 6. Februar..." Sie schleuderte die Akte mit einer verächtlichen Bewegung hin. „Das sind die Zeugen dieses... Reporters!"

Berkmann warf einen Blick hinauf zur Uhr.

„Sapperlot! Die 9b! Ich muß los..."

Es waren acht Jungens und sechs Mädchen. Er behandelte mit ihnen ein berufsbezogenes Thema, einen Lerninhalt im Rahmen des schriftlichen Sprachausdruckes: Wie bewerbe ich mich?

Ein DIN-A 4-Heft lag auf dem Pult, als er die Klasse betrat. Thomas Weber stand kleinlaut daneben und zeigte darauf. „Ist es so richtig, Herr Berkmann? Kann ich es so wegschicken?"

Berkmann warf einen kurzen Blick auf das Heft.

„Na ja, Thomas, ansehen müssen wir uns das schon nochmal."

Nach der Stunde nahm er den Jungen mit ins Sekretariat.

„Lies dir das nochmal durch, Thomas! Fällt dir nichts auf?"

Thomas fiel nichts auf.

„Lies vor, was du geschrieben hast!"

Thomas las. Er las so leise, daß Christa Klein es nicht hörte. „Ich bewerbe mich bei Ihnen um eine Ausbildungsstelle als Automechaniker. In meiner Freizeit mache ich kleine Reparaturen an Vater und meinen Geschwistern und meinen Freunden."

„Fällt dir daran nichts auf, Thomas? Bitte, lies es noch einmal! Langsam. Ganz, ganz langsam. Na?"

Nach seinem Unterricht fuhr Berkmann zum Schulverwaltungsamt. Das ist eine Behörde der Kreisverwaltung, die für die Einrichtung der Schulen sorgt, für Kreide, Schwämme, Klosettpapier, für die Löhne der Hausmeister, für Landkarten und alles, was Kiefer in seinem Lehrmittelzimmer verbuchte und verstaute. Dann holte er den Projektor, den Weller zum Überholen weggebracht hatte, in der Bildstelle ab.

Auf dem Rückweg hörte er die Stimme Christas: Donnerwetter, wo bleibt er bloß?!

Er mußte sich beeilen.

Und dann blitzte es vorn und hinten und von der Seite: Automatische Rotlichtüberwachungsanlage mit Frontfoto.

Drei Punkte im Verkehrszentralregister.

Dabei hätte das, was Christa von ihm wollte, gut und gern eine Woche Zeit gehabt.

Es ging um ein Kind.

„Ein Kind?"

Christa Klein ging das Thema vorsichtig an. „Eine Nachbarin, Herr Berkmann. Sie hat manchmal meine Jungens genommen, als sie klein waren, wenn ich zur Arbeit mußte..."

„Und... woraus besteht der Gefallen, den Sie ihr jetzt tun sollen?"

„Ich?“ Nicht, was Sie denken. Ich habe ihr nur versprochen zu fragen. Weiter nichts. Das heißt...“ Sie drehte sich verlegen um, „gesagt, daß ich vielleicht etwas tun kann, hab' ich schon. Ein Kind kann die Vorklasse doch noch verkraften. Auf ein Kind kommt es schließlich auch nicht an...“

Es war ein sehr entschiedener und sehr abweisender Blick, der vom Schreibtisch des Rektors zu der vor dem Schreibtisch stehenden Frau Klein hinaufging.

„Die Vorklasse ist zu, Christa. Zu! Wie können Sie der Mutter etwas versprechen?“

„Na ja, er ist halt ein bißchen schwach auf der Brust, ihr Volker. Er kann die Vorklasse brauchen, mein' ich.“

Meinte sie. Sie war doch sonst nicht so naiv.

„Das ist eine Vorklasse, Christa. Kein Hühnerstall. Und in dieser Vorklasse zählen wir stolze sechzehn Kinder. Vierzehn sind erlaubt.“

Warum machte er ihr Vorhaltungen? Es war schließlich nur eine Frage, und fragen durfte man ja wohl noch als Mitarbeiterin.

„Was ist das für ein Kind, Christa?“

„Ich habe der Mutter damals abgeraten, aber sie bestand darauf. Das Kind mußte in die Schule, auf Teufel komm raus. Sie sah nur die Zuckertüte, und was es für eine Schande gewesen wäre, wenn der Junge keine bekommen hätte. So was fällt doch auf die ganze Familie zurück.“

„Und jetzt ist die Pleite da. Jetzt kommt er in der Grundschule nicht mit. Und nicht die Mutter ist schuld, sondern die Schule.“

„Nicht mit? Jeder Tag ist für den kleinen Kerl ein Tiefschlag. Ein Kind, das in die Hose macht, wenn es das Wort Schule nur hört. Können Sie so was mitansehen?“

Es gab Argumente, denen sich Berkmann nicht entziehen konnte.

„Also war der Junge bei der Einschulung noch keine sechs?“

Sie schüttelte den Kopf.

„Ein Kann-Kind?“

„Ein Kann-Kind, Herr Berkmann."

Warum fing Christa plötzlich laut zu lachen an?

„Zum Donnerwetter, Christa. Ist es nun ein Kann-Kind oder nicht?"

„Ist es, Chef. Ist es. Ein Kann-Kind."

„Und was gibt's da zu lachen, zum Teufel?"

Christa Klein konnte sich nicht wieder beruhigen.

„Es kann von ihrem Freund sein. Es kann von einem Arbeitskollegen sein. Es kann vom Briefträger sein. Am besten fragen Sie sie selbst..."

Rosel Gutowski war im Sekretariat erschienen, und weil die Tür zum Rektorzimmer offen war, stand sie plötzlich vor Berkmanns Schreibtisch.

Die Kollegin mit den lustigen Ringelsöckchen und dem kleinen Fiat ohne Tankdeckel bewegte sich, als wäre sie im Schulleiterzimmer zu Hause, und weil sie stets den direkten Weg ging, kam sie unverzüglich zur Sache.

„Ich wollte Sie fragen, wie es ist. Ob ich am Freitag frei bekommen kann, die letzten zwei Stunden."

Berkmann versuchte, den Anruf von letzter Nacht, der ihn seit dem Frühstück verfolgte, aus dem Bewußtsein zu verdrängen.

„Dienstbefreiung?"

„So kann man es auch nennen."

Berkmann begann auf- und abzugehen. „Darf ich den Grund erfahren, Frau Gutowski?"

„Das dürfen Sie."

„Und? Würden Sie ihn mir freundlicherweise nennen?"

„Für eine Demo auf der Startbahn West. Unser Bus geht um elf." Fast triumphierend fügte sie hinzu. „Herr Göttler übernimmt meinen Unterricht. Es ist alles geregelt. Die letzte Stunde können Sie die Kinder ja nach Hause schicken."

„Nach Hause schicken..." Berkmann hob den Kopf und sah die Kollegin, die etwas daherredete, das sie hoffentlich nicht so meinte, von der Seite an.

„Frau Gutowski, wollen Sie dazu meine Meinung hören?"

„Nicht unbedingt. Aber – bitte!"

„Gehen Sie die Straße hoch. Bis zur Firma Greuling. Fragen Sie die Arbeiter, ob sie Dienstbefreiung bekommen. Wenn Sie einen von diesen Leuten in Ihren Bus kriegen, lasse ich Sie weg."

Von oben nach unten und von unten nach oben musterte Rosel Gutowski ihren Vorgesetzten. „Muß ich das?"

„Das müssen Sie nicht. Aber aus Gründen der – Gleichbehandlung, für die Sie doch immer eintreten, würde ich sagen: ja."

Für Christa Klein, die draußen vor der Tür herumschlich, war der Fall damit geklärt. Mit ihrem Stenoblock schob sie sich zwischen den Chef und die Lehrerin. Für lange Diskussionen hatte er keine Zeit.

„Frau Lutz möchte Sie sprechen, Herr Berkmann. Bringen wir das noch in unserem Terminkalender unter?" Sie deutete zur Tür. „Außerdem ist draußen jemand, der sehr enttäuscht wäre, wenn ich ihn abwimmle. Er muß Ihnen unbedingt etwas sagen."

Jemand, der ihm unbedingt etwas sagen mußte, konnte kein anderer als Peter Pfeiffer sein. Und genau dieser Peter Pfeiffer war es.

Ein Junge mit vierzig Pfund Übergewicht, pfefferrotem Haar und der Beweglichkeit einer Schildkröte, die sich bei Gefahr in ihren Panzer zurückzieht.

Jetzt war er schnell wie ein Wiesel. „Herr Berkmann, wissen Sie, wo ich vielleicht eine Stelle bekomme? Beim Wagner. Bäckerei und Café. Morgen soll ich hinkommen, da entscheidet's sich."

Berkmann nickte. „Brötchen essen die Leute immer. Da hast du recht, Peter. Hoffentlich verärgerst du dir da nicht deinen Metzger. Der wollte dir doch auch eine Stelle besorgen."

Peter blickte verlegen auf seine ausgetretenen Turnschuhe. „Ich kann Tiere nicht so gut schlachten, Herr Berkmann. Lieber stehe ich morgens früher auf..."

Zehn Minuten später kam Irina Lutz zu ihm herüber.

Sie blickte sich im Zimmer um, als wäre sie zum ersten Mal hier. Dabei sah es nicht anders aus als drüben in ihrer Schule. Vom Schreibtisch bis zum Sessel, vom kleinen Schreibmaschinentischchen bis zum Bild des Bundespräsidenten und der elektrischen Uhr über der Tür glich ein Rektorzimmer dem anderen. Wie gesagt, das Land legte Wert auf Gleichbehandlung.

Kleine Unterschiede gab es allerdings. Berkmann hatte vier Aktenschränke, sie nur drei.

Irina Lutz war aufs Schulamt bestellt worden.

„Morgen früh", sagte sie. „Mit den Unterlagen. Das wollte ich Ihnen nur sagen."

„Na, dann nichts wie hin!"

Sie wartete einen Augenblick. „Ich glaube, Sie haben mich vor einer Dummheit bewahrt, Herr Berkmann. Sie haben mit Dickmann gesprochen, nicht wahr?"

„Ich mit Dickmann? Wie kommen Sie darauf?"

„Weil er mich angerufen hat. Weil er von den falschen Zahlen weiß. Und weil ich zu niemandem etwas gesagt habe außer zu Ihnen..."

„Und Frau Sommer." Er lächelte. „Natürlich haben wir alle unsere Kanäle. Ohne das kommt man nicht aus. Den einen oder anderen Kanal kann ich Ihnen vorstellen, wenn Sie wollen. Kommen Sie doch am Donnerstag mit..."

„Donnerstag?"

Berkmann nickte. „Donnerstag ist unser Kegelabend. Die Schulleiter unter sich..."

„Ach", winkte sie ab. „Das ist doch nur was für Männer."

„Haben Sie eine Ahnung, was die für Augen machen, wenn jemand dazukommt wie Sie."

„Nein, nein. Eine Frau unter so viel Männlichkeit. Außerdem habe ich keine Ahnung. Ich weiß nur, daß die Kugeln rund sind."

„Mehr weiß ich auch nicht", lachte er, „sonst müßte ich nicht immer die Runden bezahlen."

Dann wurde es formell.

Ob sie sich einigermaßen eingelebt habe, wie ihre erste Konferenz gelaufen sei? Wie sie mit dem Hausmeister auskomme und wann Konrektor Heller gedächte, seinen Dienst wieder aufzunehmen?

Konrektor Heller? O ja, er fehle ihr sehr, aber so schnell würde er wohl nicht wiederkommen. Ein Schlüsselbeinbruch in diesem Alter sei nicht so einfach.

Dann bekam ihre Stimme einen noch dienstlicheren Ton.

„Darf ich Sie etwas fragen, Kollege Berkmann?"

Plötzlich kam sie wieder mit diesem verdammten „Kollegen". Es klang so unpersönlich. Wenn sie es sagte, auf jeden Fall.

„Sie müssen nicht antworten."

„Ich bitte Sie, fragen Sie!"

„Halten Sie Zigarettenautomaten in Schulen für richtig?"

„Im Gegenteil. Ich verstehe nicht, wie Kollege Müller so etwas zulassen konnte."

„Dann bin ich beruhigt", erklärte sie mit sichtlicher Erleichterung. „Dieser Automat kommt mir aus dem Haus."

„Es ist gar nicht erlaubt, Zigarettenautomaten aufzustellen. Es ist sogar verboten. Ich suche Ihnen die entsprechende Verordnung heraus."

„Wunderbar."

„Das Ding muß weg. Sie können gar nicht anders."

„Meine Raucher werden mich lynchen."

„Ihre Raucher?" Die Idee, die Berkmann kam, war bei einem Mädchen, das seinem Lehrer das Rauchen abgewöhnen wollte, naheliegend. „Dann schicke ich Ihnen meine Geheimwaffe. Heike. Eine leidenschaftliche Anti-Raucherin."

„Eine Schülerin?"

„Ihr Vater ist an Lungenkrebs gestorben. Sie legt sich mit jedem an, den sie mit einer Zigarette erwischt. Nehmen Sie sich in acht!"

Er sah Irina Lutz, die Kollegin von nebenan, die Handtasche wieder schließen, die sie gerade geöffnet hatte, um nach den Zigaretten zu greifen, und fügte hinzu:

„Wenn Sie Ihren Automaten nicht loswerden, sagen Sie Bescheid. Heike kommt mit einer Sprengladung, falls es ein normaler Schraubenzieher nicht tut."

In dieser Sekunde platzte Christa Klein herein. Mit hochrotem Gesicht und erhobenen Händen redete sie auf ihren Chef ein, ohne auf Irina Lutz Rücksicht zu nehmen.

„So geht das nicht weiter! Stellen Sie sich vor, Herr Berkmann, die Steckdose in der 4 b ist noch nicht montiert. Was da passieren kann! Wenn der Wasserhahn so weitertropft, können wir uns bald Albert-Schweitzer-Schwimmbad nennen. Ich meine, das muß ja nun wirklich nicht sein. Von einem gelernten Schreiner kann ich schon etwas mehr verlangen. Sie müssen ihm mal wieder Beine machen, unserem lieben Herrn Hausmeister."

Das war leichter gesagt als getan.

Für den Nachmittag lud die Tagesordnung am Schwarzen Brett zur Konferenz ein. Und am Abend brauchte man die Schulleiter im Kulturausschuß.

„Ich komme zu Punkt 8 der Tagesordnung, Kolleginnen und Kollegen..." Michael Berkmann sah sich im Konferenzraum um. Die Fünf-Minuten-Pause war beendet, alles war wieder versammelt am langen Konferenztisch, auf dem zwei Thermoskannen Kaffee standen. „Das Wort hat der Kollege Frauenfeld..."

Detlev Frauenfeld, wegen seiner Naturlöckchen, die allerdings semmelblond waren, Bimbo genannt, drückte seine Zigarette auf der Untertasse aus und richtete seine wasserblauen Augen auf das hundertzwölf Pfund leichte Persönchen gegenüber mit der weißblonden Bobfrisur, als brauche er Aufmunterung. Ein Persönchen namens Elke Uhlmann.

„Keine Angst, Ladies und Gentlemen", startete er dann — niemand lachte mehr über seinen flapsigen Ton. „Frauenfeld faßt sich kurz. Frauenfeld will nur wissen, ob er grünes Licht für seine Klassenfahrt kriegt."

Berkmann schüttelte verärgert den Kopf. „Kollege Frauenfeld, an unserer Schule ist bisher jede Fahrt genehmigt worden.

Jeder kann fahren, wann er will und wohin er will. Vorausgesetzt, er weiß, warum er will. Niemand beschränkt Sie in Ihrer pädagogischen Freiheit. Aber neben dieser Freiheit gibt es auch eine pädagogische Verantwortung, mein Lieber. Machen wir uns über die Wandertage künftig mehr Gedanken. Das gilt für uns alle..."

„Für alle, na gut", sagte Frauenfeld, „aber mich sehen Sie dabei an."

„Herr Frauenfeld, es heißt Wandertag. Sie wollen mit Ihrer Klasse in den Vergnügungspark. Hundertvierzig Kilometer hin, hundertvierzig Kilometer zurück. Reisebusse wandern nicht. Außerdem frage ich mich, was Sie sich davon versprechen. Klassenticket, Achterbahn, Andenken kaufen, Schaschlik, Pommes. Ist unsere Wanderwoche eine Unterhaltungstournee? Montag mit dem Bus zum Flughafen und Besuch des Zoos. Dienstag mit dem Bus in die Mittelgebirge, Mittwoch Grillfete am Baggersee, vierzig Minuten von hier, aber mit Bus hin und zurück, bitteschön. Donnerstag Phantasialand und Freitag die Weiße Flotte, rheinrauf, rheinrunter, die Loreleytour... Und das alle Jahre wieder."

Lehramtsreferendar Göttler drehte Däumchen. Ursula Wehrum fielen die Augen zu. Halb sechs aus den Federn, Frühstück. Bis ein Uhr Unterricht. Die Kinder brauchten etwas Warmes, wenn sie aus der Schule kamen, die eigenen Kinder. Sie kamen so schon zu kurz.

Und dann diese Konferenz.

Drei Stunden und vierzig Minuten in einem Stück, Beine vertreten. Weiter!

Es gab Klassenkonferenzen, Stufenkonferenzen, Abteilungskonferenzen, Fachkonferenzen, Zeugnis- und Notenkonferenzen und die Gesamtkonferenzen für den gesamten Lehrkörper. Bei Mineralwasser und Kaffee, zum Leidwesen von Personalrat Wagner, der gern ein Bierchen trank, und Manfred Kiefer, dem Bücherverwalter, der sich großartig Notizen machte. Bei ihm mußte immer alles nach Arbeit aussehen. Dann fiel es nicht so auf, wenn er sich in sein Lehrmittelzimmer verdrückte zu seinem Pils.

Auch Elke Uhlmann, das Persönchen mit der Bobfrisur, war kurz vorm Einschlafen. Beruf und Haushalt, diese Doppelbelastung verlangte ihr das letzte ab. Sie war Betreuerin, Köchin, Putzfrau und Psychotherapeutin für zwei Kinder und die querschnittgelähmte Schwester, alles ohne männliche Stütze.

Aber einige Kollegen wollten noch zu Wort kommen, Göttler zum Beispiel.

Was die Kinder für Cola und Süßigkeiten ausgeben würden, sei eine Schande. Dafür hätten sie Geld. Aber wenn sie mal ein paar Mark für die Schule brauchten, gingen die Eltern auf die Barrikaden.

Eine paar Mark?

Berkmann fragte Frauenfeld, wieviel die Kinder für den Vergnügungspark mitbringen müßten, und wiederholte den Betrag nachdenklich.

„Achtunddreißig Mark! Bei neunzehnhundert netto. Mehr verdient der Vater Ihrer Uschi Gerlach nicht, Kollege Frauenfeld. Wissen Sie, was er davon bestreiten muß? Eine Frau und drei Kinder, die alle einen gesunden Appetit haben. Na, und die Miete, die geht davon auch noch ab."

Frauenfeld protestierte gegen diese Rechnung.

„Nein, Herr Berkmann, nein! Ich bitte Sie. Wir fahren zweimal im Jahr..."

„Zweimal im Jahr, ach so. Und die anderen zwei Kinder? Die lustwandeln auch mit ihrer Schule zum Vergnügungspark, und schließlich braucht der Vater, der sich das ganze Jahr abrackert, auch einmal Urlaub, verdammt noch mal, und das kostet auch wieder Geld."

„Dann will ich Ihnen was sagen", schimpfte Frauenfeld. „Dann verzichte ich auf das Schullandheim. Dann bleiben wir eben zu Hause."

Während Göttler die Ruhe in Person blieb und seinen Protest lediglich mit der Bemerkung zum Ausdruck brachte: „Ja, dann wendet man sich doch besser an das Schulamt und läßt die Sache klären", wies Berkmann Frauenfelds Drohung zurück.

„Niemand hat etwas gegen das Schullandheim. Das ist etwas völlig anderes, Herrschaften... “

Frauenfeld lächelte zynisch. „Inwiefern, wenn man fragen darf?“

Die erste, die Berkmann beistand, war Sigi Schomburg, die Frau des Zahnarztes. Sie fächerte sich den Duft der großen, weiten Welt vom Gesicht, den die neben ihr sitzende Elke Uhlmann, die stärkste Raucherin des Kollegiums, mit kurzen, schnellen Zügen verbreitete.

„Kollege Frauenfeld, an die Ostsee fahren wir, seit die Schule besteht. Zehn Tage Landheim zu hundertachtzig Mark, Verpflegung inklusive, abzüglich der Zuschüsse... Moment! Ich habe Sie auch ausreden lassen... Mein letzter Landheimaufenthalt hat vierzehn Mark pro Kind und Tag gekostet. Und die Kinder sind einmal weg von zu Hause und sehen etwas anderes. Da ist Unterricht, da ist Gemeinschaft. Da lernen Sie als Lehrer die Kinder kennen, wie sie wirklich sind. In diesen Vergnügungsparks laufen sie nur herum und geben Geld aus. Bei Ihrem Achtunddreißig-Mark-Tagesausflug ist die Verpflegung noch nicht einmal dabei, außer dem Süßkram, mit dem sie sich den Magen verderben.“

Sigi Schomburgs Plädoyer lockerte die Zurückhaltung von Konrektor Volkmann, der gewöhnlich dabeisaß und zuhörte, wenn andere sich stritten, jetzt aber nicht mehr schweigen konnte.

„Sie haben recht, Herr Berkmann. Wandertag heißt es. Laßt uns wandern, die Natur beschauen. Muß man mit zwölf Jahren schon in Wien gewesen sein? Früher ging man vom Nahen zum Fernen. Heute fangen wir mit der Flora vom Zukkerhut an, und was ein Gänseblümchen ist, wissen die Kinder nicht. Ich will Ihnen was sagen. Hier leben wir. Das ist unser Stückchen Erde. Die hinterindischen Monsunwinde können mir gestohlen bleiben.“

„Bei mir hat sich noch kein Vater beschwert“, verteidigte Frauenfeld seinen Standpunkt.

Da sprang Berkmann auf.

„Das sagen Sie? Ein Sonderpädagoge? Dann fragen Sie doch mal, warum. Weil keiner dieser kleinen Leute den Mund aufmacht. Unser Kind soll es schließlich einmal besser haben. Da legt man sich nicht mit dem Lehrer an."

Rosel Gutowskis Strickzeug sank auf den Schoß.

„Ich freue mich, daß Sie hier den sozialen Aspekt ansprechen, Herr Berkmann. Ich bin auch kein Freund von solchen Tourneen. Wandern ist ein Gebot der Umwelt, für die wir eintreten. Daß Lohnabhängige die Klassenfahrten ihrer Kinder nicht finanzieren können, steht auf einem anderen Blatt. Das hängt mit dem System zusammen, das verändert werden muß..."

„Zum Donnerwetter, hier wird kein System verändert," rief Berkmann, „hier wird nicht Politik gemacht. Hier geht es um Schüler, um Ihre und um meine und um nichts anderes..."

Denn das wußte nicht nur er: Rosel Gutowski funktionierte eine Konferenz über Leichtathletikwettkämpfe zu einer zweistündigen Diskussion über die Rolle der Frau in der Gesellschaft um. „Mit meinem Körper kann ich machen, was ich will." Inzwischen machte ihr Körper mit ihr, was er wollte.

„Meine Schüler denken wie ich, Herr Schulleiter!" rief sie.

Kein Wunder, wollte Berkmann sagen, aber er verkniff es sich des lieben Friedens wegen und kam zu Tagesordnungspunkt „Verschiedenes".

Als die Schlacht geschlagen war, lüftete der Hausmeister. Man konnte sehen, wie es die Rauchschwaden hinaus auf den Schulhof zog. Frau Scharfenberg, die Fachlehrerin für Arbeitslehre – wie man heute sagt, wenn man Hauswirtschaft meint –, half Elke Uhlmann beim Abräumen des Geschirrs.

Berkmann schob dem Konrektor die Umlaufmappe zu. „Keiner verläßt den Raum! Erst wird unterschrieben."

Frau Schomburg war nicht aufzuhalten.

„Ach, Herr Berkmann, lassen Sie uns doch mit dem Papierkram in Ruhe. Das liest doch niemand."

Dem Personalrat, der sich auch aus dem Staub machen wollte, packte Berkmann am Ärmel. „Kollege, ist das mit Heike aus der Welt? Habt ihr euch ausgesprochen?"

„Ja. Es ist, wie Sie sagen, Herr Berkmann. Es...eh, ging ihr tatsächlich um mich. Sie will nicht, daß es mir geht wie ihrem Vater...", sagte er verlegen. Es war für ihn wohl eine völlig neue Erfahrung. „Daß Mädchen in diesem Alter sich wegen so was Gedanken machen!"

Berkmann schloß den Konferenzraum ab. „Ist doch ein gutes Zeichen, oder?"

„Eine scheußliche Geschichte. Da sieht man, wie Kinder in diesem Alter den Vater brauchen."

„Das müßte Ihnen doch gut tun."

Wagner war schon am Ende des Ganges, als er hörte, wie Berkmann ihm nachrief: „Und Ihrer Lunge auch!"

Draußen auf dem Parkplatz stieg Helga Bott gerade in den Wagen.

„Was Neues von Adnan, Herr Berkmann?"

Berkmann stützte die Hand auf ihr Autodach. „Nichts Neues, Frau Bott." Was sollte er sagen? Sollte er der Frau das Herz noch schwerer machen? Trepanation! Der Schlag hätte sie getroffen.

„Darf man ihn besuchen?"

Er schüttelte den Kopf. „Sein Zustand ist unverändert. Das heißt, er hat sich nicht verschlechtert." Er beugte sich zum Wagenfenster hinunter. „Fahren Sie jetzt! Machen Sie sich nicht soviel Gedanken, Frau Bott. Wenn ich etwas höre, Sie sind die erste, die es erfährt."

Unwillkürlich mußte er wieder an den nächtlichen Anruf denken. Ernst nahm er die Drohung nicht. Aber wohl war ihm dabei auch nicht.

Es war 7.45 Uhr.

Berkmann stand am Fenster und schaute hinab. Der Kleinbus mit den sechzehn Weimersdorfer Kindern bog in die Haltebucht ein. Die Tür schob sich auf, und bevor der erste Schüler den Bus verließ, flog über seinen Kopf hinweg eine Schultasche und verstreute ihren Inhalt samt Federmappe und Frühstück gleichmäßig über Wellers frisch angelegtes Blumenbeet.

Hinter ihm ging eine Tür.

Rosel Gutowski näherte sich auf leisen Sohlen, aber mit großen Schritten, die Umhängetasche mit den Büchern an der Schulter, eine selbstgestrickte Handarbeit: grün-weiß-rot.

„Mein Ralf ist der Falsche", sagte sie. „Er hat mit der Sache nichts zu tun, Herr Berkmann."

Sie meinte die Sache Thorsten Mandler, Erpressung eines Schülers durch Mitschüler.

„Nichts zu tun!" Berkmann trat vom Fenster zurück. „Wenn Sie es so genau wissen, warum schicken sie ihn dann nicht zu mir?"

„Weil ich solche Vernehmungsmethoden ablehne, Herr Berkmann. Der Junge hat mir ja physisch völlig abgebaut."

Entweder wußte sie nicht, was sie sagte. Oder sie provozierte ihn absichtlich. Er mußte sie fragen, um das zu klären.

„Würden Sie das bitte noch einmal wiederholen?"

„Was?"

„Das mit den... Vernehmungsmethoden oder wie Sie es nannten."

„Vernehmungsmethoden, richtig. Wie nennen Sie so was denn?"

Also wohl doch mehr Provokation. Darin kannte sie sich ja aus. Sie war wie Göttler, hinter jeder kleinen Chance her, jemandem eins auszuwischen, der an ihren Göttern zweifelte.

Aber diese Chance hat sie bei mir nicht, dachte er.

„Reden wir nicht lange herum, Frau Gutowski. Ich muß nicht immer derjenige sein, der recht hat. Durchaus nicht. Aber in diesem Fall habe ich recht. Was Ihren Ralf betrifft, der in Ohnmacht fällt, wenn man ihn fragt, wie er heißt. Nur komisch, wenn er der kleinen Faber das Messer an die Kehle setzt, ist er voll bei Bewußtsein."

Rosel Gutowski riß es den Kopf herum. „Fangen Sie doch nicht wieder mit den alten Geschichten an!"

„Ich sage Ihnen nur, was ist. Der Junge braucht Hilfe. Keine Schutzpatronin."

„Na gut. Dann hat er eben das Portemonnaie der Faber geklaut. Meinetwegen. Das war gestern. Gestern, Herr Pädagoge. Wollen Sie deshalb den Stab über ihn brechen bis ins Jahr 2000?"

Weil sich die Antwort erübrigte und in wenigen Minuten der Unterricht begann, wollte Berkmann die Diskussion beenden. „Frau Gutwoski, wir haben jetzt wohl alle etwas Wichtigeres zu tun. Sie wollen die Sache so schnell wie möglich hinter sich bringen, ich auch. Das war dann wohl alles..."

Aber nein. Für sie noch nicht. Sie wich und wankte nicht. Er konnte von einem Bein aufs andere treten, so oft er wollte.

„Tut mir leid, Herr Berkmann, ich finde die Art, wie Sie Ralf unter Druck setzen, nicht gut. Das müssen wir gelegentlich ausdiskutieren. Darauf muß ich bestehen..."

„Ich muß gar nichts. Merken Sie sich das. Und stecken Sie es sich an den Hut!" wollte er ruhig sagen, aber sie hörte seinen Ärger heraus und versuchte ihn noch zu schüren.

„Sie haben Ralf bestellt. Für heute zehn Uhr."

„Er ist einverstanden. Und das ist gut so. Solange ihm niemand einzureden versucht, daß er seelisch Schaden nimmt, wenn er sich für etwas verantworten muß, wie das so üblich ist im Leben", sagte Berkmann, drehte sich um und ließ Rosel Gutowski stehen.

Christa Klein hatte den *Stadtanzeiger* aufgeschlagen und studierte den Lokalteil, in dem alles über Michelfels stand, als Berkmann mit einem weiteren Exemplar der neuesten Ausgabe hereinkam. Er hatte es von zu Hause mitgebracht, aber vergebens darin gesucht.

„Drin ist noch nichts", sagte Christa Klein enttäuscht. „Aber bringen müssen sie es ja. Sie müssen die Gegendarstellung drucken. Dazu sind sie verpflichtet. Ich habe mich erkundigt."

„Keine Gegendarstellung, Christa. Dazu kriegen wir diesen Fuchs von Hellmann nie. Eine winzig kleine Berichtigung bestenfalls. Auf Seite 27. Unter Heizölpreisen."

„Nein. Nein! Das können sie nicht."

„Das werden sie, Christa. Verlassen Sie sich drauf."

„Und das nennt sich Pressefreiheit?"

Berkmann zuckte mit den Schultern. „Pressefreiheit ist, wenn man schreiben kann, was man will, ohne daß man es beweisen muß."

Aufgebracht fuhr sie ihn an: „Was wollen Sie sich eigentlich noch alles gefallen lassen?"

„Einer muß den Kopf hinhalten."

Christa Klein wurde böse. „Herr Berkmann! Daß wir die Aufsichtspflicht verletzten, ist nicht die Meinung des Schulelternbeirates. Soviel steht fest."

„Nein. Aber die Meinung von Eltern, von Herrn und Frau Stumpf. Soviel steht auch fest."

„Rabeneltern, gegen die wir Schritte beim Jugendamt eingeleitet haben!" Sie nahm die Zeitung und riß sie wütend in Stükke. „Es muß an die Öffentlichkeit, wer diese Leute sind: Eltern, die ihr Kind mißhandeln, ihr eigenes Kind. Niemand wird auf solche Leute hören. Wenn dieser feine Chefredakteur es nicht tut, werde ich dafür sorgen."

„Genau das wird er nicht tun." – „Er muß."

„Ach, Christa, da kennen Sie die Welt schlecht."

„Aber wenn wir's doch beweisen können..."

„Können wir nicht." Berkmann zog den Stuhl heran, der neben der Tür stand, und setzte sich zu seiner Sekretärin.

„Als Leiter der Schule kann ich nicht gegen Leute vorgehen, die ihr Kind mißhandeln, solange nicht wirkliche Zeugen da sind und solange das Kind die Mißhandlung nicht zugibt. Und der Junge wird es nicht zugeben, weil er dann halb totgeprügelt wird. Das ist das Problem in allen diesen Fällen. Mein Gott, Sie wissen doch, Christa! Ich darf unsere Nachforschungen nicht publikmachen. Amtsverschwiegenheit! Soll ich mir auch noch diese Laus in den Pelz setzen?"

Christa Klein verstand die Welt nicht mehr. „Aber … aber dann bleiben die Anschuldigungen der Zeitung ja bestehen, Herr Berkmann …“

„So ist es, meine Liebe.“

Zwanzig Minuten ließ Berkmann ihn im Wartezimmer schmoren, diesen Burschen, bevor er ihn zu sich hereinholte: einen fünfzehnjährigen pyknischen Jungen in einigermaßen weißem T-Shirt, aus dem ein silbernes Halskettchen hing.

Jede Schule hat solche Jungens, um die andere einen Bogen machen, denen man sagen kann, was man will. Bei denen keine Strafen helfen und keine Drohungen, höchstens – gelegentlich – ein gutes Wort.

„Wir wollen nochmal über die Sache reden, Ralf. Hast du dir's überlegt?“

„Ja …“ Das Ja klang nicht leise und verstockt, sondern laut, fast erleichtert. Nach Geständnis.

„Bekommt Thorsten Mandler sein Geld wieder? Du weißt, sein Vater ist Vorsitzender des Elternbeirates. Der fährt glatt zu euch ins Heim und spricht mit dem Heimleiter. Darauf kannst du Gift nehmen.“

„Na und?“

Wieder die alte Verstocktheit. Du mußt es anders anfangen, das war falsch, dachte Berkmann und sagte:

„Ralf, nichts ist so häßlich wie Feigheit. Wenn man etwas ausgefressen hat, steht man auch dazu. Hast du Thorsten das Geld abgenommen? Ja – oder nein?“

Der Junge wand sich, gab aber dann zu. „Ja. Ich war's. Er hat mir das Geld gegeben. Es war nicht so gemeint, Herr Berkmann.“

„Gegeben hat er dir's nicht. Du hast ihn erpreßt.“

Erpreßt? Das gefiel Ralf nicht. Aber nicht noch mehr Ärger. Das konnte er sich nicht leisten.

„Also gut. Er kriegt das Geld zurück. Morgen kann er sich's wieder holen …“

„Wer?“

„Thorsten. Ich geb' ihm das Geld zurück, Herr Berkmann. Okay."

„Nein, Ralf. Thorsten holt sich das Geld nicht. Du gibst es ihm zurück. Du gehst hin und sagst: Tut mir leid. Kommt nicht wieder vor."

„Nein, Herr Berkmann, Sie! Sie, Herr Berkmann, bitte!"

„Nein, Ralf, du! Wenn wir die Sache in Ordnung bringen wollen, ohne daß Thorstens Vater zu euch ins Heim kommt, mußt du sie aus der Welt schaffen."

Das würde der Junge schaffen, wie es aussah, ohne Schaden zu nehmen. Diesen Gang konnte man ihm nicht ersparen, wenn er etwas daraus lernen sollte. Und lernen mußte Ralf aus seinem Fehler.

„Ich weiß, das ist nicht so ganz leicht, Ralf! Aber wenn du der Kerl bist, für den ich dich halte, schaffst du die Sache aus der Welt. Mit links..."

Nichts zu machen. Keine zehn Pferde hätten Ralf zu Thorsten Mandler gebracht.

Berkmann versuchte es noch einmal. „Ralf, ich weiß, du hast Schwierigkeiten. Du bist in der Pubertät. Hör zu!"

Pubertät? Was war denn das? Ralf stampfte auf. Als wollte er auf Berkmann losgehen, ballte er die Fäuste. Sein Gesicht lief feuerrot an. „Was bin ich-? Puber... Puber...? Das ist gemein! So was Unanständiges lasse ich mir von Ihnen nicht sagen. Hier – haben Sie Ihr Geld!"

Markstücke und Groschen rollten über Berkmanns Schreibtisch hinunter auf den Boden.

Und wer las das alles wieder auf?

Ralf war längst wieder draußen auf dem Flur, und Christa war es weiß Gott nicht zuzumuten.

Also – wer wohl?

Die Figuren standen wie im dreizehnten Spiel zwischen Anatoli Karpow und Garri Kasparow, den Weltmeistern, nur war das Schachbrett nicht ganz so groß, und keiner der Spieler war Karpow oder Kasparow.

Dr. Barbara Wegener und Michael Berkmann spielten diese Partie im Arbeitszimmer Berkmanns, das nach Frau Freitags gründlichem Hausputz unheimlich aufgeräumt aussah. Er würde zwei, drei Tage brauchen, bis alles wieder an seinem Platz lag.

Der Großkampf war der erste in diesem Jahr und würde – wie die vorangegangenen – mit seiner Niederlage enden. Das war für ihn das einzig Sichere an diesen Partien. Babsie hatte als Studentin unter fast profihaften Bedingungen in einem Schachclub gespielt und räumte auf dem Brett so gut wie alles aus dem Weg, was sie erwischen konnte.

Dabei plauderte sie über Gott und die Welt, als wären da nicht Türme und Springer, mit denen man die kompliziertesten Sprünge machen konnte, sondern einfallslose Mensch-ärgere-dich-nicht-Figuren.

Gerade begann sie mit dem Großangriff.

„Was habe ich da gehört? Der Nachfolger von Müller ist da?"

Berkmann war voll in seinen Zug vertieft. „Ja."

Babsie nahm seinen Läufer. „Eine Frau?"

Er blickte auf das langsam dahinschwindende Häufchen. „Eine Frau, ja. Irina Lutz."

„Du hast mir gar nichts davon gesagt?"

„Eine neue Schülerin ist auch gekommen", murmelte er. „Davon habe ich dir auch nichts gesagt. Und über deine neuen Patienten pflegst du mich auch nicht zu informieren."

Babsie rückte die Dame von E 6 nach E 8. „Solltest du auf Elke Uhlmann anspielen, irrst du, Liebling. Ich darf dir nicht einmal sagen, daß sie gesund ist, während es sich bei deiner Kollegin um den geradezu banalen Fall der einfachen Existenz handelt. Wobei ich dich gern darauf aufmerksam mache, daß ich nicht garantieren kann, daß Frau Uhlmann auch gesund bleibt, wenn sie weiter mit ihren Kräften Raubbau treibt." Babsie überdachte ihren Zug noch einmal. „Das gute Mädchen steht unter ständiger Spannung. Sie muß sich unbedingt jemand für den Haushalt nehmen. Die Mutter mit ihrer Osteoporose ist ihr keine Hilfe."

„Das habe ich ihr auch gesagt."

„Sonst muß sie den Dienst quittieren."

„Das habe ich ihr nicht gesagt." Berkmann sah wehmütig dem Turm nach, der als nächster an der Reihe war. „Elke Uhlmann ohne Schule! Das würde sie umbringen. Sie geht völlig in ihrem Beruf auf. Die geborene Pädagogin..."

Babsie sah nachdenklich vor sich hin. „Ich bin sicher, sie leidet mehr darunter, daß ihr Mann sie verlassen hat, als sie zugibt."

„Auf einen Mann, der mich heiratet, weil ich hübsch bin und der mich bei der ersten schweren Bewährungsprobe verläßt, könnte ich als Frau verzichten, Babsie."

Für Babsie war das Thema Lutz damit noch nicht beendet. „Frau Uhlmann muß im Alter deiner neuen Kollegin sein. Ist sie hübsch?"

Das wollte sie wissen. Das und nichts anderes. Aber er wich aus.

„Hübsch? Alles, was ich ihr verdanke, sind Komplikationen. Komplikationen... Komplikationen."

Das sich anbahnende Verhör wurde durch das Läuten der Wohnungsglocke unterbrochen.

Draußen stand ein Mann um die Vierzig, mit dem gebräunten, gealterten Gesicht des Feldarbeiters. Er trug hohe, weite Gummistiefel, die er vor der Haustür flüchtig gesäubert hatte. Für Frau Freitags frisch ausgeklopfte Teppiche trotzdem nicht das richtige.

Der Mann machte eine Art Verbeugung. „Entschuldigen Sie, Herr Direktor. Ich bin Herr Kraft. Kann ich Sie einen Moment sprechen?"

Berkmann sah sich hilfesuchend um. Seine Niederlage war besiegelt, aber eigentlich hatte er sich mit Babsie noch ein wenig unterhalten wollen.

„Es dauert nicht lange, Herr Direktor. Ich bin mit dem Traktor hier. Ich komme vom Feld", erklärte der Mann. „Haben Sie meinen Brief bekommen?"

Berkmann konnte ihn nicht wegschicken. Er stand da wie ein kleiner Junge, dem man das Spielzeug weggenommen hat.

„Ich habe Ihren Brief gelesen, Herr Kraft. Kommen Sie doch einen Augenblick herein!"

„Ich mache Ihnen nur die Wohnung schmutzig..."

„Wir haben einen Staubsauger, Herr Kraft", winkte Berkmann ab.

Der Mann folgte ihm ins Arbeitszimmer. Erst dort nahm er den Hut ab, und zwar augenblicklich. Er riß ihn sich vom Kopf.

„Die Frau Doktor! Bitte um Entschuldigung! Ich wollte nicht stören..."

„Sie stören nicht", sagte Babsie flink. „Grüß Gott, Herr Kraft! Kommen Sie. Setzen Sie sich zu uns! Wie geht's zu Hause? Was macht Ihre Frau?"

„Oh, danke", sagte Kraft verlegen.

„Ein Glück, daß sie damals gleich gekommen ist."

„Ein Glück, daß Sie gleich erkannt haben, was ihr fehlt, Frau Doktor", antwortete Kraft höflich. Damit wandte er sich dem Mann zu, mit dem er reden wollte. „Sie haben also meinen Brief bekommen, Herr Berkmann..."

Berkmann, der sich und Kraft einen Wacholder eingoß, wußte nicht recht, wie er seine Absage formulieren sollte.

„Ich eh – kann Sie verstehen, Herr Kraft. Sie haben mir ja alles genau geschildert. Ich kann Sie sogar gut verstehen..."

„Es ist doch eine Frechheit von dieser Frau, nicht wahr?"

„Trotzdem. Ich kann nichts für Sie tun."

Herr Kraft beschäftigte sich verlegen mit seinem Hut. „Ein Lehrer kann nicht zu seinen Kindern sagen, seid anständig, wenn er es selbst nicht ist."

Berkmann warf einen Blick hinüber zu Babsie, und die hob die Augenbrauen ein wenig, als wollte sie sagen: Unrecht hat er nicht.

Doch die Zeiten hatten sich geändert. Das wußte sie auch. In ihrer Praxis war auch nicht mehr alles wie früher.

„Sie haben ja recht, Herr Kraft. Aber was soll ich tun? Was ein Lehrer im Dienst macht, ist die eine Seite. Was er als Privatmann macht, die andere", versuchte er dem Mann seinen Standpunkt klarzumachen.

„Also, da bin ich schon etwas anderer Meinung", meldete sich Babsie daraufhin. Sie hatte sich vorgenommen, den Mund zu halten, aber Kraft konnte man nur unterstützen. „Ich als Ärztin könnte mir so etwas nicht leisten. Von einem Arzt erwartet man Charakter. Warum nicht von einer Lehrerin?"

Kraft strahlte. „Da haben Sie recht, Frau Doktor. Vielleicht ist es wirklich so, wie Herr Berkmann sagt. Aber damit ist mir nicht geholfen. Er muß mit der Frau sprechen. Vor mir hat sie keine Achtung. Sie weiß genau, daß ich nicht zum Anwalt gehe."

„Prost!" Berkmann hob das Glas mit dem Wacholder – Babsie hatte dankend abgewinkt –: „Auf Ihr Wohl, Herr Kraft. Daß Sie die Frau Gutowski bald rauskriegen! Ich drücke Ihnen die Daumen. Mehr kann ich nicht tun, wie gesagt."

Berkmann wollte nachgießen, aber Kraft hielt die Hände über's Glas.

„Ich habe das Haus gebaut, Herr Berkmann. Meine Frau hat die Steine geschleppt. Die Kinder haben geholfen. Und diese Person läßt alles verkommen..."

„Herr Kraft, auf diese Diskussion kann ich mich nicht einlassen. Wenden Sie sich an Frau Gutowski. Ich habe dazu nichts mehr zu sagen."

„Aber ich habe noch etwas zu sagen." Kraft schien sich damit abgefunden zu haben, daß er nichts erreichte. Diese Lehrerin hatte den längeren Arm. So war das nun mal in der Gesellschaft. Aber es gab noch Dinge in ihrem Privatleben, von der die Gesellschaft nichts wußte und die auszuplaudern keine Schande war – so wie sie sich benahm.

Und so plauderte er, sichtlich verlegen, aber ohne Hemmungen. Schließlich hatte die Frau, über die er plauderte, auch keines.

Über den Schäfer, mit dem sie zusammenlebte, plauderte er. Von dem das zweite Kind war, ohne das „diese Person" gar nicht in den Schuldienst gekommen wäre.

Babsie war ganz Auge und Ohr. Berkmann fühlte sich nicht wohl dabei und meinte: „Ich wäre vorsichtig mit solchen

Behauptungen, Herr Kraft. Sie sollten sich überlegen, was Sie sagen."

„Ich? Sie erzählt es doch überall herum."

„Frau Gutowski? Was erzählt sie denn?" Babsie hatte keinen Wacholder getrunken. Damit konnte sie ihre Neugier nicht entschuldigen.

„Was sie erzählt, Frau Doktor? Ach, das weiß doch die ganze Stadt. Der Schäfer, ihr Freund, wollte ihr kein Kind mehr machen. Wenn Sie mal entschuldigen, daß ich das so ausdrükke. Der hat gesagt: eins genügt. Aber sie! Sie hat gesagt, wenn ich eine Stelle kriege, dann nur als Sozialfall. Mit der Note von der Staatsprüfung nicht. Da muß ich warten bis zum Jahr Zweitausend. Das hat sie gesagt..." Und zum Schwur, daß er es genau wußte, legte Kraft die Hand aufs Herz.

Zeit für Berkmann sich zu räuspern. Babsie merkte nicht, in welche Situation dieser Mann ihn brachte.

„Tut mir leid, Herr Kraft. Ich habe Ihnen gesagt, was Sie unternehmen können. Bitte verstehen Sie meine Situation", sagte er, und Herr Kraft erhob sich daraufhin auch schwerfällig.

„Dann...dann weiß ich nicht, wie es weitergeht", sagte er verzweifelt, so daß Babsie in einer Anwandlung von Mitgefühl sich zu dem Versprechen hinreißen ließ: „Vielleicht kann ich etwas für Sie tun..."

Geradezu eine Herausforderung für Berkmann, dem nichts anderes übrig blieb, als gequält zu lächeln und ihrem Ansinnen hinzuzufügen: „Ein junger Anwalt sicher. Aufstrebend und gar nicht teuer."

Daß Frauen sich immer in alles einmischen mußten, Himmeldonnerwetter!

Sie lebte wie jemand, der auf gepackten Koffern sitzt. In ihrem winzigen Zimmer war nichts wie früher. Kein eigener Eingang, keine eigene Toilette, kaum Platz für die wenige Habe, die sie mitgeschleppt hatte.

Was macht man mit so einer Kollegin? Man nahm sie mit zum Kegeln, damit sie auf andere Gedanken kam.

Deshalb Berkmanns Einladung neulich.

„Um die Herren Schulleiter kennenzulernen, muß ich nicht auf einer Kegelbahn herumhopsen, mit der ich nicht zurechtkomme", hatte Irina Lutz noch gestern gesagt.

Sie hatte sich's überlegt.

Als er unter ihrem Fenster dreimal hupte, kam sie herunter. Sie strahlte ihn an wie ein kleines Mädchen, das in ein Auto steigt und nicht weiß, warum.

Natürlich wußte sie es. Irina Lutz wollte den Kollegen der Nachbarschule nicht vor den Kopf stoßen. Er hatte die Verbindungen. Er wußte, wie man mit Schulämtern umging, wie man sich Eltern vom Leib hielt, die meinten, die Schule gehöre ihnen. Er besaß die Souveränität, die ihr als Neuling fehlte.

Außerdem war nicht zu leugnen, daß sie ein neues Problem hatte. Und diesem Problem, wie schrecklich, schien er auch schon auf der Spur zu sein. Sie hatte sich kaum gesetzt und kaum die Wagentür geschlossen.

Der Mann hatte eine hellseherische Gabe.

„Sie fühlen sich in Michelfels nicht wohl, ich weiß. Die Kleinstadt! Die Zimmersuche. Der Tratsch..."

„Ach, denken Sie, in Großstädten ist das anders? Nein. Nicht wohlfühlen ist falsch, Kollege Berkmann. Ich kann nur manchmal nicht verkraften, was man mir hier an Überraschungen bietet."

„Das konnte ich auch nicht, als ich hierher zog... Anschnallen bitte!"

„Fahren Sie so schnell?"

„Ich nicht. Die anderen."

„Also gut. Wenn Sie sich um mein Leben sorgen, darf ich Sie auch etwas fragen..."

„Ob ich auch Schülerzahlen manipuliere?"

„Zutrauen würde ich es Ihnen."

„Warum?"

„Na, in Michelfels sind Methoden eingerissen, die ich von meiner früheren Schule nicht kenne. Und bei uns ging es weiß Gott nicht zimperlich zu."

„Sie meinen, was die Kollegen betrifft?"

„Die Kolleginnen sind oft noch schlimmer." Sie hatte sich angeschnallt und versuchte nun, das Seitenfenster herunterzukurbeln, während er die Apotheke links liegen ließ und Richtung Stadtausgang fuhr, Richtung „Schinderhannes".

„Schlimmer? Was meinen Sie damit?"

„Ich habe eine Kollegin, die bringt ihr Baby mit in die Konferenz. Ich weiß nicht, soll ich bei der Tagesordnung bleiben oder einen Babykurs abhalten."

„Ihr Baby mit in die Konferenz? Hat sie denn zu Hause niemanden, der auf das Kind aufpaßt?"

„Nein. Nur abends, wenn sie in die Disco geht. Gestillt wird in der Schule."

Er warf einen kurzen Blick zu ihr hinüber. „Mit Brust frei, Milch marsch und so?"

Sie nickte. „Pulli hoch! Brust frei! Ab geht die Post!" Sie verzichtete nicht darauf, den Vorgang durch entsprechende Bewegung zu demonstrieren. „Ich bin nicht entzückt, wie Sie sich denken können. Ich... ich finde es unmöglich."

„Ja, ich muß schon sagen..." Nach außen ernst, kicherte er in sich hinein. Wenn das die Aussichten waren an ihrer Grundschule mit Förderstufe, ließ sich die Hälfte seines männlichen Kollegiums in die Schule gegenüber versetzen.

„Zugegeben", sagte Irina Lutz, die sein Schweigen für ein Zeichen tiefer Erschütterung hielt, „anschließend bringt sie den Kleinen ins Arztzimmer, und er schläft auch immer sofort ein. Aber mir als Frau ist es irgendwie peinlich. Ich weiß nicht, wie ich reagieren soll."

Das wußte Berkmann, der erfahrene Kollege, auch nicht.

„Sag ich nein, bin ich rückständig. Sag ich ja, heißt es Sodom und Gomorrha, was sind das für Zustände? Sie wissen es auch nicht...?"

Berkmann kratzte sich. „Was sagt der Personalrat?" Das war immer die erste Frage in solchen Fällen. Um den Personalrat kam niemand herum.

„Sie *ist* der Personalrat, Herr Kollege. Das ist es ja..."

Und jetzt, großer Meister? Was sagen deine fünf Jahre Schulleitererfahrung dazu?

Die Konferenzordnung. Sie mußte sich auf die Konferenzordnung berufen.

Die kannte sie auswendig? Das hatte sie schon alles durchgelesen? Davon stand nichts drin?

„Na ja", sagte er schließlich, „Alkohol zum Beispiel ist verboten."

„Milch nicht", wandte sie ein.

„Milch nicht. Nein."

Zum Glück war da auch schon der Parkplatz. Und zum Glück plagte Irina Lutz jetzt erst einmal eine ganz andere Frage. Die Frage, was sie dort erwartete, auf der Kegelbahn des „Schinderhannes".

Sie als Frau unter so viel Männern.

Die Herren auf der Kegelbahn waren noch nicht in euphorischer Stimmung. Dazu war es noch zu früh. Sie hatten die Ärmel hochgekrempelt, die Bestellung in Auftrag gegeben und die Mannschaften zusammengestellt.

Dr. Reinhard, der Leiter der Städtischen Berufsschule, rührte keine Kugel an, ohne sich vorher gekämmt zu haben, und da er das jetzt tat, war anzunehmen, daß das muntere Schießen gerade begann.

Doch die Blicke der Schulleiter galten nicht den Kegeln am Ende der Bahn – Reinhard erwischte eh nur zwei oder drei – sie galten dem Kollegen Berkmann und der jungen attraktiven Frau, die sich in ein paar helle Hosen gequetscht hatte, als wollte sie den Herren zeigen, was ein hübscher Hintern ist.

Wer war sie? Hatte Berkmann nicht ein Verhältnis mit dieser Ärztin? Dieser Dr. Wegener?

Berkmann beugte allen Spekulationen mit drei Sätzen vor.

„Kollegen, ich möchte Sie mit Frau Lutz bekanntmachen. Frau Lutz ist kommissarische Leiterin der Grundschule mit Förderstufe in Michelfels. Die Nachfolgerin vom Kollegen Müller. Ich bitte um einen Applaus..."

Irina Lutz stieß Berkmann in die Rippen und errötete.

„Muß ich jetzt etwas sagen?“ flüsterte sie.

„Unterstehen Sie sich!“ flüsterte er zurück.

„Ich möchte nicht dastehen wie ein kleines Mädchen...“

„Sie stehen schlimmer da, wenn den Kollegen der Schaschlik kalt wird.“

Im Hintergrund hatte sich die Tür geöffnet, und auf riesigen Tabletts jonglierten zwei Bedienungen die Teller mit der traditionellen Kegelmahlzeit heran.

Berkmann und Irina Lutz setzten sich zu Urbanke von der Grundschule Tiefenbach, ein Mann vom Schlag des alten Dorfschullehrers.

„Er spielt sonntags noch die Orgel“, sagte Berkmann, „seine Frau singt im Kirchenchor. Und in Weimersdorf dirigierst du noch den Gesangverein, Franz. Stimmt's?“

„Für Bares“, grinste Urbanke. „Alles andere umsonst. Na und du? Wie sieht es bei euch aus? Über dich liest man ja Sachen...“ Er rückte ein paar Zentimeter näher an Irina Lutz heran. „Ein schöner Sauladen muß das sein, den Sie da neben sich haben in Ihrer Schule, Frau Kollegin.“

Irina Lutz lächelte nach links und nach rechts.

Wohin sie sah, Männer! Gestandene Männer. Und sie als Frau. Welch ein Verfall der Kultur!

„Gefällt es Ihnen in Michelfels?“ wollte Urbanke wissen.

Er mußte sich mit einem Achselzucken begnügen, denn nun fielen auch die anderen über Irina Lutz her.

Jeder wollte mit ihr über das Wetter reden, über den Schaschlik und über ihre Heldentaten mit dieser verflixten Kugel und den neun Stück Holz. Es war wie bei den Jägern, wenn sie ein Häschen zur Strecke brachten, das gleiche Hallo.

Doch so schnell, wie sie die Aufmerksamkeit auf sich gezogen hatte, verlor sich das Interesse an Irina Lutz wieder.

Die Kollegen Kegelbrüder stürzten sich auf die Herren, die durch die Ziehharmonikatür am Rande der Kegelbahn eingetreten waren.

„Wer sind die beiden?“

Berkmann blieb neben Irina Lutz sitzen. „Links, der Blonde, das ist der Direktor der Gesamtschule Weimersdorf, Erwin Schulmeister. Zwei Herzinfarkte..."

„Und der Kleine mit der Brille?"

„Das ist der Theis. Chef der Gesamtschule Birkenau, und der Mann, der ihm gerade die Hand gibt, ist sein Pägagogischer Leiter."

„Die Ober-Kegelbrüder?" tuschelte sie ihm ins Ohr.

„Die Herren kommen direkt aus dem Ministerium!"

„Was machen Sie denn da?"

„Es geht um die Versetzung von zwei Lehrern."

In ihren Augen war zu lesen, daß sie das bezweifelte. „Deshalb fährt man heute ins Ministerium?"

„Man fährt noch wegen ganz anderer Sachen ins Ministerium, Frau Kollegin."

„Offenbar haben sich die beiden Streithähne inzwischen beruhigt", stellte sie befriedigt fest.

„Streithähne? Theis und Schulmeister sind Freunde."

Sie sah ihn nachdenklich an. „Warum dann dieser Aufwand? Wegen der Versetzung von zwei Lehrern?"

„Das will ich Ihnen sagen... Moment!" Berkmann war an der Reihe, nahm die Kugel und donnerte sie auf die Bahn.

Daneben!

„Wo waren wir stehengeblieben, Kollegin? Die beiden Lehrer!" Berkmann schien es nicht ungelegen zu kommen, für den Mann gehalten zu werden, der über alles Bescheid wußte. „Ja, das ist so. Die Gesamtschule Birkenau hat zwei Lehrer zuviel und die Gesamtschule Weimersdorf hat zwei Lehrer zu wenig."

„Also müssen zwei Lehrer von Birkenau nach Weimersdorf."

„Das sagen Theis und Schulmeister auch."

„Und wo ist der Haken?"

„Der Personalrat."

Sie sah ihn groß an.

Er mußte es ihr erklären. „Um einen Lehrer von einer Schule zur anderen zu versetzen, ist die Zustimmung des

Personalrats erforderlich, Frau Kollegin. Wenn Sie klug sind, nehmen Sie hiermit zur Kenntnis, daß auch Sie bei Ihrer Ernennung ohne den Personalrat ein ganz kleines Licht sind."

„Liebe Güte!" stöhnte sie, „dazu bin ich viel zu naiv."

„Wer sich auf so was einläßt, lernt auch die Spielregeln. Kollege Theis erklärt sie gerade", meinte er, zufrieden schmunzelnd, daß auch ein Kollege aus der anderen Mannschaft einen Pudel warf.

Der Kollege Theis. Das frisch gezapfte Bier, nach dem er griff, gab ihm etwas von der Farbe wieder, die er verloren hatte auf dem Weg ins Ministerium und zurück. Allerdings klang seine Stimme noch etwas heiser.

„Also, um sieben sind wir los, Kollegen. Und jetzt kommen wir zurück. Zwölf Stunden warten, fahren und dummes Zeug reden. Zwölf Stunden!"

„Und?"

„Nichts. Null. Keine Einigung."

„Das heißt?"

„Das heißt, das letzte Wort hat nun das Kabinett", verkündete Erwin Schulmeister von der Gesamtschule Weimersdorf.

Irina Lutz stieß Berkmann an. „Kabinett...?"

Der grinste kurz. „Die Landesregierung, Frau Lehrerin."

Sie sah ihn an, als habe sie nicht richtig gehört. „Mit so was befaßt sich ein Kabinett? Mit einer Versetzung? Mit der Versetzung von zwei kleinen Lehrern? Von einer Schule zur anderen?"

Er hätte ihr noch etwas anderes erzählen können über die Macht der Bürokratie. Aber er wollte ihr die Lust auf ihre neue Tätigkeit nicht verderben und nahm Irina Lutz kurz entschlossen beim Arm, um ihr Theis vorzustellen, der nun schon zum dritten oder vierten Mal höchst interessiert zu ihr herüberblickte.

Doch sie wollte nicht. Auch wenn dieser Theis mit seinen Beziehungen der Mann war, den man brauchte, wenn es mal nicht so lief.

„Behandeln Sie mich nicht wie Kind", schimpfte sie. „Besorgen Sie mir lieber ein Bier!"

„Sofort. Bin schon unterwegs. Sie sehen doch: Hier sind Sie Hahn im Korb…"

„Na, ich weiß nicht." Irina Lutz konnte sich ein Lächeln nicht verkneifen, als sie sich umsah auf der Kegelbahn. „Ich habe eher das Gefühl, ich werde diesen Hähnen hier von Minute zu Minute ähnlicher…"

Wenn dieser Abend zu nichts taugte, zu etwas war er gut gewesen.

Die Herren hatten sie aufgenommen in ihren Bund. Diese rauchende, futternde, schwatzende Menge Schulleiter.

Beim nächsten Mal würde sie sich merken, wie diese ungeordnete Menge den einzelnen Schulen zuzuordnen war. Theis der integrierten Gesamtschule Birkenau, Direktor Schulmeister der Gesamtschule Weimersdorf und so weiter.

Auf Mengenlehre verstand sie sich.

Mit schwerem Kopf war Berkmann nach der Kegeltour zu Bett gegangen, und mit schwerem Kopf stand er auf. Dieser Qualm! Dieser Fettgeruch! Und dieses Gequassel den ganzen Abend. Ihm war noch ganz übel.

Solche Verpflichtungen blieben Christa erspart. Die kam ausgeschlafen, mit frischer Gesichtsfarbe in die Schule. Wie machte sie das nur bei ihrer gesundheitlichen Verfassung?

Er hatte kaum das Sekretariat betreten, da ging die Kommandiererei schon wieder los.

„Herr Berkmann, draußen sitzt eine junge Dame. Ich habe Ihnen gestern die Papiere auf den Schreibtisch gelegt."

Was macht man mit einer Mappe, die man in die Hand gedrückt bekommt? Man liest sie. Ein guter Schulleiter hat sich über jedes seiner Schäfchen genau zu informieren, auch wenn ihm der Kopf mal nicht danach steht.

Also überflog er die Mappe mit dem schulischen Werdegang des Mädchens.

Aussiedlerkind, Rumäniendeutsche, eins von acht Geschwistern, in Zahlen 8. Mit vier Jahren Meningitis cerebralis, mit zehn Jahren Kopfläuse. Kopfläuse…?

Das hatte noch gefehlt!

„Hol sie rein, Christa!“

Sie: knöchellanger Rock, Sandaletten, Zöpfchen links, Zöpfchen rechts, Stupsnase.

„Herr Berkmann, das ist Katie. Unsere Neue...“

Christa Klein drückte das Mädchen an sich. Der Schlag würde sie treffen, wenn sie den Gesundheitsbogen las.

Berkmann nahm den Neuzugang abermals in Augenschein.

„Du also bist Katie. Komm her, laß dich anschauen!“

Große, übermäßig große Augen waren auf ihn gerichtet.

„Deine Papiere sind schon da, Katie. Ich habe schon eine Menge über dich gelesen. Ich weiß, woher du kommst und wie du heißt. Es wird dir bestimmt bei uns gefallen.“

Im Moment schien Katie eher das Gegenteil zu glauben. Diese verflixten ersten Tage! Kein Vater, keine Mutter konnte nachfühlen, was ein Kind durchlitt, bis es in seiner neuen Klasse warm wurde. Verzweifelt suchte es die Hilfe des Lehrers, und wehe, es bekam sie nicht.

Berkmann hatte es in der Hand, dem Mädchen im ersten Anlauf das Gefühl zu geben, daß es ihm vertrauen konnte.

„Ich weiß, auf welcher Schule du warst, Katie. Ich weiß, wie deine Lehrerin hieß. Aber alles weiß ich noch nicht von dir. Das mußt du mir noch erzählen.“

Der Funke sprang über. „We old i bi, wessen's net.“ Rumäniendeutsch auf Bayerisch!

„Doch. Wie alt du bist, weiß ich.“

Pause. – Dann ein schräger Blick. Der Blick einer karpatischen Fallenstellerin. „We old bi i dan?“

„Zwölf.“

Ein Grinsen der Genugtuung, die Prüfung ging weiter.

„Un wo won i?“

„Wo du jetzt wohnst, steht hier noch nicht, Katie.“

Die Antwort kam nicht so schnell wie bei den Schülerinnen von Frau Lutz. Die Schülerinnen von Frau Lutz waren im Kleinkindstadium nicht von Hirnhautentzündung heimgesucht worden. Doch Katie gab ihr Bestes.

„Burg – graben won i."

Das Mädchen löste sich von Christa Klein und ging einen Schritt auf Berkmann zu. Für ihr Siebenbürger Bayerisch würden sie in der Schule einen Dolmetscher einstellen müssen.

„Burggraben, gut. Und die Nummer?"

„Sechsunzwans'sch."

„Und jetzt dein Vater, Katie. Wie heißt er mit Vornamen?"

„Wenzel."

„Konfession?"

Konfession? Wenn Katie bloß gewußt hätte, was eine Konfession ist. Davon hatte sie noch nichts gehört. Latein hatte sie nicht gelernt in der Schule.

Du als Sonderpädagoge müßtest das wissen, dachte er. Also nimm ein anderes Wort!

„Die Kirche, Katie. Die Kirche von deinem Vater..."

„Mei Pfoater hat kei Kiarchen."

„Ihr kommt aus Bayern." Das war schon besser. „In Bayern sind die Leit katholisch, Katie..."

„Katholisch?"

„Seid ihr katholisch?"

Katie zuckte mit den Schultern.

„Du mußt doch wissen, ob ihr katholisch oder evangelisch seid."

„Vielleicht – freikirchlich?" mischte sich nun auch noch Christa ein, als ob die Begriffsverwirrung nicht schon groß genug gewesen wäre.

Katie zuckte wieder mit der Schulter.

Berkmann riß die Geduld. „Katholisch oder evangelisch, Katie...?"

Jetzt fiel es Katie ein. „Er ist nicht so sehr katholisch. Er ist eigentlich mehr... evangelisch." So etwa ihre Antwort auf Hochdeutsch.

Eigentlich mehr evangelisch...

Ein Wink Berkmanns zum Schreibmaschinentisch. „Frau Klein, ich glaube das genügt. Wir geben Katie den großen Fragebogen mit. Ihr Vater soll ihn ausfüllen. Katie bringt ihn morgen wieder mit. Nicht wahr, Katie?“

Katie hatte nicht die Absicht. Warum nicht, erklärte sie Berkmann in ihrem urwüchsigen Kauderwelsch.

„Na. Mei Pfoater is heit net z Haas.“

„Wenn dein Vater – dein Pfoater – mit dem Fragebogen nicht zurechtkommt – wenn er ihn nicht versteht –, sag Bescheid, Katie. Dann hilft ihm Frau Klein“, sagte Berkmann, den Zeigefinger auf Christa richtend. „Ist dein Pfoater für die Firma unterwegs? Oder warum kann er den Bogen nicht ausfüllen?“

Katie fuhr mit dem Finger über die Personalakte, ihre Personalakte, die sie von Bayern her kannte, und sagte verschämt, das Kinn auf der Brust, ebenfalls auf Siebenbürger Bayerisch, hier wieder ins Hochdeutsche übersetzt: „Mein Vater kann heut nicht. Mein Vater ist beim Doktor. Den Luftdruck messen ...“

In der Tat, auf diese Katie kam noch eine Menge Ärger zu auf dem Schulhof. In der Klasse und im Bus.

Der Donnerstag begann, wie der Mittwoch aufgehört hatte. Die Wetterfrösche prophezeiten launisches Wetter, wie das der April so an sich hat, und sie hatten recht.

Schöne Aussichten für die Osterferien.

Unter den Lehrkräften kursierte die Liste mit den Ferienanschriften. Bevor jemand einen Urlaub antritt, muß er seine Ferienadresse hinterlassen. Wie bei den Diplomaten in Bonn. Es hätte ja während der Ferien zu einer Rückfrage kommen können. Ob der Hausmeister in drei Jahren oder in vier Jahren fünfundzwanzigjähriges Dienstjubiläum hat zum Beispiel. Oder ob die letzte Überprüfung der Alarmanlage am 22. oder 23. April vergangenen Jahres stattgefunden hatte. Diese weltbewegenden, unerläßlichen Auskünfte eben.

Es war in den letzten fünf Jahren noch nicht vorgekommen, aber Behörden befassen sich häufig mit Dingen, die nicht vorkommen.

Berkmann hinterließ bei Christa Klein, wo er zu finden war, und ging hinunter auf den Hof.

Mitten im Gewimmel stand Irina Lutz, in langen, blauen Hosen und einem Cape. Mit einem Brötchen und einem Strohhalm, mit dem sie Energie aus der Kakaotüte sog – Lebensenergie.

Sie hatte den Schulhof im Auge bis in den allerletzten Winkel. Als Berkmann sie ansprach, war sie so damit beschäftigt, für Ordnung zu sorgen, daß sie aus allen Wolken fiel.

„Sie ...? Ich dachte, Rektoren an Sonderschulen schicken nur andere in die Aufsicht."

„Oh, ich wollte nur hören, wie es Ihnen geht? Wie ist Ihnen das Kegeln bekommen?"

„Ach, fragen Sie nicht, was alles geplatzt ist bei dieser ewigen Bückerei. Seit ich hier bin, passe ich in keine Hose mehr. Kummerspeck ..."

„Weller sagt, er hat den Zigarettenautomaten abmontiert. Die befürchtete Palastrevolution ist ausgeblieben. Na also, es geht doch."

„Ja, aber wissen Sie auch, was ich noch alles ändern will?"

„Lassen Sie sich Zeit! Die anderen haben auch ihr Existenzrecht, oder?"

„Es ist eine Umstellung für mich, und Umstellungen sind nie leicht", sagte sie. „Wissen Sie, in Frankfurt hatte ich immer liebe, nette Kollegen. Vielleicht die charmantesten. Und die werde ich hier wohl vermissen."

„Diese ... charmanten Kollegen haben Sie noch nicht als Schulleiterin erlebt."

„Oh, wie hört sich das an! Als wollten Sie sagen, Schulleitersein verdirbt den Charakter ...", lachte sie. Dann wurde sie wieder ernst. „Eins weiß ich jedenfalls. Der wahre Held in unserem Metier erweist sich erst, wenn ihm die Vorschriften um die Ohren fliegen."

Berkmann, der mit ihr zweimal rund um den Schulhof gegangen war, blieb stehen.

„Aber wenn Sie in diesem Zirkus einmal die Manege betreten haben, macht Ihnen diesen Platz niemand mehr streitig. Wer gibt schon gern zu, daß es ein Fehler war, Sie als Schulleiterin vorgeschlagen zu haben."

„Da haben Sie mir gestern aber was ganz anderes erzählt, von wegen: Macht der Personalräte…"

Potz Blitz! Was war denn das?

So schnell, daß ihr der Strohhalm aus der Kakaotüte schoß, ließ Irina Lutz Berkmann stehen, um den Streit zwischen zwei Mädchen zu schlichten.

„Tanja! Steffi…! Wollt ihr wohl loslassen! Zum Donnerwetter noch mal, ihr seid ja schlimmer als die Buben! Aufhören, sag' ich!"

Oben im Sekretariat ging Christa hingebungsvoll ihren Aufgaben nach. Sie nahm die alten Seiten aus der Mappe Schulrecht und legte die neuen ein. Außer Berkmann durfte sie bei dieser Sträflingsarbeit niemand stören.

„Wo ist Wagner, Christa?"

Sie fuhr fort, die Seitenzahlen leise vor sich hinzusprechen. „Der ist im Hallenbad und schlägt sich den Bauch voll Chlorwasser."

„Können Sie mir sagen, wo Kiefer ist? Der Filmapparat muß zur Bildstelle."

„Der ist in seinem Séparée und schlägt sich den Bauch voll Bier."

„Liegt was vor?"

Christa Klein tauschte die grüne Mappe im DIN-A4-Format gegen die Kaffeetasse. „Frau Scholz sucht den neuen Erlaß über die Durchführung von Tests. Ach, und das Gesundheitsamt hat angerufen. Wieviel Zahnscheinhefte wir für das neue Schuljahr brauchen."

„Und wer klopft an die Tür? Können Sie mir das auch sagen?"

„Frau Uhlmann, Chef."

„Sind Sie Hellseherin?"

„Nein. Aber hören Sie sich das doch an!"

Elke Uhlmann kam hereingehustet, bleich wie eine Leiche. Gestern hatte sie noch Fieber.

Berkmann hätte sie am liebsten übers Knie gelegt.

„Ich habe Ihnen gesagt, Sie sollen zu Hause bleiben. Sie stecken die ganze Schule an mit Ihrem Infekt."

Elke Uhlmann sank auf die Kante von Christas Schreibmaschinentisch. „Na und? Was glauben Sie, wo ich ihn herhabe? Außerdem wollten Sie mich sprechen."

„Elke, erst kommt die Gesundheit, und dann alles andere."

„Ich passe schon auf. Also? Was soll ich hier?"

„Ja. Was ich Sie fragen wollte: Inge Niehaus, unser Neuzugang. Irgendwelche Komplikationen?"

Es war die übliche Frage einige Wochen nach dem ersten Schultag eines Kindes an seiner neuen Schule. Bei Inge Niehaus war ihm aufgefallen, daß sie ihm aus dem Weg ging, wo und wann sie konnte.

„Ich muß das Thema anschneiden, Frau Uhlmann. Ich weiß nicht, ob Sie es wissen. Die Einweisung ist auf Wunsch der Mutter erfolgt. Der Vater hat später unterschrieben."

„Ich hab' mich auch schon gewundert."

„Sie sind die Klassenlehrerin, Frau Uhlmann. Mich interessiert Ihr Urteil über das Kind."

Christa Klein hatte sich wieder an ihre Schreibmaschine gesetzt, den üblichen Bogen mit Briefkopf eingespannt und das Schreiben an die Kreisverwaltung, Abteilung Bauwesen, angefangen, während Berkmann und Elke Uhlmann über Inge Niehaus berieten.

„Mein Urteil? O Gott, ist das so wichtig? Inge gehört zu den Besten. Das können Sie doch viel besser beurteilen."

„Zu den Besten?"

„Zu den Besten, ja. Bei Ihnen nicht?"

Ein Hauch ihres Parfüms, besten französischen Parfüms, wehte zu ihm herüber.

„Bei mir nicht. Nein. Ganz und gar nicht. Was ich von ihr sehe und von ihr geliefert bekomme, ist alles andere als erbaulich. Ich will nicht sagen, daß es Absicht ist. Aber bei mir ist von Mitarbeit keine Rede. Sie blockt ab. Total. Ich komme nicht an sie heran. Ich frage mich schon, ob ich für Inge der richtige Lehrer bin."

„Das heißt, Ihre und meine Noten stimmen nicht überein?"
„Stimmen nicht überein ist gut. Ihre und meine Noten trennen Welten, Frau Uhlmann."
„Ach, das ist mir ja peinlich!"
„Das muß Ihnen nicht peinlich sein. Das ist eine Tatsache, der wir auf den Grund gehen müssen. Das ist alles. Mehr kann ich im Augenblick nicht sagen."
Den Abend verbrachte Berkmann mit seinen Büchern. Ohne Fernsehen und ohne Babsie, die sich weder telefonisch meldete, noch telefonisch zu erreichen war.
So blieb ihm Zeit für den Stoffverteilungsplan für die vierunddreißigste bis einundvierzigste Schulwoche. Er übertrug die Krankheitstage der Schüler in die Versäumnisliste und stellte den Unterrichtsplan für die nächsten zwei Wochen zusammen.
Die Küche! Du lieber Gott! Die Aufräumungsarbeiten von Frau Freitag lagen jetzt schon wieder fünf Tage zurück. Wie sollte er über das Chaos Herr werden?
Die Wäscherei! Morgen war Termin. Bei seinem Vorrat an Hemden hätte er sich drei Tage krank schreiben lassen müssen, wenn er ihn verpaßte.
So ein Haushalt stellte einen Junggesellen täglich vor neue Probleme.
Als er aus dem Bad kam und ins Bett gehen wollte, läutete das Telefon. Er ging nicht dran.
Später läutete es noch einmal. Es hörte nicht auf zu läuten.
Es läutete, läutete, läutete...

Es war spät geworden, sehr spät. Noch lange hatte Berkmann wachgelegen. Vielleicht läutete es nochmal. Dieses Unterbewußtsein, das gegen den Verstand ankämpfte, der einem sagte, daß alles ganz harmlos war! Dieses verdammte Unterbewußtsein!
Berkmann fiel das Aufstehen am nächsten Morgen schwer.
Trotzdem war er *vor* Christa im Büro und *vor* dem Hausmeister. Punkt Viertel nach sieben.

Weil Volkmann ebenfalls immer pünktlich war, ging Berkmann ins Lehrerzimmer hinunter. Es war einer der Werkräume, in dem er seinen Konrektor schließlich fand, unten im Erdgeschoß, unweit der Hauswirtschaftsräume.

„Ja, hier bin ich, Herr Berkmann. Kommen Sie ruhig rein."

Berkmann schloß die Tür hinter sich. „Ich muß mich doch mal nach dem Praktikum erkundigen. Viel Hilfe haben Sie von mir diesmal nicht, Kollege Volkmann..."

„Ach, Herr Berkmann, dafür habe ich auch einiges liegenlassen, das Sie bearbeiten müssen", lächelte der Konrektor und versuchte, was ihm nicht gelang, das Blatt der Kreissäge einzuspannen. „Wenn Sie da einen Augenblick festhalten würden..."

Er war ein guter Handwerker, zum Praktikumsbeauftragten prädestiniert. Sein Schwiegervater betrieb ein kleines Baugeschäft. Sein Schwager war Berufsberater beim Arbeitsamt.

Daß er die abgetragenen Anzüge seines Vaters trug, brachte Volkmann eher den Ruf eines Geizkragens als eines Sonderlings ein, waren seine Kinder doch aus dem Haus und alle gut versorgt wie seine älteste Tochter, die eine Stelle in Baden-Württemberg hatte, an einem Gymnasium.

„Sie wollen wissen, wie das Praktikum läuft, Herr Berkmann. Ich kann mich nicht beklagen. Alle Mann an Deck. Bis auf fünf."

„Ich setze auf Corinna und Susi."

Volkmann nickte. „Hundertprozentige Auszahlung." Er zog das Sägeblatt fest. „Corinna und Susi sind seit dem zweiten Tag krank. Die Eltern haben geharnischte Briefe geschrieben. Was uns einfiele, ihren Kindern solche Arbeiten zuzumuten... Im Praktikum vertritt man nun mal nicht den Geschäftsführer. Da heißt es schon mal angepackt."

„Und die anderen drei?"

„Zwei Jungens aus der 9b. Mit den Wochenkarten, die sie von uns bezahlt bekommen, zur Zeit auf Spritztour mit unbekanntem Ziel." Volkmann ließ die Säge los. „Ach, und Klaus! Da möchte der Meister mit Ihnen reden. Fahren Sie ruhig mal hin."

„Muß ich?“ fragte Berkmann, der seinen Terminkalender vor sich sah.

„Na ja, er sagt, er schmeißt den Kerl raus. Es ist besser, der Meister weiß, daß uns der Grund interessiert. Wir brauchen den Mann auch nächstes Jahr.“

Als Berkmann wieder in seinem Zimmer war – kurz vor Ende der fünften Stunde –, brachte Christa Klein ihm den Tee. Niemand im Haus kochte ihn so gut und mit soviel Liebe wie sie, mit den obligatorischen zwei Stück Zucker, versteht sich.

„... die Sie sich leisten können bei Ihrer Figur“, wie sie bemerkte. „Wenn Sie fünfzig sind, hört das von selbst auf.“

Sie stellte das Tablett ab, warf ihm einen Blick zu, ob es so recht war, und trat ans Fenster. Nichts entging ihr. Auch die Haltestelle unten nicht, wo die Kinder warteten.

„Der Weimersdorfer Bus ist noch nicht da, Chef. Nun sprechen Sie doch mal ein Machtwort. Die anderen Busse sind doch auch pünktlich.“

„Ja, ab und zu muß man dem Rühl Dampf machen“, bestätigte Berkmann.

Rühl war der Einsatzleiter des Busunternehmens, das für die Schulen die Südroute fuhr.

„Genau. Aber immer nur drohen ... Dem Mann muß mal für ein Jahr der Beförderungsvertrag gekündigt werden, wenn sich was ändern soll“, ereiferte sie sich. „Und von unserem lieben Herrn Hausmeister ist auch nichts zu sehen. Den können Sie sich auch gleich vorknöpfen. Zwanzig Kinder ohne Aufsicht! Jetzt lassen Sie da unten mal was passieren. Unser lieber Hausmeister wäscht seine Hände in Unschuld.“

„Unser lieber Herr Hausmeister repariert die Duschen in der Turnhalle, liebe Christa.“

„Ach so. Na ja ... Dann kann ich ja jetzt zum vertraulichen Teil kommen“, sagte sie leise, aber engagiert. Sie schleppte die Neuigkeit schon den ganzen Vormittag mit sich herum. Es war keine Sache, die man zwischen Tür und Angel betratschen konnte, wenn sich die Kollegen im Sekretariat gegenseitig auf die Füße traten. Dazu brauchte sie eine ruhige Minute.

Christa Klein nahm die Brille ab und brachte sie neu in Position. Sie gehörte zu den beneidenswerten Menschen, die frei herausplatzen, was sie denken statt mit Magengeschwüren von Arzt zu Arzt zu laufen.

Allerdings ging sie bei ihrer Neuigkeit diesmal sehr behutsam vor. Es betraf Frauenfeld, den Kollegen mit den semmelblonden Naturlöckchen.

Was der sich leiste, sei wirklich allerhand. Ob er, Berkmann, es schon wisse?

Berkmann verneinte.

„Liebe Christa, wenn hier jemand etwas erfährt, dann doch nicht der Schulleiter. Frauenfeld – sagen Sie?"

Nun bekam Christa Klein doch einen roten Kopf. „Er ... er hat etwas mit unserer Putzfrau ..."

„Nein!"

„Ja!"

„Der Frauenfeld?"

„Jawohl, Herr Berkmann, der Frauenfeld."

„Ich muß mich setzen!"

„Der Frauenfeld mit der Müller ..." Sie sprach den Namen der Dame etwas verächtlich aus, was letztlich verständlich war bei näherer Betrachtung der Lage.

Er, der Sohn des Universitätsprofessors, mit Verbindungen zum Weltsicherheitsrat und zum Weißen Haus. Sie, die kleine Reinemachefrau mit einem Ehemann zu Hause.

Die Müller war eine ansehnliche Person, durchaus. Aber nur so – für ein Mal ins Bett? Hatte Frauenfeld solche Abenteuer nötig?

Berkmann erinnnerte sich. Da war doch schon mal was gewesen. Diese Geschichte mit der Tochter eines Bonner Diplomaten ausgerechnet. Die Affäre hatte für einigen Wirbel gesorgt und am Ende für noch etwas anderes: für Frauenfelds Versetzung aus der Landeshauptstadt nach Michelfels.

„Wie lange geht das schon, Christa?"

„Oh, fragen Sie mich das nicht. Schon die ganze Zeit."

„Und davon erfahre ich nichts?" Berkmann sah in eine Unschuldsmiene.

„Da müssen Sie Weller fragen, der hat sie zusammen erwischt."

Seinem verblüfften „Wann?" folgte ein ebenso verblüfftes „Wo?"

Christa Klein fand, daß der Chef den Tee nun endlich verdient hatte und schenkte ihm eine Tasse ein. „Im Krankenzimmer nebenan. Auf der Liege..."

Berkmann schlug mit der Faust auf die Kante des Schreibtisches. „Zum Donnerwetter, wie ist dieser Mensch an den Schlüssel gekommen? Wer hat Frauenfeld den Schlüssel für das Krankenzimmer zugesteckt?"

Christa Klein lachte. „Was braucht *er* einen Schlüssel? Hauptsache, *sie* hat einen."

„Schäferstündchen während der Dienstzeit! Auf Kosten der Kreisverwaltung!"

„Und auf Eigentum der Kreisverwaltung", wie Christa Klein richtig bemerkte. „Eigentum, das ich selbst registriert habe. Eigenhändig..."

„Und ich dachte, das sind alles nur Potenz-kinsche Dörfer bei unserem Frauenfeld. Nun ist er doch der ranghöchste Bock." Berkmann sträubten sich die Haare. „Wenn das die Zeitung wüßte! Lehrer-Sex im Untersuchungszimmer! Mir wird ganz schlecht. Christa! Noch eine Tasse Tee!"

Berkmann schob den Besuch beim Metzgermeister nicht auf die lange Bank. Man mußte sich die Leute halten. Nicht jeder Betrieb nahm Praktikanten.

Er hatte die Schülerakte noch einmal flüchtig überflogen. Der Junge wollte Metzger werden. Begründung: Spaß am Umgang mit Tieren.

Die Schlachterei lag an der Peripherie von Michelfels, zwischen einem halbverklinkerten Wohnhaus und zwei Doppelgaragen, neben denen drei Kleinlastwagen standen.

In einem kleinen Nebengebäude mußte er warten. Es war kurz vor halb zwei.

Ein kleiner, bulliger Mann mit Hornbrille und Metzgerjakke trat durch die Stahltür vom Schlachthaus, legte die Gummischürze ab, warf sie über den Stuhl an dem viereckigen Holztisch und fluchte.

„Sie also sind Herr Berkmann? Sie kommen wegen Klaus."

Berkmann nickte. „Unser Praktikumsbeauftragter sagt, Sie haben Schwierigkeiten mit ihm."

Der Metzgermeister ging einmal um den Holztisch herum. „Schwierigkeiten ist nicht ganz richtig. Das Junge ist fehl am Platz..."

Berkmann widersprach. „Klaus hat mir hoch und heilig versprochen, seinen Kram zu machen. Er weiß, daß er den Praktikumsplatz Ihnen verdankt."

„So", knurrte der Mann. „Und jetzt werde ich Ihnen sagen, was er alles nicht weiß, Schulleiter." Er holt die Kiste mit den Zigarren, hielt sie Berkmann hin und bediente sich, als dieser ablehnte. „Wir sind eine kleine Metzgerei mit fünf Beschäftigten. Eigentlich brauche ich dieses Jahr keinen Lehrling. Ich weiß, so kann nicht jeder denken. Irgendwo müssen die jungen Leute hin." Der Meister spuckte das Ende der Zigarre auf die blutroten Fliesen unter seinen grünen Gummistiefeln. „Aber nicht, wenn sie so sind wie Ihr Klaus. Ich lasse mir doch nicht den Betrieb ruinieren. Der Bursche untergräbt mir ja die Arbeitsmoral."

„Der Junge ist sechzehn", gab Berkmann zu bedenken.

„Und wie alt war ich? Dreizehn, Schulmeister. Da wußte ich schon, daß man pünktlich ist, wenn man etwas werden will. Und er? Er sagt: Dann bis morgen um acht. In der Schule fangen wir auch erst um acht an. Was soll ich für ein Schild in mein Schaufenster hängen? Wir bitten unsere Kundschaft, das Mittagessen zu verschieben. Fleisch gibt es erst ab zwölf?"

„Herr Kuhl, lassen Sie mich mit dem Jungen reden."

„Reden Sie, soviel Sie wollen, er kapiert es doch nicht. Um sieben, hab ich gesagt. Wissen Sie, wann er kommt? Halb acht." Der Metzger schien seinen Unmut über den Praktikanten auf Berkmann zu übertragen. „Offenbar einer von diesen faulen Kompromissen, die man heute in der Schule schließt. Aber unsere Zeit ist um sieben. Ohne Kompromisse..."

Viel konnte Berkmann nicht dazu sagen. Klaus mußte her. Er mußte den Jungen zur Rede stellen.

Der Metzgermeister lachte.

„Was? Ich? Klaus holen? Da müssen Sie schon zu ihm nach Hause fahren. Hier ist er nicht."

„Wollen Sie damit sagen, daß er das Praktikum schwänzt?"

„Er war acht Tage hier. Ganze acht Tage. Und jetzt sage ich Ihnen was, Schulleiter..." Metzgermeister Kuhl kam langsam aus dem alten Kanapee hoch, in dem schon sein Großvater gesessen hatte. „Es hat keinen Zweck. Es ist Zeitvergeudung. Der Junge kriegt keine Stelle. Er schnauft schon, wenn er die Gummistiefel anzieht. Soll ich ihm auch noch zumuten, sich nach dem Wassereimer zu bücken?"

Klaus hatte Schwierigkeiten in der Schule, das war klar. Zu Hause ging es drunter und drüber. Der Vater war ausgezogen, schon vor Jahren. Lebte mit einer anderen zusammen. Die Mutter, mit Schuldkomplexen, ließ alles durchgehen. Mofa, Walkman, Stereoanlage als Vater-Ersatz...

Aber wer alles bekam, bekam noch lange keine Arbeit.

Weil Berkmann sich nicht äußerte, fuhr der Praktikumschef, Metzgermeister Kuhl, mit der Beweisführung fort.

„Ich hatte ihn in der Mangel, den Jungen. Jeden Morgen in der Frühstückspause. Jeden Mittag, bevor er nach Hause ging. Junge, hab' ich gesagt, wenn es dir ernst ist, nehme ich dich. Aber nicht so. So kann ich dich nicht brauchen. Was macht der Herr Arbeitssuchende? Einen Ruhetag legt er ein."

„So sieht das aus", sagte Berkmann enttäuscht. Wie hatte er es den Praktikanten vorher eingebleut! Seid pünktlich! Tanzt nicht aus der Reihe! Ordnet euch ein!

Es war zum Kotzen.

„So sieht das aus, Schulleiter." Meister Kuhl blickte auf die lange Stange mit den Cervelatwürsten an der Wand gegenüber seinem Kanapee und tippte die Asche seiner Zigarre auf die Fliesen.

„Ich helfe gern, müssen Sie wissen. Ich habe selbst unten angefangen. Ganz unten, als kleiner Stift. Mir hat jeden Morgen einer in den Hintern getreten. Und heute?"

Was konnte er, Berkmann, für den Jungen noch tun?

„Ich setze mich mit der Mutter in Verbindung. Das Praktikum wird abgebrochen, mit Ihrem Einverständnis. Ab Morgen geht Klaus wieder in die Schule." Berkmann hob entschuldigend die Arme. „Ihre Wurst schmeckt trotzdem... Leben Sie wohl!"

Meister Kuhl blieb gemütlich auf seinem Kanapee sitzen. Allmählich verstand er die Welt wieder. „Sie haben begriffen. Sie gefallen mir, Schulmeister. Sie gefallen mir..."

An einem der nächsten Tage, nach der Großen Pause, suchte Berkmann das Lehrmittelzimmer auf. Er brauchte eine Karte für den Geographieunterricht in der 7c, ehemalige deutsche Ostgebiete.

Die Karten hingen, geordnet nach Lernstufen und Sachgebieten, im vorderen Teil des Raumes an Metallträgern. In Ordnung hatte Kiefer sein Revier, das konnte man nicht anders sagen.

In diesem vorderen Teil des Raumes hielt sich noch jemand auf, der nach einer Karte suchte.

„Herr Göttler! Ich habe Sie gar nicht gesehen..."

Der Referendar war ein wenig erschrocken. „Ich Sie auch nicht, Herr Berkmann... Suchen Sie was?"

„Ja. Ich suche was", murmelte Berkmann, während er die Schildchen auf den Anhängern überflog.

„Na, dann will ich mal wieder...", sagte Arne Göttler. Wenn ihm noch nichts klar geworden war in seinem Referendariat, eins hatte er nach den Auftritten mit Berkmann gelernt: daß man sich nicht länger in der Nähe seines Chef aufhielt als unbedingt nötig.

„Kollege Göttler...!"

Ganze drei Schritte war der Referendar gekommen, da holte ihn die Stimme eben dieses Chefs ein. „Ja, bitte?"

„Sehe ich Sie nachher nochmal?"

Statt ruhig zu reagieren, wurde Göttler nervös.

„Was ist denn jetzt schon wieder...?"

„Wir können es auch hier besprechen." Berkmann lehnte seine Karte an die Wand. „Ihre Schüler haben sich wieder beschwert. Die liebe Pünktlichkeit, Herr Lehramtsreferendar."

„Mein Schwachpunkt, ich weiß."

„Sie machen es sich selbst unnötig schwer, Kollege. Sie kennen meinen Standpunkt. Pünktlichkeit und Zuverlässigkeit gehören zu diesem Beruf. Wenn man dazu noch einigermaßen mit Kindern umgehen kann, ist man heutzutage als junger Lehrer schon ein Glücksfall."

Göttler verzog abfällig den Mund. „Ich weiß, der liebe Gott am Pult." Mit einemmal fuhr er auf: „Hören Sie! Ich bin gern Lehrer, wenn Sie das meinen. Ich mache den Kindern zwar nicht soviel Vorschriften wie Sie, aber wie Sie sehen, wachsen und gedeihen sie trotzdem. Und gern in die Schule gehen sie auch. Ich brauche niemanden, der mir sagt, was ich zu tun und zu lassen habe. Ich bin keine achtzehn mehr."

„Was Sie zu tun und zu lassen haben, wissen Sie eben nicht!"

„Warum regen Sie sich so auf?"

„Das fragen Sie? Ein Lehramtsreferendar, der seine Schüler in den Supermarkt schickt?" Berkmann ging hinter Göttler her, der sich zwischen den Kartenreihen durchzuschlängeln versuchte. „Das haben Sie doch, oder?"

„Ja. Zum Einkaufen. Wie es in den Empfehlungen steht. Meine Richtlinie ist die Stundentafel der Schule für Lernbehinderte."

„So? Und was steht dort?"

Es gab für Göttler kein Entkommen mehr. Berkmann stand vor der Tür, entschlossen, ihn aufzuhalten, bis er seinen Fehler einsah.

„Was steht dort, Kollege Göttler?"

„Der Jugendliche soll sich nach durchlaufener Schulzeit in der Arbeits- und Wirtschaftswelt bewähren können..."

„Und für den Lehrer Fleisch und Butter einkaufen? Davon steht auch was drin?"

Langsam ging Göttler zu seiner Karte zurück. Zu seiner Karte und dem blaugelben Schulranzen, den er immer bei sich hatte, damit man ihn nicht für einen Lehrer hielt.

„Das hört sich an wie ein Verhör, Herr Berkmann..."

„Ist es auch, Herr Göttler. Ist es auch. Wozu die ganzen Erlasse und Verordnungen, wenn sich niemand danach richtet? Ich kann Ihnen versichern, Ihre Kolleginnen und Kollegen befolgen sie. Was, um Himmels willen, berechtigt Sie, den Generalinspekteur zu spielen, der mit zwei Nullen auf dem Nummernschild jeden Schlagbaum passiert?"

„Ich will nicht durch den Schlagbaum", sagte Göttler verzweifelt. „Ich hasse Schlagbäume. Ich habe..."

„Sie haben die wundervolle Gabe, sich immer für im Recht zu halten. Sie haben immer Antworten auf alles. Stellen Sie auch mal Fragen!"

„Fragen? Ich habe ganz gezielte Fragen an Sie, Herr Berkmann", sagte Göttler und stopfte das blaue Halstuch zurück unter den Saum seines handgestrickten Hängepullis. „Was wollen Sie von mir, Herr Berkmann?"

„Was ich von Ihnen will? Das verstehen Sie nicht, Herr Göttler. Das werden Sie nie verstehen", sagte Berkmann aufgebracht. „Deshalb werde ich es Ihnen sagen. Ich verlange von Ihnen nicht, daß Sie die Rechtschreibung beherrschen, aber beherrschen Sie wenigstens sich. Wenn Sie Butter für Ihren Kühlschrank brauchen, gehen Sie zum Supermarkt. Ihre Schüler sind Ihre Schüler, nicht Ihre Dienstboten, klar?"

„Moment!" Von Klarheit konnte keine Rede sein. Göttler sah das alles ganz anders. Das Amtsblatt des Kultusministers hatte er studiert – und jetzt würde er dieser Prachtausgabe von einem Konservativen sagen, was dort stand.

„Unter Umständen ist auch zu vertreten, Schüler ab dem sechsten Schuljahr allein gehen zu lassen, wenn die Verkehrsverhältnisse des Unterrichtsweges und des Schulweges nicht nennenswert von einander abweichen... Punkt."

„Ach."

„Jawohl."

„Und jetzt sage ich Ihnen noch was..." Berkmanns Geduld war zu Ende. Anmerken lassen durfte er es sich nicht. Nein, ihm unterlief der Fehler nicht, auf den Göttler wartete. Er stand drüber. „Es gibt zwei Dinge, die Sie sich merken müssen. Sie sind für die Kinder da. Nicht die Kinder für Sie. Zweitens: Verwechseln Sie die Praxis nicht mit dem Studium! Wir sind hier nicht auf der Universität."

Der Ring in Göttlers rechtem Ohr störte ihn, hatte ihn vom ersten Tag an gestört. Zugegeben. Aber dieser Ring war nicht alles. Er hätte mit Göttler leben können, auch mit einem Göttler mit Ohrring. Wenn dieser Mensch nur die geringste Bereitschaft gezeigt hätte, mit seinem Schulleiter in Frieden zu leben, trotz der unterschiedlichen Meinung über Menschen und Paragraphen.

Göttler! Was brockte er sich da ein mit seiner Sturheit? Mit seiner Utopie von einer anderen Gesellschaft. Mit seinen lächerlichen acht Semestern wollte er die Psychologie und die Schule aus den Angeln heben. Ein Wahnsinnsunterfangen...

Göttler schwieg.

Hatte es endlich gedämmert in seinem Spatzenhirn?

„Na ja, okay", sagte er schließlich mürrisch. „Kommt nicht wieder vor, Herr Schulleiter. Weil, Sie kennen sich in der Bürokratie halt besser aus. Okay, okay..."

Damit griff Göttler nach dem blaugelben Ranzen, den er auf dem Tisch am Eingang abgelegt hatte, den Ranzen mit seinen Büchern und seinen Unterrichtsvorbereitungen. Er nahm sich Zeit.

Es wollte nicht in seinen Kopf hinein, daß er so behandelt wurde. Dafür gab es nur einen Grund, und der mußte endlich einmal beim Namen genannt werden.

Vorwurfsvoll sagte er: „Sie haben etwas gegen mich. Ich passe nicht in Ihr Konzept. Lehrerbildungsanstalt! Das ist es, was Ihnen vorschwebt. Kurzer Haarschnitt. Immer zackig ..."

Auf diese neuerliche Provokation wußte Berkmann zunächst keine Antwort. Wenn es ein Schüler gewesen wäre, hätte er ausgeholt und ihm links und rechts ... Denn es war eine ungeheuere Beleidigung.

Gottlob behielt er die Nerven. Nicht im geringsten machte er den Eindruck, als hätte ihn der Vorwurf getroffen.

Seine Stimme klang ganz ruhig. „Kollege Göttler, es ist mir Wurscht, wie Sie über mich denken. Ich habe Ihnen gesagt, wo es lang geht. Gehen Sie jetzt in Ihre Klasse!"

„Moment!"

Das war nicht Göttlers Stimme. Das war Christa Klein. Die Tür war nur angelehnt gewesen, und sie war wohl draußen vorbeigegangen auf dem Flur und hatte gelauscht.

„Jetzt sage ich auch noch was, Herr Göttler. Lassen Sie künftig die Finger von meinen Briefmarken. An meiner Briefmarkenkassette hat niemand was zu suchen. Bezahlen Sie Ihre Privatpost selbst!"

Damit hatte Göttler nicht gerechnet, daß nun auch noch eine zweite Front gegen ihn eröffnet wurde. Jetzt kam er ins Schwitzen.

„Ich schicke Ihnen das Geld, keine Angst. Wird sofort erledigt", stotterte er.

„Drei Mark, Herr Göttler. Was glauben Sie denn? Ich muß jede einzelne Briefmarke abrechnen."

„Schön. Dann eben drei Mark ..."

„Bei dieser Gelegenheit, Herr Referendar, noch ein Tip aus der Lehrerbildungsanstalt", meldete sich Berkmann nun doch noch einmal. „Bringen Sie Ihre Briefe künftig auch selbst zum Briefkasten. Und das sollten Sie sich auch noch merken: Briefumschläge im Schreibtisch von Frau Klein sind ausschließlich für unsere Dienstpost bestimmt."

Göttler nahm seine Länderkarte, hob sie demonstrativ leicht an und ließ sie provokativ hart auf den Boden fallen. „Danke für die Aufklärung!"

„Keine Ursache“, sagte Berkmann. „Dazu bin ich da.“

Er blieb mit Christa Klein im Lehrmittelzimmer zurück, die vor Zorn kaum an sich halten konnte.

„Und ich sage Ihnen – zum ersten, zum zweiten und zum dritten: Das wird nie ein Lehrer. Das wird nie ein Lehrer. Das wird nie ein Lehrer!“

Berkmann beruhigte sie: „Lassen Sie, Christa! Er wird sehen, wie weit er kommt.“

Oben im Sekretariat lag die Post, wie immer in zwei Stößen. Reklame links, Dienstsachen rechts. Christa Klein griff nach dem Brieföffner und begann mit der Arbeit.

„Die Wäscherei hat angerufen. Wann Sie Ihre Wäsche holen können, Herr Berkmann. Sie waren gestern nicht zu Hause.“

„Abholen? Heute nachmittag. Gestern mußte ich zum Schulverwaltungsamt. Sagen Sie der Wäscherei Bescheid, Christa?“

Christa Klein hielt die Hand auf. „Ein Telefonat, bitte. Dreißig Pfennig. Barzahlung oder aufschreiben...?“

Es war kurz vor 16 Uhr, kein Mensch war mehr in der Schule, außer dem Hausmeister und den Putzfrauen. Wer kam die Treppe herauf? Pfefferrotes Haar, Turnschuhe, vierzig Pfund Übergewicht.

„Hallo Peter!“

„Hallo...!“

Es hatte wieder einmal nicht geklappt, Berkmann sah es auf den ersten Blick. Die Firma Rudholz, der Metzger, die Bäckerei am Laubenstock: überall hätte Peter Pfeiffer rechnen müssen – und er konnte doch nicht rechnen. Wie denn um Himmels willen? Im Praktischen reichte es für ein Handwerk, aber die Theorie!

„Wo kommst du denn jetzt her, Peter?“

„Ich hab' angerufen, Herr Berkmann. Bei Ihnen zu Hause. Da war niemand.“

Nein, es war kein glückliches Gesicht. Alles lief schief bei dem Jungen. Er kam hierher, weil er jemand brauchte, der ihn wieder aufrichtete.

Berkmann versuchte es. „Mit dem Bäcker, das hat nicht geklappt. Ich weiß. Ich wollte auch nicht jeden Morgen um vier aus dem Bett, Peter. Ich glaube, das war nicht das richtige für dich."

Ein Aufleuchten ging über das Gesicht des Jungen. „Herr Berkmann, jetzt weiß ich, wie man einen Tieflader fährt. Mein Vater hat es mir gezeigt. Es ist ganz einfach. Was sagen Sie dazu, Herr Berkmann?"

Berkmann nahm den Jungen mit hinunter zu seinem Wagen. „Klar, sieh dir den Tieflader an, Peter. Lernen kann man alles."

„Und *wie* lerne ich es, Herr Berkmann?"

„Steig ein, Peter! Schnall dich an!"

Die Wagentür klappte zu. Peter schlang den Gurt um sich. Er fühlte sich wie der Co-Pilot eines Rallyefahrers. „Ich muß in der Schule noch mehr aufpassen, Herr Berkmann. Manchmal macht es auch richtig Spaß. Wenn ich nur wüßte, wie ich noch mehr lernen kann..."

Berkmann ließ den Motor an und legte den Gang ein. „Du weißt doch, Peter. Üben! Üben! Üben!"

Schulamtsdirektor Dickmann wechselte mit Christa Klein ein paar freundliche Worte, ohne sich lange im Vorzimmer aufzuhalten. Sein Ziel war das Zimmer des Schulleiters, und auf das marschierte er entschlossen zu.

„Kollege Berkmann!" Ein weicher, flüchtiger Händedruck. „Ich war in Birkenau beim Kollegen Theis, und da ich nun schon mal in der Gegend bin, wollte ich nur kurz guten Tag sagen."

Hoffentlich ist es wirklich nur das, dachte Berkmann und bot dem Schulamtsdirektor Platz an. „Tasse Kaffee, Herr Dickmann?"

„Gern, wenn es keine Umstände macht."

Dickmann hatte ein Gesicht ohne Augenbrauen, gelb wie ein Leberkranker. Sein Herz hätte das geringste Belastungs-EKG mit einem Infarkt beantwortet, wenn man ihn sich so ansah. Bei all dem Ärger da oben auf seinem Zimmer im Staatlichen Schulamt hatte er zu wenig Bewegung.

Falsch. Dickmann war ein kerngesunder Mensch mit nicht einem einzigen Krankheitstag. Er trug eine Brille von Rodenstock, allerdings nicht die dazu passende Kleidung. Das konnten gut und gern die alten Anzüge von Konrektor Volkmann sein.

Natürlich sprach er zunächst von Adnan. Sie im Schulamt, versicherte er, hätten den Fall mit Betroffenheit verfolgt.

Fein sei das nicht gewesen, wie die Zeitung mit ihm, Berkmann, umgesprungen sei. Das habe er auch an zuständiger Stelle angebracht.

„Jeder fällt mal auf die Nase. Das war zu meiner und zu Ihrer Jugend so, Kollege Berkmann. Mit einer Ausnahme: Ausländerkinder, die nicht auf die Nase fallen dürfen, gab es damals nicht."

„Haben Sie neue Informationen, Herr Dickmann?" erkundigte sich Berkmann, – da kam auch schon der Kaffee.

„Nein. Das ist auch nicht der Grund meines Kommens, Kollege. Ich habe ein bißchen geschwindelt. Natürlich bin ich nicht rein zufällig hier..." Der Schulamtsdirektor ließ sich von Christa ein Stück Zucker geben und drehte sich dann wieder nach Berkmann um. „Ich möchte Ihnen jemanden anpreisen. Eine Referendarin..."

Berkmann fuhr herum. „Danke. Ich habe schon einen von der Sorte."

„Die Betonung liegt auf 'in', Kollege Berkmann. Eine Referendarin. Zum 1. Mai", sagte der Schulamtsdirektor, den sie „Drei-Finger-Jo" nannten. Die Rache einer Kreissäge für falsche Behandlung während seiner Zeit als Werkstudent.

„Die Verteilung liegt beim Regierungspräsidenten", versuchte Berkmann sich herauszuwinden.

Aber diesen Punkt konnte Dickmann entkräften. „Frau Palm ist uns zugeteilt, Kollege. Nach den üblichen Auswahlkriterien, die Sie ja kennen."

„Herr Dickmann, das Seminar ist überlaufen. Jeder will hierher. Nicht weit vom Theater, nicht weit von der Universität. Nur einer von fünf Bewerbern wird genommen..."

Der Schulamtsdirektor sah Berkmann an. „Ach, wissen Sie, Kollege, da liegt irgendwo ein Zettel, auf dem steht, wer uns zugeteilt ist. Daran halte ich mich, genau an die Vorschriften."

„Damit wir uns nicht falsch verstehen, Herr Dickmann, es sind Sozialfälle, die uns zugeteilt werden. Ausschließlich Sozialfälle. Ihre Referendarin ist also verheiratet, hat ein Kind – und ihr Mann arbeitet hier in der Gegend?"

„Nicht ganz."

„Ledig. Nichteheliches Kind? Betreut ihre kranke Mutter?"

„So auch nicht direkt..."

Ja, was konnte es sonst noch sein?

„Mutter tot? Vater Schlaganfall? Die Referendarin muß ihn pflegen?"

„Nein." Der Schulamtsdirektor kniff das Auge zu. Er wußte, ein offenes Wort war fällig. Er kam um eine Erklärung nicht herum. Aber sie ging ihm nur schwer von der Zunge. „Kein nichteheliches Kind. Kein Schlaganfall. Keine tote Mutter. Kein Notfall! Verwöhntes Mädchen, einziges Kind. Vater Ministerialrat im Kultusministerium."

„Ach ja?"

„Ach ja!" Drei-Finger-Jo versäumte nicht, seine Mißbilligung zum Ausdruck zu bringen, bevor er in ruhigem Ton fortfuhr:

„Ich habe Sie gefragt, lieber Kollege. Das mußte ich. Das Studienseminar zerreißt sich die Beine für die junge Dame. Es wird extra eine Schule für das Fräulein gebacken. Es soll eine Klasse mit wenig Schülern sein, nicht zu alt. Und möglichst ohne Naturlehre, das liegt der jungen Dame nicht. Und ohne Mathematik. Das liegt ihr nämlich auch nicht. Haben Sie eine solche Klasse?"

„Nein. Eine solche Klasse haben wir nicht."

Der Schulamtsdirektor verkniff sich ein Lächeln. „Dann muß ich weiter suchen..."

Betretenes Schweigen.

„Und wo bitte, Herr Dickmann, werden Sie diese Klasse finden? Möglichst ohne Schüler, wenn ich richtig verstehe."

„Das weiß ich nicht. Das wollte ich Sie fragen", antwortete Drei-Finger-Jo.

Eine Klasse ohne Mathematik, mit braven Schülern, mit guten Schülern und mit Blick auf See...

„Tut mir leid, Herr Dickmann. Damit kann ich nicht dienen. Da wird sich der Herr Ministerialrat schon selbst bemühen müssen."

Lange sah Dickmann den Leiter der Albert-Schweitzer-Schule, von dem er sich Unterstützung erhofft hatte, mit großen Augen an in seiner Gewissensnot.

„Ich respektiere Ihre Entscheidung", sagte er schließlich. „Ob sie klug ist, weiß ich nicht. Aber ich habe sie erwartet." Dann setzte er sich in Bewegung. „Schöne Ostern, Kollege Berkmann. Und danke für den Kaffee..."

Alle meldeten sich gesund aus den Ferien zurück, auch Christa Klein, die Seele der Verwaltung. Sie hatte als erstes die Anwesenheit der Lehrkräfte überprüft und schleppte jetzt den viel zu schweren Waschkorb mit der Post die Treppe herauf, denn Hausmeister Weller war nicht aufzufinden.

„Und denken Sie sich", sagte sie, als Berkmann ihr den Korb abgenommen hatte und sie wieder bei Puste war, „sogar unser Millionärs-Töchterchen ist wieder da."

„Wer weiß, wo sie am Wochenende wieder hinfliegt", unkte Berkmann, „bei dieser Sorte Frauen muß man auf alles gefaßt sein."

„Ja, und wer geht in die Klasse und übernimmt die Vertretung? Sie!"

„So ist das nun mal", lachte er. „Allen Beteuerungen der Dienstordnung zum Trotz: Schulleiter sind bessere Vertreter. Vertreter bei Krankheitsfällen, Vertreter bei Beurlaubungen, Geburten, Sterbefällen, Lehrgängen, Wechseljahrsbeschwerden, Umzügen..."

„Die Migränen haben Sie vergessen. Und die Liebesaffären".

Sie sortierte die Post, und Berkmann stand daneben und nahm die wichtigsten Briefe in Empfang.

„Wie haben Sie den Urlaub verlebt, Christa?"

„Ich?" Sie winkte ab. „Mit 1800 DM netto, einem Haushalt und zwei Buben."

Berkmann überflog die Umschläge flüchtig. Verwaltungskram, Schülerakten, die von anderen Schulen kamen, Briefe vom Schulamt, die unangenehme Seite der Post, denn erfahrungsgemäß machten die Briefe aus dem Schulamt die meiste Arbeit.

„Ich dachte, Sie hätten sich auch etwas erholt, Christa...?"

„Ich bin doch erholt!" behauptete sie, „sehen Sie das nicht?"

Berkmann schob mit dem Fuß den Drehstuhl beiseite und faßte seine Sekretärin bei den Schultern. „Christa, ich muß ein ernstes Wort mit Ihnen reden. Kein Mensch hat auch nur eine Spur von Mitleid mit mir, wenn Sie zusammenklappen und ich meinen Kram..."

Sie schob ihn mit beiden Händen weg. „Herr Berkmann. Ich möchte Sie um etwas bitten. Ich frage nicht nach Ihrer Gesundheit, und Sie fragen nicht nach meiner Gesundheit. Mir geht es blendend. Blen-dend!"

An der Wand hing das Bild von ihrem verstorbenen Mann und den beiden Buben. Ihr Blick ging langsam hinauf zu diesem Bild. Berkmann sah es an ihren Augen, sie war noch lange nicht darüber hinweg.

Fünf Minuten später – er war kaum in seinem Zimmer – hagelte es Telefonate. Alle Welt – Eltern, Busunternehmen, Ämter, Kollegen, Lieferanten, Handwerker – rief an, als wären die drei Wochen Ferien drei Jahre gewesen: „Wo haben Sie bloß die ganze Zeit gesteckt? Mein Gott, Lehrer müßte man sein!"

Einer der Anrufer war eine Schülerin.

„Sie will unbedingt mit Ihnen sprechen, Herr Berkmann", sagte Christa.

„Haben Sie ihr gesagt, was heute los ist?"

„Ich glaube, das sagen Sie ihr besser selber."

Berkmann nahm den Hörer ab und drückte das Knöpfchen. „Heike, du bist nicht in der Schule? Was ist denn los?"

Zwei Fragen so kurz hintereinander und die Aufregung dazu, da verlor Heike schon ein wenig den Faden. „Also, Herr Berkmann, ich will nur Bescheid sagen. Ich kann heute nicht..."

„Und warum kannst du nicht?"

„Die Mama ist krank."

Heike, das Mädchen, das den Vater durch Lungenkrebs verloren hatte. Die Schülerin Wagners, die ihm das Rauchen abgewöhnen wollte.

„Deine Mama? Was fehlt ihr denn?"

„Die Mama hat Magenschmerzen. Sie kann nicht aufstehen. Ich muß auf die kleinen Brüder aufpassen, Herr Berkmann..."

„Aber ihr habt doch die Oma im Haus."

„Die Oma? Die liegt im Bett den ganzen Tag und weint, weil die Mama krank ist."

Berkmann gab Christa Klein ein Zeichen, den Schularzt, den sie gerade anmelden wollte, einen Augenblick zu vertrösten und konzentrierte sich wieder auf das Telefon.

„Heike, wenn die Mama Bauchschmerzen hat, holst du besser den Arzt. Nehmt das nicht auf die leichte Schulter!"

„Es ist kein Blinddarm", sagt das Mädchen schnell.

„Woher weißt du das?"

„Ich habe der Mama den Bauch abgedrückt. Es ist weiter oben. Herr Berkmann. Ich muß Schluß machen. Der Mann vor der Zelle will rein. Ich rufe dann morgen wieder an..."

„Ja, tu das! Und hol den Arzt, ja? Und paß auf die Brüder auf! Die Burschen wollen mittags etwas auf dem Tisch haben."

Berkmann machte sich unnötig Gedanken, denn für Heike stand der Küchenzettel bereits fest. „Ich mache die Spaghetti mit der tollen Soße, was wir in Hauswirtschaft gelernt haben, Herr Berkmann."

„Eine gute Idee. Und wenn du nicht klar kommst, ruf mich an! Versprochen?"

„Versprochen", sagte Heike. „Gehen Sie jetzt in Ihre Klasse, Herr Berkmann. Sonst passiert noch was...!"

Im Lehrerzimmer sprach sie nicht darüber, was ging es die anderen auch an? Familiengeschichten trug man nicht in die Öffentlichkeit. So war sie es von Kind auf gewöhnt. Aber einmal mußte Helga Bott ihr Herz ausschütten.

Und so saß sie nun da, krumm, mit hängenden Mundwinkeln. Ratlos.

„Was soll ich denn noch machen, Herr Berkmann? Ich hab' doch alles getan. Jeden Wunsch hab' ich ihr erfüllt."

Eben, dachte er. Das war ja der Fehler. Aber er sprach es nicht aus.

„Es ist doch nun mal mein Einziges. Da hängt doch mein ganzes Herz dran. Das Kind hat doch keinen Vater..."

Berkmann hatte die Tür zum Sekretariat geschlossen. Helga Bott sollte frei und offen mit ihm reden können.

„Was soll ich machen, Herr Berkmann? Ich kann nichts mehr tun. Ich bin am Ende. Sie müssen mit Claudia reden."

Ich? Unmöglich, dachte er. Ich habe das Fräulein Tochter erlebt, in meiner Wohnung. Um nichts in der Welt! In die Privatangelegenheiten seiner Lehrer hat sich ein Schulleiter nicht einzumischen. Das muß sie doch wissen. Die Zeiten sind vorbei. Gott sei Dank.

„Ich rede nicht mit Claudia. Das ist eine Angelegenheit zwischen Mutter und Tochter. Da halte ich mich raus, Kollegin Bott..."

„Sie schlagen es mir ab?" Ihr Blick war starr auf die elektrische Uhr über der Tür des Schulleiterzimmers gerichtet.

„Was heißt abschlagen? Ich möchte, daß Sie mit Ihrer Tochter ins reine kommen, Frau Bott. Dazu brauchen Sie keinen Vermittler."

„Wie meinen Sie das?"

„Claudia will weg von zu Hause, Ihnen zeigen, wie selbständig sie ist, ihr eigenes Leben führen."

Zunächst sah es aus, als leuchte Helga Bott das ein. Aber wie sollte das gehen?

„Herr Berkmann, ich muß ihr, wenn sie auszieht, achthundert Mark geben von meinem bißchen Gehalt. Was glauben

Sie, was für das Haus draufgeht Monat für Monat? Wo soll das denn herkommen? Mein Vater ist im Pflegeheim, da bezahle ich doch auch noch. Wissen Sie, was das kostet, Pflegegruppe IV?"

Als Berkmann begann, seine Logik zu entwickeln, kam Helga Bott zunächst nicht ganz mit.

„Das Haus gehört Ihnen, Frau Bott?"

„Ja."

„Und später bekommt es Ihre Tochter?"

„Ja..."

„Dann ist die Sache doch ganz einfach."

Helga Bott legte die Hand an die Schläfe. „Vielleicht bin ich ein bißchen begriffsstutzig, Herr Berkmann..."

„Sie nehmen einfach eine neue Hypothek auf. Auf das Haus."

„Noch eine Hypothek? Was soll ich denn damit?"

„Etwas brauchen Sie doch, wenn Sie für den monatlichen Unterhalt Ihrer Tochter aufkommen, für diese achthundert Mark."

„Und?"

„Die Hypothek bleibt solange auf dem Haus, bis Ihre Tochter es übernimmt. Sie zahlen nur die Zinsen für die Hypothek."

Stirnrunzelnd versuchte Helga Bott die Gedankengänge ihres Schulleiters zu ergründen.

„Was zahle ich?"

„Die laufenden Zinsen. Sonst nichts. Die Hypothek zahlt später Ihre Tochter zurück. Und damit die achthundert Mark, die Sie ihr jetzt fürs Studium geben, obwohl sie zu Hause ein Zimmer hat und natürlich auch sonst in einem gemeinsamen Haushalt mit Ihnen viel billiger leben würde."

Auf der Flucht hatte Helga Bott, damals noch ein Kind, die Mutter verloren, vierundvierzig in Ostpreußen. Der Vater wurde verschleppt und kam nie wieder recht zu Verstand. Alle wichtigen Entscheidungen hatte sie allein treffen müssen für sich und das Kind. Und jetzt sollte sie sich gegen Claudia entscheiden?

„Es ist meine Tochter, Herr Berkmann“, schluchzte sie.

Er konnte sie so gut verstehen. Wen außer Claudia hatte sie noch? Claudia etwas vorzuenthalten, aus welchem Grund auch immer, dieser Gedanke tat ihr weh.

Doch sie durfte sich jetzt nicht falsch verhalten. Sie mußte den Tatsachen ins Auge sehen.

Deshalb erzählte er ihr die Geschichte, die Geschichte von einem Studenten, wenn Helga Bott sie auch nicht hören wollte.

Ein Student, ein ihm bekannter junger Mann, bekam von seiner Mutter kein Geld. Der junge Mann ging zum Studentenwerk. Das Studentenwerk bewilligte ihm die Summe und klagte sie bei der Mutter ein.

„Ach, Herr Berkmann, lassen Sie mich doch damit in Ruhe!“

Verzweifelt versuchte die Kollegin, der Wahrheit auszuweichen, vor die er sie stellen wollte, damit es ihr nicht eines Tages auch so ging.

Aber Berkmann ließ nicht locker. „Der zweite Fall ist genau so kurz und genau so alarmierend: Vater finanziert Sohn Studium der Pädagogik. Sohn stellt fest, daß er sich nicht zum Lehrer eignet. Das hat ihm nie gelegen, sagt er. Der Vater hätte ihn zu diesem Studium gezwungen. Er hätte schon immer Schauspieler werden wollen. Wie geht die Geschichte weiter, Frau Bott? Was denken Sie?“

Helga Bott warf einen sehnsüchtigen Blick zur Tür. Es half nichts. Sie mußte sich Berkmanns Geschichte, diese Schauergeschichte, zu Ende anhören.

„Ich will es Ihnen sagen, Frau Kollegin. Der Vater muß ihm die zweite Ausbildung auch noch bezahlen. Höchstrichterliche Entscheidung. Und jetzt frage ich Sie, wollen Sie es auch so weit kommen lassen mit Ihrer Claudia? Das wollen Sie nicht. Also, überlegen Sie sich meinen Vorschlag. Nehmen Sie die Hypothek auf!“

Frau Bott schien entschlossen, den Vorschlag abzuschlagen.

„Klagen? Doch meine Claudia nicht! Das würde sie niemals tun. Nein, Herr Berkmann. Das tut sie nicht...“

Plötzlich hatte Frau Bott es eilig. Denn noch etwas geschah in diesem Augenblick.

Die Türen der Klassenzimmer flogen auf, und draußen auf dem Gang entstand ein solcher Lärm, daß man sein eigenes Wort nicht mehr verstand.

Es war 9 Uhr 30.

Große Pause.

Sie war nicht verwandt mit der Heiligen Fabiola von Rom, sie hatte nicht am 27. Dezember Namenstag und lebte nicht im vierten, sondern im zwanzigsten Jahrhundert. Ein Mädchen mit weißen Strümpfen, graubraunem Karokleid und einem blonden Haarschopf, das nur so hieß: Fabiola.

Sie stammte aus einer Familie, die man halbwegs betucht nennen konnte. Ihr Vater war Versicherungsagent und hatte immerhin das Geld für eins der schönsten Häuser von Michelfels.

In Geldsachen schien Übereinstimmung zu herrschen in der Familie, aber das Töchterlein! War sie nun schulreif oder nicht?

Weil der zuständige Oberpsychologierat in seinem Terminkalender keinen Platz mehr hatte, waren die Eltern mit einer Kiste Sekt bei Berkmann vorgefahren. Den Sekt hatten sie wieder mitnehmen müssen. Das Töchterchen hatten sie dagelassen.

Den Grundintelligenztest CFT 1 hatte Fabiola hinter sich, ein Konzentrationstest war gefolgt. Die Fähigkeit zur Konzentration gilt bei der Schulreife als das A und O.

Begonnen hatte Berkmann mit einem Verfahren, das den Probanden vor dem Test etwas von ihren Hemmungen nimmt.

Man sagt einfach: „Male einen Mann, so gut du kannst." Das versteht jedes Kind, ob es in seiner Sprachentwicklung hinterherhinkt oder – wie die Psychologen sagen – in der Altersnorm liegt.

„Also, Fabiola, male einen Mann so gut du kannst...!"

Fabiola rutschte von einer Po-Backe auf die andere. Das Blatt, das vor ihr lag, schob sie millimeterweise von sich. Den Bleistift starrte sie feindselig an.

Berkmann lächelte. Er lächelte schon die ganze Zeit. Um Fabiola zu einem Bleistiftstrich zu bewegen, hätte er einen Handstand hinlegen müssen.

„Einen Mann, Fabiola! Einen Mann!" Berkmann versuchte es mit einem Beispiel. „Dein Vater ist ein Mann, Fabiola."

Fabiola starrte ihn groß an und sprach langsam nach. „Dein Vater ist ein Mann..."

Dann schien sie zu überlegen, ob dieser Mensch auf der anderen Seite des Tisches sie auf den Leim führen wollte. Das fand sie wohl nicht, denn sie wiederholte, langsam und bedächtig wie beim ersten Mal: „Dein Vater ist ein Mann..."

Damit ergriff sie mit der Rechten den Bleistift und mit der Linken das Papier. Das Wunder nahm seinen Lauf.

Bevor sie begann, kam sie allerdings zu dem Ergebnis, daß hier wohl ein Fall von Ausbeutung vorlag, und sie legte den Bleistift wieder hin.

„Wie lange dauert das noch...?"

„Eine Viertelstunde, Fabiola."

„Wie lange dauert eine Viertelstunde?"

„Fünfzehn Minuten, Fabiola."

Fabiola nahm den Bleistift wieder in die Hand. „Gibt es auch eine kürzere Viertelstunde?"

„Nein."

Das Werk begann.

Fabiola war nicht dominanzgestört, sie war nicht Linkshänderin. Mit der Motorik hatte es seine Ordnung. Am Sprachverständnis schien es auch nicht zu liegen. Aber unsicher war das Mädchen. Immer wieder blickte es auf. Immer wieder suchte es Bestätigung.

Endlich war es soweit. Berkmann nahm das mit Strichen bedeckte Blatt, betrachtete es, strich dem Mädchen über den Kopf und legte das Blatt wieder vor Fabiola hin.

„Was ist das, Fabiola?"

„Das ist der Kopf."

„Und das?"

„Das sind die Arme."

„Und das Fabiola...?"

„Das ist der Bauch."

„Und wozu hat der Mann den Bauch?"

Lachen, Frohlocken – Triumphieren! „Damit er die Beine nicht verliert..."

Fabiola erreichte mit dem CFT einen Intelligenzquotienten, abgekürzt IQ, von 67. Den entsprechenden T-Wert von 28 schrieb Berkmann auf den Überprüfungsbogen. Ein T-Wert von 28 entsprach einem PR von 2.

PR ist die Abkürzung von Prozentrang, und was das ist, steht in der Handanweisung.

„Der Prozentrang sagt aus, wieviel Prozent der Vergleichsgruppe bei dem Test besser oder schlechter abgeschnitten haben. Ein erreichter Prozentrang von 60 bedeutet zum Beispiel, daß 60 Prozent der Schüler und Schülerinnen, die genau so alt sind, bessere oder gleiche Leistungen zeigen wie das untersuchte Kind."

Von 100 Schülern, die genau so alt waren wie Fabiola, schnitten 98 leistungsmäßig besser ab.

Berkmann nahm Fabiola an die Hand, die sofort wie am Spieß zu schreien anfing, als sollte sie entführt werden:

„Ich will zu meinem Pappi...! Ich will zu meinem... Pappi!"

Willensäußerungen dieser Lautstärke verfehlten in Schulhäusern selten ihre Wirkung. Türen wurden aufgerissen, Kinder liefen zusammen, aus allen Ecken strömten sie herbei. Der ganze Flur glich plötzlich einem Ameisenhaufen.

Berkmann kam sich wie ein Kinderschänder vor, nicht zum ersten Mal. So etwas passierte immer wieder, und dagegen half nur eins: die herbeigeschriene Bezugsperson, in Gestalt des Vaters in diesem Fall.

„Frau Klein holt jetzt deinen Papi, Fabiola", sagte Berkmann, das Kind noch immer an der Hand, damit es ihm nicht entwischte. „Hier hinein! So... Gleich ist dein Papi hier, Fabiola..."

Er lieferte Fabiola bei Christa im Vorzimmer ab, die mit kleinen Mädchen gut konnte, und nahm sich den Vater vor, der im Wartezimmer zappelte. Ihm mußte er klarmachen, daß Fabiola nicht so helle war, wie er sie gern hätte. Und daß er sie nicht schimpfen sollte. Schließlich war auch er an ihr beteiligt, und das nicht zu knapp.

Die Ferien waren ihr ausgezeichnet bekommen. Sie wirkte lokker und gelöst. Ihre Gesichtsfarbe sah nach Meeresstrand aus. Nach Meran im Frühling. Vielleicht war sie auch in der herben Luft der Berge herumgeklettert.

Irina Lutz fand, daß sich Berkmann ein wenig zu lange mit ihrem Gesicht beschäftigte, und entschloß sich, sachlich-nüchtern zu fragen:

„Was kann ich für Sie tun, Herr Kollege?"

Heute saß er auf dem Besucherstuhl und sie auf dem Schulleitersessel. In dem gleichen Zimmer mit den gleichen Möbeln, abzüglich eines Aktenrollschrankes. Und nicht in der Sonderschule, sondern im Verwaltungstrakt der Grund- und Förderstufe.

„Ach, nicht so wichtig", winkte er ab, die ganze Sache kam ihm plötzlich banal vor. Als ob sie und er keine anderen Sorgen hätten! „Ich hätte Sie auch anrufen können."

„Sie wollten etwas mit mir besprechen?"

„Ja. Eine Ihrer Schülerinnen muß Beziehungen zum Tabakgroßhandel haben. Sie macht sich an meine Mittelstufe heran und verteilt Zigaretten an die Mädchen."

„Sie wissen nicht, wie sie heißt?"

„Melanie Hoyer. F 1."

Irina Lutz blickte nachdenklich auf die Zigarettenschachtel neben ihrem Telefon. „Zu meiner Zeit hat man mit fünfzehn angefangen. Neulich habe ich ein Mädchen erwischt, das war noch keine neun. Wo führt das hin?" Sie nahm die Packung und schob sie in die Schublade. „Wir sind ihnen ja auch keine Vorbilder." Dann faltete sie die Hände. „Bevor ich hierherkam, war ich ein ganzes Jahr clean. Aber wenn man sich verändert... Ich meine: Bis man alles im Griff hat. Wenn der Kollege, der sich auskennt, im Krankenstand ist, das kostet Nerven.

Ich will mich nicht damit herausreden. Eine starke Persönlichkeit schafft so was im Handumdrehen. Ich habe mir wohl etwas zuviel zugemutet."

„Ich habe gehört, Kollege Heller wird in zwei Wochen aus dem Krankenhaus entlassen."

„Wenn nichts dazwischenkommt", sagte sie, eine kleine Falte auf der Stirn. „Und bei meinem sprichwörtlichen Pech kommt bestimmt etwas dazwischen. Außerdem geht er dann erst in Kur. Habe ich Ihnen schon erzählt, daß ich ihn im Krankenhaus besucht habe?"

„Nein."

„Er scheint es für ein Harakiri-Unternehmen zu halten, was ich mir da vorgenommen habe."

„Wieso?"

„Na, hören Sie! Ein Konrektor! Mit der nötigen Erfahrung. Läßt sich eine Frau vor die Nase setzen, die seine Tochter sein könnte. Warum bewirbt er sich nicht selbst?"

Vorsicht, dachte Berkmann. Nicht übertreiben. Heller ist zweiundfünfzig, und du bist keine dreißig mehr, Mädchen.

„Warum, Kollege Berkmann? Warum?"

„Diese verdammten Überprüfungen! Das ist halt nicht jedermanns Sache. Ich meine, wenn man sieht, wie andere zu ihren Schulleiterposten kommen. Das hat mit Qualifikation nicht viel zu tun..."

Er sah sie nicht, die kleine Falte auf ihrer Stirn, die wieder heraufgezogen war, ein Warnsignal. „Ich weiß nicht, worauf Sie hinauswollen, Kollege Berkmann."

„Na ja, wie soll ich sagen? Daß es bei der Vergabe von Schulleiterstellen nicht immer korrekt zugeht, ist kein Geheimnis. Mehr möchte ich dazu nicht sagen, Frau Kollegin. Es betrifft Leute, die in den Dienstversammlungen neben mir sitzen und mit denen ich auskommen muß."

Unruhig pendelte Irina Lutz auf ihrem Sessel hin und her.

„Sie halten mich für ein Protegé?"

Berkmann zuckte mit der Schulter. „Ich weiß, wie Schulleiterstellen besetzt werden. Manche jedenfalls..."

Das Stirnrunzeln ging weiter. „Wen meinen Sie damit?"

„Ich werd' mich hüten!"

Mit einer Handbewegung, die mehr als heftig ausfiel, warf sie ihr blondes Haar zurück. „Ich will Ihnen etwas sagen, Kollege." Den „Herr" ließ sie weg. „Für mich war diese Bewerbung die einzige Möglichkeit, von Frankfurt wegzukommen. Ob dabei jemand nachgeholfen hat, weiß ich nicht. Und wenn es so wäre, ginge es Sie nichts an, nicht das geringste. Und damit Sie es wissen..."

Wäre der Schreibtisch nicht so stabil gewesen, hätte er gewackelt. So heftig schlug Irina Lutz auf die Unterlage aus braunem Kunstleder.

„Ich habe es nicht nötig, mich vor Ihnen zu rechtfertigen. Wenn ich es trotzdem tue, so einzig und allein, um jedem Tratsch vorzubeugen, von dem man hier auf Schritt und Tritt verfolgt wird, Kollege."

Sie sprach ohne Punkt und Komma. Sie sprudelte es heraus in einer unüberhörbaren Anwallung von Zorn. Berkmann kam nicht dazu, ihr zu versichern, daß er es nicht so gemeint hatte. Dazu war die Atempause, die sie einlegte, zu kurz.

„Wir waren drei Bewerber, Kollege Berkmann. Und ich stand an letzter Stelle. Der erste überlegte es sich anders und ging zum Institut für Lehrerfortbildung. Der zweite bekam die Unbedenklichkeitsbescheinigung vom Gesundheitsamt nicht, und bei der zweiten Ausschreibung bewarb sich niemand außer mir. Der Regierungspräsident stand vor der Wahl: der Hausmeister oder ich."

Irina Lutz stand mit hochrotem Kopf da, als es klopfte und Karin Sommer, die Sekretärin der Grund- und Förderstufe, Besuch anmeldete.

Ein Mann und eine Frau warteten draußen. Der Mann mit einem Filzhut, den der erste Windstoß weggeblasen hätte, in grauen Schnürschuhen, mit ausgefransten braunen Cordhosen.

Die Frau, ebenso dunkelhaarig, mit großen schwarzen

Augen, einem grauen Kopftuch und einem pastellfarbenen Schirm, führte das Wort.

„Kann ich bitte sprechen, Frau Direktor? Es ist wegen meiner Theresa..."

Was konnte Irina Lutz mit ihrem hochrotem Kopf und ihrem Zorn auf Berkmann mit dem Namen Theresa anfangen? Sie kannte nach der kurzen Zeit kaum die Namen ihrer Kollegen.

„Wir haben viele Mädchen, die Theresa heißen", sagte sie, ihre Erregung mühsam in Zaum haltend. „Wie heißt sie noch?"

Der Mann machte eine Verbeugung und sagte: „Urbanowicz heißt unsere Theresa."

Für Berkmann war das der Augenblick, sich aus der Affäre zu ziehen, aber Irina Lutz bedeutete ihm mit einer unwiderstehlichen Kopfbewegung, sich anzuhören, was Mutter Urbanowicz vorzubringen hatte.

„Frau Direktor! Als ich meine Theresa hatte auf Grundschule, mir man hat gesagt, ich soll Theresa geben auf Förderstufe. Alles viel besser. Kinder bekommen geholfen, können machen Abitur und werden ein Doktor..."

Vater Urbanowicz nickte mit der Überzeugungskraft eines Staatsanwaltes, der den Kultusminister der Hochstapelei bezichtigt.

„Und was ist geworden, Frau Direktor? Meine Frau wird Ihnen erzählen..."

Mutter von Theresa zeigte mit dem Schirm auf die Frau Direktor. „Wissen Sie, was Lehrer gesagt hat zu mir? Ich soll besuchen Kurs für Mengenlehre."

„Abends. Nach Arbeit", seufzte Vater Urbanowicz. „Sie soll besuchen Kurs für Mengenlehre."

„Damit ich kann helfen meiner Theresa bei Hausaufgaben", seufzte Mutter Urbanowicz. „Ich! Helfen! Ich selbst nicht können Mathematik."

Lieber Gott, dachte Berkmann. Mengenlehre! Dafür gibt's doch gar keine Lehrbücher mehr. Mengenlehre ist doch längst überholt.

Die Miene von Irina Lutz ließ auf ähnliche Überlegungen schließen. Nur fehlte ihr noch ein wenig der Einblick, welcher Kollege in welchem Fach nach welcher Methode unterrichtete. So gut informiert war sie noch nicht, die Frau Direktor.

Er wandte sich an die Mutter. „Haben Sie das dem Lehrer gesagt, Frau Urbanowicz?"

„Natürlich habe ich gesagt."

„Und-?" erkundigte sich Irina Lutz. Es war schließlich ihre Schule und folglich ihr Problem. Vielleicht beherrschte der Kollege sich endlich und überließ die Angelegenheit ihr. „Was sagt der Lehrer, Frau Urbanowicz?"

„Er sagt, viele Eltern in Abendkurs für Mengenlehre. Zeit muß ich mir nehmen für meine Theresa. Aber es gibt keinen Kurs mehr..."

Berkmann versuchte klarzustellen, daß es Aufgabe der Schule sei, den Kindern das Rechnen beizubringen. Dafür bezahle der Staat die Lehrer.

Den Filzhut drehend, den er beim Betreten des Schulleiterzimmers vom Kopf gerissen hatte, trat Vater Urbanowicz einen Schritt vor. „Frau muß nicht in Kurs gehen für Mengenlehre?"

„Nein. Frau muß nicht", sagte Irina Lutz. Wütend war sie noch, aber sie mußte zugeben, in diesem Fall hatte der Kollege recht. „Die Volkshochschule hat die Kurse eingestellt. Wir unterrichten jetzt nach einer anderen Methode, die einfacher ist."

Vater Urbanowicz sah seine Frau an, Mutter Urbanowicz sah ihren Mann an. Zentnerlasten fielen ihnen vom Herzen.

„Dann möchten wir uns bedanken, Frau Direktor. Auch bei Ihrem Mann... Und wenn Sie es dem Herrn Klassenlehrer sagen würden, bitte. Er soll so was nicht mehr zu unserer Theresa sagen..."

Irina Lutz biß sich vor Schreck in die Lippe.

Ihrem Mann!

Das hatte noch gefehlt.

Klassenlehrer Wagner hatte Heike schon bei allem möglichen ertappt, beim Lügen noch nicht. Auch Berkmann war nicht eine einzige Sekunde in Zweifel, daß alles seine Richtigkeit hatte, als Heike ihn am nächsten Morgen in der zweiten Pause anrief.

Sie könne nicht kommen. Gestern sei das Rote Kreuz dagewesen, die Mama liege im Krankenhaus.

„Ich kann die Geschwister nicht allein lassen, sie sind noch klein, Herr Berkmann. Der Mama geht es nicht gut..."

Es erleichterte Heike, daß sie mit ihrem Schulleiter darüber reden konnte. Das hörte man ihrer Stimme über die zehn Kilometer von Weimersdorf nach Michelfels an.

„Ich habe den Arzt geholt, wie Sie gesagt haben, Herr Berkmann. Es war doch der Blinddarm. Ein Durch – Durch - jetzt weiß ich nicht mehr, wie es heißt."

Berkmann drückte den Fensterflügel, der nach einem Windstoß aufgeflogen war, mit dem Ellenbogen wieder zu. „Gut hast du das gemacht, Heike. Paß auf! Du hast jetzt die Kinder und die Oma. Ich schicke dir Frau Brenner. Die sieht ein bißchen nach dem Rechten."

„Wer ist Frau Brenner? Die vom Jugendamt?"

„Eine Bekannte von mir", sagte Berkmann. Solche Notlügen verzieh er sich, wenn etwas auf dem Spiel stand. Die Valentins konnten sich nun mal keine Haushälterin leisten. „Sie schaut mal bei euch rein, Heike..."

„Nein."

„Was heißt – nein?"

„Die Mama will das nicht, Herr Berkmann. Sie will nicht, daß die Leute über uns reden."

„Kein Mensch redet über euch, Heike."

Heike wußte es besser, und weil sie der Mutter versprochen hatte, niemand in die Wohnung zu lassen, führte sie alles ins Feld, was den Besuch dieser Frau Brenner verhindern konnte.

„Die Oma läßt niemand zu sich ins Zimmer, Herr Berkmann."

„Warum?"

„Die Oma denkt, sie wird gestorben, wenn sie eine Spritze kriegt..."

Was für Zustände, mein Gott! Wie war dem Mädchen zu helfen? Er mußte mit Babsie sprechen. Sie hatte Beziehungen zum Kreiskrankenhaus, und wenn dort nichts zu machen war, ihr fiel schon etwas ein.

Christa Klein konnte mit der Post nicht warten. Es waren wichtige und weniger wichtige Briefe, eine ganze Mappe voll. Zwei Terminsachen.

Sie schlug die Mappe auf und drückte ihrem Chef den Kugelschreiber in die Hand. Als er anfing, die Ausgänge fertigzumachen, kam ihr Sohn hereingestürmt.

„Kakaogeld, Mami!"

Er machte die für sein Alter typische Handbewegung: ausgestreckter Arm, geschlossene Handfläche, Handrücken nach unten, was soviel hieß wie: „Geld her!"

„Wie heißt das?" Eine unüberhörbare Drohung schwang in Christa Kleins Stimme.

Falko verzog den Mund. „Kakaogeld bitte...!"

Widerspruch im Beisein des Rektors hätte die Mutter nicht durchgehen lassen, das wußte der Junge.

„Hast du – Herrn Berkmann heute schon gesehen, Falko?"

Berkmann nickte dem Jungen verstohlen zu. „Auf dem Schulhof. Nicht wahr, Falko?"

„Auf dem Schulhof, Mami..."

„Dann bring das Geld Herrn Weller", sagte Christa Klein.

Sie hatte ihre morgendliche Ration an Kaffee hinter sich, eine Kanne voll, ohne die sie über der Schreibmaschine eingeschlafen wäre, und stürzte sich wieder auf die Arbeit.

Da waren die beiden Überprüfungsbogen, die sie dem Chef vorlegen mußte, da war der Riesenumschlag von der Besoldungskasse mit der Abrechnung für die Lehrkräfte, der mit der Post gekommen war.

Auf einmal bekamen Christas Augen jenen mattschimmernden Glanz, der Berkmann signalisierte, daß sie wieder etwas auf eigene Faust unternommen hatte.

„Ich glaube, wir beide müssen uns jetzt mal unterhalten", sagte er, den Umschlag mit der Gehaltsabrechnung beiseite schiebend. „Unsere Christa will ein Geständnis ablegen, denke ich."

„Geständnis ist zuviel gesagt", lächelte sie, das Lächeln der ertappten Sünderin. „Ich hab nur einfach nicht anders können, Herr Berkmann."

„Das habe ich mir gedacht."

„Ich weiß, Sie halten nichts davon. Aber manchmal tut einem so eine Referendarin schon leid. Sie haben es nicht leicht heutzutage, bei diesen Berufsaussichten."

Sie setzte eine Leidensmiene auf, die Berkmann allerdings nicht beeindruckte. Sie hatte „Referendarin" gesagt. Sie wußte genau, daß dieses Wort auf ihn wie ein rotes Tuch wirkte.

„Frau Klein..." Er sagte nicht Christa. „Ich habe gerade diesen Tanz ausgestanden mit unserem Schulamtsdirektor. Ich will keinen Referendar mehr und schon gar keine Referendarin, Himmeldonnerwetter! Wie oft denn noch!"

Das Ausrufezeichen am Ende fiel so deutlich aus, daß Christa Klein zusammenzuckte. „Ich verstehe. Ich verstehe Sie ja, Herr Berkmann. Ein Göttler reicht. Mir reicht er auch..."

„Eben. Und deshalb werden Sie mir auf der Stelle sagen, was hier hinter meinem Rücken ausgeheckt wurde."

Sie sah unter sich. „Eine Referendarin. Eine Referendarin war da, sich vorzustellen. Sie sollten sie sich einmal ansehen, Herr Berkmann..."

„Ansehen? Ich? Ich habe nein gesagt, und dabei bleibt es. Dieses Mädchen soll sich eine Stelle backen lassen, wo sie will. Bei mir nicht. Hier in diesem Hause nicht!"

Christa Klein fuhr herum. „Dieses Mädchen! Von welchem Mädchen reden Sie?"

„Von der Tochter dieses ominösen Ministerialrats im Kultusministerium."

„Aber das ist sie ja gar nicht, Herr Berkmann!"

„Was heißt, das ist sie ja gar nicht?"

Christa Klein legte die Brille neben die Schreibmaschine, ging in ihren flachen Schuhen zum Fenster und öffnete es.

„Das Mädchen hat seine Erste Staatsprüfung mit Auszeichnung bestanden."

„Mit diesen Noten von der Universität? Wo der Professor nicht einmal weiß, was zu einem psychologischen Gutachten gehört? Damit kann ich nichts anfangen."

„Aber dafür kann doch das Mädchen nichts. Sie sind ungerecht, Herr Berkmann." Christa Klein vertrat ihren Standpunkt mit der Vehemenz eines Infanteriemajors. „Was kann das Mädchen dafür, daß ihr Vater nur Maurerpolier ist?"

„Was heißt – nur?"

„Sehen Sie, genau das habe ich der jungen Dame auch gesagt", antwortete Christa Klein, sichtlich erleichtert, daß kein neuerliches Donnerwetter folgte. „Unser Herr Berkmann, hab' ich gesagt, der ist anders. Bei dem kann jemand herkommen, wo er will. Bei dem zählt nur die Leistung. Diese Meinung vertritt er, seit ich ihn kenne. Seit fünf Jahren, hab' ich gesagt."

„Und wie ich Sie kenne, haben Sie gleich einen Termin ausgemacht, Christa." Er machte nun doch nicht mehr ein so finsteres Gesicht. „Wann? Wann haben Sie das Mädchen bestellt?"

Ein Aufschrei der Entrüstung. „Herr Berkmann, seit wann tue ich etwas hinter Ihrem Rücken? Von bestellen kann überhaupt keine Rede sein. Es geht alles in Ordnung mit dem Mädchen. Sie ist dem Studienseminar zugeteilt, Ehrenwort."

Christa Klein hütete sich, nochmal von der Referendarin anzufangen. Das ergab sich alles von selber, wenn es soweit war.

Als der Chef am nächsten Morgen nach zwei Vertretungsstunden in der Klasse Sedlatschek endlich im Sekretariat auftauchte, hatten sich die dunklen Wolken über Michelfels verzogen. Nach tagelangem Regen schien wieder die Sonne.

Christa Klein stellte die Kanne und die Tasse aufs Tablett und ging damit ins Rektorzimmer hinüber.

„Na, wie war's gestern nachmittag? Im Krankenhaus?"

Berkmann nahm ihr das Tablett ab. „Wenn keine Komplikationen auftreten, wird er nächste Woche entlassen. Entlassen, Christa! Keine Trepanation! Kein Pflegefall! Ein Glück hat der Junge gehabt! Ein Glück!"

„Glück ist gar kein Ausdruck."

„Der Bott werden Zentnersteine von der Seele fallen."

„Uns allen, Chef. Uns allen..."

„Hat mich der Bursche Nerven gekostet!"

„Und? Wie sieht er aus?"

„Die Äugelchen funkeln schon wieder ganz munter. Aber was man sich da anhören muß bei diesen Ärzten! Herr Schulleiter, achten Sie darauf, daß er sich nicht überanstrengt! Nicht schnell laufen, nicht schwer heben! Kein Sport! Ich wäre dankbar, wenn Sie uns einen Zwischenbericht zukommen ließen. Wir müssen damit rechnen, daß die Schulleistung nachläßt. Der Junge steht natürlich noch einige Wochen unter unserer Beobachtung..." Berkmann fiel in seinen Schreibtischsessel. „Diese Ärzte! Ich kann den Jungen doch nicht anbinden. Christa, ich werde den Verdacht nicht los, sie haben mich nur zu ihm gelassen, um mir Vorträge zu halten... Was ist denn das?"

Eine Frauenstimme, die einem Tauben nicht entgangen wäre, schrie: „Sie haben in meiner Klasse überhaupt nichts zu sagen. Von Ihren altmodischen Erziehungsmethoden lasse ich mir meine Kinder nicht kaputtmachen...!"

Rosel Gutowski.

„Erziehungsmethoden? Daß ich nicht lache. Sie und Erziehung. Sie wissen ja nicht mal, was das ist...!"

Die etwas leisere, aber viel erregtere Stimme, das war Elke Uhlmann, und das Ganze spielte sich draußen auf dem Flur ab.

„Wenn der Junge Sie blöde Ziege nennt, wird es seinen Grund haben!" schrie die Gutowski.

Darauf die Uhlmann: „Er hat mich nicht blöde Ziege genannt. Er ist tätlich geworden!"

„Haben Sie dafür Beweise?" schrie die Gutowski.

Es fehlte nur, daß sie sich prügelten.

Christa Klein blickte besorgt auf Berkmann, dessen Augenbrauen sich höher und höher schoben.

„Christa!"

„Ich geh' schon, Herr Berkmann."

„Sagen Sie den Kampfhähnen, daß dies hier eine Schule ist. Sie sollen sich wie Lehrerinnen benehmen. Noch sind Kinder im Haus. Sagen Sie es ihnen. Wenn ich es ihnen sage, reißt die Gutowski das Maul noch mehr auf, und die Elke trifft der Schlag..."

Samstag.

Keine Praxis, keine Patienten, keine großartigen Krankengeschichten, nur die üblichen Hausbesuche am Vormittag.

Endlich hatten sie wieder ein paar Stunden für sich.

Babsie hatte den Frühstückstisch gedeckt in dem kleinen Zimmer neben dem Bestrahlungsraum. Sie waren allein in der Riesenvilla mit den dreißig Fenstern. Ohne Haushälterin Elisabeth, den guten Geist, der das Haus instand hielt. Mit Strolch, dem kleinen Kerl, der nur aus Haaren bestand und alles durcheinander wirbelte.

Babsie trug den weißen Bademantel aus Paris. Strolch, bei gewissen Anlässen von ihr „Napoleon" genannt, saß zu ihren Füßen und wartete auf die Cervelatwurst.

„Weißt du", sagte sie, während Berkmann ihr Kaffee eingoß, „manchmal komme ich mir vor, als säße ich nur hier, um eine alte Schrulle zu werden. Wir sollten ein paar Tage wegfahren, du und ich."

„Großartig. Und meine Kinder?"

Sofort bekam ihr Gesicht wieder dieses Frau-Doktor-Aussehen. „Entschuldige, es war ja nur so eine Idee von mir. Warum sollen wir auch zusammen wegfahren? Du wolltest mit mir über eine Schülerin sprechen?"

Er hatte gestern abend entsprechende Andeutungen gemacht, war aber nicht dazu gekommen und jetzt froh, daß Babsie das Gespräch darauf brachte. Sie konnte sich an das Mädchen erinnern.

„Vater an Lungenkrebs gestorben. Zwei kleine Geschwister. Ja. Und?"

„Babsie, bitte. Ich will dich jetzt damit nicht belästigen."

„Du belästigst mich nicht. Du belästigst mich höchstens, wenn du nicht klar sagst, was du willst."

„Was ich will? Was soll ich wollen?"

„Na, beispielsweise, daß ich ihr die Hausaufgaben vorbeibringe, wenn ich meine Besuche mache. Du frühstückst nicht mit mir. Du bereitest Anschläge vor."

„Also, das ist ja wohl etwas übertrieben."

„Hand aufs Herz, Liebling."

„Also – gut."

„Wo kommt das Mädchen her?"

„Weimersdorf. Wo deine Patienten auch her sind."

„Weimersdorf? O Gott! Weißt du, wieviel Patienten ich dort habe? Für Weimersdorf ist Dr. Keller zuständig. Weimersdorf ist sein Revier. Wie stellst du dir das vor, Liebling?"

„Ist das eine Absage?"

„Micha, ich kann nicht einfach dort aufkreuzen und in seinem Revier herumpfuschen. Heikes Mutter ist seit Jahren bei Keller. Das sieht ja so aus, als wollte ich ihm eine Patientin abspenstig machen."

„Babsie, es handelt sich nicht um ein Stück Rotwild. Es handelt sich um ein Kind. Um ein Kind, das Hilfe braucht. Nicht um mich, nicht um dich. Nicht um diesen Dr. Keller."

Sie legte den Toast, den sie mit Marmelade bestrichen hatte, auf den Teller zurück und ergriff seine Hand.

„Hör mal, Micha. Versteh mich richtig. Wir arbeiten gut zusammen, Keller und ich. Ich will nicht, daß er es in die falsche Kehle kriegt. Wenn du heute mit einer Praxis anfängst, hast du es schwer genug."

Berkmann zog die Hand zurück. „Und das ist so wichtig? Wer für wen zuständig ist? Tatsächlich?" Der Gedanke fing an, ihm das Frühstück zu verderben. „Weiß dein Dr. Keller, was mit dem Mädchen los ist? Weiß er, was in seinem – Revier passiert? Jeder Jäger weiß das, jeder gute Jäger. Warum kümmert er sich nicht darum? Heikes Vater ist an Lungenkrebs gestorben, Babsie. An Lungenkrebs! Im Revier von diesem Dr. Keller."

„Also gut ...“ Babsie wußte: Was Michael sich in den Kopf setzte, das führte er durch. Mit ihr oder ohne sie. „Gut. Damit du beruhigst bist. Ich seh' mir das Mädchen mal an ...“

Nach dem Frühstück gingen sie hinaus in den Garten. Berkmann klappte die Liegestühle auf und stellte sie dicht nebeneinander. Die hohe Ligusterhecke schützte den Platz vor Wind und Wetter und zur Straße hin vor neugierigen Passanten.

Babsie nahm sich ein Buch mit. Fachliteratur. Etwas über den Cholesterinspiegel. Aber sie kam nicht zum Lesen. Sie war in Gedanken vertieft. Gedanken, die sie überwältigten und mit denen sie nicht fertig wurde.

Sie drehte sich auf dem Liegestuhl zur Seite und sah Berkmann an.

„Warum ist es nicht immer so?“

„Das frage ich mich auch, Babsie.“

„Du weißt ja gar nicht, was ich sagen will“, lächelte sie.

„Ein Mann, der eine Frau liebt, weiß immer, was sie sagen will.“

Babsie griff nach seiner Hand. „Ach, Micha ...!“

„Ach, Babsie. Müssen wir es uns wirklich so schwermachen?“

„Ich mache es mir nicht schwer. Ich habe nur das Gefühl, das Leben geht an mir vorbei. Ich verplempere meine schönsten Jahre. Mit Terminen, fremden Menschen im Haus, Abrechnungen und Problemen. Nichts gegen die Patienten. Ich brauche sie, und sie brauchen mich. Nur ...“

Beim ersten Mal schaffte es Babsie nicht, sie brauchte einen zweiten Anlauf.

„Das sind jetzt die Jahre, weißt du? Bei anderen Frauen ist da längst alles geregelt. Wenn ich heute in die Klinik gehe, heißt es, Sie kennen das Risiko, Frau Kollegin. Und über meinem Bett steht ‚Spätgebärende'. Ich will dir nicht zu nahe treten, Liebling. Das hat nichts mir dir zu tun. Ab und zu überkommt es mich halt ...“

Es war heraus. Sie hatte es ausgesprochen. Aussprechen müssen. Das tat gut. Wie immer er selbst dazu stand, jetzt wußte er es. Hin und wieder sollte man den Mann einen Blick hineinwerfen lassen in seine Kummerecke. Das befreite innerlich.

Auch wenn er zunächst nicht den Eindruck machte, besonders berührt oder betroffen zu sein. Vielleicht konnte man das von einem Mann auch nicht verlangen.

„Du sagst gar nichts, Micha?"

„Ich bin erschlagen."

Mein Gott, dachte sie. Das bißchen Wahrheit wirst du doch ertragen. Du bist doch davon nicht betroffen. Ihr könnt euch fünfzig Kinder leisten, sechzig! Wir müssen sie zur Welt bringen, und zwar solange noch alles funktioniert. Das ist der Punkt, der in jeder Kinderfibel für Sexualkunde nachzulesen ist. Deswegen ist man nicht erschlagen.

„Das kann dir doch alles nicht neu sein. Ich meine, daß eine Frau..."

„Doch. Ganz neu, Babsie."

„Daß ich mir als Frau Gedanken mache, wann und wie ich ein Kind kriege? In meinem Alter?" Das konnte doch nicht wahr sein! Babsie geriet in Zorn. „Was kann einem Mann in deinem Alter, der Kindern beibringen muß, wie es gemacht wird, daran neu sein?"

„Daß du ein Kind von mir willst."

„Donnerwetter!" rief Babsie, „Hab' ich das gesagt?"

„Nein, Babsie. Aber angesehen hast du mich so..."

Er hatte gewonnen. Darüber ärgerte sie sich nicht. Sie ärgerte sich nur darüber, wie wenig dazu nötig gewesen war: Ein bißchen männliche Logik.

„Also gut, Liebling. Ich möchte ein Kind von dir..."

Es blieb ihr nichts anderes übrig, wenn sie noch zum Ziel kommen wollte, als Farbe zu bekennen.

Schon wieder eine neue Woche.

Die Schulbusse trafen in der richtigen Reihenfolge ein,

zuerst der Bus aus Weimersdorf, dem zehn Kilometer entfernten Nest. Der Bus, mit dem Heike Valentin kam.

Heike!

Sie stieg als erste aus. Links ein Bambino, rechts ein Bambino, stürzte sie auf den Mann ihrer Hoffnungen zu.

„Herr Berkmann, das sind meine Brüder. Bei uns ist niemand zu Hause. Kann ich sie mit in die Klasse nehmen?"

Meine Güte! Nach einer Viertelstunde krochen sie aus der Schachtel wie die Maikäfer. Was sollten diese Küken in der 7 a?

„Heike, ich weiß nicht. Ich glaube, bei Frau Wehrum sind sie besser aufgehoben."

Heike betrachtete das eine ihrer Geschwister, dann das andere. „In der Vorklasse?"

Sie machte kein Hehl aus ihrer Enttäuschung, war aber gescheit genug, die Kompetenz zu akzeptieren. Was sich in der Regel auszahlte, wenn auch um den Preis einer dieser vielen guten Ratschläge, die Kinder über sich ergehen lassen müssen, wenn sie bei Erwachsenen etwas erreichen wollen.

„Weißt du, Heike, die Kinder der Vorklasse sind im gleichen Alter. Da finden die beiden Unterhaltung, und zum Spielen ist auch genug da."

Berkmann beugte sich hinab und strich dem Jungen an Heikes rechter Hand übers Haar. „Wie heißt du denn?"

Die Pupillen des Kindes drehten sich in einer halbkreisförmigen Bewegung zur Schwester hinauf, die ihm durch ein kurzes Nicken die Erlaubnis gab, das Geheimnis preiszugeben.

„Jens ..."

„Und du?"

Der andere drehte trotzig den Kopf zur Seite und schwieg.

„Das ist der Sascha", erklärte Heike, „der spricht nicht mit jedem. Der ist wie unsere Katze ..."

Vielleicht hatte der Rektor nicht Unrecht mit dem, was er sagte. Für die Großen waren die Kleinen doch nur zum Ärgern da. Hauptsache, sie schickten Jens und Sascha nicht wieder nach Hause. Jemand mußte sie beaufsichtigen. Das hatte sie der Mama versprochen. Bei der Oma konnte sie die Geschwister nicht lassen. Die Oma brachte alles durcheinander.

Um Heike, die Geschwister und Berkmann hatte sich ein Kreis gebildet. Durften Jens und Sascha nun mit in die Schule oder nicht?

Heike war verzweifelt.

„Was soll ich mit den Brüdern machen, Herr Berkmann? So sagen Sie doch was!"

„Nimm die beiden und komm mit! Frau Wehrum hat einen ganzen Haufen davon. Da kommt es auf die zwei auch nicht mehr an", sagte Berkmann und nahm ihr einen der beiden Jungen ab.

Heike folgte ihm mit dem anderen Bruder, und die übrige Schülerschaft aus Weimersdorf zog geschlossen hinterher. Mit dem Geschwisterhüten hatten sie ihre Erfahrungen.

Und so bewegte sich der Zug zu Frau Wehrum, der Leiterin der Vorklasse mit Sitz im Untergeschoß des Gebäudekomplexes. Einer Welt aus bunten Bausteinen, Rennautos, Kindertelefonen, Spielzeugkisten, winzigen Stühlchen wie bei Schneewittchen, großen roten und grünen Buchstaben und anderen faszinierenden Dingen. Kurz: wo es her- und zuging wie bei den sieben Zwergen.

Der Montag wurde von zwei Ereignissen beherrscht. Einem Telefongespräch und einem Brief, den Christa aus dem Poststoß herausfischte, mit dem Instinkt für das Wesentliche, den eine Sekretärin haben muß.

Es handelte sich um einen handgeschriebenen Briefbogen, gewöhnliches Papier – weder Bütten noch Monogramm –, der kleine grüne Karton aus Gilberts kleinem Kaufhaus am Marktplatz.

Christa hatte den Brief geöffnet. Jemand mußte ihn schließlich öffnen. Berkmann hätte ihn vielleicht ungelesen in den Papierkorb geworfen.

Er war nicht schlecht auf diesen Herrn Kraft zu sprechen, den Hausbesitzer, der an Rosel Gutowski vermietet hatte.

Aber Schule war nun mal Schule und Privatleben nun mal Privatleben. Daran war nichts zu ändern.

Berkmann wollte ihr das Schreiben zum Abheften zurückgeben. „Ablage II. Allgemeiner Schriftverkehr. Sie kennen meinen Standpunkt, Christa."

Aber sie nahm es nicht an. „Warum nicht Ablage G, wie Gutowski?"

„Zur Personalakte? Sie meinen derartige Briefe gehören zu den Personalunterlagen?"

„Ich meine schon."

Mit den Fingerspitzen ließ Berkmann den Brief auf Christa Kleins Schreibmaschinentisch fallen. „Tut mir leid. Ich kann dem Mann nicht helfen. Er soll sich einen Anwalt nehmen. Sagen Sie ihm das. Und lassen Sie mich künftig damit in Ruhe, Christa."

Ereignis Nummer zwei war ein Telefongespräch.

Christa stand blaß vor ihrem kleinen Schreibtisch und hielt ihm den Hörer hin, dessen Muschel sie mit der Hand bedeckte.

„Herr Stattlich! Ich glaube, es ist wieder mal was schiefgelaufen..."

Herr Stattlich war der Code für den Leiter des Staatlichen Schulamtes. Allerdings traf die Bezeichnung weniger auf ihn als auf seine Behörde zu, denn er war nur einssechzig groß. Und das Schulamt immerhin an die dreißig Mitarbeiter stark, einschließlich der Sachbearbeiter, Psychologen und Juristen.

Berkmann ließ das Gespräch auf sein Zimmer legen und meldete sich.

Herr Stattlich, mit bürgerlichem Namen Alfons Warbitz, wollte der Schule eine Lehrkraft wegnehmen. Die Schule sei überbesetzt.

Berkmann wischte sich mit dem Ärmel über die Stirn und schluckte zweimal kräftig.

„Tut mir leid, Herr Warbitz. Ich kann niemanden entbehren."

„Hier geht es nicht darum, was Ihnen leid tut, Kollege Berkmann", kam es aus dem Hauptquartier zurück. „Ich stütze mich auf Zahlen. Und die haben Sie selbst angegeben. Melden Sie mir die betreffende Lehrkraft. Ich erwarte Ihren Anruf ... bis morgen elf Uhr."

„Morgen elf Uhr? Wie soll ich denn ...?"

„Das ist Ihre Sache, Kollege Berkmann."

„Herr Warbitz, wissen Sie, was das heißt? Ich muß zwei Klassen zusammenlegen. Dreißig Kinder in einer Klasse! Doppelt soviel wie in der Förderstufe von Frau Lutz. Oder soll ich die fünfzehn Kinder auf vier Klassen verteilen? Das erklären *Sie* dem Elternbeirat. Ich nicht..."

Das war eine Drohung, Leitender Schulamtsdirektor Warbitz verstand sehr wohl.

„Hören Sie, Kollege Berkmann. Ich bin nicht gewillt, in diesem Ton mit mir reden zu lassen. Sie geben eine Lehrkraft ab. Das ist klar. Wen – entscheiden Sie. Ich erwarte Ihren Anruf bis morgen elf Uhr."

Man brauchte sich nur diese verkniffenen Lippen zu betrachten. Der Frust nagte an ihm. Das sah man auf den ersten Blick, und Christa Klein sah es auch. Am liebsten wäre sie dem Chef aus dem Weg gegangen nach diesem Anruf von Warbitz. Aber das war nun gerade nicht das, was man sich unter einer pflichtbewußten Sekretärin vorstellte.

Halb zwölf kam er aus dem Unterricht.

An ihrer Schreibmaschine vorbei marschierte er auf das Fenster zu, drehte sich abrupt um und marschierte den gleichen Weg zurück, bis zu dem kleinen Beistelltisch neben ihrem Bürostuhl.

„So ist das also! Meine Sekretärin verteilt Informationen. Hinter meinem Rücken!"

Die arme Christa wußte nicht, wie ihr geschah. Natürlich war ihr nicht eingefallen, auch nur an so etwas zu denken.

„Ihre Sekretärin verteilt keine Informationen hinter Ihrem Rücken! Ihr Sekretariat hat keine schalldichten Türen. Die bestunterrichtete Frau im Haus ist die Putzfrau."

„Ich hatte darum gebeten, daß niemand etwas von der Versetzung erfährt, Frau Klein."

„Von mir hat niemand etwas erfahren, Herr Berkmann! Ich habe Ihnen gesagt, wie es war. Während Sie mit Warbitz telefonierten, hat jemand vor der Tür gestanden und es überall herumerzählt. Im übrigen", konnte sich Christa nicht verkneifen hinzuzufügen, „einmal muß das Kollegium es schließlich erfahren."

„Zum Kuckuck! Ich will nicht, daß sich einer unserer Lehrer Sorgen macht. Ist das so schwer?"

Als das heraus war, wurde Berkmann ruhiger. Offenbar hatte er gemerkt, daß seine Sekretärin drauf und dran war, davonzulaufen.

„Geben Sie mir jetzt bitte das Schulverwaltungsamt, Christa. Diesen Schlierbach."

„Diesen Schlierbach brauchen Sie nicht anzurufen. Was uns der sagt, kann ich Ihnen auch sagen. Fahrten, die wir nicht zu Beginn des Halbjahres beantragen, werden nachträglich nicht bewilligt."

„Christa, ich brauche den Bus nicht für mich. Ich brauche ihn für unsere Kinder. Die Gesamtschule hat den Stundenplan geändert, nicht ich. Theis hat uns seinen Plan aufgezwungen, und jetzt bleibt mir für unseren Rechtschreibkurs nur die sechste Stunde."

Helga Bott, die ein Schreiben für die Eltern ihrer Schüler abholen wollte, floh aus dem Sekretariat, als sie Berkmanns Miene sah, während Christa nach wie vor mit nicht zu überbietender Geduld seinen Zorn über sich ergehen ließ.

„Zweimal die Woche steht ein fünfziger Bus vor der Gesamtschule, zweimal die Woche! Wann? Nachmittags! Und wer sitzt drin in diesem Bus mit fünfzig Plätzen? Drei Hanseln. Ich wiederhole: drei. Und woher kommen sie? Von einer Fotoarbeitsgemeinschaft!"

Du lieber Himmel, gleich rollten ihm die Augen aus dem Kopf! Vorsicht, Christa! dachte sie. Was heißt Vorsicht? Alles unterdrücken kannst du schließlich auch nicht. Nein, Christa, du sagst ihm jetzt ganz ruhig deine Meinung.

„Vielleicht machen Kinder so was gern. Fotografieren macht Spaß, Herr Berkmann. Das sehe ich bei meinen eigenen."

„Frau Klein!“ Diese Anrede war immer ein Zeichen, daß er auf Distanz ging. „Diese drei jungen Herrschaften fahren zum Vergnügen. Ich brauche einen Bus für Kinder, die keinen vernünftigen Satz zustande bringen, sechzehn Stück an der Zahl. Dafür ist kein Geld da. Und da soll ich mich nicht aufregen? Ob einer schreiben kann, wen interessiert das schon? Hobbyfotografen brauchen wir. Hobbyfotografen...!“

Jetzt reichte es ihr. Sie legte das Band, das sie heute morgen vorgefunden hatte, ins Diktiergerät und ließ es zurücklaufen. Zwei Bänder waren es insgesamt, die er gestern nachmittag besprochen hatte.

Und das war wohl das Signal für den Herrn Schulleiter, auch wieder produktiv tätig zu werden und zur Einsicht zu kommen statt herumzuwettern.

Was konnte Christa dafür? Und was war er ohne sie?

Er stellte sich hinter ihren Stuhl und legte vorsichtig die Hand auf die Lehne. „Ich bin heute nicht in Form, Christa. Schimpfen Sie nicht mit mir!“

„Schon gut...“ Sie drehte sich nach ihm um und lächelte. „Geht mir auch manchmal so.“

„Schön, daß Sie das schon abschreiben...“

„Ja, ich dachte, Sie brauchen es heute auf der Sitzung.“

„Danke, Christa.“ Er ging langsam zurück zu seinem Zimmer. „Und sehen Sie mir in der Pause ein bißchen nach Heike. Die hat heute ihre Familie mitgebracht. Die Kleinen sind unten bei Frau Wehrum.“

„Mach' ich, Herr Berkmann. Keine Sorge. Das mit dem Rechtschreibkurs kriegen wir schon irgendwie hin. Da!“ Sie wirbelte auf ihrem Drehstuhl herum. „Den Aufsatz soll ich Ihnen zeigen. Auf Ihrem Schreibtisch. Von Frau Schröter.“

Es war der erste kleine Aufsatz von Katie Grigorescu.

„In München ist ein Frithof“, hatte Katie geschrieben. „Dord ligt mein Oba. Der Fridhof ist kroß. Mein Opa heist Albert. Er ligt auf der rechden seite. Auf der lingen seite ist das Krab von Oma. Der Fridhofsgärtner hat es der Oma nochmal schön gemachd...“

Christa sah durch die Tür.

Keine Miene verzog er. Keine Miene. Dieser Mann war heute einfach nicht zu gebrauchen.

Was Leute wie dieser Warbitz vom Staatlichen Schulamt doch anrichten konnten!

Das Abendessen im „Schinderhannes" war etwas zu fett gewesen. Er mußte kalorienbewußter leben, mehr Grünzeug, weniger Fleisch. Aber wie! Solange er erst ans Essen dachte, wenn der Magen anfing zu knurren, war er auf das angewiesen, was Frau Freitag in den Kühlschrank stopfte, und Frau Freitag ließ sich bei ihren Einkäufen nicht davon abbringen, daß ein Geistesarbeiter Gehirnschmiere brauchte.

Berkmann öffnete die Tür und stieg aus dem Wagen. Er stand auf dem Parkplatz am Neubauviertel, einem Ortsteil mit schnell aus dem Boden geschossenen Ein- und Zweifamilienhäusern, einer kleinen Gastwirtschaft und einem Tante-Emma-Laden wie in guten alten Zeiten, der allerdings mehr vom Idealismus der Pächter sudetendeutscher Herkunft über Wasser gehalten wurde als vom Umsatz.

Der Himmel war wolkenverhangen, jeden Augenblick konnte es anfangen zu regnen.

Trotz des mißlichen Wetters hatte noch jemand an diesem Abend die Idee, seinen Wagen auf dem Parkplatz am Neubauviertel abzustellen und bis zur Hausnummer 62 zu wandern.

Die Frau benutzte den Parkplatz im nördlichen Teil und kam nun langsam den Hang herunter, den Berkmann hinaufmarschierte. Sie, die nie Hosen trug, trug Hosen bei dem unfreundlichen Wetter.

„Christa!"

„Herr... Berk... mann!"

„Was machen Sie denn hier?"

„Was ich hier mache?" Christa Klein war zusammengefahren wie ein ertapptes Kind, fing sich aber sofort wieder. „Ich gehe spazieren. Das sehen Sie doch. Ich habe Erholung nötig."

„Spazieren nennen Sie das? Dieser armen Frau nachschnüffeln, das nennen Sie spazieren?“

„Na und Sie?“

„Das gleiche, Christa. Das gleiche. Dieser Kraft mit seinem Brief hat uns da was eingebrockt...“

Sie überlegte einen Moment. „Mir hat kürzlich jemand gesagt, das Privatleben seiner Lehrerinnen ginge ihn nichts an.“

„Sie sagen es.“

„Wie bitte?“

„Das Privatleben meiner Lehrerinnen geht mich nichts an. Aber das Privatleben des Herrn Kraft. Ich frage mich, ob man diesem Mann trauen kann, Christa.“

„Sehen Sie. Genau das frage ich mich auch, Chef. Übertreibt er oder übertreibt er nicht? Entspricht, was er uns schreibt, den Tatsachen?“ Sie deutete auf das Haus mit der Nummer 62. „Es scheint den Tatsachen zu entsprechen.“

„Investieren Sie nicht soviel Gefühl, Christa. Sie mögen die Gutowski nicht. Geben Sie's zu.“

„Herr Berkmann, ich bin ein erwachsener Mensch. Mir tut der Kraft leid. Ich kann nichts anderes sagen als das, was ich sehe. Und was ich sehe, erschüttert mich.“

„Können Sie mir sagen, was Sie daran so erschüttert?“

„Na, Sie sind drollig. Sehen Sie das nicht? Das ist kein Wohngrundstück. Das ist ein Schuttabladeplatz.“

Schuttabladeplatz! Frauen übertrieben gern. Aber sie lag damit nicht falsch. Von Krafts Haus schaute nur der erste Stock und das Dachgeschoß heraus. Rund um das Haus herum saßen Stöße von Holz, lagen Bretter und Eisenbahnbohlen, verrostete Fahrräder und verbeulte Kotflügel von Autowracks. Christa schwor, daß Fundi Schäfer damit einen schwunghaften Handel trieb. Bei dem zweifelhaften Eindruck, den er auf sie machte, und ihrer blühenden Phantasie, kein Wunder.

„Da!“

„Nicht so laut, Christa!“

„Das ist sie, Chef...“

Tatsächlich. In den hell erleuchteten Fenstern zur Straße tauchte Rosel Gutowski auf, ein Päckchen unterm Arm, das wie ein Stoß Pampers aussah. Aber dieses Päckchen war es nicht, was Berkmann verblüffte. Frau Rosel spazierte in ihren vier Wänden äußerst freizügig herum. Als Eva des bewußten Adams, was das Oberteil betraf. Wie leicht man sich doch bei diesen schlaffen Hängepullis verschätzte!

Christa verstand nicht, wie man sich so produzieren konnte. Ohne Gardinen! Daß jeder reinsehen konnte...

So was gehöre in die Schulchronik, meinte sie. Mit Text und Bild. Ein Jammer, daß nicht ein Fotograf zur Stelle war. Ans Jugendamt sollte man sich wenden. Es war ihr Ernst damit.

„Sehen Sie das Schild dort?“

„Vorsicht! Kinder! Ja, das sehe ich, Christa.“

„Wissen Sie, was ich mich frage, Chef? Was wird aus Kindern einmal, die in dieser Atmosphäre groß werden?“

„Sie meinen, wie mag es erst im Haus aussehen, wenn draußen schon solche Zustände herrschen.“

Berkmann begleitete Christa Klein noch ein Stück zu ihrem Wagen. Was sie gesehen hatten, reichte ihnen.

„Gehen wir noch auf eine Tasse Tee zu mir?“ fragte sie, während sie den Zündschlüssel aus dem Handtäschchen zog.

„Gern, Christa. Aber nicht heute. Ich bin schlagskaputt. Das Training wird mir allmählich zuviel...“

„Wie man in Ihrem Alter noch auf solche Gedanken kommt, ist mir schleierhaft.“ Sie schüttelte den Kopf. „Fußballspielen. Sie sind ja nun wirklich nicht mehr der Jüngste.“

Seine Gesundheit! Warum sprach sie nicht über ihre Gesundheit? Auf die Dauer konnte sie sich dieser Doppelbelastung nicht aussetzen, Beruf, Hausfrau und die Kinder.

„Bis morgen, Christa...“

Sie legte ihr Täschchen auf den Beifahrersitz und kurbelte die Scheibe herunter. „Bis morgen, Chef. Und – daß Sie mir nicht nochmal umkehren. Bei diesen Aussichten...“

Nein, sie trug ihm nichts nach. Die Fronten waren geklärt zwischen ihnen beiden. Von Anfang an. Sie brauchte Menschen um sich und viel Betrieb. Keinen Mann. Die Kinder gehörten nicht in die Hände eines Mannes, der nicht ihr Vater war.

Außerdem hatte er sie, die Frau Doktor. Solche Frauen konnten einem Mann mehr bieten als eine kleine Sekretärin mit Volksschule.

Christa Klein ließ den Wagen langsam den Abhang hinunterrollen.

Berkmann winkte ihr nach.

Nach der Wetterkarte hätte dieser Morgen total verregnen müssen. Aber wie die kleine Yvonne aus der 6 b schon in ihrem Aufsatz geschrieben hatte: „Die Asdrologen vom Wedderamd hatten wieder eimal tanebengehaun."

Hinter den Waldspitzen schob sich die Sonne hoch. Lämmerwölkchen zierten einen strahlend blauen Himmel. Die Blumen hoben ihre nassen Köpfe.

Michael Berkmann stand vor der Herdplatte und wartete auf das Wasser für den Tee. Er studierte gerade den Lokalteil der Tageszeitung, als im Arbeitszimmer das Telefon läutete. Er hatte nach den Drohungen wegen Adnan nachts wieder Ruhe, reagierte auf Anrufe aber immer noch nervös.

Im Bademantel ging er zum Apparat.

Es war Karl-Heinz Mandler, der Vorsitzende des Elternbeirates.

„Sie haben mich angerufen, Herr Berkmann. Ich war auf Montage. Wir sollen einen Lehrer abgeben? Wir können doch gar keinen entbehren."

Berkmann nahm das Telefon an der langen Schnur mit in die Küche. „Nein, wir müssen sehen, daß wir ihn halten, selbstverständlich," sagte er, den Hörer zwischen Ohr und Schulter.

„Da kann doch auch die Schulleitung etwas tun. Sie fahren doch nachher zum Schulrat. Das müssen Sie, Herr Berkmann."

Mit einer solchen Situation war der Vorsitzende des Schulelternbeirats noch nicht konfrontiert worden, sonst hätte er sich nicht solchen Illusionen hingegeben.

Berkmann mußte mit ihm sprechen.

Als Mitarbeiter im Außendienst hatte Mandler den roten Firmen-Fiat auch privat zur Verfügung. In knapp zwanzig Minuten war er in der Schule.

„Das ist ja schrecklich, Herr Berkmann. Man kann sich auf nichts mehr verlassen. Eine Lehrkraft weniger, was bedeutet das denn für uns?"

Berkmann telefonierte zu Christa Klein hinüber. Eine Tasse Kaffee konnte jetzt nicht schaden.

„Zunächst bedeutet es, daß der Schulleiter die Weisung des Schulamtes zu befolgen hat, Herr Mandler. Im Konfliktfall ist meine Position auf der Seite des Schulamtes. Davon müssen Sie ausgehen."

Es bedurfte einiger Hilfestellungen, um Mandler klarzumachen, daß trotzdem Chancen bestanden, aus dem Desaster herauszukommen.

„Wenn jemand etwas ändern kann, Herr Mandler, sind Sie es. Ich als Schulleiter bin die kleine Null hinter dem Komma. Auf mich hört niemand. Die Zahl vor dem Komma sind Sie."

Mandler wurde drei Zentimeter größer, ließ aber die Schultern schnell wieder hängen.

„Aber was soll ich denn machen, Herr Berkmann? Ich habe nicht die Kenntnisse, die ein Schulrat hat. Ich bin kein Redner."

Berkmann wartete, bis Mandler seinen Kaffee bekam und sagte dann: „Sagen Sie einfach, wie es ist. Reden Sie, wie Ihnen der Schnabel gewachsen ist. Das ist alles..."

Während sich Mandler zum Schulamt auf den Weg machte, legte Christa Klein dem Chef Katies Schülerakte auf den Schreibtisch.

Auszurichten hatte sie auch noch etwas.

„Der Sportverein hat angerufen, ein Herr Walbott. Er ruft nachher wieder an. Ob Sie am Sonntag spielen können. Gegen Weimersdorf. Es ist jemand ausgefallen."

„Weimersdorf?" Berkmann griff sich an den Kopf. „Diese Knüppelgarde? Ich bin doch nicht lebensmüde."

„Soll ich ihm das sagen?"

„Nein. Sagen Sie, ich mache ein Leistungstief durch."

Zwei Stunden später machte sich auch Berkmann zum Staatlichen Schulamt auf.

Der Gang begann mit Hindernissen.

Ein semmelblondes Walroß blockierte die Tür, einsachtzig groß.

„Herr Berkmann, Sie wollten doch wissen, ob es mit der Stelle geklappt hat..."

Berkmann machte Anstalten, an Peter Pfeiffer vorbeizukommen. Um elf mußte er bei Warbitz sein. Es war höchste Zeit.

Aber der Junge hielt ihn am Ärmel fest. „Nur einen Moment, Herr Berkmann. Das mit der Stelle ist so gut wie sicher. Ich fange im Großmarkt an. Bei Heidecker. Im Materiallager. Er sagt, er sucht jemand, der kräftig ist..." Peter sprudelte die Wörter und Sätze nur so heraus. „Es ist so gut wie fest. Mein Vater hat mit dem Mann gesprochen. Im August fange ich an..."

In diesem Augenblick wurde Berkmann bewußt, warum der Junge ihn aufhielt. Nach den Absagen und Reinfällen der vergangenen Wochen und Monate brauchte er wieder jemanden, der ihm Mut machte. Peter brauchte immer jemanden, der ihm auf die Beine half, nicht nur hier in der Schule. Auch später, wenn das Leben ernst machte.

„Glauben Sie, daß ich es schaffe, Herr Berkmann?"

„Ich habe immer gesagt, du schaffst es, Peter. Warum sollst du es nicht schaffen?"

Es war offensichtlich, daß Peter Berkmanns Ansporn genoß.

„Das hat mein Vater auch gesagt, Herr Berkmann..."

Ein vernünftiger Vater. Keine Lehre und keine Berufsschule, das war schon mal wichtig. Warum sollte der Junge sich abquälen?

Material anfahren, Regale füllen, Kisten schleppen. Keiner hatte dafür mehr drauf als Peter. Vielleicht war es das, was er brauchte. Vielleicht wurde er damit im Materiallager sogar ein bißchen bewundert.

Klopf ihm auf die Schulter, Berkmann! Peter wartet drauf. Sag ihm noch etwas Aufmunterndes!

„Recht so, Peter. Morgen unterhalten wir uns weiter. Morgen mittag. Und vergiß nicht..."

„...Üben! Üben! Üben!" Über Peters rotbackiges Gesicht ging ein Strahlen. „In Mathematik muß ich noch besser aufpassen. Ich mache auch jetzt die Hausaufgaben immer, Herr Berkmann. Das verspreche ich Ihnen..."

Eine gute Stunde später drehte sich alles wieder um das Schulamt. Christa Klein hatte es kommen sehen, und jetzt hörte sie es.

Eine Tür wurde wütend aufgerissen und schlug Sekunden später wieder zu. Hausmeister Weller, der sich zu einem Schwätzchen im Sekretariat aufhielt, wich erschrocken zwei Schritte zurück. Eine Aktentasche flog durchs Sekretariat.

In dieser Verfassung hatte Weller den Chef noch nicht gesehen. Und wie er schrie!

„Dieser Warbitz untersteht sich, mit mir einen Termin auszumachen und ist gar nicht da! Bis elf Uhr melden Sie mir! Und er ist gar nicht da!"

Christa Klein hob die Tasche auf, öffnete die Tür zu seinem Zimmer und legte sie auf den Schreibtisch, was nicht in ihrem Arbeitsvertrag stand, noch nicht mal andeutungsweise.

„Vielleicht war er nur mal kurz außer Haus", sagte sie, weil es auch ihren Horizont überstieg, daß Warbitz den Chef zu sich bestellte und ihn vor einem leeren Stuhl warten ließ.

„Kurz außer Haus! Er war nicht kurz außer Haus, er hat einen anderen Termin. In der Goetheschule. Seit drei Tagen!"

O Gott, wie blaß er um die Nasenspitze war! Christa Klein, die allen möglichen Kräutern heilende Wirkung zuschrieb und auch alle möglichen Tropfen in ihrem Medizinschrank bereithielt, fragte besorgt: „Soll ich Ihnen einen Tee überbrühen, Herr Berkmann?"

Er schüttelte den Kopf. „Wenn Sie etwas für mich tun wollen, nehmen Sie das Vorgangsbuch und tragen Sie den Fall ein."

„Mach ich", nickte sie. Vielleicht ging es doch ohne Tee und Tropfen. Weller hatte zum Glück soviel Taktgefühl, unauffällig nach seinem braunen Cordhut zu greifen und sich zu verdrücken.

Aber wie den Chef ablenken vom Thema Warbitz? Es gab verschiedene Möglichkeiten. Vielleicht mit dem Konrektor?

„Volkmann war hier, als sie weg waren, Chef."

„Der Konrektor hat hier zu sein, wenn der Schulleiter außer Haus ist, Christa."

„So habe ich das nicht gemeint."

„Sondern?"

„Wenn ich richtig verstanden habe, geht es um eine Peep-Show."

„Um eine ...?"

„Peep-Show."

Berkmann traute seinen Ohren nicht. Peep-Show! Christa wollte doch um Himmels willen nicht sagen, daß sie wußte, was das war?

„Ja. Man braucht nicht mehr in die Großstadt zu fahren, Chef. Das gibt es auch in Michelfels. Mit fünfzig Pfennig sind Sie dabei."

„Wer?" Wie schnell er Warbitz vergaß und das, was dieser Mann ihm angetan hatte! „Wer macht da mit?"

„Na, unsere Schüler. Sofern sie nicht wissen, was ein Mädchen unter dem Schlüpfer hat – ein bestimmtes Mädchen. Und sofern sie fünfzig Pfennig haben", sagte Christa Klein und war auch schon halb auf den Boden getaucht, um den nächsten Aktenstoß aus dem Schrank herauszunehmen.

„Das gibt es nicht!"

„Immer sagen Sie: das gibt es nicht, Chef. Doch, das gibt es. Denken Sie, ich saug' mir das aus den Fingern?"

„Wer ist das Mädchen?"

„Martina Stein."

„Und – wo findet das Ganze statt?"

„Bei schönem Wetter im Freien. Bei schlechtem Wetter im Schulgebäude. Es will ja schließlich niemand naß werden."

Nein, zum Lachen fand er es nicht. Im Gegenteil. Das war ein Vorfall, ein mehr als bedenklicher, für den er verantwortlich war. Wie hatte sie nur auf die Idee kommen können, daß er das in irgendeiner Weise komisch fand? Warum schätzte sie Situationen neuerdings so falsch ein?

„Christa, ich... bin doch nicht blind. Ich gehe doch nicht mit geschlossenen Augen durch die Schule. Das ist kein verspäteter Aprilscherz, nein?"

War es nicht. Sie konnte schwören. „Das ist Deutschland, deine Schulen heute." Sie griff zum Hörer, lauschte einen Augenblick und reichte ihn weiter. „Und das ist Frau Wiegand, Herr Berkmann."

„Ich kenne keine Frau Wiegand."

„Die Referendarin", half Christa Klein nach. „Sie war vor einer Stunde hier, als Sie bei..." Sie vermied den Namen Warbitz, deckte mit der Hand die Muschel ab und fragte: „Was geben wir ihr für einen Termin?"

„Wann Sie wollen", knurrte Berkmann, „nur nicht heute."

Das nächste Gespräch war für sie selbst.

Falko war am Apparat.

„Mama, was gibt's n' heut' zu essen?"

Christa Klein war darauf nicht gefaßt. Sie hatte den Kindern immer wieder untersagt, ihre Stellung in der Schule für private Zwecke zu mißbrauchen, und so wurde ihre Stimme dienstlich.

„Du wirst schon nicht verhungern, Falko. Von wo rufst du an?"

„Hier. Bei Frau Sommer..."

„Was hab' ich euch denn gesagt?"

Die Stimme am anderen Ende wurde leiser. „Wir sollen nicht von der Schule aus anrufen."

„Also."

„Mama?"

„Ja."

„Dürfen wir von der Schule anrufen, wenn es Frau Lutz erlaubt?"

Wenn die Schulleiterin es erlaubte? Konnte eine Mutter dagegen etwas sagen? Die Frau Lutz! Weit kam sie mit solchen Zugeständnissen nicht.

„Auch wenn Frau Lutz es erlaubt, Falko. Ich möchte es nicht, verstanden?“

So schnell geschlagen gab sich der Junge nicht.

„Sie sagt, weil es doch nichts kostet. Weil es der Hausapparat ist.“

„Ich möchte es trotzdem nicht, Falko. Das verstehst du nicht, mein Junge. Aber – glaub deiner Mutter.“

Sie mußte das Gespräch beenden. Personalrat Wagner fragte nach dem Wandererlaß, und bevor die Tür wieder hinter ihm zufiel, hatte Cornelia Loh aus der 4 a den Turnschuh dazwischen.

„Haben Sie etwas gegen Kopfschmerzen, Frau Klein?“

Der Medizinkasten wurde geöffnet, Christa Klein griff hinein. „Tabletten darf ich dir nicht geben. Nimm das! Das ist genau so gut.“

Sie goß von Berkmanns Tee einen Tassenkopf in ein Wasserglas und gab zehn Tropfen von ihren homöopathischen Mittelchen hinein, die bei kleinen Patienten eine unwiderstehliche Wirkung hatten. Cornelia machte da keine Ausnahme.

Die Telefongespräche rissen nicht ab. Nach Falko meldete sich die Frau, die ihm erlaubt hatte, mit seiner Mutter zu telefonieren.

Irina Lutz.

Sie bat Berkmann zu sich in den Block gegenüber, in das Gebäude der Grund- und Förderstufe, ins Rektorat. Sie war auf dunklere Hosen umgestiegen, die beigen kosteten offenbar zuviel Reinigung.

Irina Lutz empfing ihn vor ihrem Schreibtisch stehend, mit mutlosem Händedruck. Aus dem Aschenbecher hinter ihr stieg der dünne Rauch einer Zigarette.

Frau Sommer, die Sekretärin, ließ die beiden allein.

„Wie Sie wissen, hatte ich gestern abend meinen Elternbeirat hier“, begann Irina Lutz, als sie sich vergewissert hatte, daß die Tür auch wirklich geschlossen war. „Ich habe versprochen, Sie zu informieren, Kollege Berkmann."

Sie hatte es versprochen, und sie hielt es ein. Ein schöner Zug von ihr, wenn die Sitzung auch kein Grund zum Jubel gewesen war.

„Wenn ich Ihr Gesicht sehe und mich in Ihrer Stimme nicht täusche, heißt das, Ihre vierten Schuljahre und unsere vierten Schuljahre fahren nicht zusammen in den Zoo, Frau Kollegin?"

Sie nickte. „Es war meine zweite Vorstellung im Elternbeirat, wissen Sie. Mit diesen Menschen ist nicht zu reden. Wenn die mich hätten abwählen können, sie hätten es getan. Warum muß Kollege Heller auch krank sein? Er kennt sich in der Mentalität der Michelfelser aus. Bei ihm wäre das alles nicht passiert."

„Also, das glaube ich nicht."

„Nein? Da kennen Sie die Frauen nicht. Glauben Sie, eine Frau wird von Frauen toleriert? Von Männern ja, aber nicht von Frauen..." Sie stellte sich wie ein Feldwebel hin. „In meinem Elternbeirat haben die Frauen die Mehrheit. Vergessen Sie das nicht, Kollege Berkmann."

Daran war sicher etwas Wahres. Die Männer waren es, die ihr im Kollegium den Rücken stärkten. Das wußte er von Frau Sommer. Aber deswegen den Kopf hängen lassen, wegen dieser dummen Fahrt – nein! Dann wurde sie eben später nachgeholt.

Sie durfte sich das alles nicht so zu Herzen nehmen. Sie hatten am Anfang alle ihre Schwierigkeiten. Der Theis, der Müller, der Brendel. Sie alle hatten lernen müssen, sich durchzusetzen, keinem von ihnen war etwas geschenkt worden.

Es war nicht mehr wie früher, als der Schulleiter noch Herr im Haus gewesen war. Heute machte ihm jeder Vorschriften.

„Ach", sagte Irina Lutz, als er sie damit zu trösten versuchte, „die Eltern sind ja gar nicht so. Ohne den Elternbeirat ist ganz vernünftig mit ihnen zu reden."

„Solange ihre Kinder nicht mit Sonderschülern auf einer Bank sitzen. Spenden für einen guten Zweck, da sind sie dabei.

Irgendwo ist man schließlich Christ. Wenn nur das eigene Kind nicht im Bus neben einem Behinderten sitzt."

Es kam noch schlimmer.

Ihre Kinder und seine Kinder sollten nicht mehr den gleichen Schulhof benutzen.

„Nicht mehr den gleichen Schulhof benutzen? Was heißt das?"

„Einen Teil für unsere Kinder. Und einen Teil für euere Kinder..."

„Einen Schulhof für die Weißen und einen Schulhof für die Schwarzen? Wer sagt das?"

„Mein Elternbeirat, Kollege Berkmann."

„Beruhigen Sie sich, Kollegin Lutz!"

„Ich will mich aber nicht beruhigen. Ich will mich aufregen. Darf ich das nicht?"

„Doch. Was glauben Sie, wie mich das aufregt. Getrennte Schulhöfe! In welcher Zeit leben wir eigentlich? Ihr Elternbeirat muß doch dafür einen Grund genannt haben."

Sie winkte ab. „Ein Grund findet sich immer. Sie hätten hören sollen, wie diese Damen sich aufgeführt haben. Wir hier – ihr dort." Schon hatte sie wieder eine Zigarette in der Hand. „Was soll ich tun? Was kann ich machen? Ich muß die Beschlüsse meines Elternbeirates respektieren... Muß ich das?"

„Das müssen Sie nicht. Ein Lehrer ist zuerst seinem Gewissen verantwortlich."

Doch, er war ein Mann, der wußte, was er sagte. Sie hatte das Gefühl, er überlegte sich jedes Wort. Aber hatte er auch den Mumm, gegen die Dummheit anzurennen, wenn es darauf ankam?

„Meinem Gewissen! Meine Eltern stellen mit den verrücktesten Argumenten die verrücktesten Forderungen. Und ich habe zu parieren."

„Sie können die Forderungen ablehnen", sagte er, am Fenster stehend, gegen die Scheibe trommelnd. „Es ist nicht alles falsch, was Eltern fordern. Aus den Elternbeiräten kommen viele gute Vorschläge. Mir sind sie oft eine große Hilfe. Aber wenn sich Eltern in etwas verbohren, was ich nicht verantworten kann, gehe ich auf die Barrikaden."

Es dauerte eine Weile, bis Irina Lutz sich darüber klar war, daß es sich lohnte, auf Berkmann zu hören und ihn zu fragen: „Was schlagen Sie vor, Kollege? Wie würden Sie sich verhalten an meiner Stelle?"

Da hatte sie schon wieder eine Zigarette am Wickel, die dritte oder vierte in wenigen Minuten. Schulleiter sein war in der Tat schwerer als Schulleiter werden. Nein, sie hatte einen besseren Start verdient. Im Grunde war sie ein ganz patenter Kerl – und ein hübscher dazu. Das war kaum zu übersehen.

„Was würde ich an Ihrer Stelle tun ...? Ich würde mit den Leuten reden. Sie anrufen. Meinen Standpunkt erläutern. Mehrheiten mobilisieren. Überzeugungsarbeit leisten ..."

Sie nahm ihr Feuerzeug. „Darf ich – noch eine?"

Welcher Mann wollte einer Frau eine Bitte abschlagen, einer Frau mit diesem Lächeln und diesen schönen blauen Augen? Sie war nicht der Typ Lehrerin, der in Jeans herumläuft, um für eine Schülerin gehalten zu werden. Ihr Make-up verriet, daß sie Wert auf Aussehen legte und für eine Frau gehalten werden wollte, für eine attraktive Frau.

„Oh, bitte. Natürlich. Rauchen Sie ruhig! Wenn ich nur ... vielleicht ...?"

„Das – Fenster?"

„Ja. Wenn ich das Fenster ein wenig öffnen dürfte ..."

Der Rauch zog so heftig ab, daß es aussah, als wollte er alles, was sich im Raum befand, mit hinausziehen.

Berkmann atmete auf.

Hatte sie noch etwas auf dem Herzen, weil sie sich wieder setzte? Ihrem tiefsinnigen Blick nach – ja. Aber es fiel ihr wieder sehr, sehr schwer.

„Ich wollte Sie noch etwas fragen, Kollege Berkmann. Lachen Sie mich nicht aus. Es ist ein bißchen ungewöhnlich."

„Fragen Sie!"

Sie sah ihn an. „Was ist der Kollege Brück, dieser Rektor, für ein Mensch?"

„Der Brück?“ Er dachte einen Moment nach. „Warum?“

„Nur so.“

Frauen sagen nie etwas nur so. Da machst du keine Ausnahme. Genauso wenig wie Brück bei einer Irina Lutz eine Ausnahme macht bei seiner Veranlagung, dachte er und fragte: „Er hat Sie eingeladen. Nicht?“

Sie wurde feuerrot. „Nicht, daß Sie denken...“

Er lachte. „Sie? Um Himmels willen. Mit einem verheirateten Mann, der drei Kinder hat. Das haben Sie nicht nötig. Aber ich kann mir schon vorstellen...“

„Was können Sie sich vorstellen?“

„Daß er hinter Ihnen her ist.“

Sie lächelte leicht geschmeichelt. „Dann können Sie sich auch vorstellen, daß ich vor ihm laufe.“

„Ich bin ganz davon überzeugt.“

Es war ihr nicht recht, daß er das Thema auf ein Gleis schob, auf das es nicht gehörte. „Ich frage aus einem anderen Grund, Kollege Berkmann. Brücks Sekretärin hat sich wohl bei Frau Sommer beschwert, daß sie alles allein machen muß. Weil er nie da ist.“

„Das weiß nicht nur seine Sekretärin. Das weiß die ganze Stadt. Von der Siedlung bis zu den Bachweiden hinunter. Und entsprechend ist unser Ruf.“

„Sie meinen: sein Ruf.“

Berkmann schüttelte den Kopf. „Unser Ruf, Kollegin. Glauben Sie mir. Ich kenne die Menschen. Legt sich einer von uns Lehrern nachmittags in die Sonne, heißt es: Diese Faulenzer haben nichts zu tun, und unsere Männer müssen malochen. Sitzen die Herren Väter abends am Stammtisch, während die Herren Lehrer am Schreibtisch daheim über ihren Unterrichtsvorbereitungen sitzen, nimmt das keiner wahr.“

Er gab dem Drehstuhl, auf dem sie saß, einen Stoß und grinste. Der Drehstuhl sauste dreimal um die eigene Achse.

„Um nochmal auf Brück zurückzukommen, Frau Lutz. Er hat schon eine Freundin. Wenn er mit der Klasse ins Schullandheim fährt, fährt sie mit. Als Begleitperson.“

Irina Lutz fiel aus allen Wolken. „Und das läßt sich Dickmann bieten?"

Berkmann verzog spöttisch den Mund. „Dickmann! Dickmann! Der muß Erlasse lesen. Der hat keine Zeit mehr für seine Lehrer..."

„Aber die Leute wissen es?"

„Die Leute wissen immer alles", grinste er und reichte ihr den Aschenbecher.

Dr. Barbara Wegener wartete, bis Berkmann sich ausgejammert hatte über seinen Referendar und diesen unmöglichen Kollegen Sedlatschek, der sich morgens auf die andere Seite drehte, wenn andere zur Arbeit gingen.

Dann lehnte sie sich langsam mit dem Weinglas zurück und fragte: „Was ist das eigentlich für eine Frau, diese Irina... Irina... wie heißt sie gleich...?"

„Lutz."

„Diese Irina Lutz. Ich weiß nur, daß ihre Hosen sehr elegant sind und daß sie sehr ehrgeizig sein soll."

Männer kennen solche Fragen. Babsie war doch nicht eifersüchtig? Er hatte keinen Grund, ihr nicht offen ins Gesicht zu sehen.

„Sie bemüht sich, aus ihrer Situation das Beste zu machen. Sie hat ihre Probleme."

„Wer hat die nicht?" Sie nahm zwei Salzstangen und hielt sie dem Hund hin. „Das ist immer so, wenn man sich etwas aufbaut. Ich habe vierhunderttausend Mark Schulden und fünfzig Krankenscheine weniger im ersten Quartal."

„Weniger?"

„Weniger." Babsie beschränkte sich selten auf Andeutungen, sie sprach alles offen aus. „Der Patient hat keine Zeit mehr, weißt du? Er will von einem zum anderen Tag geheilt werden. Erst kommt die Reise in die Karibik, dann die Schwangerschaft. Wozu sind die Ärzte da? Sie können uns doch nicht zumuten, daß wir unseren Urlaub rückgängig machen, nur weil meine Frau schwanger ist, Frau Doktor. Wir haben gebucht!"

„Ist das nicht ein bißchen übertrieben?"

„Kein bißchen", sagte Babsie, ein klein wenig verschnupft, daß nicht einmal er ihr das abnahm. „Wenn das so weitergeht, werde ich mir bald nicht mehr leisten können, das zu tun, was ich als Ärztin verantworten kann. Die Konkurrenz schießt mit Kanonen auf Spatzen. Penicillin, Sulfonamide. Bei der kleinsten Erkältung. Gestern kam eine Frau zu mir, ganz empört, daß ihre Schwester von Dr. Focin ein Medikament für 76 DM bekommen hat. Wieso ich ihr so billige Tabletten für 17,40 DM aufschreiben würde. Beide Präparate haben die gleiche Zusammensetzung und die gleiche Wirkung. Aber die Konkurrenz macht das Rennen. Die Wegener! Igittigitt. Die spart ja sogar bei den Medikamenten..."

Babsie, du bist eine gute Ärztin, wollte er sagen, aber sie war nicht fertig.

„Micha, das ist keine Kunst. Mit Kanonen auf Spatzen. Aber wie lange macht der Körper das mit?"

„Du bist zu gewissenhaft", sagte Berkmann. Die ganze Zeit schon zupfte etwas an seinen Beinen herum. „Und du nimmst die Pfoten da weg. Strolch! Laß meine Hosen in Ruhe!"

Sofort verschwanden die Pfoten, und Strolch nahm Platz, mit hängender Zunge und leicht beleidigtem Blick. Er war eine Ausnahmekreation von einem Hund. Er fraß, was übrig blieb, und folgte aufs Wort.

Babsie verschwand unter dem Tisch. „Schön ruhig! Herrchen und ich wollen gerade einen Sozialfall besprechen. Dafür mußt du doch Verständnis haben. Bist doch selber einer..."

„Sozialfall?" Berkmann griff nach der Flasche. Wirtschafterin Elisabeth hatte sie aus dem Keller geholt, bevor sie zu ihrer Schwester nach Niederbach verschwunden war.

„Heike, Liebling. Deine Heike aus Weimersdorf," mußte Babsie ihn erinnern. „Ich war dort." Sie nahm einen Schluck und verzog das Gesicht, als wäre es der saure Sprudel aus dem Kühlschrank. „Weißt du, daß sie Reklame austrägt?"

„Dreimal die Woche."

„Und zweimal die Woche für den Großmarkt. Die Mutter will den Hund abschaffen, aber Heike will ihn nicht hergeben. Mit dem Austragen verdient sie sich das Geld für das Futter“, fuhr Babsie mit ihrem Bericht fort, während sie Strolch, der keine Ruhe gab, am Halsband zu sich heranzog. „Draußen steht eine Tüte voll. Die nehmen wir Heike mit. Nur darf die Oma das Futter nicht erwischen, sonst streut sie es im Garten auf die Beete. Das weiß ich inzwischen auch.“

Plötzlich wurde Babsies Stimme diagnostisch nüchtern.

„Die Oma hat Asthma, einen Oberschenkelhalsbruch, nicht verheilt, und eine Atrophia myopathica. Wollen wir es dem Herrn Rektor übersetzen, Strolch?“

„Danke, der Herr Rektor hat verstanden, der Idiot!“

Schmunzelnd stand Babsie auf, um die Terrassentür zu schließen. Es wurde doch kühl.

„Um es klar zu sagen, Liebling. Die Oma ist ein Totalausfall. Sie kann gerade noch zum Fernseher tapsen mit ihrem kaputten Bein. Und zur Sprühdose greifen, wenn sie kurz vorm Ersticken ist.“

„Prost Mahlzeit.“

„Wir müssen uns etwas einfallen lassen...“

„Wir müssen sehen, daß wir für die Oma einen Platz im Pflegeheim finden.“

Babsie richtete sich auf. „Ich spreche mit dem Sozialamt.“

Berkmann nickte. „Du kannst dich auf mich berufen. Ich befürchte schwerwiegende psychische Schäden für das Mädchen. Diese Frau gehört nicht in die Wohnung dieser Kinder.“

Allerdings hatte Babsie mit Gerichten und Behörden nicht nur gute Erfahrungen gemacht. Sie äußerte die Befürchtung, wenn Heike an den falschen Arzt gerate, werde die Oma am Ende für normal erklärt und Heike müsse ins Heim.

Wenn man sich vorstelle, was an Richtern heute manchmal so herumlaufe...

Hausmeister Weller, im Privatleben Zugführer der Michelfelser Feuerwehr, verheiratet, vier Kinder, defilierte vor den Garderobenhaken auf und ab.

„Schirme in die Schirmständer! In die Schirmständer, habe ich gesagt. Du da...! Dich meine ich...!"

Die Gesichter der Kleinen im unteren Flur waren vor Schreck ganz weiß. Die Großen hängten ihre nassen Pullis und Nikis über die Heizkörper, in gutem Glauben, daß Heizkörper warm sind. Aber die Schulverwaltungsämter gaben Vorschriften heraus, und nach diesen Vorschriften hatte es Ende April nicht kalt zu sein. Und nach diesen Vorschriften richtete sich Hausmeister Weller.

Mit zwanzig Minuten Verspätung bog der Bus aus Weimersdorf in die Haltebucht vor der Schule ein, mit einer Person an Bord, die nicht die Absicht hatte, sich an einen der Schultische niederzulassen. Inmitten der kreischenden Kinderschar strebte sie dem Schulhaus zu, an Wellers leerer Hausmeisterloge vorbei, hinauf ins Sekretariat zu Christa Klein, die sie kurzentschlossen auf Wartestation ins Besucherzimmer schob.

Bei ihrer morgendlichen Bestandsaufnahme mit dem Chef kannte die gute Christa kein Pardon.

„Punkt drei, lieber Herr Schulleiter", sagte sie, als sie die Person plaziert hatte, „Ihr Herr Stufenleiter läßt fragen, warum er die Übersetzung nicht bekommt."

„Was für eine Übersetzung?"

Christa Klein drückte Berkmann das Rundschreiben des Staatlichen Schulamtes in die Hand. Wenig Deutsch, viel Türkisch. Die Haare standen einem zu Berge, wenn man das alles las – ohne Türkischkenntnisse, die man doch hätte haben müssen als Schulleiter. Oder war er nur Schulleiter für Deutsche?

„Yabancı ögrencilerin ilk ve orta dereceli okullarda anadili derslerine katılması hakkında yasa hükmünde kararnamesi"

„Das Rundschreiben Muttersprachlicher Unterricht?"

„Erraten." Christa Klein nahm ihm das Blatt wieder aus der Hand. „Was soll ich Müller-Kronach sagen?"

„Dem brauchen Sie gar nichts zu sagen. Der hat längst Türkisch gelernt."

„Ach, Herr Berkmann, bleiben Sie doch mal ernst!" Christa öffnete die Tür zum Flur. „Da ist eine Dame für Sie. Vielleicht lacht die über Ihre Witze..."

Die große Stunde der Frau Kob begann.

Ein guter Schulleiter weiß, woher die Kinder kommen. Wer die Mutter ist und wer der Vater. Den Namen Kob gab es nur einmal in der Schule, und die Mutter konnte diese Frau im schwarzen Bauernrock nicht sein, nicht einmal als Spätgebärende.

Das war die Oma vom Ingo. Die Oma vom Ingo Kob aus Weimersdorf.

„Vom Ingo Kob, jawohl", sagte sie stolz, alles an ihr strahlte. Eine strahlende Frau in schwarzem Trachtenrock mit breiter, gestickter Borde, weißem Kragen und weißen, gestrickten Strümpfen.

„Setzen Sie sich, Frau Kob. Nehmen Sie Platz!"

Die Oma von Ingo wußte, was sie wollte. Beherzt griff sie in den Korb, den sie auf dem Besucherstuhl abgestellt hatte, und sagte mit tiefer Stimme: „Das essen Sie mit Ihrer Frau, Herr Rektor. Das ist von unserem Hof. Eigene Schlachtung. Ganz frisch..."

Eine Cervelatwurst von der Länge eines halben Männerarmes war bereit, den Besitzer zu wechseln. Aber der Empfänger verweigerte die Annahme.

Vornehmster Grundsatz des deutschen Berufsbeamtentums ist die Unbestechlichkeit. Und diese Unbestechlichkeit stand der Annahme von Geschenken im Wege. Alles andere hätte das Mythos des Berufsbeamtentums aufs schwerste gekränkt und beleidigt.

So hatte es Berkmann gelernt, und so wollte er es halten. Lehrer in landwirtschaftlichen Gegenden mußten solchen Verlockungen besonders konsequent widerstehen.

Für Oma Kob völlig unfaßbar, die sich dabei nichts gedacht hatte.

Natürlich hatte sie sich dabei etwas gedacht.

Ihr Ingo war ja ein so guter Junge. Sie, die Oma, sei nicht immer fleißig gewesen und ihr Mann, Gott hab' ihn selig, auch nicht. Und der Sohn schon gar nicht.

„Aber der Ingo, Herr Rektor, mein Enkel..." Oma Kobs Augen nahmen einen Ausdruck innerer Verklärung an. „Unser Ingo ist anders. Der hat eine Begabung, sage ich Ihnen... der kann, wenn er will."

Zum Glück hatte Berkmann in diesen Jahren Erfahrungen genug gesammelt, eine dialektische und noch dazu dialektsprechende Weimersdorferin zu verstehen.

„Unser Ingo ist begabt, Herr Rektor, das sage ich Ihnen. Der wird ein guter Handwerker, wenn er nicht eines Tages studiert..."

Zuzutrauen war es ihr, der Universität. Und Oma Kob auch. Aber der Ingo würde schon so gescheit sein, beiden einen Strich durch die Rechnung zu machen.

Während Berkmann solche und ähnliche Gedanken überkamen, beugte sich Oma Kob über ihren Korb, um es mit der gleichen Wurst noch einmal zu versuchen.

Diese Wurst!

Was hatte der Herr Rektor bloß gegen diese Wurst? Sie war Zahlungsmittel in Weimersdorf, und Michelfels lag weiß Gott nicht so weit von Weimersdorf, daß man diese Währung nicht kannte.

„Machen Sie es ihm nicht so schwer, Herr Rektor", sagte Oma Kob. „Letzte Woche hat er einen Fünfer heimgebracht, unser Ingo. In Mathematik. So was möcht' ich nicht nochmal sehen..."

Wollte sie nicht noch einmal sehen! Natürlich. Bei guten Noten war es der Genius des Sprößlings. Bei schlechten die Unfähigkeit der Lehrer. Das kannte man.

„Diese Fünf..." Berkmann lächelte. „Ich weiß. Aber so schwer war die Arbeit ja gar nicht, Frau Kob. 70 Prozent der Schüler hatten eine Zwei."

„Siebzig Prozent?" Oma Kob beäugte den Schulleiter ihres Enkels skeptisch von steuerbord. „Soviel seid ihr doch gar nicht!"

„Doch, Oma Kob. Soviel sind wir." Berkmann ging langsam auf die Frau mit dem Korb und der Cervelatwurst zu. „Aber mit den Noten Ihres Enkels habe ich nichts zu tun. Das machen Sie mal mit dem Klassenlehrer ab. Der Junge soll sich auf den Hosenboden setzen. Von nichts kommt nichts, Frau Kob."

Auch der Hosenboden war für Oma Kob ein Zahlungsmittel, vor allem ein Heimzahlungsmittel. Deshalb verstand sie Berkmann sehr gut.

„Ich werd's ihm sagen, dem Ingo. Wissen Sie, wir regeln das ja zu Hause nicht autoritär. Ich bestimme nur, was gemacht wird. Das respektiert auch mein Sohn. Bis auf den heutigen Tag."

Oma Kob folgte Berkmann, der sich langsam in Richtung Tür in Bewegung setzte und ihr schmackhaft zu machen versuchte, eben diesen Sohn einmal in die Schule zu den Lehrern ihres Enkels zu schicken.

Mit in die Hüfte gestemmten Armen verweilte Oma Kob noch einen Moment. „Das werde ich. Darauf können Sie sich verlassen. Bei uns zu Hause gibt es nur ein Kommando: alles hört auf Oma Kob. Damit sind sie bisher alle gut gefahren, sage ich Ihnen. Auch mein Sohn. Der braucht so was, der Schlappschwanz. Von Erziehung hat der nämlich keine Ahnung."

Sie sah sich unsicher im Schulhaus um. Ihre Schule hatte noch aus einem einzigen Raum bestanden. Mit einem Kanonenofen und einem Lehrer, der diesen Kanonenofen morgens mit Holz und Briketts fütterte, morgens um sechs, damit es warm war, wenn die Kinder kamen.

Im Sekretariat wartete Elke Uhlmann, 55 Kilo leicht, ein Pack Hefte unterm Arm, in einem für die Jahreszeit viel zu dünnen Blüschen.

Das Leben eines Lehrers ist wie das Wetter eines Jahres. Regen, Sonnenschein, Wärme, Frost und Gewitter wechseln sich ab.

Im Augenblick sah es bei Elke Uhlmann eher nach Regen aus, der seinen Grund in einem Schüler namens Ulli hatte.

Was war mit dem Jungen? War er nicht einmal so etwas wie ihr Musterschüler gewesen?

„War er, Herr Berkmann. War er. Bis vor einigen Wochen."

„Und?"

Elke Uhlmann setzte die Hefte auf Berkmanns Schreibtisch ab, zog ein Röllchen aus den Jeans und steckte eine Vitamintablette in den Mund. Vermutlich hatte sie wieder die halbe Nacht nicht geschlafen.

„Er hat die Hausaufgaben nicht gemacht. Sechsmal hintereinander."

„Sechsmal hintereinander? Was sagt er dazu?"

„Er sagt, er hat sie vergessen."

Berkmann hatte wenig Zeit. Er mußte in den Unterricht und konnte die Kollegin nur im Stehen abfertigen. „Haben Sie die Eltern benachrichtigt, Frau Uhlmann?"

Der Antwort ging ein Blick voraus, der vermuten ließ, daß sie die Frage für überflüssig hielt.

„Zweimal angeschrieben. Keine Antwort."

Berkmann hielt ihr die Tür auf, und weil sie den gleichen Weg hatten, ging er mit ihr hinunter ins Parterre.

„Schicken Sie mir den Bengel. Versuchen wir's erst mal ohne Vater, ja?"

In diesem Augenblick kam Helga Bott die Treppe herauf. Sie wollte an Berkmann vorbei, aber er blieb stehen.

„Frau Bott, was macht Claudia?"

Helga Bott wartete, bis Elke Uhlmann außer Hörweite war. „Ach, immer so weiter. Ausgezogen ist sie..."

„Ausgezogen ist sie. Haben Sie's schon gehört?"

Christa Klein erwartete Berkmann am Ende der Stunde vor dem Sekretariat. „Die Helga hat mir alles erzählt. Das ist Wahnsinn, sage ich Ihnen. Glatter Wahnsinn."

„Verrückt", nickte Berkmann, „kümmern Sie sich ein bißchen um sie, Christa. Sie hat's mit den Nerven."

Kümmern Sie sich ein bißchen um sie! Und wer kümmert sich um mich? dachte Christa Klein. Gestern hatte sie sich eine neue Bluse gekauft, silberweiß mit Spitzen. Aber wann sah er an ihr schon ein neues Kleid oder einen neuen Rock! Sie könnte nackt in die Schule kommen. Er würde es nicht einmal bemerken.

„Hat jemand angerufen, Christa?"

„Das Rote Kreuz." Sie steckte das Taschentuch, mit dem sie ihre Brille geputzt hatte, wieder in ihr Handtäschchen. „Mit keiner guten Nachricht, Chef. Das Schulfest! Aus unserer Erbsensuppe wird nichts."

„Da hatten Sie mit Sicherheit den falschen Mann an der Strippe."

„Mit Sicherheit den richtigen. Immer tun Sie so, als wäre ich zu blöd, zu telefonieren!"

„Haben Sie gesagt, daß es für uns ist?"

Christa Klein fiel erschlagen auf ihren Drehstuhl. „Herr Berkmann, jetzt reicht mir's! Wenn Sie mir nicht mehr zutrauen, dieses Dings da –" sie deutete auf das Telefon – „zu bedienen, lege ich die Arbeit nieder. Ich habe gesagt, daß es für uns ist. Für wen sonst? Und ich habe gesagt, daß die Lieferung mit Ihnen abgesprochen ist! Und jetzt sage ich Ihnen, was man mir geantwortet hat! Unsre Erbsensuppe ist einem Sportverein zugesagt. Weil der Schulleiter der Albert-Schweitzer-Schule es nicht für nötig befunden hat, den Auftrag zu bestätigen, wie es vereinbart war."

„Wer sagt das?"

„Der Leiter der Dienststelle, wenn Sie's genau wissen wollen."

„Ach, diese Dienststellenleiter! Was wissen die denn? Die sind doch meist falsch informiert", sagte er, aber in seinem Kopf rotierte es. „Auftragsbestätigung? Davon ist mir nichts bekannt. Das kann ich doch nicht vergessen haben. Nein, so etwas hätte ich nie vergessen."

„Jedenfalls sind wir zu spät", sagte Christa. „Und was nun?"

„Schulfest ohne Erbsensuppe ist kein Schulfest, Christa!"

„Also kein Schulfest? Schön, sagen wir das Schulfest ab."

„Sind Sie lebensmüde? Die Erbsensuppe muß her. Egal wie. Und wenn Frau Scharfenberg sie unten in ihrer Küche zusammenbrutzelt."

„In den kleinen Töpfchen? Auf den kleinen Herden? Für so viel Menschen?"

Christa hatte recht. Ohne Großküche lief nichts. Großküche! Wer – außer dem Roten Kreuz – hatte eine Großküche? Wer hatte den Schützenverein voriges Jahr mit Erbsensuppe eingedeckt, bis die Erbsensuppe den Leuten aus den Ohren herausgelaufen war?

Die Bundeswehr.

„Die Bundeswehr?" Christa war keine Anarchistin, keine Pazifistin und keine Neutralistin, aber das fand sie nicht gut.

„Bei diesem Schützenfest hat es auch funktioniert. Die Leute haben die Suppe in sich hineingeschlungen. Die waren wie verrückt. Das Zeug ist weggegangen wie warme Semmeln, Christa."

„Soll ich Sie mit der Bundeswehr verbinden?"

Berkmann überlegte einen Moment. „Das ist Volkmanns Sache. Ich will ihm da nicht hineinreden. Sagen Sie ihm, er soll das machen. Ich hab' andere Dinge im Kopf..."

„Gut. Ich sag's ihm."

Allerdings hatte Christa vorher noch ein Problem von ihren täglich mindestens zwanzig Problemen vorzubringen.

Der Chef kannte es und schob es die ganze Zeit schon vor sich her. Er mußte Warbitz anrufen, den Chef des Staatlichen Schulamtes. Er mußte noch einmal mit ihm über die Versetzung sprechen.

Aber Berkmann hielt es mit den alten U-Boot-Kommandanten. Er wollte auf Tauchstation bleiben.

„Auf Tauchstation, Chef. Wenn das mal gut geht", sagte sie. „Da würde ich vorher besser den Wallenstein fragen."

„Wallenstein? Was haben Sie denn mit dem?"

„Tja", sagte Christa. „Wissen Sie es denn nicht?"

„Ich weiß nie etwas, das wissen Sie doch. Ich bin hier nur Chef." Mit neugierigen Äugelchen rückte er ihrem Stühlchen näher, Schritt für Schritt. „Was muß ich denn wissen?"

„Wallenstein befaßt sich mit Traumdeutung."
„Bitte – was?"
„Traumdeutung. Manchmal trifft sogar zu, was er sagt."
„Was Sie nicht sagen."
„Zum Beispiel hat er gesagt, der Pfarrer kommt heute wieder. Und richtig. Der Pfarrer ist wieder da und wieder gesund. Und – seine Abnehmer hat Wallenstein auch schon."
„Hat er auch schon", nickte Berkmann, es war ja weiter gar nicht verwunderlich. Es war ja alles ganz normal. „Und wen, wenn ich fragen darf?"
„Die Scholz zum Beispiel..."
„Die Scholz!" Berkmann fiel aus allen Wolken. „Der Mann wird mit seinen eigenen Problemen nicht fertig. Was will sie denn mit dem?"
„Leute, die mit ihren eigenen Problemen nicht fertig werden, sollen geradezu prädestiniert sein, die Probleme anderer Leute zu lösen", antwortete sie mit hochgezogenen Augenbrauen. „Hab' ich neulich gelesen..."
Berkmann sah die Scholz schon in Wallensteins Kämmerlein knien und sich aus dem Kaffeesatz die Zukunft weissagen lassen.
Was ihm an dieser Schule heute wieder zugemutet wurde, ging auf keine Kuhhaut.

Fünfundvierzig Minuten später, auf dem Weg von der Klasse zurück ins Sekretariat, wurde Berkmann von einem jungen Mädchen aufgehalten. Einem jungen Mädchen mit brünettem Haar und hellen, blauen Augen.
„Ich bin Susanne Wiegand. Frau Klein hat einen Termin für mich ausgemacht. Ich möchte gern mein Referendariat hier machen..."
Christa! Ja, das hat sie mir eingebrockt. Eine Referendarin!
Er hatte Lust, das Mädchen stehen zu lassen, nahm es aber dann doch mit auf sein Zimmer.
Referendare arbeiten auf die Zweite Staatsprüfung hin und lassen so ziemlich alles mit sich geschehen, was Schulleiter, die

ihnen am Ende die entscheidende Widmung ins Stammbuch schreiben, von ihnen verlangen. Rechtlose, unterdrückte Lohnabhängige. So sahen es die Referendare.

Rechtlose mißbrauchte Schulleiter, denen Grünschnäbel, die von der Praxis keine Ahnung haben, über den Mund fahren, die mit ihren Rechten drohen und dem Seminarrat. So sah es Berkmann nach den ständigen Scherereien mit Göttler und den zweifelhaften Absichten eines Ministerialrates, seiner Tochter einen maßgeschneiderten Ausbildungsplatz zuzuschanzen, mit einem Berkmann als Schulleiter, der eben diesen Ministerialrat nun wohl gegen sich hatte.

„Setzen Sie sich, Frau Wiegand." Berkmann schloß die Fenster seines Dienstzimmers und blieb mit verschränkten Armen vor der ängstlich um sich blickenden Kandidatin stehen. „Ich versichere Ihnen, daß alles, was im Studienseminar über mich in Umlauf ist, stimmt. Ich sage den Leuten, wie es ist. Dann wissen sie, woran sie sind."

Susanne Wiegand hielt sich an ihrer Collegemappe fest ohne einen Ton zu sagen.

„Ich bin nicht gegen Referendare, Frau Wiegand. Solange sie davon ausgehen, daß ich ebensoviel weiß wie sie und in Sachen Praxis sogar etwas mehr. Sie lächeln...?"

Susanne Wiegand lächelte nicht. Ihre Erregung pochte bis in die Halsschlagader. Sie sah eine Lawine auf sich zurollen und konnte nicht beiseite springen.

„Was uns die Universität manchmal schickt, entschuldigen Sie, hat meine Achtung vor Ihren Professoren nicht unbedingt gestärkt, Frau Wiegand."

Sie versuchte zu nicken und gleichzeitig den Kopf zu schütteln. Die Collegemappe wurde immer mehr zum Halt für Susanne Wiegand.

„Auch wenn der Regierungspräsident Sie zugeteilt hat, Zuteilungen von Quoten interessieren mich nicht, Frau Wiegand. Mich interessiert etwas anderes. Wie Sie Ihrer Tätigkeit an dieser Schule nachzueilen gedenken. Mit welchen Vorstellungen kommen Sie? Was haben Sie vor?"

Als hätte Susanne Wiegand ein Jahr auf diese Frage trainiert, antwortete sie blitzschnell und für sich selbst überraschend: „Ich bin vollgestopft mit Theorien. Jetzt möchte ich endlich wissen, wie ein Schulkind aussieht."

Berkmann, der gerade die Teetasse angesetzt hatte, ließ sie langsam wieder sinken. „Sprechen Sie weiter!"

„Ich habe gelernt, zu reden und zu reden, Referate zu halten und mir an den Kopf zu greifen. Wie kann jemand, der als Sonderschullehrer mit Kindern nicht fertig wird, Professor werden und den Studenten beibringen wollen, wie man mit Kindern fertig wird..." Sie biß sich in die Lippe. „Entschuldigen Sie, ich will damit niemandem zu nahe treten. Ich..."

Berkmann warf einen Blick auf ihre Papiere.

„Sie haben die Erste Staatsprüfung zum frühestmöglichen Zeitpunkt abgelegt? Kein Semester verbummelt?"

„Die Tochter eines Poliers vergammelt kein Semester", sagte sie leise. Der feine Unterton eines Vorwurfes, eigentlich müsse ein Schulleiter so etwas wissen, war herauszuhören. „Dazu müssen wir zu sehr rechnen."

„Sie haben in allen Fächern sehr gut."

Sie zuckte mit den Schultern. Was wollte er? Warum schaute er sie so an? Was hatte sie nun schon wieder falsch gemacht?

Nichts hatte sie falsch gemacht. Im Gegenteil. Einen Treffer hatte sie gelandet. Einen Volltreffer. Jetzt brauchte sie nur noch ein wenig Glück.

Und das hatte sie.

Ohne lange zu überlegen, sagte Berkmann: „Frau Wiegand, Ihr Gehalt kennen Sie. Es wird Sie kaum trösten, daß es mehr ist als die 10 Gulden, die der Berufsanfänger anno 1857 bekam, bei 90 Schülern pro Klasse. Zum Leben reicht's. Die Verordnung über die pädagogische Ausbildung und die zweite Staatsprüfung für Lehrämter ist Ihnen bekannt. 10 Wochenstunden Hospitation, beziehungsweise angeleiteter Unterricht während der Einführungsphase. 14 Wochenstunden in der sechsmonatigen Differenzierungsphase usw... Teilnahme an allen Ausbildungsveranstaltungen des Studienseminars. Daß Sie nicht zur Pausenaufsicht herangezogen werden können, wissen Sie."

„Warum eigentlich nicht?" fragte Susanne Wiegand, ohne zu wissen, daß sie auch damit punktete.

„Es steht in der Verordnung."

„Aber es ist nicht verboten."

„Nein, verboten nicht. Ich möchte hier nur ausdrücklich feststellen, daß ich Sie entsprechend belehrt habe", sagte Berkmann.

„Aber wenn ich Sie darum bitte, können Sie mir die Aufsicht erlauben?"

„Unter Umständen ja."

Christa Klein steckte den Kopf zur Tür herein, blinzelte Susanne Wiegand zu und schloß die Tür ebenso leise wieder. Eine Rückenstärkung im richtigen Augenblick.

„Dann bitte ich Sie darum." Die Referendarin hielt den Kopf jetzt ein ganzes Stück höher. „Wenn Sie nichts dagegen haben, heißt das."

„Und was versprechen Sie sich davon?"

„Ich denke, Kinder lernt man auf dem Schulhof besser kennen als im Unterricht. Ist das falsch?"

„Nein. Das ist richtig."

„Das Pausenverhalten der Kinder gibt über manches Aufschluß: über ihr Sozialverhalten, ihre Rolle in der Gemeinschaft. Wer spielt mit wem? Wie tolerant ist einer, wie steht es um seine Aggressivität...?"

Alle Achtung! Das Mädchen wußte, was es wollte. Christa schien mit ihrer Schutzengelrolle gar nicht so falsch zu liegen. Zumindest konnte man es mit dem Mädchen versuchen.

Berkmann erhob sich. „Frau Wiegand! Sie sind engagiert. Am 1. Mai fangen Sie an."

Susanne Wiegand atmete tief ein. Ihr Herz machte einen Luftsprung.

Noch etwas an diesem Morgen hätte in die Schulchronik gehört: Der Auftritt des Kollegen Sedlatschek.

Er wurde durch den Türsummer eingeleitet und kam nach dem Knopdruck von Christa Klein zu einer ungewöhnlich explosiven Entfaltung.

„Das mache ich nicht mehr mit! Wo sind wir denn hier? Muß ich mir alles gefallen lassen...?"

Christa Klein sah Berkmann an. Berkmann sah Christa Klein an.

Und Sedlatschek tobte. „Ich habe keine zweite Pause. Ich habe keine dritte Pause. Ich habe überhaupt keine Pause in diesem Saftladen. Ich bin das Mädchen vom Dienst!"

Berkmann wartete, bis der Adrenalinspiegel des Kollegen wieder fiel und sagte dann, freundlich, wie er sein konnte, wenn es in ihm kochte: „Kollege Sedlatschek! Ich suche einen Mann fürs Schulamt. Lassen Sie sich versetzen, dann sind Sie die Aufsicht los in diesem – Saftladen."

„Sie unterstützen mich nicht?"

„Und wie ich Sie unterstütze! Ich unterstütze jeden Versetzungsantrag, der mit Sedlatschek unterschrieben ist", grinste Berkmann.

Worauf sich Sedlatschek in offensichtlicher Fehleinschätzung seiner Situation an Christa Klein wandte.

„Haben Sie das gehört?"

„Ich habe gehört, was er gesagt hat, Herr Sedlatschek", lächelte sie, „und ich bin völlig seiner Meinung..."

Den Zeigefinger auf den Aufsichtsplan gerichtet, der mit den Namenssymbolen an der Wand des Sekretariats hing und für den der Konrektor verantwortlich war, schrie Sedlatschek: „Ich bin das Dienstmädchen des Kollegiums. Und Sie finden das gut?"

„Kollege Sedlatschek..." Berkmann wandte sich an seine Sekretärin, „Frau Klein holt Ihnen die Aufstellung Ihrer Versäumnistage. Frau Klein, wie oft hat Kollege Sedlatschek bis heute gefehlt in diesem Jahr?"

Christa Klein warf einen verächtlichen Blick auf den Angeklagten. „Können Sie warten, bis ich den Taschenrechner hole, oder soll ich schätzen?"

Das verunsicherte Sedlatschek etwas. „Was bezwecken Sie damit? Ich weiß nicht, was Sie damit bezwecken!" rief er. Seine olivgrünen Augen wurden moosgrün dabei, und seine kurzen, stoppelähnlichen Haare richteten sich auf wie die Stacheln eines Igels beim Angriff eines Hundes.

„Ganz ruhig, Kollege Sedlatschek", sagte Berkmann. „Frau Klein rechnet uns nur aus, wie oft andere Kollegen für Sie eingesprungen sind, wenn Sie krank waren. Und merken Sie sich gefälligst, wenn wieder mal so was ist: Zuständig für die Aufsicht ist der Konrektor."

„Dann soll er sich gefälligst darum kümmern!"

„Er kümmert sich darum. Ich sag's ihm. Und ich sag' *Ihnen* auch etwas. Mit Beschwerden, die nicht in meine Zuständigkeiten fallen, erreichen Sie bei mir nichts." Berkmann drehte sich um. „Christa, haben wir jetzt die Versäumnistage vom Kollegen Sedlatschek?"

„Ja, also das sind jetzt 29 Tage. 29 Tage in 13 Wochen."

„29 Tage! Eine stolze Zahl, Kollege Sedlatschek. Ich verliere kein Wort, wenn jemand ernsthaft krank ist. Aber bei Ihnen sind es merkwürdigerweise..." Berkmann nahm die Unterlagen, die Christa ihm reichte, ...„immer nur 2-5 Tage."

Sedlatschek sah Berkmann groß an, während er mit den Fingerspitzen sein Kinn massierte, das nicht jeden Morgen so stachelig war wie heute.

Worauf wollte der Alte hinaus? Das mit der Versetzung war doch wohl nicht sein Ernst. Oder? Die Schule wechseln wegen einer lächerlichen Pausenaufsicht? Das war die Sache nun auch nicht wert.

„Jeder ist mal krank", versuchte er sich, halb lächend, halb verlegen, herauszuretten aus der für ihn kniffligen Situation. „Okay. Ich war ein bißchen vom Pech verfolgt. Zugegeben. Ich hoffe, daß es mir jetzt besser geht... Okay. Vergessen Sie es. Okay..."

Christa Klein hielt es nicht auf ihrem Stuhl, als Sedlatschek, dem Chef zuwinkend, das Sekretariat in Richtung Flur verließ.

„Der muß den Mund voll nehmen, der mit seinem Stoppelkopf ausgerechnet", sagte sie zornig. „Das dicke Gehalt einstreichen und jede Woche beim Arzt wegen nichts und wieder nichts. Das sind mir die Richtigen. Warum lassen sich solche Leute nicht pensionieren? Dann könnten wir einen einstellen, der auf der Straße steht, einen jungen Lehrer, der dankbar ist, wenn er arbeiten kann. Aber keiner kommt an diese Burschen heran. Wir nicht. Der Arzt nicht und kein Regierungspräsident. Da stimmt doch etwas nicht. Ach, Chef, das ist vielleicht heute eine Degeneration von Lehrern..."

„Ja, Christa. Manchmal bin ich's auch leid. Die Elke, die Sigi, die Helga, Renate Schröter, die Wehrum. Die sind da, auch wenn sie's mal drückt. Der Volkmann, die Scharfenberg, Müller-Kronach, alles verantwortungsbewußte Leute. Auch der Frauenfeld, er mag sein, wie er will, seinen Unterricht macht er. Es sind nur ein paar, die meinen, sie könnten auf Kosten anderer leben. Und es sind immer dieselben..."

Wieder war eine Woche vergangen, kaum anders als die vorherige, mit Stößen von Papierkram und dem täglichen Ärger mit der Bürokratie. Es war nach wie vor unklar, wer die Versetzungsabordnung in die Hand gedrückt bekam. Schulamtsdirektor Warbitz hatte sich nicht mehr gerührt, und weil das Schulamt sich nicht rührte, rührte sich Berkmann auch nicht. Aber wie sagte Konrektor Volkmann doch? Es wurde weiter gezittert.

Zittern mußte Berkmann auch um Christa. Ihr Gesundheitszustand war unverändert. Aber sie hätte doch mit ihm mal darüber reden können.

Die Tür zwischen ihrem Zimmer und seinem Zimmer stand auf. Er sah, wie sie den Hörer abhob und das Gespräch zu ihm herüberlegte.

„Berkmann..."

Es war die Mutter vom kleinen Jürgen Weber aus der 3b. Der Jürgen war krank.

„Doch nichts Ernstes, Frau Weber?"

Die Frage schien die besorgte Mutter etwas in Verlegenheit zu bringen. „Ich weiß nicht, Herr Berkmann. Jürgen hat die Therapie."

„Was – bitte?"

„Die Therapie."

Schade, daß Christa nicht mithören konnte. Ihren Kommentar hätte er jetzt gern gehört.

„Wer sagt das, Frau Weber?"

„Der Pissologe. Jürgen muß am Donnerstag nochmal hin. Da will er ihn sich noch mal ansehen, den Jungen."

Berkmann setzte sich. Er mußte sich setzen. „Da machen Sie sich mal keine Gedanken, Frau Weber. Die Therapie hab' ich als Kind auch gehabt. Das ist weiter nicht schlimm."

„Wirklich nicht?"

„Wirklich nicht."

Der erleichterte Seufzer von Frau Weber über die 13 Kilometer war so stark, daß es Berkmann fast den Terminkalender umgeblättert hätte.

„Na, dann bin ich ja beruhigt. Dann vielen Dank auch, Herr Berkmann. Dann kann ich ja den Jürgen am Freitag wieder schicken."

Vor seinen vier Weibern, Ehefrau plus drei Töchtern, war er ständig auf der Flucht. Trotzdem sah Stufenleiter Müller-Kronach nicht so aus, als ließen sie ihn zu Hause verhungern. Er hatte volle Bäckchen und demonstrierte mit seinem Gewicht eine unverkennbare körperliche Stabilität. Das Haar trug er wie sein großes Vorbild: Müller-Kronach war Mozartfan.

Einmal am Tag meldete er sich bei der Schulleitung, wie es der Gehaltszulage entsprach, die ein Stufenleiter monatlich zu seinen Bezügen erhält.

Heute betrat er den Trakt der Schulleitung in der dritten Pause.

Berkmann unterbrach sein Diktat mit Christa Klein und nahm ihn mit hinüber in sein Zimmer.

Müller-Kronach war Schriftführer in Berkmanns Verein, dem TSV Michelfels.

„Du bringst mir den Bericht, Toby. Gut, dann kann ihn Christa gleich schreiben."

„Langsam. Langsam! Ich bin noch nicht soweit. Ich bin mir bei einigem noch nicht im klaren", wich der Stufenleiter mit den vier Frauen aus.

„Mann, ich kann das Jugendamt nicht länger hinhalten!"

Müller-Kronach seufzte. „Ehrlich gesagt, ich weiß nicht, was ich schreiben soll. Schreibe ich, daß die Mutter in dieser Bar arbeitet, nehmen sie ihr den Jungen weg. Schreibe ich es nicht und es passiert was, bin ich der Gelackmeierte."

„Die Mutter ist Alleinerziehende?"

„Von wem Mike die Ohrfeigen kriegt, weiß ich nicht. Aber offenbar hat die Frau keinen festen Kerl. Herrgott, nun sag' doch auch mal was!"

„Toby, ihr Geld kann die Frau verdienen, wo sie will, als Stewardeß in einem Raumschiff von mir aus. Hauptsache, sie ist abends rechtzeitig wieder zurück und kümmert sich um den Jungen. Wegnehmen will man ihr das Kind wegen moralischer Verwahrlosung, und wenn zutrifft, daß sie nachts Kundschaft mit nach Hause bringt, wie Nachbarn behaupten, können wir für Mike nichts mehr tun. Oder wie siehst du es?"

„Wegnehmen! Das sagt sich so leicht. In ein Heim womöglich. Dieses brave, sensible Kind in ein Heim! Zu Schwererziehbaren und Dieben! Das ist doch keine Lösung. Mike liebt seine Mutter. Er liebt sie über alles."

„Warum stellst du nicht die Frage, ob sie ihn auch liebt?"

„Weil mir das egal ist. Scheißegal! Und wenn sie ihn haßt, für ihn ist es Liebe..." Mozartfan Müller-Kronach schüttelte sein behaartes Haupt und sah Berkmann mit der ganzen Hilflosigkeit seines unschlüssigen Herzens an. Dreimal habe ich mich hingesetzt, und dann sehe ich die großen, ängstlichen Augen des Jungen vor mir, und ich kann nicht weiter."

„Ja, ich verstehe dich schon," sagte Berkmann, Müller-Kronach auf die Schulter klopfend. „Hast du einen Vorschlag?"

„Ich fürchte, meine Vorschläge sind dem Jugendamt nicht fein genug." Dann gewann der Stufenleiter seinen Humor wieder. „Wenn du Mike adoptieren willst? Wir sind schon zu fünft."

Berkmann lächelte. „Ich bin Junggeselle."

Müller-Kronach klopfte dem Vereinskameraden ebenfalls auf die Schulter. „Allmählich kommst du in die Jahre, mein Lieber, daß dir nichts anderes übrig bleibt als ein Kind zu adoptieren. Die Potenz läßt mit dem Alter nach, mein Alter."

Auf dem Stuhl stehend putzte Christa Klein über die Schränke und war tief beleidigt, daß Berkmann davon keine Notiz nahm.

Da war wochenlang nicht sauber gemacht worden. Der Herr Hausmeister sagte den Putzfrauen ja nichts. Wie konnte man so einen Menschen zum Zugführer der Feuerwehr machen!

Er war nicht ungeeignet für den Hausmeisterposten, das war er nicht. An seine handwerklichen Fähigkeiten kam so schnell keiner heran. Aber er war zu gutmütig. Er konnte sich nicht genug durchsetzen. Was nichts daran änderte, daß ihr Weller als Angestellter näherstand als ein Beamter wie Wagner mit seinem ewigen Gerede: „Kleinchen, Sie müssen mir mal was schreiben." Meist waren es noch Privatsachen. Und hinterherlaufen mußte man Wagner auch wegen jeder Kleinigkeit.

So, jetzt sah der Schrank wieder einigermaßen aus. Christa Klein stieg vom Stuhl herunter neben den immergrünen Pflanzcontainer aus Holz und öffnete das Fenster.

„Sie waren gestern bei Fabiolas Eltern. Und? Wie nehmen sie es auf?" fragte sie, während sie das Staubtuch ausschüttelte.

„Fragen Sie nicht, wie es die Eltern aufnehmen. Fragen Sie, wie es der Vater aufnimmt." Berkmann stand auf und stellte sich mit dem Rücken zur Stundentafel.

„Wie es der Vater aufnimmt? Was wollen Sie damit sagen?"

„Ein behindertes Kind! In meiner Familie gibt es keine behinderten Kinder. Das ist keine Behinderung. Bei Fabiola ist es nur schlechter Wille. Sie kann, aber sie will nicht."

„Die Tochter eines solchen Vaters hat keine Schwierigkeiten zu haben!“ Christa Klein kannte das und wurde jedesmal wütend. Fabiola war doch nun wirklich alles andere als ein aufsässiges, faules Ding.

„Bei mir hat er den feinen Max gespielt“, nickte Berkmann. „Als ich weg war, hat er sie verdroschen.“

Schrecklich, dachte sie. Wie viele Kinder hatten die falschen Väter. Wie vielen Kindern fehlte ein guter Vater! Frank und Falko. Aber sie haben wenigstens keine schlechte Mutter.

„Ja, Herr Berkmann“, sagte sie, weil er schon wieder auf dem Sprung war, „bevor Sie gehen: Ich hätte auch noch etwas...“

„Aber Christa, Sie werden ja ganz rot. Was ist denn los?“

„Ich bin zum Arzt bestellt. Ich kann es nicht ändern. Es muß morgens sein. Nüchtern.“

„Na ja, dann gehen Sie eben hin.“

Intelligent hast du das nicht angefangen, Berkmann. Das ist doch eine Gelegenheit, sie zu fragen: „Irgendwelche Beschwerden, Christa?“

„Beschwerden? Wieso? Das Blutbild ist nicht, wie es sein soll.“

„Auch wirklich nichts Ernstes?“

Sie schüttelte in leichter Verzweiflung den Kopf. „Ich war immer ein gesunder Mensch. Was soll mir denn schon fehlen? Diese Ärzte sind eben übervorsichtig. Kann ich die alten Schülerakten jetzt weggeben, Herr Berkmann? Oder was soll damit werden?“

Schülerakten! Er sorgte sich um ihre Gesundheit und sie sprach von Schülerakten! Also bitte, wenn sie es so wollte...

„Schülerakten und Schülerverzeichnisse sind vierzig Jahre aufzubewahren. Druckschriften von Abschlußzeugnissen fünfzig Jahre und Konferenzprotokolle zehn Jahre, Christa. Am besten nageln Sie sich das auf ein Blatt innen an den Schrank.“

Innen an den Schrank! Wozu? Er hatte die paar tausend Seiten Schulrecht doch im Kopf.

Nein, mit diesem Übermenschen Tür an Tür zu leben, war nicht immer die reine Freude.

„Sie wollen heute abend zu Karasch? Ich habe Ihnen die Akte hingelegt. Der Mann ist Frühinvalide. Die Bandscheibe. In seiner Firma kann er nicht mehr arbeiten. Nein, der arme Mann kann nur noch Steine schleppen und Häuser bauen. Soll ich Ihnen was sagen? Gehen Sie mit dem Jungen nicht so hart um ..."

An diese Worte Christa Kleins mußte Berkmann denken, als Vater Karasch ihn durch die Wohnung führte.

Es war kurz nach 19 Uhr, der Frühinvalide trug noch seinen Arbeitsanzug und hatte erst vor wenigen Minuten die Stiefel abgestreift, die naß und lehmig auf der Fußmatte vor der Haustür standen.

„Das ist die Küche... Und das ist die gute Stube, Herr Berkmann." Von der Couch und den Sesseln waren nur die Beine zu sehen. Dicke Wolldecken lagen über Sitzen und Rükkenlehnen. „Wir halten uns nicht viel hier auf, wissen Sie? Der Fernseher steht in der Küche."

Als sie den Flur überquerten, öffnete sich eine Seitentür.

Schüler Patrick! Kurz vor einer Ohnmacht.

„Geh, Patrick, gib deinem Rektor die Hand!" sagte Karasch, er mußte in seinem ersten Leben Feldwebel gewesen sein. „Du sollst deinem Rektor die Hand geben, Patrick!"

Der Junge wußte, wie nahe er der Ohrfeige war. Und um die zu vermeiden, führte er den Befehl aus. Dann war er aber auch schon wieder verschwunden.

Nachdem sich Vater Karasch für die Küche entschieden hatte, öffnete er die Tür, um vorauszugehen.

„Ich freue mich, daß Sie sich die Mühe machen, Herr Berkmann", sagte er mit leicht herauszuhörender Falschheit. „Der Junge hat das Zeug zum Handwerker. Aber er muß noch eine Menge lernen, und das lernt er bei mir." Und wie alle, die bei der Arbeit Hüte tragen, stieß Vater Karasch die Krempe mit dem Zeigefinger nach hinten.

Er hatte kräftige Oberschenkel, ein von dünnen Adern gezeichnetes Gesicht und aufgerissene Hände, die zwanzig Jahre älter waren, als er selbst.

„Bei mir lernt der Junge alles, was er später braucht in seinem Beruf. Schön, nicht?"

„Meinen Sie nicht, das sollten Sie besser uns überlassen, Herr Karasch?"

„Ihnen überlassen?" Vater Karasch öffnete das Fenster, sah auf die Küchenuhr über dem Elektroherd und zog für Berkmann einen Stuhl unter dem Tisch hervor. „Sie stellen vielleicht Fragen. Wie komme ich dazu? Das ist mein Kind. Damit kann ich machen, was ich will. Wenn ich ihn nicht in die Schule schicke, weil er hier gebraucht wird, schicke ich ihn nicht in die Schule..."

Karasch nahm das Fleisch, das zum Auftauen auf der Spüle lag, und stellte die Herdplatte an.

Mein Gott, hatte die Frau eine Ordnung in ihrer Küche! Alles glänzte. Die Schränke, die Spülmaschine, der Boden.

So hat meine Küche noch nie ausgesehen, dachte Berkmann, Trotz Frau Freitag. Dabei arbeitet die Frau von diesem Büffel als Putzhilfe und kommt erst am Abend heim. Christa Klein hatte ihn wieder bestens mit Informationen versorgt.

Natürlich kannst du dir das nicht bieten lassen, Berkmann, dachte er weiter. Klär' den Burschen über seine Pflichten auf! Sag' ihm, wo's lang geht!

„Herr Karasch..." Er begann vorsichtig. „Anscheinend kommen wir beide nicht miteinander klar. Also, mit wem wollen Sie sich unterhalten? Mit dem Jugendamt? Oder soll ich Ihnen die Polizei vorbeischicken, wenn Sie den Jungen weiter nicht in die Schule schicken?"

„Polizei?" Karasch hatte Wasser auf die Kartoffeln gegeben. Jetzt fiel ihm der Topf fast aus der Hand. „Ist Ihnen nicht gut? Was hat die Polizei damit zu tun? Die verteilen Strafzettel, und die Leute, um die sie sich kümmern müßten, lassen sie laufen."

„Da kennen Sie noch nicht den ganzen Katalog."

Karasch knallte den Deckel auf den Topf. „Was denn noch?"

„Die holt Schüler, die von ihren Eltern nicht in die Schule geschickt werden, mit dem kleinen grünen Wagen."

„Sie machen Witze."

„Ich mache keine Witze."

„Ich bin doch kein Verbrecher!" Karasch hatte einen Ausdruck im Gesicht, der ernsthafte Befürchtungen für das Überleben der Teller aufkommen ließ, die er jetzt aus dem Schrank holte.

„Der Junge hat es später mal schwer genug im Leben. Soll ich ihm noch mit der Schule die Jugend versauen, wenn er doch hier was lernt, bei mir? Ich baue eine Garage, Herr Berkmann. Patrick hilft mir. Dabei lernt er was für seinen Beruf."

Berkmanns Nervenpolster reichte nach wie vor für eine ruhige Verhandlungsführung. „Dabei lernt er was, Herr Karasch. Streit ich ja gar nicht ab. Aber das kann er doch nachmittags. Vormittags gehört er in die Schule. Richten Sie sich danach!"

„Kann ich nicht versprechen..."

„Herr Karasch, Sie sind der Vater. Sie haben das Erziehungsrecht nicht allein. Ihre Frau ist auch erziehungsberechtigt."

„Wer bestimmt das, wenn ich fragen darf? Auch wieder euer verdammtes Gesetz?"

„Der Staat ist verpflichtet, Ihr Kind auszubilden. Dafür sind Sie verpflichtet, Patrick in die Schule zu schicken. Ein Vertrag auf Gegenseitigkeit. So steht es in der Verfassung."

Jetzt reichte es Patrick-Vater Karasch. „Sie mit Ihrer verdammten Verfassung machen mich ganz verrückt. Wenn das alles ist, was der Staat zustande bringt, läßt er besser die Finger davon. Der Staat – mich zwingen! Fragen Sie mal, was ich dem Gerichtsvollzieher erzählt hab'. Genau das gleiche werde ich dem Staat sagen, wenn er jemand schickt. Wir leben in einer Demokratie, mein Herr!"

„Gerade weil wir..."

„Was haben Sie in Ihren Büchern für Mist gelesen? In welchem Jahrhundert leben wir, daß ein Vater mit seinem Sohn keine Garage bauen kann, wenn er Talent hat? Das nennen Sie

Fortschritt?“ Die Äderchen in Karaschs Gesicht wurden vor Zorn stahlblau. „Ihr könnt mir erzählen, was ihr wollt, Sie und Ihr Staat. Das interessiert mich nicht. Das interessiert mich einen Dreck, Sie! Einen Dreck!“

„Und die Lehrstelle, die Sie für Ihren Sohn suchen? Die Berufsschule, die er besuchen muß? Wollen Sie mit Patrick bis zu Ihrem seligen Ende Garagen bauen?“

Langsam kehrte Karasch dem Herd wieder den Rücken.

„Sagen Sie bloß, wenn er Maurer werden will, muß er in die Berufsschule...“

„Jede Woche zweimal, Vater Karasch. Jede Woche zweimal. Sonst gibt's keine Mäuse.“

„Verdammt! Hört denn das mit der Schule überhaupt nicht auf?“

Berkmann schüttelte den Kopf. Dann setzte er sich an den Küchentisch. „Holen Sie uns eine Flasche Bier, Karasch. Und reden Sie nicht so'n Mist. Na, mach schon...!“

Karasch stand wie angewurzelt da. „Sie wollen doch nicht etwa mit uns essen?“

„Ich?“ Berkmann lachte. „Reden will ich mit dir, wie du mit deinem Patrick die Garage bauen kannst, ohne daß euch die Polizei auf die Pelle rückt, alter Dickschädel.“ Dann schlug er mit der Faust auf den Tisch. „Krieg' ich nun mein Bier oder nicht...?“

Nein, so frisch und munter war Berkmann am nächsten Morgen nicht. Leichte Nachwirkung zeigte der Besuch bei Vater Karasch schon. Deshalb knurrte er ein wenig, als die Tür aufging und Konrektor Volkmann diese Frau hereinführte mit dem knöchellangen Gewand und dem pechschwarzen, nach hinten offenem Haar. Er war vor drei Minuten aus dem Unterricht gekommen und wollte einen Augenblick verschnaufen. Mit Adnans Mutter hatte er nicht gerechnet.

Es war das erste Mal nach dem Unfall, daß sie in die Schule kam. Vermutlich verlangte sie von der Schule die Auslagen zurück. Schadenersatz, Schmerzensgeld und was so einem pfiffigen Anwalt noch an Forderungen einfiel. Babsie hatte ihn ja darauf vorbereitet.

Er stand auf und begrüßte die Frau steif. „Nehmen Sie Platz, Frau Öksal. Fein, daß Sie sich mal wieder sehen lassen. Unser Patient ist schon wieder ganz schön flink."

„Ich weiß," sagte sie besorgt. „Immer auf ihn aufpassen. Ich und mein Mann. Viel Arbeit..."

„Im Lernen ist er Gott sei Dank auch flink. Hier oben", sagte Berkmann und tippte sich an die Stirn.

Das hörte Frau Öksal gern. Es erleichterte sie sichtlich. „Sie entschuldigen, daß ich nicht früher hier bin, Herr Direktor. Einmal schon hier war bei Ihnen, aber niemand da..."

Er winkte ab. Hoffentlich nahm sie nicht an, daß er sich drückte.

„Sie hatten viel Lauferei. Ich weiß. Kann ich Ihnen weiterhelfen, Frau Öksal? Haben Sie Probleme? Mit dem Krankenhaus? Mit der Kasse?"

Mutter Öksal schüttelte den Kopf. Es war ein energisches, ein so energisches Kopfschütteln, daß Berkmann erleichtert aufatmete. „Alles bezahlt, Herr Direktor. Alles fertig..."

Er unternahm nicht mehr den Versuch, ihr den „Direktor" auszureden, der er nicht wahr und der er auch nicht sein wollte. Solche Titel bauten nur Mauern zwischen Menschen auf. Er erkundigte sich lediglich etwas überrascht:

„Keine Forderungen mehr?"

„Nix. Nur Schuld bei Ihnen..."

Berkmann sah Frau Öksal groß an. „Bei mir...? Wieso bei mir?"

„Sie Adnan lieb haben. Alles getan für ihn. Auf Bett getan. In Krankenhaus gebracht. Angerufen...viel Kummer."

Jetzt wurde Berkmann klar, warum Mutter Öksal seit fünf Minuten die Hand auf dem Rücken hielt. Mit Schwung und einem strahlenden Lächeln riß sie einen Blumenstrauß hoch. „Dafür wir Ihnen danken. Mit ganzem Herzen..."

Berkmann wußte nicht, was er sagen sollte.

„Auch von meinem Mann, Herr Direktor. Wir laden ein Sie nach Hause. Kleines Abend...essen. Was man essen bei uns in Türkei..."

Die Herren kamen in voller Montur, mit Dienstpistole und Lederzeug. Ein Auftritt, der jedes Kinderherz höher schlagen ließ.

Entsprechend war der Auflauf am Eingang zum Hof.

Berkmann brummte der Schädel. Er hatte auf einen ruhigen Vormittag gehofft. Und jetzt die Polizei!

Und Christa zum Blutbild.

„Ist an Ihrer Schule ein Peter Pfeiffer...?"

Wegen Peter kamen sie. Wegen seinem Moped.

Berkmann atmete tief durch. Ich habe es ihm hundertmal gesagt. Jetzt ist es passiert, dachte er.

„Was ist mit – Peter?"

Die beiden Polizisten sahen sich an. „Wir sind mit dem Anhänger hier. Wir wollen das Moped mitnehmen."

„Das Moped? Wozu? Wozu brauchen Sie das Moped?"

„Es wird als Beweisstück sichergestellt."

„Beweisstück?"

„Pfeiffer ist ohne Nummernschild gefahren und hat dabei einen parkenden Pkw beschädigt."

„Du lieber Gott", fuhr es Berkmann heraus, „der Junge braucht doch jetzt keinen Jugendrichter. Das ist doch das letzte. Dann wird es mit der Lehrstelle doch überhaupt nichts."

Die beiden Polizeibeamten sahen sich wieder an.

„Wahrscheinlich wäre das Ganze nicht passiert, wenn er nicht noch einen mitgenommen hätte. Auf dem Rücksitz. Da sind sie durch die Kurve und haben die Balance verloren."

Berkmann griff sich an den Kopf. „Der Junge ist doch schon mal ohne Nummernschild... Das geht doch nicht mehr ohne Verwarnung ab."

„Strafe muß sein", sagte der Ältere der beiden. „Sie sehen ja, was los ist, wenn Sie morgens die Zeitung aufschlagen. Wir können nicht warten, bis es zu spät ist."

Das war ja alles richtig. Aber da war eben auch noch Peter,

der Schüler Peter, der eine Stelle suchte und an nichts anderes dachte von morgens bis abends, als etwas zu lernen und seinem Vater nicht auf der Tasche zu liegen. Ein gutmütiger Kerl, sechzehn Jahre – und doch noch ein Kind.

Die halbe Schülerschar hing in den Fenstern zur Straßenseite, als die Polizisten Peter Pfeiffers Moped auf den Anhänger schoben und im Schrittempo davonfuhren, nachdem sie es vorn und hinten und an beiden Seiten festgezurrt hatten.

Anfang der zweiten Stunde – Christa Klein kam gerade vom Arzt zurück – stand Arne Göttler vor dem Schrank mit den Aktenordnern, den blaugelben Schulranzen zwischen den Knien. Er sah wieder einmal nicht übermäßig gewaschen aus, aber daran störte sich längst keiner mehr. Hauptsache, er hielt seine Stunden und er hielt sich einigermaßen daran, daß sie zu einer bestimmmten Zeit anfingen.

„Kann ich Ihnen helfen, Kollege?“ fragte Berkmann, als er den Lehramtsreferendar da so stehen sah. Er stellte sich neben Göttler, während Christa Klein die Handtasche ablegte und die Haube von der Schreibmaschine zog.

„Ich fürchte nein“, antwortete der Referendar, ohne sich beim Durchstöbern der Akten stören zu lassen. „Alle Erlasse haben Sie auch nicht im Kopf.“

„Nein. Allerdings suche ich auch nicht, wenn ich im Unterricht zu sein habe, Kollege Göttler. Das habe ich Ihnen schon hundertmal gesagt.“

„Was?“

„Ich habe Sie nach der Pause im Lehrerzimmer gesehen.“

Der Referendar zuckte mit der Schulter. „Mein Frühstück. Meine Wirtin gibt mir immer so viel Frühstück mit. Nie kann diese Frau sich an die Vorschriften halten...“

Berkmann überhörte den spöttischen Ton und fuhr fort, dem Referendar zu sagen, was noch zu sagen war.

„Wenn ich weiter nicht irre, ist in diesem Moment eine Klasse ohne Lehrer, während Sie hier suchen.“ Und welche Ausrede hatte er dafür, der Herr Lehramtsreferendar?

„Ich kann nicht frühstücken und gleichzeitig mit meinen fettigen Fingern in den Akten blättern." Göttler grinste, aber es war nicht dieses herausfordernde Grinsen wie sonst. „Das habe ich von Ihnen gelernt, Herr Berkmann. Alles muß seine Ordnung haben."

Damit ging er hinaus mit geschwollener Brust, als hätte er soeben einen Arbeitsprozeß gewonnen.

Christa Klein folgte Berkmann in dessen Zimmer. Die Fenster waren wieder mal fällig. Sie mußte den Putzfrauen einen Zettel hinlegen. Der gute Weller sah so was ja nicht.

Berkmann setzte sich an den Schreibtisch und sagte keinen Ton.

„Ist etwas herausgekommen auf der Schulleiter-Dienstversammlung gestern nachmittag?" fragte sie vorsichtig.

„Hören Sie auf. Von Warbitz habe ich genug", brummte er.

„Und wer wird versetzt?"

Er winkte ab. „Versetzt? Davon hat er nichts mehr gesagt. Und ich hab' schön den Mund gehalten. Mein Protest hat gewirkt. Darauf können Sie Gift nehmen. Er hat getan, als wäre das Wort Versetzung nie gefallen. Er hat mir nur einen Vortrag gehalten." Berkmann ahmte die Stimme des Leitenden Schulamtsdirektors nach. „Wissen Sie, Kollege Dings, das mit der Legasthenie war ja auch übertrieben. Die sollen im Deutschunterricht weniger schwätzen, weniger Arbeitsblätter ankreuzen und mehr schreiben..."

Christa Klein wußte es noch zu gut. „Als Warbitz vor Jahren hier war und Sie ihm das sagten, hat er sie angefahren, Herr Berkmann."

„Jahrelang bin ich über die Dörfer gezogen und habe gepredigt: Übt die Rechtschreibung wieder, wenn ihr weniger Legastheniker wollt. Ausgelacht hat man mich. Es war ja auch bequemer, sich nicht mehr mit der Rechtschreibung plagen zu müssen... Und heute?"

„Ja, nun nehmen Sie es doch nicht so tragisch, Chef. Wenn ich ihn am Telefon habe, ist er immer ganz freundlich, der Warbitz. Daß er einen behinderten Sohn hat, wissen Sie?"

Immer höflich? Seit wann denn das? Frei war er, der oberste Chef. Seine Scheidung lag zwei, drei Jahre zurück. Aber mit seinen Einssechzig... Die Christa würde doch nicht etwa...?

„Weiß ich", sagte Berkmann, als er merkte, wie abwegig seine Gedanken waren und daß er seiner Sekretärin noch etwas über die Legasthenie erzählen wollte, was er jetzt nachholte.

„Wissen Sie, Christa, was mich die Mutter von Bernhard damals gefragt hat? Sie können dem Jungen nicht so ein Sprüchlein ins Zeugnis schreiben wie unserer Großen? Dann ist er wenigstens Legastheniker, wenn er schon nicht schreiben kann. Dann hat er doch schon mal was fürs Leben..."

„Nehmen Sie es nicht so tragisch. Es wird auch wieder besser, Chef."

Berkmann schüttelte den Kopf. „Nein, Christa, es wird eher schlimmer. Wir haben hinterher noch zusammengesessen. Urbanke, Reinhold, gestandene Leute, zwanzig, dreißig Jahre Praxis, Lehrer mit Leib und Seele. Wissen Sie, worüber sie gesprochen haben?" Er atmete laut aus. „Über die Pensionierung. Wie lange sie noch machen müssen... wann sie es endlich hinter sich haben."

„Aber das hat doch seinen Grund, Herr Berkmann."

„Viele Gründe, Christa. Viele. Die Verwaltungsarbeit wird immer mehr, und die Zeit, die für die Schüler bleibt, wird immer weniger. Neue Lehrpläne, großartige Programme, größere Schulen, progressive Bildungsinhalte, neue Organisationsformen, Experiment auf Experiment. Alles auf Kosten der Kinder..."

„Herr Berkmann, das kann ich heute gar nicht so gut hören", winkte Christa ab.

„Aber das ist doch nicht in Ordnung. Da ist doch etwas faul." Endlich merkte er es. „Und Sie sind heute auch nicht in Ordnung, Christa. Wo fehlt's?"

„Ach, Herr Berkmann, was soll ich da sagen..."

Er legte den Arm auf ihre Schulter und sah ihr in die Augen. „Sie sehen aus wie ein Häufchen Unglück. Was habe ich denn wieder verbrochen?"

Mit gesenktem Kopf ging sie zurück in ihr Zimmer.

„Christa!“ Berkmann beobachtete sie von der Tür aus.

Langsam ging ihr Blick hinauf zu dem Bilderrahmen mit dem Foto ihres Mannes und den beiden Kindern, sieben Jahre waren sie bei dieser Aufnahme.

„Ist es...?“

Sie nickte.

„Ist es...?“

„Heute ist sein Todestag“, sagte sie leise.

„Das habe ich nicht gewußt, Christa.“

Es war, als hielte sie sich mit den Augen an dem Bild fest, das ein Stück Erinnerung zurückbrachte.

„Heute vor zwei Jahren...“

„Er fehlt Ihnen sehr.“

Sie schluchzte auf, riß die Hände vor das Gesicht und lief hinaus.

Ulli war ein Junge mit guten Manieren, wie die Lehrer sagen. Etwas Besseres, wie die Schüler sagen, die nicht wissen, was gute Manieren sind.

Sein Vater war Setzer in einer Druckerei und stellvertretender Klassenelternbeirat. Keine große Funktion, aber groß genug, den Lehrern schon mal die Meinung zu sagen.

Das ging Berkmann durch den Kopf, während ihm Ulli, der Sprößling dieses Vaters, mit provozierender Miene gegenüberstand, mit abstehenden Ohren und froschgrünen Augen.

„Du hast deine Aufgaben nicht gemacht, Ulli.“

„Wer sagt das?“

„Frau Uhlmann.“

„Die Uhlmann lügt!“

Berkmann ging nicht unter die Decke, wie Ulli hoffte, weil Schulleiter bei einer derartigen Beschuldigung meist unter die Decke gingen. Er beschränkte sich auf eine einfache Belehrung.

„Erstens, Ulli, ist es nicht die Uhlmann, sondern Frau Uhlmann. Und zweitens mögen Lehrer gelegentlich lügen. Frau Uhlmann nicht!“

„Und warum sagt Sie sowas?"

„Ulli, ich habe keine Lust, mit dir darüber zu streiten." Berkmann verließ seinen Schreibtisch und setzte sich vor dem Jungen auf die Schreibtischkante. „Du hast deine Aufgaben nicht einmal vergessen. Du hast sie nicht zweimal vergessen, sondern sechs Tage hintereinander. Eine ganze Woche."

„Das stimmt nicht, Herr Berkmann. Schule ist nur an fünf Tagen, nicht an sechs."

Diese Lauser! Wenn sie aufpassen sollen, haben sie Watte in den Ohren. Aber wehe, der Lehrer haut mal daneben. Schon sind sie da.

„Du wirst..." Berkmann ging vor dem Jungen auf und ab und versuchte, der Tragweite des Vergehens angemessen, ernst zu bleiben... „am Mittwoch und Freitag nächster Woche nacharbeiten. Verstanden? Mittwoch und Freitag in der sechsten Stunde."

„Bei wem?"

„Bei mir!"

Der nun einsetzende Denkprozeß hinterließ Spuren auf dem Gesicht des Elfjährigen. Es war weder ungewaschen noch ungekämmt wie die verpickelten Gesichter der pubertierenden Mitschüler. Es trug Züge sozialen Selbstbewußtseins: Wenn ich Schwierigkeiten kriege, komme ich mit meiner Mutter...

„Mein Vater sagt, Nachsitzen ist verboten."

Daß einem Lehrer in solchen Situationen nicht die Hand ausrutscht, daß er im Gegenteil aus psychologischen Gründen versuchen muß, ein Lächeln auf sein so zorniges Gesicht zu zaubern, als Tarnung sozusagen, gehört zu den psycho-akrobatischen Meisterleistungen des Lehrberufes.

Sein Vater sagt, Nachsitzen ist verboten.

Dann will ich dir jetzt mal etwas sagen, mein Junge, dachte Berkmann, und dann wollen wir mal sehen, was du für ein Gesicht machst.

„Du hast nicht aufgepaßt, Ulli. Weil du nie zuhörst. Das wird deinen Vater gar nicht freuen..."

„Wieso?"

„Nachsitzen! Bei uns gibt es kein Nachsitzen. Das haben wir schon lange abgeschafft. Früher mußten die Kinder nachsitzen. Das gibt es heute längst nicht mehr."

„Und – warum soll ich dann dableiben?"

„Nacharbeiten, Ulli. Nacharbeiten. Das ist etwas anderes."

„Und was soll daran anders sein?"

„Nacharbeiten muß man, wenn man seine Hausaufgaben nicht macht. Damit man den Anschluß nicht verpaßt."

„Das ist eine Gemeinheit! Das lasse ich mir nicht gefallen!" rief Ulli, der die Augen rollen ließ, als wollte er seinen Schulleiter einschüchtern.

„Wenn du glaubst, ich bin im Unrecht, kannst du dich ja beschweren."

Jetzt mußte der Junge überlegen. Was hatte Vater gesagt?

„Mein Vater sagt, ich brauch' die Aufgaben nicht zu machen. Dazu können Sie mich nicht zwingen."

Berkmann deutete zur Tür. „Und ob ich kann! Am Mittwoch. Kapiert?" Langsam ging er auf den Jungen zu. „Und jetzt raus! Raus mit dir!"

Bevor Ulli im Rückwärtsgang mit dem Hinterkopf gegen die Tür knallte, schreckte Berkmann ihn noch einmal auf.

„Ein guter Rat noch, mein Junge. Schreib dir's hinter die Ohren!"

Christa Klein, die mit dem Protokoll der Gesamtkonferenz hereinkam, entging um ein Haar einem Zusammenstoß. An ihr vorbei stürmte Ulli mit der Beule am Hinterkopf hinaus, was sie, die Bruchstücke der Unterhaltung zwischen dem Jungen und dem Chef aufgeschnappt hatte, zu der Bemerkung veranlaßte:

„Was aus diesen Kindern einmal wird bei dieser Einstellung! Um so einen müßte sich doch einer kümmern von den Kollegen. Aber keiner hat Zeit."

„Das dürfen Sie nicht sagen, Christa."

„Ach, es ist doch wahr." Christa Klein stemmte die Arme in die Hüften und sagte dem Chef wieder einmal Bescheid. „Die Elke Uhlmann macht fünfzig Stunden die Woche und wird immer dünner, und dieser Sedlatschek, der nie da ist, spult seine siebenundzwanzig Stunden ab, falls er sich einmal in die Schule verirrt, was nach der Wahrscheinlichkeitsrechnung sehr unwahrscheinlich ist, und rührt daheim keinen Finger. Und beide bekommen das gleiche Geld. Finden Sie das richtig...?" Sie war in ihr Sekretariat hinübergegangen, und Berkmann war ihr gefolgt. Sie schob eine Folie für die 5a ein und stellte auf fünfzehn Kopien.

„Dieser Mensch bringt mich noch zur Weißglut und die anderen auch. Sie erlauben doch, daß ich jetzt mal des Volkes Stimme wiedergebe."

Sekretärinnen mit Berufserfahrung wissen genau, was ein Lehrer zu tun und zu lassen hat, und Christa, selbst Mutter von zwei Kindern, war eine solche Sekretärin. Sie mußte sich an einer langen Latte Arbeit messen lassen, von morgens früh bis mittags, und legte diese Latte auch bei anderen an. Deshalb hörte Berkmann zu.

„Wenn ich während des Unterrichtes in seine Klasse gehe, ist er beschäftigt. Mit allem möglichen, bloß nicht mit den Kindern. Entweder er denkt sich den Stoffverteilungsplan aus, was ein Lehrer normalerweise nachmittags im stillen Kämmerlein erledigt, oder er schreibt Briefe. Und wenn er Vertretung macht, was selten vorkommt, weil er ja nie da ist, läßt er die Klasse Kringel malen, und die Kinder sitzen da wie eine Kompanie Rekruten, weil keiner wagt, ihn beim Studium der BILD-Zeitung zu stören..."

„Aber Christa, Sie wissen doch, ich hatte ihn deswegen schon zweimal hier. Volkmann hat mir versichert, daß es in letzter Zeit nicht mehr vorgekommen ist."

„Ihr Wort in Gottes Ohr." Sie nahm die Kopien an sich und stellte den Kopierer ab. „Aber den Sedlatschek ändern Sie nicht, und Volkmann ändert ihn auch nicht. Da müssen Sie ihm schon die Bezüge sperren."

Dann aber fand Christa Klein zurück zu den erfreulicheren Dingen, und ihr Gesicht hellte sich wieder auf.

„Wissen Sie, wer heute in der Schule ist, Herr Berkmann? Nach langer Zeit?"

„Der Patrick Karasch."

„Stimmt." Ihre Augen wanderten langsam hinunter zu den Spitzen ihrer flachen Schuhe. „Wie haben Sie denn das fertig gebracht?"

„Darüber möchte ich lieber nicht sprechen. Na ja, so ein Fläschchen Bier macht schon manchmal was aus, nicht?"

Da wurde Christa Klein mit einer anderen Beobachtung schon direkter.

„Was ich Ihnen noch sagen wollte, Herr Berkmann... Es geht mich zwar nichts an, aber in diesem Fall möchte ich Sie doch warnen. Falls Sie nicht schon selbst darauf gekommen sind..."

„Heraus damit!"

Er konnte nicht feststellen, ob Christa verärgert, gekränkt, geschmeichelt oder einfach nur verlegen war, als sie der Aufforderung nachkam.

„Ich glaube, die Scholz ist ihrer Wechselbeziehungen müde geworden. Sie sucht etwas Festes. Ist Ihnen das noch nicht aufgefallen? Ihre Augen? Wie sie ihren Schulleiter anmacht. Na, dann passen Sie mal künftig gut auf sich auf..."

Auf dem kleinen Schreibtisch im Sekretariat lagen die Fahrkarten aus dem Betriebspraktikum. Die Eltern warteten auf die Rückerstattung des Geldes, aber Christa Klein hatte noch nicht einmal mit der Aufstellung begonnen. Alle Augenblicke stand jemand im Sekretariat und wollte etwas von ihr. Und den Chef hatte sie seit der dritten Stunde nicht mehr gesehen. Traute er sich nicht mehr herein, nachdem sie ihm das von der Scholz erzählt hatte?

Endlich hörte sie auf dem Flur seine Stimme. Sie riß die Tür auf und lief hinaus. „Ich glaube, Sie müssen mal wieder Sozialhelfer spielen, Herr Berkmann."

Berkmann brach das Gespräch mit Personalrat Wagner ab und folgte ihr ins Sekretariat.

Hinten, in seinem Zimmer, saß Renate Schröter, die Klassenlehrerin der 7 b, den Kopf in die Hände gestützt, in Weltuntergangsstimmung.

„Kann niemand meinen Unterricht übernehmen? Ich kann nicht mehr. Diese Klasse ist Wahnsinn..."

Berkmann setzte sich zu ihr. „Na, nun mal nicht gleich den Kopf verlieren. Wir behalten schön die Nerven, verstanden?"

„Ich bestehe nur noch aus Nerven, Herr Berkmann. Nur noch aus Nerven..."

„Ach, Renate Schröter. Mach uns doch das Leben nicht so schwer! Sie kennen doch die Schülerakten."

Sie winkte unter Schluchzen ab. „Kenne ich. Auswendig kenne ich sie. Ich weiß, woher die Kinder kommen, aus welchem Milieu. Welche Erbmasse sie mit sich herumschleppen. Weiß ich alles, Herr Berkmann. Weiß ich alles. Wenn ich sie einzeln vor mir habe, geht es auch ganz gut. Dann sind sie ganz vernünftig." Sie holte Luft. „Anita erzählt mir von ihrem Vater. Er wird nächstes Jahr entlassen aus der Haft. Sammy holt sich die Platten von unserem Eckhard... Alles okay. Bis dahin..."

„Und was ist nicht okay?"

Ihr Kinn schlotterte, unaufhörlich liefen Tränen über ihre Wangen. „Der Bernd... brachte... ein Paket Tempotaschentücher... mit. Eine Monatsration. Sie wissen, wie Bernd ist. Wie er mich provoziert..."

„Ich knöpfe ihn mir vor. Kein Problem, Frau Schröter."

„Er nimmt das Taschentuch, schneuzt hinein, daß einem das Trommelfeld platzt. Die Klasse johlt. Er geht zum Papierkorb, hebt langsam den Arm und läßt das Taschentuch hineinfallen. Nimmt das nächste Taschentuch, schneuzt hinein... und so geht es zehn, zwölf Mal. Und ich stehe da wie ein dummes Kind und kann nichts dagegen unternehmen. Nichts..."

Berkmann redete beruhigend auf sie ein. „Frau Schröter, ich kenne die 7 b. Da sind noch andere. Schüler, die vernünftig sind."

Sie schüttelte den Kopf. „Dieser Junge hat die Klasse in der Hand. Nicht ich. Ich schaffe es nicht mehr, tut mir leid. Für den Dienst in einer Strafkompanie bin ich nicht ausgebildet."

„Frau Schröter..."

„Ach, lassen Sie doch, Herr Berkmann. So ist es nun mal. Machen wir uns nichts vor! Ich sehe nicht ein, warum ich mich für diese Klasse kaputtmachen soll. Meine Nerven halten das nicht aus."

Ihr Blick ging zum Fenster und von dort hinüber zum Michelfelser Wald.

„Ich habe mit meinem Mann gesprochen. Er sagt, ich soll aufhören..."

Pausenlos machten sich ihre Finger an der Bernsteinkette zu schaffen, die so konservativ war wie die altmodische Strickjakke, die sie mit ihren achtundvierzig Jahren trug. Frau Schröter war mit einem Frührentner verheiratet, der als junger Bauingenieur vor einer großen Zukunft gestanden hatte, aber durch eine tragische Verwicklung von Umständen vom Gerüst gestürzt war.

„Herr Berkmann, ich kann die Hand nicht mehr ruhig halten. Ich schlafe nachts nicht mehr. Ich muß an meine Gesundheit denken", hörte er die Kollegin sagen, während er darüber nachdachte, wie man ihr helfen konnte. „Ich muß an meine Gesundheit denken. Ich habe Familie. Ich bin in den Wechseljahren, Herr Berkmann. Ich habe ein Adoptivkind."

„Hören Sie, Frau Schröter. Ich möchte Sie nicht so sitzen sehen. Dazu sind Sie noch zu jung. Lassen Sie sich nicht unterkriegen von diesem inneren Schweinehund, der Ihnen weismachen will, daß Sie all dem nicht mehr gewachsen sind. Sie sind den Problemen gewachsen. Weil Sie eine gute Lehrerin sind. Und weil es auch eine Handvoll Rabauken nicht schafft, daran etwas zu ändern."

Sie winkte ab. „Was glauben Sie, was ich alles schon versucht habe. Es ist doch nicht das erste Mal."

„Frau Schröter, Sie sind eine ausgebildete Kraft mit soundsovielen Semestern Psychologie. Nun wenden Sie sie auch an!"

„Ja, ich weiß. Das klingt alles wunderbar. Psychologie. Die Kinder richtig behandeln. Ihnen nachgeben soviel wie möglich... zurückstecken. Nicht alles so eng sehen. Merken Sie nicht, wie weit wir damit gekommen sind? Was hab' ich denn in der Hand? Wie kann ich mich denn vor Kindern wie Bernd schützen?“

„In der Hand haben Sie nichts. Formalrechtlich nicht. Sie dürfen nicht nachsitzen lassen. Sie dürfen keine Führungsnoten geben. Wenn Ihnen einer das Bein stellt, tun Sie so, als wären Sie gestolpert, denn wenn Sie ihm eine scheuern, kriegen Sie einen Verweis. Und wenn so ein kleiner Teufel das Glück hat, erst acht zu sein, kann er sich so dumm stellen wie er will. Negatives dürfen Sie in sein Zeugnis nicht hineinschreiben. Moderne Psychologie! ... Warum nehmen Schüler Rauschgift, warum greifen sie zur Flasche? Nur weil die Lehrer nicht so wollen, wie sie wollen. Die Lehrer sind schuld.“

„Sehen Sie!“

„Ich weiß nicht, was man sich bei dieser Art Fortschritt gedacht hat. Vermutlich wollen sich einige im Nachhinein an ihren früheren Lehrern rächen. Aber ich weiß, daß Sie etwas in der Hand haben, Kollegin Schröter. Ihr Einfühlungsvermögen, Ihr Fingerspitzengefühl. Ihr Verständnis. Und Ihre Liebe zu den Kindern. Damit müssen Sie auskommen.“

„Nein! Diese Klasse betrete ich nicht mehr, Herr Berkmann. Melden Sie mich dem Schulamt. Schmeißen Sie mich raus! Aber diese Klasse nicht mehr ...“

Berkmann war aufgestanden. „Glauben Sie im Ernst, ich unterschreibe so was? Nie im Leben. Sie haben Geschick. Sie können mit Kindern umgehen. Wir werden eine Lösung finden.“

„Ich habe Ihnen meine Lösung gesagt, Herr Berkmann.“

Die Kollegin Schröter war noch völlig aufgelöst, wischte sich mit dem Ärmel der Strickjacke übers Gesicht.

„Aber ich nehme nicht an, Frau Schröter. So einfach lasse ich Sie nicht gehen.“ Berkmann überlegte einen Moment. „Angenommen, ich gebe die Klasse in andere Hände. Sie tauschen mit jemandem.“

Ihre verheulten Augen sahen ihn an. „Würde das etwas ändern? Versprechen Sie sich davon, daß meine Position gestärkt wird?“

„Nein“, gab er zu, „das nicht. Wenn wir keine einleuchtende Begründung finden, nicht. Aber vielleicht finden wir ja eine.“

Einen Moment schien das Angebot so etwas wie Hoffnung in ihr aufflackern zu lassen, aber ihre Augen waren noch voller Abwehr.

„Frau Schröter, jetzt gehen Sie erst mal schön nach Hause und überschlafen das Ganze. Dieses häßliche Erlebnis vergessen Sie, so schnell wie möglich.“

„Und wer?“ erkundigte sich die Kollegin Schröter vorsichtig, „wer soll meine Stunden übernehmen?“

Berkmann drückte ihr kurz die Hand. „Das, liebe Frau Schröter, lassen Sie mal meine Sorge sein.“

Michael Berkmann legte die Schulsachen für den nächsten Morgen zusammen, seine Bücher, die Haushefte der 8 b, die er durchgesehen hatte, das Blatt mit den Arbeitsanweisungen für die einzelnen Schüler, das Rundschreiben des Staatlichen Schulamtes, die Rechnungen.

Nein! So einen Tag in dieser Woche bitte nicht mehr, dachte er. Ich bin auch nur ein Mensch. Jetzt nicht auch noch die Probleme im Fernsehen. Der Apparat bleibt aus.

Die Wäsche für Frau Freitag muß ich noch hinlegen und den Einkaufszettel. Die neuen Münzen haben Zeit. Die kann ich am Wochende einsortieren. Ich muß nochmal unter Menschen.

Ob Babsie mit der Sprechstunde fertig war?

Der Anrufbeantworter meldete sich. „Die Praxis ist zur Zeit nicht besetzt. In Notfällen wenden Sie sich...“

Er legte auf und wählte neu, aber auch beim zweiten Mal meldete sich Babsie nicht.

Er warf sich die Lederjacke über, steckte die Papiere ein und holte den Wagen aus der Garage. An der Kreissparkasse vorbei fuhr er durch das Alte Tor zum Waidacker.

In Babsies Wohnung war alles dunkel. In der Praxis brannte noch Licht.

Als er ausstieg und die Wagentür zuschlug, ging die Außenbeleuchtung an.

Babsie kam zur Tür. „Ich habe noch ein bißchen aufgeräumt, Liebling. Gerade wollte ich dich anrufen. Schnell! Mach die Tür zu! Halt den Hund fest!"

Es war nicht einfach, Strolch am Halsband zum Körbchen zu befördern. Das Kerlchen war außer sich, wenn er nicht dabei sein durfte.

Babsie hatte die Tür zum Wohnzimmer geöffnet. Sie ging voraus und ließ die Rolläden herunter. „Schön, daß du da bist, Liebling. Ich hol' uns was zu trinken..."

Besser, sie bot ihm einen Whisky an als eine Adumbran. Eins von beiden brauchte er. Das sah sie.

„Nun setz dich wenigstens, Micha. Was war denn heute wieder los?"

„Los? Ich habe die Nase voll, ganz einfach die Nase voll. Ich habe die Nerven nicht mehr. Ich rege mich über alles auf..."

Hypertonischer Zustand, dachte sie. Systole/Diastole 220/100.

„Worüber regst du dich denn auf, Liebling?"

„Worüber? Du weißt nicht, was in der Schule läuft."

Die Kraft, das Whiskyglas zu halten, hatte er gottlob noch.

„Was geht denn in der Schule vor, Liebling?"

„Ich weiß nicht. Das ist es ja. Ich bekomme nur noch die Hälfte mit." Er stürzte den Whisky so schnell hinunter, daß er sich verschluckte. „Melden Sie mich dem Schulamt! Für den Dienst in einer Strafkompanie bin ich nicht ausgebildet. Hat das deine Klassenlehrerin früher zu deinem Schulleiter gesagt?"

„Nun komm! Beruhige dich!"

„Und dieser Sedlatschek! Erledigt seine Privat-Korrespondenz im Unterricht. Und läßt Kringel malen. Und wenn ich es ihm verbiete, schickt er mir einen dieser Wische, auf dem arbeitsunfähig steht, und ich muß sehen, was ich mit seinen fünfzehn Kindern mache. Nach Hause schicken kann ich sie nicht, weil ich keinen Bus habe. In ihrer Klasse bleiben können sie nicht, weil ich keinen Lehrer habe."

„Aber Liebling, davon wollen wir doch jetzt nicht reden."

„Aber einmal muß ich doch darüber reden, Babsie. Weißt du, wo es mir steht?"

Bis zum Hals. Wo sonst? Diese Handbewegung kennst du, Babsie, sagte sie sich. Also Vorsicht! Spiel nicht die Therapeutin! Versuche ihn abzulenken!

„Und – was sagt Frau Uhlmann dazu, Liebling?"

„Uhlmann? Wieso?"

„Aber Liebling, das ist doch eine von denen, die du immer zitierst..." Weil sie so pflichtbewußt ist, so selbstlos, so hilfsbereit, dachte sie. An jeder findet er etwas großartig. Nur an mir in letzter Zeit nicht.

„Elke Uhlmann? Ich möchte nicht, daß du so über sie redest. Sie hat es schwer genug", sagte er mürrisch.

„O ja. Ich wollte nichts gegen Elke Uhlmann sagen. Im Gegenteil. Ich kann sie nur bewundern, wie sie das so macht."

„Was – so macht?"

„Na, nach dem Verkehrsunfall. Der Vater tot. Die querschnittgelähmte Schwester. Der Mann auf und davon. Die Kinder."

Er sah tief in sein Glas hinein. „Ich bin nicht wegen Elke Uhlmann down. Bei mir fahren die Kinder ohne Nummernschild. Auf einen parkenden Pkw drauf. Weißt du, was das heißt?"

„Das heißt, du wirst mal wieder alles tun, um den Betreffenden vor dem Jugendrichter zu retten, wenn du selbst schon nicht mehr zu retten bist..." Um nicht noch etwas Falsches zu sagen, legte sie eine Pause ein. Doch, dachte sie. Ich sag's ihm auf den Kopf zu. „Ich frag mich nur, wer sich um diese Kinder kümmert, wenn du an einen dieser Psychiater gerätst, zu dem ich dich schicken muß, wenn du so weitermachst. Zum Donnerwetter, jetzt will ich davon nichts mehr hören. Jetzt benimmst du dich wie ein normaler Mensch! Du hast um sieben Uhr Feierabend. Die Werktore sind geschlossen..."

Sie nahm ihm das Glas aus der Hand und setzte sich auf seinen Schoß. „Vergiß das doch alles einmal, Liebling. Ich mache dir einen Vorschlag. Ich hole uns was zu essen. Etwas ganz Besonderes ..."

Babsie ging zur Stereoanlage, suchte leise Musik und ließ Berkmann allein.

Nach einer Viertelstunde kam sie zurück. Nicht mit Jägerschnitzeln und Champignons aus der Mikrowelle, nein. Mit ihrem Bademantel, dem aus Paris, mit den schwarzen Revers und den feinen hauchdünnen Sachen darunter.

„Du hast mir ..." Sie hatte beim Umziehen nachgerechnet, tat aber so, als rechne sie erst jetzt, „drei Wochen und vier Tage nicht gesagt, daß du mich liebst."

Dem verblüfften Berkmann war anzusehen, wie sein Puls auf Touren kam. „Drei Wochen ... und ...?"

„Vier Tage, Liebling." Babsie kam näher. „Kann ich dich denn gar nicht mehr ein bißchen glücklich machen?"

Ihre schwarzen Augen, das schwarze Haar. Diese Figur! Keine Frau konnte verführerischer sein als Babsie – und verwirrender.

„Was – was machst du denn da, Babsie?"

„Ich ziehe den Bademantel aus, Liebling. Und vorher habe ich die Tür zum Schlafzimmer geöffnet. Du brauchst nicht zu fragen, ob die Rolläden unten sind. Sie sind unten ..."

Die Tür zum Schlafzimmer! Du liebe Zeit. Früher bist du von selbst drauf gekommen, Berkmann, dachte er. Nun laß dir's wenigstens nicht zweimal sagen.

Nimm sie in die Arme!

Was bist du doch für ein Kerl, Berkmann! Von wegen Alter! Das Alter kann dir nichts anhaben. Nicht das geringste. Als Mann bist du voll da. Das sieht jeder.

Aber Christa! Wie sah sie ihn an von ihrem Bürostuhl aus?

„Guten Morgen, Christa!"

„Morgen, Chef." Sie hatte sich viel Zeit für die Kosmetik genommen. Sie trug ein kräftiges Rouge, ihre Fingernägel waren frisch lackiert. „Wer hat Sie denn so zugerichtet, daß Sie die Augen kaum aufkriegen und dabei pfeifen, Chef?"

„Oh, ich mache nur die Augen zu, weil ich schlechte Laune morgens nicht vertrage, Christa."

„Ich? Das ist ja wohl die Höhe! Meine Laune ist blendend. Ich strotze vor Arbeitswut." Sie spannte einen Bogen ein. „Wo bleibt Ihr Diktat? Ich warte..."

„Muß ich was diktieren?"

„Wenn Sie nichts zu diktieren haben, sollten wir uns mit Volkmanns Wünschen bezüglich des neuen Werkraumes befassen. So geht die Vorschlagsliste nicht durch."

Berkmann unterdrückte ein Gähnen. „Muß das gleich sein?"

Christa Klein lachte. „Wenn Sie zurückkommen. Erst gehen Sie mal schön in den Unterricht."

Erst gehen Sie mal schön in den Unterricht. So sprangen die Sekretärinnen heute mit ihren Schulleitern um.

Der Unterricht war eine Vertretungsstunde in der 6a, „Umfang der Flächenformen berechnen", Messen mit selbstgewählten Flächen.

Die Stunde ging Berkmann nicht sonderlich von der Hand. Wie machte die Scholz das nur! Ständig Männerbesuche und morgens frisch.

Ich kann mir das nicht leisten, dachte er. Mir sieht man es an. Die Christa sieht es mir an, wenn ich sumpfe. Sie sagt nichts, aber sie denkt sich ihr Teil.

Als er den Unterricht hinter sich hatte und das Sekretariat aufschloß, fuhr er zurück.

Christa Klein stand vor ihrem Arzneischrank und spielte Notarzt. Das kam öfter vor. Schlimmer war, daß es sich um ein Mädchen aus Göttlers Klasse handelte, und der Herr Lehramtsreferendar ihm das Händchen hielt als man ihr Sepso auf die Wunde tupfte, was natürlich etwas weh tat.

„Na, Ingridchen", sagte Berkmann, „was machst du denn für Sachen?"

„Wir haben uns in Hauswirtschaft geschnitten, Herr Berkmann", erklärte Christa Klein, „weil wir nicht hören können."

Göttler stand mit der bibbernden Ingrid da und warf einen schockierten Blick auf den sich rot färbenden Fußboden des Sekretariats. „Und das arme Mädchen schickt man nicht nach Hause?“

„Nein.“

„Sie wollen mir sicher erklären, warum...“

„Den Teufel werd' ich. Sie werden Ihre Nase in den Schülerbogen stecken. Da steht alles drin.“

„Zum Beispiel?“

„Daß niemand aufmacht, wenn das arme Mädchen vor der Tür steht zum Beispiel.“

„Niemand aufmacht? Was heißt das?“

„Das heißt, Mutter und Vater arbeiten, Kollege Göttler. Es genügt nicht, ein Kind in der Schule zu kennen. Ein wenig mehr Mühe müssen Sie sich schon machen.“

Christa Klein, die das Mädchen dem Hausmeister übergab, nickte gehässig. „Den Schülerbogen können Sie jederzeit einsehen, Herr Göttler. Nur nicht mitnehmen. Damit haben wir schlechte Erfahrungen gemacht.“

Göttler warf einen kurzen Blick auf den Boden, ob seine Sandalen noch da waren. „Ja, das will ich schon die ganze Zeit. Die Eltern mal in die Schule bestellen.“

„Wie bitte?“

Berkmann und Christa Klein sahen sich an. Was dachte sich der junge Mann? Vor allem, wie dachte er sich das?

„Die Eltern in die Schule bestellen? Wenn Sie schon nicht in die Papiere gucken, gehen Sie runter und fragen Sie Ingrid. Ihre Eltern sind berufstätig. Die arbeiten. Beide!“

„Mein Gott!“ rief Göttler. „Soviel Zeit wird doch sein.“

„Nein, Kollege. Soviel Zeit ist nicht“, sagte Berkmann. „Sie werden Ingrid fragen, wann ihre Eltern von der Arbeit kommen und sich baldmöglichst zu deren Wohnung in Bewegung setzen.“

Der Lehramtsreferendar verzog den Mund ein wenig. Der Alte zweifelte doch nicht etwa an seinem sozialen Engagement?

„Okay. Wenn Sie es so sehen, selbstverständlich. Ich bin schon unterwegs", sagte er. „Es ist nur, weil... ich sitze diese Woche an meiner Examensarbeit, wissen Sie."

Christa Klein, die genau verfolgte. was der eine und was der andere sagte, sah keinen Grund, von ihrer negativen Meinung über den Lehramtsreferendar abzuweichen. Erst die Kinder, dann die Examensarbeit! Das war ihre Meinung. Und der Chef, was sagte er dazu?

Er hob langsam die Augenbrauen und sagte:

„Herr Göttler, würden Sie das bitte wiederholen?"

„Was?"

„Was Sie eben sagten, Kollege Göttler."

„Die Examensarbeit? Ja, es paßt mir schlecht diese Woche mit dem Elternbesuch, weil... ich muß sehen, daß meine Arbeit fertig wird."

„Kollege Göttler!"

„Ja, bitte?"

„Tun Sie mir einen Gefallen. Lesen Sie über Kausalsätze nach."

Göttler verstand nicht.

„Kausalsätze, Kollege Göttler, sind Nebensätze, die mit da oder weil eingeleitet werden."

„Na und?"

Jedem anderen hätte Berkmann diese Frage verziehen. Nicht Arne Göttler. Nicht an diesem Vormittag. Nicht nach diesem Tanz mit Ingrids Finger.

„Sie sagen: Ich habe keine Zeit, weil... ich gehe nämlich in die Stadt. Das ist eine grammatikalische Verhöhnung. So vergewaltigt man die deutsche Sprache. Ich habe keine Zeit, weil ich in die Stadt gehe, heißt das."

Göttler blickte seinen Schulleiter an, als hörte er zum ersten Mal, daß die Erde eine Kugel ist, und weil er sich angesichts der gereizten Stimmung seines Chefs vornahm, nicht noch mehr Öl ins Feuer zu gießen, versuchte er zu lächeln, allerdings mit kläglichem Erfolg.

„Entschuldigen Sie, darauf habe ich noch gar nicht geachtet..."

„Na, dann achten Sie mal künftig darauf.“

Damit hätte Berkmann es bewenden lassen können, aber nein. Er konnte sich die Bemerkung nicht verkneifen:

„Wissen Sie, ich sag’ mir immer: Wenn es die Lehrer nicht wissen, wie sollen es die Kinder dann lernen?“

Nun kam der gute Göttler vollends aus dem Konzept.

„Na gut. Das ist bei mir vielleicht etwas dialektgebunden, weil... ich bin nun mal hier aufgewachsen.“

„Weil ich hier aufgewachsen bin, Kollege Göttler!“

„Was?“ rief der Lehramtsreferendar erfreut, „Sie auch?“

Berkmann bedachte Göttler mit einem kalten Blick, während Christa Klein dachte: Der lernt es nie. Sie war gespannt, wie es weiter ging mit den beiden.

„Nein!“ rief der Chef. „Ich nicht. Ich versuche nur, Ihnen etwas begreiflich zu machen.“

Aus Göttler sprach die reine Verzweiflung. „Woher wissen Sie das alles?“

Wieder dieser kalte Blick. „Von meinen Lehrern, Herr Göttler. Und aus meinen Büchern. Falls Ihnen an einem Geheimtip gelegen ist, sie heißen Duden und stehen in der Lehrerbücherei.“

Damit stampfte Berkmann davon, mit kleinen zornigen Schritten.

Göttler blickte ihm nach, während er leise zu sich selbst sagte: „Wenn er recht hat, hat er recht, der Alte. Weil... schließlich hat er Deutsch studiert.“

Auch den Rest des Vormittags hatte Christa Klein alle Hände voll zu tun. Bauamt, Erziehungsberatung, die Dame vom Jugendamt, das liebe Kollegium. „Christa, weißt du nicht? Christa kannst du nicht mal?“ Wer das nicht erlebt hatte, diesen Zirkus im Sekretariat, der konnte sich kaum eine Vorstellung machen.

Und dazwischen das Telefon! Aus dem Sekretariat der Grundschule mit Förderstufe herüber, vom Schulamt, von den Eltern: Frau Klein, sagen Sie doch meiner Tochter, wenn es regnet, hole ich sie mit dem Wagen.

Oder jetzt, dieser Anruf. Fünf Minuten nach elf. Der Hausmeister hatte gerade die Post gebracht.

„Ein Mann, Herr Berkmann. Er will seinen Namen nicht nennen. Persönlich, sagt er. Sie oder keiner."

Berkmann, der gerade das neue Rundschreiben durchlas, ließ das Gespräch auf seinen Apparat stellen.

„Sie wollen den Schulleiter sprechen? Ich bin der Schulleiter. Wer sind Sie?"

Eine Männerstimme: „Mein Name tut nichts zur Sache. Ich möchte nur eine Mitteilung machen. Sie haben an Ihrer Schule einen Jungen, der daheim ständig verprügelt wird..."

„Ja, und wer soll das sein?"

Berkmann gab Christa Klein, die zu ihm ins Zimmer kam, ein Zeichen, leise zu sein.

Die Männerstimme: „Ich habe mir vorgenommen, keine Namen zu nennen. Nicht den des Jungen. Nicht den der Eltern. Ich halte mich aus allem heraus. Nachher steht das Jugendamt vor der Tür."

„Hören Sie!" Berkmann zog nervös an der Schnur des Telefons. „Wollen Sie dem Jungen helfen? Oder wollen Sie weiter zusehen, wie er verprügelt wird? Genau das wird geschehen, wenn Sie nicht den Namen nennen und nicht den Mut haben, Ihre Behauptung zu begründen."

Auch dieser Appell konnte den Anrufer nicht bewegen.

„Wenn ich Ihnen meinen Namen sage, wissen die Eltern, wer angerufen hat. Und wenn ich Ihnen den Namen des Jungen sage, wissen sie es auch. Eltern, die ihre Kinder prügeln, sind gewalttätig. Ich denke nicht daran..."

„Sie bestellen den Notarzt. Aber Sie sagen nicht, wo der Verletzte liegt. Ist das Ihre Art von Hilfsbereitschaft? Ach was! Sie wollen dem Jungen ja gar nicht helfen. Sie..."

Berkmann hielt den Hörer ein Stück weg und hielt ihn dann wieder ans Ohr. „Hören Sie noch? Hallo, ob Sie noch hören?"

Dann ließ er die Hand sinken.

„Aufgelegt."

Christa Klein legte den Hörer, den er zornig hingeworfen hatte, wieder auf die Gabel. „Was halten Sie davon?"

„Ich halte nichts von anonymen Anrufen."

„Ich auch nicht. Aber nehmen wir an, der Mann sagt die Wahrheit und es passiert etwas..." Christa Klein stellte sich mit dem Rücken zur Tür und blickte ihren Chef von der Seite an. „Vielleicht sollte man mal im Lehrerzimmer herumhören."

Nein. Berkmann entschloß sich für ein Rundschreiben.

Vertraulich!

Verdacht auf Kindesmißhandlung. Der Schulleiter bittet um Hinweise. Besonders die Kollegen und Kolleginnen, die Sportunterricht erteilen.

Vielleicht hatte der eine oder andere etwas bemerkt. Körperliche Mißhandlungen hinterließen in der Regel Spuren.

Als Berkmann nach dem Abendtraining die Umkleidekabine aufsuchen wollte, kamen zwei wohlgenährte Rottweiler auf ihn zu und hinter ihnen her ein mittelgroßer Mann mit silbergrauem Haar und grünem Lodenmantel.

„Hallo, Schulleiter!" rief er, als er Berkmann sah, „was sehe ich denn da? Die Herren Lehrer bei der Arbeit?"

Berkmann klopfte sich die Stollen am Betonpfeiler der Einzäunung ab. „Sie sollten sich auch mehr bewegen, Bürgermeister."

Das Gemeindeoberhaupt lachte. „Mich bewegen meine Hunde. Und was ich abends in den Sitzungen zu hören kriege, weil ich zu gut zu den Schulleitern bin, das bewegt mich noch mehr."

„Es soll heiß hergegangen sein im Gemeinderat gestern abend..."

Ohne darauf zu reagieren, befahl der Bürgermeister seinen Hunden, Platz zu nehmen. „Hoch hergegangen ja. Aber nur bei dem Punkt Schulen. Weil es die Herren Rektoren mit der Aufsicht nicht genau nehmen."

Berkmann stützte sich auf die Einzäunung und begann seine Oberschenkel zu massieren. „Ich bin noch nicht dazu gekommen, Sie anzurufen. Aber wie ich mir habe sagen lassen, sind Sie auch der Meinung, daß es eine Unverschämtheit ist, was sich der *Stadtanzeiger* da leistet."

„Völlig", nickte der Bürgermeister. „Das hat der Hellmann auch von mir zu hören gekriegt. Mir will nur nicht in den Kopf, wie man zu diesen Leuten hinlaufen kann und mit dem Rechtsanwalt droht."

„Die Menschen sind nun mal verschieden. Ich bin halt jemand, der spontan auf Situationen reagiert," sagte Berkmann ohne großes Bedauern, und damit mußte sich Michelau begnügen, jedenfalls sah er sich urplötzlich vor eine neue, weitaus schwierigere Frage gestellt. „Und weil ich häufig so spontan bin, Bürgermeister: Was wird aus dem neuen Sportfeld?"

Jetzt schien der Herr Bürgermeister zu überlegen, ob er seinen Hunden nicht befehlen solle, Berkmann die Zähne zu zeigen. Aber er hatte auf alles eine Antwort, vor allem für alles eine Ausrede.

„Die Fraktion, lieber Berkmann! Die Fraktion", versuchte er sich herauszuwinden. „Vielleicht ist die Haushaltslage im nächsten Jahr besser." Und weil er wußte, daß die Haushaltslage im nächsten Jahr auch nicht besser war, kniff er leicht die Stirn zusammen und fragte: „Wieviel brauchen Sie für Ihr Schulfest?"

„Vierhundert Mark."

„Sagten Sie nicht – zweihundert?"

Berkmann blickte hinüber zu den Umkleidekabinen. Er war klitschnaß. „Ja, aber da dachte ich, wir bekommen den neuen Sportplatz dieses Jahr."

„Dreihundert", sagte der Bürgermeister grollend. „Und wenn Sie jetzt duschen gehen, die Duschen hat auch die Stadt bezahlt, Rektor."

Nach dieser freundlichen Erinnerung ließ sich Bürgermeister Michelau von den beiden Rottweilern in sein Einfamilienhaus am Neuen Graben ziehen, wo die Hautevolee von Michelfels zu Hause war.

Wie spät ist es? Wer ruft jetzt noch an? Wo sind die Hausschuhe? fragte sich Berkmann, als er zu sich kam.

Im Pyjama wankte er hinüber ins Wohnzimmer. Zum Telefon.

Noch nicht halb sieben. Eine Frechheit!

„Hallo?"

Er hörte jemand laut atmen. „Ja! Hier ist Frau Bender..."

„Frau Bender." Er nahm den Hörer in die andere Hand. „Ob ich Sie verstehe? Natürlich... verstehe ich Sie. Ist... etwas passiert? Mit Bettina...?"

„Nein."

„Weil... ich meine, es ist noch etwas früh."

„Herr Berkmann! Auch wenn es etwas früh ist. Besser jetzt als in der Schule. Ich möchte Ihnen das privat sagen."

Also doch etwas mit Bettina! Was war mit dem Kind?

„Ich höre, Frau Bender. Ich höre..."

„Das wollte ich Ihnen auch geraten haben, Herr Berkmann. Unsere Geduld ist nämlich zu Ende."

Berkmann versuchte die Augen etwas weiter aufzubekommen.

„Wie soll ich das verstehen?"

„Es betrifft Ihr Schulfest. Kaufen Sie Ihre Suppe, wo Sie wollen. Diese Mörder von der Bundeswehr mit ihrer Erbsensuppe kommen mir nicht auf den Schulhof!"

Hatte ihm da jemand einen Kübel kaltes Wasser übergestülpt, morgens um halb sieben Uhr? Oder was war das, was ihm da so eiskalt den Rücken herunterlief?

„Sagten Sie – Mörder, Frau Bender?"

„Ja, das sagte ich. Nächste Woche bringe ich Ihnen die Unterschriftenliste. Achtzehn Eltern haben schon unterschrieben."

Mörder von der Bundeswehr! Damit meint sie mich, dachte er. Den Wehrpflichtigen Michael Berkmann, damals in der Kaserne in Koblenz. War ich ein Mörder? Die Frau ist verrückt!

„Frau Bender, ich muß doch sehr bitten. Wenn Sie mich um diese Zeit schon anrufen..."

„Mörder habe ich gesagt. Und dabei bleibe ich", schrie Frau Bender. „Und wenn Sie noch mehr hören wollen, rufe ich meinen Mann. Der sagt Ihnen noch was ganz anderes. Im übrigen hat das Ganze ein Nachspiel. Wie und wo erfahren Sie noch. Wir jedenfalls erziehen unsere Kinder zu Atheisten."

Pazifisten, meinte sie. Aber was änderte das? Es gab wieder Ärger.

Und alles wegen ein bißchen Suppe...

Berkmann war froh, wenn er einmal herauskam aus seinem Käfig da oben. Lieber eine Vertretungsstunde als mit dickem Kopf stundenlang vor diesen Papierstößen hocken.

Allerdings machte sein Puls heute auf dem Weg vom Rektorat zur Klasse Schröter ein paar Schläge mehr.

Wenn Müller oder Urbanke sagen, daß ihnen das nichts ausmacht, lügen sie, dachte er. Keinem Schulleiter ist wohl in seiner Haut, wenn er in eine Klasse muß, die den Vorgänger fortgejagt hat. Ein wenig Bammel um sein eigenes Durchsetzungsvermögen hatte man da schon. Ein Rektor, der es nicht besser machte, war kein Rektor. War – wie sollte man sagen? Ein Vorgesetzter ohne Autorität. Jemand, der gute Ratschläge gab, ohne selbst über die Hürden zu kommen.

Ein wenig Bammel. Aber das legte sich bald.

Die Disziplin an Moskaus Schulen war nichts gegen das, was die Klasse von Frau Schröter ihrem Rektor beim Betreten des Klassenzimmers bot. Das war keine Klasse der Sonderschule Michelfels, das waren Jungens und Mädchen einer Kadettenanstalt.

Renate Schröters Sorgenkind Bernd, Spezialist für Einzelauftritte und Klassenvorturner, verkroch sich unter der Bank. Andi, die Nummer Zwei unter den Klassenclowns, saß da wie in der Kirche, mit gefalteten Händen und demütigem Blick. Wäre eine Stecknadel gefallen, hätte es sich wie ein Donnerschlag angehört. So still war es.

Mein Ruf muß katastrophal sein, dachte Berkmann.

Und dann begann der Unterricht.

Berkmann hielt sich an den Stoffverteilungsplan der Klasse, und in diesem Stoffverteilungsplan stand: Die Menschen gehen nicht sparsam genug mit dem Wasser um. Das klare, reine Wasser ist das Kostbarste, hatte ein gewisser Pindar schon vor 2500 Jahren gesagt.

Und was sagten die Schüler 2500 Jahre später? Die Lehrpläne sagten davon leider nichts.

„Wasser ist wichtig zur Herstellung von Bier."

Kein Wunder nach der Brauereibesichtigung der Klasse vor drei Monaten.

„Aber doch nicht nur!"

„Nein, Herr Berkmann. Gelegentlich brauchen wir es auch zur Reinigung unseres Körpers und für die Waschmaschine."

„Richtig." Berkmann ging langsam um die Bank von Oberklassenclown Bernd herum. „Das hast du sehr schön gesagt, Klaus. Waschmaschine! Eine von diesen Jacken, die auf Wasser wartet, hängt draußen an euren Garderobenhaken. Und wem gehört sie?" Berkmann spazierte noch einmal um die Bank herum. „Bernd, bring die Jacke zum Desinfizieren!"

Einmal mußte der Bursche erfahren, wie es war, wenn jemand mit ihm umsprang wie er mit seiner Lehrerin. Psychologie hin – Psychologie her! Mit den guten Ratschlägen der Psychologen hatte Renate Schröter Schiffbruch erlitten. Also mußte es ohne die Psychologen gehen. Nach dem alten Gesetz: Auge um Auge, Zahn um Zahn.

„Natürlich brauchen wir Wasser nicht nur zum Trinken und Waschen. Wozu noch, Sammy?"

Sammy war der Schüler, der sich bei Renate Schröters Adoptivsohn Platten auslieh.

„Wozu noch, Sammy?"

„Für uffs Klo..."

„Klo ist gut. Wo noch, Bernd?"

Das Grinsen auf Bernds Gesicht sagte alles. „Wenn der Karli in die Hosen scheißt, und die Mama muß es wegmachen..."

Nein! Einen Mann mit acht Semestern Psychologie und zwei Semestern Verhaltensgestörtenpädagogik provozierst du nicht, dachte Berkmann. Der schlägt nicht mit der Faust aufs Pult. Der überhört solchen Schwachsinn. Der steht über den Dingen. Das erzählst du doch deinen Referendaren immer. Also halte dich auch dran!

Auch wenn Bertram herausplatzt, was ihm gerade einfällt, und plötzlich hineinschreit in die eigentlich ganz normal verlaufende Unterrichtsstunde: „Heute dürfen Sie uns nichts aufgeben, Herr Berkmann. Heute kommt Dallas..."

Auch das kratzt nicht an deiner Souveränität, Berkmann. Du wirst es ihnen zeigen. Du bist nicht Renate Schröter. Oberclown Bernd hast du soweit, der hat Respekt. Ob du dir darauf etwas einbilden kannst oder nicht, wenn die moderne Psychologie nicht funktioniert, mußt du deine eigene anwenden.

Aber wie es dann mit den guten Vorsätzen oft so geht – ein Zwischenfall nahm Berkmann die Regie aus der Hand.

Unter Ächzen und Stöhnen betrat ein Schüler das Klassenzimmer, setzte sich an den Tisch hinten rechts, öffnete mit der Gelassenheit eines Generaldirektors seine Tasche, entnahm ihr bedächtig Deutschlands größtes Boulevard-Blatt und begann zu lesen.

Was nun, Herr Schulleiter? Was nun?

17 Minuten zu spät!

Betritt die Klasse, sagt nicht guten Morgen. Tut als wäre ich nicht da. Denkt, er schafft mich.

Was nun?

Berkmann überlegte. Nehme ich ihn mir vor, wie es sich gehört, und er bleibt auf seinem dicken Wohlstandshintern sitzen, wenn ich ihn hinauswerfe, was ich nicht darf, was dann? Setze ich mich mit den Eltern in Verbindung, kommt der Brief nicht an. Und wenn er ankommt, schreibt der Vater zurück: Hauen Sie ihm eine runter. Was ich ebenfalls nicht darf.

Eintrag ins Klassenbuch? Führungsnoten sind weggefallen. Also, Berkmann, was tun?

Hinten, auf der letzten Bank, dieser Bursche, der dich provoziert – und vor dir dreizehn Augenpaare, die wissen wollen, wer Chef im Hause ist.

Arme Frau Schröter! Höllenqualen mußte sie ausgestanden haben. Er konnte es ihr nachfühlen.

Was fehlte ihr nur, daß alles so an ihr vorbeilief? Es war bei Kindern oft wie bei Hunden: Den einen mochten sie, den anderen kläfften sie an – und niemand wußte warum.

„Horst!"

Der junge Mann mit dem Boulevard-Blatt gab ein gelangweiltes „Ich weiß" von sich, machte aber keinerlei Anstalten.

„Horst! Kannst du die Zeitung vielleicht einen Moment herunternehmen?"

„Ich verstehe", sagte Horst, aber noch sah es so aus, als verstünde er gar nichts.

„Liest du uns mal die Meldung mit dem dicken Balken auf Seite 2 vor...?"

Keinem Zauberkünstler wäre es gelungen, ein Blatt Papier so schnell in der Tasche verschwinden zu lassen wie dem Fünfzehnjährigen aus Renate Schröters Klasse. Alles! Nur nicht vorlesen!

„Schon gut, Herr Berkmann. Schon gut... Ich wollte nur wissen, wie das Wetter wird. Meinetwegen können Sie weitermachen."

An der zweiten Bank ging ein Finger hoch. „Bei der Schröter macht er das immer, Herr Berkmann..."

Der Name Schröter versetzte die Klasse in einen Zustand motorischer Unruhe.

„Ja. Warum kommt Frau Schröter eigentlich nicht mehr?" Die dicke Uschi sprach es aus, und die kleine Sonja antwortete.

„Weil ihr immer Scheiß macht."

„Moment, Uschi", sagte Berkmann, der gewohnt war, die moderne Erziehung nicht so weit zu treiben, daß nur die Schüler redeten. „Das ist nicht richtig. Ich brauche Frau Schröter in einer anderen Klasse. Da ist eine Lehrerin krank."

Was Bernd, der Held mit den Tempotaschentüchern, seinem Schulleiter nicht abnahm. „Uns hat sie gesagt, sie kommt überhaupt nicht mehr..." Daß er dabei einen Kaugummi wonniglich von der linken Backe zur rechten Backe schob, war kaum zu übersehen.

„Da liegst du falsch“, sagte Berkmann schroff. Zu mehr kam er nicht.

Unvermittelt, ohne anzuklopfen, betrat Christa Klein die Klasse. „Telefon, Herr Berkmann. Der Bürgermeister...“

Nein! Doch nicht während des Unterrichts. Warum hatte Christa das diesem Menschen nicht gesagt?

Oder war es etwas Wichtiges? Mehr Geld für das Schulfest vielleicht?

„Bleiben Sie einen Moment hier, Frau Klein. Ich bin gleich zurück. Die Klasse schreibt inzwischen, was an der Tafel steht...“

Was war in Bürgermeister Michelau gefahren an diesem Morgen? Anscheinend suchte er jemanden, an dem er seine schlechte Laune auslassen konnte. Seine Stimme klang, als würde er am liebsten durchs Telefon springen.

„Sie! Was höre ich da?“ trompete er in Berkmanns Ohr. „Was erarbeiten Sie? Richtlinien für was? Für den islamischen Religionsunterricht? Seid ihr verrückt?“

„Bürgermeister! Wollen Sie damit sagen, Sie lassen mich aus der Klasse holen, um mich das zu fragen?“

„Ja. Das will ich. Sie sind ja die ganze Zeit besetzt. Also nochmal, Rektor: Erarbeiten Sie...?“

„Nein. Wer hat Ihnen diesen Unsinn erzählt?“

„An den Universitäten arbeiten sie daran. Das weiß ich von meiner Tochter. Damit wir den Islam respektieren lernen. Aber mit meinen Steuergeldern nicht. Haben wir vielleicht noch nicht genug Kirchen?“

Heiliger Strohsack! Wie würde es Christa da unten ergehen? Wie sollte sie mit diesen Rabauken fertig werden?

„Ich muß Schluß machen, Bürgermeister. Ich bin nicht die Universität und nicht Moslem. An unserer Schule wird christlicher Religionsunterricht erteilt. Falls er erteilt wird.“

„Was heißt das schon wieder?“

„Rufen Sie mich heute nachmittag in der Wohnung an, Bürgermeister. Meine Klasse ist ohne Aufsicht.“

Das war nicht übertrieben, angesichts der Tatsache, daß eine Sekretärin, schulrechtlich gesehen, eine Klasse nicht beaufsichtigen durfte und wohl auch nicht beaufsichtigen konnte, wenn es nicht einmal eine Lehrerin zuwege brachte.

Schlimmes befürchtend rannte Berkmann in die Klasse zurück.

Und was sah er?

Christa Klein stand vor der Wandtafel, neben dem Pult. Ein wenig blaß, aber unversehrt und ohne Bernds Kaugummi im Gesicht.

Und die Klasse?

Die Klasse saß da und schrieb.

Durchgesetzt hatte er sich in der Klasse Schröter. Aber hatte er auch gewonnen? Da kamen Berkmann doch Zweifel.

Gewiß, Schröter-Schreck Bernd und die anderen hatten Respekt vor ihm. Konnte sich der moderne Pädagoge damit zufrieden geben, oder mußte er sich fragen, ob er nicht zu autoritär war?

Die Bande hatte nachgegeben, ihm, dem Stärkeren. Wie der Gymnasiast Michael Berkmann diesem Sadisten von Mathematiklehrer nachgegeben hatte vor fünfundzwanzig Jahren. Vielleicht profitierte Renate Schröter davon. Bereinigt war die Situation damit noch nicht, so wenig wie seinerzeit in der Abiturklasse des Michael Berkmann.

Nein, es war nach wie vor offen. Wie es weiterging mit der Klasse, wußten die Götter.

Also Schluß damit, dachte er. Aber Christa Klein, die gerade das Rundschreiben ins Lehrerzimmer gebracht hatte, gab noch keine Ruhe, sondern fragte: „Na, wie war's?" Als ob sie das nicht längst gewußt hätte.

„Wie es war?" Berkmann schlug die Lehrerzeitung auf, die sie ihm in die Hand drückte. „Wenn Göttler mit dieser Stunde zur Zweiten Staatsprüfung antritt, kann er sich die Kugel geben..."

Ein ungläubiger Blick.

„Ich weiß nicht, Herr Berkmann. Als Sie zum Telefon gingen und ich dachte, die Gesellschaft frißt mich auf, saßen die Kinder plötzlich da, als hätte ihnen jemand ein Beruhigungsmittel in den Kakao getan. Allen voran Schröter-Schreck Bernd..."

„Sie meinen meine Leistung als Dompteur."

„Ich meine Ihre Stunde allgemein."

„Nein, nein, Christa. Das Beruhigungsmittel waren Sie."

„Ich? Ich habe gezittert. Zehn Minuten nichts wie gezittert..."

„Kokolores! Sie haben die Bande in Schach gehalten wie eine Weltmeisterin. Am besten schicke ich Sie in die Schröter-Klasse, und die Schröter setzt sich an Ihre Maschine... Was sind das für Blümchen, Christa? Wo kommt diese Vase her? Dieses süße... Väschen?"

„Keine Ahnung."

„Christa, so sagen Sie schon!"

„Ich weiß es wirklich nicht, Herr Berkmann. Vielleicht eine Verehrerin?"

„Wollen Sie damit sagen, hier, wo alles offen herumliegt, hat sich ohne Ihr Wissen jemand aufgehalten? Eine fremde Person?"

„Oh, schließlich gibt es auch andere, die hier täglich ein- und ausgehen, in letzter Zeit auffallend häufig", antwortete sie schnippisch und mit einer so unüberhörbaren Anspielung, daß Berkmann sofort wußte, wen sie meinte.

„Frau Scholz?"

Christa hatte das Gerücht in die Welt gesetzt, daß die Scholz hinter ihm her war. Ein Produkt ihrer Phantasie. Es war richtig, daß Birgit Scholz in letzter Zeit wegen jeder Kleinigkeit gelaufen kam. Aber daß Christa das zum Anlaß nahm, ihm zu dieser „Eroberung" zu gratulieren, wie gestern, das ging nun doch zu weit.

So reagierten Frauen, die sich benachteiligt fühlten.

Benachteiligt?

Jetzt fiel es ihm endlich auf. Jetzt, während er seine Sekretärin nachdenklich betrachtete. „Wie haben Sie heute das Haar so hübsch, Christa. Wie vom Friseur."

„Danke."

Noch einmal warf Berkmann einen Blick auf ihre Frisur. So hübsch war sie nun auch wieder nicht. Vielleicht sollte sie doch mal zu einem Fachmann gehen.

Dieser nüchterne, sachliche Stufenschnitt mit dem kurzen Nacken...

Es gab Frisuren, die jünger machten.

Nach zwei kühlen Tagen mit Regen und leichtem Nachtfrost machte der Frühling ernst. Die Sonne schien durch die Fenster des Rektorats bis zu Christa Kleins Schreibmaschinentisch und dem ovalen Wandspiegel, vor dem die Damen, wenn sie im Sekretariat erschienen, ihre Frisuren auf Konkurrenzfähigkeit überprüften.

Am Schreibmaschinentisch saß Christa Klein vor einem Berg Arbeit und vor dem Marschplan für diesen Vormittag. Der Chef wußte nicht immer, was er zu tun hatte, wann und wo. Wenn sie nicht alles notierte, würde er sich ganz schön umgucken.

Dann säßen die Leute manchmal im Besucherzimmer von morgens acht bis mittags um zwölf.

Daß dem von ihr geschätzten Herrn Hildesheimer dieses nicht widerfuhr, dafür sorgte sie, als der Chef aus der Pause kam.

Berkmann hatte ein Faible für den Pfarrer. Vierzig Jahre hatte er seiner Gemeinde gedient, gut die Hälfte davon der evangelischen Kirchengemeinde Michelfels. Seine Frau war mit dreißig gestorben, an ihrem ersten Kind, neunzig Minuten nach der Geburt, während er auf der Kanzel stand und predigte.

Seitdem war er einsam. In seinem Glauben kein gebrochener Mann, aber einsam in seinem Herzen.

Seitdem trug er schwarze Anzüge, nur schwarze Anzüge mit weißem Hemd und schwarzem Schlips.

Trotz dieser äußeren Finsternis hatten die Kinder ihn gern. Zu ihm gingen sie in den Konfirmandenunterricht, wenn er

Orgel spielte und aus der Bibel vorlas. Zu ihm. Nicht zu dem jungen Pfarrer, der mit ihnen hinter dem Friedhof Fußball spielte.

„Pfarrer Hildesheimer...!"

„Mein lieber Berkmann."

„Sie sind schon wieder auf den Beinen, Pfarrer? Sie übertreiben es. Unvernunft ist eine Tugend, die unser Herrgott nicht schätzt."

Daß sich jemand um ihn sorgte, tat dem Pfarrer offenbar gut. Man sah es an seinem Lächeln. „Mir hat der Herr gesagt, geh' in die Schule und bringe ihnen etwas bei, bevor die Heiden kommen, lieber Berkmann..."

„Ich hoffe, das tun Sie noch lange."

Der Pfarrer stützte die Ellenbogen auf und faltete die Hände. „Mein lieber Berkmann, ich bin keine vierzig mehr. Ich muß an meine Gesundheit denken. Ich werde alt und vergeßlich. Und bevor ich noch vergeßlicher werde, gehe ich lieber heute als morgen."

„Wohin, Pfarrer? Wohin?"

„Wohin? Sehen Sie, die Arbeit mit den Kindern erfordert viel Kraft. Kraft, die ich für meine Gemeinde brauche, die mich manchmal ärgert, aber die mich heute umso dringender braucht."

„Sie werden mir doch jetzt nicht sagen, daß Sie alles hinwerfen", sagte Berkmann entsetzt.

Pfarrer Hildesheimer blickte zu dem Bild des Bundespräsidenten auf, das auch die Wand des Besucherzimmers zierte.

„Einige meiner jungen Mitbrüder haben es mir...nahegelegt. Es ist zuviel, was ich nicht mehr verstehe, lieber Berkmann. Von der Heiligen Schrift und den Zehn Geboten soll ich nicht mehr reden, sagt man im Ministerium. Ich soll den Kindern nur noch erklären, was Religion ist. Dazu braucht man keinen Pfarrer. Das können auch die Kollegen der Gesellschaftslehre."

Und dann redete sich der Pfarrer einmal alles vom Herzen.

„*Wir* waren nach dem Krieg damit beschäftigt, Schwierigkeiten niederzukämpfen. Diese Generation lehrt man, wie man

Schwierigkeiten am besten umschifft. Damit lösen einige unserer jungen Pfarrer ihre Probleme. Und das muß ja wohl jetzt überall so sein. Die Bibel liegt nicht mehr obenauf, lieber Berkmann. Das ändern wir nicht mehr. *Sie* nicht und *ich* nicht."

Endlich kamen die Kognakgläser, die Berkmann per Hausapparat bei Christa geordert hatte, und es war der Pfarrer, der zuerst danach griff. Als müsse er sich Mut machen zu seiner Klage über diese Welt, in der selbst die Pfarrer Gott immer mehr aus den Augen verloren. In der die Politisierung des Evangeliums fortschritt, nicht nur bei den Vikaren. Das könne er, Pfarrer Hildesheimer, nicht länger vertreten. Er, Berkmann, solle doch endlich sein Versprechen wahr machen und auf ein Plauderstündchen ins Pfarrhaus kommen.

Der Allmächtige wollte es, daß der Seelsorger mit einem falschen Eindruck von Berkmanns Schule schied. Denn just in dem Augenblick, als er die Tür öffnen wollte, wurde sie mit einer Vehemenz, die jeden Normalsterblichen erschrecken ließ, von der anderen Seite aufgerissen, und eine völlig aufgelöste Christa Klein wäre ihm um ein Haar in die Arme gefallen.

„Herr Berkmann! Kommen Sie schnell in die Klasse von Frau Uhlmann. Oliver hat sich die Lippe aufgeschlagen..."

„Ach, du lieber Gott!"

Bevor Pfarrer Hildesheimer die Mahnung aussprechen konnte, daß man den Namen des Herrn nicht mißbrauchen solle, war Berkmann aufgesprungen. Er ließ den Pfarrer stehen und rannte hinunter in die Klasse, während Christa Klein den Verbandskasten aufriß.

Der Schnaps! Wo war der Schnaps? Der Schnaps mußte her. In solchen Fällen half bei Elke Uhlmann nur ein Schnaps.

Als Christa mit dem Sepso zum Desinfizieren und dem Alkohol zum Beruhigen an der Unglücksstätte anlangte, hatte Berkmann bereits mit der Schockbehandlung begonnen.

Der blutende Oliver saß gefaßt auf seinem Stuhl und hielt das Taschentuch unter die blutende Lippe, die Augen voller Mitleid auf das Pult gerichtet, wo seine Lehrerin mit heilen, aber bibbernden Lippen saß.

Elke Uhlmann konnte kein Blut sehen.

Berkmann goß ihr ein Schnapsglas voll ein. Sie kippte es hinunter wie die Penner auf den Bänken im Stadtpark.

„Danke, Herr Berkmann. Sie wissen ja, daß ich sonst nicht..."

„Pst", machte Berkmann. Natürlich machten die Kinder, die nicht wankten und nicht wichen, große Augen und fragten:

„Was ist denn in dem Glas, Herr Berkmann? Ist das Schnaps?"

„Wanda! Was du immer gleich denkst! Wie kommst du denn auf die Idee? Das sind die Tropfen für deine Lehrerin. Das mußt du doch sehen", versuchte Berkmann in leichter Verzweiflung Anstand und Sitte aufrechtzuerhalten.

„Was für Tropfen denn, Herr Berkmann?"

„Die Tropfen für ihren...ihren...die Tropfen für ihre Kopfschmerzen, Wanda."

Inzwischen hatte Elke Uhlmanns Gesicht wieder Farbe bekommen. Um Rückfällen vorzubeugen, blieb Berkmann noch eine Weile neben ihr sitzen.

Christa hatte den Verunglückten mit hinaufgenommen ins Krankenzimmer. Händchenhaltend saß sie neben der Liege mit dem kleinen Patienten.

Als Berkmann hereinkam, stand sie auf. „Wollen Sie sich... einen Moment...zu ihm...?"

Setzen – meinte sie.

Aber er schüttelte den Kopf. „Nein, nein. Bleiben Sie nur. Ans Krankenbett gehört nun mal die Mutter."

Wenn er so grinste, so übermütig, so anzüglich – böse konnte sie ihm nicht sein.

Aber die Zunge hätte sie ihm schon gern herausgestreckt.

Zwölf Tage später kam der Brief vom Rechtsanwalt.

„... habe ich im Namen meines Mandanten bei der Schulaufsicht gegen Ihre Entscheidung, den Schüler Ulli Sandosch nachsitzen zu lassen, Beschwerde eingelegt und gebeten, diese Entscheidung unverzüglich rückgängig zu machen. Durch den

Tatbestand, nicht erledigte Hausaufgaben nacharbeiten zu lassen, wird die Bewegungsfreiheit des Jungen in unzumutbarer Weise eingeschränkt."

Hinweise auf entsprechende Paragraphen folgten.

Christa Klein war außer sich. „Und was jetzt?"

„Jetzt? Jetzt schreiben wir zurück."

„Und was schreiben wir?"

Berkmann schob den Schulrechts-Ordner, in dem alles stand, was man als Schulleiter nicht wußte, in den Aktenschrank zurück und holte seiner Sekretärin den Stenoblock.

„Wir schreiben: Das Nachsitzen eines Schülers verstößt laut Verwaltungsgericht Mannheim nicht gegen die grundrechtlich geschützte Bewegungsfreiheit. Das Nachsitzen ist danach lediglich eine Beschränkung der allgemeinen Handlungsfreiheit, die der Lehrer verordnen darf... Haben Sie, Christa?"

„Herr Berkmann, inzwischen haben Sie sich doch an meine Schnelligkeit gewöhnt, oder?"

„Also, dann weiter: Der Vorwurf, die zusätzlichen Schulstunden seien als Verstoß gegen das Grundgesetz zu betrachten, ist deshalb hinfällig. Aktenzeichen 9 S 27/57/83."

Das war der Faustschlag, der den Gegner kampfunfähig machen sollte. Der Dolchstoß folgte mit dem Nachsatz: „Im übrigen hält sich die Schule an die durch Gesetz und Erlaß geregelten Ordnungsmaßnahmen, die ein Nachsitzen grundsätzlich verbieten. Im Falle des Schülers Ulli Sandosch ist die Ordnungsmaßnahme lediglich ein Nachholen nicht erledigter Hausaufgaben unter Aufsicht eines Lehrers bei voller Wahrung des grundgesetzlich geregelten Gleichheitsprinzips..."

Christa Klein stöhnte, als sie die beiden letzten Worte wiederholte. „So einen Schmarrn, so einen steifen, haben Sie mir lange nicht diktiert, Chef."

„Juristen-Deutsch, Christa."

„Und darin kennen Sie sich aus?"

„Ich nicht. Das Schulrecht. Wo war ich stehengeblieben?"

„Gleichheitsprinzip...grundgesetzlich geregelten Gleichheitsprinzips..."

„Richtig. Und weiter: Die Maßnahme erfolgt ausschließlich zur Förderung der Kenntnisse des genannten Schülers. Dabei wird davon ausgegangen, daß der Schüler seine Hausaufgaben nicht aus böser Absicht verweigert, sondern wegen mangelnder Fähigkeiten. Die Schule hat aber die Pflicht, jeder Entwicklung, die sich im Blick auf die Berufsbildung nachteilig auswirken kann, vorzubeugen."

Christa Klein ließ den Bleistift sinken. „Ist es Ihnen recht, Chef, wenn ich mir nebenan einen Kaffee braue? Ich bin Streß ja gewöhnt, aber das ist zuviel."

„Es ist mir recht. Und das war's auch schon...das heißt, mit Kiefer muß ich noch reden."

„Mit Kiefer? Über Kiefer wollte ich gerade mit Ihnen reden, Chef."

„Ach ja?"

Christa Klein überzeugte sich, daß sie auch wirklich allein waren, und sagte dann leise: „So jedenfalls geht es nicht weiter. Die Kinder machen sich ja schon über ihn lustig."

„Ist er wieder den Führerschein los?"

„Den ist er ständig los. Den bekommt er gar nicht wieder. Und trotzdem fährt er." Sie schaute sich noch einmal um. „Einer seiner Schüler muß eine Bemerkung gemacht haben. Zu Hause. Bei seinen Eltern. Und die haben den Mund nicht gehalten, und jetzt liegt es beim Elternbeirat. Im Vertrauen gesagt..."

Berkmann atmete tief durch. Ein gestandener Lehrer. Ein tüchtiger Lehrer. Alkoholiker! Was hatte er, Berkmann, nicht schon alles versucht. Wenn er Kiefer ins Gewissen redete, ging es wieder eine Weile, aber wie lange?

„Es geht mich zwar nichts an, Herr Berkmann. Aber wenn Sie mich fragen, der Mann braucht eine Frau", setzte Christa Klein die Betrachtung des Falles in energischem Ton fort. „Er muß weg von dieser Mutter. Mit Dreiundvierzig noch wie ein Kind behandelt werden... kein Mann hält das aus."

„Und?" fragte Berkmann, der dieser Meinung keineswegs abhold war, „an wen hatten Sie gedacht?"

„Ich? Ich denke in solchen Fällen überhaupt nicht. Ich bin doch keine Kupplerin", rief sie empört.

Sie wäre nicht ungern eine gewesen. So ein verwöhntes Töchterchen wie die Scholz wäre genau das, was er brauchte, dachte sie. Dann hätte er für sein Leben ausgesorgt und könnte reisen...reisen. Das bißchen Altersunterschied machte es nicht.

Wenn Kiefer nur äußerlich etwas mehr dahergemacht hätte!

Eine halbe Stunde später stand dieses Fräulein Scholz bei Christa Klein im Sekretariat und besprach mit ihr das Rundschreiben an die Eltern der Klasse 5 b, als sich herausstellte, daß mit Kiefer und der Birgit so schnell doch nichts wurde. Denn beim Erscheinen Berkmanns flog das gnädige Fräulein mit hochrotem Kopf und wehendem Pferdeschwanz auf und davon, was Christa in ihrer Vermutung bestätigte, daß die Birgit im Moment voll und ganz auf den Chef abfuhr.

Mit dieser Feststellung begab sie sich zu ihrer Schreibmaschine zurück, entschlossen, auch diese Beobachtung für sich zu behalten. Der Chef hätte sie nur ausgelacht.

Außerdem lag es ihr fern, sich wie eine eifersüchtige Gans zu benehmen.

Die Arbeit rief. Die Erhebung der voraussichtlichen Schülerzahlen stand an. Zwei Abgänge. Das Gutachten von Sigi Schomburg – und die Zeitung!

Christa Klein hatte sie Berkmann so auf den Schreibtisch gelegt, daß er den Bericht nicht übersehen konnte, der an gut plazierter Stelle auf Seite vier des Sportteils stand.

Mit einem Aufschrei stürzte er sich auch sofort darauf.

„Sehen Sie sich das an! 3:4! Michelfeld verliert in Weimersdorf! Meine Alt-Herrenmannschaft. Diese Flaschen!"

„Oh, eine dieser Flaschen wird besonders erwähnt, wenn ich nicht irre." Christa deutete auf den zweiten Abschnitt und forderte ihren Chef mit einem hypnotisierenden Blick zum Weiterlesen auf.

„Ohne Berkmann waren die Michelfelser Alten Herren nur zweite Wahl! Der alte Routinier fehlte hinten und vorn..."

Gequält lächelte er zu ihr hinauf, die zum ihm herablächelte wie eine nachsichtige Mutter. „Welch ein Unglück für Michelfels! Und den deutschen Fußball. Herr Berkmann, wann hören Sie endlich mit diesem Unsinn auf? Wie ein Dreckspatz herumlaufen und alle Augenblicke mit Bandagen um die Knochen. Das ist doch nun wirklich nichts mehr für Sie..." Sie ließ ihm keine Sekunde Zeit, zu widersprechen, sondern stürzte sich sofort auf das nächste Thema. „Ich meine, wo Ihr Beruf Sie doch so in Anspruch nimmt. Dieser Kraft hat doch schon wieder angerufen..."

„Nein, Christa, verschonen Sie mich damit!"

„Ich informiere Sie nur. Ein Schulleiter muß wissen, was die Leute reden. Die Leute im Gesangverein sagen, er hat das Geld nicht für den Anwalt, und die Gutowski sagt, vermietet ist vermietet."

Damit griff sie nach ihrer Handtasche, öffnete den Garderobenschrank und nahm ihren Mantel. Ihre Zeit war abgelaufen, schon vor einer halben Stunde. Wann kam sie schon einmal pünktlich aus dem Haus? Deshalb wagte Berkmann auch kaum zu sagen, daß er noch etwas auf dem Herzen hatte.

„Hätten Sie heute nachmittag ein Stündchen Zeit? Ich habe da noch ein Gutachten...drei, vier Seiten..."

Sie wich aus. „Schlecht. Ich muß mich um die Jungens kümmern. Sie sind im Moment in keiner guten Gesellschaft. Wie ist es denn morgen...?"

„Gut, dann morgen." Berkmann hielt ihr die Tür auf. „Vergessen Sie die Einladung nicht, Christa. Die Schomburgs sind tödlich beleidigt, wenn sie Ihnen das neue Schwimmbad nicht vorführen können..."

Zu seiner Überraschung war es nicht die Zugehfrau, die ihm den Anzug aus der Reinigung vorbeibringen wollte. Vor seiner Tür stand Babsie. Genau eine Stunde vor der Party bei den Schomburgs. Sie hatte den blauen Blouson mit den Krempelärmeln an, den Reißverschluß offen, den Kragen nach oben, weil das Haar im Nacken wieder zu lang wurde.

„Nur auf einen Sprung", sagte sie. „Ich habe noch Besuche."

Wie üblich. Keine Zeit. Keine Zeit.

„Du spannst zu wenig aus, Babsie. Tritt kürzer! Du weißt, daß es so nicht weitergeht. Letztes Wochenende warst du Tag und Nacht unterwegs", sagte er. „Und morgen der Kongreß in Baden-Baden."

„Und? Vorletztes Wochenende war ich bei meiner Mutter. Samstag hin, nach den Hausbesuchen, und Sonntag zurück..."

„Samstag hin und Sonntag zurück! Jetzt kann ich mir auch unseren Urlaub vorstellen."

„Das ist unfair, Micha! Du weißt, ich kann nicht frei über meine Zeit verfügen. Eine ledige Ärztin muß Rücksicht auf die Kollegen mit Kindern nehmen, die auf die Schulferien angewiesen sind. Das kennst du alles nicht. Du nimmst deinen Ferienkalender und sagst: Frau Klein, ab Mittwoch schmeißen Sie den Kram. Ich fahre in die Berge..."

Diesen Namen hätte sie besser nicht erwähnt. Den ganzen Nachmittag hatte Berkmann an Christa denken müssen, an ihre Krankheit und wie es weiterging, wenn sie ein paar Wochen ausfiel.

Hatte ihr Zustand sich verschlimmert? Sie war in letzter Zeit so apathisch.

„Nein", sagte Babsie. „Sie hat gut angesprochen auf die Behandlung, deine Frau Klein. Mit Rückfällen mußt du bei dieser Krankheit rechnen. Was du jeden Tag von ihr verlangst, ist sicher auch nicht das, was sie braucht, mein Lieber."

„Schön. Aber nach Hause schicken mußt du sie. Du bist die Ärztin."

Frau Klein. Frau Klein und nochmal Frau Klein. Es war zum Davonlaufen. Aber nur nichts anmerken lassen, Barbara, überlegte sie. Sonst denkt er noch, du bist eifersüchtig.

Leg den Kopf an seine Schulter, sieh ihn an, ein wenig unglücklich und sag', wie das andere Frauen in solchen Fällen tun:

„Micha, ist es immer die Schule, über die wir reden müssen in den paar Minuten, die uns bleiben...?"

Und siehe da, er denkt nach.

Aber um die Antwort kommt er herum. Ausgerechnet in diesem Augenblick muß Elisabeth anrufen.

„Frau Doktor, Sie müssen noch in die Gartenstraße. Gallenkolik!"

Das war's dann.

Nein, sie war im Moment auch nicht in Form. An der Klinik war es ihr besser ergangen. In der Praxis einer Allgemeinmedizinerin gab es keinen Oberarzt, den man fragen konnte. In ihrer Praxis hieß der Oberarzt Dr. Barbara Wegener.

Sie sah auf die Uhr. „Gartenstraße, Gallenkolik. Du hast ja gehört. Du...hast auch noch etwas vor?"

„Ja, eine Party. Sigi Schomburg. Du kennst ihren Mann..."

„Den Zahnmediziner?" Babsie kräuselte die Stirn. „Frau Klein kommt auch?"

„Warum soll sie nicht kommen? Sie gehört dazu."

Babsie versuchte gleichgültig zu bleiben, aber ihre Stimme klang ein wenig rauh. „Natürlich. Sie gehört ja dazu..."

Alles sah sehr festlich aus. Das Haus erstrahlte im schönsten Glanz. Die Schomburgs hatten sich viel Mühe gemacht. Ein Party-Service hatte ein großes Büfett aufgebaut. Zu essen gab es in Hülle und Fülle, und das Wetter meinte es auch gut mit den Gastgebern. An die 20 Grad, und das im Mai. Wann hatte es sowas schon gegeben?

Natürlich gab es das kalte Büfett auch bei den Schomburgs nicht umsonst. Erst mußte man alles bestaunen.

Schließlich hatte man das Haus aus eigener Kraft erstellt, auf der Kreditbasis zweier nicht schlechter Monatseinkünfte und der Feststellung des Steuerberaters, daß Sigi Schomburg als Lehrerin weniger verdiente als Ehemann Dr. Manfred Schomburg an Steuern zahlte.

Davon war während der Besichtigung nicht die Rede.

„Hier", sagte Sigi Schomburg, „sind die Toiletten. Dort ist

das Arbeitszimmer, und im 1. Stock befinden sich die Schlafräume und Gästezimmer. Und was Sie nebenan sehen, das lange Gebäude, das ist die Praxis …"

Dann erläuterte Ehemann Dr. Manfred die Füllung des Schwimmbeckens und dessen Sauberhaltung. Erst in letzter Minute hatte seine Frau ihn bewegen können, auf den DIA-Vortrag über den Rocky-Mountains-Trip vom vergangenen Sommer zu verzichten, weil die Rocky-Mountains inzwischen jeder kannte.

Um das Schwimmbecken herum standen weiße, mondäne Gartenstühle, fahrbare Liegen und eine Hollywoodschaukel in zartem Marineblau.

„Wir würden uns freuen, Sie in der Zeit zwischen 19 und 20 Uhr begrüßen zu können", stand auf der Einladung mit zartroten, seegrünen und postgelben Blümchen, Herzchen und Girlanden, von Schülerhand, versteht sich.

Über die acht Meter lange Terrasse erstreckte sich das Büfett mit Fisch- und Fleischspezialitäten, einem Faß Bier in der Mitte, einem Zapfhahn, mit dem keiner besser umgehen konnte als Hausmeister Weller, ein Mann der Feuerwehr, der sich mit dem Hausherrn, dem Zahnarzt Dr. Schomburg, in die Getränkeausgabe teilte.

Allerdings waren nicht alle gekommen. Pfarrer Hildesheimer war nicht gekommen. Renate Schröter war nicht nach Feiern zumute, obwohl es mit ihr und der 7 b etwas besser ging, seit Klassenschreck Bernd in der 7 a bei Personalrat Wagner saß und schon die erste gefangen hatte.

Dafür brachte Rosel Gutowski ihren Freund und ihre Kinder mit. Das Riesenbüfett! Nichts sollte umkommen.

Die anderen kamen allein, auch Elke Uhlmann.

Hübsch hatte sie sich zurechtgemacht. Schwarzer Hosenanzug mit Goldrand. Sonnenbankgebräunt von Kopf bis Fuß, und dazu dieses weißblonde Haar.

Aber sie sah nicht aus als sei sie zum Vergnügen hier. Die querschnittgelähmte Schwester, die Trennung von ihrem Mann, sie kam einfach nicht von zu Hause los.

Berkmann ging auf sie zu. „Ich glaube, wir beide müssen mal einen zur Brust nehmen, Elke Uhlmann. Sie machen ein Gesicht! Ist Ihnen was über die Leber gelaufen?"

Sie hob matt die Hand. „Ach, Herr Berkmann, bis ich abends fertig bin und die Schwester im Bett habe, bin ich manchmal so geschafft, daß ich nichts weiter möchte als mich hinsetzen und mal richtig heulen."

„Aber zum Aufpassen habt ihr doch die Oma."

„Ach, so einfach ist das für meine Mutter auch nicht mit ihrer Osteoporose. Sie jammert zwar nicht, aber ich sehe doch, wie es sie anstrengt." Sie machte eine Pause. „Außerdem ist es nicht die Familie. Nein, ich bin sauer auf diesen komischen Opa Mohr. Ich hab's ihm so gut erklärt, daß Stephan in die Sonderschule muß..."

„Aber er hat's nicht gefressen."

„Nein."

Sie gingen am Schwimmbad vorbei ein Stück in den hinteren Teil des Gartens, der bis zu den riesigen Kiefern des Gemeindeforstes hinauslief. Im Winter, sagten die Schomburgs, kämen die Rehe bis an den Zaun.

Auf der Terrasse zündete jemand die Lampions an. Die Gäste standen herum, einzeln und in kleinen Gruppen, das Glas in der Hand, so steif wie Dr. Manfred Schomburgs Schlips. Es mußten dringend ein paar Schnäpse her.

Elke Uhlmann blieb stehen und sah Berkmann unglücklich an. „Sicher habe ich wieder was falsch gemacht..."

„Nein, nein. Falsch gemacht haben Sie nichts. Wenn ein Kind in der Schule nicht mitkommt, empfinden die Eltern es als Schande. Dann geht es nicht mehr um das Kind, dann geht es nur noch um den Ruf der Familie."

„Die Eltern weniger. Der Opa, der hat sich so aufgeführt." Wenn Elke Uhlmann sich erregte, brauchte sie eine Zigarette. Aber Berkmann konnte ihr kein Feuer geben. „Schulschwierigkeiten! Daran sind nur die Lehrer schuld. Mein Enkel ist kein Sonderschüler, hat mich dieser Mann angebrüllt. Sie wollen ihn nur in diese Schule bringen, weil sie sonst

Ihre Stelle los sind. Wollen Sie mehr hören, Herr Berkmann?"

Er nickte. Wenn das einmal heraus war, konnte sie vielleicht für den Rest des Abends noch ein bißchen lachen. Warum zum Teufel aber auch hatte sie ausgerechnet heute zu diesen Leuten gehen müssen!

„Sonderschulen, sagt Stephans Opa, sind überholt. Heutzutage sitzen Behinderte und Nichtbehinderte in einer Klasse. Lesen Sie keine Zeitung?"

„Hört sich gut an, nicht?"

„Ja. Wenn wir es nicht schon hundertmal versucht hätten und nicht hundertmal zu dem Ergebnise gekommen wären, daß es nichts bringt", sagte Elke Uhlmann deprimiert. „Ihnen brauche ich nicht zu sagen, warum es die Albert-Schweitzer-Schule gibt. Für die Lernschwachen haben wir sie gebaut, weil sie woanders den Hauptschulabschluß nicht bekamen. Und jetzt will man zum alten Zustand zurück und unsere Schule am liebsten abreißen. Ist doch verrückt."

„Der Enkel, den sie vor zwei Wochen getestet haben, hat einen IQ von 69, Frau Uhlmann."

Sie stampfte mit dem Fuß auf. „Aber in seinem Zeugnis steht etwas anderes. In seinem Zeugnis steht ausreichend. Ausreichend! Keine einzige Fünf."

„Keine einzige Fünf?"

„Keine einzige. An der Schule von Herrn Urbanke werden keine Fünfer mehr gegeben. Konferenzbeschluß."

„Warum das denn?"

„Aus pädagogischen Gründen."

„Bei Urbanke?" Was war denn dem eingefallen? Der war doch sonst so vernünftig. Das war ein klarer Verstoß gegen die Erlaßlage.

„Das ändert allerdings die Situation, Frau Uhlmann. Damit kommt Opa Mohr durch. Ohne mangelhafte Leistungen in mindestens zwei Fächern unterschreibt Dickmann die Einweisung nicht. Nur – machen Sie sich deswegen keine Gedanken. Sie sind im Recht, Frau Uhlmann. Wir sind im Recht..."

Im Recht! Elke Uhlmann mußte lächeln. „Machen wir uns doch nichts vor, Herr Berkmann. Sehen Sie sich um! Wer schickt heute schon noch Schüler in die Sonderschule? Es ist doch viel einfacher, man behält sie. Dann hat man mehr Schüler und mehr Klassen. Und mit den Eltern herumärgern muß man sich auch nicht. Es ist traurig..."

Zum Kuckuck! Dieser Abend sollte sie alle einmal auf andere Gedanken bringen. Also Schluß jetzt!

Berkmann nahm Elke Uhlmann beim Arm. „Das war der ernste Teil und jetzt zum heiteren, meine Liebe. Auf der Terrasse vermißt man uns. Sigi Schomburg ist bestimmt beleidigt, wenn Sie nicht endlich ihren Wein probieren, Elke. Und ich muß endlich unser Geschenk zum Einzug loswerden..."

Ein zwölfteiliges Bowlenservice aus Keramik.

Sigi Schomburg und Elke Uhlmann saßen in der Hollywoodschaukel am Schwimmbecken im ultravioletten Licht der Unterwasserscheinwerfer, und Christa Klein hockte in einem der weißen Gartenstühle daneben. Sie hatten sich vorgenommen, an diesem Abend nicht über die Schule zu sprechen. Und worüber redeten sie?

Über die lieben Muttis, die nach der Tennisstunde auf dem Boden lagen und die Bälle einsammelten, damit sich die Herren Söhne nicht zu bücken brauchten. Von der Bettelei jeden Morgen, wenn es in die Schule ging. Geld für Cola, Geld für süße Stückchen und wer weiß was. Im Erfinden von Gründen sind die lieben Töchter tüchtiger als wir es waren zu unserer Zeit. Alles müssen sie haben heutzutage.

„Und die Putzfrauen latschen mit dem Besen hinterher und fegen die Wurstbrote in die Mülltonne..." Was sollte Christa anderes sagen, sie erlebte es ja Tag für Tag.

Für Konrektor Volkmann würde es keine lange Nacht werden. Er wußte nicht recht, wo er hingehörte. Am Zapfhahn wurde zuviel getrunken, die jungen Leute hatten zu seltsame Ansichten und das Büfett... In seinem Alter mußte man an den Cholesterinspiegel denken.

Susanne Wiegand trug ein süßes Blümchenkleid mit Rüschen, das an der Taille von einem breiten Gürtel zusammengehalten wurde. Sie kam sich wohl etwas verloren vor unter den vielen neuen Kollegen, die sie ja kaum kannte.

Dr. Manfred Schomburg, der Zahnarzt, legte gerade ein Tonband mit Blasmusik auf, passend zu der blauweißen Partytischdecke des kalten Büfetts, während Rosel Gutowskis Sprößlinge unter dem Tisch herumkrabbelten und auf jede Fußspitze einschlugen, die sie erwischen konnten.

Einer Frau wie Christa Klein entging nichts.

Birgit Scholz war hinter dem Chef her, da konnte einer sagen, was er wollte. Auf Schritt und Tritt schlich sie ihm nach. Und Frauen wie sie ... über kurz oder lang erreichten sie, was sie wollten. O ja! Ihrer Raffinesse war keine Barbara Wegener und keine Irina Lutz gewachsen bei diesem Haufen Geld. So war das nun mal im Leben.

Wenn das Millionärstöchterchen im Moment auch ein bißchen mit dem Frauenfeld anbandelte. Damit wollte sie nur auf sich aufmerksam machen.

Der Chef stand am kalten Büfett und schaufelte Waldorfsalat. Einen gesunden Appetit hatten sie, diese Junggesellen. Man konnte ja nichts gegen die Freitag sagen, aber so wie sie einkaufte, ernährte sie ihn viel zu fett.

Ach, schön! Jetzt ließ er die Scholz stehen und kam herüber mit seinem Partyteller und dem Salat.

„Na, Christa. Was machen Sie denn hier so allein?“

„Ich stehe hier und beobachte die Leute. Guten Appetit, Chef.“

„Danke. Der Salat ist ausgezeichnet. Haben Sie ihn schon probiert, Christa?“

„Nein. Ich werde ihn auch nicht probieren.“ Sie strich an ihrer Hüfte entlang. „Fünf Pfund zuviel! Da, sehen Sie mal, wie der reinhaut, dieser Schäfer. Was der überhaupt hier zu suchen hat! Es hat ausdrücklich geheißen, nur das Kollegium.“

Kiefers Pegel war inzwischen auf runde 2,0 gestiegen. Eine halbe Stunde später ging er Elke Uhlmann an den Ausschnitt.

Und Sedlatschek kotzte den Gastgebern zum Dank die Toilette voll.

Ein wahrhaft gelungener Abend!

Einer der Letzten war Detlev Frauenfeld. Er hielt bis kurz vor ein Uhr aus. Erstens war er noch nicht müde, zweitens war er in reizvoller Gesellschaft – und drittens war er ein charmanter Plauderer, immer für eine Pointe gut. Ein Mann, der Gott und die Welt kannte und auf eine gewisse Birgit Scholz einen gewissen Eindruck machte. Keinen überwältigenden, aber einen immerhin so großen, daß sie noch ein Glas Frankenwein trank. Und noch eins...

Detlev konnte man fragen, was man wollte, er wußte über alles Bescheid. Über alles, was in der Schule lief und oben im Sekretariat. Das war das Interessante an ihm.

Über alles?

Dann konnte er ihr auch sagen, was für Menschen ihre Kolleginnen waren. Oder der Chef zum Beispiel?

Der Chef! Soviel hatte Frauenfeld nun wieder auch nicht getrunken, daß er nicht gemerkt hätte, in welches Fahrwasser er sich begab.

„Der Chef! Was soll mit ihm sein? Ich glaub' den Quatsch nicht, den sie über ihn erzählen."

Birgit Scholz fuhr neugierig die Antenne aus. „Welchen Quatsch, Detlev?"

„Ich will nichts gesagt haben, aber was man so hört..."

Birgit Scholz zog es ein wenig die Kopfhaut zusammen.

„Was hört man so, Detlev?"

„Na ja, er soll von der anderen Fakultät sein..."

„Wie bitte –?" Birgit Scholz warf ihr Nerzjäckchen über, ihr fröstelte plötzlich.

Frauenfeld, genannt Bimbo, fuhr sich mit den Fingerspitzen durch die semmelblonden Naturlöckchen. „Vom anderen Ufer halt."

„Du bist verrückt!"

„Das ist das, was man hört."

„Und die Wegener?“

„Man sieht die beiden hier und da. Was heißt das, Schätzchen?“

„Du sollst nicht Schätzchen sagen! Ich bin nicht dein Schätzchen!“ fuhr sie ihn an.

„Schade. Ich dachte, das Thema interessiert dich.“

„Es interessiert mich. Wen interessiert nicht, was sein Chef für ein Mensch ist“, sagte die blonde Birgit mit dem Pferdeschwanz ohne zu merken, daß jeder heraushörte, wie enttäuscht sie war. „Also komm schon!“

„Hier nicht“, flüsterte der schöne Detlev und rückte ein Stückchen näher. „Dazu brauche ich einen Kaffee.“

Sofort rückte Birgit Scholz ein Stück weg. „Und den trinken wir natürlich bei dir...“

„Natürlich. Wir sind doch keine Kinder, Schätzchen.“

„Eben“, sagte sie kühl. „Deshalb hören wir jetzt auch auf, an dem Schätzchen herumzuspielen.“

„Aber Kleines...“

„Ich bin auch nicht dein Kleines, Detlev. Merk dir das!“ Birgit Scholz wußte selbst nicht, warum sie Frauenfeld plötzlich so behandelte. „Von allen Männern, die mich interessieren, bist du der letzte!“ rief sie und sprang auf. „Und zwar der allerletzte! Steck dir deinen Kaffee an den Hut!“

Berkmann vom anderen Ufer! Frauenfeld war verrückt.

Am Freitag abend war die Party gewesen.

Am Samstagmorgen rief Sigi Schomburg an. Berkmann lag noch im Bett.

„Herr Berkmann, es ist mir schrecklich peinlich. Ich hätte besser aufpassen müssen...“

„Wie spät ist es, Frau Schomburg? Sechs...? Sieben...?“

„Elf“, sagte Sigi Schomburg aufgeregt. „Und was ich Ihnen zu sagen habe, hätte ich Ihnen schon um fünf sagen müssen.“

Ihre Stimme hatte etwas Alarmierendes. Berkmann richtete sich auf. „Sie wollen doch damit nicht sagen, auf Ihrer Party ist etwas passiert?“

„Nein. Außer daß Kiefer sich stinkbesoffen in sein Auto gesetzt hat und damit losgefahren ist, ohne daß sich bis zu dieser Minute sagen läßt, ob er auch irgendwo angekommen ist."

„Haben Sie zu Hause angerufen?"

„Zu Hause meldet sich niemand. Die Polizei weiß nichts von einem Unfall, und im Kreiskrankenhaus ist niemand eingeliefert worden, der wie 2,5 Promille roch", jammerte sie.

„Warum rufen Sie dann mich an?"

„Weil ein Lehrer, der in diesem Zustand angetroffen wird, nicht gerade eine Werbung für die Schule ist."

„Nein. Das wäre eine Katastrophe, Sie haben recht."

„Was gedenken Sie zu tun, Herr Berkmann?"

„Ich? Was soll ich tun? Mich aufs Fahrrad setzen und die Waldwege abgrasen? Die Badehose anziehen und im Mehringer Teich nach einem Autowrack tauchen? Farbe grünmetallic, Kennzeichen – CZ einhundertsoundsoviel? Mehr als die Feuerwehr, das Krankenhaus und die Polizei fällt mir auch nicht ein, Frau Schomburg. Warten wir ab, ob er am Montag zum Unterricht wieder auftaucht. Er ist schließlich ein erwachsener Mensch."

Warum warf Sigi Schomburg den Hörer hin? Es war doch nicht das erste Mal, daß der Kerl versackte. Was sollte er als Schulleiter unternehmen? Eine Suchaktion? Damit die Zeitung was zu schreiben hatte?

Nein. Wenn Sigi Schomburg zur Polizei gehen wollte – bitte. Er spielte nicht Kiefers Kindermädchen.

Den ganzen Samstag und den ganzen Sonntag sah und hörte man nichts von Kiefer. Zu Hause meldete sich niemand, am Telefon nicht und nicht an der Haustür.

Die Schomburgs hatten zu einer Ausstellung nach Essen fahren wollen. Sie waren hiergeblieben. Sigi stand der Kopf nicht danach. Sie machte sich Vorwürfe. Alle Augenblicke rief sie bei Berkmann an. So ginge das nicht. Er als Schulleiter müsse sich endlich darum kümmern. Der arme Kiefer! Vielleicht liege er doch im Mehringer Teich. Mausetot. Anwohner hätten in der Nacht Motorengeräusche gehört, und das Wasser im Dorfteich habe gegluckert.

Wenn Kiefer diese Brühe hatte saufen müssen, dann war er arm dran gewesen in seinem letzten Stündlein.

Auch Konrektor Volkmann und Stufenleiter Müller-Kronach verdarb Sigi Schomburg mit ihrer Schwarzmalerei den Sonntag. Daß sie Hausmeister Weller verschonte, den in Katastrophenfällen bewährten Zugführer der Feuerwehr, blieb allen ein Rätsel.

Am Montag tauchte Sonderschullehrer Kiefer wieder auf. Pünktlich zur ersten Stunde. Als wäre nichts gewesen.

Seine Mutter hätte Geburtstag gehabt, und den hätten sie außerhalb bei seinem Bruder gefeiert. Von wegen der Aufregung und der ewigen Gratuliererei. Da hätte er sich den Rummel zu Hause einmal vom Leib gehalten. Wie schön! Mal so ein ruhiges Wochenende.

Sigi Schomburg schwor: Das Kollegium einzuladen, war eine Schnapsidee gewesen.

Dieser Meinung war auch Christa Klein, neben deren Schreibtisch Heike Valentin aus Weimersdorf saß.

Es hatte längst geklingelt. Alle waren schon in ihren Klassen. Das Treppenhaus war leer.

Weil Berkmann in Gedanken noch bei Kiefer war, bemerkte er das Mädchen mit den Sommersprossen auf den blassen Bäckchen erst, als Christa Klein sich zweimal räusperte.

„Na, Heike, wie geht's? Was machen die Geschwister?"

„Ach", winkte Heike ab, „es könnte besser gehen. Die Oma wird immer verrückter..." Da saß sie auch schon auf dem cremefarbenen Teppichboden neben ihrer Mappe, zog einen Umschlag heraus, der furchterregend aussah mit seinen Stempeln vom Amtsgericht – und legte los.

„Die Mama hat einen Brief bekommen. Ich hab' ihn aufgemacht. Damit kann ich die Mama jetzt nicht belästigen. Hier ist er, Herr Berkmann..."

„Was habt ihr gekauft?" tippte Berkmann vorsichtig an, als er die ersten Zeilen gelesen hatte.

„Nur das Lexikon. Das ist für mich. Für die Schule. Peter Hartmann hat auch eins."

Und weil Peter Hartmann eins hatte, der Kaufmannssohn, mußte Heike Valentin auch eins haben, die Tochter der Witwe Valentin mit ihren paar Mark Rente. Die alte Geschichte...

Ein Lexikon und nicht bezahlt!

Berkmann schickte das Mädchen in die Klasse und ließ sich mit seinem Anwalt verbinden.

Dort erfuhr er: Jeder, der Geld zu bekommen hat, kann bei Gericht einen Mahnbescheid beantragen. Legt man nicht innerhalb von zwei Wochen nach Zustellung des Bescheides Widerspruch ein, kommt vierzehn Tage später ein Brief, der genauso aussieht wie der erste. Nur ist die Sache jetzt ein bißchen ernster. Aus dem Mahnbescheid wird ein Vollstreckungsbescheid.

„Schicken Sie mir die Unterlagen", riet der Rechtsanwalt, „dagegen kann man schon etwas machen."

Und wer bezahlte die Anwaltsgebühren? Berkmann dachte nicht daran. Er nahm sein Diktiergerät, formulierte die Antwort und gab sie Christa Klein.

Mutter Valentin brauchte nur noch zu unterschreiben.

In der ersten Pause, der sogenannten kleinen, fuhr unten ein roter Japaner vor. Er war winzig und auch nicht neu, aber Krach machte er für fünf.

Die Tür öffnete sich, und was dann geschah, versetzte Christa Klein, die oben am Fenster stand und die Blumen goß, in einen Zustand plötzlicher Fassungslosigkeit.

„Herr Berkmann, schnell! Kommen Sie mal...!"

Sie deutete hinab.

Peter Pfeiffer! Das pfefferrote, träge Walroß, um Himmels willen! Was hatten sie aus ihm gemacht! Wollte er so in die Klasse gehen, mit dieser Kriegsbemalung?

„Ich werd' verrückt!" Auch Berkmann wurde von einer Art Faszination ergriffen. „Wie nennt man die Frisur mit dem Hahnenkamm obendrauf, Christa?"

„Irokesen."

„Irokesen! Der Pfeiffer mit einer Irokesenfrisur..." Berkmann griff sich an den Kopf. „Benachrichtigen Sie den Zoo. Möglichst bevor der Junge die Klasse betritt!"

Inzwischen hatte der Schüler Peter Pfeiffer das Auto und die Straße verlassen und befand sich im Anmarsch auf den Hofeingang des Schulgebäudes. Eigentlich hätte er wissen müssen, was ihn dort erwartete. Er kannte seine Klasse doch.

Er kannte sie nicht.

Bedrückt blieb Christa Klein am Fenster stehen. „Warum tun Kinder so etwas, Herr Berkmann?"

„Kinder? Der Lümmel ist sechzehn."

„Warum tut er das?"

„Ich weiß nicht. Vielleicht um endlich einmal den Erfolg zu haben, dem er nachläuft."

„Er müßte längst im Unterricht sein", sagte sie nachdenklich. „Warum kommt er so spät?"

„Na, Sie sehen doch. Er war beim Friseur."

Christa Klein kreuzte die Hände vor der Brust. Sie hatte kein gutes Gefühl. „Du liebe Zeit", seufzte sie, „wenn das mal gut geht..."

Es ging nicht gut. Es konnte nicht gut gehen. Sie hänselten ihn, bis ihm die Sicherung durchbrannte. Kurz nach zehn Uhr morgens verschwand Peter Pfeiffer, der Hausmeister hatte ihn zuletzt gesehen und berichtete:

„Er stand vor den Klosetts. Kurz nach der Pause. Auf einmal war er weg... Warum malt er sich auch an wie ein Indianer?"

Warum? Das war im Augenblick nicht wichtig. Hauptsache, der Junge behielt noch einen Rest an Verstand.

„Ist er in Richtung Landstraße?" fragte Berkmann den Hausmeister.

„Was weiß ich. Wir haben hundertdreißig Schüler. Ich kann mich nicht um jeden kümmern", brummte Weller, „da muß ich schon entsprechende Aufträge haben, Herr Berkmann."

„Entsprechende Aufträge. Meinen Sie, ich kann mich um

jeden kümmern? Wir haben doch gesehen, wie der Junge heute in die Schule gekommen ist. Wir haben es doch alle gesehen..."

Weller bog die Krempe seines Cordhutes nach unten. „Und jetzt?"

„Jetzt? Jetzt ist er zu Hause und läßt sich den Kamm scheren, unser Peter Pfeiffer. Und meldet sich krank, bis er wieder wie ein Mensch aussieht."

Zu Hause! Ohne Schulbus, ohne Fahrrad. Per Anhalter – wie sonst? Christa Klein wurde schlecht bei dem Gedanken. „Wenn dem Jungen nur nichts zustößt, Herr Berkmann!"

Berkmann stellte den Kopierapparat ab, den Weller vergessen hatte auszuschalten. „Heute nachmittag wissen wir's, Christa."

„Was wissen wir heute nachmittag, Chef?"

„Ob Peter zu Hause angekommen ist."

„Wieso?"

„Aber Christa, Sie kennen mich doch."

„Allerdings..." Der Chef hatte Telefon und die Pfeiffers hatten Telefon, und wenn sich bei Pfeiffers niemand meldete, würde der Chef sich in den Wagen schwingen und nach Tiefenbach fahren, zu Pfeiffers in die Wohnung. Das war ihr klar.

Nach Schulschluß – die Schüler waren glücklich aus dem Haus, und Christa saß drüben im Untersuchungszimmer und inventarisierte den neuen Sprachtest – rief Babsie an.

Die Sprechstunde war zu Ende. Das Gespräch kam aus ihrer Wohnung. Berkmann hörte die Stimme von Elisabeth im Hintergrund.

„Na, wie war's auf der Party, Liebling?"

„Es ging. Und auf deinem Kongreß?"

„Später. Erst muß ich etwas loswerden, Micha."

„Hast du jemanden getroffen?"

„Nein. Das heißt ja. Aber deswegen rufe ich nicht an. Ich habe eine Überraschung für dich."

Berkmann gab der Putzfrau, die mit dem Staubsauger anrückte, durch Zeichen zu verstehen, daß sie einen Moment warten möchte.

„Eine Überraschung?"

„Ja."

„Theaterkarten?"

„Nein", rief Babsie übermütig.

„Wir beide fahren am Wochenende irgendwohin?"

„Falsch." Babsies Stimme schwang sich in jubelnde Höhen. „Nicht übers Wochenende. In den Ferien!"

„In den Ferien?"

„In den Ferien. Und weißt du, wie lange?"

„Keine Ahnung."

„Volle drei Wochen!"

„Nein!"

„Doch." Sie war glückselig. „Volle drei Wochen..."

„Wir beide – zusammen?" Das konnte nicht wahr sein. Nicht ein einziges Mal waren sie in diesen fast fünf Jahren länger als zwei Tage zusammengewesen. Und jetzt gleich drei Wochen? „Babsie, in den großen Ferien kannst du nicht. Da bekommst du keine Vertretung. Da fahren die Ärzte mit schulpflichtigen Kindern..."

Das hatte sie ihm doch immer erzählt.

„Ich habe eine Vertretung gefunden, Liebling. Sag mal, freust du dich etwa nicht?"

„Freuen? Ich glaub's einfach nicht, Babsie. Ich glaub's einfach nicht!" rief er.

Drei Wochen! Drei Wochen mit Babsie allein! Irgendwo im Gebirge. An der See... Alles war wie Wolkenkuckucksheim.

Einfach nicht zu fassen.

Am Abend, als er aus der Spielersitzung kam, sah er den blauen Golf GTI von Irina Lutz vor der Schule stehen. Eigentlich wollte er auf dem schnellsten Weg nach Hause. Aber auf diese zehn Minuten kam es nun auch nicht mehr an.

Vielleicht war etwas passiert.

Im Verwaltungstrakt der Grundschule mit Förderstufe brannte Licht. Machte Irina Lutz noch Hausaufgaben?

Nein.

Sie saß hinter ihrem Schreibtisch und ließ den Kopf hängen. In ihrem Zimmer waren mehr Zigarren und Zigaretten gepafft worden als in seinem Vereinslokal.

Als sie sah, daß er es war, atmete sie erleichtert auf.

„Lassen Sie die Tür auf, Kollege Berkmann. Kommen Sie rein! Ich hatte gerade den Elternbeirat hier. Mir ist noch ganz schwindlig..." Ihre Miene hellte sich etwas auf. Endlich konnte sie mit jemandem darüber reden. „Setzen Sie sich, Kollege Berkmann. Sie sind im Jogging-Anzug?"

„Ich versuche gelegentlich etwas für die Gesundheit zu tun. Das ist alles", grinste er. Offenbar teilte sie Christas Meinung, ein Mann, der mit Vierzig noch hinter einem Ball herjagte, gehörte in die Klapsmühle. „Was ist mit dem Elternbeirat? Getrennte Schulhöfe?"

„Ach, Kollege, wenn das das einzige wäre! Jetzt soll ich auch noch einen neuen Lehrer bekommen."

„Einen neuen Lehrer? Mir will Warbitz einen wegnehmen."

„Na, dann nehmen Sie doch meinen. Ich will ihn nämlich nicht."

Er gab sich keine Mühe, seine Verwunderung zu verbergen. „Nicht? Warum denn nicht?"

„Leitender Schulamtsdirektor Warbitz als Wohltäter! Das glauben Sie doch selbst nicht."

„Wieso?"

„Weil die Geschichte hinten und vorn nicht stimmt. Mir gegenüber tut Warbitz, als müßten wir froh sein, daß er den Neuen nicht nach Tiefenbach gibt. Aber die Tiefenbacher wollen gar nicht. Die kennen den Neuen nämlich inzwischen auch. Udo Kühlhaus! Ein Name – ein Begriff!" Irina Lutz stand auf. „Aber diese Lutz, die hat ja keine Ahnung, der kann man diese Niete ja andrehen."

„Ach, ich weiß nicht. Vielleicht steckt etwas ganz anderes dahinter. Vielleicht macht dieser Neuhaus..."

„Kühlhaus!"

„Vielleicht macht dieser Kühlhaus eine ganz gute Figur."

„Ich habe mich erkundigt", sagte sie gereizt. „Er macht keine gute Figur. Die Schule, an der er jetzt ist, will ihn loswerden, weil er nie da ist. Er existiert praktisch nur statistisch. Ich habe zufällig eine Bekannte dort, die auch Lehrerin ist."

Berkmann hatte sich wenig galant auf die Schreibtischkante gesetzt und den prall gefüllten Aschenbecher ein Stück beiseite geschoben. Es war nicht die erste Welt, die für Irina Lutz zusammenbrach, aber er hatte das Gefühl, sie fing an zu kämpfen. Wenn sie ihr langes, blondes Haar zurückwarf und trotzig den Kopf hob, machte sie den Eindruck einer Frau, die ihren Platz im Berufsleben nicht so ohne weiteres wieder aufgab.

„Sie meinen, wenn Sie ihn nehmen, existiert er bei euch auch nur in der Statistik. Ihr habt einen Lehrer für die Klasse und habt doch keinen."

„Und jetzt frage ich Sie", blitzten ihn ihre blauen Augen an. „Lehnen wir ihn ab, haben wir einen Lehrer zu wenig. Nehmen wir ihn, sind wir versorgt und können nicht mehr sagen, daß uns eine Lehrkraft fehlt. Obwohl sie nie da ist..."

„Besser einer, der selten da ist, als gar keiner."

Sie schüttelte den Kopf. „Besser einer, der selten fehlt, als einer, der selten da ist, Kollege."

„Warum schickt man ihn nicht in Pension?"

„Dazu ist er nicht krank genug."

„Und – warum zum Teufel – geht er nicht in die Schule?"

„Dazu ist er angeblich zu krank." Sie schüttelte den Kopf. „Manchmal glaube ich, die haben mich in dieses Nest versetzt, weil sie keinen anderen Dummen gefunden haben. Und ich habe es für eine Auszeichnung gehalten..."

Weil sie sich offenbar vorgenommen hatte, den Raum solange vollzuqualmen, bis sie unsichtbar war, nahm Berkmann ihr die Zigarette aus der Hand, die sie anzünden wollte.

„Meinen Sie nicht, daß es damit für heute genug ist? Mit dem Ärger und dem Rauchen? Davon wird auch nichts besser, Kollegin. Kommen Sie! Was wir zum Einschlafen brauchen, ist ein Glas Wein. Und das trinkt man in Michelfels am besten beim Volkmann. Vorausgesetzt, sie lassen mich in Jogging-Aufmachung rein..."

Das war genau im richtigen Moment das richtige Wort. Schon stand Irina Lutz an der Tür.

„Spülen wir den Ärger runter. Ist auch wahr. Das ganze Wochenende habe ich zu Hause gesessen und Hefte korrigiert. Auf zu Volkmann...!"

Zwei Stunden saß die Mutter von Inge Niehaus am nächsten Nachmittag bei Berkmann im Arbeitszimmer. Sie hatte alles versucht, dem Kind schulisch wieder auf die Beine zu helfen. Was konnte sie noch tun?

Inge hatte als Dreijährige einen Luftröhrenschnitt. Tracheotomie. Kehlkopfdiphterie mit Erstickungsgefahr. Daran konnte es nicht liegen, daß sie bei ihm im Unterricht zu nichts zu bewegen war.

Was hatte Elke Uhlmann, Inges Klassenlehrerin, an sich, was er, Berkmann, nicht hatte? Warum verweigerte das Mädchen ihm die Mitarbeit und Elke Uhlmann nicht?

Berkmann stand am Herd, gab etwas Butter zu den kleingeschnitzelten Kartoffeln vom Mittag und schnitt noch etwas Rotwurst dazu. Er stellte die Herdplatte an und holte Teller und Besteck aus dem Schrank. Hutschenreuter zweite Wahl, was das Geschirr betraf, die Bestecke echt Silber. Und alles zusammen aus Großmutters Nachlaß, denn Mutter rührte so etwas nicht an. Was man vererbt bekam, vererbte man weiter.

Auch beim Essen ging ihm Inge Niehaus nicht aus dem Kopf. Elke Uhlmann war eine gute Lehrerin, eine seiner besten. Eine Lehrerin mit Herz. Vielleicht beurteilte sie Inge zu gut.

Oder das Elend hatte seine Ursache im häuslichen Bereich. Natürlich!

Inge liebte ihren Vater, er war ihr ein und alles. In letzter Zeit kam er kaum noch nach Hause. Die Mutter weinte nur noch. Die kleine, glückliche Welt Inges war zusammengebrochen. Der Vater kümmerte sich nicht mehr um sie...

Originalton Mutter Niehaus.

Das war es.

Einst Liebe, jetzt Haß. Und diesen Haß auf ihren Vater übertrug Inge auf andere Männer, auf alle anderen. Mit ihrer Lehrerin kam sie aus. Da gab sie sich Mühe. Denn Elke Uhlmann war eine Frau – wie ihre Mutter.

So war es.

Am nächsten Morgen nahm sich Berkmann die Schülerakte noch einmal vor. Wer war Inges Klassenlehrer in der Grundschule gewesen?

Ein Mann.

Wer hatte Inge auf Sonderschulbedürftigkeit überprüft? Mit dem neuen Hawik und dem CFT?

Ein Mann.

Wer hat die Einweisung in die Sonderschule unterschrieben?

Ein Mann.

Auf jeden Fall: sie mußten Inge Niehaus noch einmal testen.

Christa Klein stand vor dem Spiegel und rieb Rouge auf ihre Wangen, als sie davon hörte. Begeistert war sie über das Vorhaben nicht. Daß nicht Konrektor Volkmann testen sollte, sondern Birgit Scholz, wollte ihr schon gar nicht in den Kopf.

„Sagen Sie Frau Scholz, daß ich vorher nochmal mit ihr sprechen möchte, Christa", fügte Berkmann seiner Weisung hinzu. „Ist noch etwas, Christa?"

Ihr Blick bekam einen leichten Ausdruck von Unsicherheit.

„Allerdings, Herr Berkmann. Etwas möchte ich Ihnen gern noch sagen."

„Sagen Sie es!"

Daß es immer so schwer war, gute Vorsätze in die Tat umzusetzen, dachte sie. Aber ich kann es ihm doch nicht verschweigen.

„Es geht mich zwar nichts an und ist natürlich Ihre Privatangelegenheit, Herr Berkmann. Aber Michelfels ist ein Dorf."

Jetzt war er es, der nicht wußte, woran er war. „Ein Dorf. Was heißt das?"

Es dauerte eine Weile, bis sie es heraus hatte. „Sie waren mit Frau Lutz zusammen. Sie sind gesehen worden..."

„Vorgestern abend. In der Weinstube. Hat jemand was dagegen?"

Warum schnauzte er sie so an? Sie machte ihm doch keine Vorhaltungen. Er mußte doch wissen, worüber die Leute redeten.

„Herr Berkmann", sagte sie verschnupft, „wohin Sie gehen und mit wem Sie gehen, interessiert mich nicht. Frau Lutz ist eine attraktive Frau, und Sie sind ein unverheirateter Mann und...und..."

„Eine attraktive Frau, da haben Sie recht. Was sie sich in den Kopf setzt, davon ist sie nicht abzubringen."

Natürlich war Christa viel zu neugierig, um nicht zu fragen: „Ach. Und was hat sie sich in den Kopf gesetzt?"

„Sie hat sich in den Kopf gesetzt, Michelfels so schnell wie möglich zu verlassen, weil ihr der verdammte Tratsch auf die Nerven geht. Sie hat genug von diesem Nest!" rief er.

Dafür hatte Christa Klein allerdings nur ein mitleidiges Lächeln übrig, das zu ihrem ebenso mitleidigen Blick genauso paßte wie die schnippische Bemerkung, die sie sich nicht verkneifen konnte: „Das glauben auch nur Sie..."

Keine zehn Minuten später läutete das Telefon. Weller, der Hausmeister, war am Apparat.

„Sie müssen sofort kommen, Herr Berkmann. Bei Frau Lutz ist eingebrochen worden..."

„Eingebrochen? Sie Spaßvogel!"

„Echt, Herr Berkmann. Die Polizei hat mich gerade verhört. Der Fernseher ist weg. Letzte oder vorletzte Nacht. Gemerkt haben wir es erst vorhin, als eine der Damen Filme gukken wollte."

Der Eingang der Grundschule mit Förderstufe auf der anderen Seite des Schulhofes war vor Menschen kaum zu sehen. Gewöhnlich kommen Schüler in letzter Minute. Heute schienen sie alle eine Stunde früher aufgestanden zu sein – als hätten sie es geahnt.

Die Polizei! In der Schule! Auf Verbrecherjagd! Da mußte alles genau beäugt werden. So eine Gelegenheit kam so schnell nicht wieder.

Berkmann betrat den Verwaltungstrakt durch den Seiteneingang.

Arme Irina Lutz!

Jetzt wußte sie sich gar keinen Rat mehr. Sie stand da wie ein kleines Mädchen, das ausgeschimpft wurde, das lange, blonde Haar aufgewühlt, als wäre sie hinter den Dieben hergewesen, starrte sie auf den Tatort.

„Mein Videogerät! Unser Fernseher! Weg! Auf und davon!" rief sie mit weinerlicher Stimme. „Warum muß mir das passieren? Ausgerechnet mir!"

Auch Weller schien total den Faden verloren zu haben, zumindest für sein tägliches Arbeitspensum. Er stand unschlüssig herum, die Hände in den Taschen seines braunen Kittels, den Cordhut im Genick und verfolgte mit kleinen verschlafenen Augen die Arbeit der Kriminalbeamten, die an der Tür des Filmraumes herumfummelten.

Irina Lutz nahm Berkmann mit in ihr Zimmer.

„Habe ich vorgestern abend das Fenster geschlossen, bevor wir gingen oder nicht?" fragt sie. „Ich weiß es nicht, Kollege Berkmann..."

„Sie haben."

„Sind Sie sicher?"

„Sicher wie die Bank von England. Sie standen dort, und ich saß hier, als Sie sich umdrehten und das Fenster schlossen."

„War es auch zu?"

„Natürlich war es zu." Es sollte wie eine eidesstattliche Versicherung klingen, aber es war keine. Berkmann wußte genau so wenig wie sie, ob das Fenster geschlossen war. Falls sie es vergessen hatte, der Hausmeister oder die Putzfrauen hätten es gestern morgen gemerkt, und zu diesem Zeitpunkt hatte ja wohl alles noch an seinem Platz gestanden.

„Es war zu", wiederholte sie erleichtert. „Dann bin ich ausnahmsweise einmal nicht schuld."

Der Mann von der Spurensicherung bepinselte das Türschloß von innen und von außen, bepinselte den Schlüssel und dann das besagte Fenster.

Schließlich kam bei Irina Lutz doch eine Spur von Ironie auf. „Das wäre ja ein Witz. Wir sitzen bei Volkmann und trinken Wein – und hier räumt man mir indessen die Schule aus…“

Berkmann verbeugte sich lächelnd. „Es war ein sehr guter Wein, Kollegin…“

Sie sah leicht verlegen zur Seite. „Es war ein sehr schöner Abend, Kollege.“

Trotz allem: Diesmal würde sie in der Zeitung stehen.

Rollentausch nannte man das in der Psychologie.

Sonderschullehrer Sedlatschek war empört über den Empfang bei Christa Klein im Sekretariat. Dieser abweisende Blick! Diese Ich-habe-zu-arbeiten-Miene. Dieses: Ich-habe-keine-Zeit!

„Keine Zeit! Keine Zeit! Sie sagen immer keine Zeit. Aber heute haben Sie Zeit, liebe Frau Klein, sonst soll sich um das Schulfest kümmern, wer will.“

„Herr Sedlatschek“, sagte Christa Klein, denn mit diesem Ton erreichte man bei ihr nichts. „Erst drücken wir mal schön unsere Zigarette aus. Wie sich das gehört. Dann können wir auch über das Schulfest reden. Elke Uhlmann macht das Kasperltheater, Müller-Kronach die Sportveranstaltungen und der liebe Gotthilf den Würstchenstand. Sehen Sie sich sein Bäuchlein an!“

„Dann kann er auch die Kohle herbeischaffen“, knurrte Sedlaschek. „Wir brauchen Geld für die Würstchen. Wir brauchen Geld für den Begrüßungscocktail, die belegten Brote, die Einladungen… Haben Sie keine schwarze Kasse?“

Christa, die sich gerade eingegossen hatte, verschluckte sich an ihrem Kaffee. „Schwarze Kasse! Sie wollen mich wohl unbedingt im Gefängnis sehen! Schulen dürfen keine schwarzen Kassen führen. Ich lasse mich doch wegen Ihnen nicht einsperren.“

Dieser Faulenzer! Drückte sich, wo er konnte, und ließ andere für sich arbeiten. Christa Klein hatte für Sedlatschek nichts übrig und machte nie ein Hehl daraus. Unrasierte Männer konnte sie nicht ausstehen, für den Tod nicht. Und dieser Bürstenschnitt! Lief ein erwachsener Mensch wie ein geschorenes Schaf herum? Diesem Mann fehlte jeder Geschmack.

„Nein, Herr Sedlatschek, da müssen Sie sich schon was anderes einfallen lassen. Bei mir ist nichts zu holen", sagte sie kühl.

„Und unser – Goldfasan?"

„Unser Goldfasan ist mit Spenden ausgebucht, Herr Sedlatschek. Da dürfte auch nichts zu holen sein in nächster Zeit. Aber bitte, wenn Sie ihr unbedingt ein Ständchen bringen wollen, versuchen Sie's ..."

Kurz nach sechs Uhr morgens kam die Zeitung, und da lag er nun, der Brief, vor den Augen von Michelfels und Umgebung. Auf Zeitungspapier gedruckt, unter der Spalte „Hier schreibt der Leser".

Dieser Leser war Hannes Stumpf, der Vater von Thomas Stumpf aus der 8 b, wegen Kindesmißhandlung von der Schule dem Jugendamt gemeldet.

Dieser Mensch wagte es, sich an die Zeitung zu wenden und bekam auch noch Platz dafür!

Was schrieb der Kerl?

„Die Eltern wissen aus langjähriger Erfahrung, daß die Kinder der Albert-Schweitzer-Schule in Michelfels gewöhnlich sich selbst überlassen sind. Eine Aufsicht gibt es nicht. Schlägereien sind an der Tagesordnung. Niemand unternimmt etwas dagegen. Die Lehrer sitzen im Lehrerzimmer und trinken Sekt."

Berkmann kochte.

„Christa, was sagen Sie dazu?"

„Was soll ich dazu sagen? Mir ist ganz schlecht geworden beim Frühstück. Wir beide wissen schließlich..."

„Wir beide! Aber Michelfels, Weimersdorf, Tiefenbach,

Birkenau – was wissen die Leute dort? Dieser Halunke macht uns die Schule kaputt. Was sollen die Eltern von uns denken? Sie vertrauen uns ihre Kinder an, und wir lassen sie verkommen."

„Aber – wer kennt denn schon..." diese Stumpfs, wollte Christa Klein sagen. Aber Berkmann war so in Fahrt, daß er sie nicht ausreden ließ.

„Diesen Stumpf kennt niemand. Aber uns kennt man. Unser Ruf steht auf dem Spiel. Dieser Hellmann wird mich kennenlernen...!"

Zehn Minuten später waren sie da: Konrektor Volkmann, Stufenleiter Müller-Kronach, Personalrat Wagner.

Der Krisenstab!

Im Kollegium gingen die Meinungen auseinander. Gerichtliche Schritte, sagten die einen, Gegendarstellung die anderen, sonst wollten sie das Abonnement des *Stadtanzeigers* kündigen.

Der Krisenstab hatte eine Dringlichkeitskonferenz einberufen, in der das Für und Wider ausführlich zur Sprache kam. Sigi Schomburg war für Abbestellen. Detlev Frauenfeld wollte seinen Vater einschalten, der einen Cousin beim Deutschen Presserat hatte. Konrektor Volkmann hielt einen viertelstündigen Vortrag über Medienrechte, und Arne Göttler, der Referendar, sagte die Unterstützung der Gewerkschaft zu, was zweifellos gut gemeint war, aber von der Gesamtkonferenz nicht akzeptiert wurde. Die von den Stumpfs eröffnete Schmutzkampagne sei allein Sache der Betroffenen, also der Stumpfs und der Schule, alles andere arbeite den Verleumdern in die Hände und werte sie am Ende noch auf.

Chefredakteur Hellmann hatte sich kurz nach Bekanntwerden des Leserbriefes geschickt aus der Schußlinie begeben. Die Leserbriefredaktion arbeite selbständig und respektiere die im Grundgesetz garantierte Meinungsfreiheit auch den Bürgern mit zweifelhafter Glaubwürdigkeit. Hellmann versprach, dafür sorgen, daß die Schule für ihre Gegendarstellung ausreichend Platz bekam.

Und weil das nicht unversöhnlich klang, gingen die Konferenzteilnehmer nach drei Stunden erneuter Diskussion schließlich ohne Beschlußfassung auseinander, wie es im Protokoll später so schön hieß.

Das heißt, einen Beschluß gab es. Mit Mehrheit entschied man sich dafür, in der Leserbrief-Rubrik zu antworten. Konrektor Volkmann, Sigi Schomburg und Personalrat Wagner wurden mit den Vorbereitungen beauftragt. Und wenn Konrektor Volkmann etwas in die Hand nahm, war er gründlich bis aufs I-Tüpfelchen, ein wahrer Anwalt von Recht und Gesetz.

Volkmann war es auch, der an der Tür auf Berkmann wartete, als die Kolleginnen und Kollegen mit rauchenden Köpfen den Konferenzraum verließen.

„Ich wollte es Ihnen schon vorhin sagen, Herr Berkmann. Bitte, nehmen Sie sich die Minute. Mit dem Lothar, das geht nicht so weiter."

„Ich kenne das Problem", antwortete Berkmann, um den Konrektor dazu zu bringen, sich kurz zu fassen, denn ein Stück weiter wartete auch Kiefer noch auf ihn. „Ist mir alles bekannt. Die Mutter schafft sich bei der Mineralbrunnen AG ab, und der Freund ist einer von der Sorte, die das Arbeiten lieber anderen überlassen. Und der blöde Berkmann rennt rum und sucht für den Sohn eine Stelle. Wie lange fehlt er schon?"

„In dieser Woche zwei Tage. Vier Tage vorige Woche..." Dann brauchte Volkmann den Taschenrechner. „Ich muß im Klassenbuch nachsehen, Herr Berkmann. Ich schicke Ihnen die Versäumnisliste hoch..."

Den Lehrmittelverwalter nahm Berkmann mit in sein Zimmer. Das Schulhaus war leer, durch die Pflanzenkübel am Ende des Ganges fuhr die Zugluft und bewegte die Blätter leise. Durch die geöffneten Fenster hörte man die Kommandos der Sportlehrerin, die auf dem Hof mit einer Gruppe Förderstufenschüler für das Schulfest trainierte.

Die Uhr über der Tür zeigte zehn nach fünf.

Lehrmittelverwalter Kiefer stand klein und krumm da, nach dem Krach wegen seines Verschwindens am Partyabend krampfhaft bemüht, sich nicht noch einen Anschnauzer einzuhandeln. Langsam ließ er die Tasche mit den Büchern sinken. Bis zuletzt hatte er überlegt, ob das der richtige Zeitpunkt für seine Mitteilung war.

Vorsichtig begann er. „Ich soll Ihnen einen schönen Gruß bestellen, Herr Berkmann. Von Cornelia Dern. Ich habe sie in der Stadt getroffen."

„Von Conny? Erzähl mal..." Berkmann konnte sich gut an das Mädchen erinnern. „Schwänzt sie die Berufsschule auch so oft? Hat sie ihre Lehrstelle noch?"

„Ich habe sie nicht gefragt, Herr Berkmann."

Aber? Das war doch noch nicht alles. Deswegen lief Kiefer ihm doch nicht wie ein Hündchen hinterher. Was bedrückte ihn?

„Auf deutsch: Sie ist die Stelle los, Kollege...?"

Kiefer schüttelte den Kopf. „Sie nimmt Rauschgift."

„Conny?" fuhr Berkmann auf.

„Sie hat es mir gesagt. Sie gibt es offen zu", nickte Kiefer. Die Hände zitterten ihm. Von seiner Bestform als 100-Meter-Läufer des TSV Michelfels war er 25 Jahre und einige hundert Flaschen Doppelkorn entfernt. „Ich bin entsetzt, mit welcher Offenheit die jungen Leute heute darüber reden. Sie hat es mir gesagt, einfach so. Mir – ihrem ehemaligen Lehrer!"

„Sie hat Ihnen gesagt, daß sie Rauschgift nimmt?"

„Das hat sie gesagt. Sie glauben mir doch?"

„Warum soll ich Ihnen nicht glauben?"

Kiefer hätte dafür eine ganze Reihe von Gründen nennen können, fand es jedoch klüger, die Frage zu überhören.

„Es geht wohl schon eine ganze Weile so, Herr Berkmann. Heute war sie bei uns zu Besuch. Im Unterricht. In Kunsterziehung. Ich habe eine Viertelstunde neben ihr gesessen. Conny, habe ich gesagt, weißt du, was du dir machst? Woher kriegst du das Zeug?" Kiefer versuchte, das Zittern seiner Hände unter Kontrolle zu bringen. „Ach, lassen Sie doch, Herr Kiefer, hat sie gesagt, und gestrahlt hat sie dabei. Die anderen machen es ja auch..."

„Mit wem hat Conny Kontakt?"

„Maria Sanchez. Die beiden sind unzertrennlich."

„Maria Sanchez? Ausgeschlossen, Kollege Kiefer. Maria hilft der Mutter in der Küche und schaut dich an wie die heilige Madonna. Sie macht ihre Aufgaben ordentlich, ist pünktlich, strampelt sich für den Hauptschulabschluß ab und rührt keine Zigarette an."

Kiefer konnte sich die Freundschaft zwischen Conny und Maria auch nicht erklären, blieb aber dabei. Da lag Berkmann mit seiner Menschenkenntnis wieder einmal schief.

Rauschgift!

So etwas war noch nicht vorgekommen an der Schule. Dafür gab es bisher nicht die geringsten Anzeichen. Aber wenn Kiefer es sagte, wenn er ihn, seinen Schulleiter, deswegen aufsuchte... Kiefer trank zuviel, aber geltungssüchtig war er nicht.

„Mein Gott, Kiefer. Wenn das so ist..."

„Es ist so, Herr Berkmann."

„Wie kommen die Kinder an das Zeug? Es sind doch noch Kinder. Wer bringt sie soweit?"

Hier und da hörte man munkeln. Vermutungen, Gerüchte. Die Disco, die Kellerräume im Jugendzentrum. Connys großer Bruder. Vom Arbeitslosengeld konnte man sich keinen so dicken Wagen leisten.

Hoffentlich steckte Monika nicht auch mit drin. Sie hatte eine Stelle bei Meyer und Kohlmeier, als Verkäuferin. Aber da war sie angeblich nicht mehr.

Normalerweise hätte Berkmann nach einem so anstrengenden Tag nicht den Ehrgeiz entwickelt, das Treppenhaus hinaufzuhetzen, um am Telefon zu sein, bevor aufgelegt wurde. Aber dieses Gespräch war wichtig, er spürte es.

Obwohl er nicht wußte, wer anrief und warum, beeilte er sich, die Wohnungstür zu öffnen. Die Aktentasche unterm Arm stürzte er zum Apparat.

Peter Pfeiffer!

Seine Stimme klang nicht wie die eines Indianers vom Stamme der Irokesen, eher wie die eines Weißen am Marterpfahl.

„Herr Berkmann, ich kann nicht in die Schule kommen. Ich kann nicht... Die machen mich fertig."

Peter sah das völlig richtig.

„Warum baust du auch so einen Mist, Junge? Denk doch mal. So macht sich doch kein normaler Mensch zurecht."

Denken tat Peter schon gelegentlich, leider nicht, wenn es darauf ankam.

„Also, Herr Berkmann, das war so. Ich hab' einen Freund, der ist Friseur. Der lernt noch. Aber der kann schon Haare schneiden."

Kunststück, wenn man einem eine Halbglatze scherte!

„Sowas ist heute modern, Herr Berkmann..."

Allerdings, so liefen sie herum. Auf der Straße, in den Discos, im Fernsehen. In jedem Krimi, der auf sich hielt, kamen solche Typen vor. Was sollte an einem solchen Hahnenkamm auch außergewöhnlich sein, wenn selbst Lehrer mit Ohrringen durch die Gegend schlurften?

„Na, gut", sagte Peter, es wurde ein ehrliches Bekenntnis, „es war ein Fehler. Seh' ich ja ein. Ich mach's auch nicht wieder... Können Sie nicht mal mit der Klasse reden?"

Es sollte sich wie eine Frage anhören, eine bloße Frage. Aber Peter konnte sich mühen, wie er wollte, er brachte die Angst nicht aus seiner Stimme heraus.

„Mach' ich", sagte Berkmann, „und du versprichst mir, dir diesen Unsinn abzuschminken. Okay?"

„Logo. Und – wann muß ich wiederkommen?"

„Heute bist du entschuldigt, Peter. Morgen gebe ich dir Urlaub für den Friseur. Übermorgen tauchst du wieder auf, verstanden?"

„Logo."

„Sag nicht immer logo!"

„Klaro, Herr Berkmann..."

Am nächsten Morgen verhielt sich Berkmann wie ein staatlich geprüfter Sprengmeister, der eine 5-Zentner-Bombe entschärft: ruhig, besonnen und still. Wenn das Telefon klingelte, ging er auf Tauchstation. Vielleicht übersah das Schulamt den Leserbrief.

Ein Schulamt übersieht nie etwas.

Leitender Schulamtsdirektor Warbitz rief nicht persönlich an. Er beauftragte Frau Heinrich, Mary-Lu genannt, das Erforderliche zu veranlassen, nämlich einen Bericht der Schule mit einer Stellungnahme des Personalrates. Mit Durchschlägen für den Regierungspräsidenten und das Ministerium.

Schulamtsdirektor Dickmann, genannt Drei-Finger-Jo, zeigte sich von der menschlichen Seite. Er riet Berkmann, die Stumpfs zu verklagen.

Davon wollte Christa Klein nichts wissen. „Damit werten wir diese feine Familie nur auf“, meinte sie.

„Sie haben völlig recht, Christa. Klagen können wir immer noch. Verteidigen wir uns erst mal auf dem Dienstweg“, versuchte Berkmann zu scherzen. Aber der Zorn stand ihm auf dem Gesicht geschrieben.

Gegen Mittag trafen die ersten Beileidsbekundungen der Schulleiterkollegen ein.

Mandler, der Vorsitzende des Elternbeirates, rief von unterwegs an. Er, Berkmann, und die Schule, hätten sein vollstes Vertrauen. Die Stumpfs sollten nur kommen...

Die angeforderten Unterlagen wurden eingereicht. Die Zustände auf dem Schulhof in Michelfels beschäftigten die Behörden. Das Lehrerzimmer hatte sein Gesprächsthema. Die Empörung unter den Kolleginnen und Kollegen war groß.

Der Pulsschlag der Damen und Herren hatte sich kaum normalisiert, da brachte Hausmeister Weller ihn erneut in Wallungen. Wieder mit dem *Stadtanzeiger* und wieder mit einem Leserbrief.

Diesmal nicht von den Stumpfs und nicht gegen die Schule, sondern gegen einen Lehrer.

Müller-Kronach sollte Kinder geschlagen haben.

Dem Stufenleiter zitterten die Hände. Mit irren Augen überflog er das Machwerk. Es stammte aus der Feder eines Bernd Kuhnert und war mit genauer Anschrift versehen.

Diese Beschuldigung! Kurz vor seiner Überprüfung zum Rektor. Kinder geschlagen!

„Das ist eine Lüge! Eine ganz gemeine Lüge!“ schrie Müller-Kronach. „Dahinter steckt System. Dieser Lump hat gar kein Kind an unserer Schule.“

„Nein. Aber ein Kind in der Grundschule“, klärte Berkmann den Sportsfreund in der nächsten Pause auf. „Und ich sage dir noch etwas, falls du es noch nicht weißt. Mutter Kuhnert ist die Schwester von Vater Stumpf, eine geborene Stumpf.“

„Das ist keine Familie!“ fing Müller-Kronach erneut an zu brüllen. „Das ist eine Rufmord-AG!“

„Na ja, nun komm! Beruhige dich! Vor allem, laß es niemand hören. Willst du auch noch einen Prozeß?“

Aber der Stufenleiter war nicht zu beruhigen. „Du weißt, daß es nicht stimmt, Michael. Aber draußen in den Dörfern, wissen die es auch? Nein, die wissen es nicht. Da heißt es: und sowas will Schulleiter werden.“

„Reg dich ab! Du hast ja recht.“

„Er darf schreiben, daß ich Kinder verprügele, und muß nichts beweisen. Und ich muß beweisen, daß ich sie nicht verprügele. Und wie das bitte? Das kannst du mir auch nicht sagen. Ich habe das Gefühl...“

„Was hast du denn für ein Gefühl?“

„Ich habe das Gefühl, einer von uns beiden geht baden, Michael.“

Berkmann fühlte sich nicht betroffen, sondern lächelte und sagte: „Na, dann leg mal schon die Schwimmflügelchen an, Genosse...“

Eigentlich hatte sich Berkmann den „Schinderhannes“ vorgenommen für einen kleinen Imbiß am Abend und ein kühles Pils. Aber als er im Wagen saß, fiel ihm ein, daß er sich um

Tassen und Gläser für das Schulfest kümmern mußte, und er fuhr ins Vereinslokal des TSV.

Es gab dort keine großartige Speisekarte, aber für ein Schnitzel mit Pommes frites reichte es bei Mama Andriotti immer.

Das Lokal war leer. Mama Andriotti und Töchter lebten von den Trainingstagen des Michelfelser Turn- und Sportvereins, und das sicher nicht schlecht.

Berkmann bestellte und setzte sich an den Tisch vor der Theke.

Fünf Minute später ging die Tür auf und Müller-Kronach kam herein. Er hatte tausend Witze auf Lager, davon merkte man heute nichts. Er winkte Berkmann müde zu, ließ sich von Mutter Andriottis Ältester eine Bierbrezel geben, griff in das Glas mit den Soleiern und kam an Berkmanns Tisch.

„Wen sehe ich denn da? Bei Mutter Andriotti? Zu so später Stunde ...?"

„Deinen Schulleiter, du Armleuchter. Hast du einen im Tee?"

„Nee ..." Müller-Kronach ließ sich auf den Plastikstuhl mit den Spinnenbeinen fallen und betrachtete sein Solei, als hätte er noch nie eins gesehen. „Aber die Lage ist beschissen. Der Leserbrief macht mich fertig. Ich habe mit dem MdL gesprochen. Weißt du, was er sagt?"

„Nein."

„Nur nicht antworten. Auf nichts eingehen. Dann läuft sich die Sache tot. Der Mann hat recht."

„Der Mann hat recht! Was meinst du, was ich zu hören kriege, wenn wir nicht antworten. Du hast deinen Landtagsabgeordneten, deinen MdL. Und wen habe ich?"

„Ich verlange nicht viel von dir, Michael. Nur heute. Dieses eine Mal!"

„Moment! Moment! Du hast nicht nur den Landtagsabgeordneten. Der Warbitz gehört ja auch zu deiner Fraktion."

Müller-Kronach winkte ab. „Warbitz! Warbitz! Warbitz und der MdL sind wie Hund und Katze. Warbitz macht ein

Faß auf, wenn er dem MdL eins reinwürgen kann … Michael! Auch wenn es nicht einfach für dich ist. Mit dieser Geschichte falle ich durch! Der Personalrat lehnt mich ab, da wo ich mich bewerbe. Das ist so sicher wie das Amen in der Kirche. Einer, der Kinder schlägt! Ganz Michelfels zeigt mit dem Finger auf mich!"

„Ja, scheußlich. Und Wallenstein, der Traumdeuter, hat uns nicht gewarnt!"

„Du verstehst mich nicht", sagte Müller-Kronach, der die Ironie heraushörte, geknickt. „Meine Existenz steht auf dem Spiel, und du machst dich lustig. Komm, wir trinken noch einen …"

„Später", sagte Berkmann und leckte sich mit der Zungenspitze die Lippen. Das Schnitzel, das Mutter Andriotti anschleppte, machte dem Ruf des Hauses alle Ehre. Es war doppelt so groß wie im „Schinderhannes", und auch der Salatteller konnte sich sehen lassen. „Später, Tobi. Erst muß ich mit dir über Conny reden."

Müller-Kronach schloß deprimiert die Augen. „Heute nicht, morgen. Heute bin ich zu kaputt, Sportfreund."

Während der folgenden Sekunden beeindruckenden Meditierens fand er ein Rezept gegen seinen Kummer, das er mehrmals wiederholte.

Ein Korn – ein Pils. Ein Korn – ein Pils …

Dieser verflixte Wecker!

Berkmann schüttelte ihn, hielt ihn ans Ohr. Er schüttelte ihn wieder und hielt ihn noch einmal ans Ohr.

Verschlafen! Eine halbe Stunde zu spät!

Berkmann entwickelte einen Katastrophenplan. Kein Brot, kein Ei. Kein Tee. Nüchtern stürzte er zur Garage.

Verläßt der Schulleiter die Schule als letzter, nimmt das niemand zur Kenntnis. Kommt der Schulleiter morgens einmal als letzter, ein einziges Mal im Jahr, steht mit Sicherheit der Hausmeister in seiner Loge und tippt sich mit dem Finger an die Stirn.

„Morgen, Herr Berkmann..."
„Morgen, mein Lieber."
„Sie werden schon erwartet."

Fünf Minuten vor acht! Wo war er sonst um diese Zeit, der Herr Hausmeister? In seiner Loge nicht.

Und Sportfreund Müller-Kronach, den er, Berkmann, nach Mitternacht hatte nach Hause kutschieren müssen, weil er einen in der Krone hatte, war gewöhnlich auch nicht so pünktlich.

Heute war er es, zum Teufel. Nicht nur das. Der Herr Stufenleiter saß mit der Kakaotüte an Berkmanns Schreibtisch und spielte Schulleiter.

„Du wolltest mit mir über Conny reden. Hier bin ich..."

Müller-Kronach machte Anstalten, den Sessel seines Chefs zu verlassen, aber Berkmann winkte ab. „Bleib ruhig sitzen. Der Jüngste bist du ja nun auch nicht mehr... Über Conny! Ja. Reden wir über Conny..."

„Warst du in dieser – Disco, Sportfreund? Oder warst du nicht?"

„Ich war. Hab' ich dir doch gesagt", nickte Berkmann.

„Hast du Conny gesehen?"

„Conny nicht. Jemand anderen."

„Nun sag' schon."

„Ein Mädchen aus deiner Klasse... Hör auf, mit dem Strohhalm zu quietschen!"

„Wirst du mir jetzt bitte sagen, wen?"

Berkmann ließ Müller-Kronach zappeln. „Kleine psychologische Frage, Kollege. Wem würdest du es denn zutrauen?"

Wie aus der Pistole geschossen antwortete Müller-Kronach: „Maria Sanchez."

Ebenso spontan reagierte Berkmann. „Ist dir das Mädchen aufgefallen? Wodurch? Warum erfahre ich davon nichts?"

„Hör mal, wenn du ein bißchen Ahnung von Psychologie hast, weißt du, was in deiner Klasse läuft." Müller-Kronach traute der Sache noch nicht ganz. „Du hast sie tatsächlich gesehen? In dieser Disco?"

„Ich habe sie gesehen, und sie hat mich gesehen. Direkt vor mir gestanden hat sie. Hallo, Herr Berkmann! Was machen Sie denn hier? Ich sehe sie an, sie sieht mich an. Der Junge neben ihr packt sie am Handgelenk und zerrt sie weg: Komm Maria, laß den Opa...!"

Müller-Kronach konzentrierte sich auf Maria Sanchez. Sie war seine Schülerin. Ihretwegen ging er der Sache nach. Von Conny wußte er nur, daß sie voriges Jahr zu den Schulabgängern gehört hatte. In seiner Klasse gewesen war sie nicht.

„Und was hast du für einen Eindruck von dem Laden, Sportfreund?"

„Na ja, wenn du dort warst, mußt du dir als erstes einen Krankenschein für den Ohrenarzt holen", sagte Berkmann salopp. „Das ist eine Generation, die braucht mit Vierzig ein Hörgerät. Die Disco-Jockeys müssen meinetwegen nicht wie zivilisierte Menschen aussehen. Sie brauchen sich von mir aus auch nicht den Hals zu waschen. Wenn du dich zwei Monate nicht rasierst, einen schwarzen Hut aufsetzt, die Schleife deiner Urgroßmutter um die Krempe wickelst, kannst du dort auch auftreten."

Müller-Kronach saß wie fasziniert da. Wirklich unglaublich! Warum sollte Michael ihm was vormachen?

„Daß mit dem Laden etwas nicht stimmt, gebe ich dir schriftlich. Tobi, da stehen Typen rum, die riechen nur so nach Koks. Vor allem einer: Dauerwelle, Dreitagebart. Blindenbrille."

Etwas kopflos fragte Müller-Kronach: „Tja, und was machen wir jetzt? Mit Marias Eltern zum Beispiel?"

„Laß dir was einfallen. Ich habe dir das Material geliefert. Jetzt bist du dran. Natürlich würde es deinen Horizont erweitern, wenn du dir selbst einen Eindruck verschaffen würdest, an Ort und Stelle. Du bist ja selbst Vater, wenn ich mich recht erinnere..."

„Danke, danke." Müller-Kronach zeigte keine Spur von Begeisterung. „Meine Töchter gehen nicht in solche Schuppen, und ich halte es mit dem schönen alten Spruch: Wer sich in

Gefahr begibt, kommt darin um.“ Nachdenklich betrachtete er Berkmann. „Daran solltest du dich auch halten, Sportfreund. Laß die Finger davon. Was die Kinder in ihrer Freizeit machen, ist Sache der Eltern. Du solltest öfter die Vorschriften lesen...“

Christa Klein kam aus dem Materialraum herauf. Sie hatte einen Stoß Schreibmaschinenpapier unter dem Arm, den sie mit einem kleinen Aufschrei fallen ließ, als sie versuchte, die Tür zu öffnen.

Berkmann kam aus seinem Zimmer und half ihr beim Aufheben.

„Morgen, Christa. Haben wir uns heute schon gesehen?“

Sie hob tadelnd die Augenbrauen. „Haben wir uns heute schon gesehen! Sie tun ja, als würde ich mich vor der Arbeit drücken...“

„Christa, ich bitte Sie. Wenn ich Sie nicht hätte...“

„...und die Frau Doktor. Ich weiß. Sonst noch etwas?“ Sie setzte das Papier auf den Beistelltisch. „Nein? Dann wissen Sie auch das Neueste noch nicht. Die Elke Uhlmann hat zum Geburtstag Rosen bekommen. Rote Rosen.“

„Ach, das freut mich für sie.“

„Wenn jemand einen Funken Mitgefühl verdient, dann diese Frau, Herr Berkmann. Geschieden ist sie ja noch nicht. Sie will sich auch nicht scheiden lassen. Aber das kann sich über Nacht ändern. Wenn der Richtige kommt.“

Bei ihm im Zimmer klingelte pausenlos das Telefon. Er ließ es klingeln. „Na ja, schließlich ist sie auch eine fesche Person. Weiß man schon, wer der Glückliche ist?“

„Ach, da frag’ ich nicht. Dreißig Rosen für den Anfang sind genug. Zweiunddreißig genau, für jedes Lebensjahr eine... Deswegen müssen Sie nicht schon wieder weglaufen, Chef...“

„Ich habe noch etwas zu erledigen“, sagte Berkmann. „Ich bin mal kurz bei Frau Scharfenberg.“

Frau Scharfenberg unterrichtete Hauswirtschaft, Arbeitslehre wie man heute sagt. Eine Zweidrittelstelle.

Sie war eine kleine, bescheidene Person, der man ihre drei Kinder nicht ansah. Eine leise, unauffällige Lehrerin gemessen an der Phonstärke ihres Unterrichtes. Wenn sie in ihrer Arbeit gestört wurde, wie zum Beispiel von ihrem Schulleiter, bekam sie einen hochroten Kopf.

Die sieben Mädchen und sechs Jungen der 8 a trugen gerade das Essen auf. Berkmann lief das Wasser im Mund zusammen. Ohne einen Bissen in die Schule! Er kam vor Hunger fast um.

Er stellte sich zu den Kindern an den Kochmulden. „Was habt ihr denn da Feines gekocht? Das riecht ja wie bei Muttern in der Küche."

„Beefsteak mit Bohnen...!" rief die Klasse.

Eine höfliche Lehrerin mußte daraufhin fragen: „Wollen Sie mal kosten, Herr Berkmann?"

Frau Scharfenberg war eine höfliche Lehrerin.

Aber das kam natürlich nicht in Frage. Mit den Kindern essen! Damit es dann zu Hause hieß: die Kinder schleppen das Geld herbei und die Lehrer putzen die Teller leer!

„Oh, danke. Ich wollte mich mit Ihnen nur mal über das Schulfest unterhalten, Frau Scharfenberg", sagte Berkmann höflich.

Da kam auch schon dieser Chor: „Ach, bitte, Herr Berkmann!", der alle seine guten Vorsätze ins Wanken brachte.

„Danke. Das ist schrecklich nett von euch. Aber..."

Du hast deinen Lehrern verboten, sich in der Küche durchzufressen, wenn ihre Frauen in der Stadt beim Gynäkologen sind. Wenn du morgens verpennst, hast du dich auch nicht in der Küche durchzufressen. Also führt mich gefälligst nicht in Versuchung, dachte er.

Da war er schon wieder, dieser Chor. „Essen Sie mit uns, Herr Berkmann, bitte! Nur – ein Mal!"

Natürlich war es ganz normal, daß Kinder ihrem Schulleiter zeigen wollten, was sie können. Das konnte man nicht einfach ignorieren. Kinder um die Früchte ihrer Arbeit bringen, das war unpädagogisch. Was wurde aus einem Mädchen wie Heike Valentin ohne Frau Scharfenbergs Kochunterricht? Verhungern müßte sie – samt ihrer Sippe. Die Fähigkeit zu kritischem Konsumverhalten, wo wurde sie geweckt? Hier! In Frau Scharfenbergs Küche.

Das Unabänderliche nahm ohne Berkmanns Zutun seinen Lauf.

„Cornelia, einen Teller! Ute, ein Besteck! Schnell!" kommandierte Frau Scharfenberg. „Und die anderen setzen sich schön hin und zeigen ihrem Schulleiter, daß sie sich benehmen können."

Bevor Berkmann zu weiteren Überlegungen kam, wem er mehr verpflichtet war, dem guten Vorbild oder den Kindern, hatte Frau Scharfenberg ein Beefsteak aus der Pfanne gehievt. Der kleine Hensoldt klatschte eine Kelle Bohnen dazu. Eins der Mädchen stellte einen Stuhl an die Kopfseite des Tisches, um den sich die kleinen Köche und Köchinnen langsam und andachtsvoll versammelten.

Frau Scharfenberg lächelte geschmeichelt.

Noch nie hatte eine Klasse der Albert-Schweitzer-Schule in Michelfels ein selbst hergerichtetes Mahl mit solcher Hingabe und in solcher Stille verzehrt wie an diesem späten Vormittag mit ihrem Rektor, dessen Anwesenheit zur Erfüllung eines zusätzlichen Lernzieles beitrug: Verständnis wecken für die Notwendigkeit von Tischsitten. Und für die Kochkasse zahlte sich die Stillung des halb Verhungerten auch noch aus.

Was wollte man mehr?

Birgit Scholz ging an ihr vorbei, als wäre sie Luft: durchs Vorzimmer direkt zum Chef. Christa Klein hatte allen Grund, verärgert zu sein.

Birgit Scholz war nun mal nicht Sigi Schomburg oder Helga Bott. Birgit Scholz war eine Frau, die eiskalt ihr Ziel verfolgte, und dieses Ziel hieß Berkmann. Ständig schwänzelte sie um ihn herum. Es war schon fast peinlich.

Sie mit dem Test zu beauftragen, war ein Fehler gewesen. Jetzt hatte sie noch mehr Gelegenheit, in seiner Nähe zu sein und dafür zu sorgen, daß sie mit ihm allein war.

Das sah Michael Berkmann allerdings etwas anders.

Die Scholz hatte ihm eine Testdiagnose vorgelegt, davor konnte ein Frauenfeld stramm stehen. Sie hatte sich eine Arbeit gemacht, die man einfach anerkennen mußte.

Nach ihrem Befund lag Inge Niehaus, das Mädchen aus gescheiterter Ehe, im mittleren bis höheren Intelligenzbereich. Mit einem Intelligenzquotienten von über 110. Das entsprach der Durchschnittsleistung einer altersgleichen Realschülerin. Eine ganze Menge, wenn man sich vergegenwärtigte, was sich an den Universitäten an Studenten herumtrieb. Mit IQ 90 und weniger.

Und für diese saubere Arbeit bedankte er sich, wie sich das gehörte. Sie, Birgit Scholz, habe ihm damit sehr geholfen.

„Das freut mich, Herr Berkmann", lächelte das Fräulein Birgit. Sie saß ihm gegenüber, putzfein. Gewöhnlich trugen die Kolleginnen Jeans oder Hosen, selten so aufreizende Dirndl mit tiefem Ausschnitt und soviel Bein. „Wenn ich helfen kann, helfe ich doch gern..." Sie schlug treuherzig die Augen auf. „Ach, sagen Sie doch einfach – Birgit."

Dabei verschränkte sie die Hände vor den Knien und ließ den linken Fuß baumeln, der halb aus dem Schuh geschlüpft war, während der Blusenausschnitt ein wenig nach vorn fiel.

Berkmann hatte einen Moment die Luft angehalten, sich aber schon wieder gefangen. „Ihr Angebot in Ehren, Frau Scholz. Wir lassen es beim alten..."

„Aber mit den anderen", lächelte sie lieb, „duze ich mich doch auch."

Dieser Mann und schwul! Der ist so wenig schwul wie ich, dachte sie. Typisch Frauenfeld. Dieses Großmaul!

„Wie gesagt, Frau Scholz, es ist eine ausgezeichnete Interpretation, die Sie mir da vorlegen", lenkte Berkmann das Gespräch wieder auf dienstliche Bahnen. „Meine Vermutung, was Inge Niehaus betrifft, ist damit bestätigt."

„Danke." Schwer von Begriff war Birgit Scholz nicht. „Dann kann ich ja jetzt gehen."

Sonst kommt Christa noch auf dumme Gedanken, dachte sie. Wegen ihr schickt er mich fort, sonst wäre er gar nicht abgeneigt. Ich sehe es seinen Augen an.

Berkmann sah Birgit Scholz stirnrunzelnd nach. Die Christa! Ganz Unrecht hatte sie nicht. An den Hals werfen war vielleicht zuviel gesagt, aber Chancen schien er bei Birgit Scholz zu haben. Nun glaubte er es fast selber.

Er hielt noch immer die Akte Niehaus in der Hand.

Das Mädchen hatte einen Männerkomplex. Das war nicht selten bei Kindern in diesem Alter. Der Vater, der die Mutter verläßt. Zur Rechenschaft ziehen kann Inge ihn nicht. Aber sich rächen, das kann sie. Sich rächen und auf sich aufmerksam machen. Vielleicht merkt der Vater, daß sie leidet und kommt zurück.

Ohne Mühe fand Christa Klein Zugang zu dieser Überlegung. „Sie meinen, Inge überträgt ihren Haß auf den Vater – auf andere Männer? Alle anderen?"

Mit Genugtuung hatte sie den Abgang von Birgit Scholz registriert. So ging eine Frau, die etwas erreicht hatte, nicht aus dem Zimmer.

„Ja, das meine ich", nickte Berkmann nachdenklich. „Ich muß mit dem Vater sprechen. Machen Sie mir den Mann ausfindig, Christa. Ohne ihn kommen wir nicht weiter. Er ist die Schlüsselfigur, nicht Inge."

Christa Klein griff zu Papier und Bleistift. „Wird erledigt. Aber das ändert nichts daran, daß sie einen Termin haben." Ihr Zeigefinger deutete in Richtung Besucherzimmer. „Er wartet schon zwanzig Minuten."

Berkmann rechnete mit einem Besucher, der mit dem Messer auf ihn zugestürzt kam. Aber statt handgreiflich zu werden erhob sich Vater Sandosch höflich von seinem Stuhl und sagte freundlich: „Ich weiß nicht, was Ihnen das Schulamt mitgeteilt hat, Herr Berkmann. Ich versichere Ihnen..."

Weiter kam er nicht. Dazu hatte Berkmann den Auftritt mit dem kleinen Ulli zu gut in Erinnerung.

„Wenn Sie davon ausgehen, daß ich meine Entscheidung zurücknehme, irren Sie sich", polterte er los. „Ihr Sohn arbeitet nach. Trotz Rechtsanwalt. Das wollen wir doch mal sehen."

„Zurücknehmen?" rief der verblüffte Herr Sandosch. „Wer sagt denn das?"

Berkmann unterbrach ihn erneut. „Wissen Sie, wie Ihr Herr Sohn mich behandelt, Herr Sandosch? Das ist doch nicht auf seinem Mist gewachsen. Dazu haben Sie ihn doch aufgehetzt: Mein Vater sagt, ich brauche keine Hausaufgaben zu machen. Damit kommen Sie bei mir nicht durch, Herr Sandosch!"

„Aber wer sagt denn etwas von zurücknehmen, Herr Berkmann. Recht haben Sie. Recht! Dem Burschen gehört der Hintern verhauen."

Wahrscheinlich hätte sich Berkmann auch ohne den Stuhl, der hinter ihm stand, gesetzt, aber sicher nicht so verblüfft und so langsam. „Sagten Sie – Hintern verhauen?"

„Hintern verhauen, jawolll. So was darf nicht wieder vorkommen, Herr Berkmann. Da sind wir uns einig. Was Recht ist, muß Recht bleiben."

„... muß Recht bleiben", nickte der verdutzte Berkmann. „Ist das Ihr Ernst?"

„Und ob das mein Ernst ist! Was wissen denn die Jungens in diesem Alter von ihren Aufgaben und Pflichten. Meine Schwester hat recht. Ich hätte nicht zu diesem Anwalt gehen sollen."

„Nehmen Sie Platz, Herr Sandosch! Bitte nehmen Sie doch Platz."

Sollte er? Vater Sandosch mißtraute der Aufforderung. Er wußte nicht so recht, woran er war, merkte aber, daß alles, was er bisher gesagt hatte, nicht ausreichte, den angerichteten Schaden wieder gutzumachen. Wie konnte er Berkmann überzeugen?

„Zunächst hat mir natürlich eingeleuchtet, was dieser Anwalt erzählt hat", sagte er. „Ich bin kein Jurist. Grundgesetz, Bewegungsfreiheit. Psychische Schäden durch ... was weiß ich wie der moderne Kram da heißt. Inzwischen ...", Sandosch warf Berkmann einen unsicheren Blick zu, „habe ich mir meine eigenen Gedanken gemacht. Ulli macht seine Aufgaben nach. Das sage ich Ihnen. Wenn nicht, ist er fünfmal die Woche hier und lernt mit Ihnen. Bis er schwarz wird. Darauf können Sie Gift nehmen."

Das fehlte noch, dachte Berkmann. Fünfmal die Woche! Ich habe ja nichts anderes zu tun.

Vater Sandosch warf einen mißbilligenden Blick auf Christa Klein, die mit der Unterschriftenmappe erschien, ließ sich aber dadurch nicht abschrecken. Im Gegenteil. Er versuchte Eindruck zu machen in seinem feinen, blauen Oberhemd und den bunten Karohosen.

„Die Sekretärin kann ruhig hören, was ich sage, Herr Berkmann. Bei uns zu Hause herrscht Ordnung. Und soviel Vertrauen muß da sein, daß nicht wegen jeder Kleinigkeit zum Rechtsanwalt gelaufen wird."

Mit einer Verbeugung deutete Vater Sandosch die Bereinigung der Affäre an, den Anbruch einer neuen Zeit zwischen ihm und der Schule.

Christa sah ihm nach wie die Sekretärin im Betrugsdezernat einem Übeltäter, mit dessen Geständnis es nicht stimmt.

„Ich will gar nicht mal sagen, daß es ihm nicht ernst ist, Chef. Ich frage mich nur, wie der Junge das verkraftet, diesen plötzlichen Stimmungsumschwung", sagte sie nachdenklich. „Erst hetzt er Ulli gegen die Schule auf – und jetzt ...? Daß Eltern sich so was nicht überlegen."

Hausmeister Weller stand mit Hacke und Spaten im Schulgarten und schwitzte. Das Thermometer war auf 25 Grad geklettert, und das kam in der zweiten Maihälfte nicht alle Jahre vor.

Er hatte sich das Wiesenstück vorgenommen, auf dem Gräser und Kräuter gezüchtet wurden, zur Demonstration, wie Berkmann sagte. Rotklee, Knabenkraut, Wiesenstorchschnabel und wie das Zeug alles hieß, Glockenblume, Margerite und so weiter. Die Kinder wußten ja heute nicht mal mehr wie eine Weizenähre aussah.

Im Sekretariat oben standen die Fenster auf, und die Schreibmaschine war unten auf der Wiese zu hören. Christa machte mal wieder Überstunden. Dicke Luft!

Die Sache mit Müller-Kronach! Der Mann lief herum wie ein Gehenkter. Es war ja auch eine Sauerei von den Leuten, ihm so was vorzuwerfen, wo sie ganz genau wußten, daß er das nicht tat.

Inzwischen hatte Christa Klein die wichtigsten Schreiben raus, unter anderem die Meldung. daß der neue Pfarrer seinen Dienst angetreten hatte.

Berkmann unterschrieb sie. „Und? Wie kommt der Mann zurecht? Was ist Ihr Eindruck, Christa?"

„Die Kinder sind mit ihm zufrieden. Es ist kein Pfarrer Hildesheimer", antwortete sie diplomatisch, „aber warum denn nicht mal ein bißchen frisches Blut? Das kann nicht schaden. Jedenfalls überragt er uns alle, größenmäßig. Das steht nun mal fest."

„Und was soll ich mit diesem Wisch hier, Christa?"

„Das wollte ich Ihnen nur mal zeigen. Unser Personalrat denkt tatsächlich, ich schreibe ihm seine Beihilfeanträge."

„Das soll er gefälligst selber machen." Berkmann griff zum nächsten Schreiben. „Ein Zugang?"

Christa Klein setzte ihre Brille auf. „Vom Heim. Birgit bekommt ein Kind aus Eritrea in die Klasse", sagte sie gehässig.

„Und warum freut Sie das so, Christa?"

„Dann hat die Birgit ein bißchen mehr Arbeit und kommt nicht so schnell auf dumme Gedanken." Sie stülpte die Haube über die Schreibmaschine und zog den Stecker aus der Dose. „Auf nicht so dumme Gedanken wie Müller-Kronach. Er wird doch diese blöde Überprüfung gut hinter sich bringen? Was meinen Sie?"

Berkmann half ihr in die Kostümjacke. „Ich habe ihm etwas versprochen, Christa. Und was ich verspreche, halte ich."

Sie blieb stehen. „Jetzt brauchen Sie mir nur noch zu sagen, was Sie ihm versprochen haben – schon bin ich weg."

„Es gibt keinen Leserbrief, auf den wir antworten. Heute nicht und morgen nicht. Und übermorgen haben die Leute die Sache vergessen…"

Am Samstag morgen – Berkmann hatte gerade den Einkaufszettel für Frau Freitag fertiggemacht – rief Babsie an.

„Pack ein paar Sachen zusammen. Ich zehn Minuten bin ich bei dir. Ich tank' nur schnell noch. Du kommst doch mit?"

„Mit? Wohin denn um Himmels willen?"

„Mutter hat angerufen. Ich muß nach Tante Elfriede sehen. Du, Micha, ich fahr' gar nicht gern allein…"

Sechs Stunden später saßen sie auf einer der Bänke am Hafen, in der Frühlingssonne des Bodensees, vor dem Panorama der schneebedeckten Berge und sahen den Möwen zu, die sich kreischend auf die Brotreste stürzten, die Frauen und Kinder am Ufergeländer in die Luft warfen.

Das Wasser glitzerte noch kalt, aber die Bedienungen im Hotel Reutemann hatten schon alle Hände voll zu tun. Die Promenade füllte sich mit Touristen, und der Kapitän der Hafenrundfahrt, der auf neue Passagiere wartete, meinte, der leichte Dunst am Bregenzer Ufer verkünde schönes Wetter.

Am Abend aßen sie in einem kleinen, alten Hotel auf der Insel. Felchen nach Müllerin Art.

Babsie redete über Gott und die Welt. Über ihre Sprechstundenhilfe Lucia, die nur ihre Tomaten im Kopf hatte und von Männern nichts wissen wollte. Vom neuen Golfclub, dem sie beitreten sollte. „Die kleinen Wägelchen mit den kleinen weißen Bällchen, die immer in den Bäumen hängen bleiben, weißt du? Und wo immer einer diese Riesenrucksäcke schleppt…"

Und daß Christa Klein eine Chance habe durchzukommen. Und er, Micha, gefälligst die Finger von diesen verdammten Pommes frites lassen solle. Er bekomme schon ein Bäuchlein. Und was ihr noch alles durch den Kopf gegangen war in den vergangenen Tagen.

Als er ihr dann – nach dem dritten „Meersburger Weißherbst“ – von Conny erzählte, machte sie ihm den Vorschlag, ein- oder zweimal zu ihm nach „Ehrenbreitstein“ zu kommen, zu den größeren Schülern.

„Eine Ärztin berichtet über ihre Erlebnisse mit Rauschgiftsüchtigen. Anschauungsunterricht – oder wie ihr das nennt.“

Damit war er mit den Gedanken schon wieder in Michelfels. Hoffentlich fuhr der Peter nicht wieder ohne Führerschein. Und hoffentlich hörte Kiefer auf zu trinken. Kiefer war ein guter Lehrer, überhaupt: was waren das doch für aufopferungsvolle Menschen da an seiner Schule. Bis auf drei, vier Ausnahmen, und die – meinte Babsie – gab es schließlich überall.

Aber wenn sie nun schon am Bodensee waren, ein wenig sportlich betätigen mußten sie sich auch.

„Und wenn wir morgen früh ein bißchen segeln?“

„Segeln?“ Basie sah ihn an, als wollte er mit ihr in Turnschuhen den Hohen Freschen besteigen. „Dann bitte, nimm aber gleich ein paar Froschmänner mit...“

Als er sie später fragte, wann sie denn ihre Tante besuchen wolle, lachte sie und gab ihm einen Kuß, mitten auf der Straße. „Tante Elfriede? Die existiert nicht. Ich wollte nur, daß du mal rauskommst, Liebling...“

Sie war hundemüde.

Einen Augenblick standen sie noch auf dem Hotelbalkon und genossen den herrlichen Blick auf die Hafeneinfahrt und die Tausende von Lämpchen an den Fassaden.

Babsie lehnte sich an ihn. „Ach, es ist so schön mit dir. Liebst du mich denn auch ein bißchen...?“

„Ich liebe dich, Babsie.“

„Nicht – nur so?“

„Nicht – nur so.“ Er nahm sie in die Arme. „Wirklich. Das Leben ist so kurz.“

Sie sah ihm in die Augen. „Merkst du das auch?“

„Das merken sogar inzwischen meine Kollegen. Wenn ich den Fünfzigjährigen sage, wie oft sie noch ihr Gehalt abholen, vorausgesetzt, sie bleiben gesund, was nicht einmal so wahrscheinlich ist, werden sie immer ganz weiß."

Babsie legte ihm zärtlich den Finger auf den Mund. „Nicht so reden, Liebling...!"

Er schüttelte den Kopf und drückte sie an sich. „Ich danke dir für diesen herrlichen Tag, Babsie..."

„Ich danke dir, Liebling," flüsterte sie und überlegte. Wo war es bequemer? Bei ihm auf dem Zimmer oder bei ihr?

Die Doppelzimmer waren alle belegt.

Als es am Montag zur Großen Pause läutete, setzte sich Berkmann in den Wagen. Er fühlte sich frisch und ausgeruht, trotz der Hektik des Wochenendes und der anstrengenden Stunden auf der Autobahn. Was so ein Tapetenwechsel ausmachte! Einmal raus aus dem alten Trott in eine andere Umgebung, unter Menschen, die einem nicht aufs Glas guckten wie bei Volkmann. Einmal die Seele baumeln lassen... Babsie hatte recht.

Man lebte viel zu oft am Leben vorbei, das war ihm wieder einmal klar geworden in diesen zwei Tagen. Und etwas anderes: daß er sich kaum noch vorstellen konnte, ohne Babsie zu sein. Sie war ihm mehr, als alle anderen Frauen in seinem Leben zusammen. Sie hatte alles, was er an anderen bewundert hatte, den natürlichen Charme seiner Jugendliebe, das Temperament Vickis, der früh Verflossenen, die mit einem Zeitungsmann auf und davon war, Karolines bewundernswerte Bescheidenheit hatte sie und Sabines wilde Leidenschaft.

Sie hatte alles, was eine Frau brauchte, um einen Mann glücklich zu machen.

Er nahm den Fuß vom Gas und ließ den Wagen langsam auf den Ortseingang von Weimersdorf zurollen.

Wenn es für Lothar noch eine Chance gab, konnte diese Chance, nach allem was geschehen war, nur die Schule sein. Der Junge war einer der Hauptschwänzer. Trotz hoch und heiligem Versprechen machte er schon wieder blau.

Christa hatte geschimpft. „Hinter diesem Jungen herfahren, ist verlorene Zeit. Lassen Sie sich wenigstens die Kilometer erstatten. Wenn Sie sich um diese Kinder kümmern, ist das eine Dienstfahrt und keine Vergnügungsreise..."

Das ging ihm durch den Kopf, während er aus dem Wagen das Haus der Schmands beobachtete. Ein Haus mit kleinem Vorgarten und zierlichem Zaun, direkt neben der Praxis von Tierarzt Lenz und genau gegenüber der vierklassigen Weimersdorfer Grundschule.

Berkmann mußte nicht lange warten.

Mit einer Tüte, die für das Frühstück einer Ferienpension gereicht hätte, kam der Sproß des Hauses anmarschiert, auf Schuhsohlen Größe 46, in Cordhosen Größe 54, das Haar wie immer lockig auf den Schultern. Mit rehbraunen, leicht exophthalmischen Kinderaugen steuerte er auf das Gartentürchen zu – und erstarrte.

„Bring die Brötchen ins Haus, Lothar! Hol deine Mappe!"

Lothar sah auf das Gartentürchen hinunter, das weit aufstand, drückte die Tüte vom Bäcker an die Brust und überlegte.

„Du sollst die Brötchen reinbringen und deine Schulmappe holen!"

Lothars Lage war aussichtslos. Also brachte er die Brötchen ins Haus, holte seine Schulmappe und schloß das Gartentürchen hinter sich, mehr trotzig als willig und beim Gehen voll damit beschäftigt, den Bauch abzustützen, der nicht mehr recht wußte, wohin mit den vielen Kalorien.

„Steig ein! Einsteigen, habe ich gesagt!"

Lothar überlegte noch einmal, und wie gewöhnlich fiel ihm etwas ein. „Und was wird jetzt aus meiner kleinen Schwester?"

„Ist sie allein im Haus?"

„Die Oma ist bei ihr."

„Na, dann wird sie heute bei der Oma bleiben."

Die kleine Schwester! In die Schule brauchte sie noch nicht, aber eins konnte sie immerhin auch schon: genug Stückchen in sich hineinstopfen, um so dick zu werden wie ihr großer Bruder.

Nein, dachte Berkmann, laß nicht alles an dem Jungen aus. Er wird noch soviel Einsicht haben, daß er es begreift, wenn du ihm gut zuredest.

„Sieh mal, Lothar. Du willst Schreiner werden. Ich habe dir eine Stelle besorgt..." Berkmann zog die Wagentür zu und ließ den Motor an. „In dreizehn Monaten fängst du an, und ab heute will ich dich in der Schule sehen, sonst wird daraus nichts. Schnall dich an!"

Lothar steckte den Gurt ein.

„Und jetzt sag' ich dir noch etwas, mein Junge. Wenn du morgen nicht mit dem Hintern auf deinem Stuhl sitzt in der Schule, klingelt morgen bei euch die Frau Schneider vom Jugendamt. Und übermorgen kommt der kleine grünweiße Wagen mit den Männern in Uniform und bringt dich persönlich zu mir. Glaub bloß nicht, das hier ist ein Taxi, und ich bin dein Chauffeur!"

Schwermütig blickte Lothar noch einmal zurück zu seinen Quarkstückchen, dann ergab er sich endgültig dem Unvermeidlichen und meinte: „Na ja, die Schwester kann ja dann heute mal bei der Oma bleiben..."

Worauf er es von seinem Schulleiter noch einmal gesagt bekam, in aller Deutlichkeit: „Nicht nur heute, Lothar. Morgen, übermorgen und überübermorgen. Bis zum letzten Tag, klar?"

Als er Lothar in die Klasse gebracht und mit Hausmeister Weller über die Montage der neuen Wandtafeln gesprochen hatte, meldete sich Berkmann im Sekretariat zurück. Christa Klein stand neben dem Wandschrank und steckte die Rosen, die ihr jemand mitgebracht hatte, in eine der Kristallvasen.

Sie berichtete, was sich in der Zwischenzeit ereignet hatte und erzählte ihm dann von dem „armen Jungen", auf den sie es heute wieder mal abgesehen hätten.

„Welcher Junge, Christa?"

„Na, unser Peter. Sie haben vorhin das Hallo nicht gehört, als die Klasse erfuhr, was ihm der Jugendrichter aufgebrummt hat. 60 Stunden Arbeitseinsatz bekommt er, unser Moped-Künstler. Sie können sich denken, was da los war."

„Der arme Teufel!"

„Zuviel Mitleid darf man auch nicht haben. Das hat er sich selbst eingebrockt, Chef. Und wenn die Jungens für das, was sie tun, keinen Denkzettel kriegen, ist das auch nicht gut."

Berkmann war überzeugt: „Peter wird die 60 Stunden ableisten, ohne zu murren. Er wird einsehen, daß er ohne Strafe nicht davonkommt. Ist er wenigstens da?"

„Nein. Gestern war doch die Verhandlung."

Die Verhandlung! Und jetzt traute er sich nicht in die Klasse.

„Wenn er wiederkommt, Christa, fangen Sie ihn unten ab. Ich muß mit ihm reden."

Berkmann lauschte. Was war denn da im Treppenhaus los? Die waren wohl total verrückt!

Da polterte es auch schon an die Tür des Sekretariats.

„Frau Klein! Frau Klein...! Auf dem Schulhof wird ein Kind gekidnappt..."

Vier schweißgebadete Zehnjährige schossen herein, als wären sie soeben einem Gespenst begegnet.

„Herr Berkmann... Herr Berkmann, kommen Sie...!" schrie der kleine Bepperling, und der dicke Urs mit seiner Kunstperle im Ohr, der überall dabei war, überbot ihn noch.

„Sie – sie haben Kerstin ge-ge-packt. Und – und – weggeschleppt!"

„Nun mal langsam", sagte Berkmann, solche Horrorvisionen waren einem Schulleiter nicht neu.

Da klingelte hinter ihm schon das Telefon: das Lehrerzimmer auf der Hausleitung.

„Sind die drei oben bei Ihnen, Herr Berkmann?"

„Ja, sie sind hier, Herr Volkmann. Vier Stück! Angeblich hat jemand die Kerstin geholt. Wissen Sie etwas davon?"

„Eine Schweinerei! Ich habe Aufsicht. Ich habe danebengestanden, Kollege Berkmann. Die beiden Damen sind aufgetreten, als fingen sie in Texas Wildpferde ein. Die Kleinen haben sich vor Angst an Wallensteins Hosenbeine geklammert."

„Man hat Kerstin geholt – ohne mich zu fragen?"

Dem Gesicht nach nahm Christa Klein den Vorgang, den sie zunächst etwas belächelt hatte, nun auch ernster. Sie sprach leise auf die Jungens ein, bis sie murrend das Feld räumten, während Volkmann, der Konrektor, seinen Lagebericht per Telefon vervollständigte.

„Sie haben Kerstin geholt, ohne überhaupt jemanden zu fragen, auch die Kollegin Uhlmann nicht, die ich noch nie so elend gesehen habe und die gleich bei Ihnen auftauchen wird. Ich bin zur Zeit in einem Lehrerzimmer, in dem das blanke Entsetzen herrscht!" rief der Konrektor in den Hörer. So erregt hatte Berkmann ihn lange nicht erlebt.

„Ich komme, Herr Volkmann!"

„Zu spät. Der Abtransport ist bereits erfolgt. Sie sind fort mit dem Kind."

Berkmann hockte sich auf den kleinen Beistelltisch neben der Schreibmaschine.

„Schrecklich", flüsterte Christa Klein, die seit Wochen wußte, daß man den Krosmaneks die Kinder wegnehmen wollte. „Was soll man dazu sagen! Wir kennen die beiden Frauen vom Jugendamt. Das kann nur Frau Schneider gewesen sein. Daß sie solche Methoden anwendet!" Sie fuhr herum. „Wie siehst du denn aus, Elke?"

Die Zigarette in der Hand, am ganzen Leib bebend, wankte Elke Uhlmann herein.

„Also, Herr Berkmann, nochmal mache ich das nicht mit..."

Berkmann gab ein Zeichen. „Christa, die Elke kriegt einen Schnaps."

„Nein... nein. Keinen Schnaps. Ich bin kaputt genug." Elke Uhlmann lehnte sich an die Wand neben der Tür. „Meine Kinder sitzen unten und heulen Rotz und Wasser. Und ich... ich heule mit."

Berkmann schüttelte sie an den Armen. „Elke Uhlmann! Du reißt dich jetzt zusammen, ja?"

„Zusammen? Warum? Ich kann mit der Klasse nichts mehr anfangen. Bestellen Sie die Busse, damit ich die Kinder nach Hause schicken kann."

„Du sollst dich zusammenreißen!"

„Ich reiße mich zusammen! Und? Ein Platz ist leer in meiner Klasse. Kerstin kommt nicht wieder. Fortgeschleppt hat man sie..."

Elke Uhlmann setzte die Zigarette nicht mehr an die Lippen, sie klopfte nur noch aufgeregt darauf herum. Ihre blaugrünen Augen standen voller Tränen.

„Die Mutter ist im Knast, das weiß ich. Daß sie ihr Baby umgebracht hat, weiß ich auch. Aber die Kinder! Was können die Kinder dafür!"

Berkmann mußte sie bremsen, sie verlor die Kontrolle über sich.

„Elke Uhlmann, sehen wir die Dinge nüchtern! Der Vater läßt die Kinder verkommen. Die Nachbarn hören sie schreien, wenn er nachts auf Tour ist, auf Sauftour."

Elke Uhlmann war auf den Schreibmaschinenstuhl gesunken, und Christa Klein stand daneben und streichelte ihr den Rücken.

„Verstehe ich alles, Herr Berkmann. Aber warum ist nicht einer unter diesen großen Paragraphenreitern, der sich fragt, ob ein Kinderherz so was versteht? Das Mädchen lag auf dem Hof und schrie. Wissen Sie, was es geschrieen hat? Der Papa soll kommen. Ich will zu meinem Papa!" Elke Uhlmann wühlte mit den Fingerspitzen durch ihre weißblonde Bobfrisur. „Ein Kind, das um ein bißchen Wärme bettelt. Und niemand gibt sie ihm..."

Die Kinder der Krosmaneks wußten, daß sie an diesem Morgen vom Jugendamt abgeholt wurden, und waren zu Hause geblieben. Bis auf Kerstin. Kerstin wollte bei ihrem Papa bleiben. Deshalb war sie mit dem Schulbus in die Schule gefahren zu Frau Uhlmann. Frau Uhlmann würde nicht zulassen, daß eine ihrer Schülerinnen abgeholt wurde.

Berkmann konnte sich in die Gefühle der Kollegin versetzen. Sie fühlte sich mitschuldig.

„Ich verstehe Sie, Elke. Mir würde es genauso gehen", sagte er. „Ihr Engagement..."

„Gar nichts verstehen Sie. Gar nichts!"

„Elke, Mensch! Glaubst du, mich läßt das kalt? Ich bin ja so ein gefühlsarmer Bursche!" brüllte er.

Für Christa Klein ein Grund, dazwischenzufahren.

„Die Kinder bekommen einen Betreuer, Elke. Einen herzensguten Mann, Leiter einer Familienkrippe, sechzig Kilometer von hier. Da kommt Kerstin hin. In geordnete Verhältnisse, zu Menschen, die sich um sie kümmern."

„Was hilft das, Christa?"

„Das hilft sehr viel. Nach sechs Wochen darf der Vater sie besuchen."

„Sechs Wochen!"

„Erst muß das Mädchen in seiner neuen Umgebung warm werden, verstehst du das? Willst du das Kind einem Penner ausliefern?"

Christa Klein nickte Berkmann zu, und jetzt versuchte der es wieder.

„Einem Vater, der sich nachts herumtreibt, der seine Kinder im Dreck verkommen läßt. Denk doch mal an Kerstin! Was hat sie denn noch von ihrem Vater? Wollen wir zulassen, daß dieser Kerl das Kind in den Abgrund zieht? Oder wollen wir es verhindern? Wenn wir es verhindern wollen, gibt es nur einen Weg. Oder wollen Sie das Mädchen mit nach Hause nehmen?"

Elke Uhlmann stand noch zu sehr unter dem Eindruck des Erlebten. Immer wieder hatte sie dieses Bild vor Augen.

„Wie das Kind geschrien hat. Wie hat es geschrien, Christa! Ich will zu meinem Papa! Ganz so schlimm kann es zu Hause nicht gewesen sein, sonst schreit ein Kind nicht so nach seinem Vater."

„Komm zu dir, Mädchen!" Christa Klein holte die Kanne mit dem Kaffee und goß Elke Uhlmann eine Tasse ein.

„Ich würde das Kind ja zu mir nehmen, Christa..."

„Und den Dienst quittieren... Und was wird aus deinen Kindern, deinen eigenen? Wer soll sie ernähren? Du hast schon genug am Hals."

Ohne Mann, mit zwei schulpflichtigen Kindern und einer querschnittgelähmten Schwester zu Hause. Ein bißchen sollte ihr ja vom Leben auch noch bleiben.

Berkmann ging auf Elke Uhlmann zu. „Niemand hindert uns daran, uns um Kerstin zu kümmern. Sie und mich zum Beispiel."

Langsam sah Elke Uhlmann von der Seite zu ihm auf. „Sie und ich?"

„Hindert uns jemand daran, Kerstin zu besuchen?"

„Ach, Quatsch. Das sagen Sie doch jetzt nur so..."

„Ehrenwort, Elke Uhlmann."

„Großes Ehrenwort?"

Berkmann nickte. „Und jetzt mach dich wieder in die Klasse. Die Kinder brauchen dich."

Ihre blaugrünen Augen blickten langsam zu ihm auf. „Aber – ein bißchen weinen darf ich noch?"

„Ein bißchen weinen darfst du noch, Elke."

Noch eine Nacht und einen halben Vormittag mußte Stufenleiter Müller-Kronach leiden. Dann kam die erlösende Nachricht.

Aus den vorliegenden Unterlagen, ließ das Staatliche Schulamt wissen, sei klar ersichtlich, daß die in dem Leserbrief vorgebrachte Behauptung unzutreffend sei. Solange keine weiteren Anschuldigungen folgten, betrachte Schulamtsdirektor Warbitz die erhobenen Vorwürfe als gegenstandslos. Die Albert-Schweitzer-Schule habe sein volles Vertrauen. Sollten weitere belastende Argumente auftauchen, in Form von Beschwerden oder Leserbriefen, entstünde allerdings eine neue Situation.

Und diese Leserbriefe kamen. Am nächsten und am übernächsten Tag. Der halbe *Stadtanzeiger* war voll davon.

*Vorbildlicher Schulhof * Lehrer schlaggen nicht * Die unwahren Behauptungen des Herrn Kuhnert * Alles frei erfunden*

Müller-Kronach jubelte.

Allerdings war Berkmann von den Namen der Einsender überrascht.

„Das sind nicht unsere Eltern, Christa. Diese Leute haben keine Kinder bei uns. Das sind Eltern der Grundschule ..."

„Alles Eltern der Grundschule. Genau. Wir haben eben tüchtige Nachbarn", lächelte sie.

„Tüchtige Nachbarn? Meinen Sie diese Leute, die ihre Kinder nicht mit unseren Kindern auf den Schulhof lassen?"

Sie lächelte noch immer. „Ich würde es Ihnen ja sagen, aber ich darf nicht. Frau Sommer hat es mir verboten."

„Seit wann lassen Sie sich von Frau Sommer etwas verbieten, Christa?"

„Lasse ich mir ja nicht, Chef. Am Ende kriegen Sie es ja doch heraus. Ich sage nur soviel: Bedanken können wir uns bei Frau Lutz. Die hat die Leserbriefaktion angeleiert. Frau Lutz, jawohl. Aber wenn Sie mich verraten, sind wir beide miteinander fertig. Dann spreche ich kein Wort mehr mit Ihnen. So wahr ich hier stehe."

Eine Stunde später kam er, Vater Niehaus, Filialleiter einer Bank: Nadelstreifen, schweinslederne Aktentasche, der Schlips vom Allerfeinsten. Unpünktlich, als wäre er schon Direktor – und in Eile wie ein Generaldirektor.

Und gewohnt, die Initiative zu ergreifen, noch bevor er Platz genommen hatte.

„Ich weiß zwar nicht, woher Sie Ihre Informationen über mein Privatleben beziehen und was das alles mit diesem ... diesem Besuch hier zu tun hat", begann er nach einem mehr geknurrten als gesprochenen ‚Guten Tag'. „Aber wenn Sie sich nun schon darum kümmern, darf ich wohl auch wissen, warum. Ich komme mit meiner Frau nicht mehr aus. Wir haben uns auseinandergelebt. Sind wir die einzigen?"

„Herr Niehaus", sagte Berkmann höflich, „ich möchte mit Ihnen nicht über Ihre Frau sprechen. Ich möchte mit Ihnen über Ihre Tochter sprechen."

„Über Inge?" Filialleiter Niehaus schien das unter seiner Würde zu finden. „Ich weiß nicht, was meine Frau dem Kind erzählt hat und warum es in der Sonderschule gelandet ist. Das werden Sie mir jetzt sagen."

Christa Klein schloß die Tür vom Sekretariat zum Rektorzimmer. Dieser Mann vergriff sich doch etwas im Ton.

Sie blieb dahinter stehen und lauschte.

„Herr Niehaus", sagte der Chef. Wenn ihm jemand pampig kam, war er selten aus der Ruhe zu bringen. „Ihre Tochter ist ein durchaus begabtes Mädchen."

Das sah man auf den ersten Blick. Dazu mußte man nicht so gescheit sein wie die Lehrer.

„Begabtes Mädchen? Das sagt ein Schulleiter, dem ich unterschreiben mußte, daß mein Kind in die Sonderschule gehört!"

„Das sagt ein Schulleiter, der von Inge getäuscht wurde, aus Protest gegen ihren Vater."

„Protest gegen ihren Vater? Wollen Sie damit sagen, das Kind macht mir Vorwürfe? Inge leidet unter unseren... Eheproblemen?"

Das sind Väter, dachte Christa Klein. Von wegen Akademiker! Die merken genausowenig, was mit ihren Kindern los ist wie unsereins. Sie mußte ihren Lauschposten verlassen. An der Tür vom Sekretariat wurde geklopft.

„Nicht nur bemerkt, Herr Niehaus", sagte Berkmann kühl, „Inge hat darunter gelitten. Daß ihr Vater abends nicht mehr zu ihr ans Bett kam. Daß ihre Mutter nachts weinte. Daß es Zeiten gab, wo ihre Mutter sich das Leben nehmen wollte."

„Das hat das Kind alles mitgekriegt? Um Himmels willen!" Herr Niehaus nahm seine Aktentasche und setzte sie aus Nervosität auf die Oberschenkel. „Stimmt. Meine Frau hat es großartig verstanden, mich als Unhold hinzustellen. Sie machte mir Szenen, wenn ich kam. Sie machte mir Szenen, wenn ich ging und wenn ich da war, erst recht. Es war nicht mehr zum Aushalten."

Berkmann sah auf. „In diesem Sinn hat sich Ihre Frau geäußert, Herr Niehaus. Allerdings war sie etwas vorsichtiger mit der Schuldzuweisung."

Er brachte Herrn Niehaus damit in Verlegenheit, der nun dazu überging, sein Verhalten zu rechtfertigen und sichtlich erleichtert war, als er hörte, daß seine Tochter ein durchaus begabtes Kind war.

„Ich habe Inge noch einmal überprüfen lassen, Herr Niehaus. Nach den Sommerferien schicken wir sie zurück in ihre frühere Schule. Falls Sie nichts dagegen haben."

„Natürlich nicht..."

„Ich kann Ihnen nicht garantieren, daß Inge dort bleibt und eines Tages vielleicht studiert", sagte Berkmann. Er schlug die Schülerakte auf, die Christa bereitgelegt hatte. „Das hängt davon ab, ob sie ihr inneres Gleichgewicht wiederfindet, ohne die ständigen Ängste und Alpträume. Ob ihr Vater mal wieder an ihrem Bett sitzt und sie nach der Schule fragt. Ob sie das Gefühl hat, daß Vati und Mutti sich wieder gut sind, daß ihre kleine, heile Welt wieder in Ordnung ist. Kinder brauchen Geborgenheit. Wir haben sie auch gebraucht, Herr Niehaus."

„Und – Sie meinen?"

„Ich meine nicht. Ich bin sicher."

Unruhig rutschte Herr Niehaus auf seinem Stuhl herum. „Daß Inge die Schule schafft, wenn wir uns zusammensetzen, meine Frau und ich. Mit dem Kind?" Er schüttelte den Kopf. „Sie laden mir da eine schwere Verantwortung auf, Herr Berkmann. Wissen Sie das?"

„Diese Verantwortung tragen Sie nun mal", antwortete Berkmann schulterzuckend, „ob Sie wollen oder nicht."

„Kann ich mir das... alles noch einmal überlegen...?"

Berkmann nickte. „Solange Sie wollen. Und – solange es nicht zu spät für Inge ist." Berkmann sah auf die Uhr. „Falls Sie Fragen haben, ich bin jederzeit für Sie da. Würden Sie mich jetzt entschuldigen? Ich habe noch eine Besprechung. Sie kennen das ja..."

Keine zwei Minuten, nachdem Herr Niehaus gegangen war, kam Christa Klein herein, um zu lüften. Das etwas süßliche Parfüm war nicht das einzige, was ihr an dem Herrn Filialleiter nicht gefiel.

„Er hat so ein Schweinchen-Dick-Profil. Na und überhaupt: Seit wann habe ich vor einem Mann Respekt, der wie ein Krösus auftritt und nicht mal weiß, was zu Hause los ist." Die Falte auf ihrer Stirn vertiefte sich. „Wenn wir schon dabei sind, Chef. Bei uns war auch wieder was los vor fünf Minuten. Die Elke und die Gutowski. Die haben sich angebrüllt. Ich weiß nicht, was das noch geben soll mit den beiden..."

Kurz vor Beginn der nächsten Stunde kam Stufenleiter Müller-Kronach, „unser Mann im Kreistag", wie ihn Christa, wenn sie gut aufgelegt war, neuerdings nannte. Das Epidiaskop vor sich herschiebend, drückte er mit dem Fuß die Tür des Lehrmittelzimmers zu. Als er Berkmann sah, rannte er mit seinem Wägelchen hinter ihm her.

„Ich wollte mich nur bei dir bedanken, Michael. Du hast mir damit sehr geholfen", sagte er erleichtert.

„Brich dir nicht die Verzierung ab! Zum Schluß waren sie alle dagegen, daß wir diesem Schmierfinken antworten, Tobi. Hast du mit Marias Eltern gesprochen?"

Müller-Kronach nickte. „Sie wissen, daß Maria hin und wieder das Skylight besucht. Und jetzt hör zu! Das Argument: Da gehen sie doch alle hin. Aber solange wie die anderen darf unsere Tochter nicht. Was denken Sie! Um zehn ist Feierabend. Da hat sie zu Hause zu sein."

„Hast du wegen der Kokserei schon Andeutungen gemacht?"

„Ich werd mich hüten. Papa und Mama sind überzeugt, es ist nur die Musik. Alkohol? Keine Spur. Maria kommt selbstverständlich nüchtern nach Hause. Cola trinken sie im Skylight, Säfte. Das reinste Mädchenpensionat."

Berkmann begleitete Müller-Kronach zur Klasse. „Tobi, wenn du nicht mit den Alten redest, muß ich mit ihnen reden. Das Mädchen ist in Gefahr:"

„Na, ich bin mir nicht sicher, ob diese Kerle sich an die Mädchen herantrauen."

„Die Lämmchen kommen von selbst, Tobi. Die Neugier treibt sie."

Der Stufenleiter blieb stehen. „Was hast du vor?"

Berkmann öffnete ihm die Tür zum Klassenraum und warf einen Blick hinein. Die Schüler saßen wie die Mäuschen vor ihren Büchern und arbeiteten. Seine Klasse hatte er im Griff. Seinen Schriftkram regelte er immer gewissenhaft. Und mit Kindern konnte er auch.

Mit Müller-Kronach als Rektor machte eine Schule keinen schlechten Fang. So wie der Theis, der die Kollegen von einer Konferenz in die anderen jagte, wird er einmal nicht, dachte Berkmann.

Vielleicht war Müller-Kronach hin und wieder zu weich. Daß manche bei Mozart vor Rührung weinten, na gut. Aber er weinte schon, wenn die Musiker bei der Hauptprobe die Instrumente stimmten.

Schwarze Wolken deckten den Waldrand hinter Michelfels zu. Mit den ersten Blitzen rettete sich Leitender Schulamtsdirektor Alfons Warbitz aus seinem schwarzen Mitsubishi in den Eingang der Albert-Schweitzer-Schule.

Weller, weiß Gott nicht immer der Schnellste, heute schaltete er mit der Rasanz eines Elektronengehirns. Bevor seine Exzellenz aus dem Schulamt die Hausmeisterloge passiert hatte, wußte man oben im Rektorat Bescheid.

Warbitz war ein Mann von einsdreiundsechzig. Däumling nannten sie ihn. Er war geschieden, neunundvierzig Jahre und drei Monate alt und trug eine goldene Brille, unterteilt: unten Nahsicht, oben Fernsicht.

Weil die wenigsten als Leitende Schulamtsdirektoren auf die Welt kommen, hatte auch seine Karriere beim einfachen Lehrer begonnen. Dann war es steil nach oben gegangen, vom Pressereferenten des Parteibezirks in den Landtag, vom Abgeordneten zum Ausschußvorsitzenden – und nach der verlorenen Wahl: aus dem Landtag auf den Sessel des Staatlichen Schulamtes. Ein kleiner Trost...

Berkmann empfing den hohen Besuch vor dem Sekretariat. Die Sache war doch entschieden. Warbitz würde ihm doch jetzt keine Lehrkraft mehr wegnehmen?

Warbitz hatte andere Sorgen.

Zunächst gab er seiner Freude Ausdruck, daß die Leserbriefaffäre endlich ausgestanden war. Dann schlug er den Weg ins Chefzimmer ein, an Christa Klein vorbei, die an ihrer Schreibmaschine das Bild der nimmermüden Sekretärin abgab.

„Hatten ja tüchtige Unterstützung in der Grundschule bei dieser Zeitungsgeschichte, Kollege. Scheint überhaupt eine tüchtige Person zu sein, die Kollegin Dings... Wo kommt sie gleich her?"

„Frankfurt, Herr Warbitz."

„Frankfurt. Richtig."

Nach längerer Pause, die er dazu nutzte, einen besorgten Blick durchs Fenster auf den bevorstehenden Weltuntergang zu richten, ging Warbitz in medias res.

„Um es vorwegzunehmen, lieber Kollege Berkmann. Ich komme nicht wegen dieser Sache. Ich komme in einer etwas... delikaten Angelegenheit."

Lieber Kollege... Das verhieß nichts Schlechtes.

„Es handelt sich um Ihr Schulfest, Kollege Berkmann, das ich natürlich sehr begrüße, wie Sie sich denken können. Deshalb darf es unter keinen Umständen an einer Erbsensuppe scheitern. Uns liegt da eine Beschwerde vor, die ich nicht auf die leichte Schulter nehme. Von einem Herrn, einem Herrn...Dings. Von der Standortkommandantur. Sein Sohn geht in Ihre Schule, Kollege Berkmann."

Ronald Jäger. Klasse Göttler. Was hatte der mit der Erbsensuppe zu tun?

„Einer Ihrer jungen Kollegen hat Angehörige der Bundeswehr als Mörder bezeichnet..." Der Schulamtsdirektor warf Berkmann ein Schulheft auf den Schreibtisch. „Wogegen der Bundeswehrangehörige, Feldwebel Jäger, protestiert. Herausreden kann sich der junge Kollege nicht. Er hat es die Schüler ins Heft schreiben lassen."

Arne Göttler, schoß es Berkmann durch den Kopf. Er hat die Eltern aufgehetzt. Hinter meinem Rücken. Das sieht ihm ähnlich.

„Der Feldwebel erwartet eine Entschuldigung, Kollege Berkmann“, sprach Leitender Schulamtsdirektor Warbitz indes weiter. „Hier ist das Schreiben. Hier sind die Namen. Das halbe Bataillon hat unterschrieben.“

Während Christa damit beschäftigt war, dem verkalkten Kaffeeautomaten noch einen Tropfen zu entlocken, zog der Chef des Staatlichen Schulamtes die Tür zu.

„Ich brauche Ihnen nicht zu sagen, was wir um die Ohren kriegen, wenn wir den Fall nicht aus der Welt schaffen. Schnell, diskret und entschlossen aus der Welt schaffen, Kollege Berkmann. Sonst gibt es einen Skandal, gegen den diese verdammten Leserbriefe die reinsten Liebesbriefe sind. Aber es ist nicht nur dieser Feldwebel. Es gibt da noch eine Initiative der Dings . . . der Referendare. Sie wird von der Gewerkschaft unterstützt, der ich bekanntlich angehöre . . .“

Für Berkmann war das alles neu, deshalb ließ er Warbitz reden. So konnte er sich am ehesten ein Bild machen.

„Diese Initiative hat das Ziel, daß Sie Ihre Erbsensuppe woanders kaufen. Habe ich mich klar ausgedrückt?“

„O ja!“

„Es geht nicht anders, Kollege Berkmann. Ich lege mich nicht mit den eigenen Leuten an.“ Warbitz begann sein Kinn zu massieren. „Das werden Sie verstehen und mit mir nach einer friedlichen Lösung suchen.“

„Was schlagen Sie vor?“

Der Schulamtsdirektor tat, als müsse er überlegen, aber Berkmann wettete, er kam mit einem fertigen Konzept.

„Was schlage ich vor? Mir bleibt nichts anderes übrig als einen Vergleich anzustreben.“

„Und – wie sieht dieser Vergleich aus?“

Jetzt war Warbitz auf einmal sehr schnell. „Sie . . . Sie kaufen Ihre Erbsensuppe woanders und entschuldigen sich bei der Bundeswehr. Ein offizielles Schreiben, das nach etwas aussieht.

Und ich halte Ihnen meine Leute von der Gewerkschaft vom Leib... wegen Ihrer Erbensuppe."

Ich muß nachdenken, sagte sich Berkmann. Das geht mir alles ein wenig zu fix, mein Lieber. Gerade einleuchtend klingt das nicht, was du mir da erzählst.

„Ich sehe nicht ganz ein, warum ich mich bei der Bundeswehr entschuldigen soll, Herr Warbitz", sagte er schließlich. „Die Beschwerde ist an Sie gerichtet. Also müssen Sie sich entschuldigen."

„Ich?" Warbitz fuhr herum. „Bei der Bundeswehr entschuldigen? Ich habe genug Ärger. Ich will nicht noch mehr."

Das letzte Wort blieb dem Leitenden Schulamtsdirektor im Halse stecken. Was hörten da doch seine Ohren?

Eine Tür war aufgerissen worden, die Tür zum Sekretariat nebenan, und eine Kinderstimme rief: „Frau Klein! Frau Klein! Schnell...! Einen Schnaps für Frau Uhlmann!"

Die gute Christa fuhr hoch wie ein aufgescheuchtes Huhn, daß die Kaffeetassen, die sie gerade zu den Herren hinübertragen wollte, nasse Füße bekamen.

Das alles konnte Warbitz nicht sehen. Er sah nur das länger und länger werdende Gesicht Berkmanns – und was er durch die Tür hören konnte, war auch aufschlußreich genug.

„Nicht so laut, Heike! Nicht so laut! Drüben sitzt der Schulamtsdirektor!"

Und dann wieder das Kind: „Dann geben Sie mir doch den Schnaps, Frau Klein...!"

Kein Hörfehler! Das Kind verlangte Alkohol von der Sekretärin. Nicht nur Kiefer! Auch die Uhlmann. Wieviel Alkoholiker gab es eigentlich an dieser Schule?

Er, Alfons Warbitz, mußte etwas unternehmen. Aber was? Und wie? Er konnte Berkmann nicht vor den Kopf stoßen, jetzt nicht, wo er ihn soweit hatte, die mißliche Geschichte aus der Welt zu schaffen. Jetzt mußte er ihn bei Laune halten. Also tat er, als hätte er nichts gehört, und sagte mit lauter Stimme: „Tja, das Wichtigste hätten wir dann wohl besprochen, Kollege... Dings. Sie halten mich auf dem laufenden..."

„Ich halte Sie auf dem laufenden“, nickte Berkmann und blinzelte, dem davoneilenden Warbitz folgend, Christa zu.

Das Gewitter wütete noch immer. Doch der Schulamtsdirektor wurde beim Verlassen der Schule nicht naß.

Vor der Hausmeisterloge wartete Weller mit dem Schirm.

Die Nachrichtenübermittlung funktionierte auch von oben nach unten.

Der Kriminalkommissar wollte sich ein Bild von dem Schulleiter machen, der ihn wegen einer Rauschgiftsache angerufen hatte, und bestellte ihn ins städtische Kommissariat.

Das älteste Gebäude der Stadt, das ein wenig an die britischen Polizeistationen in den Kriminalfilmen erinnerte, stand ein paar Meter neben dem Einkaufscenter, an einem völlig unromantischen Platz, auf dem es von Autos nur so wimmelte und bis zur dritten Etage hinauf nach Abgasen stank.

Berkmann schloß den Wagen ab und rannte, die Aktentasche über dem Kopf, zum Eingang. Obwohl sich das Gewitter verzogen hatte, goß es noch wie aus Kübeln.

Der Kommissar, ein kräftiger Mann mit Schnurrbart und Pfeife, erhob sich flüchtig von seinem Stuhl und streckte Berkmann über dem vollgepackten Schreibtisch hinweg die Hand hin. Er schien den Besuch für eine willkommene Abwechslung zu halten.

„So, so“, sagte er nach den üblichen Angaben zur Sache und Person, „aus Michelfels. Die Schule mit dem Einbruch.“ Dabei grinste er, als hätte er Berkmann in Verdacht, das Fernsehgerät geklaut zu haben. „Und diesmal ist es Rauschgift, sagen Sie.“

Berkmann setzte ihn ins Bild. „In meiner Schule sind ein paar Dutzend Kinder in dem Alter, in dem man heute in Diskotheken geht. Nach allem, was ich dort gesehen habe, halte ich es für notwendig, daß sich die Polizei dort mal umsieht.“

„Haben Sie einen offiziellen Auftrag? Etwas, was ein solches Vorgehen rechtfertigen würde? Jemand, der Anzeige erstattet?“

Berkmann fing an, sich zu ärgern. „Leute, die keine Beziehungen haben, haben nur das Gesetz. Und wenn die Polizei es nicht für sie vertritt, tun wir es", antwortete er gereizt. „Also, wer kümmert sich um die Sache?"

Der Kommissar legte die Pfeife hin und nahm einen Schluck Cola aus der Dose, „Haben Sie Beweise?"

„Beweise?" Berkmann traute seinen Ohren nicht.

Um zwei habe ich mir das Schnitzel hinuntergewürgt mit diesem ekelhaften Pommes-frites-Fett von vor vier Wochen, dachte er. Um drei Uhr bei der Polizei. Um vier Termin auf dem Schulverwaltungsamt, und um acht heute abend erwartet mein Freund Wallenstein, daß ich beim Elternabend für ihn die Kastanien aus dem Feuer hole. Und dieser Mensch fragt mich, warum sich die Kripo ein Lokal ansehen soll, in dem Dealer unmündigen Kindern Rauschgift verkaufen!

„Ich habe den dringenden Verdacht, Herr Kommissar! Warum genügt das nicht?"

„Weil es Kinder sind, Ihre Schüler, die sich in Widersprüchen verfangen, wenn es hart auf hart geht. Nicht die Dealer und das Netz, das dahintersteht. Das Sie so gut kennen wie wir und gegen das wir machtlos sind", antwortete der Kommissar mit der Geduld, die sein Beruf erforderte, ohne gereizt zu wirken.

Berkmann fuhr auf. „Ist das die offizielle Auskunft eines Beamten?"

„Sagen wir – die bittere Erfahrung eines Mannes, der selbst nicht weiß, was mit seiner Tochter passiert, wenn sie abends ausgeht."

Jedesmal, wenn das Telefon läutete, sagte der Kommissar: „Ich kann jetzt nicht!" und legte wieder auf.

„Wissen Sie, Herr Berkmann, ich mache meinen Job, und in dem Zimmer über mir sitzt auch jemand, der seinen Job macht. Und die Weisungen, die er mir gibt und die er selbst genau befolgt, bekommt er von jemanden, der noch eine Etage höher sitzt. Und der bekommt seine Weisungen von einem Politiker, der am liebsten die Polizei abschaffen würde."

„Im Klartext: Lehrer, laßt die Finger von den Kindern! Was außerhalb der Schule geschieht, ist Sache der Eltern?"

„So ungefähr."

„Hören Sie! Dealer haben Geld und Anwälte. Die Eltern meiner Kinder gehen arbeiten und haben kein Geld dafür."

Der Beamte blickte Berkmann zurechtweisend an. „Jetzt hören Sie mir mal zu. Der Hellseher, den Sie in mir vermuten, bin ich nicht. Ich bin ein ganz gewöhnlicher Polizist, fünf Gehaltsstufen unter Ihnen. Ich habe 40 Diskotheken mit 100 Dealern in meinem Bezirk – und drei Beamte zur Observierung. In Worten: drei! Wieviel Kinder kommen bei Ihnen auf einen Lehrer...?"

Eine halbe Woche verging, bis der Anruf vom Jugendamt kam. Frau Schneider war selbst am Apparat.

„Herr Berkmann, ich muß mich bei Ihnen entschuldigen. Es ging alles so schnell. Ich wollte zu Ihnen hochkommen und sie über die Maßnahme informieren. Es liegt ja ein richterlicher Beschluß vor. Aber als Kerstin uns sah, lief sie weg. Uns blieb nichts anderes übrig, um nicht noch mehr Staub aufzuwirbeln, als das Mädchen zum Wagen zu bringen. Wir hatten keine Wahl. Nicht böse sein, bitte..."

„Was macht Kerstin jetzt?"

„Sie hat Abendbrot gegessen mit ihren Pflegeeltern gestern abend. Mit den anderen Kindern versteht sie sich auch ganz gut. Also positiv. Ich besuche sie heute nachmittag. Soll ich was bestellen?"

„Bestellen Sie ihr schöne Grüße. Sie wird bald Post bekommen."

„Das wird sie freuen..."

Berkmann wollte noch etwas sagen, verzichtete aber im letzten Moment darauf. Diese jungen Frauen hatten es nicht leicht. Anfang zwanzig, selbst noch keine Familie und selbst noch keine Kinder, und dann dieser ständige Kampf um Erziehungsrechte, Amtsvormundschaft und Pflegschaften, wo es nur so von Paragraphen wimmelte.

Es gab noch eine ganze Reihe anderer Fälle an der Schule, die das Jugendamt beschäftigten. Der kleine Hans-Jürgen aus der Vorklasse von Frau Wehrum. Der Vater lief von der Sozialhilfe direkt in die Spielhalle. Die Mutter – zwei Selbstmordversuche.

Die kleine Sylvia Engelmann und ihre acht Geschwister. Eintausendsiebenhundert Mark netto plus Kindergeld. Bei einer achthundert Mark teuren Wohnung, abzüglich Wohngeld. Natürlich wären sie schlechter dran, wenn sie in Portugal lebten oder in Rumänien. Aber sie lebten nicht in Portugal oder Rumänien. Sie lebten hier. Und wo man lebte, wurde man gemessen. An seinem Auto, an seiner Kücheneinrichtung, am Taschengeld der Kinder und wieviel sie beim Schulausflug mitbekamen. Und da waren die Engelmanns mit ihren neun Kindern immer noch bei Null. Und ohne Fremdhilfe kaum überlebensfähig.

„Wollen Sie nicht auflegen...?" Christa Klein stand an der Tür zu seinem Zimmer und sah ihn groß an. „Woran denken wir denn, Chef? Wie Kerstin es getroffen hat? Wie sie ohne ihren Vater auskommt?" Sie wartete, bis Berkmann den Hörer auflegte und ihr mit einem unterkühlten Blick zu verstehen gab, daß etwas Zurückhaltung besser wäre, bevor sie fortfuhr. „Nebenan sitzt jemand, der Sie zu sprechen wünscht und der so aussieht, als hätte er dazu einen Grund. Soll ich ihn holen?"

„Wer ist es?"

„Wallenstein."

„Wallenstein! Haben Sie ihn darauf hingewiesen, daß ein Lehrer in seiner Klasse zu sein hat, wenn nicht Pause ist, Christa?"

„Ich habe."

„Und?"

„Ich gehe davon aus, daß es mehr wirkt, wenn Sie es ihm selbst sagen, Chef."

„Herein mit ihm!"

Gotthilf Wallenstein verließ seinen Platz im Sekretariat im Tempo einer Schildkröte, mit einem Griff in die Herzgegend, bevor er an Berkmanns Schreibtisch anlangte und wie ein Asthmatiker zu schnaufen anfing.

„Es ist wegen meines Gesundheitszustandes, Herr Berkmann. Ich sehe ganz weiß aus, sagten mir die Schüler. Sie sind ganz weiß, Herr Wallenstein, sagten sie. Ist Ihnen nicht gut?"

Berkmann sah dem Kollegen prüfend in die Augen. „Ist Ihnen nicht gut, Herr Wallenstein?"

„Ich weiß nicht. Ich glaube nicht."

Berkmann schwieg einen Augenblick. „Ein Mann mit Ihrem Appetit! Sie sind gesund wie ein Baby. Und stark wie ein Bär. Und jetzt zeigen Sie das Ihren Schülern mal!"

Die Außentemperatur betrug 24 Grad. Völlig normal also, daß ein gesunder Mensch, der nicht auf die Idee kam, sein Jakkett auszuziehen, zu schwitzen anfing.

„Naja, eigentlich war mir heute morgen schon nicht so ganz gut", sagte Wallenstein unglücklich. „Wenn sich das verschlechtert hat..."

„Am Elternabend war Ihnen auch nicht gut. Trotzdem hat Sie keiner gefressen."

„Ja. Weil Sie dabei waren", sagte Wallenstein niedergeschlagen. Es sah so aus, als müßten ihm jeden Augenblick die Tränen kommen.

„Herr Wallenstein!" Berkmann wußte nun auch nicht mehr, wie er sich verhalten sollte. „Wenn Sie sich nicht wohlfühlen, rufe ich einen Arzt. Ich kann auch einen Krankenwagen rufen. Aber erst wischen Sie sich den Schweiß ab. Und starren Sie nicht ständig in den Spiegel!"

Wenn ich ihn jetzt nicht hart anpacke, seine Hypochondrie bringt ihn noch um, dachte Berkmann und sah den Kollegen scharf an.

„Sollte dies nicht nötig sein, Kollege Wallenstein, begeben Sie sich bitte augenblicklich in Ihre Klasse und schicken Sie mir den Hansi Richter."

„Den –?" Gotthilf Wallenstein erschrak zweifelsohne. „Ach, ich glaube, es geht mir schon wieder etwas besser, Herr Berkmann..."

Aber der komische Akt erreichte seinen Höhepunkt erst, als Wallenstein gegangen war und der Hansi Richter erschien. Hansi kam nicht hereingeschlichen wie sein Lehrer. Er trug den Kopf eher höher als sonst.

„Nimm die Hände aus den Hosen, Hansi! Du weißt, ich kann das nicht ausstehen. Was ich noch nicht ausstehen kann, sage ich dir gleich."

Man besprühe ein Gesicht mit Sommersprossen und das Haar mit einem sanften Möhrenrot, denke sich dazu von zwei Generationen getragene, ehemals blaue Jeans und die üblichen Turnschuhe, gebe eine Portion Bauernschläue und Mutterwitz dazu, dann stand Hansi Richter leibhaft vor einem.

„Was habt ihr mit Herrn Wallenstein gemacht, Hansi? Keine Ausrede! Was war los...?"

„Gemacht? Gemacht haben wir eigentlich gar nichts."

Die Stimme Berkmanns fuhr dazwischen. „Gar nichts nennst du das?"

„Naja, langweilig ist es bei Herrn Wallenstein manchmal schon", druckste Hansi. „Und wenn es langweilig ist, machen wir manchmal solche Sachen."

„Herr Wallenstein hat heute morgen schlecht ausgesehen, Hansi. Wer hat das gesagt?"

„Michael und Andreas haben es ihm gesagt. Und ich", gab Hansi schließlich zu. „Immer, wenn wir keine Lust haben, sagen wir ihm das."

„Und was noch?"

„Was noch?" Hansi Richters Kopf verkroch sich in dem azurblauen Hemd, das er trug und das zwei Nummern zu groß war. „Herr Wallenstein, Sie sind ja richtig bleich. Sie sehen richtig krank aus..."

Ehrlich, Berkmann! Was hättet ihr mit Wallenstein gemacht, wenn er euer Lehrer gewesen wäre, damals im Gymnasium? Du meine Güte!

„Danke, Hansi. Du kannst gehen. Das ist alles im Moment. Aber glaub nur nicht..."

Wie hatte der Studiendirektor seinerzeit zum Abiturienten

Berkmann gesagt? Glauben Sie nur nicht, Sie kommen mit Ihren Späßchen durch!

„Glaub nur nicht, ihr kommt mit euren Späßen durch! Damit ist Schluß. Ab sofort! Ich drohe nicht gern, Hansi. Aber ich habe da noch ein paar Notizen in meinen Akten, von einem Hansi Richter, die seinem Vater überhaupt nicht gefallen werden. Also zwinge mich nicht zum Äußersten!"

„Das ist unfair!" rutschte es dem Jungen heraus.

Er hatte recht. In geradezu fahrlässiger Weise pädagogisch unfair. Aber...

„Was ihr mit euren Lehrern macht, ist auch unfair, Hansi. Und jetzt sieh zu! Du bist der Klassensprecher. Du trägst die Verantwortung."

Hansi machte ein Gesicht, als hätte er in eine Zitrone gebissen. „Wir machen es nicht wieder, Herr Berkmann. Der Wallenstein... der Herr Wallenstein ist ja auch immer gut zu uns. Man kann auch bei ihm was lernen. Nur..."

Mit diesem „Nur" meinte Hansi all das, was andere an Wallenstein auch zu beklagen hatten. Und das sollte dem Hansi mal einer übelnehmen.

In der großen Pause kam Sigi Schomburg, eine Sigi Schomburg, die innerlich kochte. Es war eine Seltenheit, daß sie das Sekretariat mit der Zigarette betrat. Heute nahm sie keine Rücksicht auf Christa Klein. Dazu war sie zu aufgebracht.

„Herr Berkmann, so leid es mir tut. Was ich ihm nachsehe, sieht ihm niemand nach. Dieser Mensch bringt mich noch um den Verstand..." An Christa vorbei war sie ins Rektorzimmer gestürzt, alles roch nach Parfüm. „Ich helfe ihm, mit den Kindern fertig zu werden, die ihm auf dem Kopf herumtanzen. Ich zeige ihm, was ein Lehrbericht ist. Ich gebe ihm Tips für die Vorbereitungen. Ich erkläre ihm, was er für die Prüfung braucht. Auf die Toilette führen kann ich ihn nicht auch noch."

„Langsam, Frau Schomburg. Langsam! Die paar Wochen stehen Sie auch noch durch", versuchte Berkmann ihr zuzureden. Ohne Erfolg. Sigi Schomburg konnte eine Menge in sich hineinfressen, aber wenn es zuviel war, explodierte sie.

„Was heißt: die paar Wochen, Herr Berkmann. Ich kann nicht mehr. Er nimmt nichts an. Im Gegenteil. Er sagt mir, wie man unterrichtet. Er weigert sich, in irgendeiner Art Vorbild zu sein. Unter diesen Umständen kann ich nicht mehr mit Göttler arbeiten. Ich zerbreche mir den Kopf für ihn. Ich setze mich nachts hin. Jetzt ist Schluß. Ich lege mein Mentorenamt nieder."

Sie legte ihr Amt nieder! Wie schön! Um den Mentorenjob rissen sie sich ja auch nur so.

Warte, bis sie sich etwas abgekühlt hat, dachte er. Das darf noch nicht ihr letztes Wort sein. Wenn sie hinschmeißt, kann er sich aufhängen, der gute Göttler. Dann nimmt ihn keiner.

„Frau Schomburg, ich weiß. Was Pünktlichkeit betrifft, habe ich auch schon versucht, seine Zeituhr vorzustellen - und da ist auch noch manches andere. Aber . . .lassen Sie's uns nochmal versuchen."

„Versuchen? Dieser Mensch bringt mir die Klasse durcheinander, Herr Berkmann. Wenn er zwei Stunden Unterricht hält, kenne ich die Kinder nicht wieder. Ich fange jedesmal wieder von vorne an." Sie sprach so schnell, daß Berkmann kaum mitkam.

„Frau Schomburg! Liebe Frau Schomburg, der Mann hat Anspruch auf seine schulpraktische Ausbildung. Die soll er haben. Alles andere entscheidet die Zweite Staatsprüfung."

„Ach, und die besteht er, glauben Sie?"

„Wir werden dem jungen Mann seine Chance geben. Was er daraus macht, ist seine Sache. Aber wir werden sie ihm geben."

„Na, so jung ist er ja nun auch nicht mehr", sagte sie in Anspielung auf Göttlers Zweitstudium und die insgesamt schon achtzehn Semester, die er hinter sich hatte. Solche Leute nahmen in ihren Augen anderen nur den Studienplatz weg. „Aber bitte, wenn Sie es nochmal mit ihm versuchen wollen, dann muß ich halt weitermachen. Aber nur Ihnen zuliebe, Herr Berkmann. Sagen Sie ihm das!"

Wenn Frau Schmand anrief, sah Christa Klein rot. Sie überlegte, ob sie durchstellen oder eine Ausrede erfinden sollte, und entschied sich für das erste. Der Chef wollte über den Schulbesuch von Lothar Schmand, dem Oberschwänzer, auf dem laufenden gehalten werden. Also stellte sie das Gespräch hinüber.

Berkmann nahm ab und hörte die Töne einer Nachtigall.

„Sie können mir glauben, Herr Rektor, ich schicke den Lothar jeden Tag, seit Sie ihn abgeholt haben. Aber ich hab' auch meine Schwierigkeiten. Wenn der Mann keine Arbeit hat, ist das schlimm für die Kinder..."

Für frische Brötchen und dicke Stückchen reicht's, dachte Berkmann. Der Junge hat soviel Kilo drauf, daß es nicht in Pfunde umzurechnen ist.

Er hörte Frau Schmand Luft holen.

„Der Lothar hat mir ja neulich fast abgebaut in der Schule, Herr Rektor. So ein großer Kerl und vier Mädchen – und alle noch im Wachsen... Ich brauch' morgens was für sie aufs Brot. Sie können mir nicht was borgen? Ich geb's Ihnen am Ersten zurück."

Berkmann wechselte den Hörer vom rechten zum linken Ohr.

„Was ich bei der *Quelle* heimbringe, davon können wir nicht leben, Herr Rektor. Mein Mann ist arbeitslos."

Mann war gut. Den Freund meinte sie. Soll sie von mir aus, dachte Berkmann, wenn sie glücklich ist. Und wenn der Bursche auf der faulen Haut liegt und ihr gefällt es, ist das auch ihre Sache. Meine Aufgabe ist es, dafür zu sorgen, daß die Kinder etwas lernen. Können Kinder etwas lernen, denen in der Schule der Magen knurrt?

„Gut, Frau Schmand", sagte er. „Bis zum Ersten. 50 Mark. Die Metzgerei am Wallgraben. Lassen Sie es für mich anschreiben. Ich sage dem Inhaber Bescheid."

„Anschreiben?" Diese Möglichkeit hatte Frau Schmand weniger in Betracht gezogen. „Können Sie dem Lothar das Geld nicht mitgeben?"

Die Vorwarnstufe heulte auf. Für die Hauptwarnstufe sorgte Christa, die vor dem Schreibtisch Position bezogen hatte und aus Berkmanns Antworten heraushörte, was Frau Schmand wollte – und ihm den Hörer aus der Hand riß.

„Tut mir leid, Frau Schmand. Der Rektor muß dringend in eine Konferenz. Und jetzt erzählen Sie mal, wofür Sie das Geld wirklich brauchen."

Christa Klein grinste. „Aufgelegt!"

Berkmann kamen Zweifel. „Sie ist Flaschensortiererin bei der Michelfelser Mineralbrunnen GmbH, Christa. Und der Freund ist arbeitslos."

„Arbeitslos? Was glauben Sie, wieviel Stellen ihm das Arbeitsamt schon angeboten hat! Er ist Vulkaniseur. Er kommt überall unter, wenn er will." Sie legte den Hörer langsam auf. „Wenn Sie dieser Frau 50 Mark geben, läuft sie zum Bender nebenan und kauft Schnaps, und Sie laufen Ihrem Geld nach und geben ihr den nächsten Fünziger – gutmütig wie Sie sind. Wenn Sie doch auch mal auf mich hören würden, Herr Berkmann..."

Christa Klein wollte Gotthilf Wallenstein, bei dem es wieder mal hinten und vorn nicht stimmte, so schnell wie möglich wieder loswerden. Mit zwei Tabletten aus ihrem Arzneischrank schickte sie ihn in die Klasse zurück. Placebos, die nicht nützten und nicht schadeten.

Der Chef war im Unterricht.

Jetzt konnte sie sich fünf Minuten hinsetzen. Diese Nachricht mußte sie erst verdauen.

Sie hielt große Stücke auf die Frau Doktor. Die Frau Doktor verstand etwas vom Fach. Ohne die Frau Doktor säße ich jetzt nicht hier, dachte sie. Ihre Medikamente halten mich auf den Beinen – und überhaupt: diese feine einfühlsame Art, die sie hat.

Aber was ihr Karin Sommer, ihre Schulfreundin, soeben gesagt hatte, das paßte gar nicht dazu. Das hätte sie von der Frau Doktor nicht gedacht. Wenn nur die Hälfte davon stimmte...

Das mußte den Chef ja wie eine kalte Dusche treffen.

Anscheinend wußte er es noch nicht.

Von mir wird er es auch nicht erfahren, dachte sie. Das bringe ich nicht übers Herz.

Am Abend versuchte es Berkmann von seiner Wohnung aus bei Elisabeth.

Die Frau Doktor sei ausgegangen, bekam er gesagt. Wann sie zurückkomme, wisse sie nicht.

Merkwürdig!

Babsie ging keinen Schritt vor die Tür ohne zu hinterlassen, wo sie zu erreichen war. Das wußte Elisabeth auch. Aber mehr war nicht aus ihr herauszuholen.

„Danke", sagte er leicht verschnupft, „sagen Sie der Frau Doktor, mein Telefon hat noch die alte Nummer."

Was war mit Babsie los?

Berkmann setzte sich hin und stellte den Fernsehapparat an. Nach diesem Wochenende in Lindau hatte er nichts mehr von ihr gehört. Er konnte sich nach den Gründen fragen, so oft er wollte, alles war in bester Ordnung gewesen, bis zuletzt. Alles hatte so ausgesehen, als wäre sie glücklich gewesen mit ihm an diesen beiden Tagen, die – wie hatte sie gesagt? – eine Kostprobe waren für ihren gemeinsamen Sommerurlaub. Eine erste Kostprobe!

Vielleicht ging es ihr nicht gut. Sie machte in letzter Zeit einen gehetzten Eindruck. Blaß sah sie aus. Die Praxis war zuviel für sie. Als junge Ärztin an der Klinik und dann plötzlich diese Riesenpraxis mit soviel Krankenscheinen, wenn es auch inzwischen ein paar weniger waren.

Sie übernahm sich. Er hatte es ihr schon hundertmal gesagt. Babsie wollte es nicht wahrhaben. Nie würde sie das zugeben, nicht einmal sich selbst. Schon gar nicht ihm.

Er schaltete auf die Sportschau am Freitagabend um.

Es war ja doch anzunehmen, daß sie sich übers Wochenende meldete.

Babsie meldete sich nicht. Dafür begann die Woche einmal ohne Druck. Im Telegrammtext: keine Leserbriefe, kein

Schulamt, keine Krankmeldungen. Alle Lehrer an Deck.

Weller stiefelte im Parterre herum und lüftete das Lehrerzimmer. Christa goß ihre Blumen. Eitel Sonnenschein trepp-auf, treppab.

Als dann allerdings die beiden Polizisten erschienen, hatte Christa wohl schon so eine Art Vorahnung. Vielleicht dachte sie an Falko und Frank, ihre Kinder. Sie hatte sich beklagt, daß sie in schlechter Gesellschaft waren. Sie waren doch nicht etwa in eine krumme Sache verwickelt?

Das werden wir gleich haben, dachte Berkmann, doch bevor er seine Frage stellte, fragten die Beamten ihn.

„An Ihrer Schule ist ein Schüler namens Pfeiffer. Peter Pfeiffer...?"

Nein! Nicht noch einmal. Davon wird doch nichts besser, dachte er.

„Ja. Der Peter geht in unsere Schule. Leider hat er schon mit der Polizei zu tun gehabt, wie Sie sicher wissen. Ich werde mit ihm reden. Er ist schon viel vernünftiger geworden."

Die Beamten sahen sich an.

„Wir wollen Ihnen nur mitteilen, daß der Junge..."

„Er arbeitet eine Jugendstrafe ab", fiel Berkmann dem Polizisten, der ihm alles erklären wollte, ins Wort. „Diesmal hört er auf mich. Das verspreche ich Ihnen. Er hat gerade den Mopedführerschein gemacht. Er ist kein schlechter Junge."

Warum sahen sich die beiden so an?

„Er hat doch nichts verbrochen? Das glaube ich nicht. Der Junge ist manchmal etwas leichtsinnig, wie die jungen Leute so sind. Aber stehlen? Nein. Das kann ich mir nicht denken." Berkmann wurde unsicher. „Warum sagen Sie nichts? Warum sind Sie hier?"

Wie auf Kommando richteten sich die Polizeibeamten in ihren grünen Uniformen auf.

„Wir haben ein paar Fragen an Sie in Zusammenhang mit einem Verkehrsunfall. Ihr Schüler Pfeiffer ist auf der Heimfahrt von einer Diskothek verunglückt."

Erschrocken ließ Christa Klein die Hand sinken.

„Ein Unfall!" sagte Berkmann zu ihr. „Haben Sie gehört, Christa? Peter Pfeiffer ist verunglückt." Sein Gesicht wurde zusehends spitzer. „Offenbar etwas Ernstes?"

Da kam auch schon die Bestätigung. „Mit einem Kadett. Der Wagen wurde von dem Peitschenmast regelrecht durchbohrt. Was übrig blieb, war ein Haufen Blech."

„Und?"

„Aus dem Haufen Blech wurden zwei Tote und zwei Schwerverletzte geborgen. Für Peter Pfeiffer kam jede Hilfe zu spät... Riskantes Überholmanöver auf der linken Straßenseite", fügte der Beamte mit sachlicher Behördenstimme hinzu, „vermutlich hat er nicht selbst am Steuer gesessen. Sie können uns nicht sagen, wo wir die Eltern finden?"

Sigi Schomburg erfuhr es als erste. Sie kam sofort herauf ins Sekretariat.

„Ist es denn wahr, was ich gehört habe?"

Bevor Berkmann antwortete, sagte er eine Zeitlang nichts. Dann deutete er auf Christa Klein. „Sehen Sie sich ihr Gesicht an, und sehen Sie sich mein Gesicht an, Frau Schomburg."

„Das ist ja furchtbar. Wie ist es denn passiert?"

Die Schreckensnachricht verbreitete sich wie ein Lauffeuer. In Peters Klasse – ehemaliger Klasse – herrschte einen Moment Ruhe. Dann brach ein hämisches Gejohle aus. Endlich waren sie ihn los.

Sie kannten den Tod nicht. In diesem Alter dachte man nicht ans Sterben.

Dann wurde es still und stiller.

Der Klassensprecher kam und erkundigte sich nach dem Beerdigungstermin. Langsam wurde ihnen bewußt, daß Peter einer von ihnen war. Vor ein paar Stunden noch hatte er neben ihnen die Schulbank gedrückt.

So schnell konnte es gehen...

Christa Klein war völlig konfus. Der Peter! So ein guter Junge. Er hatte ihr das Schreibmaschinenpapier heraufgetragen, ohne daß sie ihn darum bitten mußte. Er war immer höflich und sagte immer danke. Ihn mußte es erwischen, wo es doch so viele Taugenichtse gab.

Sie saß steif auf ihrem Schreibmaschinenstuhl und überlegte, ob sie abheben sollte. Das Schulamt, der Bürgermeister, die Presse, so würde es heute wieder den ganzen Vormittag gehen.

Aber es konnte ja auch etwas Wichtiges sein, die Frau Doktor zum Beispiel. Also fragte sie lieber.

Es dauerte ein paar Sekunden, bis sie zu Berkmann hinüberrief, daß es seine Mutter war, und er zurückrief, daß sie durchstellen solle.

Eine gequälte Stimme sagte: „Michael, mein Junge. Wie geht es dir? Warum läßt du nichts von dir hören? Bist du krank...?"

„Nein. Ich bin nicht krank, Mutter. Es geht mir gut."

Aus dem Hörer kam ein Seufzer. „Mir geht es gar nicht gut. Weißt du, wer heute gestorben ist?"

„Nein, Mutter. Du wirst es mir gleich sagen..."

„Frau Schenk-Brockmann. Sie hatte früher das kleine Kolonialwarengeschäft neben dem Vaterhaus deines Großvaters. Mit zweiundachtzig! Das ist doch kein Alter. Die Kinder tun mir ja so leid. Einen Mann hat sie ja nicht mehr. Der ist schon lange vor ihr gestorben. Ist das nicht eine Tragödie?"

„Ja, Mutter."

„Ihre Schwester hat sich in letzter Zeit auch nicht mehr um sie gekümmert. Das weiß ich von Frau Drewitz, die kennst du auch. Alle wollen sie nur erben..."

„Ja, Mutter."

„Ich habe die ganze Woche auf einen Anruf von dir gewartet. Als Mutter sorgt man sich schließlich. Du hast ja auch niemanden außer mir. Sicher arbeitest du wieder zuviel, mein Junge. Denk an deinen Großvater, der immer gesagt hat, kein Mensch dankt es dir, wenn du dich kaputtmachst..."

Es ist schön, wenn sich jemand um einen sorgt. Mutter Berkmann konnte nicht verstehen, daß ihr Sohn es heute gar nicht würdigte.

„Mutter, ich kann mir die Arbeit nicht aussuchen. Behüt dich Gott! Ich muß jetzt Schluß machen..."

„Bleib gesund, mein Junge. Gibt es etwas Neues?"

Sie wollte wissen, ob er immer noch mit dieser Ärztin zusammen war.

„Nein, Mutter. Alles beim alten. Du hörst von mir..."

Die sechste Stunde hatte Berkmann Gesellschaftslehre in der 8 b. Dann fuhr er zu den Handwerkern in die Turnhalle.

Als er zurückkam und das Sekretariat aufschließen wollte, öffnete jemand von innen die Tür.

„Was machen Sie denn noch hier, Christa? Wann füttern Sie Ihre Jungen? Ihre Arbeitszeit endet 13.30 Uhr. Und wie spät ist es jetzt? Gehen Sie nach Hause zu Ihren Kindern!"

„Lassen Sie mich doch", sagte sie unglücklich. „Ich gehe schon..." Sie hatte geweint. „Ich denke immer, wenn ich hier bin, kann ich noch etwas für Peter tun. Ich glaube, ich schnappe noch über."

Berkmann versuchte sie abzulenken. „Übrigens, Sie bekommen noch 30 Pfennig von mir. Ein Privatgespräch."

Sie lächelte abwesend. „Morgen. Heute nicht. Lassen Sie mich noch ein wenig hier sitzen..."

Auch Berkmann wurde mit dem schrecklichen Unfall nicht fertig. Frau Freitag hatte ihm Kartoffelsalat und Fleischwurst hingestellt, aber er rührte nichts an.

Jede Woche las man in der Zeitung davon. Junge Menschen, die sich auf den heißen Stuhl schwangen, halbe Kinder. Alkohol, Drogen, schwummriges Licht, Laserstrahlen. Und dann auf den Sattel, die Power der Disco im Nacken.

Jetzt brauchte er nicht mehr mit der Klasse zu reden wegen Peters Irokesenfrisur, und nach einer Lehrstelle laufen, das war jetzt auch nicht mehr nötig.

So kurz konnte ein Leben sein.

Berkmann stellte den Fernseher an und versuchte, sich auf andere Gedanken zu bringen. Er ging in den Keller und kramte wahllos in den Regalen herum. Er nahm Bier mit hinauf und füllte den Kühlschrank auf.

Er fing an zu trinken.

Babsie fehlte ihm. Mit ihr hätte er darüber reden können. Sie hätte er jetzt gebraucht, aber sie war ja nicht zu erreichen.

Ihm wurde immer elender.

Als er aufwachte, standen fünf leere Bierflaschen neben seinem Sessel, und im Fernsehapparat flimmerte das Testbild.

Es war Zeit, die Vorhänge aufzuziehen.

Erschöpft schlurfte er zum Briefkasten hinunter und holte die Zeitung.

Gestern nachmittag hatten sie Peter Pfeiffer beerdigt. Der kleine Tiefenbacher Friedhof hatte die Menschen kaum gefaßt.

Alle waren gekommen, sogar die Rabauken aus seiner Klasse.

Am Tag davor hatten sie gesammelt. „Deine 9 a“ stand in schwarzer Schrift auf der weißen Kranzschleife aus der Gärtnerei Brauner. „Wir werden dich nicht vergessen“.

Wenn er das hätte sehen können, der Peter!

„Warum wird er abberufen, bevor sich seine Wünsche und Hoffnungen erfüllen, fragen wir, die wir hier versammelt sind“, sagte der Pfarrer, der ihn getauft hatte. „Auch ich weiß darauf keine Antwort, liebe Gemeinde, außer der, die ER uns aufgetragen hat und die uns alle tröstet. Ich bin der Herr, dein Gott... Und der Herr weiß, was er tut, denn er ist unendlich in seiner Weisheit und Güte.“

Nein, niemand begriff es mit seinem schwachen Verstand. Ein so guter Junge, alle hatten ihn gern. Warum also er?

Gottlob fragten sich die Kinder das nicht. Gottlob hatte der Herr es so eingerichtet, daß man in jungen Jahren noch an das ewige irdische Leben glaubte. Mit sechzehn konnte einem der Tod noch nichts anhaben.

So ging es auf dem Schulhof heute wieder laut und fröhlich zu wie immer.

Nur im Lehrerzimmer war die Stimmung noch gedrückt,

auch bei Arne Göttler. Allerdings hatte das noch einen anderen Grund.

Schon auf der Beerdigung war der Referendar um Berkmann herumgeschlichen. Jetzt, in der kleinen Pause, faßte er sich endlich ein Herz. Ohne sich bei Christa Klein aufzuhalten, ging er durch bis zu Berkmanns Tür.

Kleinkriegen wollte der Alte ihn, und jetzt hatte er ihn klein. Lehramtsreferendar Arne Göttler meldete sich zum Rapport.

Berkmann schloß das Fenster und zeigte auf den Besucherstuhl, ohne Erfolg damit zu haben. Im Sitzen konnte sich Göttler nicht konzentrieren.

„Wie geht es Ihnen, Lehramtsreferendar?"

„Mir geht es schlecht. Sie können sich freuen."

Zugegeben, Berkmann, wenn du diesen Ohrring siehst, wünschst du dir als Schulleiter etwas anderes. Lehrer, die wie Papageien herumlaufen, magst du nicht. Aber Schadenfreude?

„Gewöhnen Sie sich den Wahn ab, daß ich nur hier sitze, um Ihnen in die Suppe zu spucken, Kollege Göttler! Dirks Vater hat angerufen. So setzen Sie sich schon!"

„Sie wissen es also."

„Er hat Ihnen erlaubt, dem Burschen eine zu knallen, wenn er sich daneben benimmt. Also wird er zu seinem Wort stehen. Ich verstehe nur nicht, daß Sie ihn geohrfeigt haben. Ausgerechnet Sie. Erziehung gilt doch bei Ihnen als Schande."

„Das habe ich nicht gesagt", fuhr Göttler auf.

„Nein. Sie haben nur danach gehandelt."

„Na ja, wenn Sie alles immer gleich wörtlich nehmen..."

„Wie soll ich's denn nehmen, wenn nicht wörtlich, Kollege Göttler? Dirks Vater haben Sie doch auch wörtlich genommen."

Der Lehramtsreferendar wußte, daß es nichts nützte, wenn er den wilden Mann spielte, und versuchte, Berkmann alles in Ruhe zu erklären.

„Dirks Vater sagte: Ich meine es gut mit dem Jungen. Wenn er nicht spurt, kleben Sie ihm eine. Meinen Segen haben Sie. Der Bursche soll etwas lernen."

„Gut“, sagte Berkmann erleichtert, „dann ist die Sache ja aus der Welt.“

„Nichts ist aus der Welt! Da ist noch immer dieser Herr Dittrich!“

„Dittrich? Was hat der denn damit zu tun?“

„Das ist es ja eben ...“ Göttlers Stimme wurde leiser. „Angezeigt hat mich nicht Dirks Vater. Angezeigt hat mich dieser Dittrich.“

„Was sagen Sie da? Die Karin Dittrich haben Sie auch verdroschen?“

„Quatsch!“ Göttler geriet so in Erregung, daß ihm die Augen herausquollen. „Dirk habe ich eine gefeuert, und Karins Vater hat mich angezeigt.“

„Ach, und jetzt kommen Sie zu mir, ich soll Ihnen die Kartoffeln aus dem Feuer holen.“

„Danke! Auf Ihre Hilfe kann ich verzichten.“

„Nun kommen Sie her. Stellen Sie sich nicht so an!“

„Ich wollte es nicht, mein Gott. Mir ist die Hand ausgerutscht.“

„Was hat Dittrich zu Ihnen gesagt?“

„Er sagte, Sie wissen, daß Schlagen verboten ist. Sie wissen auch, daß es Eltern gibt, die sich nicht wehren können. Also werde *ich* Sie anzeigen, Herr Göttler. Und wie ich ihn kenne ...“

„Macht er damit ernst. Mann! Göttler! Setzen Sie Ihren Kopf wieder auf. Das werden Sie durchstehen.“

„Durchstehen? Sie haben gut reden. Sie haben die Prüfung hinter sich. Was soll ich jetzt machen?“

Berkmann war zur Stundentafel getreten. Er zog wahllos Symbole heraus und steckte sie genauso abwesend wieder hinein.

„Ich werd’ mir was überlegen. Mir wird schon was einfallen“, fügte Berkmann hinzu, denn er wußte sehr schnell, wie er dem Dittrich, der mit ihm bei den Alten Herren Fußball spielte, beikommen konnte.

Im Vereinslokal auf Kameradschaft machen, das Bier bezahl’ ich dir auch noch, dachte er. Und wenn es darauf ankommt,

Dittrich, würgst du mir eine rein. Da machst du meine Lehrer fertig.

Warte, Freundchen! Du kannst was erleben.

Ramona war ein kleines struppiges Ding, das mit Waschlappen und Zahnbürste nichts im Sinn hatte, und Roland mochte die Dusche auch nicht besonders. Vor einer Woche hatten sie ihn wegen Verdacht auf eine Hörschädigung zum HNO-Arzt geschickt. Die Schmalzpfröpfchen hatten es auf die erstaunliche Größe von Spatzeneiern gebracht. Aber gegen Ramonas Schweißfüße waren sie harmlos.

In Rolands Familie schliefen die vier Mädchen in dem einen Zimmer und die Buben in dem anderen. Der Vater hielt auf Ordnung. Da flog kein Höschen und kein Hemdchen herum. Alles wurde ordentlich auf den Stuhl gelegt – wie es ausgezogen wurde: Stück für Stück fein aufeinander, sechzig Zentimeter hoch.

Rolands Eltern und Ramonas Eltern waren Wohnungsnachbarn. Die Wohnungen gehörten zu gleichen Teilen einer Öffentlichen Baugemeinschaft und der Stadt.

Im Augenblick standen die Sprößlinge dieser Eltern auf dem Schulhof und stritten wie die Kesselflicker.

Berkmann holte sie sich heran.

„Na, ihr beiden, was ist los? Hat dir Roland etwas getan, Ramona?“

Er hatte. Ramona war tief in ihrer Ehre gekränkt.

„Herr Berkmann, der Roland glaubt mir nicht, daß uns das Sozialamt alles bezahlt. Al-les!“

Der um einen Kopf kleinere und um eine halbe Handvoll jüngere Roland hatte berechtigte Gründe, daran zu zweifeln. Seinem Vater hatte noch niemand etwas geschenkt. Er tippte sich an die Stirn, was Ramona zu neuer Anstrengung in Sachen Beweisführung herausforderte.

„Das Sozialamt bezahlt uns das Essen, das Bier, die Miete, die Waschmaschine ... Alles bezahlt bei uns das Sozialamt. Die Schuhe, den Strom ...“

Bevor sie zum Klosettpapier kam, versuchte Berkmann, dem Jungen den Sachverhalt zu erklären.

„Weißt du, Roland, wenn *dein* Vater lange keine Arbeit hat, geht er auch zum Sozialamt. Dann bekommt er auch alles bezahlt."

Das schien Roland einzuleuchten, im Gegensatz zu Ramona, die gar nicht daran dachte, ihr Sozialamt mit anderen zu teilen.

„Rolands Vater? Der bekommt überhaupt nichts!"

„Vielleicht nicht ganz soviel", versuchte Berkmann den Streit zu schlichten. „Aber das Essen, die Wohnung, das bekommen deine Eltern auch, Roland."

Sein Streben nach einem Kompromiß wurde von Ramona ignoriert. Unterm Strich mußte für ihren Vater mehr herauskommen. Also setzte sie den Katalog der kostenlosen Sozialleistungen fort.

„Mein Vater bekommt Taschentücher und Schuhe und Milch", prahlte sie, der kleine Roland wurde immer kleiner. „Und weißt du, was er noch vom Sozialamt bekommt? Präservative ... zehn Stück im Monat."

Der Roland mit seinen zweieinhalb Jahren Rückstand im Allgemeinwissen schaute nach links, schaute nach rechts. Fieberhaft überlegte er. Das auch noch! Jetzt reichte es aber.

Blitzschnell streckte er Ramona die Zunge heraus.

„Ach du! Zehn Stück! Ihr seid daheim fünf. Der Papa, die Mama, die Lissi, die Melanie und du. Da bekommt ja jeder nur zwei. Und davon wollt ihr satt werden?"

Ramona lachte sich halb tot. „Haben Sie das gehört, Herr Berkmann? Der weiß nicht mal, was Präservative sind. Pariser", versuchte sie dem konsternierten Roland klarzumachen. „Weißt du's jetzt?"

„Tja, Ramona", wußte der ebenfalls konsternierte Berkmann momentan auch nicht so recht weiter, „ich muß mich jetzt um die Toiletten kümmern." Er konnte dem Roland jetzt beim besten Willen nicht erklären, was ein Pariser war. Dazu mangelte es dem jungen Mann noch an den einfachsten Grundlagen.

„Ramona“, sagte er, „du gehst jetzt dort zu deinen Freundinnen, und du, Roland, kommst morgen in der vierten Stunde zu mir. Darüber müssen wir beide nochmal reden. Unter Männern, weißt du?“

Auch Konrektor Volkmann verfolgte mit Sorge, was den Kollegen Wallenstein betraf.

Es sei einem peinlich, wenn man während des Unterrichtes an dessen Tür vorbeikomme. Es gehe jedesmal drunter und drüber. Er, Berkmann, müsse einmal mit dem Kollegen reden. Schlechte Beispiele machten Schule. Ein herzensguter Mensch, der Wallenstein, aber kein Lehrer.

Volkmann kam nicht dazu, entsprechende Beispiele nachzureichen. Hinter ihm erschien Christa Klein mit dem Stenoblock und ihren Anliegen, von denen eins Rosel Gutowski war.

„Haben Sie nichts gemerkt, als sie vorhin hier war?“ fragte sie Berkmann, der sie überrascht ansah.

„Ich?“

„Wenn Sie mich fragen, unser Hausi eilt Vaterfreuden entgegen. Vaterfreuden, Chef! Das ist mir schon auf der Party aufgefallen.“

„Frau Gutowski? Schwanger?“

„Wenn es mal keine Zwillinge werden...“ Christa Klein bekam ihren melancholischen Blick. „Und die arme Sigi, die es nun wirklich verdient hätte, muß zusehen.“

„Sie leidet sehr darunter, nicht?“

„Leiden ist gar kein Ausdruck. Das müssen Sie mal sehen. Bei jedem Kinderwagen bleibt sie stehen. Ich sage immer, die Sigi, die entführt nochmal ein Baby.“

Als Berkmann den dritten Anlauf zum Bürgermeisteramt nahm, zog ihn Müller-Kronach ins Sekretariat zurück.

„Was hast du denn, Tobi? Ich bin in Eile. Es kommt nichts mehr. Vergiß die Leserbriefe!“

„O Mann! Du Junggeselle! Was weißt du, wie es mir geht? Da denkst du mal, es wird besser. Sie verdient gut, hat eine tolle

Stelle als Masseurin. Ob du's glaubst oder nicht: Jetzt studiert sie auch noch."

„Deine Jüngste?"

„Meine Jüngste." Müller-Kronach zerknüllte die Kakaotüte, aus der noch ein Rest herausspritzte, und warf sie wütend in den Papierkorb. „Ich möchte wissen, worüber die Leute reden, sagt sie. Dabei verpaßt man gar nichts, wenn man es nicht weiß." Kummervoll dachte er einen Moment über seine Haushaltslage nach. „Wenn das so weitergeht, kriege ich die Sozialhilfe und nicht der Gutowski ihr Freund."

„Schafft sie es denn einigermaßen?"

„In Sport, ja. Aber diese Kernkraft! Morgens Kernkraft, mittags Kernkraft, abends Kernkraft. Das Mädchen ist ein einziger Atomversuch. Und ich schreibe die Aufsätze..."

„Kernkraft gehört nun mal zur Physik, Tobi."

Müller-Kronach bekam einen Lachkrampf. „Physik! Soll ich dir sagen, was sie in Biologie macht? Schäden durch Kernkraft für den menschlichen Organismus. Und in Gesellschaftslehre, was macht sie wohl da? Kernkraft gefährdet andere. Wo soll ich das denn alles hernehmen? Seit Tagen bastele ich an einem Referat. Weißt du, in welchem Fach? Religion. Und weißt du, worüber? Kernkraft – und wo bleibt Gott? Soll ich mich auch beim lieben Gott noch ins Fettnäpfchen setzen..?"

„Tobi, ich muß..."

Der Sportfreund hatte kein Einsehen, sondern plapperte weiter. „So geht es mir auch in Mathematik. Da lernst du heute nicht mehr, was eine Gleichung mit zwei Unbekannten ist. Da heißt es: eine Atombombe gleich x-Kilo herkömmlichen Sprengstoffs..." Müller-Kronach holte schwer geplagt Luft, während Berkmann verzweifelt auf die Uhr sah und von einem Bein aufs andere trat. „Und wenn ich Andrea nach dem Namen des Bundespräsidenten frage, sagt sie Steinkühler..."

„Also, Tobi, jetzt wirklich! Jetzt gehst du ins Lehrerzimmer und erinnerst die Kameraden an die Konferenz morgen nachmittag."

Der Stufenleiter rührte sich nicht von der Stelle. „Eine Frage noch. Hast du gehört, wann ich dran komme?" Er meinte die Überprüfung zum Rektor durch die Kommission.

„Nun mach dir mal nicht soviel Gedanken, Tobi. Von deiner Fraktion haben es bisher alle geschafft. Der Theis, der Urbanke, der Schulmeister, der Brück... Warum sollst du es nicht schaffen?" Berkmann schob Müller-Kronach beiseite, blieb aber an der Tür noch einmal stehen. „Ich sehe dich doch zur Spielersitzung, oder?"

Der Handel im Stadthaus mit Bürgermeister Michelau dauerte zwei Stunden. Endlich hatte Berkmann ihn soweit.

Die Stadt stellte die Lautsprecheranlage zur Verfügung, nicht nur das. Sie ließ die Anlage zum Schulfest auch von Arbeitern der Stadt aufbauen. Und was den Zuschuß betraf, darüber hatten die Fraktionen im Stadtparlament inzwischen auch nachgedacht. Die SPD war für sechshundert Mark, und weil die nächsten Wahlen vor der Tür standen, war die Wählergemeinschaft für achthundert. Aber nur deshalb, wie der Bürgermeister augenzwinkernd beteuerte.

Was hatte es in der Schule gegeben während Berkmanns Abwesenheit?

Frau Schmand hatte den Lothar mal wieder entschuldigt. Grippe!

Eine Anfrage von Jörgs Mutter. Warum die Schule so früh anfing. Sie sei mit Jörg beim Kinderarzt gewesen, und der hätte gesagt, das frühe Aufstehen führe zu Gesundheitsstörungen.

„Und eine Beschwerde über den neuen Pfarrer", berichtete Christa Klein außerdem.

„Eine Beschwerde über den neuen Pfarrer? Er hat ja kaum angefangen. Von wem?"

„Von Schwester Anna."

Berkmann horchte auf. „Die alte Gemeindeschwester? Weswegen?"

„Sie sollen dem neuen Pfarrer mehr auf die Finger klopfen. Pfarrer Hildesheimer hätte mit den Kindern über die Gebote gesprochen und über das Evangelium. Bei dem Neuen malten sie Transparente für Nicaragua."

„Was soll ich denn noch alles?" Berkmann seufzte. „Hat Frau Wegener angerufen?"

„Die Frau Doktor?

„Die Frau Doktor, Christa. Ist was?"

Sie blickte unter sich wie ein ertapptes Kind.

„Ob was ist, Christa?"

Sollte sie es ihm sagen oder nicht? Wenn er es nicht von ihr erfuhr, dann woandersher. Und das hätte ihn bestimmt enttäuscht.

„Ja, Herr Berkmann, wie soll ich sagen? Ich ... ich weiß nicht, ob Sie es schon ... wissen."

Er wurde ungeduldig. „Wissen? Was, Christa?"

„Die Frau Doktor ... die Frau Doktor hat ... Besuch."

„Besuch?"

„Er wohnt bei ihr. Seit einigen Tagen. Ein Arzt angeblich." Als sie sein Gesicht sah, fuhr ihr auch noch ein „Sehen Sie, ich hätte den Mund halten sollen" heraus. „Ich immer mit meiner Ehrlichkeit."

„Ein Arzt – sagen Sie?"

Er war nicht verärgert. Er fluchte nicht. Er bekam keinen Wutanfall. Er lächelte einen Augenblick, als wollte er sagen: Laß die Leute doch reden! Das ist doch alles Unsinn.

Aber dann! Dann kam es über ihn. Er drehte sich um und ging ohne ein Wort zu sagen hinaus.

Er mußte allein sein.

Deshalb. Deshalb also! Frau Doktor ist nicht da. Frau Doktor ist ausgegangen. Die Frau Doktor ist nicht zu sprechen. Das alles paßte zusammen.

Aber – das war nicht Babsie. Das war nicht ihre Art. Babsie hätte gesagt: Micha, unsere Zeit ist abgelaufen. Irgendwann ist alles einmal zu Ende. Fünf Jahre sind eine lange Zeit. Ich werde dich nicht vergessen. Das hätte Babsie gesagt.

Keine faulen Ausreden, kein Hintenherum. Keine schäbigen Kompromisse. Faire Entscheidungen ohne Schnörkel.

Es mußte sie wie der Blitz erwischt haben. Jedenfalls hat sie den Mann vor zwei Woche noch nicht gekannt. Sonst wäre sie nicht mit mir nach Lindau gefahren, dachte er.

Er war durchs Treppenhaus gegangen, erst hinunter, dann wieder herauf, und jetzt saß er im Besucherzimmer an einem großen leeren Tisch mit Blick auf den Schulhof, der ebenso leer war.

Alles um ihn herum war plötzlich leer, unendlich leer.

Am Nachmittag brachte Berkmann den Wagen zur Inspektion in die Kreisstadt. Er setzte sich in ein Cafe, aber er hielt es nicht lange dort aus.

Er lief durchs Kaufhaus, von der Porzellanabteilung zu den Möbeln, vom Hifi-Stand zur Sommermode, vom Restaurant zu den Delikatessen. Er lief ziellos herum.

Babsie! Ich muß mit ihr sprechen. Wir haben uns doch geliebt. So kann sie doch nicht einfach alles wegschieben. So kann sich doch ein Mensch nicht verändern – von einem Tag zum anderen.

In seinem Kopf drehte sich alles.

Verzweifelt lief er durch die Straßen, eine Stunde lang.

Als er sich endlich an der Bushaltestelle am Bahnhof einfand, Richtung Michelfels-Weimersdorf, Abfahrt jeweils Viertel nach, sah er am Taxistand gegenüber eine Frau mit einem gutgemästeten Fünfzehnjährigen, mit Tüten und Paketen bepackt, sich in eine Taxi zwängen.

Mutter Schmand. Mutter Schmand mit Sohn.

Von wegen Grippe! Einkaufen war die Gesellschaft! Und dazu nahm sie sich einfach frei. Mit diesem Trottel von Berkmann konnte man es ja machen.

Von Mamas Freund war nichts zu sehen, weit und breit nicht.

Er hätte auch nicht mehr in das Taxi gepaßt.

Schicksal oder Zufall? Am Abend stand sie plötzlich vor der Wohnungstür. Pastellfarbene Tasche, weißes Kostüm, schlank.

Das schmale Gesicht zwischen dem langen blonden Haar mit Hilfe der Kosmetik dezent geschminkt: eine verlegene Irina Lutz.

„Kollege Berkmann, ich muß mit Ihnen reden..."

War die Küchentür zu? Alles einigermaßen aufgeräumt? Der Staubsauger! Wo war der Staubsauger? Und diese ekelhaften Pantoffeln. Er hatte Frau Freitag schon hundertmal gesagt, sie sollte sie in den Müll werfen!

„Kommen Sie...rein!"

Irina Lutz sah sich vorsichtig um. Junggesellen durfte man nicht erschrecken. Sie wartete, bis er die Richtung angab, bevor sie ihr Anliegen konkretisierte. „Es geht um Mario. Und um Ihren Andreas."

„Mario – sagen Sie?"

Er konnte das Flurlicht so klein drehen, wie er wollte, in dieser Wohnung wurde nicht regelmäßig Staub gewischt. Das sah sie.

„Aus meiner 6b, Kollege. Er war an dem Einbruch beteiligt. Zusammen mit Ihrem Andreas."

„An dem Einbruch in Ihrer Schule?" Berkmann blieb der Mund offen stehen.

„Die beiden haben das Oberfenster geöffnet, während die Putzfrauen bei der Arbeit waren, und damit den Tätern, zwei ehemaligen Schülern unserer Schule, den Weg freigemacht."

Berkmann kam aus dem Staunen nicht heraus. „Der Fall ist aufgeklärt?"

„Restlos. Am Nachmittag war die Kriminalpolizei da." Sie sah sich in dem Arbeitszimmer, in das er sie führte, neugierig um. „Die Sache läßt mir keine Ruhe, wissen Sie. Soll ich Ihnen sagen, was ich glaube? Mein Mario ist der Intelligentere. Er benutzt Ihren Andreas nur. Ohne meinen Mario wäre Ihr Andreas nicht in Schwierigkeiten. Und dagegen müssen wir etwas unternehmen." Eine Frau voller Energie. Er sah sie schon die Ärmel hochkrempeln. „Was ist Ihr Andreas für ein Kind?"

Mit gutem Gewissen konnte er sagen: „Unser Andreas ist ein liebes Kind, zu brav für meine Begriffe. Intakte Familie, alles in Ordnung. Also bitte kein Aufsehen!"

Das war genau das, was Irina Lutz auch wollte: Diskretion.

„Ich muß mir Mario vornehmen, ohne daß sein Klassenlehrer etwas merkt. Mit dem Kollegen Seidel ist nicht viel los in dieser Beziehung."

Schlicht und ergreifend, so konnte man es nennen. Berkmann kannte Seidel. Er wohnte eine Straße über ihm, mit Frau und Kind. Seine Ehe war kaputt, und so kaputt wie seine Ehe machte er auch seine Klasse. Den letzten Schullandheimaufenthalt hatte er abbrechen müssen, weil einige seiner Jungens im Schlafsaal der Mädchen erwischt wurden.

„Er hat eine etwas merkwürdige Auffassung von Erziehung", wie Irina Lutz es formulierte. Das war nicht übertrieben.

Berkmann nickte. „Ja, lassen wir ihn aus dem Spiel."

Das linke Fenster stand offen. Die untergehende Sonne spiegelte sich darin: ein langsam verblassendes Orangerot ohne Konturen. Von seinem Arbeitszimmer hatte man einen herrlichen Blick auf den Wald.

Irina Lutz sah lange hinaus.

„Okay", sagte sie schließlich. „Ich halte Sie auf dem laufenden." Jetzt inspizierte sie das Zimmer. „Hübsch haben Sie's hier. „Eine richtige Wohnung."

„Und Sie? Suchen immer noch?"

Sie klemmte ihr Täschchen unter den Arm und lächelte. „Wenn Sie wissen wollen, warum – kommen Sie mal vorbei."

Es war heiß an diesem Juninachmittag. Die Vorhänge vor den geöffneten Fenstern regten sich nicht. Kein Lufthauch ließ ahnen, wie gut es nach dem Regen vergangene Nacht draußen roch.

Dreizehn Kollegen saßen im Konferenzraum. Gotthilf Wallenstein, wohlgenährt, die Arme auf dem Bauch verschränkt, der von Tag zu Tag der Tischkante näherrückte.

Helga Bott, die Datenschutzbeauftragte, in Untergangsstimmung wegen Tochter Claudia. Sedlatschek, der ewig Kranke. Renate Schröter, die immer noch über ihren Abschied nachdachte, Sigi Schomburg, die Frau des Zahnarztes, Elke Uhlmann und die anderen.

Und der Schulleiter natürlich, der soeben Punkt 4 der Tagesordnung aufgerufen hatte und dazu von seinem Besuch im *Skylight* berichtete.

„Ich bin immer wieder gefragt worden, ob wir von seiten der Schule nichts unternehmen, liebe Kolleginnen und Kollegen. Wir müssen etwas unternehmen. Wir können nicht warten, bis es zu spät ist. Wir müssen die Aufklärungsarbeit intensivieren, und zwar sofort ... Frau Gutowski hat sich gemeldet."

„Ja", sagte Rosel Gutowski mit einem Seufzer, der ihre Unzufriedenheit mit dem, was Berkmann gesagt hatte, unmißverständlich vorwegnahm, „Sie machen es sich wieder mal zu leicht, Herr Berkmann. Warum sollen Jungens und Mädchen in diesem Alter nicht in Discos gehen? An Drogen kommen Sie überall heran. Das bißchen Hasch. Nun haben Sie sich mal nicht so!"

„Das bißchen Hasch!" Es fiel Berkmann schwer, auf seinem Stuhl sitzenzubleiben und ruhig weiterzusprechen. „Sagt Ihnen der Name Maria Sanchez nichts?"

„Ach, schweifen Sie doch nicht schon wieder ab!"

„Das Mädchen geht zweimal die Woche in diesen Schuppen. Glauben Sie, ihr kann jemand helfen, wenn ihre eigene Lehrerin dafür ist, daß Kriminelle mit Sonnenbrille Hasch verkaufen, wie sie wollen? Worauf warten Sie, Frau Gutowski?"

Die Kollegin bedachte ihn mit einem Blick eiskalter Ablehnung und öffnete ihre selbstgestrickte grün-weiß-rote Umhängetasche, als wollte sie die Pistole ziehen. „Entschuldigen Sie, wenn ich das mal so sage, Herr Berkmann. Ich gehe selbst in Discos. Ich habe noch nie eine Spritze, noch nie einen Krankenwagen und noch nie einen Toten gesehen. Schaukeln Sie das Problem nicht hoch! Solange wir nicht von dieser Hysterie wegkommen: Disco gleich Rauschgift, Sonnenbrille gleich Dealer, bin ich nicht bereit, weiter zu diskutieren."

„Moment!" rief Müller-Kronach, der als Vater dreier Töchter wußte, wo sein Platz war, wenn es um dieses Thema ging.

„Sie als Lehrerin können das doch nicht ernst meinen. Sie verharmlosen Drogen? Dieses verdammte Zeug macht unsere Kinder kaputt, und Sie tun so, als sprächen Sie von Kaugummis. Wissen Sie, was Sie da sagen?"

„Ich weiß immer, was ich sage, Herr Müller-Kronach. Andere sagen dasselbe", antwortete Rosel Gutowski gelassen. „Richter, Staatsanwälte, Sozialpädagogen sind meiner Meinung. Machen Sie sich die Mühe und schlagen Sie nach. Kleine Mengen Hasch..."

„Kleine Mengen! Mit kleinen Mengen fängt es an!" schrie Berkmann dazwischen. „Nehmen Sie das ins Protokoll, Frau Klein!"

Helga Bott zuckte zusammen, und Frauenfeld, der kurz vorm Einschlafen war, riß die Augen auf und hob die Hand, weil er dachte, es würde abgestimmt.

„Was soll ich ins Protokoll nehmen, Herr Berkmann?"

„Daß Frau Gutowski keine Bedenken hat, wenn Schüler Hasch nehmen und sich an die Nadel gewöhnen."

„Das habe ich nicht gesagt!" protestierte Rosel Gutowski wütend. „Sie unterstellen mir schon wieder etwas."

„So? Dann hören Sie mir mal zu!" Berkmann holte ein Script aus der Tasche. „Ich habe hier Ihr Papier. Umgang mit Hasch." Er hielt eine Broschüre hoch. „Es ist nicht von Ihnen persönlich, aber wenn ich Sie reden höre, stimmt Wort für Wort mit dieser komischen Schrift hier überein." Er wandte sich an die Kollegen. „Da steht alles drin. Und noch viel mehr. Ich zitiere..."

Elke Uhlmann kicherte. Endlich einer, der es dieser Zicke einmal gab.

„Ich zitiere, Frau Gutowski!" fuhr Berkmann mit ruhiger Stimme fort. „Ablösung des Lehrmonopols von professionellen Lehrern zugunsten kompetenter Personen. Abschaffung von Prüfungsverfahren nach dem Motto: je leichter der Stoff, desto besser der Schüler. Lehrplan weg! Stundenplan weg. Kinder vom... Zwang des Schulsystems befreien. Projektorientierter Unterricht... Oh, ich verstehe schon, was Sie meinen“, sprach Berkmann, als sich das Gelächter legte, mit deutlichen Anzeichen aufkommenden Zorns weiter. „Sechzehn Stundenwoche. Wir lernen eh alle zuviel. Bei Ihnen piept's ...“

„Nehmen Sie das auch zu Protokoll, Frau Klein“, parierte Rosel Gutowski, wie Berkmann zugeben mußte, wider Erwarten beherrscht und souverän. „Wenn Sie das als Übel bezeichnen, ein paar Haschzigaretten, bitte schön. Dann gehen wir dem Übel aber auch an die Wurzel. Wer oder was ist schuld daran, daß unsere Kinder Drogen nehmen? Jeder vierte Schüler leidet unter Schlaflosigkeit, Magenkrämpfen, Erbrechen und Bettnässen, Herr Berkmann. Holen Sie sich die einschlägigen Untersuchungen. Da steht es. Der Streß ist schuld ...“ Sie wehrte Volkmann, der sie unterbrechen wollte, mit einer Handbewegung ab. „Wenn sechshundert Kinder Selbstmord begehen – jährlich! Muß man da nicht an der Schule etwas ändern? Muß man da nicht fragen, warum?“

„Weil wir aus jedem einen Akademiker machen wollen“, warf Volkmann dazwischen und bekam wieder einen roten Kopf. „Ob einer das Zeug dazu hat oder nicht, er muß studieren. Kein Wunder, daß die Kinder überfordert sind.“

Damit hatte er unter Rosel Gutowskis Allerwertesten eine neue Raketenstufe gezündet.

„Oh, ich verstehe!“ rief sie, das Strickzeug rutschte ihr vor Eifer vom Schoß. „Ich verstehe, was Sie meinen. Arbeiterkinder gehören nicht an die Universität. Der Staat braucht billige Arbeitskräfte. Ich will Ihnen sagen, warum. Weil es ein Prinzip kapitalistischer Wirtschaftsordnung ist. Und ich sage Ihnen, wen es trifft. Unsere Schüler trifft es. Unser Wirtschaftssystem braucht unterbezahlte Arbeitskräfte für seinen Wohlstand, und die werden hier produziert. Hier an unserer Schule! Deshalb brauchen wir eine Frauenbeauftragte.“

Sigi Schomburg hatte sich mehrfach geräuspert. Gotthilf Wallenstein saß mit großen, ungläubigen Augen da und starrte Rosel Gutowski an, während Helga Bott mit der ihr eigenen Zurückhaltung den Kopf schüttelte und Sedlatschek sich am Rauch seiner Camel verschluckte, als er „hört, hört!" rief.

Ein Glück, daß Müller-Kronach der Kragen platzte. Er wußte, was bei solchen Duellen herauskam und fuhr nun resolut dazwischen.

„Auf der Tagesordnung steht ‚Bericht des Schulleiters'. Nichts von Streitgespräch," sagte er zu Berkmann. „Ich bitte Sie, die Tagesordnung einzuhalten, Herr Schulleiter."

Worauf Rosel Gutowski mit einem schnippischen „bitte!" pikiert die Miene verzog, sich demonstrativ nach dem Wollknäuel bückte und es weiß Gott fertig brachte, zu schweigen.

Hinterher stand Christa Klein mit dem Stenoblock vor dem Konferenzraum. Sie wartete, bis Berkmann herauskam.

„Na, haben Sie alles, Christa?"

Sie gingen zusammen noch einmal ins Sekretariat. „Ich frage mich, ob ich sie noch alle habe. Dieses Kaspertheater! Man meint nicht, daß man es mit erwachsenen Menschen zu tun hat. Ich beneide Sie nicht, Chef. Ich beneide Sie wirklich nicht."

Sie schloß das Sekretariat auf.

„Sollen Kinder, die sich kaum den Hintern abputzen können, entscheiden, was in der Schule gelernt wird? Ich denke, ich höre nicht richtig. Mein Vater hat seine Ohrfeigen gekriegt. Ich habe meine Ohrfeigen gekriegt, nicht zu knapp. Und wie Sie sehen, bin ich ganz normal und munter. Hätte die Gutowski als Kind auch ihre Ohrfeigen gekriegt, wäre sie möglicherweise auch ein ganz normaler Mensch geworden."

„Gulasch, Brokkoli und Bratkartoffeln. Alles von heute mittag. Der Rest wandert sowieso in den Müll. Kommen Sie, jetzt sind Sie schon mal hier..."

Michael Berkmann faltete artig die Serviette auseinander. Irina Lutz holte zwei Schüsseln und zwei Teller. Welche Armseligkeit! Wo brachte sie auf diesen sechzehn Quadratmetern unter, was eine Frau zum Leben brauchte?

Links die Küchenecke, rechts die Wohnecke, vor der Wand die Schlafcouch, und dazwischen die schwere Standuhr mit dem vergoldeten Zifferblatt und den schwarzen Zahlen, deren Pendel sich in der Behaglichkeit vergangener Zeiten hin- und herbewegte. Das Geschirr auf dem Sideboard roch allerdings nach Meißner, familiäres Kleinod. Im übrigen eine wahrlich bescheidene Behausung mit wenig Glanz. Die Kollegin hätte das Porzellan verscherbeln und sich eine richtige Wohnung leisten sollen.

Berkmann betrachtete den Teller vor sich, auf dem sie ihre Reste ablud. „Oh, das sieht ja verführerisch aus!"

„Warten Sie, bis Sie gegessen haben!" Sie versuchte die Bratkartoffeln gleichmäßig auf die Teller zu verteilen. „Kommen Sie aus der Schule?"

„Nein, ich war bei Frau Brenner, unserer Reinemachefrau. Sie hat heute Geburtstag."

„Ja, was diese Frauen leisten, ist schon enorm. Immer alles blitzblank. Sogar auf den Schränken. Bei solchen Gelegenheiten kann man ihre Arbeit einmal würdigen." Sie schob ihm die Schüssel mit dem Gulasch zu. „Wie kommen Sie mit Weller zurecht?"

„Oh, einwandfrei. Er ist für alles zu gebrauchen. Ein Handwerker, wie er im Buch steht. Aber eine lange Warteliste, man braucht Geduld. Er will es jedem recht machen."

Ihre schmalen Augenbrauen drückten Skepsis aus. „Wie kann ich es jedem recht machen, wenn ich die Interessen der Schule vertrete? Ich kann es nicht."

„Sie vertreten die Interessen Ihrer Schule sehr gut, Frau Lutz."

„Ich? Ich komme mir vor wie in einem Käfig. Ich renne im Kreis herum, ohne das geringste zu bewegen, und wenn sich etwas bewegt, taucht bestimmt jemand auf, der alles rückgängig macht."

Berkmann schüttelte den Kopf. „Sie haben schon eine Menge bewegt. Sie haben in den wenigen Wochen mehr bewegt als ihr Vorgänger in fünf Jahren."

„Schön. Aber was dabei herausgekommen ist, müssen Sie dann auch sagen. Meine Notenkonferenz gestern war eine einzige Katastrophe. Wortgutachten! Wenn ich das schon höre!

Wir haben gestritten wie die Kesselflicker. Ich halte das für ausgemachten Blödsinn. Glauben Sie, daß man Eltern damit einen Gefallen tut?"

„Nein. Glaub' ich nicht. Kann ich das Salz noch einmal haben ...?"

„Das Salz! Natürlich. Sie essen gern scharf. Hier bitte ..." Sie sah nach, ob noch etwas fehlte und holte rasch zwei Dosen Pils aus dem Kühlschrank.

„Mit Wortgutachten tut man den Eltern keinen Gefallen, Herr Berkmann. Eltern wollen wissen, woran sie sind. Kinder übrigens auch."

Ob das heute sein muß, Mädchen? Eigentlich wollte ich mich mit dir ein bißchen unterhalten nach dieser blöden Konferenz, dachte er.

Irina Lutz machte unbekümmert weiter.

„Wenn im Zeugnis steht: Hans hat eifrig gelernt, aber er sollte mehr Mut haben, zu zeigen, was er kann. Können Sie damit etwas anfangen? Ich nicht. Und die Eltern noch weniger." Nun sprach nur noch Irina Lutz. „Drei Schüler in Mathematik. Dem ersten schreibt der Lehrer ins Zeugnis: Er beherrscht das Einmaleins sicher. Der Vater strahlt. Dem zweiten schreibt der Lehrer ins Zeugnis: Peter hat beim Erlernen des Einmaleins Fortschritte gemacht. Der Vater strahlt. Auch Jürgens Vater kann strahlen. In Jürgens Zeugnis steht: Er bewegt sich sicher im Zahlenraum bis 20 und beginnt erfolgreich mit dem Erarbeiten des Einmaleins. Drei strahlende Väter. Tatsächlich beherrscht nur der erste Schüler den Klassenstoff. Der zweite hat Schwierigkeiten, und der dritte wird vermutlich nicht einmal versetzt. Aber lauter strahlende Väter ..."

Ein interessantes Thema. Hoffentlich hatte sie jetzt genug Energie abgegeben, die Frau kommissarische Schulleiterin.

Aber süß war sie in ihrem Eifer, das mußte man ihr lassen. Umgekehrt schien das Urteil nicht so positiv auszufallen. Sie redete zu ihm wie zu einem Hausfrauenverein.

„Bei Noten ist das anders, Herr Berkmann, sie geben einen Kenntnisstand wieder, an dem sich ablesen läßt, an welcher

Position der Schüler innerhalb des Klassenverbandes steht. Wortgutachten mogeln sich über die Schwächen hinweg."

Sie ließ ihre langen, blonden Haare nach vorn fallen, bis auf drei Zentimeter über die Bratkartoffeln und die Brokkoli am Rand ihres Tellers.

„Muß ich nicht dem, der Hilfe braucht, Hilfe geben? Soll ich sagen, wer mit der Sense durch ein Gewitter geht, ist nicht gefährdet? Unsere Kinder haben keine Angst vor Noten. Sie wollen sich einschätzen. Machen Sie diese Erfahrung auch an Ihrer Sonderschule?"

Ich muß einen mächtigen Eindruck auf sie machen, dachte er. Einen mächtigen Eindruck. Wie in der Schule spricht sie mit mir. Sehe ich aus wie ein Pauker, mit dem man über nichts anderes reden kann? Sehe ich nicht aus wie ein Mann?

„Bratkartoffeln sind noch da. Möchten Sie noch, Herr Berkmann? Dann kann ich sie abdecken. In diesem Raum riecht alles sofort nach Essen. Wenn ich nicht eine Stunde lüfte, werde ich den Bratkartoffelgeruch nicht los..."

Sie befand sich in einer Art Unterhaltungszwang. Besucher waren hier wohl nicht allzu häufig.

„Sie sagen gar nichts? Gehe ich Ihnen auf die Nerven mit meinem Geschwätz? Ist... etwas mit Frau...Dr. Wegener nicht in Ordnung?"

Frau Dr. Wegener? Das hatte noch gefehlt. Jetzt erinnerte sie ihn auch noch daran!

Eine Klarstellung war fällig.

„Vergessen Sie, was Sie gehört haben, Frau Lutz. Diese Stadt ist ein Kaff. Wenn Sie am Leben dieses Nestes teilnehmen wollen, ich warne Sie. Dann müssen Sie jeden Tag eine Trauerkarte schreiben."

Sie legte sich leicht zurück auf der Schlafcouch längs des Tisches, mit dem Rücken gegen die Wand.

„Schön haben Sie das gesagt. So ist Michelfels. Genau so. Und jetzt hole ich uns eine Flasche Wein. Falls Sie nichts besseres Vorhaben, Michael. Haben Sie...?"

Die gute Christa, trotz neuer Bluse und dieser flotten neuen Schuhe kam sie an diesem Morgen nur schwer in Fahrt. Sie sprach kaum. Sie hielt es nicht an der Schreibmaschine aus. Sie ließ den Kopf hängen, spitzte Bleistifte und schob planlos Akten hin und her, bis es Berkmann zu bunt wurde.

„Also heraus damit Christa! Wo drückt der Schuh? Hängt es mit den Kindern zusammen?"

Sie preßte die Faust an die Lippen und nickte. „Mit Mario! Er hat sich an Frank und Falko herangemacht..."

„Er hat sie doch da nicht mit hineingezogen, in diese Einbruchsgeschichte?"

„Nein, nein", wehrte sie schnell ab. „Ich habe keinen Grund, mich zu beschweren. Eine Mutter kann sich keine besseren Söhne wünschen als Falko und Frank. Solange sie in Ruhe gelassen werden. Aber Jungens wie Mario..."

„...machen sich mit Vorliebe an Jungens heran, die sich nicht wehren. Wie Falko und Frank." Berkmann zog sich einen Stuhl heran und setzte sich zu seiner Sekretärin. „Und das alles haben Sie mir die ganze Zeit verschwiegen, Christa?"

Was hätte sie anderes tun sollen? Er hatte genug um die Ohren. Außerdem brauchte eine Mutter nicht die Hilfe Außenstehender. Soviel traute sie sich selbst zu.

„Sie glauben, Falko und Frank lügen Sie an?"

„Sie haben Geheimnisse vor mir. Sie sagen mir nichts mehr. Was das für eine Mutter heißt, können Sie sich denken." Christa war unglücklicher, als sie zugeben wollte. Offenbar hatten sich zu Hause schon Szenen abgespielt, über die sie nicht reden wollte. „Ich habe ihnen den Umgang mit Mario verboten. Vielleicht setze ich mich ja damit durch", meinte sie. Dann schob sie Berkmann zur Tür. „Und jetzt müssen Sie in die Klasse."

Auf der Treppe begegnete ihm Sigi Schomburg.

„Haben Sie die neue Bluse Ihrer Sekretärin schon gesehen, Herr Berkmann? Geben Sie acht! Frauenfeld pfeift schon hinter ihr her!"

„Sie wird's überleben."

Sigi Schomburg mußte lachen. „Ich freue mich für Christa. Sie kann schließlich nicht ewig wie eine Mumie herumlaufen. Sie braucht einen Mann. Die Kinder brauchen einen Vater."

Was denn? Die Christa braucht einen Mann, sagt Sigi - und mich sieht sie dabei an? Berkmann schüttelte den Kopf. Seit wann, zum Teufel, mache ich den Eindruck, mich zu bemühen, ein Mann für Christa zu werden?

Eines Tages war das Maß voll.

Eltern hatten sich beschwert, Kollegen hatten ihn darauf angesprochen – und jetzt die Putzfrau, die ihn mit der Flasche erwischt hatte. Durch Zufall. Weil sie wegen einer Familienfeier eine Stunde früher angefangen hatte.

Berkmann holte Kiefer aus dem Unterricht und nahm ihn mit ins Lehrmittelzimmer.

„Kommen Sie, Kiefer! Hauchen Sie mich an!"

Der Lehrmittelverwalter verweigerte den Test. „Herr Berkmann, Sie denken doch nicht etwa...?"

„Doch. Ich denke. Ich denke, daß wir beide jetzt genug haben. Sie vom Alkohol und ich – von Ihnen. Deshalb gehen wir hinauf in mein Zimmer und rufen den Schulamtsdirektor an. Schließen Sie den Schrank da auf!"

Gehen – gehen konnte Kiefer noch wie eine Eins. Ein tolles Stehvermögen hatte der Bursche. Das Aufschließen fiel ihm schon schwerer.

„Ich habe keinen Alkohol getrunken, Herr Berkmann. Wirklich nicht", laberte er, während er mit dem Schlüssel im Schloß herumstocherte.

„Und was ist das?"

„Der Kasten Bier? Der steht von voriger Woche noch hier. Als die Hausmeister hier waren, zu ihrer Tagung..."

Die alten Sprüche.

„Kollege Kiefer, wie oft habe ich es Ihnen gesagt! Sie sind ein unverbesserlicher Trottel. Sie wissen, daß ich Sie melden muß, und trinken trotzdem weiter. Kommen Sie mir jetzt nicht mit Ihrer alten Mutter! Keiner von uns hat das Paradies auf Erden. Hocken Sie sich hin und schreiben Sie einen Versetzungsantrag!“

„Ich will an keine andere Schule.“

„Kiefer, ich kann nicht länger verantworten, Sie ständig im Dusel zu sehen. Auf der Party haben Sie Sigi Schomburg fertiggemacht. Fahren in diesem Zustand. Und jetzt machen Sie mich fertig. Alkohol im Dienst. Als Beamter! Als Lehrer!“

„Herr Berkmann...“ Der Lehrmittelverwalter hielt sich an seinem Schrank fest. „Herr Berkmann, ich mache meine Arbeit. Ich kümmere mich um die Kinder, falls Ihnen das entgangen ist. Die Martina Stein macht keine Peep-Show mehr. Sie können nicht sagen, daß die Kinder bei mir nichts lernen. Ich komme pünktlich zum Unterricht...“

„Ach, Sie glauben, von einem Lehrer kann man das nicht erwarten?“

Man merkte es ihm nicht an. Man merkte ihm nicht an, was er getrunken hatte. Er ging noch mit Einskommafünf schnurgerade über einen zwei Zentimeter breiten Strich. Aber er roch nach Alkohol, aus jeder Jackentasche und aus jeder Zahnlücke, der arme Kerl.

„Ich mache meine Vorbereitungen gründlich. Wenn ich zu Hause ein Glas Bier trinke, kann Sie das doch nicht stören, Herr Berkmann. In dieser Hinsicht können Sie mir nichts nachsagen. Und jetzt gehe ich zurück in meine Klasse...“

Berkmann stellte sich vor die Tür. „Sie gehen nicht zurück in Ihre Klasse. In diesem Zustand nicht! Sie stellen einen Versetzungsantrag. Vergessen Sie nicht, der Schulleiter ist weisungsberechtigt, Kiefer.“

„Sie brauchen mir nicht zu drohen.“

„Packen Sie Ihre Tasche!“ Berkmann schob den Lehrmittelverwalter ins Sekretariat. „Sie haben Magenkrämpfe. Morgen früh um sieben reden wir weiter. Die Vertretungsstunden arbeiten Sie nächste Woche ab, klar?“

Vor dem Sekretariat wartete Weller, als ob er es geahnt hätte. Mit einem Blick erfaßte er die Situation, und gutmütig, wie er war, bot er Berkmann an, Kiefer nach Hause zu fahren, was nicht ganz ungefährlich war. Die beiden zwitscherten im Vereinslokal der Feuerwehr schon mal einen zusammen.

„Gut, Weller. Bringen Sie unsern Oberbraumeister weg. Aber im Direktflug. Ohne Zwischenlandung…“

Fünf Minuten nach dem Abtransport des Lehrmittelverwalters läutete es in den Gebäuden rund um den Schulhof.

„Christa, was ist denn das wieder für ein Gebrüll da draußen?“ fragte Berkmann, als die Kinder in der Pause waren und er sich in seinem Zimmer wieder an die Arbeit machte.

„Die Elke und die Gutowski, Chef. Es wird immer schlimmer mit den beiden. Wallenstein ist auch völlig daneben. Er sucht seine Pillen und den Schein von der Wäscherei.“

Wäscherei! Ich muß Frau Freitag Bescheid sagen, dachte er. Sie kann nicht an alles denken. Spülen, Kühlschrank auffüllen, einkaufen, putzen und die Löcher in den Strümpfen!

Er dachte einen Augenblick nach und fragte dann: „Christa, was glauben Sie? Braucht ein Mann wie ich die Putzfrau einmal die Woche oder zweimal?“

„Das fragen Sie besser jemanden, der sich eine Putzfrau leisten kann“, sagte sie schlagfertig. „Fußballspieler zum Beispiel. Damit ich es nicht vergesse… Ihre Alt-Herrenmannschaft hat angerufen. Sie sollen am Sonntag spielen.“

Daß Christa dabei die Nase rümpfte, war er gewohnt, obwohl sich das für jemanden wie sie, der weder seine Mutter, noch seine Frau oder Schwester war, eigentlich nicht gehörte.

Vor dem Unterricht in der 8 b ging Berkmann noch einmal ins Sekretariat zurück. Christa hielt das Diktiergerät an und setzte den Kopfhörer ab.

„Was vergessen, Chef?“

Er ließ die Tür langsam hinter sich ins Schloß gleiten.

„Nur eine Frage, Christa. Diese Information neulich, Frau Wegener betreffend…“

Frau Wegener betreffend! Mein Gott, wie steif. Er wußte weder ein noch aus.

„Haben Sie dazu noch etwas erfahren, Christa?“

„N-ein. Was hätten Sie auch davon, wenn ich was wüßte. Sie machen sich nur den Kopf schwer."

Es hatte keinen Sinn. Niemand konnte ihm diese Enttäuschung ersparen. Besser ein Ende mit Schrecken als ein Schrekken ohne Ende.

„Nichts Neues. Der Herr wohnt noch da. Aber wenn ich Sie nun schon mal eine Minute für mich habe, Chef. Die Moni war hier. Die Mädchen sollen doch zum Praktikum ihre guten Sachen anziehen. Die Mutter glaubt ihr das nicht. Ob Sie Moni nicht einen Brief mitgeben können?"

Der Herr wohnt noch da! Wenn Christa das sagt, ist es auch so, dachte er. Und wenn es so ist... wenn es so ist...

„Einen Brief, Chef! Für Moni...", wiederholte sie, als sie merkte, daß er in Gedanken noch bei der Frau Doktor war.

„Ja, schreiben Sie – ihr das, Christa!"

Sie mußte den Chef auf andere Gedanken bringen. Vielleicht mit Helga Botts Kummer wegen Claudia? Die Helga lief wieder mit einem Gesicht herum, daß es einem das Herz zerriß.

Aber nein, damit wollte er schon gar nichts zu tun haben.

Diese Claudia mit ihrem umtriebischen Lebensstil, ihren verrückten Ideen von Haushaltsführung, Selbstverwirklichung und zügelloser Freiheit – das fehlte noch! Er wußte eh kaum, ob er Leiter einer psychologischen Beratungsstelle oder Schulleiter war.

Schön, Helga Bott hatte eine Auffassung von Moral, die nicht mehr in die Zeit paßte. Aber Menschen, die so intolerant, so undankbar. so uneinsichtig waren wie dieses Mädchen, paßten die noch in die Zeit? Helga Bott war mit Leib und Seele Lehrerin. Hundert Kinder liefen ihr Tag für Tag über den Weg. Warum schnappte sie sich nicht eins und nahm es mit nach Hause in das leere Zimmer ihrer Claudia, wo noch die Puppen herumsaßen wie vor zehn Jahren, weil nichts angerührt werden durfte in diesem Tempel der Erinnerungen?

Nein, dachte er, nicht noch einmal. Ich bin nicht der Psychiater des Kollegiums. Momentan bin ich mit meiner eigenen Psyche voll ausgelastet.

In der nächsten Pause kam *sie*. In einem Blümchen-Dirndl mit viereckigem Ausschnitt, Lolita mit fünfundreißig.

Christa Klein schob sie gleich zu Berkmann ins Zimmer und schloß die Tür hinter ihr. Mit solchen durchsichtigen Manövern wollte sie nichts zu tun haben. Sollte der Chef sehen, wie er mit ihr fertig wurde. Vielleicht kam sie ihm nicht einmal ungelegen. Vielleicht brachte ihr Ausschnitt ihn auf andere Gedanken.

Berkmann blieb hinter seinem Schreibtisch sitzen.

„Frau Scholz, was kann ich für Sie tun?"

Birgit Scholz bot ein Bild sanfter Lieblichkeit und Unschuld.

„Ach, wegen dem übermüdeten Kind, Herr Berkmann, das mir immer in der zweiten Stunde einschläft", sagte sie. „Mein Jörg. Er trägt in aller Herrgottsfrühe Zeitungen aus für seine Mutter."

„Ja, davon haben Sie kürzlich gesprochen. Und? Der Vater verdient gut. Die Mutter macht mittags einen Halbtagsjob, Frau Scholz. Es sind vernünftige Leute. Gehen Sie hin und reden Sie mit ihnen. Ich kann mich nicht um alles kümmern."

„Ich wollte Sie ja auch nur um Rat fragen, Herr Berkmann. Jörgs Eltern haben für 900 Mark ein Haus gemietet. Und was für eins! Vollstereo, neuer Fernseher, Video, Kamera – alles da. Aber die Raten..."

„Wie ich schon sagte, Frau Scholz. Ich bin sicher, Ihre pädagogischen Fähigkeiten reichen aus, den Eltern klarzumachen, daß Kinder in diesem Alter ihren Schlaf brauchen," antwortete Berkmann und gab der Kollegin durch ein Achselzucken zu verstehen, daß er das Gespräch für beendet ansah.

Beim Aufstehen berührte er mit dem Ärmel die kleine Vase mit den Blümchen. Das Wasser lief über den Schreibtisch, hinunter auf den Boden.

Während er rasch beiseite schob, was an Papieren in der Wasserlache lag, stellte Birgit Scholz die Vase wieder auf. Diese hübschen Blümchen, wie sie sagte.

„Wissen Sie, von wem die sind?“ Sie wurde ironisch. „Von unserer kleinen Referendarin. Sie haben eine Verehrerin, Herr Berkmann.“

„Sie haben zuviel Phantasie, Frau Kollegin.“ Er konnte sich nicht verkneifen, ein kurzes „leider“ hinzuzufügen. Auf keinen Fall durfte er eine Susanne Wiegand dem Spott einer Birgit Scholz aussetzen. „Frau Wiegand erneuert nur gelegentlich das Wasser. Ich habe sie darum gebeten. Sie liebt Blumen über alles.“

„Oh, natürlich...“ Birgit Scholz hörte heraus, daß es gelogen war, ließ sich jedoch nicht aus dem Konzept bringen, das sie für diesen Auftritt entworfen hatte. „Ich wollte Sie auch gar nicht aufhalten. Ich wollte nur wissen, was Sie zu Jörg sagen. Frauenfeld gibt mir ständig gute Ratschläge: Das machst du so. Und das mußt du so machen. Ich mag diese Anbiederei nicht. Er soll sich um sich selbst kümmern. Das wäre ja neulich fast eine Tragödie geworden mit unserer Putzfrau...“

Berkmann zeigte nicht das geringste Interesse an dieser Andeutung. Die sicherste Methode, von Birgit Scholz den Rest zu erfahren.

„Er wollte mit ihr durchbrennen, Herr Berkmann. Sie hatte schon das Flugticket nach Mexiko. Wer nicht zum Flugplatz kam, war Frauenfeld.“

„Er ist alt genug. Das muß er selbst wissen“, sagte Berkmann, wie man einem Hausierer sagt: Kein Bedarf. Nehmen Sie den Teppich wieder mit. Und genau diese Gleichgültigkeit, dieses Über-den-Dingen-Stehen, reizte Birgit Scholz, die bisher stets bekommen hatte, was sie wollte und sich so leicht nicht irritieren ließ.

„Na ja, er ist so der Typ, mal hier – mal dort. Im Augenblick steht er wohl mehr auf Elke Uhlmann. Die Rosen, die sie zum Geburtstag bekommen hat, sollen von ihm sein.“

„Kollegin, ich muß Sie jetzt bitten...“

Groß-Lolita wirbelte herum in ihrem weiten Dirndlrock, daß die Rundungen ihres Allerwertesten zum Vorschein kamen.

„Ich weiß, ich weiß! Keine Zeit. Sie arbeiten zuviel. Sie müssen mal raus.“

Berkmann, der sich dabei zunächst nichts dachte, traute seinen Ohren nicht, als das Töchterchen des Reise-Großunternehmers ihm auf die Schulter tippte und aussprach, was sie meinte.

„Mal raus aus dem Betrieb. Ich lade Sie ein. Warum gehen wir nicht mal zusammen aus? Es muß ja nicht hier sein, wo uns jeder kennt. Ich komme viel herum durch meinen Vater. Am kommenden Wochenende zum Beispiel. Hinflug Freitagnachmittag, Rückflug Sonntagmittag. Oder kennen Sie Miami schon...?“

Frau Bott überzeugte sich vom Fenster ihres Klassenzimmers aus, und – gewissenhaft wie sie war – ließ sie alles stehen und liegen, um das Sekretariat zu informieren.

„Die Oma Baumgartner kommt nicht, Christa. Der Axel steht noch an der Haltestelle.“

Axel, der Junge vom Aussiedlerhof. Jeden Morgen wurde er von der Großmutter mit dem Wagen gebracht und mittags mit dem Wagen wieder abgeholt. Bis zum Aussiedlerhof der Baumgartners fuhr der Schulbus nicht.

Christa Klein nahm die Mitteilung nicht tragisch.

„Da ist die Oma mal wieder zu spät, Helga. Vorgestern hat sie den Jungen auch vergessen. Sie kommt nun mal vom Hof nicht immer pünktlich weg. Vielleicht hat Axel mal wieder nicht gehört und ist mit dem Schulbus gefahren.“

Das hatten sie dem Jungen verboten. Er mußte dann von Tiefenbach die drei Kilometer zum Hof laufen, ein Stück durch den Wald, ein Stück durch Wiesen und Felder. Aber wenn er in der richtigen Gesellschaft war, vergaß er schon mal, daß die Oma ihn abholte.

Deshalb gab sich Helga Bott mit dieser Erklärung nicht zufrieden. „An der Bushaltestelle stehen außer ihm keine Kinder mehr. Die Busse müssen schon weg sein, Christa.“

„Dann geh doch mal runter, Helga. Sprich mal mit ihm.

Dann bist du beruhigt. Vielleicht hat ihm die Oma gesagt, daß sie später kommt." Christa Klein beugte sich aus dem Fenster. „Nein. Bleib hier! Axel ist weg. Die Oma hat ihn geholt. Ich sag's doch..."

Zehn Minuten später saß Christa Klein wieder über ihrer Statistik. Mit Bleistift und Radiergummi fummelte sie daran herum.

Wieviel Prozent des Sportunterrichts werden an der Schule abgedeckt? Wieviel Prozent durch ausgebildete Sportlehrer? Wieviel Prozent durch Lehrer, die Sport erteilen, aber Sport nicht als Wahlfach haben? Durch angestellte Teilzeitlehrer, Inhaber von Lehraufträgen oder durch wen?

Wenn schon einmal jemand aus solchen Erhebungen Konsequenzen gezogen hätte! Nur ein einziges Mal. Dann wären die Lehrer auch gekommen, die fehlten. Dann wäre die ganze Arbeit wenigstens nicht umsonst gewesen.

Eigentlich durfte sie solche Statistiken gar nicht durchführen. Es hieß ausdrücklich: Die Tätigkeit einer Schulsekretärin beschränkt sich auf Verwaltungsarbeiten, die aus der Zusammenarbeit zwischen der Schule und der Dienststelle der Kreisverwaltung entstehen. So stand es in ihrem Vertrag.

Aber wenn sie sich danach richteten, die Schulsekretärinnen, was wurde dann aus den Schulleitern? Allein wurden sie mit dem Verwaltungskram nicht fertig. Manche nahmen so einen Bogen überhaupt nicht in die Hand.

Christa Klein blickte ungehalten auf.

„Frau Baumgartner! Hat Axel was vergessen?" fragte sie die Frau, die mit glatt nach hinten gekämmtem Haar, grüner Schürze und saftgrünen, gedrungenen Gummistiefeln das Sekretariat betrat.

„Der Axel? Wieso? Ich denke, der ist bei Ihnen, Frau Klein..."

„Aber Frau Baumgartner, der Axel ist doch vor ein paar Minuten mit Ihnen weggefahren."

„Mit mir?" Oma Baumgartner knüllte das Ende ihrer Schürze in ihrer kleinen Faust zusammen. „Glauben Sie, ich suche ihn, wenn er bei mir im Auto sitzt? Bei mir im Auto sitzt er nicht. In seiner Klasse ist er auch nicht. Also – wo ist er?"

Über Telefon rief Christa Klein nach dem Hausmeister. Der hatte zwei größere Jungens an der Haltestelle aufgelesen, die gesehen haben wollten, daß Axel in ein Auto gestiegen war.

„Nicht das von Oma Baumgartner. Es war ein Mann, sagen sie", gab er durch.

Ein Mann! Zu einem Mann ins Auto! Christa Klein wurde es ganz schlecht.

Zuzutrauen war es Axel. Was hatten sie mit dem Bengel alles hinter sich! Nicht auf die Oma gewartet, rein in den nächsten Bus und los. Falsch umgestiegen – und, wo er hätte aussteigen müssen, war er weitergefahren. Das Kerlchen ließ sich von einem Dackel an die Leine nehmen. Er war mit seinen fünf Jahren noch völlig unselbständig. Wie hatte der Chef es in seinem Gutachten formuliert? Erhebliche Defizite in sozialer Reife. In Klammer: Aussiedlerhof!

Oma Baumgartner las Christa Klein vom Gesicht ab, daß etwas nicht in Ordnung war, und wurde zunehmend unruhiger.

„Wo ist der Junge, Frau Klein? Wo ist er...?"

„Frau Baumgartner, nun regen Sie sich doch nicht gleich auf. Es passiert immer mal, daß..."

„Ich will wissen, wo der Junge ist!"

„Das wollte ich ja gerade sagen, Frau Baumgartner. Es gibt nur eine Erklärung. Ihr habt euch verfehlt." Christa Klein wußte, wie man besorgte Eltern tröstete, aber mit Oma Baumgartner hatte sie es schwer.

„Ich will den Jungen, Frau Klein. Ich warte nicht länger. Wo...ist...Axel?"

Endlich kam der Chef.

„Denken Sie nicht gleich das Schlimmste", sagte er, als er hörte, was passiert war. „Den Jungen hat jemand mitgenommen, Frau Baumgartner. Das haben wir doch alle Tage. Setzen Sie sich ins Untersuchungszimmer. Frau Klein bringt Ihnen einen Kaffee."

Dann wies er den Hausmeister an, den Hof abzusuchen, die Klassenräume, die Toiletten...

Als Oma Baumgartner das hörte, zog sie ihr Taschentuch und fing furchtbar an zu schnäuzen und zu schluchzen, als hätten sie ihren Axel schon mit einer Schlinge um den Hals im Michelfelser Forst gefunden.

Und dann kam Heike.

In der fünften Stunde klopfte sie zaghaft an die Tür des Sekretariats, ein Schreiben in der Hand mit amtlichem Briefkopf. Die Antwort des Amtsgerichtes.

Christa Klein versuchte sie abzuwimmeln. Ihr Klassenlehrer könne ihr doch ein paar Zeilen aufsetzen. Herr Berkmann habe keine Zeit.

Aber zu ihrem Klassenlehrer wollte Heike nicht. „Der schickt einen immer gleich fort", sagte sie.

Da konnte Christa Klein das Mädchen nicht auch noch fortschicken.

„Dann geh durch", sagte sie und nahm Heike bei der Hand. „Sag's deinem Schulleiter."

Ja, und da stand sie nun, halb lächelnd, halb verlegen, das Schreiben der Justiz in der Hand. Ohne Nicole, ihre Anwältin, die gern mitgekommen wäre.

„Ob Sie das nochmal für uns erledigen können, Herr Berkmann. Die Mama kennt sich da nicht so aus."

Wer konnte ein so vertrauensvolles Angebot schon abschlagen? In der Schule war Heike bei der Prozentrechnung. Von Verlust- und Gewinnrechnung hatte sie noch nichts gehört. Ihre Mutter war noch nicht einmal bis zur Prozentrechnung gekommen.

Berkmann las das Schreiben durch, schickte Heike zurück in die Klasse und zog Christa Klein zu Rate.

„Also, wenn ich das richtig verstehe, kommt irgendwann der Gerichtsvollzieher zu Mutter Valentin wegen diesem Lexikon", sagte er, trotz der Aufregung um den Axel sofort auf den Brief umschaltend. „Das hat mir dieser Rechtsverdreher doch glatt unterschlagen. Bin ich blöd? Wir hätten beantragen müssen, daß die Zwangsvollstreckung ausgesetzt wird, Christa."

„Gleichzeitig mit dem Einspruch hätten wir das tun müssen." Auch Christa sah das so. „Wir haben zu lange gewartet." Sie legte den Brief achselzuckend auf ihre Maschine. „Jetzt ist die Firma, die fordert, wieder am Zug, und Mama Valentin muß gegenziehen."

Ein ausgepuffter Firmenanwalt, der von morgens bis abends unsaubere Geschäfte macht, und auf der anderen Seite eine Witwe, die nichts von Geschäften und diesen verflixten Paragraphen verstand.

Schließlich kam Berkmann eine Idee.

„Sie halten doch einen Lesezirkel, Christa. Ich meine, es gibt doch Zeitungen, an die man sich wenden kann, wenn einem das Wasser bis zum Hals steht."

Christa konnte noch nicht ganz folgen.

„Wir drehen den Spieß um, liebe Lesezirkel-Tante. Wir warten nicht, bis uns der Gerichtsvollzieher das Fell über die Ohren zieht. Wir greifen an, Christa."

„Angreifen? Sie sind gut. Wie denn?"

„Wir gehen in die Presse. Spannen Sie ein, Christa."

„Und an wen schreiben wir?"

„Das überlegen wir uns noch. Erst der Text."

Und schon diktierte er munter darauf los. „Als Leiter einer Sonderschule wende ich mich heute mit einem besonders brisanten Fall an Sie..."

Dann wieder diese schreckliche Wartezeit.

Die Schule war inzwischen leer wie ein Gehaltskonto an Ultimo. Berkmann und Christa hielten die Stellung.

Es war drei Uhr nachmittags – und noch immer keine Spur von Axel. Der Junge war überfällig, wie der Kriminalkommissar mit der Pfeife sagen würde – nun schon seit vier Stunden.

Christa Klein hatte Berkmann eine Portion Tee gebrüht und hielt Wache am Telefon.

„Ewig können wir hier nicht sitzen, Christa. Kommen Sie, wir fahren heim!" sagte er. „Ihre Jungens müssen schließlich auch etwas essen."

„Und das Telefon?"

„Den Telefondienst übernimmt Weller."

„Geben Sie Bescheid, wenn Sie etwas hören?"

„Ich gebe Bescheid, Christa."

Nur ungern erhob sie sich von ihrem Drehstuhl. „Herr Berkmann, mir ist ganz blümerant. Wenn ich denke, was schon alles passiert ist. Wenn Axel einem Verbrechen zum Opfer gefallen ist..."

„Christa, Tausende von Kindern kommen mittags nicht pünktlich nach Hause. Niemand schaltet deswegen gleich die Polizei ein."

„Aber bei Axel..."

„Das ist bei Axel nicht anders. Was soll bei Axel anders sein? Einmal verpaßt er die Oma, einmal läuft er weg. Einmal fährt er mit dem Bus, obwohl wir es ihm hundertmal gesagt haben, daß er nicht mitfahren soll. In Aufregung hält uns der Bursche, seit er bei uns ist."

Aber beruhigen konnte Berkmann seine Sekretärin damit nicht. „Erst kürzlich hat sich so ein Kerl an einem Siebenjährigen vergriffen. Das wissen Sie so gut wie ich, Herr Berkmann. Machen wir uns doch nichts vor!"

„Das war vor zwei Jahren, Christa. Und jetzt Schluß! Jetzt will ich von dieser Schwarzmalerei nichts mehr hören."

Es wurde sieben, es wurde acht Uhr abends, und von Axel immer noch kein Lebenszeichen. Berkmann blieb mit den Eltern in ständiger Verbindung.

Kurz vor neun stand Christa vor seiner Tür.

„Herr Berkmann, jetzt müssen wir die Polizei benachrichtigen. Die Baumgartners tun es sowieso." Sie sah aus wie aus dem Wasser gezogen, so schwitzte sie und so elend war ihr zumute.

„Ich habe die Polizei benachrichtigt, Christa. Bleiben Sie

doch nicht im Flur stehen. Sie kochen mir immer so lieb meinen Tee. Jetzt koche ich Ihnen einen Kaffee."

Sie schüttelte den Kopf. „Ich habe die Kinder im Auto, Herr Berkmann. Ich wollte Ihnen nur sagen, daß Sie mich jederzeit anrufen können. Mit Schlafen wird es bei mir heute sowieso nichts."

„Danke, Christa."

Am nächsten Morgen kam Christa Klein eine halbe Stunde früher. Berkmann saß schon an seinem Schreibtisch. Er sah blaß und übernächtigt aus. Statt guten Morgen zu sagen, zuckte er nur mit der Schulter. Ein Zeichen seiner Hilflosigkeit.

Ihr ging es nicht besser. Sie hatte Schlaftabletten genommen, die nahm sie in letzter Zeit öfter. Als sie sich zurechtgemacht hatte und zu ihm hinüberging, erstattete er Bericht.

„Weller hat angerufen. Er ist mit der Feuerwehr unterwegs, Christa. Sie haben eine Suchaktion gestartet, Feuerwehr und Polizei. Das ist das Neueste." Natürlich war seine Ruhe vorgetäuscht. Alle Augenblicke sah er auf die Uhr. Auch ihm verging die Zeit nicht schnell genug. Diese entsetzliche Ungewißheit!

Frauen verarbeiteten solche Situationen anders. Christa ließ ihren Gefühlen freien Lauf.

„Über zwanzig Stunden ist der Junge jetzt weg, Chef. Das geht im Leben nicht gut. Ich muß immer an das Verbrechen denken. Man setzt diese Schurken ja gleich wieder auf freien Fuß heutzutage." Sie rieb sich unruhig die Hände und sagte, verzweifelt durchs Fenster starrend, „jetzt durchsuchen sie den Wald. Die Feuerwehr ... und ..."

„... und der Katastrophenschutz , das Rote Kreuz und die freiwilligen Helfer! Christa, hören Sie mit dieser Panikmache auf!" rief er kategorisch.

In zwanzig Minuten begann der Unterricht. Hoffentlich kamen keine Krankmeldungen.

Christa Klein stand noch immer am Fenster. Plötzlich zuckte sie zusammen.

„Herr ... Berkmann ...! Ich werd' verrückt ..."

„Was denn?"

„Kommen Sie mal!"

Berkmann lief zum Fenster. „Das ist ja ...! Das gibt es doch nicht!"

Christa hob die Hand und deutete hinunter. „Axel!"

Berkmann lief zum Telefon, vom Telefon zur Tür, von der Tür zum Fenster. Axel! Wo kam der Bengel her? Weller suchte den Michelfelser Forst seit gestern abend nach einer Kinderhose und einem grünen Sweatshirt ab – und der Bursche stand quietschvergnügt, als hätte er sich den Ranzen mit einem Dutzend Mohrenköpfen vollgeschlagen, vor der Schule und tat, als wäre nichts gewesen.

„Er lacht und winkt! Sehen Sie sich das an, Chef! Und wir schlagen uns die Nacht um die Ohren."

In der Tat, als Axel von Helga Bott am Schlafittchen gepackt und ins Sekretariat gebracht wurde, war er ein rundherum zufriedenes Kind.

Christa nahm den Jungen in die Arme. „Axel... Wo warst du bloß? Entschuldigen Sie, Herr Berkmann, ich muß mich mal ausheulen..."

„Bei meinem Papa!" rief Klein-Strahlemann.

Berkmann konnte sich nur mühsam beherrschen. „Axel, hör mal. Deine Mama weint sich die Augen aus. Dein Papa sucht dich die halbe Nacht, und du sagst, du bist bei deinem Papa gewesen." Entweder war der Bursche verschlagener als die ganze Schule zusammen, oder er tickte nicht richtig. „Wo warst du, Axel? Wo?"

„Bei meinem Papa. Meinem... richtigen Papa." Und als hätte er nichts anderes im Kopf als den Onkel und die Tante zu provozieren, wiederholte er noch einmal. „Meinem richtigen Papa... Der hat mich an der Schule abgeholt." Und setzte ein triumphierendes: „So-!" dahinter.

Christa Klein und Berkmann blickten sich ratlos an, während es Axel ausgesprochene Freude zu machen schien, die beiden über seine Familienverhältnisse aufzuklären.

„Mein Papa ist gar nicht mein richtiger Papa. Mein richtiger

Papa ist der Papa, der mich gestern abgeholt hat. Papa Martin."

Christa Klein warf fast den Schrank um, so schnell riß sie die Schülerakte Baumgartner heraus. Zwei Handgriffe – und sie hatte es. Mit der aufgeschlagenen Seite ging sie zu Berkmann, der den Jungen auf ihren Drehstuhl gesetzt hatte und der Meinung war, mehr aus ihm herauszuholen, wenn er mit ihm Karussell spielte.

Was stand in den Schülerpapieren?

Christa Klein flüsterte es Berkmann ins Ohr.

„Kind aus erster Ehe. Dem leiblichen Vater nicht zugesprochen. Leiblicher Vater darf Kind nicht sehen. Beschluß des Vormundschaftsgerichtes..."

Fünf Minuten später – Christa Klein hatte dreimal durchgeatmet und Berkmann hing am Telefon – um die Polizei vom Auftauchen Axels zu informieren, platzte Heike herein.

Wie hatte sie das bloß wieder gemacht! Plötzlich stand sie da.

„Ich muß Ihnen nur was sagen, Herr Berkmann. Wenn Sie die Mama mal anrufen wollen, wir haben jetzt wieder Telefon. Die Mama hat alles bezahlt..." Und vorsorglich wie sie war, drückte sie dem Schulleiter und der Sekretärin einen Zettel mit der Telefonnummer in die Hand.

Axel Baumgartner war wieder da. Wie ein Lauffeuer ging es durchs Lehrerzimmer und durch die Klassen, wo man den Kindern erklärte, daß man so etwas nicht tat, einfach zu fremden Leuten ins Auto steigen. Konrektor Volkmann ließ es die Großen fünfmal schreiben und nahm etwas gegen Bluthochdruck.

Solange konnte sich Christa Klein mit Axel nicht aufhalten. Es war wieder viel liegengeblieben in den letzten Tagen. Die Telefongespräche rissen nicht ab, und die Tür stand nicht still.

Sie mochte Helga Sommer. Sie verstand sich ausgezeichnet mit ihr. Aber heute konnte Christa Klein auch sie nicht gebrauchen.

„Ruf später noch mal an, es geht jetzt wirklich nicht", bat sie die Schulfreundin im Sekretariat der Grund- und Förderstufe gegenüber. „Ich muß für den Chef erst..."

„Das ist für den Chef", wurde sie unterbrochen. „Es ist besser, er erfährt es von dir."

Und so stand sie nun vor ihm, dem Chef, und versuchte es ihm beizubringen, als gäbe es nichts Wichtigeres an diesem Morgen.

Und er sah sie an und lachte. „Sie, Christa? Mir etwas beibringen? Daß mir die Augen aufgehen-?"

„Na ja, Augen aufgehen vielleicht nicht, aber wundern... wundern werden Sie sich schon", sprudelte sie los, wurde aber gleich wieder ruhiger. „Frau Lutz hat..."

„Was hat Frau Lutz?"

„Frau Lutz hat ein Kind angemeldet."

„Na und?"

„Auf den Namen Lutz."

„Auf den Namen Lutz?" Er griff nach dem zahnärztlichen Untersuchungsheft, das vor ihm lag, und blätterte wahllos darin herum. „Ein Kind? Sie machen Witze."

„Bitte, dann eben nicht! Dann hat sich eben jemand einen Spaß gemacht. Dann kommt dieses Mädchen im August eben nicht in die Vorklasse", sagte Christa gekränkt. Hätte sie doch den Mund gehalten!

„Frau Lutz soll ein Kind angemeldet haben?"

Er glaubte es nicht. Mein Gott, war der Mann nervös. Jetzt hatte er das Zahnscheinheft gleich durch. So falsch lag Helga gar nicht. Zwischen dem Chef und der Lutz bahnte sich etwas an. War das am Ende der Grund, warum er nicht abhob, wenn die Frau Doktor anrief?

„Ausgeschlossen, Christa. Frau Lutz hat kein Kind. Das wüßte ich", behauptete er.

Sie konnte nur den Kopf schütteln. „Wie alt sind Sie, Herr Berkmann? Dreiundvierzig. Und die Frauen kennt er immer noch nicht. Sie sind ganz schön naiv, Chef. Natürlich hat sie Ihnen davon nichts gesagt."

„Nein“, sagte er mürrisch. „Über private Dinge sprechen wir nicht.“

Natürlich sprachen sie über private Dinge. Er ging nicht mit der Lutz zu Volkmann in die Weinstube, um über die neuen Tafeln zu reden. Das konnten sie im Rektorat einfacher haben.

Und natürlich hatte sie das schön für sich behalten mit dem Nachwuchs, die Frau Lutz. Ein nichteheliches Kind war ja nicht unbedingt eine Empfehlung.

O ja! Es war heutzutage schwer, eine Frau mit Gütesiegel zu bekommen. Ein Mann konnte schon von Glück sagen, wenn er etwas Vernünftiges aus dem Second-hand-Shop bekam.

Die Pausenglocke!

Türen flogen auf, und mit Gejohle und Gebrüll trampelten die Jungens die Treppe hinunter auf den Hof, an den großen Mädchen vorbei, die durch anmutige Bewegungen zum Ausdruck zu bringen versuchten, daß sie auf dem Weg waren, junge Damen zu werden.

Gegen den Strom ankämpfend, arbeitete sich Susanne Wiegand tapfer am Geländer herauf. Auf der vorletzten Stufe mußte die Referendarin verschnaufen.

„Kommen Sie rein, Frau Wiegand“, sagte Berkmann, der vor dem Sekretariat dem Konrektor die Umlaufmappe aushändigte und selbst froh war, zwischen seinen Unterrichtsstunden ein paar Minuten auftanken zu können. „Wir müssen nicht auf dem Flur stehen. Wenn ich mich recht erinnere, wollten Sie Pausenaufsicht machen. Sie als Referendarin sind dazu nicht verpflichtet. Das ist Ihnen bekannt.“

„Oh“, machte sie. Offenbar hatte sie auf der Treppe ein paar Puffe abbekommen. „Aufsicht mache ich schon die ganze Zeit. Und es macht mir Spaß.“

„Wie kommen Sie sonst zurecht?“

„Danke. Ich kann nicht klagen.“

„Die Klasse ...?“

„Man kann nur den Daumen drücken, daß nicht wieder ein Adnan drunter ist.“ Sie trug auch Jeans, sie trug auch einen von diesen legeren Pullis, wie Göttler, aber gepflegt. Sie war keine Schönheit, wirklich nicht, aber sie war, was Engagement und Fleiß anbetraf, eine Freude.

„Ihre Mentorin hält große Stücke auf Sie, Frau Wiegand. Und sie ist sehr zurückhaltend mit Lob. Bilden Sie sich was drauf ein, aber lassen Sie's niemand merken."

Berkmann nahm die Referendarin mit in sein Zimmer, zum Wohlgefallen von Christa Klein, die Susanne Wiegand im Vorbeigehen aufmunternd zublinzelte.

Und danach handelte Susanne Wiegand.

Sie sprach über ihre Probleme. hörte zu, stellte Fragen.

„Aufgefallen ist mir bei der Durchsicht der Schülerpapiere schon etwas, Herr Berkmann. Der Manni zum Beispiel. Beim Sport hängt der Junge noch in der Turnhose, wenn die anderen schon im Bus sitzen. Haltungsschaden!"

„Halten Sie mir keine Predigt über das Sonderturnen!"

„Oh, ich finde es gut, daß man von Staats wegen etwas dafür tut. Ich habe fünf solcher haltungsgeschädigter Dromedare in der Klasse. Wo melde ich sie an?"

„Bei Ihrem Schulleiter."

„Na, das tue ich dann hiermit."

Berkmann lächelte. „Da ist allerdings ein kleiner Schönheitsfehler. Wenn der Schularzt bei achtundvierzig Schülern Haltungsschäden diagnostiziert – das ist unsere Zahl –, heißt das noch lange nicht, daß achtundvierzig Schüler Sonderturnen bekommen."

„Nein?"

„Nein. Wir notieren Alter, Geschlecht, ärztlichen Befund und reichen das weiter."

„An wen?"

„An das Staatliche Schulamt. Immer schön den Dienstweg einhalten, und weil Sie gleich fragen werden, was das Staatliche Schulamt damit macht, sage ich Ihnen auch das. Das Staatliche Schulamt reicht die Meldung ebenfalls weiter. So kommt der Regierungspräsident in den Genuß der Zahlen, der füttert seinen Computer damit und reicht das Ergebnis ebenfalls an die nächsthöhere Stelle. Das ist das Ministerium. Und mit dem Ministerium, sehen Sie, ist das nicht so einfach. Ein Ministerium findet immer etwas, was nicht den Vorschriften entspricht. Und so kommt das Ganze auf dem Dienstweg wieder zurück, unter Beifügung eines Formulars, das sich schnell drucken läßt und den gesamten Vorgang mit der ganzen Präzision eines Behördenapparates etwas komplizierter macht. Das ist die eine Möglichkeit..."

„Und die andere?"

„Man registriert die Erhebungen, gibt ihnen Nummern, legt sie unter dem entsprechenden Buchstaben im entsprechenden Ressort ab und läßt sie liegen."

Er sah ihr enttäuschtes Gesicht.

„Das heißt, meine Kinder bekommen gar kein Sonderturnen?"

„Das habe ich nicht gesagt. Ich habe nur gesagt, es ist ein langer Weg. Ja, und da ist noch etwas: die Hauptsache. Das Land hat dafür auch kein Geld. Weitere Fragen, Kollegin...?"

Christa Klein saß hinter der angelehnten Tür und hörte jedes Wort mit. Seit Susanne Wiegand im Sekretariat erschienen war, hatte sie die Schreibmaschine nicht mehr angerührt. Hoffentlich ging weiter alles gut mit den beiden.

Aber da rief schon wieder jemand nach ihr.

Sigi Schomburg stand draußen und hämmerte gegen die Tür.

„Christa, komm! Im Besucherzimmer sitzt ein Hund. Hast du damit was zu tun...?"

„Ein Hund-?" Christa Klein griff sich an den Kopf. „Wo kommt denn hier ein Hund her?"

Sigi Schomburg ging voran, öffnete die Tür und zeigte Christa Klein ihre Entdeckung.

„Du hast recht, Sigi. Mich laust der Affe! Und was für ein hübsches Tier!"

Auch Christa Klein hielt sich trotz des treuherzigen Hundeblickes in respektabler Entfernung. Allerdings besann sie sich ohne Zögern auf ihre Pflicht.

„Ich muß den Chef verständigen!"

Der Hund sah aus wie Babsies Strolch.

Es war Babsies Strolch! Mit einem Satz schoß er vom Stuhl, sprang an Berkmanns Hosenbeinen hoch, winselnd, wedelnd und vor Freude jaulend.

An dieser Schule war alles möglich, von getrennten Schulhöfen bis zur Peep-Show, aber ein Hund als Besucher, das war absoluter Rekord.

Sicher, Strolch war ein intelligenter Hund. Doch ein Hund, der Türen öffnen und Türen schließen konnte, war er nicht. Wie also kam er hierher?

Berkmann beugte sich zu Strolch hinunter. „Schon gut, mein Junge. Nun friß mich doch nicht gleich auf! Ich bin im Dienst. Was sollen die Leute denken."

Die Treue eines Hundes, was war sie gegen die Treue einer Frau! Ein seltsames Rühren war in Berkmanns Brust. Wenigstens eine Beziehung ist geblieben, Frau Dr. Wegener. Die zwischen Strolch und mir.

„Was macht der brave Hund...?" Der brave Hund gab Pfötchen. Dann sprang er wieder im Kreis um Herrchen herum, der brave Hund, bis er sich vor Erschöpfung wie eine Katze um Herrchens Füße rollte, mit wedelndem Schwanz, voller Ergebenheit.

Was mache ich jetzt mit dir? überlegte Berkmann. In die Pause kannst du nicht. Das würde dir nicht gut bekommen bei soviel Lausejungen. Sie müssen ihn zu Frau Doktor bringen, wird Christa sagen.

Sie weiß nicht, was sie von mir verlangt.

Allmählich gewann Christa Klein die Übersicht wieder. In einem so verrückten Büro wie in diesem, mit Stößen von Akten, Bergen von Briefen, Unmengen von Telefonaten half nur eiserne Ordnung.

In einer Stunde kam der Zeitungsreporter. Immer kam jemand gelaufen. Immer kam etwas dazwischen. Die Geschichte mit Axel gestern und letzte Nacht. Wie sich der Chef um den

Jungen gesorgt hatte! Das sollte die Zeitung mal schreiben.

Was wußten die Eltern von der Verantwortung der Lehrer, von den Gefahren, denen die Kinder ausgesetzt waren! In der Schule, auf dem Heimweg, auf dem Spielplatz am Nachmittag, an der Haltestelle im Dorf.

Sie hätte gern mit Berkmann darüber gesprochen, über die Probleme, die sie mit Frank und Falko hatte wegen diesem – Mario. Berkmann hatte sie nach dem Tod ihres Mannes unterstützt wie ein Freund. Freundschaft. Mehr war es nie gewesen. Liebe, das war für ihn die Frau Doktor, neuerdings vielleicht die Frau Lutz. So oder so – er mußte endlich unter die Haube. Die Hemden in die Wäscherei geben, im „Schinderhannes" auf das Essen warten und abends allein herumsitzen, das mußte aufhören. Jeder Mensch brauchte jemand, mit dem er über alles reden konnte. Unbedingt. Mit dreiundvierzig war es Zeit für einen Mann. Wenn ihm das doch endlich klar würde! In seinem Alter gab es kein Herumexperimentieren mehr.

„Christa!"

Sie hatte nicht gemerkt, daß Weller eingetreten war, in Uniform und Stiefeln.

„Der Kreispersonalrat sitzt unten, Christa. Sie wollen anfangen. Der Chef wartet auf die Blumen..."

„Die Blumen!" Christa Klein griff sich an den Kopf. „Mein Gott! Die Verabschiedung! Ausgerechnet bei Frau Kern muß mir das passieren. Wo sie doch all die Jahre das Sekretariat und das Rektorzimmer so toll geputzt hat..."

Sie eilte ins Untersuchungszimmer, holte die in Wasser frisch gehaltenen Rosen aus dem Eimer und drückte sie Weller in die Hand. „Hier – ! Am besten verabschiedet der Chef mich gleich mit. Was bin ich in letzter Zeit vergeßlich! Allmählich bin ich auch reif für die Rente."

Während Frau Kern neben ihren Rosen und der Quarzuhr, einem Geschenk der Kreisverwaltung, mit den Damen und Herren des Kreispersonalrates unten im Lehrerzimmer zum Abschied noch ein Gläschen Sekt trank, meldete sich Rosel

Gutowski oben im Sekretariat für ein Gespräch mit dem Chef an.

Sie hatte ein Schriftstück in der Hand, einen Brief oder etwas Ähnliches, und – ein kurzer Seitenblick zeigte es Christa Klein schon – die Zeichen standen nicht auf Schönwetter.

Rosel Gutowski entfaltete das Schreiben und marschierte damit auf ihren Schulleiter zu.

„Eine Frage, Herr Berkmann. Haben Sie diesen Brief geschrieben?"

Es war eine Fotokopie des Briefes an Monis Mutter wegen der Garderobe zum Praktikum.

„Hab' ich, ja. Ich hoffe, er findet Ihre Zustimmung."

Rosel Gutowski lachte auf. „Zustimmung! Ich frage mich, was das soll."

Berkmann, dachte er. Deine Zeit ist bemessen. Laß dich nicht auf diese endlosen Diskussionen ein. Sag ihr, warum du den Brief diktiert hast und sag ihr das knallhart ins Gesicht!

„Frau Gutowski, bevor Sie sich wieder aufblasen wegen nichts und wieder nichts, hören Sie zu! Moni möchte im Kaufhaus ein Praktikum machen. Und sie möchte es ordentlich machen und nicht auffallen."

„Möchte! Möchte...möchte!" fuhr die Lehrerin ihn an. „Das sind keine Maßstäbe. Wem helfen Sie denn mit solchen Briefen? Den Kindern? Nein! Der Großindustrie, die auf Profit aus ist und fürchtet, daß der Profit darunter leidet, wenn Verkäuferinnen nicht so angezogen sind wie die Modepuppen in den Schaufenstern."

„Sie werden sich wundern", sagte Berkmann, „dazu brauchen die Kinder gar nicht den verderblichen Einfluß des Großkapitals. Unsere Mädchen ziehen sich gern hübsch an. Im Gegensatz zu manchem Erwachsenen, der im Textilzeitalter herumläuft wie seine Vorfahren vor zehntausend Jahren. Habe ich mich deutlich genug ausgedrückt?"

Während Berkmann nebenan Christa Klein mit der Praxis Dr. Wegener telefonieren hörte: „Ja, hier ist die Schule, das Sekretariat. Ich soll von Herrn Berkmann bestellen, der Hund von Frau Doktor ist hier. Wir haben ihn eingesperrt. Er müßte nur geholt werden", – kam Rosel Gutowski zum nächsten Punkt der Anklage.

„Den Ralf lassen Sie mir gefälligst in Ruhe, Herr Berkmann, wenn ich das auch einmal zur Sprache bringen darf. Ich weiß, wie ich ihn anfassen muß. Ich habe ihn im Griff. Kommen Sie mir nicht jedesmal dazwischen."

„Langsam, Frau Gutowski, langsam. Solange der Bursche sich an Kleinere heranmacht, die dann zu mir gelaufen kommen, weil die Klassenlehrerin nicht mit dem Bengel fertig wird, knöpfe ich ihn mir vor. Ob es Ihnen paßt oder nicht."

Sie revanchierte sich mit einem zynischen Blick.

„Die alte Leier. Hören Sie, Herr Berkmann. Mit Ohrfeigen kommen Sie nicht weiter. Bei Ralf nicht – und bei mir schon gar nicht."

Berkmann fing nicht an zu zählen. Er hielt sich mit beiden Händen am Sessel fest, um nicht zu explodieren. Das Ergebnis dieser Selbstdisziplinierung war, daß er ohne Emotionen sagen konnte: „Stehlen, erpressen, sich an Kleinen vergreifen – und jetzt auch noch lügen. Das ist Ihr Ralf. Das haben Sie mit Ihren Erziehungsmethoden erreicht. Wenn man überhaupt von Erziehung sprechen kann."

Es war kein ästhetischer Anblick, wie die Frau Kollegin mit den Nägeln in ihrem Wuschelkopf herumkratzte, die Augen verdrehte und diese ungerechte Welt nicht mehr verstand. Dieses Vorbild von einer Lehrerin! Sie sollte erst mal ihren Saustall zu Hause in Ordnung bringen.

Nein, so kam sie nicht davon. Für Rabauken wie Ralf eintreten, aber einem kleinen, fleißigen Arbeiter wie diesem Kraft das Haus verkommen lassen, dachte Berkmann. Jetzt wird Tacheles geredet, meine Liebe. Jetzt sage ich es dir auf den Kopf zu.

Aber Rosel Gutowski lachte nur. „Mich aus dem Haus werfen? Der Kraft spinnt doch." Sie zupfte verzweifelt an den Noppen ihres Hängepullis. „Nimmt sich einen Anwalt. Ich möchte wissen, wovon..."

War das ein Vormittag!

Mary-Lu hatte angerufen, die Nummer Eins unter den Sekretärinnen des Schulamtes, die Zeitung war dagewesen, der freundliche Herr Koschyk. Ein Fotoreporter war herbeigeeilt, um den Hausmeister für die morgige Ausgabe zu knipsen: rechts er, links sie, die Sekretärin der Schule, die ihm mit einem Wundverband das Leben gerettet hatte.

Ob Weller von der Suchaktion so mitgenommen aussah oder von der unerwarteten Publicity – Helga Bott entschied sich für das erste und schüttelte ihm die Hand, bevor sie nach Hause ging, was er auf Grund seiner darauf folgenden Äußerung: „Lehrer müßte man sein!“ wahrlich nicht verdiente.

Helga Bott überhörte die Bemerkung, Christa Klein stellte den Hausmeister zur Rede.

„Lehrer müßte man sein! Da mußt du auch was im Kopf haben, Hans. So einfach ist das nicht. Du siehst ja, was ich hier schon zu tun habe mit meinem ganzen Kram.“

Damit kam sie allerdings nicht an bei dem Herrn Zugführer der Feuerwehr und Vorsitzenden des Kegelclubs *Gut Freund*.

„Du fängst um halb acht an und machst bis um zwei, Christa. Da hat die Helga Bott das Essen gekocht und den Abwasch gemacht und liegt in der Koje.“

„Ja ja. Aber wenn du den Kittel an den Nagel hängst, das sehe ich auch. Und du hast eine volle Stelle, Hans.“

Weller hatte ihr das Du angeboten. Sie konnte es nicht abschlagen, sonst hieß es gleich wieder, die eingebildeten Sekretärinnen! Per du konnte sie ihm deutlicher die Meinung sagen als vorher, und das tat sie.

„Ihr seht alle nur, wenn die Helga nachmittags einkauft. Wenn sie abends am Schreibtisch sitzt, das seht ihr nicht. Guck dir Frau Schröter an! Was die durchmacht! Die Kinder haben doch heute vor nichts mehr Respekt. Sieh sie dir an, die Elke, den Frauenfeld, den Volkmann! Sie sind mit den Nerven fertig. Und du wirst immer dicker...“

Weller lüftete sein Haar durch Anheben der feuerwehrblauen Schirmmütze und kratzte sich. „Na, und Sedlatschek?"

„Sedlatschek ist nicht das Kollegium. Die zwanzig Prozent Flaschen ziehen wir mit durch", antwortete sie zurechtweisend.

„Klar", gab Weller schließlich zu, „jeder Beruf hat seine Schattenseiten. Ich will ja auch nicht klagen... Wo, sagst du, klemmt die Wandtafel?"

„In der 7b, Herr Zugführer. Jetzt mach dich endlich hin! Der Kratzer an der linken Hand, den du dir im Wald geholt hast, ist kein Hinderungsgrund. Das bißchen Tafel machst du doch mit rechts!"

Aber da war ja noch etwas. Darüber hatte er die ganze Zeit schon mit Christa reden wollen. Jetzt, wo er mit ihr allein war, bot sich endlich die Gelegenheit.

„Was ich noch sagen wollte, was meinst du, Christa? Ob ich den Alten mal auf die Stelle an der Gesamtschule anspreche? Mein Großer hat doch jetzt den Meister. Der wäre auch an einer Hausmeisterstelle interessiert."

„Du meinst, weil du in die Zeitung kommst. Sohn eines berühmten Vaters und so." Christa Klein schüttelte den Kopf. „Nein, Hans. Wenn du den Chef brauchst, ist er da, das weißt du. Aber nicht für eure Karriere und die Karriere eurer Sippschaft."

„Mein Großer ist tüchtig, Christa."

„Alles gut und schön. Aber so ein Posten ist nichts für einen jungen Kerl. Da gehört ein gestandener Mann hin, vor dem die Burschen Respekt haben. Nicht einer, der mit dem Hosenboden selbst noch auf der Schulbank klebt..."

Sie nickte dem Hausmeister zu, als wollte sie sagen: Und nun geh mal schön zu deiner Tafel! Dann ging sie ins Untersuchungszimmer hinüber in die Ecke mit dem Heißwasserboiler und sah nach der Vorratsdose.

Heute nachmittag mußte sie Aufgußbeutel besorgen, sonst hatte der Chef morgen keinen Tee.

An einem der nächsten Tage kam der Fall Axel Baumgartner noch einmal zur Sprache. Christa Klein hatte sich in einer ruhigen Minute die Personalakte vorgenommen und die wichtigsten Punkte herausgeschrieben.

Axel war aus erster Ehe. Nach der Scheidung hatte das Gericht den persönlichen Verkehr zwischen dem leiblichen Vater und dem Kind unterbunden.

„Der Mann ist zweimal vorbestraft, Herr Berkmann", faßte sie das Ergebnis ihrer Nachforschungen für den Chef zusammen. „Ich also zum Telefon und die Mutter angerufen ... Darf ich das Fenster einen Moment öffnen?"

„Sie meinen, der leibliche Vater hat gesessen."

„Gesessen ist zu wenig. Rückfällig. Mit allem Drum und Dran. Das war für Frau Baumgartner auch der Grund für die Scheidung."

„Trotzdem. Es ist sein Kind. Und weil er es nicht sehen darf, lauert er ihm auf, packt es in sein Auto und verschwindet."

„Was soll sich der Junge schon dabei denken. Schließlich ist es sein Vater. Und schließlich wurde ihm Axel zweimal im Monat zugesprochen, bevor er rückfällig wurde." Christa Klein war nicht gerade entzückt. „Also muß man künftig auch noch die Scheidungsprozesse der Eltern studieren. Sonnige Aussichten!"

Richtig. Das Schicksal kam morgens nicht einmal in die Schule sondern 138mal. Trotzdem durfte sich ein solcher Fall nicht wiederholen.

Deshalb ordnete Berkmann an: „Christa, schreiben Sie mir die Telefonnummer heraus. Die Baumgartners müssen den Vorfall dem Gericht melden. Wir müssen damit rechnen, daß der Mann wieder auf solche Ideen kommt."

Es war an einem Mittwoch, Christa Klein vergaß den Tag nicht. Sie wußte nicht, wer die Zeitung mitgebracht hatte. Plötzlich lag sie da. Mit aufgeschlagenem Lokalteil. Auf ihrer Schreibmaschine.

Zweites Todesopfer – eine Überdosis Heroin

Sie wagte nicht weiterzulesen.

„Christa, was haben Sie denn?“ fragte Berkmann, als er sie bleich und mit verstörtem Blick da stehen sah. „Ist Ihnen nicht gut? Christa...!“

Sie schüttelte langsam den Kopf. Sie sagte kein Sterbenswörtchen.

„Kann ich die Zeitung mal haben?“

Christa Klein gab sie ihm, und eine ganze Zeitlang war er genau so still und bleich wie sie.

Karin Thielmann! Seine ehemalige Schülerin. Auf der Wiese hinter dem *Skylight.*

Tot.

Er hatte so etwas geahnt. Maria Sanchez. Conny Dern. Keiner half ihnen. Im Kampf gegen diese Verbrecher waren sie allein. Der Polizei waren die Hände gebunden. Erst mußte etwas passieren.

Jetzt war es passiert.

„Karin Thielmann...“ Er ging hinüber in sein Zimmer und setzte sich ein paar Minuten hin.

Hier hat sie es jedenfalls nicht gelernt, dachte er. Wir haben ihr die DIAS gezeigt. Vielleicht nicht oft genug. Vielleicht bin ich auch mitschuldig. Man nimmt sich immer alles vor, aber was boxt man schon bis zum Ende durch mit allen Konsequenzen? Ich weiß, daß wir in dreißig Jahren, wenn die Kinder so alt sind wie ich, kein Trinkwasser mehr haben. Und was tue ich dagegen? Eines Tages kommen sie dahinter. Zum Teufel werden sie mich wünschen, daß ich es ihnen nicht eingeprügelt habe. Sie stolpern über stinkende Plastiktüten und ihr eigenes Frühstück und sehen nicht, wie andere verhungern. Und der Kommissar erstickt in Beschwerden über Rauschgifthändler und Jugenddrogenkriminalität, aber zuständig ist er erst, wenn es zu spät ist.

Was soll ich den Eltern sagen, wenn sie mich fragen?

Die Schule hat Karin geschafft, das Praktikum, den Sprung zur Verkäuferin, die Berufsschule. Alle waren mit ihr zufrieden. Und alle werden sich damit herausreden, von nichts gewußt zu haben. Schließlich war es ihr Leben. Damit konnte sie machen, was sie wollte. Achtzehntes Lebensjahr. Dieser großartige Stichtag machte aus Kindern über Nacht Erwachsene. Erwachsene, die sie noch gar nicht waren.

„Herr Berkmann", sagte Christa Klein, die leise hereingekommen war, „Sie müssen in die Klasse..."

„Ja, natürlich. Danke, Christa."

„Kann ich noch etwas für Sie tun?"

Er packte die Arbeitsblätter für die 8 b, die sie für ihn abgezogen hatte, in die Tasche. „Nein. Das heißt... tun Sie mir einen Gefallen, Christa. Halten Sie mir die Gutowski vom Leib."

Zum ersten Mal seit langer, langer Zeit ließ Berkmann die Klasse einen Tafeltext abschreiben, einfach so. „Gute Vorsätze – eine kleine Umweltfibel". Er war nicht in der Lage, vor die Klasse zu treten und eine einigermaßen akzeptable Stunde hinzulegen.

Immer wieder mußte er an Karin Thielmann denken, der man vielleicht hätte helfen können, aber der niemand geholfen hatte. Und wenn er eine Sekunde von diesem verdammten Gedanken loskam, sah er Babsie vor sich, als säße sie ihm gegenüber, und das ganze Geschwätz um diesen Mann sei nur ein Alptraum.

Aber wie viele Tage waren es nun schon? Wie lange wartete er auf ein Zeichen von ihr, auf einen Anruf, ein paar Worte. Ihn so im Stich zu lassen, das konnte sie doch nicht übers Herz bringen. Eine Frau, die sich vor ein paar Wochen noch ein Kind von ihm gewünscht hatte!

„Herr Berkmann", sagte Yvonne, die wohl merkte, daß mit ihrem Lehrer heute etwas nicht stimmte und ihn deshalb skeptisch musterte, „wir sind fertig. Und jetzt?"

Jetzt durften sie noch eine halbe Seite abschreiben.

Wie bei Sedlatschek, dachte er verbittert. Du brauchst gar nicht den Rachen so weit aufzureißen, Berkmann. Du bist auch nicht besser.

Er hatte noch keine Ahnung, was sich bei Christa inzwischen im Sekretariat oben tat.

Daß Renate Schröter, Helga Bott und Elke Uhlmann sich hin und wieder bei ihr ausweinten, war bekannt. Aber eine Beichte von Christas Intimfeind, dem Personalrat Wagner, das war schon eine kleine Sensation.

Wagner wollte sich scheiden lassen. Die Hiobsbotschaften hörten nicht auf.

„Und was wird aus dem Kind?" war Berkmanns erste Frage, als Christa ihm von dem Gespräch mit Wagner erzählte.

„Ich weiß nicht, Chef. Es ist wie eine Epidemie. Wo man hinhört, Streit, Scheidung, Untreue. Denen geht es allen zu gut." Kopfschüttelnd sah sie zu der Fotografie über ihrem Schreibtisch hinauf. „Das hätte es bei meinem Manfred und mir nicht gegeben. Wenn wir nur noch hätten ein wenig zusammensein dürfen..."

Wagners Frau war Koordinatorin an der Gesamtschule von Direktor Theis, mit soundsoviel Mark mehr als ihr Mann. Am Geld konnte es nicht liegen. Sie hatten sich auseinandergelebt – und jetzt machte sie Schluß.

Als Berkmann nach Einzelheiten fragte, winkte Christa Klein ab.

„Wagner handelt nach dem Motto: Ich bin der Herr, dein Gott. Und sie? Das wird Ihnen Wagner alles selber erzählen..."

Bevor er in die Pause ging, mußte Christa ihm noch schnell von Frau Schmands Anruf berichten.

Der Lothar war wieder mal nicht da.

„Weil nämlich heute Mittwoch ist, das kann sie dem Jungen nicht zumuten, Herr Berkmann. Da müßte er nämlich unter Umständen eine Säge in die Hand nehmen. Da ist nämlich Arbeitslehre." Sie holte die Schülerakte aus dem Schrank und verdrehte die Augen. „Auf meinem Tisch liegt noch eine Entschuldigung, Chef..."

Es war ein Zettel vom Format einer Klopapierrolle, etwas festeres Papier. Mit der Marmelade vom Frühstück auf der Rückseite und dem Fett der hausgemachten Blutwurst auf der Vorderseite.

In kindlicher Handschrift war darauf gekritzelt:

Sehr geehrte Herrn oder Frau?
Das mein Sohn am Montag nicht zur Schule kommen könte müste er zum gesundheidsamt und Dinstag auch nich komt wegen zum Augenazt mit mir hinmus.
Schönen Grus *Frau Heidi Dippsch*

Sie waren noch nicht dahintergekommen, wer auf den Toiletten sein Unwesen trieb. Keine Klosettbrille hielt länger als eine Woche, ganze Rollen Klopapier verschwanden am hellichten Tag. Aller kriminalistischer Scharfsinn half nichts. Auch seine, Berkmanns, Toiletteninspektion an diesem Vormittag brachte keine neuen Erkenntnisse.

Die Toilettenmafia wütete weiter.

Berkmann wollte über den Schulhof zurück ins Rektorat. Plötzlich sprang ein Mädchen auf ihn zu. Es war gut gekleidet, besser als die anderen, hatte helle, blaue Augen und schwänzelte um ihn herum.

Inge Niehaus.

Ehe er sich's versah, fiel sie ihm um den Hals. Mitten auf dem Schulhof, vor all den Leuten!

Was war in das Mädchen gefahren? Diese großen, glücklichen Augen, diese liebevolle, fast zärtliche Anhänglichkeit.

Die Kollegen der Förderstufe, die Aufsicht hatten, schauten schon herüber. Ein Lehrer hatte sich zu hüten, Mädchen anzufassen, und dieses Mädchen sprang an ihrem Schulleiter hoch, als wäre er ihr Vater.

„Inge, laß mich los! Ich muß zum Hausmeister. Bitte, laß mich los!"

Inge dachte nicht daran.

„Sag deiner Mutter einen schönen Gruß. Aber laß mich jetzt los, bitte..."

„Ich laß dich nicht los!"

Diese großen, glücklichen Augen! Du kannst sie nicht einfach abschieben, dachte er. Sie will dir etwas sagen. Nimm sie mit ins Haus! Großer Gott, nein! Der Stumpf lyncht dich!

„Was ist denn, Inge? Was willst du mir denn sagen?"

Das Mädchen tanzte zwei-, dreimal um ihn herum. Und während es tanzte, kam es schließlich heraus.

„Mein Paps war auch gestern da... mein Paps!"

Sie sagte es so leise, so lieb und so selig, daß es Berkmann heiß den Rücken hinunterlief.

„Dein – Paps?"

„Hm – hm."

Der große Geschäftsmann, der nicht wußte, wie es um seine Tochter bestellt war. Der große Bankmensch mit dem Diplomatenkoffer, der seine Frau abschieben wollte. Hatte er endlich kapiert? Hatte er begriffen, daß nicht nur Väter ein Herz haben und Mütter?

„Dein Paps, sagst du, war da, Inge...?"

„Mein Paps war da." Die großen, glücklichen Augen strahlten weiter. „Und morgen kommt er wieder. Er fährt nur mal kurz nach München."

Christa Klein war skeptisch, als sie davon hörte. Sie hatte etwas gegen das Auftreten von diesem Herrn Niehaus.

„Der Mann macht mir einen derart selbstgefälligen Eindruck, ich weiß nicht, Herr Berkmann. Gönnen würde ich es Inge, daß er zurückkommt. Gönnen würde ich es ihr."

Kurz vor Schulschluß rief Babsie an.

Berkmann reagierte wie ein trotziger Junge. „Mit Ärzten verkehren wir nur schriftlich, Christa. Ein für allemal. Sie soll ihr Anliegen zu Papier bringen."

„Die Frau Doktor sagt, es handelt sich um eine dienstliche Angelegenheit, Herr Berkmann."

Aber alles, was ihm dazu einfiel, war: „Auf diesen Trick fallen wir nicht herein, Christa."

Die Frau Doktor brauchte ihm nichts zu erklären. Ihre billigen Erklärungen konnte sie sich sparen. Daß Schluß war, hatte er inzwischen kapiert.

„Es handelt sich um einen Schüler, Chef", bearbeitete Christa ihn weiter. „Um einen dringenden Krankheitsfall. Wenn's die Frau Doktor sagt, wird's doch wohl stimmen."

Sie mußte zum Schrank gehen und in den Akten wühlen, sonst wäre sie explodiert. Wenn er jetzt immer noch ablehnte, lief sie auf und davon...

„Krankheitsfall? Na gut. Geben Sie her, Christa. Aber nur kurz..."

Er riß ihr den Hörer aus der Hand. „Berkmann..."

„Babsie hier. Tag, Micha..."

„Tag", sagte er mürrisch.

„Ich muß dich sprechen, Micha. Wann können wir uns treffen?"

Er hielt es für das einzig richtige, so zu tun, als wäre sie Frau Bender oder Frau Niehaus, was nichts daran änderte, daß er sich setzen mußte, weil ihm die Beine anfingen zu zittern.

„Ich habe Unterricht."

„Dann komm' ich zu dir."

„Du hast Praxis."

Babsie fragte sich, was ihn veranlaßte, so mit ihr zu reden. Sie hatte ihm doch nichts getan.

„Ich kann es am Telefon schlecht sagen, Michael. Aber wenn du meinst, dann eben telefonisch."

Ich muß verrückt sein, dachte er. Sie lebt mit einem anderen zusammen und mir klopft das Herz.

„Michael, ich will dich nur vorbereiten. Auf dich kommt etwas zu. Sagt dir der Name Richter etwas? Rüdiger Richter?"

„Schnee von gestern. Der Junge war an unserer Schule und ist dann mit seinen Eltern verzogen. Damit ist die Sache wohl erledigt", sagte er mit kaum zu überbietender Kühlheit.

Christa Klein hatte sich entschlossen, den Globus ins Lehrmittelzimmer zu bringen, der seit der großen Pause hier stand. Sie hatte sich ein paar Blicke eingehandelt, die sie förmlich aus dem Zimmer vertrieben.

„Die Sache ist nicht erledigt. Die Eltern waren bei mir, Michael. Sie wollen wieder hierher. Das Gesundheitsamt hat grünes Licht gegeben. Jetzt liegt es an dir."

„Bisher wurden die Schüler bei der Schulleitung angemeldet. Hat sich daran etwas geändert?"

Babsie blieb die Antwort schuldig. Sie wollte sachlich mit ihm sprechen und versuchte es weiterhin.

„Der Junge ist HTLV III antikörperpositiv."

„Aids? Wieso?"

„Eine Bluttransfusion. Nach einem Unfall. Mit anderen Worten: eine Infektion mit dem Aids-Erreger ist nicht auszuschließen. Die Konsequenzen kennst du. Die Freunde dürfen nicht mehr mit ihm spielen. Er wird behandelt wie ein Aussätziger. Das ist das Problem."

„Und ich soll es lösen?"

„Nein, Michael. Lösen wollen es die Eltern. Aber dort, wo der Junge zur Schule geht, nehmen sie ihn nicht mehr. Der Schulleiter wehrt sich mit Händen und Füßen. Nimmst du ihn? Es steckt nicht an. Rüdiger darf die Schule besuchen. Das Gesundheitsamt hat entschieden."

„Wird er ... sterben?"

„Ich weiß nicht, ob die Krankheit eines Tages ausbricht. Aber zu deiner Beruhigung: Sieh dir die Lehrer an! Bei der Einstellung untersuchen wir sie auf TB und Übergewicht. Nach Aids fragt niemand."

Frauen, die mit Männern zusammenleben, die sie kaum kennen, fragen auch nicht danach, dachte er, obwohl sie es wissen müßten, wenn der Doktortitel und „Arzt für Allgemeinmedizin" auf dem Praxisschild steht.

Er hörte die Stimme der Sprechstundenhilfe im Hintergrund. Die Frau Doktor mußte Schluß machen.

„Das war's, Michael. Mach's gut! Und vielen Dank für Strolch. War nett von dir..."

Vielen Dank für Strolch! War nett von dir...

Das war alles. Mehr war nicht geblieben von fünf Jahren Liebe und Zärtlichkeit.

Vielen Dank auch!

Berkmann saß im „Schinderhannes", dem Familienlokal draußen im Grünen, wo die Herren Direktoren und Rektoren ein Mal im Monat die Kugeln schoben. Er hatte nichts im

Kühlschrank. Außerdem mußte er noch einmal an die frische Luft.

Er bestellte Schnitzel mit Brot, ein großes Pils und einen doppelten Wacholder. In der Ecke gegenüber saßen die Kleinkaliberschützen. Auf der anderen Seite, das war der Skatclub, und was unten im Souterrain herumpolterte, das war der Kegelclub der Feuerwehrfrauen mit Agnes Weller, der Frau des Hausmeisters.

Aber auch im „Schinderhannes" holte der Gedanke an Babsie ihn ein. Er kam nicht von ihr los, als wäre sie die erste und letzte Frau unter Gottes weitem Himmel, als hätte es vorher keine andere gegeben und als käme auch nach ihr nichts mehr.

Christa Klein saß schon an ihrem Platz, als er am nächsten Morgen in sein Zimmer ging und noch etwas müde „Guten Morgen" sagte. Es war ein Glück für sie. Eine Frau, die mit dieser Krankheit lebte, etwas Besseres konnte sie gar nicht tun, als sich voll in die Arbeit zu stürzen.

Sie sah ihn über die Schulter hinweg an. „Die Scholz fehlt. Wenn Sie sich freundlicherweise um eine Vertretung bemühen würden!" Sie zupfte am Ärmel ihrer neuen Bluse. Bunt! Es stand ihr viel besser als dieses ewige Weiß. „Sie müssen endlich etwas dagegen tun, Chef."

„Ich? Was soll ich dagegen tun? Wenn jemand krank ist, ist er krank. Ob er krank ist oder nicht."

„Aber Herr Berkmann. Wir wissen doch Bescheid. Wielange nehmen wir das noch hin? Bei Krankheit muß am vierten Tag ein Attest vorliegen. Sie kennen doch die Bestimmungen."

„Der Schulleiter kann bis zu drei Tagen beurlauben, aus zwingenden persönlichen Gründen – falls Sie mich abfragen wollen. Sonst einen Tag."

Was die gute Christa Klein darauf erwiderte, klang ein wenig spitz. „Manchmal habe ich den Eindruck, für Millionärstöchter gilt das nicht. Ich für meinen Teil muß dem Schulverwaltungsamt jeden, aber auch jeden einzelnen Tag melden, den ich krank bin."

Das war der wunde Punkt. Sedlatschek, Frauenfeld, Wagner, deutlich ließen sie es Christa spüren: hier Lehrer – da Verwaltungsangestellte. Zweierlei gesellschaftlicher Status, zweierlei Recht. Auch wenn Christa ihnen schon mal eine persönliche Gefälligkeit tat, sie saß an der Schreibmaschine und das konnte schließlich jeder.

„Das Fräulein Scholz! Tja, Christa, so ist das nun mal. Es gibt nicht nur rühmliche Ausnahmen. Aber bis auf Sedlatschek sind sie doch in diesem Punkt ganz in Ordnung, unsere Kolleginnen und Kollegen. Das müssen Sie zugeben."

Christa Klein konnte nicht widersprechen und hatte auch keine Gelegenheit dazu. Elke Uhlmann kam herein.

Es war Berkmann schon bei der Konferenz aufgefallen, sie hatte sich verändert. In dieser Frau war etwas vorgegangen in den letzten Tagen.

„Kann ich Sie einen Augenblick sprechen, Herr Berkmann?"

„Immer, Frau Uhlmann. Immer." Er deutete auf die Tür. „Wollen wir in mein Zimmer gehen?"

Sie wollte nicht. „Was ich zu sagen habe, kann Christa ruhig hören. Ich habe keine Geheimnisse vor ihr. Sie weiß, was ich Ihnen verdanke, Herr Berkmann."

„Mir? Sie verdanken mir gar nichts."

Elke Uhlmann beharrte auf ihrem Standpunkt. „Ohne Sie hätte ich das alles nicht durchgestanden. Sie haben unheimlich viel Rücksicht genommen auf meine Probleme."

„Hören Sie auf, Frau Uhlmann!" wehrte Berkmann ab. „Sie haben Ihren Dienst gemacht, wie es sich gehört. Trotz Pflegefall, trotz Kindern und trotz einer Niete von Ehemann, der den Namen Mann nicht verdient."

Warum sagte sie nichts? Das war doch immer ihre Meinung gewesen.

„Frau Uhlmann, Sie sind eine attraktive Frau. Sie haben das Leben noch vor sich. Die Rosen zum Geburtstag, vielleicht meint dieser Mann es ernst."

Ja, dachte Christa. Der Chef hat recht. Wenn es so war,

sollte sie es sich überlegen. Allein schaffte sie das auf Dauer nicht. Nicht alle Männer waren solche Egoisten wie ihr Verflossener.

Sie ging auf Elke Uhlmann zu. „Ein Mann, der einer Frau zweiunddreißig Rosen schickt, meint es ernst, Elke."

„Ich weiß nicht."

„Was weißt du nicht?"

„Ich weiß nicht, wie ich mich verhalten soll. Ich kann das alles nicht begreifen, Christa. Warum schickt er mir rote Rosen? Warum ruft er mich plötzlich an? Und warum...", rief Elke Uhlmann, „seht ihr euch plötzlich an, als hätte ich sie nicht mehr alle? Ich bin völlig klar im Kopf. Ich frage mich nur, wie paßt das alles zusammen? Erst läuft er davon, und plötzlich kann er nicht mehr ohne mich leben."

Der Chef hatte ebenfalls Mühe mit dem Zusammenhang, stellte Christa Klein fest. Deshalb fragte sie: „Wer kann nicht mehr ohne dich leben?"

Elke Uhlmann sah Berkmann und Christa Klein verständnislos an. „Ja, wißt ihr denn nicht, von wem die Rosen sind?"

Berkmann kam zuerst darauf, aber er sprach es nicht aus. Er wartete, bis Elke Uhlmann Farbe bekannte.

„Die Rosen sind von meinem Mann."

Daran hätte Christa Klein im Traum nicht gedacht, sonst hätte sie den Mund nicht so weit aufgesperrt.

„Die Rosen sind von ihrem Mann...!" sagte sie, als sie die Sprache wiedergefunden hatte und Elke Uhlmann auf dem Weg zurück in ihre Klasse war. „Ach, Chef. Ein Glück, daß es auch so was gibt. Das möbelt einen an so einem traurigen Tag doch gleich wieder etwas auf." Sie deutete hinüber in Berkmanns Zimmer. „Und sehen Sie mal, diesen Brief. Den habe ich Ihnen auf den Schreibtisch gelegt. Von Kerstin..."

Kerstin hatte geschrieben. Das war ein gutes Zeichen. Der Brief war an Frau Uhlmann adressiert und von bunten Herzchen eingerahmt.

„libe frau Ulmann! Wie get es ihnen. Mir get es gut. Ich bin fro, das ich hier bin. Meine neuen eldern sind ser gut zu mihr.

Nach Hause will ich nich mer, weil es mir hier gefäld. Ich hab auch schon ein freindin. Fiele Grüse von Kerstin"

Christa rieb sich die Hände. „Elkes Mann schickt Rosen. Kerstin ist gut untergebracht. Kiefer hat seinen Flaschenbierbetrieb aufgelöst..." Jetzt brauchen wir nur Karin Thielmann noch gut unter die Erde zu bringen, hätte ihr Satz aufgehört, wenn sie sich nicht rechtzeitig besonnen und statt dessen gesagt hätte: „Jetzt können die Sommerferien kommen."

Aber Karin Thielmann war noch nicht unter der Erde. In der 9b hing ein Foto von ihr am Wandfries gegenüber dem Fenster. Es zeigte Karin Thielmann beim letzten Schullandheimaufenthalt an der Ostsee.

Um das Foto herum hatte jemand mit rotem Malstift einen schwarzen Rand gemalt. In einer Berg- und Talbahn von Schrift stand groß darunter: WER IST DER MÖRDER??

Zwei Mädchen standen davor, als Christa Klein dem Chef das Foto zeigte.

„Haben wir Mörder richtig geschrieben, Herr Berkmann?"

„Ja, Mörder ist richtig geschrieben, Ulrike. Fein habt ihr das gemacht. Laßt das Foto hängen!"

Hängen lassen? Ulrike hatte sich, während sie davor stand, ihre eigenen Gedanken gemacht.

„Ich kann es auch runternehmen und damit durch die Klassen gehen. Die meisten kennen Karin noch. Vielleicht kommen dann ein paar auf die Beerdigung..."

„Eine gute Idee. Würdest du das übernehmen?"

Ulrike war sofort bereit. „Kann die Inge mitgehen?"

„Inge kann mitgehen. Aber nur Mittel- und Oberstufe. Frau Klein schreibt euch die Klassen auf. Für die Kleinen ist das noch nichts... Und sagt den Lehrern, daß ich es euch erlaubt habe, sonst fliegt ihr raus. Ihr wißt, warum."

Ulrike mit ihren Zahnlücken oben und Zahnlücken unten, unbeeindruckt von den Mahnungen des Schulzahnarztes, den winzigen Rest an einigermaßen gesunden Zähnen vor Karies zu schützen, wußte es.

„Weil die Lehrer ausflippen, wenn sie gestört werden. Ich weiß…"

Im Musikraum übten Chor und Flötengruppe für das Schulfest. Elke Uhlmann begleitete mit dem Schifferklavier. „Ich bin ein Mu-si-kan-te und komm aus Schwa-ben-land. Ich kann spielen auf der Gei-ge. Fidl fum-fum-fum, fidl fum-fum-fum…"

Auch die beiden im Stockwerk darüber waren voll beschäftigt. Berkmann kam von einem Gespräch mit Konrektor Volkmann über die neuen Werkräume und telefonierte gerade mit dem Roten Kreuz. Er brauchte einen Termin für den Erste-Hilfe-Kursus für die neunten Klassen. Christa Klein saß im Sekretariat und prüfte wieder einmal Rechnungen auf „sachliche und rechnerische Richtigkeit." Alles mußte seine Ordnung haben und manches noch ein bißchen mehr als das.

Plötzlich stand Irina Lutz bei ihm im Zimmer.

Neuer Ärger mit Mario, dem Einbruch-Komplizen, war sein erster Gedanke. Aber als er ihr Gesicht sah, wußte er, daß sie nicht kam, um mit ihm über den Einbruch zu reden. Sie lächelte nicht, sie gab ihm nicht die Hand. Das einzige, wozu sie fähig schien, war ein hilfloses Achselzucken: Hier stehe ich. Ich kann nicht anders. Gott helfe mir!

„Sie – Sie haben es natürlich längst gehört, Michael. Der Hausfunk funktioniert immer." Sie sagte Michael – auch im Dienst.

Berkmann sah sie groß an. „Hausfunk ist gut. Ich habe keine Ahnung…" Würde sie ihm jetzt um Himmels willen sagen, worauf sie hinauswollte? Ihm stand der Kopf nicht danach, Rätsel zu lösen.

„Sie wissen ja nicht, wie ich mir vorkomme, Michael. Es kam alles völlig überraschend für mich."

„Sie sind mir keine Rechenschaft schuldig, Irina. Ich bitte Sie. Sie reden wie eine Frau…"

„Ich rede wie eine Frau, die ein schlechtes Gewissen hat", sagte sie unglücklich. Und dann: „Sie waren immer aufrichtig zu mir. Und ich?"

Sie meinte das Kind.

„Ich habe zwar nicht gelogen. Aber – ich habe Ihnen etwas verschwiegen, Michael."

„Irina, hören Sie auf!"

„Nein. Ich höre nicht auf. Ich muß es Ihnen sagen."

Sie fummelte an ihrem Täschchen herum, das erst nicht aufging und dann nicht zuging und dann auch noch zu Boden fiel. „Ich bin nicht ganz – unbelastet, was Männer betrifft. Diese Rektorenstelle, im Grund war sie nur eine Flucht."

Sie hatte in den ersten Wochen eine Menge um die Ohren bekommen, die gute Irina. Da kam man schon mal auf solche Ideen. Dieser Schulleiterjob hatte schon manchen Mann umgeworfen.

„Aber Sie haben sich das doch vorher genau überlegt, Irina."

Sie schüttelte den Kopf. „Um es kurz zu machen: Was wir beide brauchten, um zu uns selbst zu finden, war eine Trennung. Jeder mal ein paar Monate für sich. Unsere Ehe war auf dem toten Punkt. Was sehen Sie mich so an, Michael? Ich gebe auf. Meine Probezeit ist zu Ende. Wir fangen noch einmal von vorn an, mein Mann und ich ..." Sie senkte das Näschen, das dick überpudert war. Von Glück keine Spur. „Es war schön, mit Ihnen zu arbeiten, Michael."

Ja, Berkmann als Mentor. Als Mann hat sie mich nie gesehen, dachte er. Ich muß umwerfend auf Frauen wirken! Aber keine Sentimentalitäten, ich hab' ja noch die Scholz.

„Ihr Mann hatte – eine andere?"

„Ich weiß nicht. Ich will es auch nicht wissen." Sie zuckte die Schultern. „Vermutlich."

„Das freut mich. Das heißt, es freut mich natürlich nicht, daß alles so kommt."

„Danke."

Eine unglückliche Ehe also. Darauf wärst du nicht gekommen, Berkmann. In den ersten Wochen hat es mehr nach Sexualneurose ausgesehen.

„Das heißt, Irina Lutz verläßt uns wieder."

Sie griff nach hinten in ihr Haar und begann es langsam um den Zeigefinger zu rollen wie die kleinen verlegenen Mädchen, wenn man sie nach ihrem ersten Freund fragt.

„Ich muß."

„Ich fürchte, es wird sehr leer hier ohne Sie, Irina."

„Finden Sie? Ich denke, Frau Dr. Wegener wird Ihnen schon das Richtige verschreiben."

Das war einmal. Er und Babsie! Das wurde nie wieder etwas...

„Sie werden mir fehlen, Irina."

„Danke."

Auf ihrer Wange, war das nicht eine Träne, was da glitzerte? Vielleicht war es auch nur zu heiß im Zimmer.

„Und wie geht es weiter, Irina?"

Wenn sie das gewußt hätte, wäre die Pause, die darauf folgte, nicht so lang gewesen.

„Mein Mann hat das Kind gebracht. Ich wollte es hier anmelden. Es soll in geordneten Verhältnissen aufwachsen. Na ja und wie das dann so ist. Feierliche Aussprache, ein Dutzend guter Vorsätze. Das Kind braucht Vater und Mutter. Vielleicht reicht das für den Anfang..."

„Haben Sie Warbitz schon verständigt?"

„Heute nachmittag habe ich einen Termin auf dem Schulamt. Zwingen kann mich doch niemand, die Stelle hier anzunehmen?... Hören Sie mir zu, Michael?"

„Natürlich."

„Man kann mich nicht zwingen, nicht? Schließlich habe ich meine Ernennungsurkunde noch nicht."

Er versuchte seine Enttäuschung mit einem aufmunternden Lächeln zu überspielen. „Nein. Zwingen kann Sie niemand. Und – überreden wird Sie niemand."

Sie sah ihm tief in die Augen. „Sie auch nicht, Michael?"

Er wandte sich ab. Geflackert hat es manchmal schon ein bißchen, aber wie bei Babsie und mir war es nicht, dachte er. Lange nicht.

„Sie würden mich nicht zurückhalten. Sie wissen, wohin

Sie gehören“, sagte sie, bemüht, die Enttäuschung, die aus ihren Worten herausklang, zu dämpfen.

Er nahm ihre Hand. „Wir sehen uns noch, Irina.“

„Alles Gute, Michael.“ Sie gab einen Kuß auf die Backe. Dann drehte sie sich abrupt um.

An Christa vorbei lief sie auf den Gang.

„Auf Wiedersehen, Frau Klein. Wir sehen uns ja auch noch.“

Christa Klein, die trotz Hausfunk von allem keine Ahnung hatte, sah ihr kopfschüttelnd nach.

Lauter Verrückte heute morgen...

Zwischen der dritten und vierten Stunde kam Dickmann. Völlig überraschend tauchte er auf, der Herr Schulamtsdirektor.

Was wollte er?

Christa Klein überlegte. Kam er wegen Peter, von dessen Tod er natürlich gehört hatte? Oder gar wegen dieser lächerlichen Erbsensuppe? Zuzutrauen war es der Bender, daß sie sich hinter das Schulamt steckte.

Ja, was wollte er? Das schien sich auch Berkmann zu fragen, als er Dickmanns Stimme nebenan in Christas Zimmer hörte. Er stand auf, schob die Akten auf seinem Schreibtisch flüchtig zusammen und ließ den Schulamtsdirektor herein.

Dickmann kam nicht wegen der Erbsensuppe, auch nicht wegen Kiefers Durst. Er kam wegen Lothar Schmand.

„Der Vater des Jungen war gestern bei mir, Kollege Berkmann. Er hat sich über Sie beschwert.“

Ach, du liebe Zeit! Der filius Schmand! Na, dann wollen wir dem Herrn Schulamtsdirektor mal die Augen öffnen, dachte Berkmann und stellte zunächst einmal klar.

„Das Erziehungsrecht liegt bei der Mutter, Herr Dickmann. Den Vater hat sie vor die Tür gesetzt, vor fünf Jahren.“

Dickmann sah ihn groß an. „Das war gar nicht der Vater? Er hat sich doch dafür ausgegeben.“

Berkmann zuckte mit den Schultern, als wollte er sagen: So sind sie nun mal, die Schmands.

„Dann war es wohl ein Verwandter, der der Mutter beisteht. Was verständlich ist bei soviel Kindern." Dickmann hob den Kopf. „Damit wir uns nicht mißverstehen, Kollege Berkmann, ich kenne Sie. Ich wäre nicht gekommen, wenn ich nicht den Auftrag hätte. Dieser Mann war vorher bei Herrn Warbitz. Er behauptet, Sie hätten seinen Jungen um die Lehrstelle gebracht. Sie wollten ihm kein Zeugnis geben."

Wenn die Türen zwischen Rektorat und Sekretariat nicht gepolstert sind, hört man manches Wort mit – und wenn man nahe genug herangeht, hört man jedes Wort. Und da sie als Sekretärin wissen mußte, was vorging und dazu noch Schlimmes ahnte, lauschte Christa. Diskretion Ehrensache natürlich.

„Der Junge war von 102 Schultagen 29 Tage in der Schule", hörte sie den Chef sagen.

„Der Vater ... ich meine, der Verwandte sagt, der Junge war krank", antwortete der Schulamtsdirektor.

Brötchen und süße Stückchen holen war er. Warum sagte der Chef das dem Schulamtsdirektor nicht? Die Schmands haben nie ein Attest vorgelegt.

„Habe ich darüber von Ihnen einen Bericht?" wollte der Schulamtsdirektor wissen, als Berkmann ihm auch von der Freßlust des Knaben Mitteilung machte.

„Nein."

„Warum nicht?"

„Herr Dickmann, machen wir uns nichts vor! Wie oft habe ich Ihnen Anträge auf Bußgeld geschickt! Und was ist dabei herausgekommen?"

Die Erziehungsberechtigten haben nicht einen einzigen Pfennig Strafe gezahlt. Wo nichts war, war nichts zu holen. Schade um die Briefmarken. So sah das aus. Christa Klein fand ihren Chef großartig und verstand nicht, warum das dem Schulamtsdirektor nicht genügte.

„Trotzdem. Hätten Sie in diesem Fall nicht eine Ausnahme machen müssen? Der Junge hat eine Stelle. Wenn sie ihm das vermasseln, steht er auf der Straße, Kollege Berkmann."

Vermasseln? Wer vermasselte denn wem etwas? Christa Klein hielt es nicht länger hinter der Tür. Zornig drückte sie die Klinke nieder. Zum Erstaunen des Schulamtsdirektors stand sie plötzlich neben ihrem Chef. In ihrer ganzen Größe.

„Also, das will ich Ihnen sagen, Herr Dickmann: was zuviel ist, ist zuviel. Ich bin dabei gewesen, wenn Herr Berkmann mit der Schreinerei verhandelt hat, weil er wollte, daß der Junge eine Stelle bekommt. Ich habe die Gespräche angenommen, wenn die Schmand mit ihrem frechen Mundwerk..., die Frau Schmand, das Blaue vom Himmel heruntergelogen hat. Ich weiß, daß Herr Berkmann den Lothar morgens aus dem Bett geworfen hat. Gefahren ist er, mit dem eigenen Auto, um den Jungen zu holen. Keinen Pfennig hat er dafür bekommen. Nicht einmal seine Auslagen... Und das ist der Dank!"

Einen schönen Eindruck mußte der Schulamtsdirektor von ihr bekommen. Aber das spielte jetzt keine Rolle. Hauptsache, er erfuhr die Wahrheit.

„Diese Familie, das kann ich Ihnen sagen, davon kann ich ein Lied singen, Herr Dickmann! Die ist in der ganzen Stadt bekannt..."

Überrascht wandte sich der Schulamtsdirektor Berkmann zu. „Sie haben dem Jungen die Stelle verschafft? Interessant. Davon hat dieser Mann nichts gesagt. Dann ist ja alles ganz anders." Dickmann war sichtlich erleichtert. „Das habe ich mir gleich gedacht, daß da etwas nicht mit rechten Dingen zugeht..."

„Ich habe der Schreinerei lediglich mitgeteilt, als ich eine entsprechende Anfrage bekam, daß Lothars Schulbesuch zu wünschen übrig läßt", begründete Berkmann sein Verhalten noch einmal. „Sollte ich lügen?"

Dickmann schüttelte den Kopf. „Dann halten Sie das doch bitte schriftlich fest. Teilen Sie der Erziehungsberechtigten mit, wie es sich tatsächlich verhält, und geben Sie mir eine Abschrift davon. Und legen Sie mir die Versäumnistage und einen entsprechenden Antrag auf Bußgeld vor. Diese Frau wird zahlen. Das wäre gelacht."

Berkmann sah Christa an, die ihrem ungläubigen Augenaufschlag nach wohl dasselbe dachte.

Gehe hin in Frieden! Dein Glaube wird dir nicht helfen.

Zwei Tage danach kam mit der Post dieser Brief.

Verlag Leichtes Lernen

Betr.: Bestellung unseres Unterrichtslexikons
Schule Daheim durch Frau Katharina Valentin

Sehr geehrter Herr Rektor Berkmann!
Ungeachtet der Rechtsposition, die zweifellos auf unserer Seite liegt, ziehen wir unsere Forderung gegenüber Frau Valentin auf Grund der von Ihnen vorgebrachten Umstände und unter Berücksichtigung der sozialen Verhältnisse der o.a. Familie zurück und betrachten den Rechtsstreit als beigelegt.
Frau Valentin wird mit gleicher Post von uns benachrichtigt.
Wie Sie daran erkennen, ist es unser Bestreben, unsere Kundschaft zufriedenzustellen.
Wir danken Ihnen für Ihr Vertrauen und verbleiben

Mit vorzüglicher Hochachtung

Malenczicky
Verlagsleiter

Berkmann war dabei, das Schreiben zu fotokopieren, als unten ein weißer Mercedes mit Schiebedach und Alufelgen vorfuhr, der Wagen von Lindas Mutter. Wer kannte ihn nicht? Die bundesdeutsche Nobelklasse war in der Elternschaft der Albert-Schweitzer-Schule nur zweimal vertreten und daher leicht zu identifizieren.

Frau Waldeck hielt kurz vor der Haltebucht, warf sich die braune Ledertasche über die Schulter und guckte schnell weg, als sie Berkmann oben am Fenster entdeckte.

Sie war eine attraktive Frau. Handkuß angebracht. Ihr Mann leitete in der Stadt ein Ingenieurbüro.

Für Berkmann lag der Fall klar. Sie hatte mit der Post einen Brief von ihm bekommen, und diesen Brief hielt sie zwischen Daumen und Zweigefinger ihrer linken Hand, als Christa ihr die Tür öffnete.

Eine Reklamation!

Wenn der Brief noch irgendeinen Zweifel ließ, Frau Waldecks Miene verriet eine Menge, und was ihre Miene nicht verriet, sagte ihre Stimme.

„Herr Berkmann! Das kommt überhaupt nicht in Frage. Erst holen Sie Linda hierher, und jetzt, wo sie etwas lernt, soll sie zurück? Zurück in die Schule, wo sie die Fünfer geschrieben hat? Keine zehn Pferde bringen sie da wieder hin."

Berkmann sagte überrascht: „Aber liebe Frau Waldeck, ich dachte, wir machen Ihnen eine Freude mit dieser Mitteilung. Dazu haben wir doch allen Grund."

„Freude?" Hätte Frau Waldeck die Anstandsregeln nicht perfekt beherrscht und wäre sie nicht gerade in einer Schule gewesen, wer weiß, wohin sie mit dem Zeigefinger getippt hätte. „Jetzt hat Linda es geschafft. Jetzt haben Sie sie soweit, daß sie wieder lacht, und jetzt will man sie hier nicht mehr? Haben Sie denn gar kein Herz?"

Wenn Christa anfing, ihre Nickelbrille zu putzen, war das gewöhnlich eine Ersatzhandlung für massiven Protest. Sie war Frau Waldeck in Berkmanns Zimmer gefolgt, in der festen Überzeugung, als Assistentin gebraucht zu werden.

„Frau Waldeck", sagte Berkmann, und es lag wieder diese bewundernswerte Ruhe in seinem Ton, „wir haben Linda nicht vor zwei Jahren hierher geholt, um sie hierzubehalten. Das habe ich Ihnen gesagt. Das habe ich Ihnen geschrieben, und das sage ich Ihnen jetzt wieder. Sie war in Deutsch saumäßig, sie war in Mathematik saumäßig..."

„Und wenn sie morgens in die Schule sollte, was hatte sie dann? Magenschmerzen."

„Meinetwegen. Aber heute ist sie in Deutsch gut, in Mathematik befriedigend und hat keine Magenschmerzen mehr. Deshalb gehört sie nicht mehr hierher."

Frau Waldeck steckte sich eine Zigarette an. Neben Christa Kleins Sekretariat! Man sah förmlich, wie die Zierpflanzen mit den lateinischen Namen die Blätter hängen ließen.

Was wollte sie als kleine Sekretärin machen? Wenn der Chef nicht den Mut hatte, *sie* konnte der Frau das Rauchen nicht verbieten.

„Ich bitte Sie, Herr Berkmann. Sie als Schulleiter müssen das doch sehen", sagte Frau Waldeck, nun schon fast in der Rolle der Bittstellerin. „Das Kind fühlt sich wohl hier. Das Kind ist glücklich. Gestern hat sie eine Zwei nach Hause gebracht. Was soll ich Ihnen sagen? Das Mädchen hat den ganzen Tag gesungen. Wohin kommt sie denn, wenn sie zurück muß? Zu Herrn Hedrich. Nie und nimmer! Hier wird sich anders um die Kinder gekümmert als da, wo sie war."

Wolfgang Hedrich, Grundschule Weimersdorf! Vom Stuhl hauen würde es ihn, wenn er das hörte.

„Das Kind hat keine Nacht mehr geschlafen", ließ sich Mutter Waldeck von ihrer euphorischen Welle weitertragen. Sicher hatte sie nicht einmal Unrecht. Aber ein Kind, das nicht in die Sonderschule gehörte, in der Sonderschule zu behalten, diesen Gefallen konnte ihr niemand tun. „Inzwischen schläft Linda nachts wieder. Tief und fest, Sie müßten sie mal sehen. Sie sind doch selbst einer von den altmodischen Lehrern, bei denen die Kinder das Einmaleins noch ohne Taschenrechner lernen. Nein, nein! Linda gehört hierher."

Oh, vielen Dank. Fast hätte sich Berkmann beim Luftholen verschluckt. Einer von den altmodischen Lehrern! Wie man sich da fühlte!

„Linda! Was habe ich mitgemacht, wenn ihr morgens schlecht wurde und sie nicht in die Schule konnte, Herr Berkmann. Was habe ich an Entschuldigungen zusammengeschwindelt bei Herrn Hedrich. O nein, das werde ich nicht zulassen. Das werden wir nicht zulassen, mein Mann und ich, daß jetzt alles von vorn anfängt. Linda bleibt hier! Hier an dieser Schule. Eine bessere Lehrerin als Frau Scholz gibt es nicht... Wenn sie manchmal auch ein bißchen zuviel fehlt, die Kinder lernen etwas bei ihr..."

Lernten sie auch. Aufnehmen konnte es die Scholz mit jedem. Aber was Linda betraf, von welchen Voraussetzungen ging ihre Mutter aus?

„Frau Waldeck, Ihre Tochter ist den Anforderungen der Grundschule gewachsen, durchaus wie es heute aussieht. Machen wir doch wenigstens den Versuch! Sie kann jederzeit zurück, wenn sie nicht zurechtkommt. Das verspreche ich Ihnen. Sie wollen doch auch, daß Linda später..."

Hätte sie ihn wenigstens ausreden lassen! Nein, zu überzeugen war Frau Waldeck nicht.

„Einen Abschluß kriegt Linda auch hier. Das weiß ich. Und merken Sie sich das, Herr Berkmann. Wir können uns diese Schule für Linda leisten. Uns stört das Gerede der Leute nicht. Später fragt niemand danach, wo man es gelernt hat. Da kommt es nur darauf an, was man gelernt hat." Mutter Waldeck erwartete keine Bestätigung, sondern fragte nur: „Was also soll ich meinem Mann sagen?"

„Sagen Sie ihm, was ich Ihnen gesagt habe und überlegen Sie sich's nochmal, Frau Waldeck. Sie müssen der Rückschulung zustimmen..."

„Muß ich?"

„Sie werden gefragt, bevor Sie Ihr Kind hierher schicken, und wir fragen Sie wieder, wenn wir meinen, daß Lindas Platz wieder in der Grundschule ist. Sprechen Sie mit Ihrem Mann darüber und geben Sie uns Bescheid. Der Zug für Linda steht auf Gleis eins. Voll unter Dampf."

Wie manche sich anstellten! Müller-Kronach machte mit seiner Überprüfung das halbe Kollegium verrückt. Es wurde Zeit, daß er es endlich hinter sich brachte. Er hatte von seinem stattlichen Lebendgewicht gewiß ein paar Kilo eingebüßt, trotz solider Lebensweise und gesunder Ernährung. Prüfungsstreß zehrte.

Mit seinem Pausenkakao kam er zwischen der vierten und fünften Stunde zu Berkmann ins Lehrmittelzimmer.

„Du wolltest mir was sagen, Sportsfreund...?"

„Ja, Tobi. Dein Countdown. Am vierzehnten bist du dran. Vorhin ist es gekommen. Dr. Krenz, Warbitz, Jäger."

Das war die Zusammensetzung der Prüfungskommission.

„Jäger! Der ist so geizig, der holt's Wasser vom Friedhof."

„Na, dann wär' ich doch an deiner Stelle froh. Dann geizt er auch mit hohen Noten", scherzte Berkmann, der Material für den Rechtschreibkurs suchte und nicht fand, während der Stufenleiter sich an eine Frage heranmachte, die durchaus ihre Berechtigung hatte.

„Muß das der Staatsanwalt, der Oberstaatsanwalt werden will, auch? Einen Prozeß beurteilen? Ein Referat halten, die Paragraphen aufsagen? Vor einem Standgericht?"

„Komm, Tobi, hör auf! Den Stufenleiter hast du geschafft. Eine Überprüfung hast du schon hinter dir."

„Eine?" Müller-Kronach lachte auf. „Und meine Erste Staatsprüfung? Und meine Zweite Staatsprüfung? Und meine Zusatzprüfung in Verhaltensgestörte? Und die Überprüfung zum Stufenleiter? Ich rase von Prüfung zu Prüfung. Ich bin prüfungsgeschädigt, ich bin kurz vorm Durchdrehen, mein lieber Mann..."

„Tobi, ein bißchen Zuversicht! Es ist dir damals gelungen, Jäger und Warbitz mit deiner Unkenntnis irrezuführen. Ich bin überzeugt, diesmal gelingt es dir wieder. So wenig wie damals weißt du heute auch noch."

„Danke." Müller-Kronachs erstem Stoßseufzer folgte ein zweiter. „Ich muß eine Stunde halten."

„Halten nicht. Du sollst eine beurteilen."

„Eine Mathe-Stunde."

„Ich an deiner Stelle würde eine Sportstunde nehmen. Von Sport verstehen die nichts. Dr. Krenz, Jäger, Warbitz... Krenz ist aus der Stummfilm-Generation, und Warbitz kann einen Barren nicht von einem Pferd unterscheiden."

„Deshalb bricht er nach zehn Minuten ab und fragt was anderes. Und wer ist darauf völlig unvorbereitet? Müller-Kronach."

„Nimm eine Deutschstunde."

„Deutschstunde! Mit den neuesten Stilblüten, was?" Müller-Kronach befummelte seine Taschen. „Wo ist der Wisch? Ich habe ihn doch eingesteckt... Hier! Für dich. Du sammelst doch so was."

Wie aufmerksam von ihm! Er dachte an alles.

„Michael, deine Erdkunde muß hinreißend sein. Was die Kinder sich alles merken!" Und dann las Müller-Kronach vor. „Im Frühjahr waren meine Eltern in Griechenland, viele alte Delikte waren zu sehen... Was haben wir noch? Kennst du den Aufsatz von Dolly?" Er reichte Berkmann die Kopie einer Niederschrift mit dem rot unterstrichenen Satz: „Seid gesdern presndiren uns die modemaker ihre neuen Greaduren für den Winter."

Berkmann klopfte dem Vereinskameraden auf die Schulter.

„Mach dich nicht verrückt, Tobi. Die Herren der Prüfungskommission sind stramme Genossen. Eine Krähe hackt der anderen kein Auge aus. Der Lutschik seinerzeit, der war so blöd, der konnte seinen Namen kaum schreiben. Und wo ist er jetzt? Im Ministerium."

„Du hast gut reden. Du hast das alles hinter dir. Wie hast du das eigentlich geschafft?"

Wie habe ich das geschafft, dachte Berkmann und sagte, wie es den Tatsachen entsprach: „Ja, weißt du, ich hatte keinen Dr. Krenz. Ich hatte niemand, der mich protegierte. Keine Lobby, wie man in der Politik sagt... Keine Partei. Ich habe keine Werksmaschine, sagen wir mal so. Ich bin Privatfahrer."

„Und wie bist du's dann geworden? Schulleiter, meine ich."

„Zu mir haben sie gesagt: In einer Demokratie braucht man auch von Ihrer Sorte einen."

„Na, was sag' ich denn dazu? Ein Zugeständnis an den Proporz!" versuchte Müller-Kronach zu scherzen. „Nicht Leistung, einer von diesen schäbigen Kompromissen hat dich befördert. Und sowas frage ich um Rat! Ich habe immer die falschen Freunde." Er half Berkmann, das Übungsmaterial aus dem Schrank zu holen, und richtete sein Augenmerk dann auf Kiefers kleines Büro, dessen Tür sperrangelweit aufstand, so daß jeder, der einen Schlüssel für die Lehrmittelräume hatte, einen Blick hineinwerfen konnte.

„Er trinkt nicht mehr", sagte Berkmann, als er sah, was Müller-Kronach beschäftigte. „Mal sehen, wie lange es anhält."

Müller-Kronach nickte. „Mal sehen." Er ging ein Stück in das Zimmer hinein, schnupperte, öffnete den Schrank und stellte befriedigt fest, daß er leer war. Kein Bier, nicht eine einzige Flasche.

„Was ich dich fragen wollte, Michael. Ich fange mit dem neuen Stundenplan an. Was ist mit der Schröter? Gekündigt hat sie noch nicht."

„Nein, das wird sie auch nicht. Ich hab' nochmal mit ihr gesprochen. Wir geben ihr eine Unterstufe, und die Scholz geht mal zwei Klassen rauf."

Kurz vor Ende der letzten Pause gab es einen Stock tiefer ein riesiges Geschrei. Die Bande im Lehrerzimmer mußte von allen guten Geistern verlassen sein.

„Kann mir jemand sagen, was da unten los ist?" rief Berkmann zu Christa Klein hinüber.

„Ich weiß nicht. Ich kann nicht überall sein. Sehen Sie doch mal nach!" lautete die Antwort.

Berkmann zeichnete das Rundschreiben ab, das mit der Post gekommen war, und ging damit hinunter.

Als er die Tür zum Lehrerzimmer öffnete, wurde er mit Gejohle begrüßt. Zigarettenrauch schlug ihm entgegen, Sektgläser standen auf dem Tisch. Strahlende Gesichter, ein Mordsradau. Selbst Helga Bott, die er schon seit Wochen nicht mehr hatte lachen sehen, wurde von der guten Laune angesteckt.

Es gab etwas zu feiern, das war klar, und da es Sigi Schomburg war, der sie zuprosteten, war Berkmann auch klar, daß er die Blumen, die er nicht hatte, ihr hätte überreichen müssen.

Da war Christa in Gedanken wohl mal wieder woanders gewesen. Geburtstage waren ihre Sache, aber sie hatte zur Zeit wahrhaftig genug im Kopf.

Geübt, solche Situationen zu überbrücken, ging Berkmann auf das Geburtstagskind zu.

„Liebe Frau Schomburg! Auch wenn es diesmal nicht bis ins Sekretariat vorgedrungen ist, herzlichen Glückwunsch und alles Gute zum Wiegenfest!"

„Wiegenfest!" platzte Frauenfeld heraus und hielt sich den Bauch vor Lachen. „So kann man es auch nennen..."

„Tja...", stotterte Berkmann, „ich dachte, sie hat..."

Neuer Heiterkeitsausbruch.

„Dann hat sie... im Lotto gewonnen...?"

Sigi Schomburg schüttelte langsam den Kopf, drückte ihm ein Glas Sekt in die Hand, und Frauenfeld erbarmte sich schließlich:

„Unsere betuchte... ich meine, unsere betagte Kollegin Schomburg wird Mutter."

„Nein!"

„Doch. Ich spätes Mädchen kriege ein Baby, Herr Berkmann. Kerngesund und kugelrund", bestätigte Sigi Schomburg übermütig.

„Was denn? Ein Junge?"

Sigi Schomburg lächelte, als schämte sie sich und sagte leise: „Ein Mädchen... Quatsch! Eine Junge natürlich." So durcheinander war sie.

Berkmann schüttelte ihr die Hand. „Gratuliere! Ich gratuliere, Sigi. Das muß gefeiert werden..."

Plötzlich war es aus mit der Beherrschung der angehenden Mutter. Plötzlich fiel sie Berkmann um den Hals.

Helga Bott, die Alkohol, wenn überhaupt, höchstens aus Fingerhüten trank, goß sich schnell noch etwas Sekt nach und murmelte: „Daß ich das noch erlebe! Daß ich das noch erlebe..."

Niemand interessierte das Telefon, das seit zwei Minuten wie verrückt klingelte. Christa Klein, die oben die Stellung hielt, mußte sich selbst herunterbemühen, um dem werten Kollegium zu verkünden: „Es hat gegongt, Herrschaften! Falls Sie die Absicht haben, den Unterricht wieder aufzunehmen ..."

Auch sie wußte bis zu diesem Augenblick noch nichts von Sigi Schomburgs Glück.

Die Pfingstrosen hatten ihre Blütenblätter abgeworfen, der Himmel war voller Schwalben, und Lucias selbstgezüchtete Tomaten im Garten von Frau Doktor trugen schon kleine, grüne Früchte.

Christa Klein baute auf ihrem Beet hinterm Haus ein wenig Salat an für sich und die Kinder, ein paar Zwiebeln, zwei Büsche Petersilie, so für den Haushalt eben. Sie hatte mit ihrer Wohnung genug. Die Hausaufgaben von Falko und Frank, diese moderne Mathematik, die kostete sie auch Zeit und Nerven.

Gestern nachmittag war sie bei Helga Bott gewesen zum Kaffeetrinken. Die Helga tat ihr leid. So ein lieber Mensch und dann dieses Pech mit der Tochter. In diesem Punkt konnte sie dem Chef nicht folgen. Er hätte sich diese Claudia noch einmal vorknöpfen müssen. So ein Mann in führender Position trat ganz anders auf als eine Mutter und hatte bestimmt mehr Einfluß auf das Mädchen.

Christa Klein stand in der Küche und bereitete das Abendbrot für die Jungens. Dabei ging ihr der Besuch bei Helga Bott noch einmal durch den Kopf.

Vom Haushalt verstand sie was, die Helga, und vom Kochen auch. Das war eine Käse-Sahnetorte gewesen! Keine Hauswirtschaftslehrerin hätte sie besser machen können.

Sie hatten von allem möglichen gesprochen, von der Schule und den Hausaufgaben, wie praktisch diese Mikrowellenherde waren und warum es mit Sedlatscheks Schwänzerei nicht mehr so weiterging.

Und dann hatte ihr Helga Bott von dem Film erzählt. Daß so etwas heute in der Schule möglich war! Daß sich die Kinder nicht schämten! Daß sie überhaupt den Mut hatten, einem Lehrer so etwas zuzumuten... Der Chef hatte auch nur den Kopf geschüttelt.

Also, Helga Bott wollte mit den Kindern in die Eisdiele, sich für die Blumen revanchieren, die sie ihr zum Geburtstag geschenkt hatten. Aber die Bande hatte ihr solange in den Ohren gelegen, bis sie sich hatte breitschlagen lassen, gutmütig wie sie war. Der Roland durfte seine Videokassette vorführen, einen ganz tollen Film.

Eine Horde Kannibalen fällt über eine Farm her. Die Familie des Farmers wird auf bestialische Weise hingeschlachtet, Stück für Stück, in Großaufnahme. Abgehackte Arme, zerquetschte Beine. Und Blut! Was sich die kranken Hirne widerlicher Geschäftemacher an menschlichen Abgründen nur ausdenken konnten.

Den Mädchen war schlecht geworden und Helga Bott auch. Sie hatte gerade noch den Stecker herausreißen können, sonst wäre das Unglück in der Klasse passiert und sie wäre nicht mehr bis zur Toilette gekommen.

In diesem Videoschuppen am Pferdemarkt bekamen die Kinder ja alles. Sie nahmen sich die Karte vom großen Bruder und zogen los. Wie konnten Eltern so etwas dulden?

Der Chef wollte den Vorfall auf die Tagesordnung der nächsten Konferenz setzen.

Wenn der Chef etwas von Krieg oder Grausamkeit hörte, wurde er fuchsteufelswild. Das gab es bei ihm nicht. Gott sei Dank.

Schade, daß er jetzt diese Enttäuschung erlebte mit der Frau Doktor. Anmerken ließ er sich ja nichts, aber wenn man so lange an der Seite eines Menschen arbeitete, kannte man sich in seinen Gefühlen aus. Der Chef war unglücklich. Er steckte viel weg, aber das mit der Frau Doktor nahm er sich schwer zu Herzen. Wenn sie ihm doch hätte helfen können!

So. Das Abendessen war fertig.

Christa ging zum Fenster. Die Kinder spielten auf der Wiese nebenan mit einigen Kleineren Fußball.

„Falko! Frank! Abendessen...!"

Die beiden hörten nicht. Sollten sie noch eine Weile spielen. Hauptsache dieser Taugenichts von Mario war nicht dabei.

Die anderen Kinder kannte sie, die waren in Ordnung. Die kamen aus guten Elternhäusern.

Am nächsten Morgen, kurz vor neun Uhr, war Lehramtsreferendar Arne Göttler mit seinem blaugelben Schulranzen auf dem Weg ins Sekretariat.

Christa Klein traute ihren Augen nicht. Göttler ohne Ohrring? Sie mußte zweimal hinsehen. Das schulterlange stumpfe, braunblonde Haar, der Mittelscheitel, das Halstuch, alles war noch da. Nur der Ohrring nicht. Und noch eine Neuerung entdeckte sie. Er trug Tennisschuhe oder Joggingschuhe, wie man das heute nannte. Er lief nicht mehr in diesen schlampigen Sandalen herum.

Der Herr Lehramtsreferendar war ein Stück kleiner als sonst, wenn sie sich nicht täuschte. Und ein wenig manierlicher sah er auch aus.

„Gehen Sie durch, Herr Göttler", sagte sie, „gehen Sie ruhig durch. Der Chef ist da."

Göttler klopfte an. Göttler trat ein.

„Ich eh... ich wollte mich bei Ihnen bedanken, Herr Berkmann. Sie... Sie wissen schon."

Berkmann sah ihn groß an. „Nein. Keine Ahnung."

„Dittrich hat die Anzeige zurückgezogen. Wegen der Ohrfeige. Sie haben mit Dittrich gesprochen."

„Ich trink' schon mal ein Bier mit ihm, ja. Aber wie kommen Sie denn auf die Idee?"

„Sie haben Dittrich überredet, die Anzeige fallen zu lassen. Warum geben Sie es nicht zu?" Göttler verzweifelte. „Ich bin hier, um mich zu bedanken."

„Tun Sie sich keinen Zwang an!" Berkmann zeigte auf die Tür. „Gehen Sie in Ihre Klasse. Ich weiß nicht, wovon Sie reden!"

„Sie wissen sehr wohl, wovon ich rede. Nehmen Sie Nachhilfe in Höflichkeit, Herr Schulleiter!“ rief Göttler.

Dann stand er wieder da, wo er vor drei Minuten gestanden hatte, bei Christa Klein im Sekretariat.

„Sagen Sie doch auch etwas, Frau Klein…!“

„Ich? Was soll ich Ihnen sagen, Herr Göttler. Sie sehen ja. Wenn für den Chef etwas erledigt ist, ist es erledigt. Und wenn er etwas haßt, dann diese endlosen Diskussionen. Das müßten Sie doch endlich wissen.“

„Ach, mit dem Mann ist nicht zu reden.“

„Mein Gott, man muß die Menschen nehmen wie sie sind, Herr Göttler. Sie entsprechen auch nicht seinem Ideal von einem Lehrer, das ist ja wohl nun kein Geheimnis. Ich muß hier auch manches wegstecken. Glauben Sie mir.“

„Schrecklich. Wie halten Sie das nur aus?“

„Wie ich das aushalte?“ Christa Klein hatte ihr Handtäschchen geöffnet und mit der Kosmetik begonnen. „Das sehen Sie doch. Ich werde jeden Tag jünger.“

„Was mache ich nur falsch?“

„Das will ich Ihnen sagen.“ Christa Klein setzte einen Augenblick den Lippenstift ab. „Sie erscheinen immer im falschen Moment, und was noch schlimmer ist, Herr Referendar, Sie sagen im falschen Moment auch noch das Falsche. Kommen Sie her, ich brauch' eine Unterschrift von Ihnen.“

Göttler nahm den Kugelschreiber und behielt ihn in der Hand. „Allmählich glaube ich auch, die einzige, die es in diesem Irrenhaus aushält, sind Sie.“

Mag sein, dachte sie. Aber wenn es ein Irrenhaus ist, dann sei du doch ganz ruhig. Dann paßt du genau hierher.

Was sie dem Referendar entgegenhielt, klang allerdings etwas anders. „Ich halte es in diesem Irrenhaus aus, Herr Göttler. Ich komme jeden Morgen gern hierher. Ich gehe nicht so unlustig an die Arbeit wie Sie. Wenn ich Ihnen einen guten Rat geben darf… Aber auf meinen Rat hören Sie ja nicht.“

Göttler winkte verächtlich ab. „Ihren Rat kenne ich. Anpassung ist das halbe Leben.“

„Quatsch. Alle guten Worte sind nur halb so heilsam wie schlechte Erfahrungen. Sie gehören zu der Sorte, die erst die schlechten Erfahrungen machen muß, bevor sie klug wird."

„Ich weiß", seufzte Göttler, der jetzt doch ein wenig betroffen dreinschaute, „wenn hier jemand schuld ist, bin ich es. Weil, wenn man einmal aufgefallen ist, sind alle gegen einen... Nein, das war grammatikalisch falsch..."

Christa Klein betrachtete den Referendar nachsichtig durch ihre Nickelbrille, als wäre er einer ihrer Söhne. „Aber das lernt man, Herr Göttler. Das lernt man..." Und mit dem, was sie hinzufügte, erreichte sie sogar, daß Göttler etwas nachdenklich wurde. „Ein bißchen Anpassung gehört allerdings dazu. Falls Sie eines Tages in die Lage kommen, Verantwortung zu übernehmen, was ich momentan – nehmen Sie es mir nicht übel – stark bezweifle, lernen Sie das auch, Herr Göttler."

Gegen Abend bekam Berkmann einen Anruf von Haushälterin Elisabeth. Er saß vor einem Stoß Haushefte und war nicht entzückt über die Störung, merkte aber sofort, daß etwas passiert war.

„Herr Berkmann möchten vielmals entschuldigen, daß ich anrufe. Ich bin ein so unglücklicher Mensch, das glauben Sie gar nicht..." Elisabeth drückte sich, wie meist in ungewohnten Situationen, ein wenig geschraubt aus und schnäuzte sich nun schon zum zweitenmal. „Ich hab' mir was anhören müssen von der Frau Doktor, Sie können's sich nicht vorstellen. Der Hund ist wie ein Stück aus der Frau Doktor ihrem Leben, müssen Sie wissen. Und jetzt sag' ich Ihnen was, Herr Berkmann..."

Daß Elisabeth ihn in der Wohnung anrief, war noch nicht vorgekommen, selbst zu Babsies und seinen Glanzzeiten nicht. Was wollte Elisabeth?

„Ich habe keine Ruhe mehr, Herr Berkmann. Ich bekomme kein Auge mehr zu. Ich muß Ihnen alles erzählen. Ich habe ihn an der Leine gehabt, den Hund, den Strolch. Und wie ich ihn so an der Leine hab' und wir an der Schule vorbeikommen, fängt er an zu ziehen wie ein Pferd und zieht – und zieht, und das Schwänzchen wedelt. Meine Zeit, denke ich, was hat er bloß? Da sehe ich den Herrn Berkmann auf dem Schulhof stehen, mit dem Herrn Konrektor. Ach, denke ich, der Hund hat Sehnsucht nach dem Herrn Berkmann. Das wird es wohl sein. Die beiden haben sich immer gut verstanden, der Hund und der Herr Berkmann..."

„Na, Sie machen Sachen!"

„Vielleicht", schluchzte Elisabeth, „hat der Herr Berkmann die Frau Doktor auch nicht vergessen, wo er doch gar nicht mehr kommt. Und da ist es über mich gekommen..."

Elisabeth, die treue Seele! Wie rührend. Sie hielt zu ihm, gegen diesen... diesen – für solche Menschen fand man ja nicht einmal Worte!

Wann sprach Elisabeth endlich weiter? Sie kannte diesen Mann, sie mußte ihn kennen.

„Was ist über Sie gekommen, Elisabeth?"

„Wenn du ihn losmachst und der Hund läuft zu ihm – hab' ich mir gesagt – vielleicht hat der Herr Berkmann dann einen Grund, ihn der Frau Doktor zurückzubringen. Was will er denn machen? Er bringt den Strolch in die Praxis, die beiden fallen sich um den Hals und vertragen sich wieder, der Herr Berkmann und die Frau Doktor. Wo die Frau Doktor doch jetzt so oft weint. Ich hab's doch gut gemeint..."

„Elisabeth, das ist lieb von Ihnen."

„Die Frau Doktor ist nicht mehr wie früher, Herr Berkmann. Es tut ihr was fehlen, sag' ich zu Lucia immer. Ich mein' jetzt nicht den Hund..."

Alle bedauerten ihn, jetzt auch noch Babsies eigene Angestellte. Wenn die Frau Doktor weinte, dann wohl nicht wegen ihm, sondern wegen diesem Kerl da. Dem Herrn, der jetzt bei ihr wohnte, wie Christa es vornehm ausgedrückt hatte.

Babsie hatte es nicht anders gewollt.

Hatte es Babsie wirklich nicht anders gewollt? Berkmann kamen Zweifel. Jeder machte mal einen Fehler. Hatte Elisabeth das nicht andeuten wollen?

Vielleicht hat der Herr Berkmann die Frau Doktor auch nicht vergessen... wo die Frau Doktor doch so oft weint...

Elisabeth, die Kupplerin! In allem, was sie getan und gesagt hatte, wenn nur ein Körnchen Wahrheit darin steckte...

Warum überzeugte er sich nicht selbst?

Zehn Minuten später stieg Berkmann vor der Villa des Dr. Mayhöfer – Gott hab ihn selig – aus dem Wagen. Es war ein lauer Abend mit einem glasklaren Himmel und dem Geruch von frischem Heu.

Babsies Kabriolett stand in der Einfahrt. Die Terrasse war hell erleuchtet. Der Zeitpunkt war günstig.

Babsie öffnete selbst. Öffnete – und war baff.

„Du-?"

Er versuchte, ruhig durchzuatmen. Er war nervös wie beim ersten Rendevous.

„Entschuldige! Ich möchte nicht stören. Ich muß dich nur was fragen..."

Babsie riß die Tür auf. „Komm rein! Hast du dich entschieden? Nimmst du den Jungen?"

„Ich nehme den Jungen", sagte er, und wie immer, wenn er sich erregte, fing er an zu schwitzen. Mit einem Schlag war seine Stirn klitschnaß.

„Hast du... dir das auch genau überlegt, Michael?"

„Ich habe es mir genau überlegt."

Von wegen die Frau Doktor weint soviel, Elisabeth. Die Frau Doktor sitzt ganz schön auf dem hohen Roß, dachte er. Vielleicht fehlt ihr wirklich etwas, jedenfalls nicht ich.

„Müssen wir in der Tür stehenbleiben? Willst du nicht... reinkommmen, Michael?"

„Ach, weißt du..."

Er wollte diesem Mann nicht begegnen. Er wollte nicht wissen, wie er aussah. Das heißt, gewußt hätte er es schon ganz gern, aber ein Zusammentreffen? Nein! Auf gar keinen Fall. Wie war er nur auf die Wahnsinnsidee gekommen, hierher zu fahren? War er davon ausgegangen, daß sie ihren Liebhaber solange im Schrank versteckte?

Elisabeth war schuld. Die Haushälterin und dieser Hund, der seine Stimme gehört hatte und jetzt über die Treppe herabgewetzt kam und an ihm hochsprang.

Alles war wie vorher. Die Teppiche, die Ledersessel, der Marmortisch, das Hamburger Schapp mit dem geschnitzten Abschlußgesims. Die Etagere, die sie so liebte, mit den Porzellantellern und Väschen aus Dr. Mayhöfers Nachlaß – die Fernsehecke.

Kein Jackett, keine Männerschuhe, keine herumliegenden Krawatten, kein Aschenbecher. Ein gut getarnter Liebhaber! Und eine Babsie, die unbeschwert zu plaudern anfing, als wäre nichts gewesen.

„Ich wollte sowieso mit dir reden, Michael. Wegen Frau Klein. Hat sie was gesagt –?" Babsie wartete seine Reaktion nicht ab, wollte wohl keine Pause entstehen lassen in dieser Situation, die leicht ein Gewitter heraufbeschwören konnte. „Sie spricht gut auf die Behandlung an. Ihr Befinden hat sich deutlich gebessert. Ich kann nichts versprechen, aber wie es aussieht, haben wir die Sache im Griff."

„Schön."

„Ich habe vorhin versucht, dich zu erreichen, aber du warst nicht zu Hause."

Es hörte sich an wie ein Vorwurf, und das hätte Babsie wissen müssen: daß sie damit nichts auch nur einen Zentimeter vorwärtsbewegte, was sie in Gang bringen wollte, sondern nur das Gegenteil erreichte. Eine patzige Antwort, eine Trotzreaktion.

„Ich verbringe die Abende nicht allein und warte, bis mich jemand anruft."

„Mit wem du die Abende verbringst, interessiert mich nicht im geringsten, solange du mich nicht zum Gespött der Leute machst. Ich bin Ärztin, Herr Rektor. Ich habe eine Praxis."

„Du machst mich zum Gespött der Leute. Ich bin Schulleiter. Ich leite eine Schule..."

Da stand sie auch schon mit in die Hüften gestemmten Armen da, zornig von der Nasenspitze bis zum kleinen Zeh.

„Deswegen brauchst du nicht zu schreien! Ich bin nicht schwerhörig!"

„Ich schreie, wenn ich will!"

„O nein! In diesem Hause nicht!"

„Und ob! Du verdrehst ja nur die Dinge!"

„Ach! Ich verdrehe die Dinge?" Babsie lachte hysterisch. „Und du bist das Unschuldslamm. Na, großartig! Du läßt dich verleugnen, und ich bin an allem schuld."

„Was lasse ich mich?" Berkmann schnappte die Stimme über. „Das ist doch der Gipfel! Ich komme in mein Sekretariat, und was sagt man mir dort? Bei Frau Dr. Wegener wohnt ein Mann."

„Das machst du dir zurecht!"

„Ich mache mir nichts zurecht. Du machst dir etwas zurecht."

„So...! Weißt du, was ich gehört habe? In der Wohnung von Herrn Berkmann wohnt eine Frau."

„In meiner Wohnung wohnt keine Frau."

„Natürlich nicht. Und bei Volkmann in der Weinstube warst du auch nicht mit ihr. Alles, was du mit ihr hast, sind Komplikationen, Komplikationen... Komplikationen", erinnerte ihn Babsie, es waren seine eigenen Worte. Und weil ihn das wütend machte, fuhr er ein schwereres Geschütz auf.

„Ach, damit versuchst du doch nur, von deinem unmöglichen Benehmen abzulenken."

„Ich – ?" stampfte Babsie auf. „Ich weiß nicht, warum du überhaupt gekommen bist. Die andere wartet doch schon. Geh hin! Geh zu ihr...! Warum höre ich mir das überhaupt noch an? Diese Unverschämtheiten..."

„Unverschämtheit – ? Weißt du, was unverschämt ist? Wenn ich in meinem Zimmer sitze und arbeite, während du es mit anderen Männern treibst."

Babsie schlug auf den Marmortisch von Herrn Dr. Mayhöfer – einmal, zweimal, dreimal: „Sagtest du – mit anderen Männern?"

„Ich sagte: mit anderen Männern, jawohl!"

Und das war zuviel. Sie fuhr herum, riß den Kopf hoch und schrie, daß Strolch, der arme Kerl, unter den nächsten Sessel kroch: „R – – raus – – !"

Im gleichen Augenblick bereute sie es. Bestimmt setzte er sich jetzt in den Wagen und fuhr zu ihr. Zu dieser Rektorin. O, dieser Mann! Dieser Dickschädel!

Weil es wieder ruhiger wurde, kam Strolch aus seinem Versteck gekrochen. Er wollte Berkmann nachlaufen, aber Babsie hielt ihn am Halsband zurück. Traurig sah sie zum Fenster hinüber, in dem sich die Lichter der anderen Straßenseite spiegelten.

Dann setzte sie sich hin. „Komm, Strolch. Komm auf meinen Schoß. Herrchen ist fort... Herrchen kommt nicht wieder... Herrchen mag Frauchen nicht mehr..."

Halb neun – und Christa immer noch nicht auf ihrem Platz! Wann war das schon mal vorgekommen? Unruhig ging Berkmann in seinem Zimmer auf und ab.

Es war spät geworden gestern abend. Nach dem Besuch bei Babsie hatte er lange mit Jürgen, seinem Schulfreund in Eltville, telefoniert und anschließend noch eine gute Stunde im Vereinsheim gehockt, bei Mama Andriotti und Töchtern und aus Zorn und Enttäuschung noch zwei Soleier hineingestopft, die ihm wie Blei im Magen lagen. Die halbe Nacht war er gewandert.

„Da sind Sie ja, Christa! Gott sei Dank..."

Berkmann strahlte seine Sekretärin an. Sie hatte ein neues Parfüm, die Schuhe hatte er auch noch nicht an ihr gesehen. Und die Ohrclips! Die Clips trug sie auch zum ersten Mal.

„Ich habe mir schon Gedanken gemacht. Wo haben Sie denn gesteckt?"

„Sie müssen schon entschuldigen, Herr Berkmann, es kommt nicht wieder vor. Ich..." Sie brach ab, lächelte verlegen, wußte nicht, wie sie es ihm erklären sollte. „Ich... ich... Es ist mir in letzter Zeit gar nicht gut gegangen. Ich habe nur nichts gesagt."

Die Rolle des Mannes, der von allem nichts wußte, hatte er einstudiert. Er spielte sie überzeugend.

„Christa, machen Sie mir keine Angst. Sie sind die Seele des Ganzen. Ohne Sie bin ich erledigt."

Sie sah ihm auf die Lippen, als wollte sie sagen: Sag das noch einmal! Das kann ich nicht oft genug hören. Statt dessen wurde sie bis über beide Ohren rot. „Ach, jetzt übertreiben Sie, Chef. Jeder Mensch ist zu ersetzen."

„Christa, Sie sind doch nicht krank?"

„Krank – ? Nein. Und wenn, würde ich nicht darüber sprechen", sagte sie leise. „Sie sagen mir auch nicht, ob Sie Schmerzen haben, wenn Ihnen einer dieser wildgewordenen Fußballspieler gegen das Schienbein tritt." Und um das heikle Thema abzuschließen, begann sie mit einem neuen. „Wissen Sie, wo ich gestern war mit den Kindern? In dem neuen griechischen Restaurant. Nie wieder! Bei den kleinen Portionen müssen sie schon das Messer ablecken." Da Berkmann auch jetzt nicht reagierte, wechselte sie das Thema noch einmal. „Ihre Mutter hat angerufen. Der böse Junge hat sich die ganze Woche nicht gemeldet."

Inzwischen war Berkmann mit dem Brief, den er auf seinem Schreibtisch gefunden hatte, fertig und hielt ihn Christa Klein hin.

„Ich habe unserem Feldwebel mein Bedauern ausgesprochen wegen dem Vorfall mit Göttler. Der Feldwebel nimmt an. Unter der Bedingung, daß sich etwas Ähnliches nicht wiederholt. Da ist unser Herr Referendar noch einmal ohne Anzeige davongekommen." Er legte ihr den Brief zum Abheften auf die Maschine. „Und mit Warbitz telefoniert habe ich auch. Ich habe ihm mitgeteilt, daß wir unsere Erbsensuppe nicht von der Bundeswehr beziehen. Was nicht ohne Folgen bleiben wird für unsere Beziehungen, liebe Christa. Ich stehe jetzt im Schulamt hoch im Kurs."

„Und – woher bekommen wir die Suppe, lieber Herr Berkmann?"

„Das regeln wir morgen, liebe Frau Klein."

„Warum nicht heute?"

„Morgen, verdammt nochmal!“

Christa Klein hob ihre Nickelbrille etwas an. „Wagners Lehrbericht ist auch noch nicht da. Ich weiß nicht, was der Mann sich denkt. Jeder verschiebt, was ihm lästig ist, auf morgen, verdammt nochmal!“ Dabei sah sie ihn so fest an, daß es ihm unmöglich war, sich nicht getroffen zu fühlen. Dann wechselte sie das Thema. „Ist Ihnen an unserem Referendar nichts aufgefallen in den letzten Tagen...?“

„Mir?“ Berkmann zeigte nicht das geringste Interesse. Seine Frage: „Was soll mir denn aufgefallen sein?“ war eine reine Höflichkeitsfloskel.

„Er sagt, in allem hätten Sie ja gar nicht so unrecht.“

„Zu wem?“

„Zu mir. Stellen Sie sich das vor: gar nicht so Unrecht! Und dann hat er Sie verteidigt. Bei der Gutowski. Wegen Ralf. Dumme Ziege, hat er zu ihr gesagt. Und gestern habe ich gehört, wie er zu Sedlatschek gesagt hat: Ich kann mich über den Alten nicht beschweren...“ Was Christa Klein außerdem als Zeichen ernster Läuterung betrachtete, packte sie in eine Frage, die Berkmann zum Nachdenken anregen sollte. „Und wo ist sein Ohrring geblieben? Chef, unser Reffi trägt keinen Ohrring mehr! Ist das nicht toll?“

„Toll ist gar kein Ausdruck, Christa.“

„Vielleicht ändert er sich ja doch noch.“

„Der?“

Christa Klein sah ihren Chef lange mit leicht gerunzelter Stirn an. „Und ich sage Ihnen, er ändert sich. Und ich sage Ihnen noch was. Wie ich Sie kenne, bringen Sie ihn auch noch durch die Prüfung. Wetten daß...?“

Frau Bender, ihres Zeichens Elternbeirat der Klasse Scholz, der 5 b, steckte ihre Nase nicht nur in Erbsensuppen, sie blinzelte durch jedes Schlüsselloch und war über alles, was in der Schule vorging, bestens informiert, wegen ihres Übereifers und ihrer merkwürdigen Methoden zum Kummer des Kollegiums nicht immer richtig.

Deshalb stellte sich Berkmann zuerst die Frage, was sie wohl bewog, ihn ans Telefon rufen zu lassen, obwohl Christa ihr erklärt hatte, daß er in einer wichtigen Besprechung sei. Frau Bender rief häufig an. Wegen einer Arbeit, die angeblich zu schwer war, wegen einer nicht gehaltenen Vertretungsstunde, wegen der Temperatur im Aufenthaltsraum, weil das Plundergebäck zu frisch war und der Kakao nicht mehr so schmeckte wie zu ihrer Zeit. Ohne Frau Bender funktionierte in der Schule nichts.

Vor einer Woche war es das Thema Schulfest gewesen. Warum in dem Märchen, das die Scholz-Klasse für die Vorschulkinder aufführte, die Ulrike Mandler die Prinzessin spielte und nicht ihre Bettina? Und vor zwei Tagen hatte sie Christa noch einmal wegen der Erbsensuppe ausgequetscht. Der angedrohte offizielle Protest mit hundert Unterschriften – bisher war er ausgeblieben, aber wer das für einen Vernunftsakt hielt, der lebte gefährlich.

Und worum ging es heute?

Berkmann traute seinen Ohren nicht. Gut informiert? Die Frau wußte mehr als das Kollegium.

„Ich habe gehört, da soll ein aidskrankes Kind an die Schule, Herr Berkmann. Das ist wohl selbstverständlich, daß wir das nehmen."

Berkmann sagte eine Weile nichts. Außer mit Babsie und Christa hatte er mit niemandem darüber gesprochen. Das Kollegium wußte davon noch nichts.

Frau Bender wußte es.

„Freut mich, daß Sie das sagen, Frau Bender", antwortete er. Sein Gedächtnis ging einige Personen durch, die davon gewußt haben konnten.

„Aber ich bitte Sie, das ist man diesen armen Kindern doch schuldig, Herr Berkmann". Es war richtig wohltuend, auf soviel Verständnis zu stoßen bei den endlosen Problemen, mit denen man sich als Schulleiter herumschlagen mußte und nach diesem schrecklichen Theater wegen dieser Suppe. Das Kriegsbeil zwischen Frau Bender und ihm war damit wohl begraben.

„Das sind wir diesen Kindern schuldig, Frau Bender. Schön, daß Sie es auch so sehen. O ja! Die beiden werden sich gut verstehen."

Stille auf der anderen Seite.

„Welche... beiden?"

„Na, Ihre Bettina und der Rüdiger Richter. Wenn Sie wollen, setze ich die beiden nebeneinander."

„Wer ist das – ? Rüdiger – Richter?"

„Der neue Schüler. Wir haben doch gerade darüber gesprochen. Er kommt in die Klasse Ihrer Tochter. In die 5 b. Zu Frau Scholz. Was heißt aidskrank! Die Krankheit muß nicht ausbrechen. Der Junge hat sich nur infiziert."

„Was sagen Sie...?"

„Ihre Tochter und Rüdiger werden nebeneinander sitzen. Bank an Bank. Das mache ich doch für Sie, Frau Bender. Wo Sie sich doch so für den Jungen..." einsetzen, wollte Berkmann sagen, aber er kam nicht dazu.

Der Fernseher in Frau Benders Zimmer, der auf Hörgeschädigten-Lautstärke lief, wurde auf 40 Phon zurückgedreht, und Frau Bender drehte ihre Stimmbänder auf.

„Bank an Bank, sagen Sie – ? Das glauben Sie doch selber nicht! Wie kommen Sie mir denn vor? Meine Bettina? Zu einem todkranken Kind?"

„Aber Sie haben doch selbst gesagt... Der Junge braucht Hilfe, Frau Bender", versuchte Berkmann das Gespräch wieder in ruhige Bahnen zu lenken.

„Ich – ? Hören Sie auf! Da steht mir meine Tochter aber näher. Aidskrankes Kind! Neben meine Bettina kommt mir der Junge nicht. Nicht auf die gleiche Bank und nicht auf die Nebenbank! Der Junge kommt überhaupt nicht in die Klasse Scholz."

„Aber Frau Dr. Wegener sagt..."

„Dr. Wegener! Dr. Wegener! Was die sagt, interessiert mich nicht. Kommen Sie mir nicht damit."

Berkmann gab Christa Klein ein Zeichen, näherzutreten und hielt den Hörer so, daß sie die Hälfte von dem, was Frau Bender hineinschrie, mitbekam.

„Der Junge kommt mir nicht in diese Klasse, wenn Sie verstehen, was ich meine. Bettina nimmt mir auch von diesem Kind nichts an. Das Mädchen geht mit diesem Kind auch nirgends hin..."

Christa schielte auf die Gabel, blickte Berkmann an und zuckte fragend die Schulter. Soll ich das Gespräch unterbrechen? hieß das.

Berkmann schüttelte den Kopf und hielt ihr den Hörer, in den Frau Bender hineinwetterte, etwas dichter ans Ohr, damit sie ja nichts verpaßte. Bei Frau Bender war es immer gut, einen Zeugen zu haben.

„Wie haben Sie sich das eigentlich vorgestellt? Wer hat Ihnen das erlaubt? Kranke Kinder gehören nicht in die Schule. Grundsätzlich nicht. Das müssen Sie als Schulleiter wissen... Bekomme ich jetzt schon wieder Schwierigkeiten mit Ihnen – ?"

Da war es passiert. Berkmann knallte den Hörer hin, Christa wurde blaß, und wie Frau Bender darauf reagierte, war unschwer auszumalen.

„Sie hat uns in der Hand, Chef. Wenn Sie jetzt noch sagen, daß unsere Suppe von der Bundeswehr kommt, gibt das nicht nur einen Skandal. Dann können wir uns erschießen..."

Berkmann nahm seine Sekretärin bei den Schultern und grinste sie wie ein Lausbub an. „Wer sagt denn etwas von Bundeswehr, Christa? Damit stehe ich bei Warbitz im Wort. Wir beziehen keine Suppe von der Bundeswehr."

„Sondern?"

„Von Weller."

„Weller kann nicht kochen. Und soviel schon gar nicht."

„Das braucht er auch nicht. Er liefert uns die Suppe nur."

„Von wem?"

„Von der Feuerwehr."

„Und wo hat die... Feuerwehr die Suppe her...?"

„Fragen Sie Ihren Großmarkt, wo er sein Kartoffelpüree herkriegt?"

„Chef, lenken Sie nicht ab!"

„Also gut. Weil Sie's sind." Berkmann grinste. „Die Feuerwehr bekommt die Suppe von der Bundeswehr..."

Sie sah ihn an wie jemand, der ihr gerade erzählt hatte, daß sich die Sonne um die Erde dreht. „Daß ich auch immer auf Ihre dummen Witze fliege. Ach, ich könnte Ihnen manchmal..."

„Na, was denn?"

„Sie wissen schon."

„Ich weiß gar nichts. Außer daß unser lieber Hausmeister Onkel Hans die Suppe besorgt. Auf eigene Rechnung. Und auf Heller und Pfennig belegt an die Schule weiterverkauft." Allmählich dämmerte es Christa. „Herr Berkmann!" rief sie, halb bewundernd, halb verblüfft. „Sie sind ja ein richtiger Schweijk!"

Berkmann seinerseits, ebenso verwundert und ebenso verblüfft, war gezwungen, zuzugeben:

„Ein kleiner Schweijk. Muß ich sagen. Da können Sie mal sehen, was Menschen wie Frau Bender aus einem gequälten Schulleiter machen..."

Die kleine Wiegand war dann doch ein Lichtblick. Sie stand am Fenster im Erdgeschoß bei den Blumenstöcken und Kakteen. Ein Blumennarr, wie ihn sich die Schule nur wünschen konnte nach den vielen mißlungenen Experimenten beim Hochpäppeln von Pflänzchen für Flure, Klassenzimmer und Verwaltungsräume. Die meisten Schulen hatte für diesen Zweck ihre Hobby-Gärtner.

Die bisher an der Albert-Schweitzer-Schule mit Blumenerde, Dünger und Gießkanne zu Werke gegangen waren, hatten meist in kurzer Zeit zugrunde gerichtet, was grünte und blühte.

„Herr Berkmann", sagte Susanne Wiegand, mit dem kleinen Finger winkend. Offenbar war ihr gar nicht so unlieb, daß er sah, wie sie sich mühte. „Sie haben hoffentlich nichts dagegen, wenn ich mich ein bißchen gärtnerisch betätige?"

„Von unseren Damen ist keine böse", grinste er, „aber Stundenermäßigung bekommen Sie dafür nicht."

„Will ich doch auch nicht", lachte sie.

„Einmal zuviel, einmal zu wenig Wasser. Ich glaube, hier ist alles kurz vorm Eingehen."

„Ganz so schlimm nicht. Wasser haben die Kakteen nun mal nicht so gern. Frau Klein hat es zu gut gemeint."

„Sie meint es immer zu gut. Was sie anfaßt, macht sie hundertprozentig." Er deutete mit dem Daumen nach oben. „Diese Frau hat acht Jahre Volksschule. Aber Rechtschreibung, da sollen Sie unsere Christa mal sehen. Was die an Fehlern findet, wenn sie die Protokolle der jungen Lehrer in die Maschine tippt."

„Ein Lehrer kann nicht alles können, Herr Berkmann."

„Ach, wissen Sie, Leute, die sich wegen ihres Abiturs an die Brust klopfen und bei Professoren für Germanistik die Prüfung bestehen, sollten schon von ihrer Muttersprache ein wenig Ahnung haben, finde ich." Er ließ sich die welken Blätter, die sie herauszupfte, in die Hand drücken und verfolgte interessiert ihre fachkundigen Handgriffe. „Alles muß ein Lehrer nicht können, aber es gibt etwas, was er können muß: mitfühlen, Verständnis haben, sich in die Lage anderer versetzen und sehen, wo es fehlt. Das muß er können."

Überzeugung schien es nicht zu sein, was da auf Susanne Wiegands Gesicht zu lesen war. „Ob ich dafür die richtige Ausbildung habe, weiß ich nicht. Meinen Sie, meine Professoren befassen sich mit Kindern?"

Schon waren sie mittendrin im Fachsimpeln. Wenn er da an Göttler dachte! Sie machte es sich erheblich schwerer als er, der sich mit seiner Laisser-faire-Strategie die Probleme vom Hals hielt.

Susanne Wiegand stand mit dem Gießkännchen da und hatte total vergessen, daß sie sich um die Azaleen kümmern wollte.

„Was mache ich, wenn ein Kind im Unterricht abschaltet? Wenn es die Hausaufgaben verweigert? Wenn Jonas sagt: Rauchen? Das ist mir doch egal, dann verreck' ich eben. Wie verhalte ich mich, wenn mich die Klasse provoziert? Das habe ich nirgends gelernt, Herr Berkmann."

Wie alt war sie? Vierundzwanzig. Fast zwanzig Jahre jünger. Ich war in diesem Alter noch nicht so weit, dachte er. So wissenshungrig, so engagiert, so selbstkritisch.

„Ich hab' es nirgends gelernt, Herr Berkmann. Bin ich deswegen eine schlechte Lehrerin?"

Er schüttelte den Kopf. „Was Ihnen fehlt, lernen Sie noch. Der eine hat's, der andere hat's nicht... Und die Susanne Wiegand hat's eben. So ist das in unserem Beruf."

„Ich geb' mir Mühe."

„Lernen müssen wir alle. Ich komme ja auch zu Ihnen, um zu lernen."

„Sie?"

„Natürlich. Was wären wir denn ohne die jungen Leute, die von draußen den frischen Wind mitbringen, der den Mief aus den Klassenzimmern fegt? Verknöcherte Alte. Nur dürfen die jungen Leute nicht glauben, daß alles in den Papierkorb gehört, was gestern galt und heute noch gilt. Dann hätten wir bald ein Narrenhaus hier statt einer Schule. Nein! Sie lernen von uns, wir lernen von Ihnen..."

„Ach", seufzte sie, „es ist doch alles so aussichtslos. Wissen Sie, wie viele von uns später eine Stelle kriegen?"

Draußen auf dem Schulhof kam Müller-Kronach mit einer Klasse von der Turnhalle zurück, in gelockerter Zweierreihe, ein Beispiel an Ordnung und Disziplin, und im ersten Stock oben hörte man Sedlatschek schreien.

„Es bekommen nicht alle eine Stelle, nein. Allerdings frage ich mich auch: Verdienen denn alle eine? Vierzehn Semester und dann mit Ach und Krach durch den TÜV. Als Oldie. Kann man von Lehrern, die unsere Kinder unterrichten, das Wertvollste, was wir besitzen, wie es so schön heißt, nicht mehr verlangen, Fräulein Wiegand?"

Berkmann konnte nicht auf ihre Antwort warten, hinter Müller-Kronachs Klasse marschierte ein stämmiger Fünfziger mit Anzug und Krawatte auf den Hintereingang der Schule zu, der sich für diesen Vormittag einiges vorgenommen zu haben schien.

„Ziehen Sie los, Referendarin! Das ist der Herr vom Studienseminar..."

Susanne Wiegand fing den Blumenstock, der ihr vor Schreck fast aus der Hand gefallen wäre, gerade noch auf.

„Dr. Kramer? Der wollte erst nächste Woche kommen. Ich bin mit der Stunde noch nicht fertig!" rief sie entsetzt.

„Dann nichts wie ab in die Klasse!"

„Was soll ich denn machen?"

Der Leiter des Studienseminars! Und sie nicht vorbereitet!

„Sagen Sie doch was, Herr Berkmann...!"

„Gehen Sie in die Klasse! Noch ist Unterricht. Fangen Sie ihn vor der Tür ab und schicken Sie ihn zu mir. Sagen Sie, ich wollte ihn sprechen. Ich kenne den Kramer..."

„Was hilft das – mir?"

„Das kann ich Ihnen jetzt nicht erklären. Tun Sie, was ich Ihnen sage..." Berkmann hielt die Referendarin am Ärmel fest. „Und wenn Sie ein Blackout haben, erschrecken Sie nicht bei seinen blöden Fragen. Lenken Sie ihn ab!"

„Und wie?"

„Bringen Sie die Sprache auf Legasthenie. Dann hält er Ihnen einen zweistündigen Vortrag über seine Forschungsergebnisse, und wenn Sie ihn nicht unterbrechen, gibt er Ihnen eine Eins..."

Zuerst bekam Dr. Kramer im Sekretariat einen Kaffee, dann unterhielt er sich mit Berkmann über die Referendarin, und dann brachte Berkmann das Gespräch auf die Legasthenie und Dr. Kramers empirische Untersuchungen.

Und dann klingelte es.

Christa Klein, die dem Chef vom Gesicht ablas, was er vorhatte, fragte Besucher auch schon mal nach dem Befinden der Ehefrau oder der Kinder, wenn es nötig war. Was hier nicht nötig war, weil – wie Göttler sagen würde – der Herr Doktor verabschiedete sich schon wieder.

Am nächsten Nachmittag bekam Christa eine Einladung von Adnans Eltern. Sollte sie annehmen, sollte sie nicht? Sie nahm das Kärtchen mit in die Schule und zeigte es Berkmann, und der riet ihr zu.

„Da müssen Sie hingehen, Christa“, sagte er, während er ihr beim Sortieren der Post zusah und man kaum ein Wort verstand, weil unten ein Preßlufthammer die Straße aufriß, daß die Scheiben dröhnten. „Es ist doch ganz natürlich, daß die Öksals Ihnen ihre Dankbarkeit zeigen wollen, Sie haben den Rettungswagen gerufen, Sie haben sich um Adnan gekümmert, und im Krankenhaus waren Sie auch.“

„Ich habe Ihnen doch schon gesagt, ich kann die Jungens nicht allein lassen“, antwortete Christa Klein, als es unten einen Augenblick ruhig war. „Ich sehe sie nicht mehr mit Mario zusammen, und ich hoffe nicht, daß sie sich heimlich mit ihm treffen. Aber was sie abends treiben, das möchte ich schon noch eine Weile kontrollieren. Wissen Sie, das ist doch für eine alleinstehende Frau alles nicht so einfach.“

„Dann sagen Sie ab. Aber so, daß es die Öksals nicht in die falsche Kehle kriegen.“

Sie sah ihn gekränkt an. „Ich bin ja total undiplomatisch. Ohne jedes Fingerspitzengefühl. Natürlich.“

Er kam nicht dazu, ihr zu versichern, daß es so nicht gemeint war, so schnell hielt sie ihm das Schreiben unter die Nase, das sie aus dem Poststoß herausgefischt hatte.

„Wissen Sie, was ich heute morgen gedacht habe, als ich in die Schule ging? Christa, habe ich gedacht, du hattest einen guten Mann, den besten von allen. Er hat dich gut versorgt – einigermaßen jedenfalls. Du kommst auch ohne die achtzehnhundert zurecht. Mehr ist es schließlich nicht, was ich vom Kreis bekommen. Netto. Und dann muten die einem so etwas zu!“

Sie meinte den Brief von der Kreisverwaltung mit der Unterschrift des für das Bauwesen zuständigen Mannes. Wie konnte ein vernünftiger Mensch einen solchen Brief schreiben?

„Der Erste Beigeordnete hat doch den Ausbau des Kellergeschosses zugesagt, Herr Berkmann. Ist er denn nicht mehr zuständig?“

„Nein", sagte Berkmann, „seit den Kommunalwahlen ist ein anderer zuständig..."

„Und der lehnt es ab?" Konrektor Volkmann, der den Globus zurückbrachte und in seinem Fach nachsah, ob etwas vorlag, war auch verzweifelt. „Herr Berkmann, das ist ja furchtbar. Wir haben Nachmittag für Nachmittag hier gesessen und die Einrichtung ausgesucht. Zweihundertfünfzig Positionen. Frau Klein hat die Aufstellung abgeschrieben, in siebenfacher Ausfertigung. Und das ist jetzt alles umsonst? Der neue Werkraum fällt ins Wasser? Soll ich mit meinen Werkzeugen und Maschinen in den Musikraum gehen? Was sind denn das für Zustände? Kann man denn gar nichts dagegen machen, Herr Berkmann...?"

„Wie lange geht das schon so, Kollege Volkmann? Sie sind doch der Mann mit der längsten Praxis. Sie müßten es doch wissen. Rein in die Kartoffeln – raus aus den Kartoffeln. Der Fortschritt der Schule vollzieht sich in zwei großen Schritten: Einmal hüh und einmal hott."

Weil Volkmann nach alter Väter Sitte das Bedürfnis hatte, von einem Thema so schnell nicht abzulassen und weil auf Berkmann, bevor er in den Unterricht mußte, nebenan noch jemand wartete, komplimentierte Christa, die auch diesmal die Übersicht behielt, den Konrektor mit ihrem umwerfendsten Charme hinaus und Arne Göttler zum Chef hinein.

Und schon setzte es wieder ein Donnerwetter.

„Sagen Sie mal, Referendar, haben Sie nichts Besseres zu tun als hier herumzusitzen?"

Göttler zuckte leicht zusammen. „Sagen Sie mir lieber, ob Sie was für meine Nerven haben."

„Nur meine Sprüche."

„Dann kann ich's ja auch mal mit einem Spruch versuchen."

„Na, dann mal los!"

Was Göttler sonst zuviel hatte an Courage, bei Berkmann fehlte sie ihm plötzlich. Und so klang das, was er vorbrachte, eher weich als beherzt, obwohl er sich damit keineswegs zu verstecken brauchte.

„Ich nehme den Jungen, Herr Berkmann. Das macht mir nichts aus. Ich meine ... wenn ihn keiner nimmt, nehme ich ihn. Ist doch klar ...“

„Welchen – Jungen?“

„Diesen Rüdiger Richter. Diesen aidsinfizierten Jungen.“

Die Sommerferien rückten näher und näher.

Große Reisepläne hatte Christa Klein nicht. Vielleicht acht Tage zu ihrer Mutter nach Mainz, damit Falko und Frank einmal etwas anderes sahen. Dann kamen sie auch eher von diesem Mario los.

Christa Klein war die Schülerzugänge noch einmal durchgegangen und bereitete nun den Tee vor.

Seinen Tee! Mit Liebe gekocht, den Zucker nicht vergessen, zwei Stück. Sie stellte Kanne und Tasse aufs Tablett und ging damit in sein Zimmer hinüber.

Er stand vor der Stundentafel und bastelte den Plan für das neue Schuljahr zusammen, den Vorentwurf fürs erste, denn am Ende sah alles meist ganz anders aus. Da blieb von den Wünschen der Kollegen oft nicht viel übrig. Die Turnhalle mußte sich die Schule mit der Grundschule von Frau Lutz teilen. Die Förderstufenklassen drüben fuhren an zwei Nachmittagen in die Sporthallen der Gesamtschule Weimersdorf und der Grundschule Tiefenbach. Und daran änderte sich auch so schnell nichts. Was half aller guter Wille, wenn Bürgermeister Michelau, sobald es um den Neubau ging, sein Veto einlegte.

„Danke, Christa“, sagte Berkmann, als sie das Tablett absetzte. „Haben Sie Volkmann gesehen?“

Sie grinste. „Der Herr Konrektor ist auf dem Öko-Trip.“

„Was heißt das denn?“

„Unten. Bei Frau Gutowski. Das Umweltspiel besprechen. Und wenn Sie schon beim Stundenplan sind, Chef. Vielleicht macht sich schon mal einer Gedanken, wer die Klasse von Sedlatschek nimmt. Soviel ich sehe, will sie keiner. Die Kinder haben ja nichts gelernt außer abschreiben. Gedichte abschreiben, Europas Flüsse abschreiben, Sachtexte seitenweise. Tagelang... Da macht man sich natürlich nicht tot als Lehrer, mit solchen Methoden... Sie können mir ruhig mal zuhören!"

Er war abwesend. Er war es den ganzen Vormittag schon. Am besten läßt man ihn in Ruhe, dachte sie. Das werde ich auch tun. Nur das Wichtigste noch.

„Frau Uhlmann ist krank geschrieben. Hexenschuß..."

Er fing an in seinem Tee zu rühren. „Eine Klasse ohne Lehrerin? Warum erfahre ich das nicht früher?"

„Die Klasse ist nicht ohne Lehrerin. Frau Uhlmann ist nicht zu Hause geblieben. Sie hat sich in die Schule geschleppt mit ihrem steifen Kreuz. Das arme Ding kann nicht sitzen und nicht stehen."

Sie sah, wie dieser melancholische Laß-mich-in-Ruhe-Blick, mit dem er den halben Vormittag herumlief, plötzlich lebhaft wurde. „Das geht natürlich nicht. Mit Überanstrengung bekommt sie das nicht weg."

„Lassen Sie das Mädchen, Chef. Sie wird ja gebracht."

Da er nicht fragte, von wem, was ein um das Seelenwohl seiner Mitarbeiter besorgter Chef hätte fragen müssen, redete sie solange um die Sache herum, bis er schließlich doch nachhakte.

„Gebracht? Ja, kommt sie denn mit dem Taxi, Christa?"

Sie flüsterte, als errate sie ein Geheimnis, obwohl es jeder wußte: „Ihr Mann! Ihr Mann bringt sie mit dem Wagen. Er hat sie auch schon wieder in der Wohnung besucht. Ist das nicht schön?"

Weniger schön waren gewisse Vorfälle auf dem Hof. Die Frauen wurden mit den großen Lümmeln nicht mehr fertig.

„Einige unserer Kolleginnen, Herr Berkmann", wie Christa sich sofort bemühte, einzuschränken und den Verlust des Ansehens ihres Geschlechtes in Grenzen zu halten, „einige. Keine Diffamierung der Frauen bitte. Es gibt auch Männer, die in die Hosen machen, wenn sie auf dem Schulhof stehen. Sehen Sie sich Wallenstein an! Soweit haben wir es mit unserer Erziehung gebracht. Wer sagt denn diesen Kindern noch etwas? Die sind doch vom Kindergarten an mit Ausreden groß geworden.

Wenn heute einer nicht schaffen will, ist das nicht Faulheit oder Bequemlichkeit, dann ist es die Angst vor der Zukunft. Und wenn die Gören unten rauchen und sich die Lunge kaputtmachen, ist es auch die Angst vor der Zukunft…"

„Christa", versuchte Berkmann zu bremsen, „einige unserer Damen beschweren sich über die Vorfälle auf dem Hof. Dem werde ich nachgehen. Und jetzt steigen Sie herunter von Ihrem hohen Roß und notieren Sie sich das für die nächste Konferenz. Ein Schulleiter muß auf alles achten. Vor allem muß er darauf achten, daß die Sekretärin nicht übermütig wird… Diffamierung der Frauen! Darauf wollen Sie doch hinaus. So'n Quatsch…"

Nach diesen zehn Minuten hatte Christa Klein ihren Chef nicht mehr eine Sekunde allein. Erst kamen die Dachdecker, die wissen wollten, wo es reinregnete, dann rief das Jugendamt an – und dann kam *sie.* Und nach ihr kam Pfarrer Hildesheimer. Ihn setzte Christa Klein ins Besucherzimmer.

Irina Lutz hätte den Brief, den Schulamtsdirektor Warbitz ihr in die Hand gedrückt hatte, durch ein Kind schicken können. Zur freundlichen Kenntnisnahme. Das hätte es auch getan. Aber Berkmann nur zu informieren, das war ihr zu wenig. In diesen Wochen hatte sich zwischen ihm und ihr etwas aufgebaut, das mehr war als ein Briefwechsel oder ein Anruf.

Nachdem sich Christa Klein ein: „Sind Sie auch schon wieder da?" in letzter Sekunde verkniffen hatte, gab sie Irina Lutz mit einer Handbewegung gönnerhaft den Weg ins Schulleiterzimmer frei. Der blaue Hosenanzug war Christa etwas zu elegant für eine Rektorin, aber als Kontrast zu dem langen, blonden Haar recht wirkungsvoll. Eine hübsche Person.

Als es nach der Pause auf dem Flur ruhiger wurde, bekam Christa Klein – ohne daß sie es wollte – Brocken des Gespräches mit.

Der Chef sagte: „Sie müssen doch wissen, ob Sie ihn lieben…"

Und sie: „Wir sind immer noch eine Familie, Michael. Was das für ein Kind bedeutet, hat mir kürzlich gerade jemand erklärt. *Sie* – ! Ich habe einen Fehler gemacht. Jetzt sehe ich es ein. Man darf nicht so schnell aufgeben."

Und da kam dieser blöde Buchhändler dazwischen mit seinen Büchern für das neue Schuljahr, und Christa Klein konnte kein Wort mehr verstehen.

„Sagen Sie, Michael, sind Sie jetzt sehr enttäuscht? Sagen Sie ja. Es würde mir schmeicheln." Irina Lutz hatte sich auf die Kante von Berkmanns Schreibtisch gesetzt. „So ganz ohne Michelfels – ich weiß nicht, wie ich mich dann fühlen werde..."

Berkmann nahm ihre Hand und sah ihr in die Augen. „Ich bin enttäuscht, Irina. Jemanden wie Sie braucht man, wenn man etwas vorhat wie ich."

„Die Schule menschlicher zu machen..."

„Auch das."

„Die Schule ist für die Schüler da und sonst niemanden. Ich habe mir alles gemerkt, Michael, und ich wünsche Ihnen Glück, daß Sie wenigstens etwas davon erreichen."

„Sie reden wie eine Frau, die sich aus dem Schulleben zurückzieht, Irina."

„Nein. Ich möchte meine Arbeit fortsetzen. Dazu haben Sie mich motiviert, Michael."

„Gut so. Alles arbeitet für Sie", sagte er und stellte fest, daß ihm die Kehle plötzlich trocken wurde. Ihr Weggang war wirklich ein Verlust für alle. „Irina! Wo sind Sie mit Ihren Gedanken?"

Ja, wo war sie? Erklären konnte sie ihm das nicht. Nicht einem Psychologen wie ihm.

„Ach, ich denke, daß ich das Haus einigermaßen geordnet verlasse. Konrektor Heller kommt wieder. Er übernimmt die Leitung vorerst. Die Stelle wird neu ausgeschrieben."

Berkmann nickte. „Die Stelle wird neu ausgeschrieben. So einfach ist das."

Sie wußte nicht, warum sie plötzlich den Kopf an seine Schulter legte, sie konnte es nicht sagen. Es überkam sie einfach.

„Sie müssen mich ja nicht ganz vergessen, Michael. Ein bißchen, ein klein bißchen darf ruhig übrigbleiben von Volkmanns Weinstube und meinen ... Bratkartoffeln. Mein Gott, hat mir das Herz geklopft, als Sie auf meiner Supercouch saßen."

Berkmann strich über ihr Haar. „Mir auch, Irina. Aber ein bißchen Herzklopfen sagt einem noch nicht, wohin man gehört ..."

Pfarrer Hildesheimer hatte Irina Lutz nicht kommen sehen, und er sah sie auch nicht gehen. Er saß am Tisch des Besucherzimmers und blätterte in den pädagogischen Zeitschriften, die Christa Klein inventarisieren wollte. Er hatte seine Pfeife leer neben den Aschenbecher gelegt, um zu zeigen, wie gern er sich eine angesteckt hätte, wo er doch so lange warten mußte. Solange er hier unterrichtet hatte, während alle dieser Jahre, hatte er sich an die Schulordnung gehalten, die besagte, daß Rauchen nur im Lehrerzimmer erlaubt war. Eine psychologische Maßnahme, von der man allerdings vor und nach der Konfirmandenstunde nichts merkte. Da lag der Pfarrhof hinterher jedesmal voller Kippen.

Berkmann bat den Pfarrer, sitzen zu bleiben, als er auf ihn zuging und ihm die Hand schüttelte. Pfarrer Hildesheimer war nicht voll ungetrübter Freude, sondern runzelte zunächst ein wenig kritisch die Stirn.

„Ich dachte, wir sehen uns mal in der Kirche, mein lieber Berkmann. Die Frau Doktor sieht man öfter mal. Guten Tag und Gott befohlen. Störe ich?"

„Aber nein." Berkmann setzte sich zu ihm und überlegte, ob er dem Pfarrer einen Kaffee anbieten sollte, war aber nicht in der Stimmung, sich auch noch die Sorgen anderer anzuhören. Denn der gute Hildesheimer kam nur, wenn er Kummer hatte.

„Ja, mein lieber Berkmann, Schule hält er nicht mehr, aber gelaufen kommt er noch, werden Sie denken. Und unser junger Vikar wird denken, ich schnüffle ihm nach, wenn er mich sieht ... Wie macht er seine Sache?"

„Oh, er wird sich schon einleben", sagte Berkmann verlegen und vergaß, was er über den jungen Mann und seine Demonstrationsfreude gehört und gesehen hatte.

„Schön, mein lieber Berkmann, dann kann ich zum Kern der Sache kommen. Die Schmands! Ich weiß nicht, was Sie von der Familie halten. Mir kommen da in letzter Zeit doch einige Bedenken. Sie kennen die Bande. Sie haben einen davon in der Schule. Ich bete zu Gott, daß Sie ihn bald wieder loswerden."

Tu das, dachte Berkmann. Auf mich hört er nicht.

„Wissen Sie, unverschuldet in Not geraten kann jeder. Das ist keine Schande. Mit fünf Kindern und einer Stelle in der untersten Lohngruppe bei der Mineralwasser, davon möchte ich auch nicht leben. Und einem Kerl am Hals, der die Arbeit mit Glacehandschuhen anfaßt. Wobei ich zugeben muß, daß die Mutter immer den Eindruck in mir geweckt hat, eine einigermaßen fromme Frau zu sein... Was mich veranlaßte, für die Familie zu sammeln. Anonym selbstverständlich."

„Was bei Ihren Beziehungen sicher etwas eingebracht hat."

„Ach, so wild nicht. Meine Beziehungen sind inzwischen auch schon alle pensioniert", schmunzelte der Pfarrer. „Eintausendzehn Mark und einundachtzig Pfennig aber immerhin. Soll ich Ihnen sagen, was die feine Familie davon gekauft hat? Einen Videorecorder."

Ja. Lebenstüchtig waren sie, die Schmands.

„Können Sie als Pädagoge und Christ dem Kirchenvorstand verübeln, daß er den Leuten künftig nur noch mit Materialien hilft? Wir haben nicht die Absicht, die Unterhaltungselektronik der Familie auf den neuesten Stand zu bringen."

Ein Videorecorder! Die Tüten, die sie zum Taxi geschleppt hatten. Berkmann sah das Bild vor sich, während er dem Pfarrer lauschte, der sein christliches Herz vom Mammon überlistet sah.

„Irgendwie müssen die Schmands von dem Beschluß, den außer dem Kirchenvorstand niemand kennt, erfahren haben. Und jetzt rennen sie mir die Türen ein und protestieren: Wir wollen Bargeld. Ich muß Sie warnen, lieber Freund. Das gleiche werden Sie bei Ihnen versuchen..."

Mein Fleisch vom Metzger wollten sie auch nicht. Das wollten sie auch in Scheinen ausbezahlt haben, dachte Berkmann. Was hat mich eigentlich im letzten Moment davor bewahrt, den Recorder mitzufinanzieren – mit fünfzig Mark? Mit einer Sekretärin wie Christa ist man vor allen Tücken des Lebens gefeit.

„Ich will den Schmands nicht Unrecht tun", sagte der Pfarrer, das wäre auch wenig christlich gewesen. Allerdings war sein „Aber" berechtigt. „Für einen Videorecorder wird die Gemeinde nicht noch einmal sammeln. Dafür wird der alte Hildesheimer sorgen... Kommen Sie doch mal auf ein Glas vorbei, mein lieber Berkmann. Frankenwein! Ein guter Tropfen. Sie sind im Pfarrhaus immer gern gesehen..."

Auch im Sekretariat standen die Fenster weit auf an diesem Morgen. Von den Gärten herüber roch es nach Sommer und nach Blüten. Die Sonne, die nun schon ein gutes Stück über den Dächern der alten Seifenfabrik stand, war noch eine ganze Weile damit beschäftigt, die Pfützen aufzulecken und das Heu zu trocknen, das bei dem Gewitter letzte Nacht reichlich Wasser abbekommen hatte.

Und was trieb Hausmeister Weller an diesem Morgen? Er saß mit seinem braunen Cordhut auf dem großen neuen Motorrasenmäher und studierte die Gebrauchsanweisung.

Im zweiten Stock oben hörte man Sedlatschek schreien. Konrektor Volkmann nahm eine Tablette für seinen Kreislauf.

Als die Tür zum Sekretariat geöffnet wurde, schlug das Fenster in Berkmanns Zimmer zu, und um ein Haar wäre die Blumenvase auf Christas Schreibtisch zu Boden gefallen.

„Der neue Kaffeeautomat, Chef. Hier ist er." Christa Klein hob den Karton hoch, den sie unterm Arm trug.

„Habt ihr im Lotto gewonnen?"

„Wir haben gesammelt. Achtundfünfzig Mark. Zehn Mark sind allein von Ihnen." Sie ging zum Spiegel und ordnete ihr

Haar, das durch den Zug durcheinander geraten war. „Gestern war ich in Tiefenbach. Wir können froh sein, daß wir so ein Kollegium haben und so einen Hausmeister. Und solche Putzfrauen."

„Und so einen Chef!"

„Und so einen Chef, jawohl! Das darf man wohl sagen." Die Zwischentöne in ihrer Stimme verrieten, daß noch etwas nachkam, Berkmanns feinem Gehör nach eine Ernüchterung.

So war es.

Allerdings, meinte sie, sei dieser Chef manchmal eben einfach nicht hart genug.

Nicht hart genug? Was sollte das heißen?

„Na, zum Beispiel die Jahresberichte. Ich habe sie Ihnen auf den Schreibtisch gelegt. Sigi Schomburg gibt am Montag ab. Und wer hat noch gar nicht angefangen?"

„Sedlatschek."

„Preisfrage zwei: Wer hat Leerseiten statt Beobachtungsprotokollen?"

„Sedlatschek."

„Und wer sagt ihm nicht die Meinung, daß es so nicht weitergeht...?"

„Der Schulleiter."

Berkmann hatte Sigi Schomburg nicht hereinkommen sehen und fuhr herum, als er ihre Stimme plötzlich hinter sich hörte.

„Und warum hat der Schulleiter das nicht schon getan?"

Berkmann sah sie verblüfft an. „Frau Schomburg, Sie als junge Mutter halten sich da raus, ja? Schonen Sie Ihre Nerven für den Kreißsaal. Alles in Ordnung mit dem Kind?"

Sigi Schomburg blickte zweifelnd auf ihr Bäuchlein. „Ich hoffe..."

Da kam auch noch Helga Bott.

Sie ging auf Berkmann zu und drückte ihm die Hand.

„Meine Claudia war da, Herr Berkmann. Gestern nachmittag. Wir haben zusammen Kaffee getrunken..."

Fünf Sekunden brauchte Christa, bis sie die Sprache wiederfand.

„Claudia und du?"

Helga Bott warf einen Blick auf Berkmann, einen Blick voller Dankbarkeit. „Die Claudia und ich, jawohl."

Das hieß, der Chef war bei dem mißratenen Töchterchen gewesen und hatte ihr, seiner Sekretärin, nichts davon gesagt. Er informierte sie doch sonst über alles. Was hatte das zu bedeuten?

Von Helga Bott konnte Christa Klein nichts mehr erfahren, die war schon wieder auf dem Weg in die Klasse. Also wandte sie sich wieder an Berkmann.

„Wie haben Sie das nur wieder hingekriegt, Sie? Da hätte ich mal dabei sein mögen, bei dem Gespräch. Der Helga geht es wie meiner Schwägerin, Herr Berkmann. Die Große liegt bis zwölf im Nest. Der Student steht gar nicht erst auf. Und die Mutter muß raus, das Futter für die Jungen einfliegen."

Was zur Folge hatte, daß Sigi Schomburg mit einem leisen Seufzer auf Christas Drehstuhl sank und meinte: „Hoffentlich wird unserer mal nicht so..."

Natürlich stürmten Christa und Berkmann – junge Mütter mußte man schonen – mit allen nur denkbaren Argumenten auf die Spätgebärende ein. Der neue Erdenbürger würde sicher das klügste und schönste Kind von ganz Michelfels. Gewiß übernahm er später mal die Praxis, wo Vater Dr. Manfred doch soviel investiert hatte.

Allen Prophezeihungen von Traumdeuter Wallenstein zum Trotz, daß Sigi Schomburg nur eins, nämlich Drillinge zur Welt bringen werde.

Und wer kam dann?

Heike Valentin aus Weimersdorf.

Elke Uhlmann holte sich gerade die Abzüge für ihre Deutschstunde. Ihr entging so wenig wie Hausmeister Weller, der am Schloß des Aktenschrankes hantierte, daß Heike eine Wurst schwenkte, einen halben Meter lang und faustdick. Eine Riesenwurst. Für wen wohl?

Heike war dafür bekannt, daß sie für klare Verhältnisse sorgte, und das tat sie auch jetzt:

„Die Wurst ist von der Mama, Herr Berkmann. Für den Brief, Sie wissen schon..."

Das „Sie wissen schon" sagte alles. Es hatte den Geruch von dunklen Machenschaften, von Bestechung.

Ein bestechlicher Beamter! Wenn Heike gewußt hätte, was sie ihrem Schulleiter damit antat! Nein, das wußte sie nicht. Es war doch so gut gemeint. Sie war doch so stolz.

Berkmann konnte sich vorstellen, was in Mama Valentins Hinterkopf vorgegangen war und was darin vorgehen würde, wenn er die Annahme des Geschenkes verweigerte.

Es mußte sein.

„Heike, sag der Mama einen schönen Gruß. Ich..."

„Nein, nein. Ich darf die Wurst nicht wieder mitbringen, Herr Berkmann. Die Mama hat es verboten. Die nehmen Sie mal schön. Die haben Sie sich verdient."

„Heike, ich darf..."

„Nehmen Sie sie. Bitte, Herr Berkmann! Die Frau Doktor hat auch eine gekriegt. Dafür daß sie uns das Fräulein von der Kirche geschickt hat, als die Mama im Krankenhaus war. Nehmen Sie die Wurst...!" bettelte Heike.

Führe uns nicht in Versuchung, Herr! Jeder Lehrer kommt einmal in diese Situation. Ein buntes Sträußchen zum Geburtstag. Ein paar frische Eier von der Mutti: Die Tina hängt doch so an ihnen, Herr Lehrer. Kleine Geschenke erhalten die Freundschaft.

Jeder Lehrer kannte das. Auch Elke Uhlmann. Sie sah den Chef schon ganz mitleidsvoll an. Wie die Wurst ablehnen, ohne Heike und Mutter Valentin zu beleidigen? Wie er das wohl anstellen würde...

Daß Wellers kleine grauen Zellen sich mit ähnlichen Überlegungen beschäftigten, stand dem Herrn Hausmeister auf dem Gesicht geschrieben.

Also entscheide dich, Berkmann. Nimm die Wurst, oder nimm sie nicht, aber tu etwas! Wer weiß, was der Heike noch einfällt.

Der Heike fiel noch eine Menge ein.

Daß „der Wagner" noch immer wie ein Schlot rauchte und die Frau Uhlmann – ungeniert zeigte Mama Valentins Töchterchen dabei mit dem nackten Finger auf die angesprochene Person – ebenfalls. Und jetzt solle er, Berkmann, endlich die Wurst nehmen, sonst nehme sie am Ende die Frau Klein.

Und die hatte sie natürlich nicht verdient, wieso auch?

Ja, und dann verriet Heike den versammelten Damen und Herren, was sie sich noch wünschte. Es machte zehn Minuten später die Runde durchs Schulhaus.

„Kommen Sie doch mal zu uns, Herr Berkmann. Die Mama freut sich bestimmt. Sie haben doch keine Kinder..."

Christa Klein hielt sich den Mund zu, um nicht laut loszuplatzen. Heike war noch nicht fertig.

„Wenn Sie mein Papa wären, Herr Berkmann! Das wär' toll..."

Nein! dachte Elke Uhlmann. Ihre Augen hatten die Größe von Billardkugeln angenommen. Das darf nicht wahr sein.

Weller grinste still in sich hinein. Während Christa wieder einmal unumwunden aussprach, was sie dachte:

„Kopf hoch, Chef! Einmal müssen wir unter die Haube..."

Thema Nummer eins am vorletzten Schultag der vorletzten Schulwoche vor den Sommerferien war Gotthilf Wallenstein. Christa Klein tat er schon lange leid. Sie hielt sich nach der Tortur vergangene Nacht – Falko hatte einen grippalen Infekt angeschleppt – mit Kaffee auf den Beinen und wurde das Bild, das sich ihr geboten hatte, nicht los.

„Hier hat er gesessen, der arme Kerl. Hier auf diesem Stuhl, bevor er zum Arzt ist, Chef. Diese Rabauken! Wenn sie merken, wen sie vor sich haben, hat so ein gutmütiges Geschöpf wie Wallenstein keine Chance."

„Und wenn ich die Klasse zusammenstauche, worauf Sie offenbar abzielen, hat er sie auch nicht, Christa", versuchte Berkmann ihr klarzumachen. „Entweder man wird allein mit einer Klasse fertig, oder man schafft es nie."

„Dann muß er eben zu Hause bleiben."

„Christa –!"

„Sehen Sie sich den Mann an! Vegetative Schwäche. Herzrhythmusstörungen. Tabletten! Das verstehe ich nicht, Chef. Wenn einer Feldwebel werden will, wird er vorher auf Menschenführung überprüft. Und wer überprüft angehende Lehrer, ob sie sich eignen oder nicht? Niemand. Es handelt sich ja nur um Kinder." Sie warf ihren Notizblock auf den Schreibmaschinentisch. „Da ist noch der Antrag von Frau Kuhn. Vorzeitige Einschulung ihres Sohnes Uwe in die Grundschule."

„Der Uwe? Zwei Häuser rechts von mir? Der keine zwei Schritt ohne die Mama geht? Wie will er das denn schaffen?"

„Auf dem Klageweg." Christa kannte diese Sorte Mütter. „Der arme Junge!"

„Er schafft es nicht, Christa. Sie soll ihn noch ein Jahr zu Hause lassen. Der eine ist mit fünf schulreif, der andere erst mit sechs. Das hat nichts mit Intelligenz zu tun. Das ist eine Frage der Entwicklung."

„Ich weiß", seufzte Christa Klein, so neu war ihr das nun wirklich nicht, „es gibt Frühentwickler und Spätentwickler."

„Sehr gut, Christa. Sehr gut. Was Sie bei mir lernen, kommt Ihnen im späteren Leben zugute, glauben Sie mir."

„Ach Sie mit Ihren Witzen! Ich könnte Ihnen manchmal..."

Berkmann grinste. „Aber den Unterschied zwischen einem Schüler und einem Bundesligaspieler kennen Sie nicht."

„Den Unterschied zwischen einem Schüler und einem...? Nein. Kenn' ich nicht. Und was soll das sein?"

„Es gibt keinen", sagte Berkmann, während er den Schrank mit den Schülerakten schloß. „Bei beiden beginnt der Kampf um die Punkte nach der Sommerpause."

„Und wo gedenken... Sie Ihre Sommerpause zu verbringen, Chef?"

Eine Schweigeminute.

„Weiß ich noch nicht. Vielleicht ein paar Tage Ostsee. In der Sonne liegen. Die Möwen begucken..."

„Und wann begucken Sie Ihre Mutter?"

„Zu meiner Mutter muß ich auch. Aber ohne daß Sie mich daran erinnern, ja?"

„Wozu habe ich meinen Terminkalender", motzte Christa, „den habe ich nur, weil ich mir alles aufschreiben soll. Jubiläen, Geburtstage und was so an familiären Ereignissen anfällt. Was mich als Sekretärin im Grunde gar nichts angeht. Dafür werde ich nicht bezahlt, Herr Berkmann."

„Natürlich nicht. Entschuldigen Sie, Christa. Es war nicht so gemeint. Pflegen Sie Ihren Terminkalender, um Himmels willen. Wo kämen wir sonst hin?"

Christa Klein konnte nicht darauf verzichten, eine kleine Korrektur vorzunehmen. „Sie meinen, wo kämen *Sie* sonst hin."

„Wo käme *ich* sonst hin, natürlich. Sag' ich ja."

Berkmann preßte zwei Orangen aus, gab Mineralwasser dazu und ging mit dem Glas ins Wohnzimmer. Der Vereinsarzt, ein Internist an der Klinik, hatte ihnen einen langen Vortrag über vernünftige Lebensweise gehalten, über die Bedeutung der Vitamine für die Erhaltung der Leistungskraft im allgemeinen und für ältere Aktive im besonderen.

Er setzte sich mit dem Glas an den Schreibtisch und ging noch einmal das Programm für das Schulfest durch. Hoffentlich hielt Weller dicht. Hoffentlich kam Frau Bender nicht hinter den Schwindel mit der Erbsensuppe. Sie würde die Albert-Schweitzer-Schule dem Erdboden gleichmachen.

Was Bürgermeister Michelau betraf, auch der kam auf seine Kosten. Sein Scheck war schon heute fest im Schuletat eingeplant.

Was würde das neue Schuljahr bringen?

Für Elke Uhlmann den zweiten Frühling? Reumütiger Ehemann kehrt zurück in den Schoß der Familie? Zu gönnen war es ihr. Sigi Schomburg würde ihr Baby auf die Welt bringen, und Renate Schröter blieb der Schule erhalten. Sie bekam eine andere Klasse.

Wegen der kleinen Wiegand brauchte man sich keine Gedanken zu machen, die ging ihren Weg. Und Göttler? Er wurde älter, sicher. Aber wurde er auch vernünftiger?

Rosel Gutowski war kein Fragezeichen. Man mußte sie nehmen, wie sie war. Schulleiter können sich ihre Lehrer nicht aussuchen. Das große Fragezeichen war Kiefer. Ein guter Mensch und ein guter Lehrer. Konnte er sich noch an den Haaren aus dem Schlamm ziehen? Es war nichts mehr bei ihm gefunden worden, nicht eine einzige Flasche. Aber er war allein. Er hatte niemanden, für den es lohnte, das Leben neu einzurichten.

Sedlatschek war weder das eine noch das andere. Weder ein guter Lehrer noch ein guter Kerl. Sedlatschek war eine Null und blieb eine Null in seinem Stellenwert als Pädagoge, auch hinter dem Komma.

Und Irina? Und Christa –?

Wie fein die Fäden im Leben gesponnen waren und wie schnell sich doch manchmal alles auflöste! Eine Freundschaft, die zu Ende war, kaum daß sie begonnen hatte.

Christa! Wie ging es mit ihr weiter? Von der Schule in den Haushalt und abends allein vor dem Fernseher. Das war so kein Leben. *Sie* wollte *ihn* unter die Haube bringen. Umgekehrt. Ein Mann für Christa mußte her. So schnell wie möglich.

Berkmann ging zum Barfach und holte sich einen Campari. Er gab den Rest Orangensaft hinzu und etwas Eis.

Adnan war wieder so verrückt wie vorher und fiel bestimmt bald wieder auf die Nase. Die Zeit raste! In sechs Wochen kam der aidsinfizierte Junge. Das gab noch etwas. Im Städtchen kursierten schon wieder Unterschriftenlisten.

Frau Bender ließ es sich nicht nehmen.

Die Raumpflegerinnen! Wer sprach von ihnen? Kein Superlohn, keine Beförderung, kein Dankeschön. Und wie schufteten sie sich ab, Tag für Tag. Die schweren Wassereimer! Trotzdem redeten sie auf dem Landratsamt davon, die Reinigung einer Firma zu übertragen. 1,48 DM Einsparung pro Tag.

Und ich? Was wird mir das neue Schuljahr bringen? dachte er. Mit Babsie ist Schluß, und mit der Scholz war ich immer noch nicht in Rio. Was soll ich auch dort? Was soll ein Mann wie ich mit einer Frau wie der Scholz?

Er hatte sich mit dem Campari an den Schreibtisch gesetzt und war gerade dabei, Frau Freitag eine kurze Notiz hinzulegen, sie möchte nicht wieder die fette Wurst nehmen, als das Telefon klingelte.

Zum Kuckuck, wer war das denn noch? Er legte den Bleistift hin und griff zum Hörer.

„Christa! Gott sei dank. Ich hatte schon die Schmand in Verdacht."

Die Stimme seiner Sekretärin war von großer Unruhe erfüllt. „Herr Berkmann, ich glaube ... ich meine, ich muß Ihnen etwas sagen."

Was stotterte sie sich da zusammen?

„Ich glaube. Ich meine! Kann ich Ihnen irgendwie helfen, Christa? Ist etwas passiert?"

„Ich bin in Ordnung, Herr Berkmann", antwortete sie erregt. „Ich glaube, der Frau Doktor ist etwas zugestoßen ..."

„Was sagen Sie da ...?"

Langsam fand sie den ruhigen, klaren Ton ihrer sonst sachlichen Berichterstattung wieder. „Ich habe aus dem Fenster geguckt. Da kann ich doch das Haus der Frau Doktor sehen. Es war – es war ein Wagen mit Blaulicht."

„Ein Wagen mit Blaulicht. Vor einer Arztpraxis, Christa. Das muß Sie nun wirklich beunruhigen."

Gewiß nicht. Aber beunruhigend war die kleine Korrektur, die seine Sekretärin vornahm.

„Nicht vor der Praxis, Herr Berkmann. Vor der Praxis nicht. Am Hauseingang stand der Rettungswagen. Direkt vor der Wohnung der Frau Doktor ..."

Haushälterin Elisabeth kannte Berkmann nur im guten Anzug, mit Schlips und Sakko oder in einem dieser saloppen Blousons.

Und heute? Heute mußte sie zweimal hinsehen, als sie Am Waidacker 26 die Haustür öffnete.

„Herr Berkmann! Heiliger Strohsack! Im Hausanzug! Wie sehen Sie denn aus?"

Der Herr Rektor boxte sich mit den Ellenbogen an ihr vorbei in den Flur und schrie. „Elisabeth, was ist mit der Frau Doktor –?"

„Was soll mit der Frau Doktor sein, Herr Dok... Herr Berk...mann...?"

„In welchem Krankenhaus sie ist, will ich wissen."

Die gute Elisabeth wurde immer konfuser. „Welchem Krankenhaus –? Wovon reden Sie, Herr Berkmann? Au –! Sie tun mir weh! So lassen Sie mich doch los! Die Frau Doktor ist in keinem Krankenhaus. Wer hat denn das gesagt?" Dann durchschaute sie die Sache. „Achso, das meinen Sie, den Krankenwagen. Warum sagen Sie das nicht gleich?"

„Wie geht es ihr, Elisabeth?"

Elisabeth schloß die Knöpfe ihrer Kittelschürze. Der Ton, den der Herr Rektor heute am Leib hatte, verwirrte sie.

„Na ja, es hätte schlimmer kommen können, Herr Berkmann." Ihr Zeigefinger deutete auf das Nebenhaus. „Die kleine Michaela haben sie geholt. Blinddarmdurchbruch. Da muß ja wohl sehr schnell gehandelt werden... Ich sage der Frau Doktor, daß Sie hier sind."

„Danke, Elisabeth. Nicht nötig." Die Tür zur Praxis hatte sich geöffnet, und der bekannte Klinikgeruch zog in den Gang.

Babsie!

Unversehrt, souverän, sachlich, wie morgens um neun in der Sprechstunde zu einem Patienten, der weiße Mäuse gesehen hat.

Und dann, noch souveräner, fast nicht mehr zu überbieten: „Guten Abend, Michael. Du siehst blaß aus."

Blaß! Das sah man doch, was mit diesem Mann los war. Elisabeth konnte sich das nicht mit anhören. „Der Herr Berkmann ist gekommen... Er dachte, es ist Ihnen etwas passiert, Frau Doktor..."

„Ach ja?“

Ein so kühles „ach ja“, Elisabeth lief es kalt über den Rükken. Ja, merkte die Frau Doktor denn nichts? Sie, die Haushälterin, merkte es, und sie war keine studierte Frau.

„Der Herr Berkmann hat sich um Sie gesorgt, Frau Doktor, wenn ich das einmal so sagen darf...“

Gesorgt? Sicher, aus Sorge um mich ist er sogar weggelaufen, dachte Babsie. Es war Zeit, Elisabeth in die Küche zu schicken. Da gehörte sie hin. Das war ihre Aufgabe.

„Also, Michael – ?“

„Ja, Elisabeth hat recht. Ich hab' mir Sorgen um dich gemacht...“

Ein spöttischer Blick.

„Nein! So nicht!“ sagte sie kühl. „Nicht auf die Tour, Micha, ja? Du gehst mir aus dem Weg, schreist mich an und verdächtigst mich. Und jetzt treibt dich plötzlich die Angst um mich nachts auf die Straße?“

Die Zankerei ging los. „Was heißt – verdächtigst mich. Du sagst immerhin Jürgen zu ihm.“

„Ach, und du?“

„Für mich ist sie immer noch Frau Lutz.“

„Mein Wartezimmmer erzählt mir etwas anderes!“ rief Babsie empört und deutete dorthin, wo das Wartezimmer war.

In die sekundenlange Stille hinein, die ebenso der Auftakt zu einem Schreikrampf Babsies sein konnte wie der Startschuß zum Aufbruch Berkmanns: jetzt gehe ich und niemals kehr' ich wieder – streckte Strolch die Vorderpfoten, um die Schnauze zu einem langgezogenen Gähnen aufzureißen.

Zu laut wurde also noch nicht gesprochen, denn laute Töne liebte er nicht. Noch sprach Frauchen einigermaßen beherrscht.

„Na gut, vielleicht ist sie Frau Lutz für dich. In der gleichen Schule und in der gleichen Klasse mit ihr warst du jedenfalls nicht. Dazu bist du nun wirklich zu alt...“ Babsie wollte sich den Nachsatz verkneifen, aber er rutschte ihr heraus.

„Gleiche Schule, gleiche Klasse! Noch was?“

„Ja, noch was. Jürgen und ich sind ein Jahrgang. Wir sind ins gleiche Gymnasium gegangen und haben beide Medizin studiert."

„Ach! Und jetzt packt ihn die Torschlußpanik, und er kehrt in den Schoß seiner Jugendliebe zurück. Herzlichen Glückwunsch!"

Babsie nahm diese Provokation nicht ruhig hin. Ihre Knie fingen an zu zittern.

„Jürgen tritt eine Stelle als Oberarzt an der Klinik an. Er ist ein großartiger Chirurg. Wenn er hören würde, wie du mich hier beleidigst, würde er dir den Hals umdrehen."

„Kann ich mir denken."

„Er hat Frau und Kind!"

„Kann ich mir auch denken..."

„Sie kommen nach, sobald er eine Wohnung hat. Er hat ein paar Tage bei mir gewohnt, bis er ein Zimmer hatte."

„Ach, das kennen wir doch alles."

Die Auseinandersetzung wurde lauter, Strolch entschloß sich, zu Elisabeth in die Küche überzuwechseln.

„Und ich kenne das alles auch. Von dir und deiner Rektorin...!" rief Babsie.

Jetzt konnte er triumphieren. „Frau Lutz geht zurück zu ihrem Mann."

„Ach ja. Geht sie – ?"

„Und ich werde jetzt wohl auch... besser..."

Es war eine Drohung, und die wirkte auf Babsie, die ihm an diesem Abend im Herstellen logischer Zusammenhänge immer einen Schritt voraus war, wie ein Schreckschuß.

Gehen wollte er! Alles, nur das nicht. Erst mußte er es erfahren.

„Moment, Micha! Einen Augenblick! Ich muß dir noch etwas sagen..." Wie fing sie es nur an? Wie formulierte sie es am besten? „Denk dir, eine deiner Schülerinnen ist... schwanger."

„Nein!"

„Jutta Krause."

„Das darf nicht wahr sein!"

„Ist es aber", nickte Babsie und sah ihn auf einmal ganz merkwürdig an. „Jutta Krause kriegt ein Kind... und wer, glaubst du, kriegt noch eins?"

„Keine Ahnung."

„Ich!"

„Du – ?" Beinahe wäre er in den braunen Ledersessel hinter sich gefallen.

Sie klammerte sich an die Etagere mit den süßen Väschen und Tellerchen und versuchte, ihm etwas von dem Schock zu nehmen. Väter bekamen, wenn sie es erfuhren, meist einen Schock.

„Also, damit wir das gleich klarstellen und du jetzt nicht wie ein Verrückter losrennst und Pampers kaufst, Micha. Das ist allein meine Angelegenheit. Ich wollte das Kind, und ich will es noch. Also werde ich auch für das Kind sorgen. Daß du daraus irgendwelche Verpflichtungen ableitest, möchte ich nicht. Ich wollte nur..."

„Was wolltest du...?"

„Na ja, falls das Kind später nach seinem Vater fragt", sagte Babsie, langsam wurde ihr Brustkorb wieder freier, „daß du nicht so überrascht bist."

Er stand da in seinem saloppen Hausanzug, unfähig, etwas zu sagen oder zu tun. Er starrte Babsie an, griff sich an den Kopf, verrenkte die Schultern.

Ein Kind!

„Ich meine, du sollst dich dadurch nicht gebunden fühlen, Micha. Wir beide sind moderne Menschen. Ich... ich..." Und dann war es passiert. Die in der Praxis so beherrschte Babsie, die jeden Tag das Glück und das Elend der Welt miterlebte und mit durchlitt, schluchzte auf. „Ich weiß auch nicht mehr. Aber es ist mein... Ernst. Mein... voller... Ernst. Huuh – !" Und ehe er sich's versah, lag ihr Kopf an seiner Schulter, und ihre Arme schlangen sich um seinen Hals.

„Freust du dich denn... gar nicht? Wenigstens... ein bißchen...?"

„Babsie – !" Das war kein Freudenschrei, das war ein Jubelschrei, der durchs Haus hallte, vom Dachboden bis zum Keller. „Babsie, Liebling, ist das wahr ...?"

„So wahr ich hier stehe."

„Ehrlich?"

Babsie schluchzte. „Ich bekomme ein Kind von dir, Liebling ..."

„Und warum weinst du da?"

„Weil ich nicht weiß, ob du mich noch liebst ..."

„Gib mir deine Hand, Babsie!"

„Ja."

„Halt sie fest! Ganz fest."

„Ja."

„Ich liebe dich, Babsie."

Es war ihr vom Gesicht abzulesen, was in ihrem Köpfchen vorging, da sprach sie es auch schon aus.

„Dann heirate mich doch ...!"

Babsie, die langsam zurückwich auf den schweren Teppichen des Wohnzimmers, stolperte vor lauter Courage über ihre eigenen Füße.

In der Küche saß Haushälterin Elisabeth mit einem Miniglas Eierlikör. Als sie die Freudenschreie ihrer Frau Doktor hörte, wußte sie, woran sie war.

Zwischen der Frau Doktor und dem Herrn Berkmann war alles wieder wie früher. Jetzt konnte sie den Hund Gassi führen. Für Strolch hatten die beiden jetzt keine Zeit.

Hoffentlich gaben die Patienten diese Nacht einmal Ruhe. Bis zu den Hausbesuchen morgen früh konnten sie es mit ihren Wehwehchen schon mal aushalten.

Irgendwo war schließlich auch eine Frau Doktor nur ein Mensch.